제왕업(하)

반룡蟠龍, 용이 될 남자

제왕업
帝王業

下

메이위저 지음 정주은 옮김

쌤앤파커스

왕현(王儇): 아명 아무(阿嫵). 명문세가 낭야왕씨(琅琊王氏) 가문의 딸. 어린 시절부터 궁궐을 내 집처럼 드나들며 권력의 속성을 깨닫는다. 거침없는 성격과 고귀한 미색을 갖춘 여인.

소기(蕭綦): 한미한 가문의 장수 출신이었으나, 돌궐과 오랑캐들의 반란 진압을 계기로 힘을 키운다. 황족이 아님에도 번왕(藩王)에 오르는 등 지략과 위엄을 갖춘 입지전적 인물.

자담(子澹): 사씨 가문 출신 사 귀비 소생의 3황자. 왕현과 어린 시절부터 연모하는 사이지만 왕씨 집안의 반대가 크다. 황실의 고귀한 기품을 이어받았으면서도 성정은 담백한 황자.

하란잠(賀蘭箴): 하란(賀蘭)족의 소주(少主). 돌궐과 하란 양쪽의 피가 흐르지만 모두에게 버림받은 비운의 왕자. 왕현에게 깊은 연민과 연모의 정을 느낀다.

진국공(鎭國公): 왕현의 아버지. 낭야왕씨 가문의 수장이자 황후의 오라버니로서 조정 최고의 권력자. 가문에 대한 깊은 책임감 때문에 가족조차 희생시킨다.

진민장공주(晉敏長公主): 왕현의 어머니. 황제의 누이이자 태후가 가장 총애한다. 딸 왕현이 자신과 달리 권력보다 행복을 찾아 살기를 바라는 자애로운 여인이다.

아숙(阿夙): 왕현의 친 오라버니. 동생에게 너그럽고 예술적인 재능이 많아 권력보다 다른 것에 관심이 많다. 훗날 동생 왕현을 도와 강하왕(江夏王)에 오른다.

황제: 낭야왕씨에 눌려 허수아비 황제 노릇에 비통해한다. 연모했던 사 귀비 소생의 자담을 태자로 마음에 두지만 실현하지 못한다. 황권을 위한 그의 노력은 번번이 실패한다.

황후: 왕씨 가문 출신으로 진국공의 동생이자 왕현의 고모. 자신의 소생 자융(子隆)을 태자 자리에 앉히는 등 끊임없이 권력을 좇지만, 훗날 자신도 권력의 비정함을 맞보게 된다.

차
례

3부

기나긴 가시밭길

왕숙, 상서에 오르다

이번 변고를 겪은 뒤, 황궁은 적막에 휩싸였다. 선황은 갑작스레 붕어하고 고모는 중풍으로 쓰러졌다. 아버지는 비통함을 금치 못하며 더는 고모를 원망하지도, 노여워하지도 않았다. 잇달아 화를 겪은 뒤로는 예전처럼 권세에 열을 올리지도 않았으며, 소기를 향한 적개심도 많이 누그러진 듯했다. 끊임없는 권력 투쟁 중에 우리는 가까운 사람을 너무 많이 잃었고, 지칠 대로 지쳐 더 이상 곁에 있는 사람을 해치고 싶지 않았다.

이러나저러나 피는 물보다 진한 법, 피붙이들과는 어쩌다 사이가 소원해지더라도 언젠가는 다시 가까워지게 마련이었다.

다만 예전의 그 아름답던 시절은 다시 돌아오지 않고, 나와 그들 사이에는 영원히 메워지지 않는 골이 생길 따름이었다. 이제 아버지는 나를 자신의 품 안에서 지켜줘야 할 응석받이 딸로 여기지 않을 테고 다시는 예전처럼 귀애하지도, 감싸주지도 않을 것이다. 아버지에게 지금의 나는 왕씨 가문의 여식이기 이전에 소기의 아내이자 태황태후와 함께 수렴청정을 하고 있는, 진정으로 황궁을 틀어쥔 여인이었다.

겨우 한 해 사이에 아버지는 많이 늙어버렸다. 담소를 나누는 사이에 여전히 침착하고 초탈한 모습을 볼 수 있었으나, 예전처럼 자부심이 넘치는 오만한 모습은 온데간데없이 사라져버렸다. 아무리 강하고 굳센 사람도 세월을 이길 수는 없는지라 늙어갈수록 무르고 약해질 수밖에 없었다. 아버지가 고립무원하여 가장 힘들어할 때, 나는 묵묵히 아버지의 뒤에 서서 아버지와 함께 가족들을 지키고 왕씨 가문을 지켰다.

고모가 그런 말을 한 적이 있다. 남자의 천직이 개척과 정벌이라면 여자의 천직은 보호하고 돕는 것이니, 모든 가문에는 강인한 여인들이 있어 대대손손 수호자의 사명을 이어받아왔다고……. 나 자신도 깨닫지 못하는 사이, 나와 부모 세대의 위치가 바뀌어 있었다. 점점 늙어가는 부모님과 고모는 내 돌봄이 필요해졌고, 줄곧 그들의 품 안에서 보호받던 나는 이 가문의 새로운 수호자가 되어 있었다.

요즘 아버지는 종종 고향이나 숙부 이야기를 입에 올렸다. 숙부가 돌아가시자 숙모는 두 딸과 함께 숙부의 영구를 모시고 고향으로 돌아가서 다시는 경성(京城)으로 걸음하지 않았다. 아버지도 고향 낭야를 떠난 지 오래인 데다 연로해지니 더욱 고향 생각이 간절한 듯했다. 예전부터 아버지는 언젠가 모든 번잡한 일을 다 내려놓고, 홀로 도롱이 하나 쓰고 나막신을 신은 채로 천하를 주유하면서 아름다운 산천을 두루 살펴보고자 했다. 아버지의 마음이 십분 이해됐다. 평생 관직에 있으며 부침에 시달리다가 이제는 실의만 남았으니, 고향으로 돌아가 은거하는 것이 아마 아버지에게는 가장 좋은 선택이리라. 단 하나 유감스러운 것이 있다면, 어머니가 끝끝내 아버지를 용서하지 않고 자안사를 떠나려 하지도 않는다는 점이었다.

아버지도 더는 어머니에게 강요하지 않았다. 그저 마지막으로 나와 함께 어머니를 찾아가서, 말없이 어머니의 뒷모습을 한동안 바라보고는 이렇게 탄식했다. "인생이 이쯤 이르면 각자 귀의하는 것이 생기는 법, 인연이 다했으나 그 또한 여한이 없다."

그때 이미 뭔가 이상한 낌새가 있었다. 예전에 아버지는 '아무가 내 뜻을 가장 잘 안다'고 입버릇처럼 말했더랬다. 원래 우리 부녀는 가장 마음이 잘 통했다. 단지 경성을 떠나고자 하는 아버지의 뜻이 이토록 완강하리라고는, 또 이토록 빨리 결정을 내리리라고는 생각지 못했다.

며칠 뒤에 아버지는 갑자기 관직에서 물러나겠다는 상소를 올렸다. 그리고 어느 누구에게도 작별을 고하지 않고 조용히 서신 하나만 남긴 채, 노복 둘에 장서 한 궤만 지니고 길을 떠나버렸다.

소식을 듣자마자 오라버니와 함께 미친 듯이 말을 달렸다. 경성 교외 수십 리까지 쫓아가 강나루에 이르렀을 때, 물안개가 피어오른 강 한가운데로 모습을 감춰가는 일엽편주를 발견했다. 아버지는 이렇게 아버지를 옭아매던 모든 것을 떨치고 홀연히 떠나버렸다. 조정에서는 일인지하 만인지상의 자리에 오르더니, 모든 것을 훌훌 털고 강호로 드는 데도 초일(超逸)한 모습이라니…… 나는 오늘에야 진정으로 아버지에게 탄복했다.

어머니는 아버지가 관직을 내려놓고 멀리 떠났다는 소식을 듣고, 한 마디 말도 없이 그저 염주를 돌리며 눈을 감았다. 하지만 다음 날 서고고가 말하길, 어머니는 밤새 경문을 외었다고 했다.

얼마 후, 마침내 오래 기다려온 기쁜 날을 맞이했다. 송회은이 드디어 옥수와 혼인하여 내 시매부(媤妹夫)가 된 것이다. 비록 피로 이어진 사이는 아니었으나 친척이 둘이나 더 생겼다는 사실이 몹시도 기꺼웠다. 뒤이어 오라버니의 시첩이 또 사내아이를 낳아 오라버니에게 세 번째 아이를 안겨주었다. 연이은 기쁜 소식에 우울하던 기분도 조금씩 가셨다. 그렇게 하루 또 하루가 지나면서 비바람이 가라앉은 경성은 다시금 지난날의 번화한 모습을 되찾았다.

세월은 살같이 흘러 어느덧 어린 황상도 옹알옹알 말을 할 수 있게 되었으나, 선천적으로 병약한 탓에 아직도 걸음마는 시작하지 못했다. 어린 황상이 옹얼거리며 '고모'라고 부를 때마다, 그 천진난만한 미소를 볼 때마다 여전히 가슴이 아릿했다.

이날 소기는 밤이 늦어서야 왕부로 돌아왔다. 조복을 벗고 내가 건넨 두루마기를 걸치는 소기의 얼굴에 피곤이 묻어났다. 인삼차를 가지러 뒤돌아서는데, 소기가 내 허리를 끌어안아 자신의 곁으로 당기더니 팔로 가볍게 감싸 안았다.

걱정스러워 보이는 표정에 가슴이 덜컥 내려앉았다. 나는 그의 가슴에 기댄 채 나직이 물었다. "무슨 일이 있나요?"

"아무 일도 없소. 그저 내 옆에 잠시 앉아 있어주시오." 그는 살며시 눈을 감고는 아래턱을 내 이마에 가볍게 갖다 댔다. 흡족한 듯하면서 지친 듯한 한 줄기 탄식에 마음 한구석이 저려와 그의 허리에 팔을 두르고 사근사근히 말했다. "아직도 강남 지방의 수재 때문에 걱정인가요?" 소기는 고개를 끄덕이며 얼굴에 걸쳐 있던 한 줄기 웃음마저 거둔 채 깊이 탄식했다. "정국은 아직 안정되지 않았고, 반군은 저 먼 강남에 주둔하고 있어 아직 출병을 못 하고 있는데, 이 같은 시기에 또 수재가 나서 백성들이 살 집을 잃고 떠도는 상황에서도 문무백관 중 누구 하나 이 일을 맡으려 나서는 자가 없소!"

순간 할 말을 잃은 나는 마음이 무거워졌다. 올해 입춘(立春) 이후로 수로에 이상한 조짐이 빈번히 보이더니, 최근 들어서는 경험 많은 주부(州府) 관리들이 봄여름에 심각한 수재가 발생할 수 있으니 서둘러 방비책을 마련해야 한다고 잇따라 상소를 올려왔다. 그러나 조정 관리라는 자들은 하나같이 두려워하기만 할 뿐 누구 하나 이 중임을 맡으려 하지 않았다. 이에 소기는 격분했으나 어찌할 도리가 없어 속만 태우고 있었다.

나는 한동안 침음을 삼키다가 문득 예전에 숙부가 살아 계실 때 강남의 수재를 다스리는 데 큰 공을 세운 일을 떠올렸다. 숙부가 돌아가신 지금, 그 당시 숙부를 따라 수로를 재정비하던 관리 중에서는 이 중임을 맡을 자가 하나도 없었다.

소기는 탄식을 내뱉으며 담담히 말했다. "생각해둔 사람이 하나 있기는 한데, 그에게 이런 중임을 맡을 뜻이 있는지 모르겠소."

나는 잠시 얼이 빠져 있다가 문득 머릿속을 스치고 지나는 생각에 소스라치게 놀라 소기를 바라봤다. "혹시…… 오라버니를 말하는 건가요?"

예전에 오라버니는 둘째 숙부를 따라 수재가 발생한 지역을 돌며 수리(水利) 공사를 감독했고, 강 양쪽에 사는 백성들이 해마다 수재로 삶의 터전을 잃는 고통을 직접 지켜봤다. 경성으로 돌아온 뒤로는 관련 서적을 수없이 뒤적이며 수리학 연구에 몰두했으며, 직접 큰 수로를 둘러보며 각지 백성들의 형편을 일일이 파악하여 수만 자에 달하는 〈치수책(治水策)〉을 써서 조정에 바쳤다. 그러나 아버지는 항상 오라버니가 하는 일을 귀족 자제의 소일거리쯤으로 치부하며 그 치수책략을 거들떠보지도 않았다.

그해에 제방이 무너지면서 수많은 백성이 죽고 다쳤으며 셀 수 없이 많은 사람들이 삶의 터전을 잃었다. 또 많은 관리들이 치수를 제대로 하지 못했다는 이유로 좌천되었다. 그 후로는 누구도 섣불리 하도총독(河道總督)의 자리에 앉으려 하지 않았다. 그러나 그해 오라버니는 아버지 몰래 하도총독 직을 맡겨달라는 상소를 올렸다. 아버지는 당연히 오라버니의 뜻을 받아들이지 않았고 오히려 호되게 질책했다. 당시 아버지는 이렇게 말했더랬다. "치수라는 중임은 민생과 관련된 것으로 일말의 소홀함도 있어서는 아니 되는데 어찌 너 같은 아이가 무모하게 나서려 하느냐!" 나중에 이 일이 알려져 오라버니는 조정 안팎에서 웃음거리가 되었다. 오라버니같이 풍류를 즐기는 공자가 힘들고 고된 치수 임무를 해내리라 믿는 사람은 아무도 없었다.

그 후 오라버니는 아예 그러한 생각을 접고 풍류에 빠져 살면서 '치수'의 '치' 자도 입에 올리지 않았다.

그랬는데 지금에 와서 소기가 오라버니를 떠올리리라고는 생각도 못 했다. 나는 순간 얼떨해졌다. 온갖 생각이 다 들고 만감이 교차했다. 미소를 머금고 나를 바라보는 소기도 아무 말 없이 헤아릴 수 없는 표정만 지었다.

"이처럼 큰일에 섣불리 오라버니를 기용했다가 조정 대신들의 비난을 사면 어쩌려고요?" 나는 한참을 생각하다가 슬쩍 떠보듯이 물었지만 심중의 또 다른 생각은 차마 꺼내지 못했다. 만일 오라버니가 이 일을 해내지 못한다면 소기도 만민의 비난을 살 테지만 왕씨의 명성도 땅에 떨어질 터였다. 그런데 소기는 무심히 웃으며 말했다. "설령 비난을 사더라도 위험을 한 번 무릅써봐야겠소."

"왜 하필이면 오라버니예요?" 나는 미간을 찌푸리며 소기를 바라봤다.

"왕숙의 재주와 지혜라면 능히 이 중임을 감당할 수 있으리라 믿소. 다만 그에게 이 같은 뜻이 있는지……." 소기가 그윽한 눈빛으로 깊이 탄식했다. "오랫동안 수많은 세가의 자제들은 나를 의심하고 꺼려 내게 중용되지 않으려 했소. 만약 왕숙이 이번에 어느 정도 성과를 보인다면, 내가 세가자제들에게 결코 편견을 가지고 있지 않다는 사실을 보여줄 수도 있을 것이오."

나는 잠시 침묵하다가 탄식했다. "그것도 인지상정이지요. 사씨 가문의 선례가 있으니 다들 간담이 서늘하여 제 한목숨 보전할 생각뿐일 터, 입신양명을 생각할 겨를이 있겠어요?"

소기의 반듯한 눈썹이 일그러졌다. "지금 같은 난세에 무력으로 다스리지 않는다면 어찌 문벌 귀족을 복종시킬 수 있겠소?"

"살육으로 살육을 멈추는 것이 비록 가장 좋은 수는 아니나, 적게 죽임으로써 큰 난을 멈출 수 있다면 그것도 할 만한 일이지요." 나는 소기를 지그시 바라보고는 손으로 그의 손등을 덮으며 부드럽게 말을 건넸다. "당신이 옳음을 알고 있어요."

소기는 감동을 받은 듯 기쁨과 안도, 그리고 감격에 겨운 눈빛을 보였다. "당신이 나를 알아주니 그걸로 되었소."

나는 담담히 웃었다. 소기의 뜻은 이미 충분히 알았다. "만약 당신이 파격적으로 오라버니를 하도총독에 기용하면 자연히 다른 세가도 의구심과 선입견을 버리고 당신이 모두를 평등하게 대한다는 사실을 깨달을 것이라, 이 말이지요?"

"정확히 맞혔소!" 소기가 웃으며 칭찬했다.

하지만 나는 약간 머뭇거리며 말을 이었다. "그러나 오라버니 생각이 어떨지 모르니……."

"그가 전심을 다해 이 일을 맡을지는 왕비에게 달렸소." 눈썹을 치키며 나를 보는 소기의 눈에 교활한 웃음이 가득 찼다. 나는 그제야 어떻게 된 영문인지 깨달았다. 한참 변죽만 울리더니 결국은 이 말을 하려고…… 이 가증스러운 인간!

이튿날 나는 따르는 시녀만 데리고 가벼운 차림으로 오라버니가 묵고 있는 성 외곽의 별관을 찾았다.

선경처럼 고요하고 아취가 느껴지는 별관 입구에 서니 나도 모르게 한숨이 나왔다. 어찌하면 제대로 즐길 수 있는지 귀신같이 아니, 오라버니는 진정한 풍류남이였다. 오라버니는 손재주가 기막히게 뛰어난 장인들을 찾아내는 데 일가견이 있어, 이 조그마한 별관을 겨울에는 따뜻하고 여름에는 시원한 곳으로 만드는 신기를 발휘하게 했다. 안으로 들어 아직 안채에 이르지도 않았는데 벌써부터 부드럽고 아름다운 악기 소리가 은은히 들려왔다.

장미가 흐드러지게 핀 물가 난간에 취기가 오른 듯한 오라버니가 눈을 감고 금탑에 기대 있었다. 옥잠(玉簪)으로 느슨하게 틀어 올린 상투 사이로 머리카락 몇 가닥이 늘어져 있고 눈보다 흰 두루마기는 앞섶이 살짝 벌어져 목덜미 사이로 옥처럼 흰 피부가 드러나, 곁에 있는 두 미희조차 오라버니의 아름다움에는 미치지 못했다. 나는 느릿느릿 난간 안쪽으로 걸음을 옮겼다. 오라버니는 여전히 두 눈을 감고 있는데 두 미희가 황급히 예를 행하려 하자 손짓으로 막았다.

오라버니는 살짝 몸을 뒤집으며 눈을 감은 채로 느른하게 말했다. "벽색(碧色)아, 술을 올려라――."

나는 손끝을 탁자에 놓인 술잔으로 뻗어 술을 조금 묻히고는 오라버니의 준수하고 청아한 얼굴을 향해 털었다. 느닷없이 물방울을 맞은 오라버니는 깜짝 놀라 비명을 지르며 몸을 뒤집고 일어났다. "주안(朱顔), 이 고약한 계집 같으니!"

그러나 오라버니는 잠시 멍해 있다가 눈앞에 있는 사람이 누구인지 알아차리고는 놀라는 한편 기쁨에 차 외쳤다. "아무, 너였구나!" 두 미희가 황망히 다가와 하나는 비단 손수건으로, 다른 하나는 향건(香巾)으로 부랴부랴 오라버니의 얼굴을 닦았다. 그러거나 말거나 나는 방실방실 웃으며 오라버니의 궁금(宮錦, 궁중에서 쓰는 비단) 백포(白袍) 소매를 끌어다 손끝에 남은 술을 거침없이 닦아내고는 눈썹을 치키며 웃었다. "아무래도 오지 말아야 할 때 온 것 같네?" 오라버니는 하는 수 없다는 표정으로 탄식했다. "미인을 감상하러 온 게냐, 아니면 나를 괴롭히려고 일부러 발걸음을 한 게냐?"

"미인도 감상하고 게으른 인간도 단속할 겸 왔지." 나는 오라버니가 들고 있는 술잔을 재빨리 빼앗으며 말했다. "아버지가 안 계시면 오라버니를 단속할 사람이 없을 줄 알았어?"

오라버니가 몸을 굴려 일어나 앉고는 깜짝 놀라며 웃었다. "뉘 집의 무지막지한 여인이 집을 잘못 찾아왔나?"

나는 오라버니를 노려봤다. 그렇게 한참을 노려보다가 문득 서글픈 마음이 들어 눈을 내리뜨며 탄식했다. "오라버니, 요즘 갈수록 나태해지네."

순간 오라버니는 멍해지더니 고개를 돌리고는 말문을 닫았다. 시녀가 유광청옥호(流光靑玉壺)를 받쳐 들고 다가와 내 앞에 놓인 함주배(銜珠杯)에 가득 따랐다. 오라버니는 담담히 웃고는 말했다. "자, 올해 빚은 술맛 좀 보아라."

술잔에 입술을 살짝 대고 한 모금 마셔보았다. 그 맛이 맑고 특이한 향이 입안 가득 감도는지라 절로 찬사가 나왔다. "정말 향긋하다!" 오라버니는 몹시 흡족해했다. "더 깊이 음미해봐."

입안에 머금은 순간에는 그윽한 향이 혀를 감싸 봄바람이 난간을 스치고 밤이슬이 맑고 투명하게 빛나며 복숭아꽃이 영롱한 빛을 발하는 풍류가 느껴지는 것이 분명히 취기가 언뜻 돌다가 마는 정도였는데, 목구멍을 타 넘고 나서는 지나는 곳마다 부드럽게 휘감으며 사지와 뼛속으로 뜨끈하게 녹아 들어가 어느 순간 두 볼이 살짝 달아올랐다. 이에 탄식과 함께 절로 미소가 지어졌다. "꽃 내음 향긋한 4월에, 울긋불긋 꽃단장한 여인, 난간에 기대 임을 그리나니, 우수수 떨어진 꽃잎이 치마를 뒤덮는구나."

오라버니가 하하 웃으며 말했다. "맛을 제대로 보았구나. 이 같은 찬사의 시를 받으니 무릉도화를 모으는 데 들인 수고가 헛되지 않았군……. 우리 아무는 참으로 기특하단 말이지!"

"이거 도요양(桃夭釀)이야?" 놀랍기도 하고 기쁘기도 해 물었다. "정말로 이 술을 빚은 거야?" 지난날 오라버니는 어여쁜 복숭아꽃을 몹시 좋아했다. 그래서 우리 두 사람은 몇 번이고 복숭아꽃으로 술을 빚어보려고 했으나 도통 이 도요양을 빚어낼 수 없었더랬다. 그랬는데 숱한 세월이 흐른 지금, 마침내 오라버니가 소리 소문도 없이 이 술을 빚어낸 것이었다. 아마 기발한 생각과 풍류를 아는 걸로 치면, 천하에 오라버니를 따를 자가 없으리라. 오라버니는 금탑에 기대 그윽하게 웃었다. 나는 짐짓 노한 기색으로 말했다. "만약 오늘 나한테 딱 걸리지 않았다면 언제까지 숨겨두려고 했는데?"

오라버니는 느른하게 웃었다. "술 한 병이 뭐 그리 귀하다고. 일개 한량인 나야 쾌락을 누리는 이치에 밝을 따름이지."

대거리를 하고 싶었으나 막상 말을 하려니 무슨 이야기를 해야 할지 몰라 잠자코 있었다. 흥이 오를 대로 오른 오라버니는 또 가희를 부르더니 다시금 술잔을 채우고 나와 마주 앉아 술을 들이켰다.

한 잔 또 한 잔, 향긋한 술이 목구멍을 타 넘을수록 점점 허공으로 둥실 떠오르는 것만 같았다. 취기가 넉넉히 오른 우리는 회랑 아래서 들려오는 악기 연주 소리에 맞춰 노래를 불렀다. 거문고 타는 악기(樂妓)가 느릿느릿 강남의 한 곡조를 뜯기 시작했다. 구성지고 경쾌한 가락을 듣고 있자니 불현듯 또 지난날이 떠올랐다.

20

"거문고를 가져오너라." 술기운이 도는 몸을 일으켜 오라버니를 돌아보며 농을 건넸다. "신첩, 감히 한 곡조 타보려는데 공자께서 함께 해주시지요."

오라버니는 연거푸 '좋구나, 좋아!'를 외치며 곧바로 시첩을 부르고는 온 경사를 들썩거리게 한, 오라버니의 그 인학적(引鶴笛)을 가져오게 했다. 내 청뢰고금(淸籟古琴)은 왕부에서 가져오지 않은 터라 손에 잡히는 대로 악기의 요금(瑤琴)을 타보았는데 생각보다 음색이 고르고 맑았다.

흐트러진 정신을 가다듬은 뒤 눈을 내리뜨고 손가락으로 가볍게 뜯으니, 현의 여음이 감미롭게 퍼지면서 흐르는 물과 같은 거문고 소리가 길게 이어졌다.

맑은 거문고 소리로 시작된 〈상양춘(上陽春)〉의 구성지면서도 유연한 곡조 사이로 변화무쌍한 피리 소리가 끼어들어 거문고 소리와 서로 쫓고 이끌었다. 마치 빙빙 돌며 춤을 추는 두 마리 나비가 춘사월의 버드나무 가지 끝을 쫓으며 봄바람 속에서 노니는 것처럼…… 그러다가 갑자기 거문고 소리가 눈부신 봄볕이 내리쬐는 춘사월의 어느 날에서 바람에 날리어 부슬비가 비껴 내리는 가을날의 황혼 무렵으로 위태롭게 넘어갔다. 날은 저물고 달은 잠겨 천지에 캄캄한 어둠이 내렸다. 피리 소리도 낮게 억눌린 채 가냘프게 흐느끼고 끊임없이 선회하면서 이루 다 말할 수 없는 이별의 서글픔과 떨어져 내리는 꽃잎의 처연함을 노래했다.

오라버니는 내게로 몸을 기울이며 아스라한 눈빛을 보냈다. 아주 찰나에 불과했지만, 정신을 딴 데 판 그 순간 피리 소리도 울적해졌다. 그러거나 말거나 손끝에 힘을 주어 쇠붙이처럼 스산한 음을 퉁겨내 그 애달픔과 원망에 찬 의기소침한 피리 소리를 억지로 깨뜨리며,

누런 모래로 뒤덮인 사막의 광활함과 하늘을 삼킬 듯 세차게 흐르는 장강의 호방함을 불러일으켰다. 내 손끝에서 흘러나온 거문고 소리는 갈수록 높아졌다. 소리가 고무될 때는 협객이 장검 하나를 들고 강호를 종횡무진 누비는 듯했고, 격양될 때는 용맹한 장군이 군마에 올라 전장을 내달리는 것 같았다. 그에 반해 피리 소리는 갈수록 힘을 잃어 몇 번 곡조가 꺾인 뒤에는 내 음률을 따라오지 못했다. 팅 소리와 함께 거문고의 현이 끊어졌고 이어서 피리 소리도 잦아들었다.

오라버니의 관옥(冠玉) 같은 얼굴에 기이한 홍조가 깃들고 눈동자 밑에 놀라움이 서렸으며, 피리를 잡은 손가락 마디가 희게 질렸다. 나 역시 기혈이 솟구치고 식은땀에 흥건히 젖었다. 온몸의 기력이 다 빠져버린 듯 소리조차 나오지 않았다.

"아무, 네 거문고 솜씨가 이 정도로 절묘하다니, 이 오라비는 널 따라잡을 수 없구나." 오라버니는 내 쪽으로 고개를 돌리고는 몹시 서운하고 섭섭한 듯 웃으며 조금 얼떨한 표정을 지었다.

나는 눈을 들어 오라버니를 바라보며 천천히 말문을 열었다. "뜻은 마음에서 생겨나고 곡은 마음을 따라 흐르는 법, 인학적은 여전히 천하제일이지만 오라버니의 마음은 어때? 아직도 지난날처럼 드높고 탁 트였으며 자유로워?"

오라버니는 흠칫 놀랐으나, 내 눈빛을 피하며 고개를 돌릴 뿐 아무런 대답도 하지 않았다.

나는 돌연 거문고를 밀치며 일어나 현이 끊긴 요금을 들어 계단 아래로 던져버렸다. 거문고가 부서지는 소리에 난간 밖 나뭇가지에 앉아 있던 새들이 깜짝 놀라 푸드덕 날아올랐고, 시첩들은 황망히 바닥에 꿇어앉은 채 감히 고개를 들지 못했다.

"오라버니! 이 평범하기 짝이 없는 요금은 규방에 숨겨둔 채 세월이나 노래할 수 있을 뿐 기세가 드높은 음을 견디지는 못해. 하지만 인학적은 본디부터 평범한 것이 아니었는데, 어찌 연지분 안에 묻어 둔 채 온종일 저속한 음과 어울리게 할 수 있겠어!" 오라버니와 시선이 마주치는 순간, 분명 그 눈 속에 부끄러움이 스치는 것을 보았다. 오라버니는 한동안 침묵하더니 길게 탄식했다. "아무리 좋은 피리라도 결국은 죽은 물건이지."

"그건 어떤 주인을 만나느냐에 달렸지." 나는 오라버니를 바라봤다. "피리는 죽은 물건이지만 사람은 살아 있잖아. 아직 큰 뜻을 버리지만 않았다면, 결국에는 나아갈 길을 찾아 계속 걸어갈 수 있어. 아무리 먼 곳이라도 오라버니라면 갈 수 있다고!"

고개를 돌린 오라버니는 감격한 얼굴로 나를 지그시 바라봤다.

나는 오라버니의 눈빛을 마주 보며 미소 지었다. "오라버니는 아무가 어려서부터 탄복한 사람이야. 예전에도 그러했고 앞으로도 그럴 거야!"

이튿날 오라버니가 먼저 소기를 찾아가 알현을 청했다.

이는 두 사람이 처음으로 단둘이서 이야기를 나누는 자리였다. 공적으로든 사적으로든, 감정적으로든 이성적으로든 오라버니가 소기에게 적의를 품고 있다는 사실도, 소기가 오라버니에 대해 편견을 가지고 있음도 알고 있다. 그런데도 나는 두 사람이 저녁 식사 시간을 넘겼다는 자각조차 못 한 채 꼬박 두 시진 동안 이야기를 나누는 내내 서재로 걸음하지 않았다. 이는 예장왕과 왕 대인의 대담이자 두 사내 사이의 힘겨루기였다. 사내란 자들은 신분의 귀천을 막론하고 그 가슴 한구석에 어떤 상황에서도 결코 타협할 수 없다고 여기는 법칙을 가지고 있어 여인들과는 생각하는 것이 판이하게 달랐다. 나는 이 미묘한 천칭 사이에 끼고 싶지 않았다. 이쪽 편도 저쪽 편도 들 수 없어

난감해하느니, 그들이 사내들의 방식으로 서로의 묵은 은원을 해결하도록 두는 편이 나았다.

이튿날 왕숙을 하도총독, 감찰어사(監察御史)에 임명한다는 성지가 내려졌고 오라버니는 상서(尙書)의 직함을 받았다.

곧바로 벌집이라도 쑤신 듯 조정 안팎이 들썩이고 유언비어가 나돌았다. 오라버니의 치수 능력을 높이 사는 사람은 거의 없었다. 조정 신료들은 하나같이 예장왕이 처가 사람을 중용한다고 떠들어대는 한편, 신임 하도총독에게 불신의 눈길을 보냈다. 그러나 오라버니는 마침내 아버지의 후광을 입은 명문가의 공자에서 단숨에 조정 뭇 신료의 주목을 한 몸에 받는 새로운 권세가가 되었다. 온갖 억측과 의심의 눈길에도 오라버니는 그저 미소로 답할 따름이었다.

강남의 수재 상황이 심각한지라 하루도 지체할 수 없었다. 그리하여 성지가 내려진 지 사흘 만에 오라버니는 부임지로 향했다.

소기와 나는 경사 밖까지 직접 배웅을 나갔고 경사의 귀족과 중신들도 그 뒤를 따랐다.

오라버니는 천청운학(天青雲鶴) 무늬 조복에 옥대를 차고 높은 관을 쓴 채 말을 몰고 장교(長橋)를 건넜다. 다릿목에 이르러 말을 세운 오라버니는 고개를 돌려 멀리 있는 나를 향해 미소를 지었다. 이제 길을 나서면 천 리 멀리 떨어진 곳으로 가서 이루 말할 수 없이 험난한 상황과 맞닥뜨릴 것이다. 오라버니가 얼마나 간난신고를 겪을지, 나는 차마 상상조차 할 수 없었다. 점점 멀어지는 오라버니의 뒷모습을 보고 있자니 결국 눈물이 앞을 가렸다. 다시금 지난날 성루에 올라 군대 치하 장면을 구경하던 일이 떠올랐다. 그 당시 멀리서 망포(蟒袍, 대신들이 입는 예복으로 금색의 이무기가 수놓아져 있음)를 입고 옥대를 찬 채 만조백관의 앞에 서 있는 아버지를 보며 오라버니는 언제쯤에나 아버지처럼 영예로운 모습을 보여줄 거냐며 놀려댔는데……. 몇 년이 흘러 오라버니가 정말로 개국 이래 가장 젊은 상서가 되어, 근사한 옷을 입고 위풍당당하게 말에 올라 천궐을 나서며 경사를 뒤흔들 줄은 꿈에도 생각지 못했다.

눈 깜짝할 사이에 여름이 가고 가을이 왔다. 오라버니가 경사를 떠난 지도 반년이나 지났다. 아마도 하늘이 도운 덕인지 올여름은 비교적 가물어 수재가 예상보다 심각하지 않았다. 각 주와 군에서 발생한 수재도 오라버니가 적절히 대비하고 통제한 덕에 심각한 재해로 이어지지 않았다. 수로는 순조롭게 준설되었고, 제방도 아주 빠른 속도로 수축(修築)되었다. 그러나 오라버니는 올겨울과 내년 봄 사이의 형세가 가장 심각할 테니 결코 긴장을 늦출 수 없다는 내용의 글을 조정에 올렸다.

올가을은 유난히도 빨리 지나갔다. 낙엽이 다 떨어졌을 즈음, 황릉에서 보낸 상소를 받았다. 황숙 자담의 시첩 소(蘇)씨가 자담의 첫째 아이를 낳았으며 딸이라고 했다. 아이는 황실의 법도에 따라 표(表)를 올려 태황태후에게서 이름을 받아야만 황실의 일원으로 인정받을 수 있었다. 태황태후에게 올려진 상소는 관례에 따라 내게 보내졌다. 붉은 비단으로 된 그 얇디얇은 상소를 움켜쥔 채, 나는 순간 얼이 빠졌다.

그는 이미 시첩을 두었고 딸까지 보았구나……. 자담, 자담! 이미 5년이나 흘렀지만 그 이름을 부를 때마다 어쩐 이유에선지 가슴이 허하고 무너져 내렸다. 마치 보이지 않는 손아귀에 비틀리는 것만 같았다.

자담이 경사를 떠나던 날의 장면이 아직도 눈앞에 어른거렸다. 그날은 버들개지가 이리저리 흩날리고 가랑비가 보슬보슬 내렸더랬다. 하지만 그렇게 떠나간 황릉에서 5년이나 보내게 되리라고는 우리 두

25

사람 다 예상하지 못했다. 지금의 천궐은 이미 변해버렸다. 지난날의 모든 것은 이미 재로 화해 흩어진 지 오래였다.

그러나 이것이 복인지 화인지 누가 단언할 수 있겠는가! 만약 지난 5년 동안 갇혀 지내지 않고 황성에 머물렀다면, 진즉에 황위 계승 싸움에 말려들어 그 목숨이 이제껏 붙어 있을지도 장담할 수 없었을 터…….

선황이 붕어하고 사씨 가문이 죄를 인정하면서 자담은 이미 보잘것없는 존재가 되어버렸다.

어떤 사람은 소기에게 진언하기를, 차라리 자담을 죽여 후환거리를 없애라고 했다. 하지만 소기는 잇달아 살육을 자행한 일로 이미 세가와 귀족들이 몹시 실망하여 자신을 멸시하는 상황에서, 후환을 남기지 않기 위해 서둘러 자담을 죽인다면 오히려 조정 안팎의 신뢰를 잃을 수 있다고 판단했다. 그래서 얼마 후 자담을 신이오에서 황릉으로 돌려보내 감금 상태에서 풀어주었다. 황릉에서 한 발짝도 벗어날 수 없다는 제한을 두었으나, 어찌 보면 자유로운 몸으로 돌려보내준 셈이었다.

마른 나뭇잎 하나가 바람결에 날려 발이 드리워진 창 안으로 들어오더니 그 상소 위로 한들한들 떨어져 내렸다. 나는 말없이 느린 손길로 상소를 덮었다.

헤어지던 그때만 하더라도 자담은 행동거지가 말쑥한 소년이었는데 벌써 딸까지 두었다니……. 서글픈 와중에도 다행이라는 생각이 들었고, 심지어 뭔가를 털어낸 듯 홀가분한 기분마저 들었다. 황릉에서 홀로 외롭게 지내던 그에게 마음을 나눌 수 있는 아리따운 여인이 생겼다니, 나도 사뭇 안심이 되었다.

다만 무슨 연유에선지 마음 한구석의 서글픔을 떨칠 길이 없었다.

그런데 내 손으로 자담의 딸에게 이름까지 지어준다면, 이보다 더 우스꽝스러운 일이 없을 터였다. 그런 생각에 말없이 탄식을 내뱉고는, 궁중 여관에게 태상시(太常寺)에 상소를 전하고 종실의 예법을 맡은 관리에게 이름을 지어 올리게 하라고 명했다. 그러고는 소부시감(少府寺監)을 불러 공주의 예로 축하 예물을 마련해 황릉으로 보내게 했다.

환히 타오르던 촛불이 사그라지고 잠자리에 들 시간이 되었다. 거울 앞에 앉아 비녀와 장신구를 빼내니 삼단 같은 머리가 구름처럼 흩어져 허리까지 내려왔다.

소기는 품이 낙낙한 비단 두루마기만 입은 채로 뒤에서 나를 껴안았다. 훤칠하고 단단한 그의 몸과 나 사이에 놓인 것은 얇디얇은 비단 옷뿐이었다. 뺨에 열이 오르고 살갗이 점점 후끈 달아올랐다. 나는 뒤돌아 그의 목에 팔을 두르고는 그의 옷깃을 따라 손가락을 미끄러뜨리며 옷 위에 수놓인 반룡을 살며시 매만졌다. 반룡은 황족과 왕공의 무늬고, 비룡(飛龍)은 황제만이 사용할 수 있는 무늬였다. 언제쯤 그의 옷깃에 수놓인 반룡이 천하를 굽어보며 날아오를지 모를 일이나, 그날이 결코 멀지 않을 것이다.

그의 손이 내 비단옷 속으로 미끄러져 들어와 허리를 쓸고는 천천히 가슴으로 옮겨 갔다. 뜨겁게 열이 오른 손바닥이 스치는 곳마다 살이 데는 것 같고 온몸이 삽시간에 느른해졌다. 점점 숨이 거칠어져 살짝 입술을 깨물며 그를 올려다봤다. 그윽한 눈빛 아래 흐릿한 욕정의 그림자가 어른거리며 점점 내게로 가까이 다가왔다. …… 숨이 찰 정도의 긴 입맞춤 뒤에 떨어진 그의 얇은 입술은 내 목을 스치고 지나가 갑자기 내 귓불을 머금었다. 신음을 흘리던 내 귓가로 소기의 나지막한 목소리가 들렸다. "황숙의 아이를 위한 축하 예물은 준비하였소?"

27

흠칫 놀라 정신을 가다듬은 나는 소기의 날카로운 눈빛을 똑바로 응시했다. 순간 가슴이 지끈거렸다.

"그 아이는 계집애예요." 두려움이 깃든 말이 살짝 깔깔해진 목구멍을 타고 흘러나왔다.

"알고 있소." 소기는 담담히 웃었으나 그 눈빛에 따스한 온기는 한 톨도 없었다.

순간 긴장의 끈이 탁 풀렸다. 역시 그가 또 다른 황위 계승자를 용납하지 않을까 봐 너무 긴장하고 있었다. 계집아이, 그것도 황위에서 멀어진 황숙의 서녀(庶女)임을 알면서 굳이 그 아이에 대해 물은 까닭이 무엇일까?

"어찌 그러시오? 몹시 걱정되는 모양이오?" 아까보다 더 냉기가 묻어나는 목소리였고, 눈빛은 칼날처럼 날카로웠다.

잠시 얼이 빠져 있다가 문득 머릿속을 스치는 생각에 어찌 된 영문인지 깨달았다. 설마…… 이제 막 태어난 갓난아이를 두고 샘을 내는 것인가?

나와 자담이 죽마고우였음은 소기도 알고 있었으나, 지난 시간 동안 우리 두 사람은 약속이나 한 듯 그 일에 대해서는 입을 꼭 다물었다. 그래서 소기가 진즉에 지난 일을 잊어버린 줄로만 알았다. 나는 어처구니가 없어서 실소를 내뱉고는 내친김에 시원하게 인정했다. "맞아요! 외따로 떨어진 황릉에서 태어난 데다 서출이기까지 하니 그 처지가 몹시도 가여워 유달리 마음이 쓰이는지라 축하 예물까지 공주의 예에 따라 마련하라 일렀습니다. 왕야께서 보시기에 마땅치 않은 점이라도 있나요?"

소기는 내가 시원하게 인정하자 도리어 말문이 막힌 듯 잠시 침묵하다가 얼굴을 굳히며 물었다. "단순히 가여워서 그런 것이오?"

나는 눈을 깜빡이며 웃었다. "그 이유가 아니면요? 설마 자담에 대한 마음이 그 아이에게까지 미쳤다고 생각하는 거예요?"

대놓고 타박하자 난감한 표정으로 할 말을 잃은 소기의 눈에 불현듯 노기가 서렸다.

"나와 자담이 어린 시절에 서로를 좋아한 것은 당신도 아는 사실이에요." 눈썹을 치키며 태연히 미소 짓고는 점점 굳어가는 그의 얼굴을 쳐다봤다. "그 당시 당신은 천하에 왕현이라는 여인이 있음을 몰랐고, 나 또한 세상에 소기라는 사내가 있음을 몰랐어요. 그 시절에 나는 내 곁에 있는 사람이 가장 좋은 줄로만 알았고, 진정으로 한 사람을 사랑하는 것과 천진난만하던 시절의 남녀가 서로 허물없이 지내는 것은 전혀 다르다는 걸 몰랐어요."

소기의 눈빛은 여전히 차디찼고 입가가 바짝 굳어 있었지만, 눈 속에 어리는 따스한 미소를 감출 수는 없었다. "어찌 다르오?"

나는 발끝을 세우고 고개를 들어 그의 목에 살며시 입을 맞추고는, 말소리를 늘이며 가볍게 웃었다. "어찌 다른지는…… 한 번 해보면 알지 않겠어요?"

"한 번 해보라고?" 소기의 숨소리가 미친 듯이 빨라지고 냉엄하던 얼굴이 삽시에 무너지며 나직한 웃음소리가 들려왔다. "당신 입으로 한 말이니 후회 마시오!"

소기는 갑자기 팔에 힘을 주며 나를 번쩍 안아 들더니 성큼성큼 침상으로 걸음을 옮겼다.

여한 餘恨

오후 들어 날씨가 개었다. 어느 틈에 또 겨울의 문턱에 이르렀다.

어려서부터 추위를 많이 타던 나는 가을과 겨울만 되면 병을 달고 살았는데, 얼마 전에 풍한이 들어 보름이나 몸져누워 있었다. 이제 몸이 많이 좋아진 데다 정아가 오랫동안 고모를 못 봤다며 계속 투정을 부린다는 소기의 말도 있는지라 기운을 내서 입궁했다.

그런데 건원전 문안에 발을 들이자마자 신바람이 난 정아의 웃음소리가 들리기에 시선을 들었다가 놀라는 한편 노여움이 일었다. 맙소사! 정아가 유모 등에 업힌 채로 유모를 툭툭 내리치며 '말 타기'를 하고 있었다! 정아는 '이랴, 이랴!'를 연발했고, 주변에 있는 궁녀들은 정아를 에워싸고 앞다투어 어린 황제를 응원하면서 왁자지껄 소란을 피우고 있었다. 내가 건원전 문 앞에 이르렀는데도 황상께 고하는 내시 하나 없었다.

"황상!" 냉랭한 목소리로 정아를 불렀다. "무엇을 하고 계십니까?"

건원전을 가득 메운 궁인들은 문 앞에 서 있는 나를 발견하고 당황해서 어쩔 수 몰라 하며 짚단 쓰러지듯 잇달아 바닥에 꿇어 엎드려 절을 하고는 누구 하나 감히 고개를 들지 못했다. 정아는 나를 보자마자 곧바로 유모의 등에서 뛰어내리더니 깔깔 웃으며 내게로 달려왔다.

"고모, 안아줘요!" 나는 여전히 불안한 걸음걸이로 비틀비틀 달려오는 아이를 보고는 황급히 걸음을 내딛으며 팔을 벌려 품에 안았다. 그러자 정아는 내 목을 꽉 껴안고는 무슨 말을 해도 팔의 힘을 풀지 않았다.

도리가 없어 힘겹게 아이를 안아 드니 묵직함이 느껴지며 팔이 살짝 쳐졌다. 새끼 고양이만 하던 아이가 어느새 이만큼이나 자랐다.

나는 엄한 표정으로 말했다. "오늘 폐하는 안 착하시네요. 고모가 뭐라고 했죠? 혼자서 막 달리거나 넘어지면 안 된다고 했는데, 기억하세요?" 정아는 새카맣고 반짝이는 눈동자를 휙 굴리더니 고개를 떨어뜨린 채 말없이 조그만 얼굴을 내 가슴에 묻고 응석을 부리듯 힘껏 비벼댔다.

"폐하!" 나는 난감해 정아를 떼어냈다. 도대체 어디서 이런 약삭빠른 짓을 배웠는지 모르겠다. 이렇게 어린 아이도 눈치를 살필 줄 알다니. 정아는 내가 저를 어여삐 여기는 것을 알고는 늘 이런 식으로 뻔뻔하게 굴며 응석을 부렸다. 소기가 옆에 있을 때만 얌전히 말을 들었다. 유모는 단룡(團龍)을 금사로 수놓은 작은 피풍을 건네고는 부드러운 목소리로 웃으며 말했다. "왕비께서 오시니 폐하께서 기분이 좋아 넘어지는 것도 무섭지 않으신가 봅니다."

나는 정아를 무릎에 앉히고는 유모를 돌아보며 담담히 물었다. "누가 사람을 말처럼 타는 것을 폐하께 가르친 것이냐?"

유모는 황망히 꿇어앉아 머리를 조아리며 말했다. "왕비 마마, 용서해주십시오! 다시는 그러지 않겠습니다. 소인, 그저 폐하를 기분 좋게 해드리려고……"

"폐하를 기분 좋게 해드린다고?" 눈썹을 치키며 꾸짖으려고 할 때, 정아가 고개를 들고 까르르 웃으며 말했다. "말 타요. 왕야도 말 타요.

31

폐하도 탈 거예요!"

그제야 어찌 된 일인지 이해가 됐다. 지난번에 소기가 말을 태워준 적이 있었는데, 그 후로 계속 말을 타고 싶어 했더랬다. 고모부라고 부르라고 그토록 일렀는데도 주변 궁인들이 하나같이 왕야라고 부르니 저도 '왕야, 왕야' 하고 불렀고, 우리 모두 자기를 폐하라고 부르니 정아는 자기 이름이 폐하인 줄 알았다. 순간 어이가 없어서 원래는 얼굴을 굳히고 따끔히 야단치려고 했으나 웃음이 터져 나오고 말았다.

정아는 내가 웃는 것을 보고는 기분이 좋아져 장난을 치기 시작했다. 내 품에서 이리저리 몸을 뒤틀더니 내 귀밑머리 언저리에서 흔들거리는 진주 비녀로 손을 뻗었다. 마침 정아가 어찌 지내는지 하나하나 상세히 고하는 유모의 말에 귀를 기울이느라 잠깐 정신을 판 사이, 정아는 내 귀밑머리를 끌어당겨 그 비녀를 움켜쥐었다. 유모가 황망히 정아를 데려갔으나, 아이는 히히 웃으며 진주를 문 봉황 머리 비녀를 꼭 쥔 채 놓지 않았다. 머리를 흐트러뜨린 채 속절없이 있는데, 유모가 웃으며 말했다. "참으로 풍류 천자시라니까요. 이토록 어린 나이에 아름다운 여인에게 무례를 범하다니 말이에요." 유모의 말에 모두가 입을 가리고 웃었고, 정아는 마치 아끼는 보배를 얻은 듯 비녀를 손에 쥔 채 기뻐 어쩔 줄 모르는 모습이었다.

나는 한숨을 내쉬며 도리 없이 몸을 일으켜 다시 머리를 단장했다. "비녀를 가져오너라. 폐하께서 이런 것을 가지고 놀게 하지 말고."

유모가 서둘러 반절을 하고는 진주 비녀를 가지러 갔으나, 정아는 이리저리 피하며 비녀를 내놓지 않았다. 하는 수 없어진 유모가 이렇게 말했다. "폐하께서 주지 않으시면 소인, 감히 무례를 저지를 겁니다."

"네가 감히!" 작고 여린 목소리로 새된 소리를 지르는 정아에게서 지난날 자용 오라버니의 난폭함이 보이는 듯했다.

쓴웃음을 지으며 거울 쪽으로 몸을 돌려 쪽을 푼 다음 머리를 빗으려는 찰나, 등 뒤에서 날카로운 비명이 들려오고 주변의 궁인들이 잇달아 소리를 질러댔다. 홱 하고 고개를 돌려 보니, 유모의 얼굴에 피가 흐르고 있었다! 정아가 비녀를 휘둘러 유모의 얼굴을 긁는 바람에 유모의 눈언저리에서 뺨까지 날카로운 비녀 끝이 긁고 지나간 자리에 깊은 상처가 생긴 것이었다. 유모는 피에 물든 얼굴을 가리며 바닥에 쓰러졌다. 모두가 깜짝 놀라 순간 정신을 차리지 못했고, 정아도 놀란 모양인지 갑자기 뒤돌아서 뛰기 시작했다.

"여봐라, 어서 폐하를 막아라!" 절로 비명이 튀어나왔다. 나는 옥빗을 내던지고 정아를 뒤쫓았다. 주위의 시종들이 황망히 자신을 에워싸고 달려오는 것을 본 정아는 더욱 겁에 질려 갑자기 방향을 틀면서 건원전 밖 옥계 쪽으로 달리기 시작했다. 내시들도 이미 건원전 안으로 뛰어 들어온 터라 입구를 지키고 선 자가 하나도 없었고 건원전 앞 시위는 너무 멀리 떨어져 있는데, 정아는 비틀거리며 옥계로 뛰어가고 있었다.

가슴이 미친 듯이 뛰었다. 서늘한 예감이 들어 다급히 외쳤다. "어서 막아라, 막아──."

말이 채 끝나기도 전에 그 작은 몸이 계단에서 휘청하더니 그대로 고꾸라졌다!

"폐하!" 주변의 궁인들은 놀라 비명을 질렀고, 건원전 앞은 난장판이 되었다.

나는 다리에 힘이 풀려 바닥에 주저앉은 채 온몸을 벌벌 떨며 제대로 된 말조차 내뱉지 못했다. "태의…… 어서 태의를 불러라!"

내시 하나가 계단 아래에서 아이를 안아 들고 황망히 전각 안으로 달려왔다. 아이는 내시의 팔에 늘어진 채 울지도, 움직이지도 않았다.

심장에 얼음물을 끼얹은 듯했다. 팔다리에 힘이 풀려 궁녀의 부축을 받으며 아이에게 다가가 보니, 얼굴은 백지장처럼 하얗고 입술은 푸르스름했으며, 콧구멍에서 새빨간 피가 흐르고 있었다.

태의원(太醫院) 장사(長史) 다섯이 진찰을 마치고 전각 안에서 물러나왔을 때, 마침 소식을 들은 소기가 당도했다. 나는 서둘러 의자에서 일어나 태의에게 물었다. "폐하의 상태는 어떠한가요?"

태의들은 서로를 힐끗거렸는데 하나같이 두려운 기색이 역력했다. 태의의 수장인 부(傅) 태의가 미간을 찌푸리며 말했다. "왕비께 아룁니다. 폐하께서는 아직 의식을 되찾지 못하셨으나, 소신 등이 살펴본 결과 내장과 골격은 아무 탈이 없으나 두부와 경부를 바닥에 찧을 때의 충격으로 경맥이 상해 혈기가 막히고 풍사(風邪)가 체내로 침범하였으며 울결(鬱結)……" 그때 소기가 그의 말을 자르며 무겁게 가라앉은 목소리로 물었다. "그래서 생명에 지장이 있다는 말인가, 없다는 말인가?"

부 태의의 목소리가 부들부들 떨렸다. "생명에는 지장이 없겠으나, 그러나…… 소신; 감히 망언을 올릴 수 없사옵니다!"

순간 가슴이 죄어들었다. 소기가 냉랭히 말했다. "기탄없이 말하라!"

"폐하께서는 아직 나이가 어리신 데다 온전치 못한 몸을 타고나시어 본디부터 체질이 허약하셨습니다. 그런데 이 같은 중상을 입으셨으니 원래의 모습을 되찾으시기는 몹시 힘들 것이옵니다. 설령 앞으로 전과 다름없이 움직이실 수 있다고 하더라도 정신은 온전치 못해 보통 사람과는 다를 것이옵니다." 늙은 태의가 이마를 바닥에 댄 채로 식은땀을 줄줄 흘렸다.

그 말에 맥이 탁 풀려 의자에 주저앉아 얼굴을 감쌌다. 뼛속까지 한기가 들어차는 깊은 못에 빠진 듯했다. 소기도 말없이 내 어깨를 살며시 누르더니 한참 뒤에야 천천히 입을 열었다. "치료할 수 있겠는가?"

다섯 태의는 모두 입을 봉한 채 대답하지 않았고, 소기는 뒷짐을 진 채 그 구룡 병풍 쪽으로 몸을 돌려 깊은 생각에 잠긴 듯 말을 잇지 않았다. 일순 건원전에 정적이 감돌았다. 사방에 짙게 깔린 어둑어둑한 그림자에 숨이 막힐 것만 같았다. 소기는 손을 들어 한 번 떨치고 태의와 주변 궁인이 모두 물러가자 천천히 내 앞으로 걸어와 부드럽게 위로했다. "화(禍)와 복(福)은 무상한 것이니 너무 자책할 필요 없소."

가슴이 미어져 이마를 짚은 채 아무 말도 하지 못했다. 눈물조차 나오지 않았다. 그저 정아를 보러 가고 싶은 마음뿐인데 자리에서 일어날 기운조차 없었다.

"기운 내시오. 지금은 그대도 나도 심란해할 때가 아니오." 몸을 숙여 내 어깨를 붙잡는 그의 목소리는 담담하면서도 단호했다.

넋이 나간 채로 시선을 들어 올려 그를 마주한 순간, 가슴속이 쿵 울리며 얼기설기 뒤엉켜 있던 머릿속이 삽시간에 밝아졌다.

조정과 궁궐은 이제 막 안정을 되찾았고 민심도 겨우 수습되고 있는데, 다시금 풍파가 불어닥친다면 모든 것이 물거품이 될 것이다. 황상이 중상을 입었다는 소식이 밖으로 새어 나간다면 조정 안팎이 다시금 소용돌이에 휩싸일 게 분명했다. 침궁(寢宮)에서 멀쩡히 잘 지내던 황상이 갑자기 중상을 입은 일이 정말로 생각지도 못한 사고였다고 믿을 사람이 어디 있겠는가? 비록 소기의 권세가 하늘을 찌른다고는 하나 그 많은 사람들의 입을 다 막을 수는 없는 노릇이었다. 하물며 천치가 된 어린 황제가 어찌 종묘사직을 짊어질 수 있겠는가? 만약 정아가 폐출된다면 황위는 자담에게 넘어가는 것인가? 만약 자담이 등극한다면 선황의 무리가 세력을 되찾지 않을까?

나는 소기를 뚫어져라 쳐다봤고 소기는 얼음장처럼 차가워진 내 손을 힘껏 쥐었다. 그의 손바닥에서 전해진 온기와 기운에 떨림은 점차 잦아들었으나 가슴속에는 더욱 찬 한기가 차올랐다.

소기가 나를 보며 담담히 물었다. "황상께서 다치신 것을 알고 있는 자들이 누구요?"

"다섯 명의 태의 외에는 모두 건원전 궁인이에요." 떨어지지 않는 입술을 힘겹게 벌리고 말했다.

소기는 즉시 건원전을 봉쇄하고 모든 궁인에게 건원전 밖으로 한 발짝도 나가지 말라고 명했다. 그러고는 곧바로 다섯 명의 태의를 다시 내전으로 불러들였다.

"본 왕이 이미 황상을 살펴보았는데 부 태의가 말한 것처럼 상태가 심각하지는 않더군." 소기는 표정 하나 없이 깊이를 가늠할 수 없는 묵직한 눈빛으로 다섯 태의의 얼굴을 하나씩 훑었다. "대인들이 내린 진단에 진정 착오가 없소?"

다섯 태의는 서로 얼굴만 힐끔거렸다. 입동의 날씨였으나 식은땀이 등을 적셨다. 바닥에 털썩 꿇어앉은 부 태의의 수염이 부들부들 떨리고 관자놀이로 땀방울이 굴러 떨어졌다. 그가 떨리는 목소리로 말했다. "그렇습니다. 노신, 착오 없이 진단하였습니다."

나는 나지막이 말했다. "사안이 몹시 중하니 부 대인은 잘 생각해보시지요."

줄곧 벌벌 떨며 뒤에 꿇어앉아 있던 장(張) 태의가 갑자기 무릎걸음으로 소기 앞으로 기어가 깊이 머리를 조아렸다. "왕야께 아룁니다. 소신의 진단은 부 대인과 다르옵니다. 소신이 보기에 폐하는 근골(筋骨)을 상하신 것으로 큰 탈은 없을 것이며, 보름만 몸조리를 하시면 훌훌 털고 일어나실 겁니다." 또 다른 의관도 황망히 고개를 조아렸다. "소신도 장 대인의 생각과 같습니다. 부 대인이 오진을 한 것이 확실합니다." 부 태의는 몸을 부들 떨고 순식간에 안색이 파리하게 질렸지만 여전히 고개를 숙인 채로 아무 말도 하지 않았다.

남은 두 태의도 새파랗게 질려 서로를 바라보고는 잠시 머뭇거리다가 고개를 조아리며 말했다. "소신도 장 대인의 말에 동의합니다."

"부 태의, 그대는 어떻습니까?" 나는 다시금 그에게 선택할 수 있는 기회를 주고자 부드럽게 물었다.

백발이 성성한 부 태의는 잠시 침묵하더니 고개를 들고 느릿느릿 입을 열었다. "소신, 의원으로서의 도리가 있으니 허튼소리를 할 수는 없습니다."

나는 고개를 돌리고는 말없이 탄식을 내뱉었다. 차마 하얗게 센 그의 머리와 수염을 다시 볼 자신이 없었다. 소기는 더욱 가라앉은 낯빛으로 고개를 끄덕이며 말했다. "부 대인, 본 왕은 그대의 됨됨이에 탄복했소."

"노신, 30년이 넘도록 황제를 모시면서 진즉에 생사와 영욕을 초개와 같이 여겨왔습니다. 오늘 왕야의 과분한 찬사를 들으니 큰 위안이 되옵니다." 늙은 태의는 자리에서 일어나 태연한 표정으로 말을 이었다. "그저 왕야께서 넓은 도량으로 노신의 가족들이 평민으로 고향에 돌아가 남은 생을 편히 지낼 수 있도록 살펴주시기를 바랄 뿐입니다."

"염려 놓으시오. 본 왕, 반드시 그대의 가족들을 후대하리다." 소기가 숙연히 고개를 끄덕였다.

그날 밤 부 태의는 오진을 한 죄로 독약을 마시고 자진했고, 건원전 궁인들은 황상을 바르게 모시지 못한 죄로 모두 옥에 갇혔다. 나는 황상 곁에 있는 궁인들을 모두 믿을 수 있는 심복들로 바꾸었다.

어린 황제가 실족하여 다친 풍파는 이로써 잦아들었다. 상처가 다 나은 뒤에는 예나 다름없이 날마다 내 품에 안겨 조정에 들었고, 지난날과 무엇 하나 다를 바 없는 나날을 이어갔다. 다만 이 옥돌을 깎은 듯 뽀얀 아이는 다시는 까르르 웃으며 장난치지 않고 목각 인형처럼 멍하니 지낼 뿐이었다.

조정 신료들은 여전히 날마다 멀리서 주렴 뒤에 앉은 어린 천자를 배알했고, 믿을 만한 궁인들을 제외하고는 누구도 황제 가까이 다가올 수 없었다. 원래 정아는 날마다 영안궁에 가서 태황태후께 문안을 드렸으나, 그 일이 있고 나서는 태황태후께서 조용히 요양을 해야 한다는 이유로 매달 초하루와 열닷새에만 문안하게 했고, 영안궁에서도 믿을 수 있는 궁인 몇 사람만 황상 가까이 다가올 수 있게 했다. 고모 곁에 있는 아월(阿越)이라는 어린 궁녀는 지난번 위급한 상황에서도 당황하지 않고 직접 약을 먹은 이후로 한결같이 충성을 바쳐왔고, 일처리도 온당하고 꼼꼼했다. 마침 옥수가 시집가면서 곁에 두고 쓸 만한 자가 없었기에 아월을 왕부로 불러와 내 시중을 들게 했다.

정아가 백치가 된 사실은 궁 안에서 가장 큰 비밀이 되었다. 그러나 이 비밀은 오래지 않아 탄로 날 것이다. 아직 어릴 때는 수상쩍은 부분이 두드러지지 않겠지만, 아이가 하루하루 커갈수록 머잖아 모두가 진상을 알게 될 것이다. 그러나 그 한두 해의 여유만 있어도 소기는 충분히 대응할 만큼 대비할 수 있다.

엄동설한이 지나간 뒤, 남방의 눈이 녹고 다시금 봄이 찾아왔다. 섣달그믐이 지나고 나서부터 궁 안 곳곳에 초롱을 달고 오색 끈으로 장식하며 가장 떠들썩한 원소절 등불놀이를 준비했다.

이처럼 명절 분위기가 한껏 무르익은 때, 섭정 예장왕은 30만 대군을 이끌고 남정을 떠나 강남의 반당을 토벌하겠다는 영을 내렸다.

지난날 자율과 승혜왕은 전투에서 지고 강남으로 도망쳐, 가장 넓은 봉토를 다스리고 가장 큰 재력을 과시하는 건장왕(建章王)에게 몸을 의탁했다. 지난 2년 동안 경사의 정국이 불안하여 소기가 다른 곳에 신경 쓸 여력이 없었던 터라, 강남의 왕족도 간신히 명맥을 유지할수 있었다. 제왕(諸王)의 난 이후로, 남방 왕족은 경사에서 멀리 떨어진 곳에 자리를 잡고 오랜 세월 경사의 황실과 대등한 세력을 겨루었다. 왕공귀인(王公貴人)들은 각자 군대를 두고 힘을 키웠으며 권문세가의 세력이 서로 얽히고설켰다. 최근 들어서는 관리들이 갈수록 부패하여 민생이 도탄에 빠졌다. 자율이 남방으로 도망친 뒤, 소기는 겉으로는 군대를 움직이지 않고 그를 쫓지 않는 척했다. 그러나 경사의정세를 안정시키는 한편으로 남방의 정국을 예의주시했고, 연초부터군대를 이동 배치하면서 조용히 남정을 준비해왔다. 그렇게 시기가무르익기를 기다리다가 어느 날 군사를 이끌고 남하하여 남방의 왕족을 뿌리 뽑을 것을 맹세했다.

원래 소기는 봄이 지나고 나면 남정을 떠나려 했다. 한데 보름 전, 경사를 나서려면 반드시 거쳐야 하는 임양관에서 이틀 동안 일곱 명이나 되는 간자가 연달아 붙잡혔다. 두 사람이 자진을 하려다 실패했고 한 사람이 중상을 입고 죽었으나, 나머지 네 사람은 배후의 주모자를 실토해냈다. 바로 경사의 봉원군왕(奉遠郡王)이 강남의 건장왕과은밀히 내통하여 남방 왕족이 조정에 심어둔 눈과 귀 역할을 하였는데, 소기가 남정할 뜻이 있음을 눈치채고 곧바로 남방으로 이 사실을알릴 자들을 보냈으나 임양관을 지키는 당경의 손에 모조리 사로잡힌 것이었다. 당경은 소기 휘하 장수 중 가장 혁혁한 명성을 자랑하는대장 셋 중 한 사람으로, 음험하고 악독한 것으로 유명해 '살무사 장군'이라는 별호까지 얻은 자였다. 당경은 군대 안에 독자적으로 흑치영(黑幟營)을 만들어 간자들을 길러냈기에 가히 간자들의 스승이라 불릴 만했다. 당경은 원래 영삭을 지키고 있었으나 경사로 불려왔다. 소기는 그에게 직접 붙잡힌 간자들을 고문하라 명했다. 이윽고 수많은 종친과 호족이 이 사건에 연루되면서 조정 안팎이 뒤집어졌다.

아무리 완강한 간자라도 이 혹리(酷吏)의 손에 떨어지면 차라리 죽여달라고 외치는 판인데, 하물며 존귀하고 부유한 삶을 누리던 권문세가의 귀족들이야 말해 무엇 하겠는가!

정월 초이레, 당경이 황실을 넘겨본 죄, 반역을 꾀한 죄 등 봉원군왕의 여덟 가지 대죄를 낱낱이 밝히며 탄핵한 표문을 올렸다.

정월 초열흘, 경사의 뭇 신료가 함께 상소를 올려 섭정왕에게 군사를 이끌고 반군을 토벌하여 종묘사직을 바로 세워달라고 간청했다.

정월 열하루, 섭정왕은 역적을 토벌한다는 격문을 반포하고 호분장군 호광열에게 10만 선봉군을 이끌고 남방으로 향하라고 명했다.

사흘 뒤에 열릴 원소절 궁궐 연회는 왕공귀인과 문무 대신이 모두 모이는, 한 해 행사 중 가장 많은 관심이 쏠리는 성대한 연회였다.

"이 옥계에는 자수 모전(毛氈, 융단)을 깔고 열 보마다 궁등(宮燈)을 달아라." 옥수가 호구(狐裘, 여우 겨드랑이의 흰 털로 만든 갖옷)를 여미며 어여쁜 모습으로 서서 궁인 한 무리를 이끌고 연회 준비를 시키고 있었는데, 감청색 궁의가 비치는 피부에서 반들반들 윤이 나 몹시도 고와 보였다.

나는 천천히 옥수 뒤로 걸어가 미소를 지으며 말했다. "고생이 많습니다, 송 부인."

고개를 돌린 옥수는 황급히 몸을 숙이며 예를 행하고는 불평하며 웃었다. "왕비께서 또 소인을 놀리시는군요!"

"도무지 고치지를 못하는구나. 우리는 이미 시누이와 올케 사이인데 소인은 무슨 소인이야." 나는 웃으며 옥수의 손을 잡았다. "그동안 네가 도와준 덕분에 일을 잘할 수 있었어. 너 없이 나 혼자서는 어림도 없었을 거야."

"오늘날 제가 이 같은 복을 누리는 것은 모두 왕비의 은혜 덕분인데, 옥수가 어찌 근본을 잊겠습니까!" 옥수는 가벼이 한숨을 내쉬었다. "저는 어려서부터 투박하게 타고났고 별다른 재주도 없습니다. 그저 왕비께서 내치지 않으시고 평생 곁에서 따를 수 있게만 해주신다면, 옥수는 그것으로 만족합니다." 나는 빙긋이 웃었다. "바보 같기는, 네가 평생 나만 따른다면 회은은 어찌하란 말이냐?" 옥수의 두 뺨이 붉게 달아오르고 표정에 깊은 정이 드러났다. "그 천치 이름은 거론하지도 마세요!"

"요 며칠 군무가 바빠 회은도 수고가 많겠구나?" 나는 고개를 저으며 웃었다. 옥수는 머뭇거리다가 고개를 끄덕이고는 미간에 한 줄기 근심을 떠올렸다. "요즘 날마다 바쁘긴 한데, 도대체 무슨 일 때문인지 꼭 심사가 틀어진 사람처럼 온종일 얼굴이 굳어 있고 무슨 일이냐고 물어도 대답해주지 않는다니까요."

하나 나는 송회은이 왜 울적해하는지 알 수 있었다. 얼마 전 소기는 호광열에게 선봉장군으로 10만 대군을 이끌고 남정을 나서라 명하면서, 송회은은 경사에 남겨둔 채 이렇다 할 기미를 보이지 않았다. 예전부터 호광열과 송회은은 소기의 왼팔과 오른팔로서 연륜과 전공이 막상막하였으나, 성정이 맞지 않아 조정 신료라면 호광열과 송회은 사이의 힘겨루기를 모르는 자가 없었다. 그랬는데 이번에 호광열 혼자서 기세를 드높이게 되었으니, 송회은이 어찌 분을 삼킬 수 있겠는가?

어제 조회에서 이미 속이 바짝 타들어간 송회은이 뭇 신료 앞에서 전장에 서겠다고 청했으나, 소기는 태연하게 그의 청을 물렸다. 나 역시 소기의 뜻을 알 길이 없었다. 어쩌면 시기가 무르익지 않았거나 송회은에게 따로 맡길 중임이 있는지도 모를 일이었다. 그렇다고 이런 생각을 옥수에게 곧이곧대로 말할 수는 없는 노릇이었기에 그저 웃으며 따뜻한 말로 달랬다. "기분이 마냥 좋기만 한 사람이 어디 있겠어? 다 좋았다 나빴다 하는 거지. 너도 너무 개의치 말거라. 사내는 아이와 같아. 장수니 재상이니 제후니, 아무리 신분이 귀한 사내라도 가끔은 어르고 달래줘야 한단다."

옥수의 두 눈이 화등잔만 해졌다. "아이요? 말도 안 돼요!" 내가 입술을 다물고 웃을 뿐 아무 말도 않자, 사람이 하는 말을 다 진담으로 여기는 옥수는 갈수록 이해가 안 되는 듯 나직이 중얼거렸다. "그렇게 큰 아이가 어디 있다고……."

그때 곁에 있던 아월이 풋 하고 웃음을 터뜨렸다. 아월은 옥수와 나이가 비슷한지라 두 사람은 예전부터 친하게 지내왔다. 옥수는 무안하기도 하고 난감하기도 해 아월에게 쳇 하며 말했다. "이 계집애가, 언제 왕비께서 네게도 좋은 낭군을 골라주시면 그때도 그렇게 웃을 수 있나 보자!"

아월은 깔깔 웃으며 내 뒤로 숨었고, 나도 터져 나오는 웃음을 참지 못했다. 이 두 사람과 함께 있을 때만큼은 나도 아직 젊다는 사실을 떠올릴 수 있었고, 가끔이라도 이처럼 즐겁게 웃을 수 있었다.

그렇게 웃고 떠들고 있는데 갑자기 뒤에서 웃음기가 서린 묵직한 목소리가 들려왔다. "무슨 일로 그리 기분이 좋은 것이오?"

소기가 뒷짐을 진 채 천천히 다가왔다. 조복이 아니라 가죽을 댄 가볍고 따뜻한 두루마기에 느슨한 요대를 걸친 채 소매통이 넓은 옷을 입고 높은 관을 쓰니 평상시와 다른 풍모가 느껴졌다. 더욱 의젓하고 기품 있고 고상한 모습에서 왕의 자태가 확연히 엿보였다. 나는 눈

섭을 치키고 웃고는 찬탄의 기색을 고스란히 드러내며 대놓고 그를 위아래로 훑어보았다. 이에 소기는 어처구니가 없는 듯한 표정을 지으면서도 주변 사람들이 있는지라 농을 던지지는 못하고 그저 담담히 말했다. "또 무슨 생각을 그리 골똘히 하는 것이오?" 나는 정색을 하고 감탄했다. "이토록 근사한 풍채가 냉담한 얼굴에 가려져 있으니 안타까울 따름입니다. 남몰래 사모하는 여인이 있을지도……." 옥수와 아월이 한쪽으로 비켜서서 입을 가리고 웃음을 터뜨렸다. 소기는 헛기침을 크게 하고는 나를 노려봤지만, 다른 사람 앞에서 성을 낼 수는 없어 고개를 돌리고는 난감한 기색을 감췄다.

"옥수도 여기에 있었느냐?" 소기가 아무렇지도 않은 척 옥수를 보며 따스한 말을 건넸다. 옥수는 서둘러 예를 행하며 문안 인사를 올렸다.

소기는 뭔가를 생각하는 듯 옥수를 바라보며 따스하게 물었다. "회은은 요즘 잘 지내느냐?"

"왕야의 관심에 감사드리옵니다. 바깥주인은 모든 것이 평안합니다." 옥수는 소기 앞에서 여전히 어색함을 감추지 못하며 틀에 박힌 대답을 내놓았다.

소기가 웃으며 말했다. "회은은 성정이 너무 곧아. 한가하니 여유가 있을 터이니 이 기회에 수양을 좀 쌓아야 할 거야. 성급히 서둘러서는 아니 되는 일들도 있는 법이니."

옥수가 얼굴을 붉히며 황망히 몸을 숙였다. "왕야의 말씀이 옳습니다."

난로의 열기로 내전이 봄처럼 훈훈하여 밤이 깊었음에도 춥지 않았다. 소기는 등불 아래서 공문을 읽었고, 나는 한쪽에 놓인 귀비탑(貴妃榻)에 기대 한가로이 귤을 까다가 무심코 시선을 들어 어슴푸레

43

한 그의 옆모습을 바라보았다. 문득 가슴이 차분히 가라앉는 것이 아무리 봐도 질리지 않았다. 그의 옆으로 다가갔으나 소기는 아무런 반응도 없이 작은 산처럼 쌓인 문서에 온 신경을 집중했다. 갑자기 장난기가 동해 껍질 벗긴 귤 하나를 그의 입가에 가져다 댔다. 소기가 눈도 돌리지 않고 입만 벌려 받아먹으려고 할 때, 갑자기 손을 거둬 소기에게 '허공'의 맛을 보여주었다. "까불기는!" 소기는 나를 무릎에 안아 올리고는 기어코 귤을 덥석 물었다. 그렇게 그의 무릎에 자리를 잡고 앉아 무심코 눈을 돌리다가 탁자에 펼쳐둔 상주문(上奏文)을 보았는데, 이것 역시 전장에 나서게 해달라는 송회은의 글이었다.

나는 몸을 숙이고 잠깐 보다가 눈썹을 치키며 물었다. "진정 회은을 출정시키지 않을 작정이에요?"

소기는 상주문을 접어 한쪽으로 치우고는 웃는 듯 마는 듯한 표정으로 답했다. "군사 기밀은 대사이니 누설할 수 없소."

"대단한 일인 척하기는." 나는 상대하기도 싫어 고개를 홱 돌려버렸다. 일부러 내 성을 돋우려고 그러는 것이 분명했다.

소기는 웃으며 나를 꽉 끌어안았다. 그 깊은 미소가 무엇을 말하는지 도무지 알 길이 없었다. "회은은 당연히 출전하게 될 것이오. 하나 지금은 아니라오. 나는 다른 한 사람이 오기를 기다리고 있소."

"누구요?" 순간 어리둥절해 물었다. 군대를 이끌고 남정을 나서는데 송회은보다 더 적합한 자가 누구란 말인가?

소기는 뜻 모를 웃음을 지으며 담담히 말했다. "때가 되면 자연히 알게 될 것이오."

"아무튼 괜히 사람을 미혹시킬 줄만 알죠." 나는 입을 삐죽거리며 긴 소매를 툭 털고는 그의 무릎에서 내려오려 했다.

소기는 내 손목을 붙잡고 자신의 품으로 다시 끌어당기더니 미소를 머금고 나를 응시했다. "이틀 안에 당도할 그 사람은 당신에게 큰 기쁨과 놀라움을 선사할 거요."

그가 말하는 '기쁨과 놀라움'이 무엇일지 머리를 쥐어짰지만 짐작조차 가지 않았다. 오라버니일 것 같기는 한데, 오라버니가 남정과 무슨 상관이 있는지 알 길이 없었다.

이틀 동안 봄을 시샘하는 추위가 이어지다가 밤중에는 갑자기 눈까지 많이 내렸다. 눈 깜짝할 사이에 정월 열닷새가 되어 오늘 밤이면 원소절 궁연이 열릴 터였다.

오후에 고모를 뵈러 갔다. 오늘은 혈색도 좋고 의식도 온전한 것으로 보아 저녁에 열릴 궁연에 참석할 수 있을 것 같았다. 가벼운 마음으로 영안궁에서 나오니 길마다 눈이 많이 쌓여 있었다. 궁인들이 바쁘게 손을 놀려 눈을 치우고 있기에 길을 돌아 익랑(翼廊)을 따라 걸었다. 서랑(西廊)을 돌면서 무심코 담장 위로 시선을 옮기니, 붉은 매화가 흐드러지게 피어 고운 자태를 뽐내고 있었다. …… 세상에, 경린궁(景麟宮)의 매화가 또 피었구나.

나는 멍하니 걸음을 멈춘 채 추위도 겁내지 않고 담장 위로 고개를 내민 매화를 바라보며 반쯤 넋을 놓고 있었다.

경린궁의 주인은 5년 전에 이곳을 떠났는데, 사람이고 세상사가 다 변하는 사이에도 옛것은 제 모습을 고스란히 간직하고 있었다니……. 평소에 이 궁문은 꼭 닫혀 있었는데, 오늘은 문을 활짝 열고 내시 둘이 문 앞에 쌓인 눈을 치우고 있었다. 탄식을 내뱉으며 나도 모르게 오랫동안 방치되어 있던 궁원(宮院)으로 걸음을 옮겼다.

바닥에 얇게 쌓인 눈으로 천지가 하얗게 물들어 청정무구한 신선의 땅을 옮겨놓은 듯했다. 호된 눈서리도 아랑곳 않고 그 오래된 매화나무 몇 그루의 구불구불 휘어진 가지 위로 흐드러지게 핀 붉은 매화는 넋이 나갈 정도로 아름다워 외려 처연한 감상을 불러일으켰다.

　헤아릴 수 없이 많은 옛일들이 마치 꿈만 같았다. 무심코 시선을 드니, 그 기품 있는 형체가 이 순간 너무나 선명하게 모습을 드러냈다.

　다시금 그를 만났다. 지난날과 다름없는 고아한 모습으로, 청삼에 은여우 가죽으로 만든 피풍을 걸치고 풍모(風帽, 방한모)로 반쯤 가린 채 기품 있게 그 매화나무 안쪽에서 눈을 밟으며 다가왔다……. 어쩌면 환영조차 이리도 진짜 같은지, 손만 뻗으면 닿을 수 있는 거리에서 그와 마주 봤다. 바람 한 줄기가 스치고 지나가자 그의 어깨 위로 붉은 매화가 후드득 떨어져 내렸다. 자담의 고개가 들리고 풍모가 미끄러져 떨어지니…… 그 모습은 빙설처럼 외롭고 깨끗했으며 그 내면은 한담(寒潭)처럼 맑고 쓸쓸하여, 담담히 시선을 드는 순간 천지간의 가장 아름다운 광채를 앗아 간 듯했다.

남벌南伐

텅 빈 뜰과 누각에 매화가 흩날리니 은은한 향이 코끝을 맴돌았다. 눈빛이 마주치는 순간, 물이 거꾸로 흐르듯 세월을 거슬러 올라갔다. 옥처럼 온화하던 기억 속의 소년은 눈앞에 있는 고고하고도 청정하며 쓸쓸해 보이는 사내와 겹쳐져, 마치 환영처럼 지척에 있는 듯하다가도 아스라이 멀리 있는 것 같았다.

그는 가만히 나를 바라보기만 했다. 그윽한 눈빛은 헤어짐과 만남, 슬픔과 기쁨을 뛰어넘어 덧없이 흐른 세월의 끝, 바로 이 순간에 고정되었다.

눈이 묻은 매화 꽃잎 하나가 바람을 타고 그의 귀밑머리를 스쳤다. 새카만 머리카락 사이로 희끗희끗한 것들이 보였다. 감금당한 채 보낸 5년의 세월은 그 누구보다 준수하고 고아하던 소년의 머리카락에 벌써 세월의 흔적을 덧입혔다.

자담이 살짝 입술을 벌렸다. 얼핏 '아무'라고 부른 듯도 하였으나, 소리는 입가에 맺힌 뒤 결국에는 알아들을 수 없는 미미한 탄식이 되었다.

"왕비." 그가 나직이 나를 불렀다. 지난날 수없이 내 이름을 부르던 그 목소리에, 낮게 속삭이고 옅게 탄식하던 어린 날의 깊은 정이 담긴 기억들이 봇물 터지듯 쏟아져 나왔다. 다만 그는 나를 '왕비'라고 불렀다. 이 담담한 두 글자는 봇물에 뒤섞인 날카로운 고드름처럼 생살을 찢고 들어오며 극심한 고통을 일으켜 아무런 대꾸도 할 수 없게 만들었다. 나는 천천히 시선을 내리깔며 차분히 그에게 예를 행하고는 미소를 지었다. "황숙께서 오늘 궁에 돌아오시는지 모르고 왕현이 결례를 범하였습니다."

시선을 내리니 더 이상 그의 표정이 보이지 않아 간신히 태연한 목소리를 낼 수 있었다.

"자담도 부름을 받고 조정으로 돌아오느라 왕비께 미리 알리지 못하였습니다." 그도 침착하게 답했다. 티끌만 한 동요도 느껴지지 않을 만큼 침착한 목소리였다.

고요가 내린 정원에는 바람에 매화나무 가지가 흔들리는 소리와 눈이 떨어져 내리는 소리뿐이었다. 나와 그는 말없이 서로를 바라보기만 했다. 겨우 몇 걸음 떨어져 있을 뿐인데, 우리 둘 사이에는 이미 한평생, 세상천지만큼의 거리가 생겨버렸다.

어지러운 발소리와 무거운 것이 땅에 닿아 내는 소리에 퍼뜩 정신을 차리고 보니, 시위가 간소한 옷궤 몇 개를 메고 궁문 안으로 발을 들이고 있었다. 내시 둘이 앞에서 길을 안내했는데, 자담을 앞에 두고도 큰 소리로 재촉하는 것이 건방지고 무례하기 짝이 없었다.

앞장서서 걸어오던 내시는 내 모습을 발견하고는 낯빛을 확 바꾸며 황망히 앞으로 달려오더니 얼굴 가득 간사한 미소를 지었다. "황숙을 뵙습니다! 왕비 마마, 평안하십시오!"

나는 미간을 살짝 찌푸렸다. "황숙께서 오늘 황궁에 돌아오시는데 어찌하여 경린궁은 아직도 이 모양인 것이냐?"

내시가 냉큼 아뢰었다. "소인도 황숙께서 오늘 돌아오심을 알지 못하여 청소를 해둘 시간이 없었사옵니다. 소인, 지금 바로 청소를 해드리겠습니다!"

"그런 것이냐?" 나는 그를 힐끗 훑어보고는 담담히 말했다. "나는 나더러 직접 치우라는 뜻인 줄 알았다."

"소인이 어찌 감히 그런 생각을 했겠습니까! 소인, 죽을죄를 지었습니다!" 내시는 황망히 꿇어앉아 연거푸 머리를 조아렸다. 황궁의 노비들은 권세에 따라 간에 붙었다 쓸개에 붙었다 하는 데 도가 튼 속물이었다. 총애를 받는 자와 세를 잃은 자를 귀신같이 가려내고, 그에 따라 떠받들 자와 밟을 자를 확실히 구분했다. 지난날 만인의 이목을 사로잡던 셋째 전하는 이미 영락하여 외롭고 초라한 신세였고, 그 목숨조차 다른 사람의 손에 달려 있었다. 황자로서의 당당한 위의(威儀)가 남아 있을 리 만무했다. 그런 채로 염량주의가 판치는 궁궐로 돌아왔으니, 이제 자담은 다른 사람이 치는 장단에 놀아날 수밖에 없을 터였다. 명치끝이 꽉 막힌 듯 답답했으나 억지웃음을 띠었다. "황숙께서 먼 길을 오느라 고단하실 테니 일단 상원전(尙源殿)으로 걸음을 옮겨 쉬시다가 경린궁 정리가 마무리되면 다시 옮겨 오심이 어떤지요?" 그 말에 자담은 살짝 미소를 지었는데, 입가로 지는 잔주름에 웃고 있는 데도 더욱 처량해 보였다. "왕비께 수고를 끼쳤습니다." 나는 말없이 고개를 돌렸다. 한때 그리도 가깝던 우리 둘은 이제 남보다 먼 사이가 되었다.

그때 갑자기 그의 뒤에서 궁의 차림의 젊은 부인이 작은 강보를 안고 내 앞으로 걸어오더니 고개를 숙이고 털썩 꿇어앉았다.

"천첩 소(蘇)씨, 왕비 마마를 뵈옵니다." 귓속을 파고드는 가냘픈 목소리에 얼이 빠져 한동안 정신을 차리지 못했다. 나는 그녀를 찬찬히 들여다보았다. 호리호리한 몸매에 구름처럼 고운 머릿결을 가진 그녀는 분홍색 공단으로 만든 궁의를 입고 있었다. 옷감은 참으로 좋은 것이었으나 낡은 감이 있었고 머리에 단 장신구도 얼마 되지 않는 것으로 보아…… 그간 자담이 얼마나 곤궁하게 지내왔을지 그려졌다. 가슴이 저릿하여 서둘러 부드럽게 말을 건넸다.

"소 부인, 예는 그만두셔도 됩니다."

그 말에 여인은 느릿느릿 고개를 들었다. 갸름한 얼굴에 초승달 같은 눈썹, 두려움이 서린 맑은 눈동자, 살짝 다문 붉은 입술…… 이 고운 얼굴은 놀라울 정도로 익숙했다.

금아였다. 소금아, 시첩 소씨.

자담에게 딸을 안겨준 시첩이 내가 휘주에서 납치당하면서 헤어진 시녀 소금아일 줄은 꿈에도 생각지 못했다.

금아는 나를 한 번 보고는 곧 고개를 숙였으나, 시선이 마주치는 순간에 보인 것은 분명 반짝이는 눈물이었다. "왕비 마마……."

멍하니 금아를 보다가 자담에게로 시선을 돌렸다. 입이 붙어버린 것처럼 한 마디도 내뱉지 못했다.

자담은 그윽한 눈길로 나를 한 번 보고는 이내 시선을 옮기며 씁쓸하게 웃었다. "금아가 그대를 많이 그리워했소."

아월이 앞으로 나와 금아를 일으켜 세워주려 했지만, 금아는 바닥에 꿇어앉은 채로 일어나려 하지 않았다. 나는 급히 몸을 숙여 금아의 여윈 어깨를 부축하며 활짝 웃었으나, 눈물이 차올라 자꾸만 눈앞이 흐려졌다. "정말 금아 너구나!"

"소인, 군주께 면목이 없습니다." 금아가 마침내 고개를 들어 올렸다. 옥처럼 오동통하고 윤기가 흐르던 얼굴은 앙상하게 야위었고 눈가에는 수심이 깃들어 예전의 모습을 찾아볼 수 없었다.

휘주에서 납치를 당하면서 헤어진 뒤로는 금아의 소식을 들을 수 없었다. 그렇게 헤어진 지 2년 만에 금아는 아이를 데리고 자담과 함께 돌아왔다. 나는 멍하니 금아를 바라보았다. 몹시 기쁘고 안심이 되는 한편으로 가슴 한구석이 싸하고 슬퍼 한참 만에야 가볍게 탄식을 내뱉었다. "돌아왔으니 되었다."

그때 갑자기 금아가 품에 안은 강보에서 들려온 아이의 울음소리에 퍼뜩 정신을 차렸다. 아! 모든 것은 이미 변해버렸는데, 나는 아직도 지난날의 기억에 빠져 허우적대며 지금이 어떤 상황인지도 까맣게 잊고 있었구나!

이제 보니 소기가 내게 선사한다던 '기쁨과 놀라움'이 이것이었고, 소기가 기다리던 사람은 바로 자담이었구나. 소기는 내가 옛 연인을 어찌 대할지, 과연 내가 기뻐할지 놀랄지 두고 보았던 것이구나……. 살갗을 파고든 한기가 심장에 가 맺혀 떨치려 해도 떨쳐지지 않았다.

"왜 그러니? 아이가 추위를 타는 게 아니니?" 나는 황급히 눈을 떨구며 웃었다. "일단 따뜻한 전각에 들어 쉬어. 나중에 천천히 이야기를 나눠도 늦지 않아."

고개를 끄덕이며 웃는 자담의 눈 속에 쉽사리 알아챌 수 없는 슬픔이 서렸다가 이내 흩어졌다.

나는 총총히 뒤돌아 고개를 숙이고는 앞장서 걸었다. 억지웃음을 자담에게 들킬까 봐 차마 다시 그의 눈을 마주하지 못했다.

전각에 들자 아이는 더 크게 울며 보챘다. 아마도 배가 고픈 모양이었다.

"궁 안에 유모가 있으니 불러오마." 금아 품속의 강보를 한 번 보고는 고개를 돌려 아월에게 유모를 불러오라고 했다. 왜인지 더는 그 아이의 모습을 보기 싫었다. 금아가 다급히 말했다. "괜히 유모에게 수

51

고를 끼칠 것 없습니다. 또 줄곧 제가 돌봐서 아이가 낯선 사람을 꺼리기도 합니다." 유모조차 없었다니, 도대체 지난 시간 동안 세 사람이 어찌 지내왔는지 상상이 되지 않았다. 금아가 젖을 물리러 아이를 안고 안쪽으로 들어간 뒤, 밖에 남은 나와 자담은 말없이 마주 앉아 있었다. 잠깐의 침묵 끝에 웃으며 말을 건넸다. "태황태후께서 이미 어린 군주에게 '민(玟)'이라는 외자 이름을 지어주셨어요. 황숙께서 마음에 드신다면 그 이름을 내릴 것입니다."

자담은 찻잔을 들어 가늘고 긴 창백한 손가락으로 청자 찻잔 받침을 가볍게 두드리고는 잠시 가만히 있다가 담담히 말했다. "아이 이름은 아보(阿寶)입니다."

순간 가슴이 죄어들고 손이 벌벌 떨려 하마터면 찻물을 쏟을 뻔했다. 아보, 자담의 딸 이름이 아보였구나…….

"아보, 넌 아보라고 부르는 게 좋겠어!"

"그렇게 듣기 거슬리는 이름은 싫거든! 자용 오라버니 나빠!"

"시녀 역할을 하기로 한 마당에 계속 상양군주라고 부를 수는 없잖아?"

"사실…… 아보도 듣기 좋아."

"자담, 너까지 그럴 거야! 매번 나만 시녀 역할이잖아. 안 할래!"

"아보, 아보는 깍쟁이래요…….'

그토록 많은 세월이 흘렀는데도 나는 아직 그 일을 잊지 않았고 자담도 기억하고 있었다. 너무나 가슴이 쓰려 코끝까지 시큰거렸다. 획 시선을 쳐들고 담담히 말했다. "그 이름은 듣기 안 좋아."

지난날 우리가 함께 어울려 놀 때면 금아도 늘 뒤를 따랐으니 그 이름에 담긴 뜻을 모를 리 없었다. 어떤 여인이 자기 딸에게 또 다른 여인의 별명을 이름으로 붙여주고 싶겠는가? 대놓고 거스를 수는 없더라도 속으로는 내키지 않을 것이다. "금아는 좋은 아이야……." 자담을 바라보는데 나도 모르게 눈물이 차올랐다. "절대 금아를 홀대하면 안 돼." 나를 뚫어져라 쳐다보는 자담의 입가에 처량한 웃음 한 줄기가 떠올랐다. "그가 잘해주니?"

결국 자담은 물어서는 안 될 것을 물어왔다. 나는 안타깝게 그를 바라봤다. 왜 이 지경에 이르러서도 자담은 제 몸을 지키기 위해 변통을 할 줄 모를까? 이 궁궐 안 곳곳에 위험이 도사리고 있고, 다른 사람이 자신의 목숨을 쥐고 있음을 알면서도……. 나는 그가 한 말을 못 들은 양 무심히 자리에서 일어나 몸을 숙였다. "황숙께서 먼 길을 오시느라 고단하신 고로 더는 폐를 끼칠 수 없는지라 나중에 다시 뵈러 오겠습니다."

"왕비 마마, 소인 이미 모든 의복과 집기를 경린궁으로 보냈습니다. 시중들 자들을 더 뽑아 보낼까요?" 아월이 능수능란하게 환복과 치장을 도우면서 나지막이 물었다.

나는 눈을 감으며 말했다. "그럴 필요 없다. 그저 관례대로 하면 될 것이다."

"네. 그러면 저녁에 있을 궁연에서 황숙의 자리도 관례에 따르면 될까요?"

나는 살짝 고개를 끄덕였다.

"유모 몇을 뽑아 소 부인의 곁에 둘까요?"

나는 그러라고 짧게 대답했다.

"어린 군주께서는 아직……."

"그만해라!" 나는 번뜩 눈을 뜨고는 눈앞에 있는 화장대 위의 물건들을 모조리 쓸어버려 떨어뜨렸다.

이에 아월과 궁인들이 황망히 꿇어앉았다. 귓가에 윙윙 소리가 맴돌았다. 황숙, 소 부인, 어린 군주⋯⋯. 한 글자 한 글자가 머릿속을 빙빙 돌며 심사를 어지럽혔고, 어쩐 이유에서인지 자꾸만 불안했다. 이런 근심을 떨쳐내려 할수록 자꾸만 누군가가 귓가에 대고 속삭였다. '모두 이 가슴 서늘한 순간을 네가 어떻게 넘기는지 구경하려고 기다리고 있어.'

"쓸데없이 수고할 필요 없다. 황숙은 오래 머무르지 않으실 테니."

나는 힘없이 탄식하며 손을 내저어 시녀들을 물렸다.

군대를 이끌고 남정에 나설 사람을 기다린다더니, 소기가 기다린 사람이 자담이었구나.

눈을 감고 쓸쓸하게 웃었다. 기가 막힌 한 수구나. 자율을 토벌하는 데 황숙 자담보다 더 어울리는 자가 어디 있을까! 자담에게 통수(統帥)라는 허울뿐인 감투를 씌워 황실의 이름으로 군대를 이끌고 남정에 나서게 하면, 강남의 왕족을 모조리 쓸어버려도 그것은 황족끼리 서로 싸운 결과일 뿐 섭정왕 소기와는 아무 관계도 없는 일이 될 터였다. 왕족을 죽이는 것은 만세에 씻기 어려운 오명이니, 남의 손을 빌려 적을 도륙하려는 소기의 이 한 수는 실로 고명하기 그지없었다.

화장대를 짚었으나 온몸이 절로 부들부들 떨렸다.

비록 적적하기는 할지라도 이처럼 시비와 다툼이 끊이지 않는 곳보다는 계속 황릉에 머무르는 편이 나으리라고 생각했다. 적어도 금아와 어린 딸이 그의 곁에 있어줄 것이고, 평안히 늙어갈 수 있을 테니까⋯⋯. 그러나 조서 한 장이 결국 그를 모든 것이 변해버린 이 궁궐로 불러들였다. 아마도 자담은 아직 모를 것이다. 피붙이끼리 칼을 맞대야 하는 참담한 앞날이 기다리고 있음을⋯⋯.

자담, 나는 어찌해야 할까? 네 앞에 도저히 되돌릴 수 없는 끔찍한 재앙이 기다리고 있음을 알면서도 막을 방법이 없는데…….

"왕야를 뵙습니다." 궁문 입구에서 시녀들의 목소리가 들려왔다.

휙 돌아서서 머리를 쓸어 올리고는 등을 곧게 펴고 가만히 입구를 바라봤다. 소기가 내실로 들어서자 환한 등불 아래 선 훤칠한 체형 위로 은은한 빛이 어렸다. 소기는 이미 금인과 화려한 인끈이 시선을 잡아끄는 예복 차림에 높은 왕관을 쓰고 있었다. 넓은 소매 위에는 긴 수염과 날카로운 발톱을 가진 금룡이 구름 위로 솟구쳐 오르고 있었는데, 주사(朱砂)를 입혀 부리부리하게 빛나는 눈동자는 감히 똑바로 바라볼 수가 없었다.

뒷짐을 진 채 내 앞에 와 선 소기의 그림자가 한옥(漢玉) 반통 바닥에 드리워졌다. 길게 드리워진 그림자는 모든 것을 뒤덮어버린 듯했다.

내 눈앞에 서 있는 이 사람은 내 남편이자 천하의 지배자였다. 누구도 그의 뜻을 거스를 수는 없었다.

소기는 평소와 다름없이 여유로운 미소를 띤 채 다가왔다. 예리한 빛을 거두니 그 눈동자에 무슨 생각이 담겼는지 더욱 알 길이 없었다. 나는 똑바로 서서 고개를 쳐들고는 숨을 죽이고 서로의 숨결이 느껴질 정도로 가까이 다가오는 그를 가만히 바라보았다.

그의 눈빛은 전장에 선 장수조차 식은땀을 줄줄 흘리게 만들 만큼 매서웠다. 사람을 짚단처럼 무심히 베어 넘기는 건장한 사내라도 모든 것을 꿰뚫어보는 이 사나운 눈빛을 막아낼 수는 없으리라.

나는 그의 눈을 피하지 않고 차분히 마주하며 그가 내 안을 꿰뚫어보도록 내버려두었다. 눈 속에 흐드러지게 핀 매화꽃 아래서 옛사람을 만났음에도 이토록 평정심을 유지하리라고는 나 자신도 예상치 못했다. 자담이 돌아오면 가슴속에 어떤 파랑이 일지 차마 상상조차 할 수 없었더랬다. 그런데 아무런 마음의 준비도 안 된 상태에서 갑자기 그가 내 앞에 나타나니, 그제야 내 마음이 분명히 보였다.

옛일은 이미 모두 과거의 시간 속에 묻혀버렸고, 지난날의 상처에서는 진즉에 새살이 돋아 모든 흔적을 덮어버렸다. 마음이란 가장 여리면서도 가장 굳센 것이었다. 마침내 나는 자담에게 열어두었던 마음이 이미 완전히 닫혔음을 깨달았다.

소기는 내 기색을 유심히 살폈고, 나도 그의 기분을 헤아려보았다. 우리가 말없이 서로에게 시선을 맞추고 있는 이 순간, 시간마저 멈춰버린 듯했다.

그의 눈빛이 점차 부드럽게 풀렸다. 소기는 어깨 위로 흐트러진 내 긴 머리 사이로 길고 가는 손가락을 미끄러뜨려 머리카락 한 움큼을 움켜쥐고는 미소를 머금은 채 탄식했다. "나는 천하에서 가장 아름다운 여인을 아내로 맞았군."

어디 그뿐인가? 천하에서 가장 큰 권력을 손에 쥐었고 가장 충성스러운 용사들, 가장 훌륭한 군마, 가장 날카로운 보검…… 세상의 사내들이 갈구하는 모든 것을 거의 다 손에 넣지 않았는가!

그러나 또 한 사람은 그와 정반대였다. 그에게는 이제 아무것도 남지 않았다. 지난날 가졌던 모든 것을 다 잃은 그였다.

나는 숨을 깊이 들이마시며 소기의 손을 쥐고는 그의 손바닥을 내 뺨에 갖다 대며 살며시 웃었다. "천하에 가장 좋은 것은 모두 당신의 손안에 있으니 다른 것은 이미 중요치 않지 않습니까?"

그는 가볍게 내 몸을 돌려 등 뒤에서 나를 껴안고는 내 앞에 놓인 거대하고 반짝이는 동경(銅鏡)을 함께 바라보았다. 거울 속의 빛나는 한 쌍은 등불의 음영이 뿜어내는 빛까지 숨죽이게 만들었다.

"이번 생에서 당신은 오직 내 옆에만 설 수 있소." 소기는 낮게 가라앉은 목소리로 말하고는 천천히 내 목덜미로 입술을 내려 한 번 또 한 번, 그렇게 입을 맞춰 나갔다. 거울 속 여인은 점점 더 아스라해지는 눈빛으로 머리카락을 늘어뜨린 채 가슴부터 뺨까지 장밋빛으로 물들어갔다. 팔다리에 힘이 빠져 그의 품 안으로 쓰러지듯 늘어지면서 씁쓸한 마음을 깨문 입술 안으로 삼켰다.

지금 이 자리에서는 아무리 답답하고 괴롭더라도 괜한 말을 꺼내 그를 노하게 해서는 아니 된다. 나는 이미 가까운 사람을 너무 많이 잃었다. 자담까지 잃을 수는 없었다.

그러나 우리가 모든 것을 내려놓고 다시는 서로를 의심하지 않을 날이 언제나 오려는지…….

맑고 그윽하며 유장한 종소리가 멀리서 들려왔다. 밤이 되었음을 알리는 종소리로, 각 궁에 등을 밝히라 명하는 만종(晩鐘)이었다. 벌써 등을 밝힐 때가 되었으니 곧 궁연이 열릴 시각이었다. 궁등이 높게 걸리고, 붉은 깁이 아래로 드리워지고, 시녀들이 멀리 물러갔다.

"아직도 단장을 하지 않았구려. 내가 도와드리리까?" 소기가 미소를 지으며 나를 바라보고는 마침내 나를 안았던 팔을 풀었다. 나는 시선을 내린 채 웃으며 금으로 상감한 상아빗을 집어 느릿느릿 머리를 빗고는 높게 쪽을 쪘다. 소기는 뒷짐을 지고 내 뒤에 선 채로 내가 머리 손질하는 것을 부드럽게 웃으며 바라봤다. 마지막 봉황 비녀를 비스듬히 쪽에 찔러 넣고 거울 속에 비친 소기를 잠자코 응시하다가 담담히 말문을 열었다. "오늘 자담을 만나서 몹시 기뻤어요."

가슴속 깊은 곳에서 끌어낸 말에는 진심 어린 애석함이 담겼다. "이제 내 곁에 남아 있는 피붙이는 얼마 되지 않아요. 자담이 평안히 돌아온 것을 보았고 모든 일이 일단락되었으니 근심거리가 하나 사라진 셈이네요."

소기가 웃는 듯 마는 듯한 표정으로 내 귀밑머리 옆에 흘러내린 머리카락 몇 가닥을 손가락으로 걸며 느긋하게 말했다. "내 물음에 대한 답을 아직 주지 않았소."

시선을 돌리며 잠깐 생각하다가 나도 모르게 실소를 터뜨렸다. 설마 아직도 '아무튼 다르다'는 농을 마음에 두고 있었단 말인가? 나는 웃음기를 거두고 그를 지그시 바라봤다. "죽마고우는 함께 웃고 즐기고 순진무구하게 어울릴 수 있는 친구로 형제나 지기와 같으나, 사랑하는 반려자는 화복과 생사를 함께하고 일편단심 서로에게 지조를 지키는 사이지요……. 이것이 바로 내가 말한 다름입니다."

소기는 그윽한 눈빛으로 오랫동안 말을 잇지 않다가 가만히 나를 품에 안았다. 이 말이 그의 심중에 맺힌 것을 풀어주었는지 알 수 없어 속으로 불안하면서도 눈앞에 있는 사람이 내 적이 아니라 내가 사랑하는 사람임에 안도했다. 갑자기 아래턱이 꽉 죄었다. 내 얼굴을 들어 올린 소기는 웃음 속에 살기를 드러냈다. "그래도 나는 질투가 나오."

순간 얼이 빠졌다. 내가 잘못 들었나? 지금, 질투가 난다고 한 건가? 이토록 사납고 오만하고 호탕한 사람 입에서 나온 말이 정녕 '질투'가 맞단 말인가?

"그가 감히 나보다 십수 년이나 먼저 당신을 만난 것이 질투가 나오." 그의 얼굴에는 일말의 웃음기도 없었고 순간 눈 속의 포악한 기운이 더 거세졌다.

이처럼 유치한 말을 너무 진지하게 내뱉으니 순간 어이가 없어 멍해 있다가 돌연 웃음을 터뜨렸다. 그렇게 숨이 꼴깍 넘어갈 정도로 웃고 나서 말했다.

"누가 당신더러 늦게 오래요?" 그의 가슴에 기대니 순간 슬픔과 기뻠이 교차했다. "십수 년을 늦게 왔으니 평생을 두고 갚아요."

소기가 대답하기도 전에 병풍 밖에서 아월이 재촉했다. "왕야, 왕비 마마, 시각이 다 되었는데 입궁하지 않으세요?"

우리는 둘 다 미동조차 없이 잠자코 있었다. 나는 그의 품에 기대 깊이 얼굴을 묻었다가 한참 만에야 입을 열었다. "자담이 정말로 남정을 떠나야 하나요?"

소기가 담담히 되물었다. "당신은 원치 않소?"

나는 차마 그의 눈을 마주할 용기가 나지 않아 눈을 감은 채 그대로 있었다. 가슴이 갈기갈기 찢어지는 것 같았다. "제 생각에는, 자담이 원치 않을 거예요."

소기는 웃으며 천천히 대답했다. "만약 그가 내 뜻에 따른다면 전장에서 무탈하도록 지켜줄 것이나, 내 뜻을 거스른다면 다시 돌아올 필요가 없겠지."

물길을 따라 세워진 요광전은 전각이 정교하고, 초록빛 처마와 금빛 난간이 물에 비쳐 찬란히 빛났다. 밤이 되어 불을 밝힌 등의 그림자와 물에 비친 별빛이 서로 어우러지자 아스라이 흔들리는 신선이 노니는 곳이 아닌가 싶을 만큼 아름다웠다. 붉은 깁 궁등이 전각 회랑을 따라 구불구불 높게 걸려 있고, 진주와 비취를 두른 아리따운 황궁 노비들이 수천 개에 이르는 거대한 은촉(銀燭)을 받든 채 다섯 걸음마다 시립해 있어 대전은 대낮처럼 밝았다. 용연침향고(龍涎沈香膏)의 짙은 향내가 구불구불한 회랑을 따라 아스라이 맴도니 걸음걸음 향이 피어났다.

유리잔, 호박잔, 금옥쟁반, 빼곡히 들어앉은 왕손과 귀족들, 화려한 비단옷…… 목란과 사향의 그윽한 향기가 곳곳에 퍼져 있고 패옥

(佩玉)이 부딪쳐 내는 아름다운 소리가 귓가에 감돌았다. 전각 안에 구성진 종악(鐘樂)이 울리고 감미로운 관현악기의 소리가 멀리 울려 퍼졌다. 전각 앞 용의(龍椅)는 비워져 있고, 수정 주렴 뒤의 금탑에 앉은 태황태후는 혼곤히 잠든 지 오래였다. 정아는 내 품에 안긴 채로 전각 앞에서 신료들의 알현을 받은 뒤, 유모의 품에 안겨 돌아갔다.

상석에 앉은 소기 앞으로 축배를 올리는 이들의 걸음이 끊이지 않았다. 나는 오만하게 웃으며 그를 따라 계속 술잔을 들고 고개를 젖히며 술잔을 비우다가, 문득 눈길이 잔의 언저리를 따라 흘러 비스듬히 맞은편으로 떨어졌다. 맞은편에 앉은 자담은 혼몽한 표정으로 백옥잔을 든 채 홀로 상 뒤로 기대앉아 있었다. 술기운이 도는지 창백하던 얼굴이 불그스름하게 달아올랐다. 자담은 황숙의 자격으로 소기와 같은 상석에 앉아 있었으나, 그의 앞은 한산하다 못해 적막할 지경이었다. 평소 가까이 지내던 명문 귀족들도 혹여 그와 엮일까 봐 몸을 사렸다. 나는 수정잔을 쥔 손에 힘을 주었다. 가슴이 지끈지끈 아팠다. 소기가 한 말이 자꾸만 가슴속을 맴돌아 달콤하고 향긋한 술도 쓰디쓰기만 했다.

무심코 눈길을 든 자담이 나와 시선을 맞췄다. 기색은 담담했으나 차마 떨치지 못한 정이 눈 속에 언뜻 스쳐 지나갔다.

순간 손이 떨려 술잔에 든 술이 쏟아지며 옷소매를 적셨다. 옆에 서 있던 궁녀가 황망히 앞으로 다가와 옷에 묻은 술을 닦아주었다. 이 순간 얼마나 많은 눈동자가 나를, 그를, 또 소기를 보고 있을까……. 우리는 티끌만 한 실수도 저질러서는 안 된다. 나는 그가 내 눈에 담긴 염려와 미안함을 알아채기를 바라며 가만히 그를 바라봤다. 그러나 자담은 시선을 돌리며 입가로 보일 듯 말 듯한 웃음을 띠더니 제 손으로 술을 따라 단숨에 비워버렸다.

서글프게 눈길을 내렸다. 잠시 넋을 놓고 있는 순간, 또 누군가가 다가와 축배를 올렸다. "소신, 왕야께서 하늘처럼 복과 장수를 누리시기를 비옵나이다."

하늘처럼 복과 장수를 누리라니, 이 얼마나 경망스럽고 대담한 말인가! 살며시 눈살을 찌푸리며 보니, 생김새가 멀끔하고 기품이 넘쳤으며 어사대부의 차림이었다. 아, 그였군. 윤덕후 고옹의 질손(姪孫)이자 고씨 가문에 남은 유일한 사내이며, 지난날 자담과 친분이 두터웠던 풍류 명사 고민문(顧閔汶)이었다. 나는 담담히 웃으며 그의 뒤에 서 있는 소녀에게로 눈길을 돌렸다. 아름다운 자색 옷을 입은 그 소녀는 고개를 숙이고 있음에도 범상치 않은 자태를 뽐냈다.

"고 대인, 드시지요." 소기는 거만하기 짝이 없는 표정으로 살짝 고개를 끄덕이며 잔을 들었다. 한눈에 보기에도 그가 건넨 무례한 아첨의 말을 달가워하지 않는 기색이 역력했다. 고민문은 살짝 난감한 표정을 짓다가, 이내 미소를 띠며 몸을 모로 틀어 뒤에 서 있는 소녀를 앞으로 끌어왔다. "제 누이동생인 고채미(顧采薇)이온데, 예전부터 왕비 마마의 우아함과 아름다움을 앙모해오던 차에 금일 처음으로 입궁하여 왕비께 인사를 드리고자 하옵니다." 자색 옷을 입은 소녀가 무릎을 꿇으며 사뿐히 절을 올리는데, 가녀린 허리가 내 보기에도 몹시 아름다웠다. 예전에 의안군주(宜安郡主)의 딸이자 고옹의 적손녀가 출중한 시와 그림 솜씨로 경사에 이름을 떨치는 미인이라고 들은 바 있었다. 나는 그녀를 자세히 들여다보며 부드러운 목소리로 말했다. "이제 보니 채미였구나. 나 또한 오래전부터 네 이름을 많이 들었단다."

고채미가 천천히 고개를 들었다. 맑고 투명한 눈동자에 탐스러운 머리채를 가진 보기 드문 미인이었다. 내가 그녀를 훑어보자 고채미도 나를 빤히 쳐다봤다. 그러다가 언뜻 선망의 빛이 스친 눈을 내리뜨며 다소곳이 말했다. "소녀, 선인을 떠올리게 하는 왕비 마마의 뛰어난 기품을 동경하옵니다." 태도는 지극히 공손하되 비굴하지도 거만하지도 않은 말투에 더욱 호감이 들었다. 미소를 머금고 머리를 끄덕이는데 득의양양해진 고민문이 소기를 슬쩍 보며 간사하게 웃었다. "또한 제 누이는 왕야의 영명(英名)도 오래전부터 흠모해왔습니다." 눈을 내리깐 고채미는 그 말에 더욱 고개를 깊이 숙이며 얼굴을 붉혔다. 반면에 소기는 그 말을 듣고도 여전히 데면데면하고 거만하게 눈앞의 미인을 쓱 훑어볼 뿐 더는 눈길을 주지 않았다.

당당한 고씨 가문이 이 지경에 이르다니, 참으로 애석했다. 고옹이 병으로 세상을 뜬 이후, 지난날의 명문가 공자는 권력자에 빌붙어 아첨하는 것도 마다하지 않고 미색으로 권신의 마음을 사려는 후안무치한 짓까지 서슴지 않고 있었다. 그의 의도를 깨닫고 나니 절로 냉소가 흘러나왔다. 그러고 나서 다시 고채미를 바라보니 문득 가엾고 안타까웠다. 그런데 고채미는 오히려 다행이라고 여기는 듯 한숨 돌리더니 시선을 사로잡는 반짝이는 눈을 들어 나를 바라봤다.

"고씨는 훌륭한 가문인지라 과연 뛰어난 인재가 많군." 나는 난감해하는 그녀를 두고 볼 수 없어 미소와 함께 따뜻한 말을 건넸다. "네가 그림을 잘 그린다고 들었다. 어느 분을 스승으로 모시고 있느냐?" 발갛게 물든 목을 더 깊이 숙인 고채미는 볼을 더욱 붉히며 조그맣게 대답했다. "강하군왕의 가르침을 받은 적이 있사옵니다." 강하군왕이라고? 순간 놀랐다가 금세 빙긋이 웃으며 탄성을 질렀다. "이제 보니 오라버니께서 거두신 제자였군. 이런 기연이 있나!"

"미천한 누이의 재주를 왕비께서 그리 칭찬해주시니 실로 황공하기 그지없습니다." 고민문은 아직도 단념하지 않은 모양인지 난처한 기색을 감추지 못하다가 냉랭한 내 눈빛을 마주하고는 도리 없이 고채미를 데리고 겸연쩍게 물러났다.

소기에게 눈길을 돌렸다가 웃는 듯 마는 듯한 표정으로 나를 보고 있는 그를 발견했는데, 두 눈에 교활하고 흡족한 기색이 가득했다.

적당히 술기운이 오르고 연회 분위기도 무르익었을 즈음, 사람들은 모두 거나하게 취해 있었다. 소기는 자리에서 일어나 가무를 그치라 손짓했다. 전각을 가득 채웠던 웃음소리와 음악 소리가 삽시간에 잦아들며 묵직한 정적이 내렸다.

소기는 뒷짐을 진 채 옥계 앞에 서서, 주변을 둘러보며 냉정하고 엄숙한 표정으로 말했다. "하늘의 보우하심과 황제 폐하의 은혜로 금일 제공(諸公)과 함께 즐거운 밤을 보내고 태평성세를 누리고 있으니 참으로 본 왕의 복이오. 그러나 강남이 아직 어지러워 본 왕을 비롯하여 많은 이가 편히 잠들지 못하고 있소. 다행히 금일 황숙께서 조정으로 돌아와 황제 폐하께서 큰 힘을 얻었으니 실로 천하 백성의 복이라 할 수 있소."

이에 모든 신료가 고개를 숙이며 '황제 폐하, 만세!'를 외쳤다.

"남정을 떠난 선봉대가 이미 강 좌측에 이르러 모든 전투 준비를 마쳤소. 이번에 역적을 토벌하는 사안은 그 임무가 막중할 뿐만 아니라 결코 쉽지 않은 일인지라 황실의 명망 있는 분이 아니면 대장군의 직을 감당할 수 없소." 소기의 눈빛이 뭇 신료를 쓸고 지나가자 좌중은 쥐 죽은 듯 조용해졌고, 자담은 눈길을 내린 채 가만히 앉아 있어 그 표정을 읽을 수가 없었다. 마침내 소기의 눈빛이 자담에게 이르렀다. "그러한 차에 금일 문무백관을 둘러보니 황숙의 명망이 가장 높음을 알겠소."

자담은 아무 말 없이 미동조차 하지 않았고, 창백한 얼굴에 일말의 동요도 떠오르지 않았다. 마치 이 순간이 올 줄 진즉에 알고 있었던 것처럼……. 자담은 반항이 무엇인지 모르는 사람이었다. 설령 이 같은 상황이 닥쳐도 그저 침묵으로 저항할 뿐이었다. 그러나 그 침묵 뒤에는 이미 죽기를 각오한 결연함이 자리했다. 전각 밖에서 불어온 밤바람에 흔들린 수정 주렴이 카랑카랑 맑고 서늘한 소리를 낼 때마다 가슴속에 선뜩한 파문이 일었다.

사방에 죽음처럼 무거운 정적이 감돌았다. 소기는 냉랭히 뒷짐을 진 채 잠자코 자담의 대답을 기다렸다.

나는 자담을 바라보며 가만히 입술을 깨물어 초조함을 삼켰지만, 당장이라도 자담 앞으로 달려가 그를 흔들며 일깨워주고 싶었다. 자담, 소용없어! 네가 아무리 침묵으로 저항해봐야 이미 정해진 일을 바꿀 수는 없단 말이야! 성지(聖旨)는 진즉에 쓰였고, 붉은 옥새도 찍혔어. 아직은 소기에게 너를 살려줄 마음이 있으니, 네가 그의 뜻에 따르기만 하면 네 목숨을 빼앗지 않겠다고 내가 약조할 거야……. 자담, 제발 말 좀 해. 뜻을 받들겠다고 하란 말이야!

소기의 눈빛이 점점 식어가며 살기를 뿜어냈다.

더는 두고 볼 수 없어 생각하고 말 것도 없이 벌떡 일어났다. 순간 자리에 있던 사람들이 모두 깜짝 놀라며 나에게로 시선을 던졌다. 이윽고 자담이 시선을 들었다. 고인 물처럼 가라앉은 눈 속에 두려움이 일렁였고, 핏기 하나 없이 창백한 입술이 벙긋거렸지만 소리는 흘러나오지 않았다. 나는 술잔을 들고 느린 걸음으로 자담 앞에 이르렀다. 문득 눈언저리로 염려가 가득한 관심 어린 눈빛이 비쳤다. 송회은이었다.

지금 이 순간, 전각을 가득 메운 사람들은 모두 내가 지난날의 연인에게 어찌 청을 하는지 보려고 기다리고 있었다.

나는 두 손으로 잔을 받쳐 들고 자담을 똑바로 바라보며 옅은 미소를 머금고 말했다. "황숙이 도와주시니 우리 사직의 복이자 만백성의 복입니다. 이 왕현, 황숙의 승전보와 무사 귀환을 삼가 축원합니다."

지그시 나를 응시하는 자담의 얼굴에서 순식간에 핏기가 사라졌다. 나는 놀라움과 괴로움으로 물든 그의 눈빛을 외면하며 물러날 수 있는 티끌만 한 여지조차 남겨두지 않고, 두 손으로 받쳐 든 술잔을 그에게 내밀었다.

촌각의 대치로 자담에게는 생사가 갈릴 터였으나, 나에게는 애증이 갈릴 터였다. 마침내 자담은 손을 뻗어 술잔을 건네받았다. 그는 내 손에 손끝이 살짝 닿았을 때만 잠시 멈칫했을 뿐, 고개를 홱 젖히고는 단숨에 술잔을 비웠다.

모두가 한목소리로 높이 외쳤다. "황숙의 승전보와 무사 귀환을 삼가 축원합니다!"

나는 시선을 내린 채 가만히 서 있었다. 자담도, 소기도 보지 않았으며 그 누구의 시선도 신경 쓰지 않았다.

세인들이 날 박정하고 잔인한 사람이라 여기게 두지 뭐. 이후로 자담이 날 미워해도 상관없어……. 자담, 난 그저 네가 어리석게 목숨을 버리지 않고 꿋꿋이 살아가기만 하면 돼. 예전에 네가 알려줬잖아. 세상에서 가장 귀한 것은 목숨이라고. 또 사람은 복을 아낄 줄 알아야 하고, 더욱이 목숨을 아낄 줄 알아야 한다고도 알려줬잖아. 네가 가르쳐준 것이니 넌 반드시 해내야 해.

이튿날 성지가 내려졌다. 황숙 자담이 평남대원수(平南大元帥) 직을 맡고 송회은이 그의 부장(副將)을 맡아, 20만 대군을 이끌고 강남 역당을 토벌하러 떠나라는 내용이었다.

맹약을 맺다

나는 옥수를 왕부로 불러, 티 하나 없이 영롱한 빛을 발하는 섭새김한 기린벽새병(麒麟碧璽瓶)을 하사했다.

"기린병은 평안(平安)과 위무(威武)를 의미하니 내 대신 회은에게 주고, 하늘이 보우하여 평안하길 빌며 속히 승리하여 귀환하길 바란다고 전해주렴." 나는 기린병의 몸체를 매만지며 담담히 미소 지었다. 옥수는 몹시 감격하여 옥병을 건네받고는 무릎을 꿇으며 절했다. "왕비 마마께 감사드립니다." 나는 옥수의 손을 잡고 한 자 한 자 또박또박 말했다. "회은에게 말해주렴. 내가 경사에서 그들의 무사 귀환을 기다린다고 말이야."

소기가 약속을 했으나 그것만으로는 마음이 놓이지 않았다. 양군이 맞붙은 상황에서는 어떤 일이라도 벌어질 수 있었다. 천 리 밖에 있는 내가 그의 목숨을 보호할 수 있을지 장담할 수 없었다. 자담은 도무지 욕심이라곤 없는 사람이나 그 내면에는 비수처럼 잘 벼린 단호함이 숨겨져 있다. 아마 이번에 강남으로 떠나면서 마음속으로는 죽을 각오를 했을 것이다. 나는 방계에게 자담의 남정 길에 시위의 신분으로 동행해 그를 안전하게 지키라고 은밀히 명하는 한편, 송회은에게 반드시 자담을 데리고 무사 귀환하라고 부탁했다.

소기의 총애만으로는 부족했다. 이러나저러나 내 힘을 가져야만 했다. 여인의 몸이니 말 타고 전장을 누비며 직접 강토를 넓힐 수도 없고, 조정에 들어 군사와 국정에 관해 직언을 할 수도 없었다. 예전에는 가문의 비호를 잃으면 아무것도 손에 쥔 게 없을 줄 알았다. 그러나 이제야 깨달았다. 가문이 내게 준 진정한 보물은 부귀영화가 아니라, 천하에서 가장 권세 있는 사내를 정복하고 천하에서 가장 충성스러운 용사를 정복할 타고난 지혜와 용기였음을.

자고로 사내는 천하를 정벌하고 여인은 사내를 정복하는 것이 만고불변의 진리였다. 지금의 왕현은 이미 지난날의 연약한 여인이 아니었다. 이제 나는 세상 사람들이 감히 나를 얕보지 못하게 할 것이며, 그 누구도 내 운명을 좌지우지할 수 없게 할 것이다.

남정을 떠날 날이 코앞으로 다가왔다. 원소절 궁연이 있고 나서 다시는 경린궁으로 걸음하지 않았고 자담을 보지도 못했다. 금아와는 몹시 오랜만에 다시 만났으면서도 그날 잠깐 보았을 뿐이다. 그 후로는 중요한 일이 잇달아 생기는 바람에 금아와 회포를 풀 마음의 여유가 없었다. 어쩌면 아직 그녀를 어찌 대해야 할지 갈피를 잡지 못한 탓일 수도 있다. 이제 금아는 자담의 시첩이자 그의 딸을 낳은 여인이지…… 지난날 내 곁에서 시중들던 시녀가 아니었다.

밤중에 궁에서 사람이 찾아와, 정아가 또 열이 나고 기침을 한다고 했다. 나는 서둘러 입궁해서 정아가 잠들 때까지 지켜보다가 건원전을 나섰다.

궁 앞 옥계를 막 내려오는데 시위의 고함 소리가 들렸다. "누구냐!"

주변에 있던 시위들이 순식간에 나를 겹겹이 에워쌌다. 등불을 환히 밝힌 와중에 편전 처마 밑에서 어른거리던 그림자가 벌떼처럼 몰려든 금군 시위에 둘러싸여 번뜩이는 칼날 아래 있는 것이 보였다.

"왕비 마마, 살려주세요. 전 왕비 마마를 뵈어야 해요!" 순간 당황해 어찌할 바를 모르는 가녀린 외침이 들렸다. 금아의 목소리였다!

나는 시위들에게 멈추라 외치며 다급히 달려갔다. 시위들의 칼날 아래 목을 드리운 채 꼴사납게 바닥에 쓰러져 있는 이는 역시 금아였다.

"어찌 네가 여기 있는 것이야?" 도무지 영문을 알 수 없어 물었다. 금아는 창백해진 얼굴로 눈물을 주룩주룩 쏟았다. "소인, 왕비 마마를 뵙고 싶었으나 황숙께서 아시길 원치 않아 이곳에서 조용히 기다리고 있었사온데……."

나는 미간을 찌푸리며 한숨을 내뱉고는 아월에게 금아를 일으켜주라고 했다. "소 부인, 앞으로 일이 있으면 궁인에게 말을 전하기만 하면 됩니다……. 관두자. 날 따라와."

나는 금아와 심복 시녀만 데리고 전각 안으로 들어갔다. 아마도 금아는 자담이 남정을 떠나는 일로 내게 사정을 하러 온 것이리라. 좌우의 시위를 물린 다음, 태연히 자리에 앉아 담담히 말했다. "소 부인, 무슨 일인지 말씀하시지요."

금아가 갑자기 꿇어앉았더니 목이 메도록 울었다. "군주, 금아가 이렇게 빌 테니 군주께서 자비를 베푸시어 황숙을 출정시키지 말아달라고, 그를 죽을 길로 내몰지 말아달라고 왕야께 말씀해주십시오."

"닥쳐라!" 금아가 이처럼 속에 있는 말을 거침없이 내뱉을 줄은 생각지도 못했기에 서둘러 그녀의 말을 잘랐다. "그게 무슨 말이냐! 황숙께서 곧 출정하실 터인데 어찌 그런 망발을 하는 것이야!"

"이번에 남정을 떠나시면 황숙께서 어찌 살아 돌아오실 수 있겠습니까!" 금아는 내 발밑으로 몸을 던지며 근심과 슬픔에 젖은 눈으로 나를 올려다봤다. "군주께서는 일말의 자비심도 없으십니까?"

화가 머리끝까지 치밀어 온몸이 부들부들 떨리고 반박할 말조차 떠오르지 않아 사납게 일갈했다. "금아 네가 정신이 나갔구나!"

그러나 금아는 내 옷소매를 세게 잡아당기며 소리 없이 흐느낄 따름이었다. "군주께서는 지난날의 정은 다 잊으신 겁니까……."

귓가가 윙윙거리고 피가 거꾸로 치솟아 더 생각할 것도 없이 금아의 뺨을 후려쳤다. "닥쳐라!"

금아는 바닥에 쓰러져 한쪽 뺨을 벌겋게 물들인 채로 멍하니 나를 바라볼 뿐 더 이상 울부짖지 않았다.

"소 부인, 잘 들으시오!" 나는 금아의 두 눈을 노려보며 한 자 한 자 내뱉었다. "황숙께서 출정하는 것은 황상의 뜻을 받들어 역적을 토벌하기 위함이니, 결코 전장에서 죽는 일 없이 반드시 승리하여 무사 귀환할 것이오."

나는 두려움에 질린 금아의 얼굴을 노려봤다. "그러나 그대가 방금 한 말이 밖으로 새어 나간다면 황숙은 죽은 목숨이나 다름없소!"

금아는 바닥에 널브러진 채 온몸을 바들바들 떨며 말을 제대로 잇지 못했다. "잘못했습니다. 금아가 무지하고 경솔하였으니…… 군주께서는……."

나는 다시금 그녀의 말을 잘랐다. "금아야, 이 두 가지를 기억해라. 하나, 앞으로 다시는 '지난날의 정'이라는 말을 꺼내지 마라. 둘, 나는 이미 예장왕비이니 앞으로는 군주라고 부를 필요 없다."

금아는 더 말하지 않았으며, 눈 한 번 깜빡이지 않고 유유히 변하는 눈빛으로 나를 빤히 응시할 뿐이었다. 나는 고개를 돌리고 탄식을 쏟았다. 더 이상 아무 말도 하고 싶지 않아 그만 물러가라 손짓했다. 금아는 느릿느릿 입구까지 물러나더니 갑자기 뒤돌아서 냉랭한 시선을 보냈다. "왕비 마마, 그리도 옛일을 거론하고 싶지 않으십니까? 과거의 모든 것을 다 내던지지 못해 한스러우십니까?"

나는 눈을 감아버렸다. 너무나 지쳐 금아를 쳐다보고 싶지도 않았다. "아월, 소 부인을 배웅해드려라. 그리고 앞으로 내 명이 없이는 경린궁 밖으로 한 발짝도 나오지 못하게 해라."

금아는 갑자기 웃음을 터뜨리며 아월의 손을 뿌리쳤다. "왕비 마마, 심려 놓으시지요. 금아, 다시는 왕비 마마를 번거롭게 하지 않을 것입니다!"

나는 무심히 소매를 떨치며 뒤돌아 전각 밖으로 향했다.

"설령 금아가 왕비 마마를 배신했더라도⋯⋯." 금아는 궁인들에게 끌려가면서도 계속 참담한 웃음을 지었다. "황숙께서는 티끌만큼도 왕비 마마께 면목 없을 짓을 하시지 않았습니다!"

정월 스무하루 정오 길시(吉時)에 자담은 군대를 이끌고 무덕문(武德門)을 나서 원정 길에 올랐다.

소기는 백관을 이끌고 성루에 올라 군대가 아득히 멀어질 때까지 배웅했다. 축원의 소리가 울리는 가운데 소기가 숙연히 술잔을 들어 위로는 하늘에 제사 지내고 아래로는 땅에 제사 지내고는 남은 술을 서쪽으로 뿌렸다.

나는 소기의 뒤에 선 채 높게 솟은 성루 위에서 멀어져가는 자담을 내려다봤다. 먼지 하나 묻지 않은 은색 투구와 백색 갑옷은 방패와 갑옷으로 떨어져 내린 자국눈처럼 유난히 도드라져 보였으나, 눈 깜짝할 사이에 검은 물결과 같은 군대에 매몰돼 점점 멀어지다가 결국 완전히 자취를 감추었다.

자담은 단 한 번도 성루를 돌아보지 않았다. 그 수척하면서도 고고하고 고요한 형체는 단호하게 내 눈앞에서 사라졌다.

어느덧 3월이 되었다. 봄에 들어서자마자 내리기 시작한 음울한 비는 열흘이 넘도록 그치지 않았다.

경성은 수심을 자아내는 끊임없는 비바람에 휩싸여 온종일 벌벌 떨었고, 황궁도 갈수록 음습하고 한랭해졌다. 경성은 봄가을만 되면 짧게는 열흘에서 길게는 보름까지 줄기차게 내리는 비 때문에 울적한 기분을 불러일으켰다. 얼마 전에 또 풍한이 들었다. 처음에는 대수롭지 않은 줄 알았는데 한 번 병석에 누운 뒤로 몇 날 며칠을 앓았다. 2년 전에 호되게 앓은 뒤로는 좀체 예전의 건강을 되찾지 못해 아무리 몸조리를 잘해도 허약하기만 했다. 내 몸이 아직 산고를 버틸 정도로 좋아지지 않았다는 태의의 판단에 따라 그 약도 하루도 거르지 않고 마셨다.

낮잠을 자고 일어나 부드러운 침상에 몽롱히 기대 있는데 순간 가슴이 답답해 입을 막고 연신 기침을 했다. 문득 따스하면서도 굳센 큰 손이 등에 내리더니 가볍게 토닥이기 시작했다. 나는 애써 웃음을 지으며 그 손에 기대 그의 품 안에 몸을 뉘었다. 순식간에 따스한 기운이 차게 식었던 몸을 감쌌다.

"좀 괜찮아졌소?" 내 머리를 가볍게 쓰다듬는 소기의 눈 속에 깊은 정이 넘쳤다. 고개를 끄덕이며 보니 얼굴은 피곤에 절어 있고 눈에 핏발이 서 있어 안쓰럽기 짝이 없었다. "나는 상관 말고 어서 가서 일 봐요. 괜히 할 일을 못 해서 또 밤늦도록 하지 말고요."

"그런 사소한 일들이야 급할 게 뭐 있겠소. 당신이야말로 내 걱정거리라오." 소기는 한숨을 내쉬며 이불을 꼼꼼히 덮어주었다. 최근 남정 대군이 여릉기(輿陵磯)에서 더 나아가지 못하고 있다는 소식에 근심이 이만저만이 아니었다. 이 일로 소기는 며칠 동안 잠도 제대로 이루지 못했다. 오늘은 뭔가 진전이 있느냐고 물으려는 찰나, 발 밖에서 아뢰는 소리가 들려왔다. "왕야께 아룁니다. 여러 대인들이 이미 부중에서 기다리고 계십니다."

"알았다." 소기는 담담히 답해놓고는 이렇다 할 반응을 보이지 않았다. 나는 밖에 휘몰아치는 비바람을 보며 말했다. "남쪽은 아직도 대치 중인가요?"

"당신은 그런 일로 괜한 근심을 할 것 없소. 그저 편히 쉬기나 하시오." 소기는 웃으며 흐트러진 내 귀밑머리를 정리해주고는 그대로 일어나 밖으로 나갔다. 그의 뒷모습을 바라보고 있자니 심란한 마음을 감출 길이 없었다. 오랫동안 머릿속을 맴돌던 말이 입가에 맺혔으나, 결국 또 주저하며 입 밖으로 내지 못했다. 아직 베개 밑에 넣어둔 오라버니의 서신을 꺼내 다시 한 번 읽었다. 손에 쥔 얇디얇은 서신 한 장이 천근만근 무거웠다.

남정 대군은 단숨에 남하해 파죽지세로 여릉기에 이르렀으나, 며칠째 이어진 큰비로 강물이 불어 미리 준비해둔 작은 배로는 물살이 급한 강을 건널 수가 없었다. 게다가 여릉의 수비를 맡은 장수가 성을 버리고 남쪽으로 도망치면서 장마가 닥칠 것을 예상하고 강가에 있는 큰 나무들을 모조리 베어버렸기에 강을 건널 배를 만들 수도 없어, 여러 날이 지나도록 군사들이 여릉기에서 발이 묶여버렸다. 그런데 호광열의 10만 대군은 적군과 오랫동안 대치한 탓에 군량과 마초가 거의 바닥나 원조가 시급한 상황이었다. 만약 여릉기에서 강을 건널 수 없다면, 남은 방법은 민주(愍州)를 돌아가는 것뿐이었다. 민주는 진안왕(晉安王)의 봉지로, 지세가 험준해 지키기는 쉬우나 공략하기는 어려운 곳이었다. 때문에 진안왕이 성문을 열어 길을 빌려주지 않는 한, 성을 공격해 빼앗기란 강을 건너는 것보다 더 어려운 일이 될 터였다. 게다가 진안왕은 건장왕과 인척 관계로, 한편으로는 조정에 역적을 토벌해야 한다는 거짓 표문을 올리면서 다른 한편으로는 민주를 굳게 지키며 성문을 열어주지 않았다. 겉으로만 조정에 순종하는 척하고 속으로는 딴마음을 품은 것이 실로 가증스럽기 그지없는 자였다.

　오라버니는 서신에서, 몇 년간 질질 끈 초양대제(楚陽大堤, 초양의 큰 제방이라는 뜻) 수축이 그가 부임한 뒤로 몇 차례 고난을 겪은 끝에 마침내 완료되었다고 했다. 일단 초양대제가 축조되면 수년간 하류 지역을 휩쓴 홍수의 위험도 거의 사라질 터였기에 가히 만세에 길이 남고 억조창생을 이롭게 할 공적이었다. 이 제방은 오라버니의 심혈이 녹아든 것이자, 어마어마한 재화와 치수 공사에 투입된 수천 명의 피땀이 한데 어우러져 이루어진 것이었다. 그러나 중요한 사실이 하나 더 있었다. 바로 줄곧 대제 수축에만 매달리느라 물길을 이끌 유도 수로 세 개를 완공할 시간이 부족했던 탓에 폭우로 크게 불어난 상류의 강물을 제때 흘려보내지 못해 강의 수위가 유례없이 높아졌고, 그 바람에 대군이 강을 건너지 못하게 된 것이었다.

　연일 쏟아지는 폭우는 그칠 기미를 보이지 않았기에, 지금으로서는 제방을 허물어 강물을 흘려보냄으로써 수위를 낮추는 것만이 유일한 해결책이었다. 제방은 쌓는 것도 어렵지만 허무는 것은 더욱 어려운 일이었다. 제방을 허문다는 것은 곧 초양(楚陽) 양안의 3백 리에 이르는 평원이 물에 잠기고 헤아릴 수 없이 많은 백성이 수재를 겪게 된다는 것을 의미했다. 농작물은 못 쓰게 되고, 백성은 삶의 터전을 잃고……. 오갈 데 없는 신세가 되어 망연자실한 백성들의 참혹한 모습이 떠오르자 등줄기를 타고 시린 한기가 덮쳐왔다. 지금 여릉기에서 오도 가도 못하고 있는 송회은과 자담은 며칠 전 소기에게 상소를 올려, 대군이 강을 건널 수 있게 즉시 제방을 허물어 물을 방류해달라고 요청했다. 이 사실을 알게 된 오라버니는 다급히 조정에 상소를 올리는 한편 내게도 서신을 보내, 무슨 일이 있어도 제방을 허무는 것만은 안 된다면서 유도 수로를 완공할 때까지 조금만 더 시간을 달라고 했다.

그러나 유도 수로 세 개가 언제쯤에나 완공될지, 남정 선봉대가 얼마나 기다릴 수 있을지 모를 일이었다.

때문에 소기는 진퇴양난에 빠졌다. 강남에서 고립무원의 상황에 처한 10만 선봉대는 그와 오랜 세월 생사를 함께한 전우들이었다. 만약 원군의 지원이 더 늦어진다면 그들은 사지로 몰릴 터였다. 당연히 소기는 10만 장병의 죽음을 좌시할 수 없었으나, 초양 양안의 백성들은 또 무슨 죄란 말인가? 백성을 도탄에 빠뜨리고 삶의 터전을 잃게 만든 대가로 승리한다 해도, 이렇게 이긴 전쟁은 역사에 추한 이름으로 남을 것이다.

그런고로 우리는 모두 결정을 망설이고 있었다. 전쟁과 강변 백성들의 생사 중 어느 것이 더 중할까? 권좌를 위한 정벌에서 무고한 백성의 목숨을 희생하면서까지 동족상잔을 벌여 승리를 쟁취하는 것이 과연 가치가 있을까?

또 오라버니가 심혈을 기울여 축조한 제방을 무너뜨리면 치수는 오히려 더 큰 화를 불러올 터인데, 오라버니는 얼마나 억장이 무너지겠는가? 더욱이 천고의 오명을 오라버니가 어찌 감당할 수 있겠는가?

밤새 이어지던 기침이 겨우 가라앉아서 막 눈을 감고 잠이 들려는데…… 갑자기 다급한 발걸음 소리가 들리더니 당직을 서던 시위가 나직이 고했다. "왕야께 아룁니다. 변경 관문에서 긴급한 보고가 전해졌습니다. 화급을 다투는 일입니다!"

내가 번쩍 눈을 떴을 때, 소기는 벌써 일어나 앉아 옷을 걸치고 침상에서 내려가고 있었다. "가져와라."

이내 전각 밖이 환히 밝혀지고 시종이 총총히 안으로 들어 발 밖에 꿇어앉았다. "변경 관문에서 보내온 봉랍 서신입니다. 살펴보십시오."

소기는 봉랍이 선명한 서신을 건네받고는 미간을 일그러뜨리며 펼쳐 보았다. 쥐 죽은 듯 조용한 방 안에 숨 막히는 긴장감이 감돌았다. 자리에서 일어나 침상의 휘장을 걷어 올리고 보니, 환한 등불 아래 선 소기의 표정이 점점 가라앉고 찬 서리를 뒤집어쓴 듯 온몸에서 맹렬한 살기가 뿜어져 나와, 문득 가슴이 죄어왔다.

밖에는 밤비가 부슬부슬 내리고 있고, 날은 아직 칠흑처럼 어두웠다. 비바람 소리에 실린 한기가 몹시도 선득했다.

"북쪽에 무슨 일이 생겼나요?" 참다못해 물었다. 소기는 표정을 누그러뜨리며 나를 돌아보고는 곧바로 겉옷을 집어 걸쳤다. "별일 아니오. 아직 시간이 이르니 더 주무시오."

냉엄한 그의 얼굴을 바라보고 있자니, 갑자기 요즘 들어 그가 좀 여위었고 갈수록 눈이 꺼져 눈매가 날카로워지고 있다는 생각이 들었다.

이 거대한 강산을 혼자서 짊어지고 있으니 아무리 강인한 그라도 지칠 수밖에……. 순간 가슴이 아릿해 나도 모르게 탄식했다. "꼭 그리 급하게 처리해야 하나요? 아직 한밤중인데 조회에서 다시 의론해도 늦지 않잖아요." 소기는 잠시 침묵하다가 담담히 말했다. "남돌궐이 국경을 침범해 상황이 몹시 위태로우니 지체할 수 없소."

가슴이 철렁 내려앉았다. "돌궐이라고요?"

"그깟 남돌궐이야 대수로울 것이 없소." 소기가 차갑게 코웃음 쳤다. "그러나 가증스럽게도 남방이 감히 외구(外寇)와 결탁했소!"

바로 며칠 전에 남돌궐의 기병 5천이 익성(弋城)을 습격해 수많은

75

가축과 재물을 노략질했다. 변경 관문의 수장(守將)은 곧바로 군사를 내 추격한 끝에 돌궐 기병을 익성 밖으로 쫓아냈으나, 화극곡(火棘谷)에서 돌궐 대군에 가로막혀 하릴없이 말 머리를 돌려야 했다. 남돌궐 왕은 친히 10만 철기군을 이끌고 익성 아래까지 이르러 호시탐탐 엿보며 지난날의 치욕을 씻겠다고 큰소리쳤다. 이에 수장은 영삭에 원조를 요청했으나, 영삭 주둔군 중 절반이 이미 남정군과 경성 근처 주요 지역 주둔군에 배치되어 군사력에 공백이 생긴 상태였다. 이 정도 병력이라면 돌궐의 10만 기병을 상대하는 것은 거뜬했으나, 남돌궐의 뒤에는 틀림없이 원군이 있을 터였다. 만약 그들이 북돌궐과 힘을 합쳐 남침을 감행한다면 변경의 상황은 심히 우려스러울 터였다.

소기가 북부 변경의 수장으로 있을 때, 몇 차례에 걸친 큰 전투 끝에 결국 돌궐을 변경으로 쫓아내 막북까지 물러나게 했다. 중상을 입은 늙은 돌궐 왕은 얼마 후에 세상을 떠났고, 이로 인한 왕족 간 왕위 쟁탈전이 벌어져 돌궐은 둘로 나뉘었다. 세력이 약했던 북돌궐은 멀리 북방으로 떠나 그때부터 중원과 왕래를 끊었으며, 심각한 타격을 입고 세력이 약화된 남돌궐은 몇 년간 감히 막북을 넘어오지 못했다. 그 후 몇 년 동안 중원 황실이 혼란에 휩싸이고 내란이 빈번히 발생해 권좌를 둘러싼 싸움으로 바빴던 소기는 북방을 신경 쓸 겨를이 없었다. 이로써 한숨 돌린 남돌궐은 기회를 엿보며 막북의 약소 부족을 집어삼키고 군대 양성에 박차를 가해 결국 이같이 큰 사달을 일으켰다.

그러나 이보다 더 나쁜 소식이 있었다. 적의 군영에 숨어든 아군의 간자가 돌궐 왕의 장막에서 남방 왕족의 사신을 보았는데, 그들이 돌궐의 출병에 막대한 재물을 보탰으며 심지어 돌궐과 맹약을 맺어 남방 종실이 남정 병력을 붙잡고 있는 사이 돌궐이 기회를 엿봐 침략을 감행함으로써 남북 양쪽에서 중원을 협공하기로 한 것이었다. 남방 왕족의 이 같은 행위는 집 안으로 늑대를 끌어들이는 것이나 진배없었다. 권력을 쟁탈하기 위해 강토가 나뉘는 것도 개의치 않고 북방 변경을 외구에게 갖다 바친 것이다.

빗물이 처마를 따라 쏟아져 내렸고, 창밖으로 빗줄기가 한 치의 틈도 남기지 않고 허공을 가득 채웠으며, 하늘가에는 먹구름이 무겁게 드리워졌다.

창문 아래 서서 바람을 막는 창의를 걸치고 있는데도 축축하고 차디찬 기운이 엄습했다. 남돌귈, 남돌귈…… 정신이 아스라한 가운데 광활한 북방으로 되돌아간 듯, 백의를 걸친 스산한 형체가 눈앞에 어른거렸다.

아월이 다가와 창문에 치는 발을 살며시 내리며 웃었다. "창가는 바람이 세니 안으로 들어 쉬시지요."

아스라하던 정신을 가다듬고는 아월에게로 눈길을 돌렸다. "아월, 너는 오강(吳江) 부족 사람이지?"

"소인, 어렸을 적에 오강에서 자라다가 후에 가족을 따라 경성으로 왔습니다." 아월이 미소를 머금고 대답했다.

나는 탁자 앞으로 천천히 되돌아가 나직이 중얼거렸다. "오강은 초양과 이웃해 있는데 그 일대는 땅이 비옥하니 백성들의 삶이 풍족한 편이겠지?"

아월은 대답을 주저했다. "물이 매우 풍부하고 땅이 비옥한 것은 맞습니다. 다만 해마다 발생하는 홍수 탓에 재물 좀 있는 자들은 대부분 다른 곳으로 옮겨 갔고, 남은 백성들은 수해로 고통받는 것은 물론이고 탐관오리의 가혹한 수탈까지 견뎌야 합니다." 고향의 참혹한 실정을 밝힐수록 더욱 분을 참을 수 없는지 아월은 흥분을 감추지 못했다. "운 좋게 천재지변에서 살아남더라도 인재를 피할 수 없습니다.

해마다 치수라는 명목으로 얼마나 많은 재물을 수탈해 가는지, 고향 어르신들은 하나같이 수재보다 인재가 더 무섭다고 하셨습니다."

남방 관리들이 부패했다는 소문은 진즉에 들어 알고 있었으나, 아월의 입을 통해 들으니 더 가슴이 아프고 무거웠다. 수재보다 인재가 더 무섭다는데…… 남방은 내란으로, 북방은 외적의 침입으로 어지러운 이때, 나라가 극도로 참혹한 인재에 휘말린다면 그 해를 어찌 수재에 비할 수 있겠는가!

한때는 백성들에게 참담한 대가를 치르게 하면서까지 왕족 간 전쟁을 벌이는 것이 과연 가치 있는 일인지 의문을 품었었다. 그러나 돌궐이 국경을 침범한 상황에서 이 전쟁은 더 이상 왕족 간 전쟁이 아니라, 밖으로는 외적을 막아내고 안으로는 매국노를 토벌하는 전쟁이 되었다. 강토를 빼앗기고 사직이 무너지느니, 차라리 다른 한쪽을 희생하는 편이 나았다.

소기는 오라버니에게 보름의 말미를 주기로 결정했다. 그리고 송회은에게 초양으로 군대를 보내 수로 건설에 온 힘을 보태라고 명하는 한편, 만약 보름 후에도 수로가 완공되지 않으면 곧장 제방을 무너뜨릴 것이며 누구라도 이에 항거하는 자가 있으면 군법에 따라 처벌하라고 명했다.

며칠 뒤, 남방 왕족의 사신이 기고만장하게 입경했다. 그리고 실제로는 제 세력을 믿고 하는 위협이나 다름없는 강화를 요청했다.

신료들이 태화전 안에 숙연히 자리하고 어린 황제를 안은 내가 주렴 뒤에 앉자, 소기가 조복 차림에 검을 패용한 채로 붉은 섬돌 위에 섰다.

당당히 태화전에 든 사신은 남방 번왕들이 공동으로 올린 상주문을 바치며, 강을 기준으로 조정을 나눌 것이며 자율을 남방의 황제로 받아들일 것을 요구했다. 그자는 거만하기 짝이 없는 말투로 청산유수같이 뛰어난 언변을 자랑하며, 열흘 안에 조정에서 군사를 물리지 않으면 북방을 침입한 적을 막을 수 없으므로 돌궐 철기병이 곧장 중원을 덮칠 것이라고 위협했다. 이에 격분한 신료들은 그 자리에서 사신과 입씨름을 하며 남방 번왕들을 매국노라고 꾸짖었다.

소기는 내시가 바친 상주문을 받아 들더니 보지도 않고 계단 아래로 내던져버렸다. 한참 설왕설래하던 사람들은 깜짝 놀라 곧 입을 다물고 공손히 섰다.

"돌아가서 번왕들에게 전하라." 소기는 오만하게 웃고는 말을 이었다. "내가 북방을 평정하는 날이 곧 강남 역당의 숨이 끊어지는 날이 될 것이라고!"

잠시 계단 아래에 정적이 감돌더니 모든 신료가 일제히 꿇어 엎드리며 소리 높여 외쳤다. "황제 폐하 만세!" 사신은 음험하게 얼굴을 굳히며 무안한 기색으로 물러갔다. 주렴 뒤에서 태산처럼 우뚝 솟은 소기의 뒷모습을 보고 있자니 나도 모르게 가슴이 뭉클해졌다. 그가 이 만리 강산을 짊어지고 있으면 온갖 시련이 닥치더라도 결코 흔들릴 리 없을 것만 같았다.

지난 며칠 동안 북방의 전황은 심각했다. 돌궐 기병이 날이면 날마다 강공을 퍼부으며 곳곳에서 방화와 살인, 약탈을 저질렀다. 원군이 속속 도착해 성을 지키는 장병들은 죽기 살기로 맞서 싸웠으나 부상자와 전사자가 속출했다. 다행히 당경이 이미 10만 원군을 이끌고 북상해 며칠 안에 영삭에 도착할 터였다. 남북이 동시에 교착 상태에 빠진 상황에서 전장의 상황을 알리는 급보가 눈발 날리듯 날아들었다. 그때마다 남쪽에서 오라버니가 보내온 소식이길 학수고대했으나 기대는 늘 실망으로 끝맺음했다.

밤이 깊은 시각, 거울 앞에 앉아 유리빗으로 천천히 머리를 빗으며 넋을 놓고 있었다.

말미로 얻은 보름의 시간이 얼마 안 남았다. 고작 열흘 남짓의 이 시간은 우리에게도, 오라버니에게도, 초양 양안의 백성들에게도, 북방 변경의 수비군에게도, 남정 선봉군에게도 기나긴 고통의 시간이었다. 그러나 오라버니는 아직까지도 소식을 보내오지 않고 있고, 수로가 예정대로 준공될지 알 수도 없는 상황이었다. 제방을 허물어뜨릴 경우 발생할 일들을 생각하니 눈앞이 캄캄해지며 절로 손에 힘이 들어갔다. 그 바람에 유리빗이 두 동강 나고 말았다. 돌연 불길한 예감이 차올랐다. 더는 두려움을 가눌 길이 없어 소매를 떨치며 눈앞에 있는 장신구를 휙 쓸어 떨어뜨려버렸다.

"아무!" 그 소리에 소기가 손에 들고 있던 상소를 내던지며 다급히 달려와 내 손바닥을 펼쳤다. 그제야 부러진 빗의 날카로운 면에 베어 손바닥에 길게 상처가 난 것을 깨달았다. 나는 그대로 뒤돌아 그의 품에 안긴 채 말없이 바르르 몸을 떨었다.

소기는 묵묵히 탄식하고는 소매로 내 손바닥에 배어난 피를 닦아낼 뿐이었다. 새하얀 비단 두루마기가 붉게 물들었다. 침착하면서도 힘찬 심장 소리를 듣고 있으니 두려움이 걷히며 평온이 찾아들었다. 나는 나직이 중얼거렸다. "이 싸움은 언제 끝이 나고, 언제 평온해질까요?" 소기가 몸을 굽히며 내 이마에 가볍게 입 맞추고는 몹시 지친 듯 탄식을 내뱉었다. "머지않아 승전보가 전해질 것이라 믿소."

과연 소기의 말이 들어맞았다. 이튿날, 비록 내가 학수고대하던 소식은 전해지지 않았으나 생각지도 못한 변고가 발생했다.

돌궐의 밀사가 비밀리에 조정에 들어 섭정왕 소기에게 알현을 청한 것이다. 그자들은 몹시 은밀하게 찾아왔다. 놀랍게도 북방 변경을 에둘러 서북쪽에서 들어왔으며, 일행이 모두 서역 상인으로 변장하고 있었기에 관내에 들어선 후에야 신분이 발각됐다. 원래는 돌궐의 첩자인 줄 알았으나, 우두머리 격인 사람이 자신을 왕자의 밀사라고 소개하며 섭정왕을 알현하고 싶다고 했다. 그의 몸을 뒤져 정말로 돌궐 왕자의 밀서를 발견한 현지 관리는 곧장 이들을 경사로 압송하라고 명했다.

돌궐의 곡률(斛律) 왕자가 밀서에서 이른 내용은 다음과 같았다. '지난날 소기와 맹약을 맺은 바 있다. 지금 나는 세력을 갖췄고, 돌궐 왕이 남침을 한 이때가 왕위를 빼앗을 절호의 기회다. 그러나 내가 가진 병력이 미약하여 감히 일을 벌이지 못하고 있으니 중원에서 군사 10만을 빌려주길 바란다. 그리하여 일이 성사되면 곧바로 북방 변경에서 군사를 물릴 것이다. 또한 말하(秫河) 이남의 비옥한 들판을 할애해 주고 해마다 소, 양, 말 등 가축을 바칠 것이며 영원히 국경을 침범하지 않겠다.'

숭극전(崇極殿)에 든 돌궐의 밀사는 왕자의 인신을 증거로 가져왔을 뿐만 아니라 특별한 선물을 하나 더 바쳤다. 기골이 장대하고 수염이 덥수룩한 돌궐 밀사는 손을 늘어뜨린 채 한쪽에 서서 유창한 우리말로 아뢰었다. "이는 저희 왕자께서 예장왕비께 드리는 예물입니다."

그 비단 상자가 내 앞으로 바쳐지자 나는 고개를 들어 소기를 쳐다봤다. 소기는 무표정한 얼굴로 살짝 고개만 끄덕였다.

천천히 비단 상자를 여니 눈처럼 새하얀 기이한 꽃 한 송이가 들어 있었다. 분명히 꺾은 지 한참이 지났을 텐데도 여전히 색이 싱싱하고 윤기가 흘렀으며 꽃술이 맑고 투명하게 빛났다.

"이는 우리나라 곽독봉에서 나는 기이한 꽃입니다. 눈을 맞아도 지지 않고 서리가 내려도 시들지 않으며 백 년에 꼭 한 번만 꽃을 피우지요. 독을 풀고 상처를 낫게 하는 천하제일의 영약입니다. 저희 주군께서 말씀하시길, 본디 두 해 전에 바쳤어야 했으나 사정이 있어 늦었으니 왕비께서 용서해주시길 바란다 하셨습니다."

하란잠은 아직도 그 일장(一掌)을 기억하고, 이토록 완곡한 방식으로 그날 나를 다치게 한 일을 사죄하고 있었다. 꽃술 안에서 은은한 빛이 감돌기에 꼭 다물린 꽃잎을 벌려보았더니, 눈부시게 빛나는 아름다운 구슬 하나가 숨겨져 있었다. 예전에 혼례를 올리기 전, 완여 언니에게 현주(玄珠) 봉황 비녀를 선물로 받았더랬다. 비녀에 검은 구슬을 상감해 넣은 것은 천하에 오직 그 봉황 비녀 하나뿐이었는데, 지난날 하란잠을 찌르려고 뽑았다가 미수에 그친 뒤로 잃어버리고 말았다.

그랬는데 그 현주가 다시금 내 품에 돌아오니 꼭 옛 친구가 찾아온 것처럼 반가웠다.

다시 봄이 찾아오다

양국의 전투가 교착 상태에 빠진 가운데 정체불명의 밀사와 비밀스러운 서신, 그리고 기이한 선물은 너무 대담하여 황당무계하게까지 들리는 청을 전해왔다. 이는 커다란 바위를 물에 빠뜨린 것처럼 순식간에 엄청난 파장을 일으켰다.

돌궐 왕자 하면 다 홀란만 알지 곡률이라는 왕자도 있음은 몰랐다. 곡률 왕자, 이 이름만 전해진 신비로운 왕세자의 내력에 대해 정확히 아는 사람은 거의 없었다.

잔혹하고 용맹한 홀란 왕자는 돌궐 왕의 친조카로, 예전에 소기와의 전투에서 그 아비가 목숨을 잃은 뒤로 어려서부터 숙부의 손에서 자란 탓에 돌궐 왕이 친자식처럼 아꼈으며, 두 사람의 성정이 틀에 박은 듯 똑같았다.

반면에 소문으로 들리는 곡률 왕자는 병약하고 무능하여 말 타고 활 쏘는 것조차 못 한다고 했다. 무(武)를 숭상하는 돌궐족에게 말도 못 타고 전투도 못 하는 사내는 여인보다 나약하고 어린애보다 쓸모가 없었다.

그런데 이 힘없고 이름도 알려지지 않은 몰락한 왕자가 바로 지금 소기에게 동맹을 청해온 것이다. 그는 불구대천의 원수인 소기의 힘

을 빌려 아버지를 시해하고 땅을 할애해 주고서라도 왕위를 가지려
고 했다.

조정 신료들은 저마다 의심의 목소리를 냈다. 이것이 돌궐의 속임
수로 우리 군을 적의 후방으로 끌어들여 둘로 나뉜 군대를 각기 공격
할 속셈이라고 의심하는 자도 있었고, 폐인이나 다름없는 무능한 곡
률 왕자에게 왕권을 전복할 능력이 있을 리 만무하다며 그에게 군사
를 빌려주는 것은 도끼로 제 발등 찍는 격이나 다름없다고 하는 자도
있었다. 특히 어사대부 위엄(衛儼)이 가장 극렬히 반대했다. 소기는
그 자리에서 가부를 가리지 않고 차후에 다시 논의하자며 결정을 뒤
로 미뤘다. 돌궐 사자도 잠시 역관에 가두었고, 누구도 함부로 드나들
지 못하도록 금군이 삼엄히 지켰다.

곡률진(斛律眞). 나는 이 낯선 이름을 중얼중얼 불러봤다.

"그러고 보니 당신과 나는 그자에게 감사해야 하겠군." 갑자기 들
린 목소리에 깜짝 놀랐다. 어느 틈에 온 것인지 소기가 뒤에 와 선 것
도 모르고 있었다.

소기는 담담한 목소리와 깊이를 알 수 없는 그윽한 눈빛으로 나를
쳐다보며 웃었다. "그가 당신을 영삭으로 데려오지 않았다면 당신과
내가 언제 만났을지 알 수 없으니 말이오."

나도 따라 웃었다. 백의를 입은 그 스산한 형체를 떠올릴 때마다
늘 감개무량함을 느꼈다. 그가 보내온 꽃과 구슬을 생각하니 갑자기
달빛이 환히 내리던 그 추운 밤의 광경이 떠올라 순간 얼굴이 살짝 달
아올랐다.

"하란잠이 사내는 사내군." 소기가 뒷짐을 진 채 웃었다. "당신은 동
맹에 대해 어찌 생각하시오?"

나는 잠시 망설이다가 천천히 말문을 열었다. "그때 당신과 하란잠

이 맹약을 맺었던 것은 당연히 조정 신료들이 알게 해서는 안 돼요. 이번에 그가 약속대로 당신에게 군사를 빌린다고 하니 오히려 믿음이 가네요."

소기가 살짝 미소 지으며 고개를 끄덕여 계속 말해보라는 뜻을 비쳤다.

그러나 나는 망설이며 침묵을 지키다가 잠시 뒤에야 말을 이었다. "그자는 당신을 뼛속 깊이 증오하는데…… 그저 원한보다 왕위에 대한 갈망이 더 큰 것뿐이에요. 설령 지금은 당신과 동맹을 맺더라도 분명히 훗날 당신에게 등을 돌릴 거예요."

"맞소. 본디 원한과 이익은 세상에서 가장 확실하고 믿을 만한 것이오." 소기가 차디찬 웃음을 흘렸다. 나는 눈을 내리깔고 탄식했다. "원한은 진정 그리도 무서운 걸까요?"

"우리 아무가 아직까지 원한의 맛을 모르고 있었구려." 미소를 머금고 나를 바라보는 소기의 표정은 몹시 복잡했고, 놀리는 말 속에 은근한 탄식이 배어 있었다. "그저 평생 당신이 그 맛을 몰랐으면 하오."

가슴이 벅차올랐다. 이런 사내가 곁을 지켜주는데 세상이 무너진다 한들 두려울 까닭이 있겠는가!

"하란잠이 나와 동맹을 맺고자 하는 것은 단순히 왕위 때문이 아니오." 소기가 옅은 웃음을 지었다.

순간 멍해졌던 나는 갑작스레 든 생각에 획 하고 눈을 들어 올렸다. "여전히 복수할 생각인가요?"

"나보다는 돌궐 왕에게 더 복수하고 싶을 것이오." 소기가 탄식했다. "예전에 그와 몇 차례 부딪치면서 느낀 바인데, 의연하고 인내심이 강한 것이 적으로든 벗으로든 보기 드문 맞수였소."

순간 그 음흉하고 악독하면서도 속으로 인내하던 눈빛이 다시금 눈앞을 스치고 지나갔다. 도대체 그의 내면에는 얼마나 무시무시한 한이 감춰져 있을까? 돌궐에서 지낸 그 오랜 세월 동안, 하란잠은 강적 밑에서 살아남기 위해 일부러 약한 척하며 몸을 낮췄다. 그러나 속으로는 이미 오래전부터 살심(殺心)을 품고 복수할 기회가 오기만을 기다렸다. 그리하여 정말로 복수의 날이 찾아오면 제 아비와 형제, 친족의 피로 오랜 세월 묵혀둔 한을 씻으려 한 것이다.

나는 속으로 몸서리치며 소기를 바라봤다. "진정 하란잠과 동맹을 맺을 생각인가요?"

"당랑포선 황작재후(螳螂捕蟬 黃雀在後), 사마귀가 매미를 잡으려 하나 참새가 뒤에 있음을 모르나니…… 그는 사마귀고 나는 참새인데 아니 할 까닭이 있소?" 소기의 얇은 입술에 차디찬 미소가 걸렸다.

"10만 대군을 돌궐로 보냈는데 하란잠이 태도를 바꾼다면 뒷일을 감당하기 어려울 거예요." 나는 미간을 찌푸리며 주저주저 말을 이었다.

뒷짐을 진 채 말이 없던 소기는 한참 만에야 담담히 말했다. "당신이라면 다른 사람과 함께 일을 꾸밀 때 무엇을 근거로 그를 믿겠소?"

나는 잠시 생각하고 말했다. "이익이지요!"

소기가 웃음을 터뜨렸다. "맞는 말이오. 은혜니 도리니 신용이니 하는 것들은 다 허울 좋은 구실에 불과하지. 세상 사람들이 바라는 것은 결국 이익이오. 이익이야말로 가장 믿을 만한 맹약이지."

소기는 천천히 서안(書案) 옆으로 걸음을 옮기고는 그 위에 펼쳐진 황여강산도를 펼쳤다. 광활한 강토를 한눈에 담으며 소기는 오만하게 웃었다. "10만 대군을 빌려주는 것은 쉬운 일이나, 일이 끝난 뒤 군사를 거둬들일지는 하란잠이 결정할 바가 아니지!"

순간 가슴속이 환해져 엉겁결에 외쳤다. "객이 주인이 되고 적을 벗으로 삼는다?"

대견하다는 듯 나를 바라보는 소기의 눈빛이 활활 타올랐다. "그렇소. 설령 원수라 할지라도 믿지 못할 까닭이 없으니 다시 한 번 그를 도와주지!"

다음 날 조정에 든 소기는 군사를 빌려달라는 돌궐 곡률 왕자의 청을 받아들였다. 이로써 맹약이 체결되었다.

일단 계획대로 일이 성사된다면 북방 변경의 위기는 곧바로 해결될 터였기에, 오라버니에게 조금만 더 시간을 주라고 소기에게 간청해보았다.

올해 남방의 우기는 유난히 길기 때문에 오라버니가 제때 유도 수로를 완공하지 못할까 걱정이었다. 그러나 소기는 군령은 태산과 같아 바꿀 수 없다며 뜻을 유지했다.

보름의 기한이 곧 끝날 터인데 아직까지도 오라버니에게서 좋은 소식이 오지 않았다. 제방을 무너뜨리는 일은 피할 수 없게 되었다. 송회은이 초양에서 보내온 마지막 상소문에서 이르길, 이미 군사를 이끌고 가 제방을 무너뜨릴 준비를 마쳤다고 했다. 그러나 나는 오라버니가 피땀 흘려 완성시킨 제방을 무너뜨리는 꼴을 두고 볼 수 없다. 오라버니에게 필요한 것은 시간, 아주 짧더라도 좋으니 조금만 더 긴 시간이었다!

소기와 반나절을 씨름했으나 바뀐 것은 없었다. 소기는 자신의 의견을, 나는 내 뜻을 고집하며 서로 한 치도 물러서지 않았다. 우리 두 사람이 이토록 격렬히 논쟁을 벌인 것은 처음이었다. 결국 소기는 내 간청을 들어주지 않고 소매를 떨치며 나가버렸다. 나는 맥없이 방 안에 우두커니 앉아 있었다. 날은 점점 어두워져 왕부 곳곳에 등불이 켜졌다. 바람결에 흔들리는 궁등의 빛이 쉼 없이 명멸했다. 오늘 밤 안으로 명을 내리지 않으면 더 이상 막을 기회가 없었다.

공적으로든 사적으로든 수만 백성의 목숨과 오라버니가 쏟아부은 심혈이 뜨거운 인두로 지진 것처럼 시시각각 가슴속을 떠나지 않았으나, 조정의 율법과 전장의 위기는 보이지 않는 칼날처럼 내 목을 겨눠왔다.

고모는 이런 말을 한 적이 있다. '남자의 천직이 개척과 정벌이라면, 여자의 천직은 보호하고 돕는 것이다.' 나는 이 순간이 되어서야 마침내 고모가 한 말을 진정으로 이해했다. 내 손에 쥐여진 것은 단순히 오라버니, 자담, 온 가족의 안위뿐만이 아니었다. 지금은 수만 백성의 목숨까지 내 손에 쥐어 있었다! 나는 이 둘 중 단 하나만 선택했을 때 벌어질 수 있는 결과를 누구보다 잘 알았고, 기회는 오직 한 번밖에 없다는 사실도 알고 있었다. 설령 헛수고일지라도, 위험을 무릅써야 할지라도 반드시 해야 했다!

서안 위 촛불이 이리저리 흔들렸다. 마침내 마음을 굳힌 나는 서안에 엎드려 붓을 들었다.

동맹을 맺는 일이 순조롭게 진행되고 있었다. 며칠 후면 돌궐 사신은 돌궐로 돌아갈 터이고, 우리나라의 10만 대군은 곧바로 서쪽 변경을 우회하여 곡률 왕자와 안팎으로 호응해 뒤에서 돌궐 왕성을 공격할 것이다.

소기는 명환전(明桓殿)에 주연을 마련해 곧 돌궐로 돌아갈 사신을 대접했다.

호악(胡樂)이 구성지게 울리는 가운데 울긋불긋 아름다운 옷을 입은 무희들이 빙글빙글 돌며 호선무(胡旋舞)를 추니, 모두가 그 눈부시게 아리따운 모습에서 눈을 떼지 못했다. 내가 미소 띤 얼굴로 잔을 들어 아래쪽에 자리한 사신에게 살짝 몸을 굽히며 예를 행하자, 돌궐 사신은 멍한 눈빛으로 얼이 빠져 있다가 잠시 뒤에야 정신을 차리고는 황망히 잔을 들었다. 소기와 내가 마주 보며 웃자 함께 자리한 신료들도 잔을 들어 함께 마셨다. 사방에 태평성세를 찬미하는 노랫소리가 울려 퍼졌다. 그때 갑자기 붉은색 옷을 입은 내시 하나가 잰걸음으로 달려와 소기 옆에서 나직한 목소리로 무언가를 아뢰었다. 아무렇지 않은 듯 태연히 고개를 끄덕이고는 여전히 좌우에 술을 따르라 명하며 담소를 나누는 소기에게서는 이상한 낌새가 느껴지지 않았다. 유일하게 나만이 알고 있었다. 소기는 뭔가 고민이 있을 때면, 쉽게 눈치채지 못할 정도로 짓는 엷은 미소처럼 무심코 입술을 꽉 다문다는 것을. 나는 눈동자를 내리깐 채 술잔을 들었다. 손가락 끝이 바르르 떨렸다.

음악이 잦아들고 연회가 끝났다. 명환전에서 왕부로 돌아오는 길, 궁인들이 등을 들고 앞에서 길을 인도하니 선홍빛 궁등이 구불구불 길게 이어졌다. 궁에서 왕부로 돌아오는 내내 소기는 나와 말 한 마디 나누지 않고 침묵을 지켰다. 어찌 된 일인지 어느 정도 짐작이 갔다. 진즉에 최악의 경우를 예상해두었으나, 실제로 이런 상황이 닥치니 목에 감긴 밧줄이 곧 당겨질 것처럼 가슴이 벌렁거려 식은땀이 줄줄 흘렀다.

수레가 왕부에 도착하자 난거에서 내렸다. 초봄의 밤바람에는 아직 찬 기운이 실려 있었다. 취기가 도는 가운데 바람을 맞으니 순식간에 눈앞이 어찔했다. 평소에 소기는 늘 친히 다가와서 나를 부축해주었으나, 지금은 고개도 돌리지 않고는 소매를 떨치고 안으로 들어갔다. 나는 그 자리에 멍하니 서 있었다. 손가락 끝에서부터 명치까지 한기가 들어찼다. 아월이 다가와 부축해주며 나직이 속삭였다. "왕비마마, 밤이라 날이 차니 어서 안으로 드시지요."

곧장 내원을 지나쳐 침실 문 앞에 섰다. 적막이 감도는 텅 빈 정원을 뒤로 두고 서니, 문안에 등불이 일렁이고 있는데 차마 문을 열고 들어갈 용기가 나지 않았다. 이런 순간이 올 줄 진즉에 알고 있었다. 어떤 결과라도 나 스스로 책임져야 했다. 나는 눈을 꼭 감고는 좌우의 시녀들에게 뻣뻣하게 일렀다. "모두 물러가거라."

내실 안으로 들자마자 뒷짐을 진 채 창문 아래 서 있는 소기가 보였다. 나는 말없이 발을 멈췄다. 손바닥에서 식은땀이 배어나고 심장이 저 밑으로 쿵 떨어져 내렸다.

"이미 결과가 나왔나요?" 나는 지친 목소리로 물었다.

"어떤 결과를 알고 싶소?" 담담한 목소리에서는 감정을 읽을 수 없었다.

나는 입술을 깨물며 등줄기를 똑바로 폈다. "군령을 교란시킨 것은 왕현 한 사람의 죄로 다른 사람과는 무관합니다. 결과가 어찌 되었든 나 또한 온 힘을 다해 책임지겠어요."

휙 돌아선 소기의 얼굴에 노한 기색이 역력했다. "군령을 교란시킨 죄는 유배형에 처해지는데, 당신이 어찌 온 힘을 다해 책임지겠다는 것이오?"

숨이 턱 막혀 말문을 열기도 전에 그가 손을 뻗어 내 턱을 들어 올렸다. 소기가 노기등등한 눈빛으로 말했다. "내가 늘 당신에게 양보하고 한없이 총애하니 이토록 배포가 두둑해져 내 군령을 가로막은 것이오? 지금 이 순간에도 뉘우칠 줄 모르고!"

지난번에 나는 제방을 허물 기한이 되기 전에 초양에 당도할 밀서를 보내 송회은에게 닷새만 더 말미를 주라 명했다. 10만 선봉군이 강남 한복판에 고립되어 있어 원군의 도착이 하루하루 늦어질수록 그들의 상황도 그만큼 악화될 것임을 잘 알고 있었다. 겨우 닷새지만 이는 내가 벌 수 있는 최대한의 시간이었다! 만약 제방을 허물고 출병할 시기를 늦췄는데도 불구하고 수로가 완공되지 않았다고 해도 그날의 결정을 후회할 생각은 없었다. 모든 죄와 책임은 나 한 사람이 지면 된다. 절대로 오라버니에게 해가 미치게 할 수는 없다.

소기의 반응으로 보건대, 내가 군령을 가로막은 사실도 이미 알고 있고 끝내 오라버니가 성공하지 못한 것이 분명했다. 가슴이 싸늘하게 식고 온몸이 뻣뻣하게 굳어갔으나, 나는 평소와 다름없이 침착한 태도로 태연자약하게 그의 눈빛을 마주했다. "기왕 결심을 했으니 일말의 요행도 바라지 않아요. …… 어떠한 벌이든 당신 뜻대로 내리면 돼요."

"당신!" 소기는 격분하여 잠시 나를 매섭게 쏘아보고는 휙 소매를 떨치며 뒤돌아서더니 다시는 눈길을 주지 않았다.

그러거나 말거나 나는 더 이상 그와 다툴 생각이 없었다. 그저 몽롱한 가운데…… 오라버니는 어찌하나, 치수 대업을 이루려 했는데 공든 탑이 무너졌으니 얼마나 괴로울까…… 하는 생각이 들 뿐이었다. 방금 전에 막 눌러둔 술기운이 식은땀에 다시금 치솟아 머리가 깨질 듯이 아팠다. 나는 이마를 짚으며 뒤돌아서 내실 밖으로 걸음을 옮겼다. 어디로 가야 할지는 몰랐으나 그저 혼자서 조용히 생각을 하고 싶었다.

그때 손목이 꽉 조이며 휙 잡아당겨졌다. 휘청이며 그의 품에 쓰러지자마자 곧바로 몸이 붕 뜨며 그의 팔에 안긴 채로 침상으로 옮겨졌다.

실망스럽고 서글퍼 더는 그와 다투거나 부딪치고 싶지 않았기에 발버둥 치며 그를 밀어냈지만 도저히 벗어날 수가 없었다.

"왕현!" 소기가 버럭 내 이름을 외쳤다. 갑자기 멍해진 나는 그에게 손목이 붙잡힌 채로 베개 언저리에 단단히 고정됐다. 순간 손목이 끊어질 것처럼 아파 비명을 지르지 않으려고 입술을 앙다물었다.

소기가 몸을 숙이고 냉랭한 눈빛으로 내려다봤다. "그대는 참으로 운이 좋소. 이번에는 내기에서 이겼구려."

순간적으로 무슨 말인지 이해하지 못해 멍하니 그를 쳐다봤다. 방금 전에 내가 들은 말이 참인가?

"당신은 당신을 대신해 큰 화를 해결해줄 출중한 재주를 지닌 오라버니와 충성스러운 매제를 가졌소." 냉엄하고 무정한 소기의 얼굴에 마침내 기쁜 기색이 떠올랐다. "왕숙과 송회은이 군사 3천을 데리고 밤낮없이 수로 건설에 매달린 끝에, 제방을 허물 기한이 지난 지 사흘째 되는 날 마침내 유도 수로를 건설하는 데 성공했소. 수문을 여는 날, 강줄기가 초양을 에돌아 갈라져 흘러 양안의 백성들이 큰 난을 피했고 대군도 순조롭게 강을 건넜소!"

순간 가없는 희비가 교차했다. 오라버니가 참말로 해냈구나! 지난 백 년 동안 그 누구도 성공한 적이 없거늘, 오라버니가 결국 유도 수로를 내는 데 성공했어!

갑자기 목이 메어 흐느낌이 새어 나왔다. 모든 괴로움과 불안감, 초조함이 이 순간 눈물로 화해 떨어져 내렸다. 더는 논쟁이니 처분이니 신경 쓰지 않고 그저 지금 당장 오라버니에게 달려가 그가 축조한 제방을 직접 보고 싶었다.

"울긴 왜 우시오. 기를 써서 이겨놓고!" 소기가 노기를 거두는 대신 도리가 없다는 눈빛으로 길게 탄식하고는 말했다. "내가 어쩌다가 당신 같은 여인을 만난 것인지!"

그가 뭐라고 욕을 하든 나는 그저 그의 앞에서 하염없이 눈물을 쏟았다. 이렇게 시원하게 운 것은 참으로 오랜만이었다. 너무 오랜 시간 동안 꾹꾹 눌러둔 서글픔과 쓸쓸함, 억울함이 한순간에 기쁨으로 변하면서 눈물이 되어 흘러나왔다.

소기는 내가 갈수록 더 심하게 우는 것을 보고 처음에는 도리 없다는 반응을 보이다가, 이어서 어쩔 줄 몰라 하며 내 눈물을 닦아주면서 어이없다는 듯 말했다. "이제 그만 좀 하시오. 내 더는 말하지 않으면 될 것 아니오?"

소기의 괴로워하는 표정에 울면서도 웃음이 터졌다. 소기는 탄식하며 정색을 하고는 나를 응시했다. 미간에 은근한 두려움이 서렸다. "아무! 매번 이토록 운이 좋을 수는 없음을 당신도 알 것이오! 만약 아숙이 성공하지 못했고 그로 인해 제때 군사 전략을 시행하지 못해 큰 화가 닥쳤다면 어떠한 죄를 받을 것이오?"

"알아요." 나는 눈을 들어 그를 응시했다. "그러나 정말로 제방을 무너뜨리려 했다면, 공적으로든 사적으로든 나는 좌시할 수 없었을 거예요. 그 죄가 아무리 크다고 하더라도 위험을 무릅쓸 가치가 있었어요. 나 또한 군정 대사에 함부로 간여해서는 아니 됨을 알고 있으나 이번만은 달랐어요……."

"그래도 우기기는!" 소기가 다시 화가 치솟는지 잠시 나를 노려보고는 묵직한 탄식을 내뱉었다. "당신은 내 아내이니 당연히 진퇴를 함께해야 할 것이기에 설령 군정 대사라고 해도 그대를 빼놓고 생각한 적은 없소. 그러나 모든 일에는 정도가 있는 법, 이번에 당신은 실로 너무 무모했소. 특히 나를 속여서는 아니 됐소!"

그의 말이 다 옳아 대꾸할 말이 없었기에 고분고분 고개를 숙인 채 잠자코 있었다.

"내가 당신을 너무 오냐오냐 받아줬소!" 소기가 차갑게 코웃음 쳤으나 노기는 엿보이지 않았다. "이제 잘못을 알았소?"

"잘못했어요." 그저 나직이 답하는 수밖에 도리가 없었다. 그러나 속으로는 영 내키지 않아 분이 찬 눈으로 그를 째려보고는 눈가에 남은 눈물을 닦아냈다.

그때 소기가 갑자기 헉하고 숨을 들이켜더니 내 손을 확 잡고는 낯빛을 굳혔다. 그제야 방금 그에게 잡혔던 손목이 시퍼렇게 멍든 것을 깨달았다.

"어찌 이리……." 내 손목을 들어 올린 그의 얼굴에서 위엄 넘치는 표정이 싹 가시더니 후회의 빛이 가득 들어찼다.

나는 입술을 꽉 깨물며 그의 품에 엎어져 서러운 듯 아무 말도 하지 않았지만, 속으로는 안도의 한숨을 내쉬었다.

소기가 내게 꼼짝 못한다는 것은 진즉에 알고 있었지!

가을을 두고 다사다난한 계절이라고 하는데, 올봄은 정말이지 풍파가 끊이지 않고 다사다난한 봄이었다.

남방에서 드디어 기쁜 소식을 전해왔다. 초양대제가 축조되면서 백 년에 이르는 치수 대업이 마침내 빛을 보게 되었다. 여릉기에서 발이 묶였던 원군도 순조롭게 강을 건넜다. 며칠 동안 쌓인 군사들의 사기는 순식간에 폭발해 단숨에 강남을 휩쓸었고, 파죽지세로 사흘 안에 회녕성(懷寧城) 아래 도착해 호광열의 선봉군과 회합했다. 하룻밤 사이에 조정 안팎은 크게 고무됐다.

오라버니는 치수의 공을 인정받고 왕작(王爵)이 높아져 군왕(郡王)에서 강하왕(江夏王)이 되었다.

돌궐 곡률 왕자와의 맹약은 이미 맺어졌고, 10만 대군은 멀리 서쪽 변방으로 향했다. 그러나 조정에서는 여전히 적잖은 원로대신들이 완고히 간언을 올리고 맹약 체결에 반대하며, 서정에 나선 군대를 되돌릴 것을 강력히 요구했다. 그중에서도 광록대부(光祿大夫) 심중균(沈仲

쇠)이 가장 격렬히 반대했다. 그는 조정에 나와 피가 철철 흐르도록 연신 머리를 찧으며 죽기를 각오하고 간하더니, 집으로 돌아가서는 단식을 하며 죽음으로 항거했다. 이에 대로한 소기는 심씨 일가 170여 명을 모조리 하옥하고, 그가 단식해 죽는다면 온 가족을 함께 순절시킬 것이라고 했다. 이 같은 영이 전해지자 조정 신료들은 하나같이 소기의 극단적인 수단에 놀랐고, 다시는 어느 누구도 허튼소리를 하거나 반대하지 않았다.

심중균도 이름이 드높은 선비로 관직에 오래 몸담고 있으면서 점차 세상 돌아가는 이치에 눈을 떠 예전에는 부친의 문하에 빌붙기도 했었다. 하여 어려서부터 그와 잘 알고 지냈으나 그가 이토록 기개 있는 선비인 줄은 몰랐다. 모두가 세가는 몰락했고 문인은 절개를 잃었다고 떠들지만, 외적의 침입 앞에서 이 선비는 감춰져 있던 대쪽 같은 기개를 꺼내게 된 것이었다.

이 일로 나는 심중균을 다시 보게 되었다. 소기 역시 옛것을 그대로 따를 뿐 현 세태에 맞게 응용하지 못하는 이 꽉 막힌 선비에게 분통을 터뜨리면서도, 정말로 그의 가족들을 죽이지는 못하고 속으로 찬탄했다. 소기는 이를 미끼로 고지식한 선비가 자신과 내기를 하게 만들었다. 즉 정말로 패했을 때 죽어도 늦지 않으니 이번 전쟁 결과가 나올 때까지 잠시 죽음을 뒤로 미루도록 한 것이다. 소기는 그때가 되면 결코 그의 가족들을 연루시키지 않을 것이라고 약조했다. 그제야 이 노인은 화를 내며 단식을 멈추었고, 그 후 정말로 집에 들어앉아 죽기를 기다렸다.

말하자면 우습지만 이런 방법으로 어엿한 조정 명사를 상대할 생각을 해내는 사람은 소기밖에 없을 것이다. 고지식한 사람을 상대하는 데는 단순하고도 막된 방법이 오히려 효과적이었다.

하늘도 인심을 읽은 것인지 한 달이 넘도록 주야장천 이어지던 빗줄기가 그쳤다. 우중충하던 하늘이 맑게 개고 정원에서는 살구나무가 꽃망울을 터뜨렸다. 이미 봄기운이 완연한 것이 바야흐로 꽃향기가 진동하는 4월이었다.

오라버니가 경사를 떠난 지 벌써 한 해가 지났다. 이제 치수 관련의 잡다한 일들을 하나둘 마무리하고 나면 얼마 지나지 않아 경사로 돌아올 터였다.

궁궐 법도에 따라 다시금 복색을 바꿔 봄옷으로 갈아입어야 할 시기가 되었다. 육궁의 주인이 없는 터라 본디 황후나 태후가 지정해야 할 복제(服制)를 나와 소부시(少府寺)가 대리해 정하게 되었다.

봉지궁(鳳池宮) 앞에서 아월이 몇몇 궁인을 데리고 올해 새로 진상된 각양각색의 비단을 내게 보여주었다. 내가 양식과 색상을 정하면 다시 품계에 따라 새 옷을 지어 순서대로 내외명부에 하사할 터였다.

눈이 빙글 돌 정도로 화려하고 아름다운 직물들이 전각 앞에 펼쳐지자, 고아하고 조용하기만 하던 봉지궁이 오색찬란한 색으로 물들었다. 봉지궁은 원래 어머니가 혼인하기 전에 머무르던 침전이었다. 이후 줄곧 비워두다가 내가 어렸을 적에 종종 궁에 머무르면서 이 봉지궁도 내가 황궁을 드나들며 잠을 자는 곳이 되었다.

어여쁜 궁녀들이 곱고 아름다운 비단 사이를 오가며 옷자락을 펄럭이는 것을 보니 꼭 구름 속의 선녀를 보는 듯했다. 활달한 어린 궁녀 몇몇이 시시덕거리는 사이로 누군가가 부드럽게 〈자야가(子夜歌)〉를 부르자 어떤 이가 박자에 맞춰 춤을 추기 시작했다. 늘 스산하고 적막하던 봉지궁에 봄기운이 가득 찼다. 내가 미소를 머금고 가만히 구경하자, 그녀들은 더 신바람이 나서 흥겹게 노래와 춤을 이어 갔고 이에 또 몇 사람이 대범하게 끼어들었다. 궁에서 이토록 즐거운 광경을 보는 것이 얼마 만인지…….

아월과 몇몇이 자꾸만 부추기는 바람에 나도 흥이 솟아 그 틈에 끼어들었다.

궁인의 감미로운 노랫소리에 따라 오랫동안 잊고 있던 춤사위를 기억해냈다. 마치 소녀 시절로 돌아간 듯 발끝으로 땅을 딛고 소매를 펄럭이며 빙빙 돌았다. 눈앞의 광경이 어지럽고 빠르게 스쳐 지나가며 눈부시게 반짝이는 햇살과 환한 색깔로 변해 어슴푸레하게 꿈처럼 아름다운 시절 같았다.

감미로운 노랫소리는 어느 틈에 멎어 있었다. 주변을 둘러보니 모두가 바닥에 꿇어 엎드린 채 숨을 죽이고 있었다.

소기가 전각 입구에 서서 꼭 넋 나간 사람처럼 멍하니 나를 보고 있었다.

4월의 상쾌한 바람이 잔뜩 들떠 얼굴을 스치고 지나가자, 사방에서 비단 깁이 아스라하게 춤을 췄다.

소기는 오색찬란한 운금(雲錦, 구름무늬를 수놓은 고급 비단) 사이를 느릿느릿 지나쳐 내 앞으로 걸어왔다.

빙글빙글 돌다가 갑자기 멈췄더니 눈앞이 약간 어지러웠는데 소기가 나를 단단히 부축해주었다.

주위에 있던 궁인들이 멀리 전각 밖으로 소리 없이 물러났다.

욕정이 뚝뚝 묻어나는 흐릿한 눈빛에 가슴이 두근거렸다. 고개를 들어 미소를 머금고 그를 바라보며 손가락 끝으로 그의 가슴, 목, 턱을…… 스쳤다. 소기는 살짝 눈을 감고는 내 손가락이 미끄러지는 대로 내버려두었지만 숨소리는 점점 거칠어졌다.

"장난은 그만두시오. 아직 해야 할 일이 있으니." 소기가 애써 얼굴을 굳히며 더는 희롱하지 못하게끔 내 손을 붙잡았다. 그러나 그런 진지한 모습이 내 정복욕에 더욱 불을 질렀다. 그대로 그의 품 안으로 미끄러져 들어가 그의 목에 매달린 채 눈을 가늘게 뜨며 물었다. "무슨 일이기에 나보다 더 중한가요?"

소기의 눈빛이 흐려지더니 갑자기 몸을 숙여 입을 맞췄다. 그렇게 한동안 정신을 놓고 서로의 입술을 탐하다가 숨을 헐떡이며 몸을 뒤로 빼고는 그를 놀리며 쏘아보았다. "왕야께서는 중요한 일이 있다고 하지 않으셨습니까?"

짙은 눈썹을 치키는 소기의 눈이 불덩이처럼 타올랐다. 웃으며 뒤돌아 도망치려다가 그만 발밑에 쌓인 비단에 걸려 휘청했는데 소기가 다짜고짜 나를 비단 더미 사이로 잡아당겨 넘어뜨렸다. 그렇게 뒤엉켜 정신이 혼미해질 정도로 서로를 탐하는 사이, 황홀할 만큼 아름다운 거대한 운금이 우리를 겹겹이 둘러쌌다. 온갖 굴레를 다 내던지고 그저 이대로 서로의 눈 속에 빠져 영원히 그 안에 침잠하고만 싶었다.

한참을 뒹군 뒤, 소기는 느른하게 금탑에 누워 옷깃을 살짝 벌린 채 내가 머리를 빗고 다시 단장하는 모습을 웃으며 지켜봤다.

전각 앞에 너저분하게 흩어져 있는 비단에는 방금 전 달콤했던 순간의 여운이 남아 있었다.

나는 머리를 쪽 찐 다음, 맨발로 전각 앞까지 걸어가 사방에 흩어진 비단을 헤치며 무언가를 찾았다.

"무엇을 찾는 것이오?" 소기가 의아한 듯 물었다.

나는 고개를 숙이고 찾는 데만 열중한 채 대답했다. "천 하나가 보이지 않아요."

소기가 웃음을 터뜨렸다. "얼마나 귀한 천이기에 당신이 그리 신경을 쓰는 거요?"

마침내 옅은 회색빛이 도는 반 폭짜리 분홍색 천을 찾아내 아무렇게나 어깨에 걸치고는 그를 향해 돌아서며 웃었다. "찾았어요. 보세요, 예쁘지 않나요?"

소기가 웃으며 말했다. "하늘에서 내려온 선녀의 자태라 무명천을 걸쳐도 아름다울 것이오."

"누가 사람을 보라고 했어요? 이 천을 보라고요!" 나는 성을 내며 웃고는 삼베 같으면서 삼베는 아닌, 반쯤은 비단 같고 또 반쯤은 갈포 같은 그 천을 들어 그에게 자세히 보여줬다. 소기는 내키지 않는 기색으로 힐끔 보더니 성의라고는 밤톨만큼도 느껴지지 않는 말을 내뱉었다. "괜찮군."

나는 고개를 돌리며 그를 향해 미소 지었다. "이것은 직조사(織造司)에서 궁녀들의 옷을 지으라고 올해 새로 올린 천인데, 전에는 이런 천이 없었어요. 잠사(蠶絲)에 최상급의 가는 삼베를 섞은 이 옷감은 보통 사백(絲帛, 비단)과 다름없이 부드럽고 촘촘하면서도 값은 절반도 되지 않아요." 소기는 고개를 끄덕이더니 흥미롭다는 눈빛으로 나를 바라보며 말했다. "아무래도 궁궐의 지출을 좀 줄일 수는 있겠군. 왕비에게 이같이 근검한 마음이 있었다니, 참으로 갸륵하구려."

나는 그의 비웃음을 귓등으로 흘리며 미간을 치켰다. "내외명부 모두 이 천으로 옷을 지어 입게 하면 어떨까요?"

일순 멍한 표정을 짓던 소기는 뭔가 깨달은 듯 금세 눈빛을 반짝였다.

"만약 그렇게 하면 조정의 지출을 얼마나 줄일 수 있을지 왕야께서는 한 번 셈해보세요." 나는 소기를 곁눈질하며 말없이 미소를 지었다.

소기는 이 물음의 답을 전혀 짐작하지 못하겠는 듯 미간을 찌푸렸다.

"족히 은 30만 냥은 되겠죠." 내가 웃으며 답했다.

"30만 냥!" 소기가 몹시 놀라 외쳤다. "그리 많단 말이오?"

나는 정색을 하고 답했다. "맞아요. 예전부터 궁에서는 사치스럽고 화려한 것만을 좇았고, 내외명부는 하나같이 그를 따라 하기에 바빴죠. 이들이 해마다 연지분과 몸에 걸치는 것에 쓰는 돈만으로도 한 고을 백성들을 배불리 먹일 수 있을 정도예요."

소기가 점점 얼굴을 굳히며 잠시 주저하다가 말을 이었다. "그랬군……. 남방과 북방, 양쪽에서 전쟁을 치르고 있는 지금, 비록 국고가 가득 차 아직 군량과 급료가 부족할 염려는 없으나 만일의 경우를 대비하여 최대한 지출을 줄일 수 있다면 더할 나위 없을 것이오."

나를 향한 소기의 그윽한 눈빛에 대견함과 기쁨이 가득했다. "어찌 이리도 깊은 생각을 하였소?"

나는 눈을 돌리며 웃었다. "그러나 조정이 뒤숭숭한 이때, 만물이 소생하는 봄을 맞아 민심도 제법 안정되었는데 여태껏 사치스러운 생활을 즐겨온 경사의 귀족들에게 갑작스레 의복에 쓰는 지출을 줄이라 강요하는 것은 인지상정에 어긋날 터, 그들이 기꺼이 따를 만한 적당한 방도를 생각해내야 해요."

괴로운 진실과 마주하다

얼마 후면 한 해에 한 차례씩 거행되는 친잠례(親蠶禮)다. 매년 중춘 (仲春, 음력 2월)에 황후가 의례를 주관하여, 내외명부를 이끌고 잠신(蠶神) 누조(嫘祖)에게 제사를 올리며 뽕나무를 기르고 누에를 치는 일이 잘되어 길쌈이 흥성하기를 기원했다.

농사와 길쌈은 민생의 근본이라 예로부터 황가에서는 매년 행해지는 두 제전, 곧 친잠(親蠶)과 사직(社稷, 토지신과 곡식신)을 받드는 제사를 몹시 중시했다. 황가의 법도에 따라 의례를 주재할 때, 황후는 반드시 황색에 무늬가 없는 국의(鞠衣)를 입고 패수(佩綬, 신분을 나타내는 비단끈으로 허리에 차는 것)와 폐슬(蔽膝, 조복朝服이나 제복祭服을 입을 때에 앞에 늘여 무릎을 가리는 천), 화대(華帶)도 옷과 같은 색으로 맞춰야 했다. 뿐만 아니라 그에 따른 의복의 장신구도 엄격한 규칙에 따라야 했다. 나머지 내외명부의 예복인 조잠복(助蠶服)도 금라(錦羅, 비단)로 지었는데, 품계에 따라 문양과 노리개가 달랐다. 과거에는 해마다 봄이 되면 청라(靑羅)에 난새 문양이 들어간 조잠복을 입고 어머니를 따라 친잠례에 참가했더랬다. 그러나 올해는 고모를 대신해 연복전(延福殿) 제단에 올라 친히 친잠례를 주재해야 했다.

태상시(太常寺) 장사(長史)가 제전에 필요한 예식 도구를 질리지도 않고 하나하나 자세히 아뢰었다. 나는 장사의 말을 들으면서 그 표문을 뚫어져라 살폈다. 제주(祭主)의 예복에 관해 아뢸 때가 되자 장사는 난처한 기색으로 조심스럽게 내 의중을 떠보았다. "제주의 예복도 원래의 법도에 따라 마련하는지요?" 원래의 법도에 따르자면 황후가 입는 예복을 마련해야 할 터였다. 지금 조정에서 가장 존귀한 이는 이른바 일인지하 만인지상의 자리에 있는 섭정왕으로, 그에게 부족한 것은 허명(虛名)뿐이었다. 이번 왕조의 역대 황후를 살펴보면 왕씨 가문 출신이 많았고, 세월이 흐르면서 왕씨 가문은 후족(后族)이라 불리게 되었다. 황가의 예관은 예로부터 윗사람의 뜻을 가장 잘 받들어온 자들인지라 틀림없이 이번에 내가 황후의 예복을 입을 것이라 생각해 그리 묻는 것이었다.

나는 담담히 눈을 들었다. "올해는 태황태후께서 병으로 의례를 주재하실 수 없는 특별한 사정이 있는지라 어쩔 수 없이 내가 대신하는 것이오. 복색은 작은 일이나 예법에 관한 것은 큰 일이므로 참람할 수 없소."

"송구하옵니다!" 장사는 연신 머리를 조아리더니 다시 머뭇거리며 말했다. "다만 왕비께서는 의례를 주재하시는 존귀한 몸이시라 조잠복만 입으시는 것도 예에 맞지 않는 것으로 사료되옵니다."

"두 가지 복색이 모두 적당치 않다면 따로 옷을 지어 입지요." 나는 무심히 말하며 표문을 한쪽에 내려놓았다.

이튿날 아월을 시켜 새 예복의 도안과 함께 정해둔 옷감까지 소부시에 건네고, 사흘 안에 예복을 완성하라 명했다.

선화(宣和) 2년 음력 3월, 태사(太史)가 길일을 택해 제단에서 선잠씨(先蠶氏)를 제사 지내니, 예장왕비가 황후를 대신해 친잠례를 봉행했다.

시녀가 새로 지은 친잠례복을 바쳤다. 속에 희고 얇은 비단인 소사(素紗)로 지은 단의(單衣)를 입고, 겉에는 운청사백(雲靑絲帛)으로 지은 장옷을 걸치고 연청유운상(煙靑流雲裳)을 입었다. 소매통은 낙낙했고 허리는 바짝 조였다. 자질구레한 인끈과 비단 허리띠는 모두 없앴으며, 그저 위상(圍裳, 치마)에 봉황 꼬리처럼 보이는 가늘고 긴 끈만 늘어뜨렸다. 화려한 장식이나 자수는 전혀 없었고, 치맛자락에 짜인 옅은 난봉(鸞鳳) 암문(暗紋, 무늬를 새겨 넣는 도구와의 마찰열을 이용해 문양을 낸 것)만이 빙 둘러진 영락(瓔珞)에 비쳤다.

아월이 내 긴 머리를 빗겨 옆으로 떨어질 듯 기울어진 커다란 쪽을 찌고 그 위에 보요(步搖, 걸을 때마다 흔들려 떨리는 머리 장식)를 꽂아 장식했다.

나는 거울에 비친 얼굴을 자세히 들여다보다가, 붓을 집어 금박(金箔) 주사(朱砂)를 묻힌 다음 이마 사이에 옅게 칠했다.

화장을 마치고 봉지궁을 나서, 사방에 가는 깁으로 만든 휘장을 드리운 견여(肩輿, 가마)에 올랐다. 시위와 내시가 앞에서 길을 인도하며 연화궁(延和宮) 동문(東門)에 이르렀다.

진즉에 궁문에 당도해 있던 내외명부가 나를 맞이했다. 하나같이 화려한 예복을 걸치고 쪽을 높이 졌으며 금은보화로 장식해 유난히도 아름다웠다. 모두가 앞으로 나서며 예법에 따라 예를 행하고는 축언을 올렸다. 내시가 견여 앞에 드리워진 주렴을 걷어 올리자, 나는 길을 인도하던 여관의 어깨를 짚고 천천히 견여에서 내렸다. 그 순간 이제 막 떠오른 해가 눈부신 햇살을 뿜어내, 엄숙하고 장중하던 제단을 은은한 금빛으로 물들였다.

나는 옥계에 올라 아침 햇살 아래 똑바로 선 채로 옷자락을 나부끼며 숙연히 향을 사르고 기원을 올렸다.

이어서 여관이 모든 내외명부를 이끌고 상원(桑苑)으로 향했다. 내시가 바친 은구(銀鉤)로 내가 먼저 뽕잎을 따자 모든 내외명부가 차례로 뽕잎을 따 옥염(玉奩, 향, 거울, 화장 용품 따위를 넣는 상자)에 담는 것으로 의식을 마치고 제단에서 내려왔다. 마지막으로 내시의 인도를 따라 잠실(蠶室)로 가서 올해 새로 찬 누에를 둘러본 뒤, 뒤쪽에 있는 전당으로 자리를 옮겨 차를 마시며 담화를 나누었다.

여러 왕공귀인의 권솔들이 내 곁에 앉았다. 예전부터 서로 잘 알던 사이라 굳이 격식을 차리지 않았다.

모두가 내 복색과 화장에 대해 입이 마르게 칭찬했으나, 나는 담담히 미소만 지을 뿐 복제를 바꾸는 일은 입에 올리지 않았다.

그러자 결국 궁금함을 참지 못한 누군가가 떠보듯이 물었다. "왕비께서 입으신 예복이 예년과 다릅니다. 비단 같기도 하면서 비단이 아니고 삼베 같기도 하면서 삼베가 아닌 것이, 한 번도 본 적 없는 옷감입니다. 어느 곳에서 진상한 귀물인지요?"

나는 온화한 목소리로 웃으며 답했다. "먼 곳에서 진상한 귀물이 아니라 직조사에서 올해 새로 만들어 바친 옷감일 뿐입니다. 살펴보니 마음에 들기에 마름질하여 예복으로 만들었지요." 모두가 '아, 그런 것이었구나!' 하는 표정 위로 부러운 기색을 고스란히 드러냈다. 특히 내 왼쪽에 앉은 영안후(迎安侯) 부인이 감탄을 금치 못하기에 그녀를 돌아보며 미소를 머금고 말했다. "부인께서 마음에 드신다면 나중에 사람을 시켜 댁으로 좀 보내겠습니다." 그러자 영안후 부인은 매우 기뻐하며 연신 고마움을 표했다.

사람들의 부러워하는 기색이 더 짙어지자 영안후 부인이 몹시 흡족해 했다.

사흘도 지나지 않아 직조사에서 아뢰길, 최근 여러 대신의 권솔들이 잇달아 새로 만들어진 옷감을 달라 청한다고 했다.

그러나 나는 누가 달라고 하든 절대로 내주지 말라고 진즉에 명을 내려두었다. 잔뜩 실망한 사람들은 무슨 사정이 있는 것인지 은밀히 알아보기도 하면서 궁금증을 더 키워갔다. 열흘 뒤, 궁 안의 복제를 교체한다는 의지를 내렸다. 이로써 내외명부의 조복은 모두 기라(綺羅, 무늬 있는 화려한 비단) 대신 새로 만들어진 비단으로 지어지게 되었다.

하룻밤 사이에 궁 안에서 경성까지 모든 사람이 새 비단으로 만든 옷을 입는 것을 영예로 여기면서 화려한 비단은 하품으로 전락하고 말았다.

그런데 생각지도 못한 일이 일어났다. 새 비단만 경성을 휩쓴 것이 아니라, 내가 별생각 없이 순간의 기분으로 이마에 그린 문양까지 순식간에 항간에 전해져, 사족 여인이고 민간 여인이고 하나같이 그것을 아름다움의 표본으로 삼게 된 것이다.

오랜만에 화창한 봄날을 맞이하여 회랑 아래 느긋이 앉아 손 가는 대로 고금(古琴)을 타며 맑은 소리에 귀를 기울이는데, 문득 또 오라버니가 생각났다.

아월이 재빨리 다가와 나직이 속삭였다. "소인, 이미 왕비께서 하사하신 옷과 장식을 경린궁에 보냈사옵니다. 소 부인께서 받으시고 몹시 감격하시며 왕비께 직접 감사의 인사를 드리고 싶다는 말씀을 전해드리라 했습니다." 나는 담담히 '응' 하고 답하고는 말을 이었다. "그럴 필요 없다. 네가 평소에 자주 드나들며 일이 있으면 여러모로 살펴주면 되느니."

"소인, 왕비 마마의 뜻을 알겠사옵니다." 그러고 나서 아월이 잠시 머뭇거리며 뭔가를 말하려는 듯하면서도 이내 입을 다물었다. 아무 내색도 않고 고개를 숙이며 고금의 현을 매만지고 있는데, 아월이 나

105

직이 말을 건넸다. "소인이 보기에 소군주께서 아무래도 좀 이상하신 듯했습니다."

"소군주에게 무슨 일이 있기에?" 나는 갑자기 멍해졌다. 금아가 뭔가 불평을 한 것이라 생각했지 아이에게 일이 있으리라고는 전혀 예상하지 못했기 때문이다.

아월이 미간을 찌푸리며 말했다. "소 부인께서는 소군주께서 풍한에 걸렸다고 하시며 뵙지 못하게 하셨지만, 왕비 마마께서 걱정하실까 봐 소인이 한사코 소군주를 뵈었는데……."

"어떻더냐?" 나는 미간을 찡그리며 물었다.

아월은 잠시 망설이다가 망연한 표정을 지었다. "소인이 보기에 소군주께서 앞을 못 보시는 듯했습니다."

나는 너무 놀라 그 자리에서 벌떡 일어나며 어의를 부르는 한편, 수레를 준비해 경린궁으로 향하라 명했다. 금아에게 금족을 명한 뒤로 다시는 경린궁 문턱을 넘지 않았고, 금아와 그 아이를 보러 가지도 않았다. 그날 금아의 언행을 떠올릴 때마다 두렵고 심란하여 더는 그녀를 지난날의 금아로 여길 수 없었다. 이제 그녀는 아무리 봐도 내게는 몹시 낯선 소 부인일 뿐이었다. 금아와 자담 사이에 무슨 일이 있었는지는 지금도 모르지만 앞으로도 영원히 알고 싶지 않았다.

경린궁에 들어서자 이미 소식을 들은 금아가 나와 맞았다. 내가 이렇게 갑자기 올 줄은 몰랐던 모양인지 냉담한 얼굴에 당황한 기색이 역력했다.

금아와 의미 없는 인사말이나 나눌 생각이 없었다. 곧바로 소군주를 보겠다고 하고는 유모에게 당장 소군주를 안고 나오라고 명했다. 이에 얼굴색이 변한 금아가 황망히 말했다. "아이가 이제 막 잠이 들었으니 깨우지 마십시오!" 나는 미간을 찌푸리며 금아를 바라봤다.

"듣자 하니 소군주가 풍한에 걸렸다고 하기에 일부러 어의를 불러 살펴보라 하였소. 설마 아이가 아픈 지 한참이 지났는데도 부인께서는 계속 어의를 부르지 않은 것이오?" 금아는 하얗게 질린 얼굴을 떨구고는 말문을 열지 않은 채 손톱이 살을 파고들 정도로 손을 꽉 쥐었다. 그런 금아를 보니 더욱 의심이 들어 뭔가 말을 하려고 할 때, 유모가 내전에서 아이를 안고 나왔다.

금아는 앞으로 달려가 아이를 뺏으려 했으나 아월이 막아섰다. 유모는 곧장 아이를 내 앞으로 데려왔다. 잠시 망설이다가 여전히 깊이 잠들어 있는 아이를 건네받자, 문득 뭐라 형언할 수 없는 감정이 들었다. 처음으로 자담의 아이를 안아보는 것이었다. 이 아이의 몸속에 자담과 같은 피가 흐른다고 생각하니, 기뻐해야 할지 씁쓸해해야 할지 알 수가 없었다. 자담, 이러나저러나 그는 여전히 내 마음 한구석에 있는, 결코 닿을 수 없는 갈라진 금이었다.

품 안의 여자아이는 몹시 사랑스럽고 어여뻤는데, 깊이 잠들어 있는 작은 얼굴은 마치 꽃봉오리가 맺힌 한 떨기 연꽃 같았다. 가만히 아이를 들여다보고 있자니 점점 마음이 몽글몽글 풀어져 나도 모르게 손을 뻗어 희고 보드라운 뺨을 어루만졌다. 아이는 조그만 입을 살짝 벌리며 뭐라 옹알거리더니 서서히 눈을 떴다. 가늘고 긴 속눈썹 아래 있는 크고 둥근 눈동자가 멍하니 나를 향했다. 눈망울은 그 상태 그대로 전혀 움직이지 않았으며, 원래는 새까맣게 빛나야 할 동공에 가슴이 철렁 내려앉게 만드는 잿빛이 덧씌워져 있었다.

아이는 낯선 사람의 품에 안겨 있음을 깨달았는지 곧바로 으앙 하고 울음을 터뜨리고는 이리저리 머리를 돌리며 어미를 찾았다. 그러는 동안에도 아이의 두 눈동자는 멍한 상태 그대로 조금도 움직이지 않았다.

눈길을 들어 금아를 쳐다보는데, 손발이 찌릿찌릿 시려왔으나 한 마디도 내뱉을 수 없었다. 이 아이는 이미 눈이 멀었는데도 어미라는 사람은 입을 꼭 다문 채 말이 없었으며, 어의를 불러 치료하지도 않은 것이었다!

"손(孫) 태의, 진실로 잘 살펴보았소?" 나는 바닥에 꿇어앉은 어의를 노려보며 냉랭히 물었다.

좌우를 모두 물리고 유모도 울며 보채는 소군주를 안고 나가자, 쥐 죽은 듯이 고요한 내실에는 어의와 내 곁을 따르는 시녀만 남았다. 손 태의는 궁 안에서 오랜 세월을 보내며 보고 들은 바가 많고 큰 변고도 겪어본 자였으나, 지금은 바닥에 납작 엎드린 채 파랗게 질린 얼굴로 한참 동안 얼어 있다가 가까스로 내 말에 대답했다. "왕비께서는 고명한 판단을 내려주십시오. 소신, 비록 아둔하나 이토록 쉽게 알 수 있는 명확한 증상을 잘못 볼 리는 없습니다! 소군주의 눈은 분명히 누군가 약을 써서 화상을 입힌 탓에 실명된 것이옵니다!" 늙은 태의의 목소리도 분노를 억누르지 못해 벌벌 떨리고 있었다. 약을 써서 화상을 입혔다니! 정말이지 너무나 끔찍한 수단이었다. 도대체 누가 한 살도 채 되지 않은 아이에게 이같이 잔인한 짓을 했단 말인가?

"무슨 약이오? 치료할 방도는 있겠소?" 나는 이를 악물었다. 성난 불길처럼 타오른 분노를 도저히 억누를 수 없었다.

손 태의의 수염이 부르르 떨렸다. "명석산(明石散)이라는 이 약은 몹시 흔한 것이나 약을 쓴 수법이 너무 잔인하옵니다. 다친 상태로 보아 틀림없이 약 가루를 물에 타서 날마다 조금씩 눈에 떨어뜨려 서서히 화상을 입게 한 것이지, 갑자기 눈이 멀게 만든 것이 아니옵니다. 다행히 일찍 발견하여 소군주께서 아직 미약하나마 앞을 보실 수 있으니, 제때 치료하기만 한다면 조금이라도 시력을 지킬 수 있을지도 모릅니다."

이러한 상처는 치료를 하더라도 반쯤 눈이 먼 것이나 다름없었다. 이 아이의 눈은 이제 제구실을 못 할 것이란 말이었다! 나는 말없이 뒤돌아 소매를 휙 떨치며 서안을 휙 쓸어버렸다. 이에 서안 위에 있던 찻잔이 바닥을 나뒹굴었다.

명석산은 궁에서 가장 흔히 볼 수 있는 약이었다. 각 궁에서 모기를 쫓기 위해 향을 피울 때마다 섞는 것으로, 향이 맑고 독이 없어 벌레를 쫓으면서도 사람에게 별 해가 없었다. 그러나 이 약 가루를 물에 타서 눈에 떨어뜨리면 서서히 눈동자에 화상을 입혀 눈을 못 쓰게 만들고, 결국에는 실명에 이르게 할 줄 누가 알았겠는가! 설령 전장에서 시체가 산을 이루고 피가 내를 이루는 참담한 광경을 눈앞에 뒀더라도 이토록 놀라고 분노하지는 않았으리라.

도대체 누가 이렇게 어린 아이에게 이토록 깊은 원한을 품고, 경계가 삼엄한 경린궁에서 독을 썼단 말인가! 더욱이 내가 두 눈 멀쩡히 뜨고 있는데도 거리낌 없이 자담의 딸을 해치다니!

"여봐라!" 나는 차갑게 고개를 돌리며 한 자 한 자 똑똑히 내뱉었다. "지금 당장 경린궁을 폐쇄하고, 소군주에게 가까이 다가간 적 있는 궁인들은 모조리 하옥하라!"

경린궁의 시위와 궁인은 물론이고 허드렛일을 하는 잡부까지 모조리 훈계사(訓戒司)에 갇혔다. 소군주를 가까이에서 모신 궁녀와 유모는 모두 전각 앞에 꿇어앉은 채 하나하나 훈계사 마마(嬤嬤)에게 심문을 받았다. 병풍 너머에서 들려오는 끔찍한 비명과 울부짖는 소리가 귓속을 파고들어 날카로운 바늘처럼 심장을 찔러댔다. 궁 안 사람치고 훈계사의 수법을 모르는 자는 없었다. 그 마마들 손에 떨어지는 것은 죽기보다 더 무서운 일이었다.

나는 의자에 반듯이 앉아 말 한 마디 하지 않고 미동조차 않은 채 눈앞에 꿇어앉은 창백한 얼굴의 부인을 냉랭히 쳐다봤다. 머리를 헝클어뜨린 채 멍하니 넋을 놓고 있는 이 부인이 나와 함께 자란, 친자매나 다름없던 금아란 말인가?

금아는 이미 향 한 대가 다 탈 시간 동안 내 앞에 꿇어앉은 채 벙어리라도 된 것처럼 입을 꾹 다물고 있었다.

휘주에서 헤어진 뒤로 도대체 무슨 일이 있었기에 그토록 곱고 어여쁘던 금아가 이 꼴이 되었단 말인가?

나는 그저 말없이 그녀를 바라보기만 할 뿐 억지로 따져 묻지 않았다. 차라리 밖에 있는 궁인들이 더 무서운 주범을 실토하길 바랐고, 내 짐작을 사실로 증명하고 싶지도 않았다. 바깥에서 들리던 참담한 비명 소리가 잦아들수록 금아의 얼굴빛은 점점 더 창백해졌고 금방이라고 무너질 듯 휘청거렸다. 그러나 입은 여전히 꼭 봉하고 있었다. 잠시 후, 훈계사의 서(徐) 마마가 병풍 안으로 들어오더니 몸을 숙이며 아뢰었다. "왕비 마마께 아룁니다. 유모 원(袁)씨, 궁인 채환(彩環), 운주(雲珠)가 이미 자백하였습니다. 그들이 진술한 내용을 여기 기록하였으니 왕비께서 살펴보시지요."

금아가 흠칫 몸을 떨며 고개를 홱 쳐들고는 나와 눈을 마주했다. 금아는 온몸에 힘이란 힘은 다 빠진 듯 보였다. 아월이 그 진술서를 건네받아 고개를 숙이며 내게 바치고는 한쪽으로 조용히 물러났다. 실내에 자욱한 옅은 두형(杜蘅) 향과 백지(白芷) 향이 서늘하게 가슴속에 스며들었다. 얇디얇은 진술서를 읽는데 온몸에 한기가 들고 두 손이 부들부들 떨렸다.

유모는 소군주가 밤마다 소 부인과 함께 잤고 다른 사람 곁에서 밤을 보낸 적은 단 한 번도 없으며, 밤만 되면 소 부인 방에서 큰 소리로 울고 보채다가 한밤중이 되어서야 잠잠해졌다고 자백했다.

채환은 소 부인이 한 달 전쯤 침전이 오래되어 모기가 많으니 내무사(內務司)에서 명석산을 구해 오라 명했다고 자백했다.

운주는 무심결에 소군주의 눈이 이상한 것을 발견했으나 소 부인이 별일 아니라며 소문내지 못하게 했다고 자백했다.

나는 그 진술들을 반복해서 보고 또 본 끝에 그 얇은 종이를 소금아의 면전에 내던졌다. 목이 메어 아무 말도 할 수가 없었다. 벌벌 떨리는 손으로 그 진술서를 들어 잠깐 읽고는 어깨와 등을 흠칫흠칫 떠는 금아는 순식간에 고목처럼 초췌하게 말라버린 듯했다.

얼음장 같은 목소리가 흘러나왔다. "정말로 너냐?"

금아는 멍하니 고개를 끄덕였다.

나는 서안 위에 있던 찻잔을 집어 들고 금아를 향해 있는 힘껏 내던졌다. "이 나쁜 년!"

자기 잔이 금아의 어깨로 날아가 부딪혔다. 쏟아진 찻물에 흠뻑 젖은 금아는 깨진 자기 조각에 관자놀이를 베었다. 창백한 뺨을 타고 새빨간 핏줄기가 흘러내리는 모습은 너무 섬뜩했다. 아월이 황망히 꿇어앉으며 연신 '고정하십시오'를 외쳤다.

"네가 그러고도 저 아이의 어미냐! 네가 사람이냐!" 끓어오르는 분노에 차분함을 잃고 쉰 목소리가 새어 나왔다.

금아는 천천히 고개를 들었다. 새빨갛게 핏발이 선 눈에 뺨을 타고 흘러내린 핏자국이 비쳐 유달리 끔찍해 보였다.

"내가 저 아이의 어미냐고요?" 금아는 갈라진 목소리로 내 말을 되뇌더니, 갑자기 사나운 목소리로 깔깔거리기 시작했다. "차라리 아니었으면 좋겠어요! 제가 저 아이를 낳고 싶어서 낳은 줄 아세요? 저

화근에게 저와 똑같이 지긋지긋하게 괴롭기만 한 삶을 살라고요?"

화근이라니, 그 두 글자는 혀를 날름거리는 불길처럼 나를 덮쳐왔다. 자리에서 벌떡 일어난 나는 얼음 굴에 처박힌 것처럼 온몸이 뻣뻣이 굳었다. "저 아이가 뭐라고?"

금아가 참담히 웃으며 말했다. "화근이라고 했습니다. 저와 똑같은 화근!"

헉하고 숨을 들이켠 나는 갑자기 다리에 힘이 풀려 의자에 주저앉았다.

금아는 교방(敎坊)에서 태어났다. 원래는 한 무희의 사생아였는데, 어미가 병으로 죽을 때까지도 생부가 누군지 알려주지 않았다. 교방에는 그런 아이가 적지 않았는데, 대개 남자아이는 다른 사람에게 보내졌고 여자아이는 남겨졌다. 그러다가 나중에 크면 악기(樂伎)가 되거나 고관대작의 비첩(婢妾)으로 갔다. 금아는 무척 운이 좋은 편이었다. 일곱 살 되던 해에 우연히 서고고를 만났고, 서고고가 의지가지없는 그녀를 가엾게 여겨 왕부로 데려와 시녀로 삼았다.

그런데 지금 이 순간, 금아는 저 아이를 두고 한 자 한 자 또박또박 '화근'이라고, 자신과 똑같은 화근이라고 말하고 있었다. 그녀를 바라보고 있자니 한기가 쫙쫙 끼쳤다. 나는 수없이 가슴속을 맴돌던 의문을 어렵사리 입 밖으로 꺼냈다. "금아야, 휘주에서 헤어진 뒤로 도대체 무슨 일이 있었는지 말해주렴." 순간 금아가 입가를 씰룩이더니 눈동자를 천천히 좁히며 참담히 웃었다. "군주, 진정 알고 싶으십니까?"

일어나서 그녀에게 다가갔다. 비단 손수건을 꺼내 관자놀이에 맺힌 핏자국을 닦아주는데, 순간 안쓰러운 마음이 들었다. "일어나서 말해보아."

그런데 금아는 내 말을 듣지 못한 것처럼 계속 바닥에 꿇어 엎드린 채로 고개를 반쯤 들어 올리고 내 소매를 잡아당겼다. "전하께서는 제게 이제부터 그 일을 잊고 다시는 다른 사람에게 말할 필요가 없다고 하셨으나⋯⋯ 군주께서 알고 싶어 하시니 금아가 어찌 감출 수 있겠습니까!"

금아의 미소에 가슴이 서늘해져 나도 모르게 뒤로 물러나며 소매를 빼냈다. "금아야, 일단 일어나."

"제 열다섯 살 생일 때, 제 소원이 뭐냐고 물으셨던 일을 기억하십니까?" 금아의 눈빛이 나를 빤히 바라봤다. 그래, 기억이 났다. 그때 우리는 이미 휘주로 가 있었다. 금아가 열다섯 살이 되던 그날, 나는 소원 한 가지를 들어준다고 약속했었다. 그러나 금아는 그때 자신의 소원은 이미 다 이루어졌다며 한사코 소원을 말하지 않았다. 그 당시에는 금아가 아직 어려 아무것도 모른다고만 생각했었다.

금아는 아스라이 웃었다. "그때 제 소원은 전하의 곁으로 가서 평생 그분을 모시는 것이었습니다."

나는 한참 동안 그녀를 멍하니 바라보다가 눈을 감고는 말없이 탄식을 뱉었다. 금아가 묵묵히 내 곁을 따르던 그 달콤하던 세월에 그녀의 존재를 신경 쓰는 사람은 아무도 없었다. 나와 자담의 세계에서 금아는 소리 내지 않는 장식품이나 다름없었다. 그런데 우리는 그녀도 우리와 똑같이 꽃다운 나이임을, 그녀에게도 이성을 연모하는 소녀의 애틋한 마음이 있음을 잊고 있었다.

그날 내가 휘주에서 납치를 당한 뒤로 며칠 동안 생사를 알 수 없자, 너무 두려운 나머지 금아는 어서 자담에게 그 일을 알려야 한다고만 생각했다. 그러면서도 내게 일이 생겼다는 소식을 들은 자담이 비통함을 견디지 못할까 걱정했다. 금아는 그 같은 시기에 반드시 그의 곁에 누군가가 있어야 한다고 생각해서, 다른 일은 생각지 않고 무조건 자담이 있는 곳으로 달려갔다. 여리디 여린 소녀가 홀로 천 리 멀리 떨어진 휘주에서 황릉까지 달려가다니……. 그때 금아는 겁 많고 나약하던 소녀였는데 어디에서 그런 용기가 났는지 모를 일이었다.

그 당시 자담은 아직 유폐되기 전이었기에, 비록 멀리 황릉에 머물고 있었으나 여전히 자유로운 몸이었다. 금아는 애잔하면서도 부드럽기 그지없는 표정으로 말했다. "온갖 고생을 마다 않고 황릉까지 가서 마침내 전하를 뵈었을 때, 전하께서 그리 기뻐하실 줄은 생각도 못 했습니다. 저를 보시고는 너무 기뻐 눈물까지 흘리셨죠!" 금아는 마치 자담과 다시 만났던 그 순간으로 되돌아간 듯 눈빛을 반짝였다. "그토록 기뻐하시는 전하를 뵈니, 차마 군주께서 당하신 일을 말씀드릴 수 없었어요. 그때 귀신이라도 씐 것인지 전하를 속이고 말았습니다. 그저 전하께서 상심하시지 않도록, 잠시라도 좋으니 전하를 속이고 싶었습니다……. 그래서 군주께서 전하를 모시라고 저를 보냈고 이후로 전하 곁에 머무르라고 했다고 말씀드렸더니, 전하께서는 티끌만큼도 의심하지 않으시고 그대로 믿으셨지요."

"황릉은 외진 곳인 데다 폐쇄되어 있어 석 달이 지난 후에야 군주께서 위험에서 벗어나셨다는 소식을 전해 들을 수 있었습니다. 그제야 전하께서도 제가 거짓말을 했음을 아셨지만, 아무 말씀도 하지 않으셨습니다. 저를 원망하지도 않으셨지요. 그때 저는 한평생 전하 곁을 따르겠다고 결심했습니다. 그 후로 전하께서 연금되셨다가 다시 감금되어 계시는 동안에도 저는 한시도 전하 곁을 떠나지 않았어요. 전하 곁에는 오직 저뿐, 아무도 없었어요……." 금아의 목소리가 차분히 가라앉았다. 입가에 달콤한 미소가 떠오른 것이 아직도 그녀와 자담, 두 사람만의 추억에 빠진 듯했다.

"원래는 이번 생을 이렇게 살다 갈 줄로만 알았어요. 저는 전하 곁을 지키고 전하는 제 곁에 계시면서 황릉에서 외롭게 늙어가도 괜찮다고……." 순간 누가 목이라도 조르는 듯 갑자기 금아가 새된 목소리를 냈다. "나중에 전하께서 홀로 감금되실 때, 여자 권솔은 따를 수 없다 하여 저는 혼자 별실에 머물렀습니다. 하루에 한 번밖에 전하를 뵐 수 없었어요. 그러던 어느 날 밤, 술에 취한 군사가 제 방으로 뛰어들어와……." 금아는 목이 메어 말을 잇지 못했고, 나도 더는 듣고 있을 수가 없었다. 귓가에 윙윙 소리가 울리고 가슴이 천 갈래 만 갈래 찢어지는 것만 같았다. 연금당한 그 몇 년 동안 자담이 이 정도로 처참한 생활을 했을 줄이야, 이 정도로 모욕을 당했을 줄이야! 그의 시첩조차 술 취한 병사들에게 능욕을 당하다니!

"그러고 나서는?" 나는 눈을 감은 채 가슴이 찢어지는 듯한 괴로움을 참으며 물었다. "그 군사는 지금 어디에 있느냐?"

금아가 무심한 표정으로 말했다. "죽었습니다. 그 오랑캐 놈은 송 장군께서 죽였습니다."

"오랑캐? 송회은도 이 일을 알고 있단 말이냐?" 나는 깜짝 놀라 물었다.

"알고 있습니다." 금아가 힘없이 웃었다. "송 장군은 좋은 사람이었습니다. 전하를 여러모로 보살펴주셨죠. 가증스러운 작자들은 그 금군들뿐이었습니다……. 그 일이 있은 뒤로 송 장군께서는 그 금군들을 돌려보내고, 전하 근처의 사람들을 모두 자신의 병사들로 바꾸었습니다. 그제야 저도 더 이상 두려움에 떨지 않을 수 있었죠." 그제야 금아가 말한 금군이 누군지 깨달았다. 바로 고모가 처음에 보낸 궁궐 시위들로, 모두 경사에서 하는 일 없이 군량이나 축내는 쓰레기들이었다. 그중에는 오랑캐의 피가 흐르는 자들도 적지 않았다. 옛날 철

115

종(哲宗)황제는 각 부족에서 뽑은 뛰어난 무사들로 금군을 꾸려 참으로 기괴한 호위대를 만들었는데, 그것이 대대로 전해져 내려왔다. 그때부터 오랑캐 혈통의 금군들도 볼 수 있게 되었는데, 오랫동안 경사에서 생활하며 한족(漢族)과 통혼을 하였기에 말이나 생활 습관이 한족과 다를 바 없었다. 자담 곁에서 이 같은 일이 일어났는데도 꽤씸한 송회은은 내게 일언반구도 하지 않았다.

금아가 떨리는 목소리로 말을 이었다. "원래 저는 죽어도 전하께서 이 일을 아시는 일은 없게 하려 했는데, 그랬는데 태기가……."

나는 이미 최악의 결과를 짐작할 수 있었기에 차마 금아가 제 입으로 그 말을 꺼내는 것을 듣고 있을 수 없었다. "그래서 자담이 네게 지금의 신분을 주고 아이를 낳게 한 것이냐?"

금아가 얼굴을 가리며 오열했다. "전하께서는 이러나저러나 무고한 생명이라 하시며……." 금아가 갑자기 시선을 들더니 나를 빤히 쳐다보며 말했다. "이토록 인자하신 분을, 당신들은 어찌 그리 대할 수 있습니까? 다른 사람이 그를 속이고 모욕한다고 군주까지 그분을 저버리시다니요! 권세 있는 예장왕을 만나시더니 일편단심 군주만을 기다리신 셋째 전하는 잊어버리셨지요. 황릉에 계시는 동안 전하께서 밤낮으로 군주를 염려하시고 시시때때로 군주를 그리워하신 것을 알고 계십니까? 제가 한시도 쉬지 않고 그분을 생각한 것처럼요! 그런데도 전하께서는 저를 그저 군주의 시녀로만 대할 뿐, 한 번도 저를 그분의 여인으로 대하지 않으셨지요……. 이 빈껍데기에 불과한 신분이 있더라도 저는 아무것도 아니었어요!"

금아의 눈빛은 칼날처럼 시렸고, 그 입에서 나오는 한 마디 한 마디가 가슴을 후볐다.

"전하께서는 제가 낳은 딸을 늘 아보(阿寶)라고 부르셨어요. 제 딸

116

조차 군주의 그림자에서 벗어날 수 없다니……. 예장왕비, 대관절 당신이 무엇이기에 그분의 마음에서 한시도 떠나지 않는 거죠? 그분을 제 손으로 직접 죽을 길로 몰아넣은 악독한 여인도 그분의 마음을 차지할 자격이 있나요?' 금아는 말을 하면 할수록 분을 주체하지 못해 미친 사람처럼 얼굴을 일그러뜨렸다. 옆에 있던 궁인들이 그녀를 붙잡았지만 금아는 여전히 몸부림치며 내 앞으로 다가오려 했다.

금아가 비난하는 소리를 말없이 듣고 있자니 가슴속이 비통함으로 가득 차 한참 동안 말을 이을 수 없었다.

"네 딸이 오랑캐와 같은 눈을 가지고 있어 클수록 더욱 분명해지니 모진 마음을 먹고 눈이 멀게 만든 것이냐?" 나는 자리에서 일어나 마지막으로 냉랭하게 물었다.

갑자기 휘두른 채찍에 맞은 것처럼 바르르 떨며 답하지 못하던 금아는 슬피 울다가 그대로 정신을 잃고 말았다.

황실의 이 같은 추문이 밖으로 새어 나간다면 자담의 명성은 땅에 떨어질 것이고 황실도 큰 망신을 당하게 될 터였다. 만약 고모라면 일말의 주저함도 없이 금아와 아이를 죽이고 사실을 알고 있는 모든 궁인을 죽여 이 비밀을 영원히 묻었을 것이다. 그러나 금아한테는, 그 가여운 아이한테는 그같이 모질게 굴 수가 없었다.

이튿날, 진실을 알고 있는 경린궁 궁인 다섯 명이 처형되었다. 소군주는 영안궁으로 보내져 세심하고 믿을 만한 궁인이 돌보게 했다.

소씨는 궁궐의 법도를 어긴 죄로 궁에서 쫓겨났다. 자안사로 보내진 그녀는 죄를 뉘우치며 평생 사문 밖으로는 걸음하지 못하게 되었다.

어머니와 영영 이별하다

남정 대군은 강을 건넌 이후 파죽지세로 공격해 들어가, 수륙 양쪽에서 협공을 펼쳐 남방 왕실의 세력을 하나하나 포위해 몰살시켰다. 역주(易州) 이북까지 밀린 반군의 주력은 선봉군과 원군에 포위되어 퇴로가 막혔다. 막다른 길에 몰리자 각지의 반군 사이에 내분이 일어났다. 변덕이 죽 끓듯 하는 진안왕은 정면으로 조정에 맞선 적은 없다는 사실만 믿고, 제 한 몸을 지키기 위해 자율을 붙잡아 소기의 비위를 맞추며 항복을 받아줄 것을 청하려 했다. 내란 중에 진안왕은 불시에 행궁을 야습하여 자율을 죽이려 했다. 자율은 죽기를 각오하고 지켜준 호위들의 도움으로 홀로 도망쳐 승혜왕의 군중으로 달려갔고, 급히 대군을 모아 반격을 가했다.

양군은 꼬박 하루 동안 격전을 치렀다. 진안왕은 권모술수에 능한 자였으나, 전장에서는 용맹한 승혜왕의 적수가 못 되어 결국 죽임을 당했다. 결국 반군은 큰 혼란에 빠졌다. 군심을 안정시키기 위해 건장왕을 필두로 한 강남 왕실은 서둘러 자율을 황위에 올릴 수밖에 없었다. 이리하여 역주에 높은 누대를 쌓고 허겁지겁 제단에 올라 하늘에 제사 지내고는, 자율을 남방의 황제로 받들었다.

이 소식이 전해지자 모든 문무백관은 분노를 감추지 못했다. 자율이 황제에 오름으로써 마침내 찬위의 죄가 명명백백해졌다. 소기는 강남 왕실을 단번에 쓸어버릴 수 있는 이날이 오기만을 기다렸다.

다음 날, 조서 하나가 천하에 공포되었다. '강남의 왕들이 반신(叛臣)을 추대하여 황위를 빼앗는 역모를 저질렀으니 그 죄를 용서할 수 없다. 이에 남정 대군에게 명하니 지금 당장 반란을 평정하고, 역당의 우두머리와 관련된 가담자들은 관용을 베풀지 말고 신분과 작위를 막론하고 모조리 죽여라.'

봄이 막바지에 이르고 여름이 성큼 다가온 때라 이제 오후가 되면 조금 무덥게 느껴졌다. 상비죽(湘妃竹, 순舜 임금이 죽자 그의 두 왕비가 상수湘水에서 울었는데, 눈물이 대나무에 묻어 얼룩이 생겼다는 전설에서 유래함) 발이 반쯤 드리워져 바깥의 타는 듯한 햇살을 가리니, 조각조각 잘게 부서진 빛줄기가 서안 위에 흩뿌려졌다.

나는 소기에게 기댄 채 흰 단선(團扇, 둥글부채)을 살며시 흔들어주며, 고개를 기울여 그가 상소문을 훑어보는 것을 바라봤다. 그 또한 남방 반군을 크게 물리쳤다는 희소식이었다. 잔존한 봉원군왕의 병력은 치천(郗川)까지 쫓긴 끝에 태반이 투항하였고, 항복하지 않은 나머지 병사들은 모조리 죽임을 당했다. 소기는 상소문을 덮으며 미소를 띠었지만, 귀밑머리에는 조그만 땀방울들이 매달려 있었다. 남방의 대세는 정해졌다. 머잖아 자율은 패해 무너질 것이다.

그 괴팍하고 연약하던 소년의 모습이 아련히 떠올랐다. 세 황자 중 자융은 어리석고 경솔했으며, 자담은 아무리 힘든 상황도 그저 순응하고 받아들였다. 유일하게 자율만이 궁에 변란이 발생한 날 죽음을 무릅쓰고 황성을 탈출해, 남쪽으로 내려가 반군을 일으켰다. 마지막까지 황실의 긍지와 용기를 견지한 이가 자율일 줄은 나조차 생각지도 못했다. 만약 이 같은 난세에 나지 않았다면, 자율은 사람들의 경멸을 받는 역적이 아니라 박학다식하고 현명한 친왕이 되었을지도 모른다. 자율과 자담의 몸에는 같은 피가 흘렀다. 매서운 칼날 아래 떨어진 그의 머리가 대장군의 장막으로 보내져 자신의 친형제를 마주하게 됐을 때, 그는 과연 눈을 감을 수 있을까? 그리고 두 손에 피한 방울 묻혀본 일 없는 자담은, 티 없는 백옥처럼 순수하고 선량한 자담은 피바다와 시체의 산을 밟으며 가장 잔혹한 끝을 향해 걸어가 제 손으로 형의 머리를 취해 이 전쟁을 끝내야만 한다.

분명히 초여름의 오후인데도 뼛속까지 스미는 한기가 느껴졌다.

난리를 겪을수록 소중함을 알게 되는 법……. 나는 소리 없이 탄식하며 아스라하던 생각을 갈무리하고 비단 손수건을 꺼내 소기의 귀밑머리에 밴 땀방울을 닦아주었다. 소기는 고개를 들어 나를 향해 웃고는 다시 상소문에 집중했다.

"좀 쉬어요. 이리 많은 상소문을 단번에 다 볼 수도 없잖아요." 부드러운 목소리로 권했다.

"모두 중요한 일들이라 미룰 수 없소." 소기는 고개도 들지 않았다. 소기의 손 옆에는 두꺼운 상소문이 작은 산처럼 쌓여 있었다.

나는 도리 없는 웃음을 지으며 단선을 내려놓고 손에 집히는 대로 상소문 몇 개를 들어 읽어보았다. 요즘 들어 전장에서 끊임없이 희소식이 날아들었다. 10만 대군은 서쪽 변방을 우회하여 장사꾼들이 오가는 작은 길을 따라 넓은 사막을 건넌 뒤, 뒤에서부터 돌궐 왕성을 기습해 예리한 칼처럼 돌궐의 심부를 곧바로 찔러 들어갔다. 돌궐은 오랜 공략에도 전쟁을 끝내지 못한 상황에서 안팎으로 적까지 맞이하게 되니 사기가 바닥을 치는 듯했다. 그러나 우리 군은 충분한 후원을 받는 상황에서 변경 관문의 장병들은 공격하지 말고 수비에만 힘쓰라는 명을 받은 터라 일찌감치 투지가 들끓어, 끊임없이 상소를 올려 전투에 나서게 해달라고 청했다. 이 상소의 절반은 전투에 나서는 것을 허락해달라는 내용이었다. 상소들을 하나하나 읽고 있자니 절로 깊은 미소가 피어올랐다.

"무엇을 보았기에 그리도 기분이 좋은 것이오?" 소기가 붓을 내려놓고 고개를 들어 웃으며 나를 무릎 위로 안아 올렸다. 내가 그 상소문 중 몇 개를 건네자 소기도 웃으며 말했다. "아직 때가 충분히 무르익지 않았으나 머지않았소."

그 거대한 지도 위의 광활한 황무지에서 다시금 맹렬한 전쟁의 불길이 치솟을 것이다. 곡률 왕자, 하란잠…… 이 전쟁을 끝내고 나면 우리는 또다시 적이 될까, 아니면 벗이 될까? 멍하니 그 지도를 보고 있는데, 순간 기쁜 것인지 걱정스러운 것인지 기분이 오락가락했다.

"남방의 전쟁이 곧 끝날 터이니 자담도 머잖아 경사로 돌아올 것이오." 갑자기 소기가 담담히 웃으며 말했다. "소씨도 쫓겨난 지금, 아직까지 정실을 들이지 않은 황숙을 위해 정비(正妃)를 책립함이 옳을 것이오."

금아는 남은 생을 사찰에서 보내게 될 것이다. 이는 내가 금아에게 베풀 수 있는 최대한의 자비였다. 어쩌면 불문에 드는 것이 금아에게도 일종의 해탈일지 모른다. 다만 아보를 어찌할지는 도무지 갈피가 잡히지 않았다. 궁에 남겨두면 크나큰 근심거리가 될 터인데, 그렇다고 어미에게 딸려 보낼 수도 없었다. 자담은 제 한 몸 돌보기도 벅차 이 아이까지 돌볼 여력이 없을 것이다. 이리저리 생각을 해봐도 딱히 좋은 방도가 떠오르지 않았다. 그래서 잠시 궁에 두고 눈을 치료받게 했다.

소기는 금아의 일은 전혀 개의치 않고 그저 아이가 몹시 안됐으니 잘 돌봐주라고 당부했다.

그러나 자담의 왕비를 책립하는 것은 소기가 직접 언급한 일이었고, 나 또한 그의 마음을 이해했다. 여전히 소기는 우리 두 사람의 사이를 신경 쓰고 있었기에, 자담이 아내를 들여야만 의심과 걱정을 거둘 수 있을지도 몰랐다. 자담은 여러 해 동안 황릉에 유폐된 탓에 혼기를 놓쳤다. 이제 금아도 없으니 확실히 곁에서 돌봐줄 여인이 필요했다. 다만 소기는 군에 몸담은 권신이나 그의 심복의 집에서 고른 여인이 적당하다고 생각할 것이 분명했다.

"자담이 이번에 군사를 이끌고 경사로 돌아올 터인데 어여쁜 여인을 골라 짝까지 지어주면 당연히 금상첨화겠지요. 다만 짧은 시간 안에 걸맞은 가문의 여인을 고르는 것도 쉬운 일은 아니에요." 나는 일부러 대수롭지 않은 일인 듯 골을 부리며 웃었다. "어쨌든 하루 이틀 안에 끝내야 할 일도 아니에요. 규수와 미녀가 하도 많아 고르려면 눈이 다 어지러울 정도니 천천히 골라야 해요." 이처럼 농담을 섞어 말했으나 가슴속에서는 까닭 없이 쓸쓸한 파도가 일었다.

그때 귓가가 따스해졌다. 소기의 손가락이 귀밑머리를 스친 것이었다. "덥소? 이 땀 좀 보시오……."

내 대답도 듣기 전에 소기는 내 옷깃을 벌리며 땀이 배어난 살갗을 드러냈다. 나는 순간적으로 그와 시선을 마주할 수 없어 고개를 돌리고 시선을 떨궜다. 그러고는 청삼을 걸친 그 쓸쓸한 그림자를 가슴속에서 몰아내려 애썼다. 소기는 마치 방금 전의 화제는 거론한 적도 없는 듯 더 이상 따져 묻지 않고 어느 틈에 그런 것인지 내 겉옷을 풀어 벗겨 한쪽으로 내던졌다.

"장난치지 마요!" 깜짝 놀라 비명을 지르며 소기의 불순한 손길을 피했다.

"땀을 이리 흘렸으니……." 소기가 무례하게 웃으며 다짜고짜 나를 번쩍 안아 들었다. "내가 왕비의 목욕 시중을 드는 것이 낫겠소."

수증기가 뭉게뭉게 피어오른 난탕지(蘭湯池) 안에 백지와 수련 꽃잎이 이리저리 떠다니며 그윽한 향기를 피워냈다. 탕 속에 몸을 담그고 있자니 손가락 하나 까딱하고 싶지 않았다.

나는 반들반들한 석벽에 느른하게 기대 고개를 쳐들고 입을 반쯤 벌리며 소기가 앵두를 한 알 한 알 먹여주길 기다렸다.

소기가 위로 치솟은 새까만 눈썹꼬리에 물방울을 매달고 살짝 젖은 상투는 느슨하게 늘어뜨린 채로 수증기가 흐릿하게 시야를 가리는 사이에 있으니, 그 무엇에도 얽매이지 않는 자유분방함이 느껴지는지라 평소와 다른 운치가 엿보였다. 소기는 웃는 듯 마는 듯한 표정으로 나를 보면서 무심히 앵두 한 알을 건네다가 내가 입을 벌리는 순간에 손을 거둬들였다. 나는 발끝을 살짝 들어 흔들리는 물결에 몸을 싣고 물고기처럼 미끄러지듯 물을 스치고 앞으로 나아가 그를 부둥켜안고는 물보라가 튀는 사이로 풍덩 빠져버렸다. 나는 볼썽사나운 꼴이 된 그를 보며 크게 웃음을 터뜨리느라 피하는 것도 깜빡했는데, 웃음소리가 멎기도 전에 그가 내민 손에 붙잡혀…… 몽글몽글하고 끈적끈적한 기운이 탕 안을 가득 메웠고, 게으른 늦봄의 오후 시간도 우리가 뒤엉켜 있는 사이 소리 없이 흘러갔다.

남정 대군의 승세가 굳어졌다. 군을 격려하기 위해 조정에서는 자담을 현왕(賢王)에 봉하고 송회은을 대장군에, 호광열을 무위후(武威侯)에 봉했으며 나머지 장병들도 계급을 높이고 많은 포상금을 내린다는 영을 내렸다.

줄곧 황숙이라는 허울 좋은 감투만 쓰고 있던 자담은 이제야 왕작

(王爵)을 갖게 되었다. 예전에는 황자의 신분으로 궁에 살았으나, 이제 왕작이 생겼으니 관례에 따라 따로 왕부를 두어야 했다.

상선사(尙繕司)에서 경사 근처에 오랫동안 방치된 궁원(宮苑) 몇 곳 중 한 곳을 골라 보수하여 현왕부로 삼으려 한다고 아뢰었다. 그러나 모두의 예상을 뒤엎는 일이 벌어졌다. 소기가 궁 밖에서 가장 정교하고 호화로운 황실의 행관인 지원(芷苑)을 자담의 왕부로 내린다고 명한 것이다. 그리하여 크게 토목 공사를 일으켜 새롭게 단장한 지원은 몹시도 화려하고 웅장했다. 그 호화로움에 경사의 모든 왕공과 호족이 혀를 내두를 정도였다.

처음에 사람들은 자담을 전장으로 등 떠민 소기를 두고 다른 사람의 손을 빌려 그를 없애려는 것이라고, 전장에서 죽게 만들어 후환거리를 없애려는 것이라고 생각했다. 그러나 이는 소기의 포부와 수단을 과소평가한 것이었다.

소기가 강남 반군을 강경히 평정함으로써 강남 왕실 세력을 완전히 뿌리 뽑기는 하였으나, 이로써 모든 황족과의 관계를 끊을 수는 없었다. 경사에서든 강남에서든 왕공 귀인들은 나무뿌리처럼 얽히고설킨 세력을 가지고 있는지라 모조리 다 죽일 수도, 그렇다고 전부 다 뿌리 뽑을 수도 없었다. 일단 조정이 안정되면 나라를 다스리고 민심을 수습하는 데 여전히 그들의 힘이 필요했다. 이 같은 때에 소기가 자담을 더없이 후하게 대한 것은 세가와 귀인들을 안심시키는 조치나 다름없었다.

세가에서 가인(佳人)을 골라 현왕비로 책립한다는 소문이 퍼져 나가자 순식간에 시끌시끌해졌다. 여러 세가들은 다들 한발 물러나 돌아가는 상황을 관망하며 앞으로의 일을 추측했다.

오랜 세월 먼지가 쌓일 대로 쌓인 지원 문 앞에서, 나는 한참 동안 발을 멈추고 서 있었다.

이 황실 궁원은 한 시대를 풍미한 명장이 지은 곳으로, 자신산(紫宸山)을 등지고 취미호(翠微湖)를 옆에 둔 채로 황궁과 멀리 서로 바라보고 있어 풍수지리적으로 더할 나위 없이 좋은 자리였다.

원래 이곳의 이름은 지원이 아니었다. 성종(成宗)황제께서 이곳을 자담의 모친이자 가장 총애하는 후궁이었던 사 귀비에게 하사하였는데, 그녀의 아명에 지(芷) 자가 들어 있어 그때부터 지원이라고 불리게 되었다. 사 귀비는 조용한 것을 좋아하는 성품에 병약했던지라 늘 황궁 생활을 힘들어했다. 그러던 중 성종황제의 묵인하에 이곳으로 옮겨 와 휴양을 하였는데, 며칠이 지나도록 궁에 돌아와 문안하지 않았다. 이에 격분한 고모가 한바탕 난리를 일으켰고, 그 후 내키지 않는 걸음으로 궁에 돌아온 사 귀비는 반년도 지나지 않아 병으로 세상을 떠났다. 그리하여 여린 비바람이 스치던 이 지원에서 함께하던 어린 소녀와 청삼을 입은 소년의 세월도 점점 더 멀어져갔다.

저릿저릿한 가슴의 통증이 아득한 옛일을 상기시켰으나 너무나 오랜 일인 듯 기억조차 아스라했다.

"왕비 마마." 아월의 자그마한 목소리에 아스라한 기억에서 깨어났다. 새것처럼 깨끗이 보수된 옥계에 서서 고개를 쳐들고 바라보니, 반룡 편액 위에 선명한 금빛으로 칠해진 '현왕부(賢王府)' 세 글자가 위풍당당하고 눈부시게 빛나고 있었다. 나는 고개를 돌려 뒤에 서 있는 명부(命婦)들을 향해 담담히 웃으며 말했다. "여러모로 마음을 쓴 끝에 드디어 현왕부가 완성되었습니다. 그래서 오늘 궁원도 둘러보고 예전에 이곳을 지은 명장에 비해 지금 명장의 솜씨가 어떠한지도 볼 겸, 특별히 여러분을 청했습니다." 사람들은 참으로 훌륭하다며 너도나도 맞장구를 쳤다. 둘러보니 과연 곳곳의 경치가 몹시도 훌륭한 것이 장인의 심혈이 고스란히 녹아 있는지라 탄성이 절로 나왔다.

익숙한 풍경들이 하나하나 눈에 들어와 박혔다. 한 걸음씩 옮길 때마다 시간도 한 걸음씩 거꾸로 흐르는 듯했다. 이곳은 한때 사 귀비가 머물렀던 곳인데 이제 다시금 옛 거처로 돌아왔으니 그녀에게 조금은 위안이 되리라……

나는 순간 마음이 무겁게 가라앉아 말없이 고개를 떨궜다. 그때 뒤에서 희미하게 낭랑한 웃음소리가 들려왔다. 돌아보니 뒤따르던 여인들 사이로 무리를 이룬 꽃다운 나이의 생기발랄한 소녀들이 저희들끼리 떠들며 웃고 있었다. 곁에 있던 영안후 부인이 내 시선을 따라 눈길을 돌렸다가 황망히 웃으며 말했다. "여자아이들은 늘 저렇게 활기가 넘치지요. 예에 어긋나는 부분이 있더라도 왕비께서 너그러이 용서해주십시오." 나는 웃으며 눈길을 돌릴 뿐 별다른 말은 하지 않았다. 이 소녀들은 모두 현왕비 후보들로, 오늘 궁원을 둘러보는 데 특별히 그녀들까지 부른 것이었다. 한참 걷다가 점점 힘에 부친다고 느껴질 때쯤, 아월이 알아차리고 황급히 말했다. "앞쪽 물가에 정자가 있는데 시원하여 쉬시기 좋으니, 왕비 마마와 여러 부인께서는 정자에 들어 잠시 쉬시는 게 어떨지요? 선선한 바람을 쐬며 연꽃을 구경하는 것도 썩 괜찮지 않겠습니까?" 나는 고개를 끄덕이며 웃고는 사람들과 함께 정자로 걸음을 옮겼다.

초여름의 녹음이 짙게 드리운 사이로 시원한 바람이 산들산들 불어왔다. 물가의 정자에서는 어여쁜 여인들이 담소를 나누며 웃음꽃을 피우고, 나풀나풀 휘날리는 옷소매에서는 은은한 향기가 피어올랐다. 명문가의 미인들, 왕후의 금지옥엽들이 하나하나 비할 바 없이 아리따워 둘러보고 있자니 눈이 다 아찔할 지경이었다.

한때는 나도 저이들처럼 근심 걱정이라곤 없는 천진난만한 소녀였었다.

한 줄기 맑은 바람이 불어와 귓가의 머리카락을 말아 올리기에 손을 들어 털어내는데, 언뜻 옅은 자색 옷을 입은 여인 하나가 홀로 난간에 기대 서 있는 모습이 눈에 들어왔다. 이 꽃 무더기 속에 자리한 그 하늘하늘한 형체의 여인은 유난히도 쓸쓸해 보였다.

그 자색 옷을 입은 여인은 참으로 고운 자태로 난간 옆에 서서, 연못 이곳저곳에 피어 있는 백빈(白蘋)을 바라보며 아득한 표정으로 계속 넋을 놓고 있었다. 나는 그녀의 아리따운 자태를 빤히 응시했다. 원소절 연회에서 처음 봤을 때부터 묘하게 낯이 익다 싶었다. 분명 그때 처음 만나는 것이었는데 오래전부터 알던 사람처럼 느껴졌다. 살짝 마음이 동해 그녀 뒤로 걸어가 태연히 웃으며 말을 걸었다. "이 백빈을 좋아하느냐?"

고채미는 뒤를 돌아보고는 화들짝 놀라 황급히 몸을 굽히며 예를 올렸다. 나는 빙그레 웃으며 말했다. "남방 물가에 가면 흔히 볼 수 있는 꽃이지. 이때쯤이면 곳곳에서 활짝 피어 참으로 운치가 있겠구나."

"그렇습니다. 남방은 경치가 매우 아름다워 사람의 발길을 사로잡지요." 고채미는 고개를 떨군 채 속삭이듯 조그맣게 말했지만 볼에는 깊은 웃음기가 배었다. 나는 내색 없이 그녀를 쓱 훑어보고는 연못에 피어 있는 백빈으로 눈길을 돌리며 목소리를 길게 뽑았다. "백빈이 가득 피어 있는 곳에 올라 멀리 내다본다. 이미 석양이 질 때 만나 서로 진심을 나누기로 약속해두었나니." 고채미는 갑자기 두 뺨을 붉히며 살짝 입술을 깨물 뿐 아무 말도 하지 않았다. 어찌 이 여인의 마음을 모르겠는가! 그녀는 백빈을 바라보며 사랑하는 사람을, 멀리 강남에 있는 내 오라버니를 떠올리고 있었다.

그러나 자기 뜻대로 인연을 맺는 이가 세상에 몇이나 되겠는가! 고채미의 그리움도 결국에는 헛된 것이 되고 말 것이다. 일단 오라버니의 가문과 지위로 볼 때 몰락한 가문의 여인을 아내로 맞을 수 없다는 것은 차치하고라도, 오라버니는 새장가를 들 마음이 없을 테니 말이다. 이리도 많은 세월이 흘렀음에도 아직까지 오라버니는 올케와의 일을 마음에서 내려놓지 못하고 있었다. 하지만 세상은 어찌 이리 사람 우롱하기를 즐기는지, 첫사랑과는 결코 이루어질 수 없도록 만들어버린다.

여전히 고개를 숙인 채 부끄러워하는 고채미를 더 두고 볼 수 없어 가볍게 탄식하며 말했다. "백빈이 아름답기는 하나 결국에는 물결 따라 흘러가니, 헛되이 실의에 빠지느니 가진 것을 소중히 여김이 나으리라." 이에 고채미가 고개를 들고 멍하니 나를 바라보았다. 반짝이던 별이 먹구름에 가려진 듯, 말갛던 눈동자가 순식간에 어두워졌다. 역시나 참으로 영리한 여인이었다. 가슴이 조금 시큰하여 그녀의 팔을 살짝 토닥여주었다. 전보다 더 그녀가 가엾게 여겨졌다.

고채미를 뺀 나머지 명문가 규수들 중에 내 마음에 드는 이는 하나도 없었는데, 하필 그녀에게는 이미 마음을 허락한 이가 따로 있었다.

나는 손에 든 명단을 내려놓고는 환한 촛불을 물끄러미 쳐다보며 정신을 놓고 있었다. 어쩌면 내가 자담을 너무 완벽한 사람으로 여기는 탓에 하늘에 뜬 달처럼 환히 빛나는 그에게 어울리는 처자가 속세에는 없다고 생각하는지도 모른다. 그도 아니면 내가 너무 이기적인 탓에 이미 내 것이 아닌 마음을 다른 사람과 나눠 가질 수 없어 고집스레 지키려 하는 것인지도 모른다. 솔직히 금아가 한 짓을 전혀 개의치 않는다고는 못 하겠다.

금아를 떠올리니 또 아보의 눈이 좋아질 기미를 보이지 않는다는 사실이 떠올라 더 심란해졌다. 나는 자리에서 일어나 천천히 문가로 걸어갔다. 날이 어둑해진 것을 보고 아월이 다시금 재촉했다. "왕비 마마, 먼저 저녁을 드시는 편이 좋겠어요. 왕야께서는 아직 논의하실 일이 남아 금방 왕부로 돌아오실 수는 없답니다. 언제까지 기다리시려고요."

하지만 나는 입맛이 전혀 없고 왠지 모르게 심란하여 아예 좌우 시녀들을 모두 물렸다. 그리고 홀로 금탑에 기대 책 한 권을 들고 울적한 마음으로 한 장 한 장 책장을 넘겼다. 그러다가 나도 모르게 졸음이 밀려왔고, 꼭 구름 위에 떠 있는 것처럼 사방이 희끄무레하여 도무지 내가 어디에 있는지 종잡을 수가 없었다. 그래서 이리저리 둘러보니, 문득 고귀하고 화려한 옷을 입은 어머니가 보였다. 어머니는 내게 미소를 지어 보였는데, 편안하고 고요하면서도 뭔가 아쉬운 듯한 표정이었다. 나는 입을 벙긋거리며 어머니를 부르려고 했으나 목소리가 나오지 않았다. 그런데 눈 깜짝할 사이에 옷소매를 흔들며 하늘 높이 솟아오른 어머니가 천천히 날아가버리는 게 아닌가! "어머니!" 나는 무심결에 큰 소리를 지르며 퍼뜩 잠에서 깨어났다. 눈앞에 비단 휘장이 낮게 드리워지고 망사 휘장이 반쯤 닫혀 있었다. 어느새 나는 침상에 누워 있었다.

침상 휘장이 걷히며 소기가 서둘러 다가와 물었다. "왜 그러시오? 방금 전까지만 해도 잘 자는 것 같더니."

"꿈에 어머니를 뵈었어요……." 나는 그저 망연자실한 채 어떤 기분인지 말로 설명하지 못했다. 방금 전에 꿈에서 본 장면이 여전히 눈에 선했다.

"어머니가 보고 싶으면 내일 자안사에 가서 뵙고 오면 되지." 소기가 침상 머리맡에 있는 겉옷을 가져와 내게 걸쳐주고는 몸을 굽혀 신발까

지 신겨주었다. "당신이 깊이 잠들었기에 깨우지 않았는데, 이제 배고
플 때도 되지 않았소?" 소기는 나를 침상 밖으로 안아 내리며 사람을
불러 식사를 준비하라 일렀다. 나는 느른하게 그의 품에 기댄 채로 고
개를 돌려 그를 바라봤다. 소기가 기쁜 기색을 겉으로 드러내는 것은
참으로 오랜만인 것 같았다. "무슨 일로 그리 기분이 좋은 거예요?"

소기는 담담히 웃으며 대수롭지 않은 일인 듯 말했다. "오늘 홀란
을 사로잡았소."

돌궐 왕이 가장 아끼는 홀란 왕자는 '돌궐 제일의 용사'로 불리는
자이자 하란잠이 가장 꺼리는 맞수였다.

이번에 홀란을 사로잡은 것은 돌궐 왕의 한 팔을 자른 것이나 다름
없었다. 또한 돌궐의 군심을 크게 흔들어 군사들의 사기를 꺾을 것은
자명한 일이었다. 그러나 더 중요한 점은 홀란을 사로잡음으로써 하
란잠을 견제할 가장 효과적인 패를 쥐게 되었다는 사실이다. 홀란이
살아 있는 한, 하란잠은 왕위에 오르더라도 안심할 수 없을 것이다.
만일 하란잠이 우리를 배신하고 약속을 어긴다면, 우리도 홀란과 동
맹을 맺어 하란잠을 앞뒤로 공격받게 만들면 그만이었다.

예전에 영삭에서 소기는 홀란과 손잡고 하란잠을 사지로 몰았다
가, 나중에 하란잠을 놓아주고 돌궐로 돌려보내 홀란을 위협하는 가
장 강력한 패가 되게 했다. 지금 와서 다시 생각하니 멀리까지 내다보
는 소기의 주도면밀함에 찬탄이 절로 나왔고, 새삼 이 세상에는 영원
한 벗도 없고 영원한 적도 없다는 깨달음에 탄식이 흘러나왔다.

이같이 기쁜 소식에 너무 흥분한 나머지, 저녁 식사도 거른 채 소
기에게 홀란을 사로잡은 과정을 자세히 말해보라고 졸라댔다.

건무(建武)장군 서경혼(徐景琿)은 군사 3천을 이끌고 출전하여 자신

의 목숨을 미끼로 죽기 살기로 싸웠다. 서경혼은 홀란 왕자가 이끄는 철기병 8천이 쫓아오도록 꾀어 적과 싸우면서 도망치는 식으로 적군을 모두 요자욕(鷂子峪)으로 끌어들였다. 적군이 나타나자 이곳을 지키고 있던 궁수 3천은 갑작스럽게 기습 공격을 퍼부었고, 골짜기 입구에서 중갑 보병 2천이 적의 뒤를 막아 돌궐군을 골짜기 안에 가뒀다. 서경혼은 군사들을 이끌고 되돌아왔고, 선봉 철기병이 벽력처럼 돌진해 적진 한복판으로 뛰어들었다. 뒤를 막고 있던 중갑 보병들은 갑옷을 벗어던지고 병장기만 든 채 적진으로 달려들어 정면에서 매서운 공격을 퍼부었다.

정오에 시작된 요자욕 전투는 저녁 무렵까지 이어졌다. 서경혼은 여덟 군데에 중상을 입고, 휘하 장병 중 죽거나 다친 자가 2천을 넘었다. 이에 비해 8천을 헤아리던 돌궐 기병은 거의 절반이 죽임을 당했고, 주장(主將)인 홀란 왕자는 서경혼과의 교전에서 한 팔을 잃고 부상을 입은 채 말에서 떨어져 곧바로 우리 군에 사로잡혔다.

나머지 돌궐 장병들은 대세가 기울었음을 깨닫고 너도나도 무기를 버리고 투항했으며, 1천도 안 되는 소대만이 죽기를 각오하고 도망쳐 군중으로 곧장 달려가 소식을 전했다.

소기는 정신을 차릴 수 없을 정도로 급박하게 진행된 살육 과정을 담담히 설명해주었으나, 듣는 입장에서는 그것만으로도 간담이 서늘해지고 오한이 들었다. 당시 정황을 떠올리며 숨죽인 채 넋을 놓고 있는데 나도 모르게 손바닥에 식은땀이 고였다. 나는 길게 숨을 내쉬며 말했다. "그 서경혼이라는 자는 예사 인물이 아니군요. 여덟 군데나 중상을 입고도 그토록 강한 적을 말 아래로 떨어뜨리다니요!"

소기가 하하하 웃어젖혔다. "내 휘하에 있는 용맹한 장수가 어찌 서경혼 하나뿐이겠소!"

창밖의 맑고 찬 달빛이 호탕한 기운이 넘치는 그의 얼굴을 비추니, 의연한 옆얼굴에 서리가 내린 듯하고 반룡 왕포 위의 금룡(金龍)은 금방이라도 하늘로 솟구쳐 오를 듯 무시무시해 보였다.

아련한 가운데 다시금 광활하고 소슬한 변경으로 돌아간 듯한 착각이 들었다.

조정에서 엄숙하고 정중하면서도 기품이 넘치는 모습을 늘 접하고, 연연라(軟煙羅) 휘장 안에서 하염없이 나를 탐하는 그의 모습에 익숙해진 나머지 지난날의 두려움을 거의 잊어버렸다. 내 눈앞에 있는 이 사람이야말로 진정 창칼이 오가는 피바다를 헤치고 수라 지옥을 숱하게 겪으며 검 하나로 세상을 평정하고 한 발 한 발 이 구중궁궐의 꼭대기에 오른 전쟁의 신임을 잊고 있었다.

그날, 밤새 꿈 한 번 꾸지 않았으나 혼몽한 가운데 몇 번이고 깰 때마다 가슴이 불안하게 두근거렸다. 그렇게 날이 밝아올 때까지 뒤척거리다가 겨우 선잠이 들었다. 막 눈을 감았을 때 별안간 오경을 알리는 소리가 울렸다.

그때 갑자기 바깥에서 다급한 발걸음 소리가 들려왔다. 당직을 서는 내시는 안으로 들지 않고 밖에서 그대로 쿵 하고 꿇어앉더니 떨리는 목소리로 아뢰었다. "왕야와 왕비께 아룁니다. 자안사에서 온 사람이 아뢰기를……."

나는 화들짝 놀랐다. 알 수 없는 무언가가 명치를 꽉 거머잡는 것 같았다. 내가 뭐라 말을 꺼내기도 전에 소기가 발을 걷고 앉으며 물었다. "자안사에 무슨 일이 있느냐?"

"지난밤 삼경 무렵, 진민장공주께서 훙서(薨逝)하셨습니다."

어머니는 바깥방에서 자던 서고고조차 아무런 기척도 듣지 못했을 만큼 편안히 가셨다.

어머니는 이리도 조용히 떠났다. 흰옷에 버선만 신고 티끌 하나 없이 깨끗한 모습으로 단목 선상(禪牀)에 누운 채로 말이다. 너무나 평온한 얼굴이 마치 오수에 빠진 듯하여 움직임 하나에도 금방 깨어날 것만 같았다.

"공주께서는 이토록 늦게까지 주무신 적이 없었습니다. 밤이 되니 뜰에 나가 남쪽을 바라보시며 한참 동안 넋을 놓고 계시다가 방으로 돌아가셔서 밤늦도록 경문을 외셨지요. 소인이 어서 잠자리에 드시라 재촉했으나, 공주께서는 소군주의 복을 빌기 위해 경문을 꼬박 아홉 번 외셔야 한다며 단 한 번도 적게 외서는 아니 된다고 하셨습니다." 서고고는 멍하니 어머니의 염주를 든 채로 눈물을 쏟았다. "공주께서는 곧 떠나실 것을 아셨어요."

나는 말없이 어머니 곁에 앉아, 혹 힘을 너무 세게 줘 어머니의 맑은 잠을 방해할까 봐 조심하며 어머니의 옷자락에 생긴 옅은 주름을 살살 폈다.

세월의 모진 풍파는 그 옛날 천하에 이름 높던 미색을 거둬 간 대신 맑고 잔잔한 광채로 쌓여, 마치 옥이 빛을 발하듯 주변 사람들을 하나하나 밝게 비췄다.

어머니는 진정한 금지옥엽이었기에 곱고 아름다운 것 안에서 살 수밖에 없었고, 속세의 더러운 것에는 결코 물들 수 없었으며, 티끌만큼의 무거움과 어두컴컴함도 견뎌낼 수 없었다. 어쩌면 어머니야말로 진정 속세에 떨어져 온갖 시련을 겪고서 마침내 속세를 벗어나 하늘로 되돌아간 선녀였는지도 모른다. 청정무구하고 은원이나 이욕(利慾)이 없으며 만남과 헤어짐, 괴로움이 없는 곳만이 어머니가 돌아갈 곳이었는지도 모른다.

나는 어머니의 성스럽고 깨끗한 잠든 얼굴을 가만히 응시했다. 차마 어머니에게서 시선을 뗄 수가, 그녀의 곁을 떠날 수가 없었다. 어린 시절의 일들이 어지럽게 머릿속을 채웠다. 어머니의 찌푸린 얼굴, 미소 띤 얼굴, 나직이 부르던 목소리, 신신당부하던 말씀…… 하나하나 새록새록 떠올랐다. 어머니가 살아 계실 때 나는 늘 어머니가 잔소리를 할까 봐 꺼렸고, 온갖 일에 몸이 매여 어머니와 함께할 시간도 여유도 없다고 생각했다. 그런데도 어머니는 한 번도 탓하지 않았다. 우리가 오기만을 눈이 빠지게 기다리면서도 그저 묵묵히 먼 곳에서 우리를 지켜보고 우리의 사정을 한없이 이해해주었다. 어머니가 다시 한 번 나와 함께 탕천궁에 가고 싶어 했음을, 선조들의 능침을 참배하러 황릉에 가고 싶어 했음을, 늘 오라버니의 자식들을 보고 싶어 했음을…… 나는 다 알고 있었다. 그러했는데 끊임없이 일어나는 심란한 일들 탓에 차일피일 미루면서도 그런 일들은 중요하지 않으며 어쨌든 어머니는 기다릴 거라고, 언제라도 내 뒤에서 기다릴 거라고 생각했다. 그런데 이리도 갑자기, 내게 후회할 기회조차 주지 않고 내 곁을 떠날 줄은 꿈에도 몰랐다.

나는 내 손으로 직접 어머니의 옷을 갈아입히고 단장을 해주고 머리를 빗겨주었다. 어린 시절 어머니가 늘 내게 해주던 이 모든 것을 나는 어머니가 가시는 길에야 마지막으로 해주고 있었다. 옥빗을 쥔 손이 벌벌 떨려 들 수가 없었고, 손에 든 옥비녀를 한참 동안 머리에 꽂지 못했다. 서고고는 이미 눈물범벅이 되어버렸고 다른 사람들도 모두 흐느끼고 있는데, 울고 싶어도 눈물이 말라버린 나는 허한 마음만 붙들고 있었다.

자안사에 긴 종소리가 울렸다. 여름날의 햇볕이 천지를 비추니 세상이 하얗게 물들었다.

나무는 조용히 있고 싶어도 바람이 멎지 않고, 자식은 어버이를 봉양하고자 하나 어버이는 기다려주지 않는다.

나는 보리수나무 아래 서서 고개를 들고 맑은 바람이 지나는 곳을 쳐다봤다. 나뭇잎이 오래도록 멈추지 않고 계속 흔들거렸다. 찰나의 순간, 온 세상의 서러움과 외로움이 나를 뒤덮었다.

아월이 조그맣게 속삭이길, 소기가 이미 정전에 도착했고 부음을 듣고 조문을 오는 명부들도 곧 자안사에 당도할 것이라고 했다. 처연히 고개를 돌려 보니, 아월은 두 눈이 붉게 부어오른 채로 얼굴을 깨끗이 하고 다시 단장하라며 묵묵히 비단 손수건을 바쳤다. 다른 사람처럼 소리 내 통곡하지 않고 속으로 슬픔을 삼키는 모습에서 더욱 진심이 느껴졌다. 마음이 뭉클하여 아월의 가녀린 손을 한 번 잡고는 비탄에 잠긴 서고고의 곁에 있어주라고 했다.

내 시선은 아월의 어깨를 넘어 긴 회랑의 끝으로 향했다. 검은 옷을 입고 흰 관을 쓴 소기가 성큼성큼 걸어오고 있었다. 사람을 태울 듯한 저 햇빛마저 소기의 우람한 몸에 가려진 듯했다.

갑자기 온몸의 힘이 빠져나가고 다리가 풀려 더 이상 버틸 수가 없었다. 소기는 말없이 나를 품에 안았다. 그렇게 나를 힘껏 끌어안은 소기의 양미간에서 더할 수 없이 깊은 애정이 느껴졌다.

아버지는 어디 계신지도 모르고, 어머니는 속세를 떠나셨고, 자담은 결국 남이 되어버렸다……. 이제 오라버니를 빼고 나면 내가 사랑하는 지극히 가까운 사람은 소기뿐이었다. 오직 그만이 내 곁에 남아 서로 의지하며 이 길고 험난한 일생을 걸어갈 것이다.

마침내 둑이 터진 것처럼 눈물이 쏟아져 나왔다. 나는 온 힘을 다해 그를 꽉 끌어안았다. 물에 빠진 순간 내 눈앞에 나타난 유일한 부목을 끌어안듯이.

의심은 상처를 남긴다

　어머니의 영구는 결국 궁으로도, 진국공부로도 돌아가지 않았다. 살아 계실 적에 어머니는 황릉을 다시 찾을 면목이 없고 왕씨의 고향에 귀장(歸葬)되기도 원치 않는다고 했다. 친족도, 시가도 어머니의 마지막 안식처가 아니었다. 오직 속세에서 멀리 떨어진 이 자안사만이 어머니가 여생을 기탁한 곳이자 혼백이 귀의할 곳이었다. 어머니는 이미 불문에 귀의하여 속세의 부귀영화에 미련을 두지 않았다. 지나치게 떠들썩한 장례는 오히려 어머니가 원한 바가 아니었다.

　문상(聞喪) 당일 모든 명부가 소복을 입고 자안사에 와서 예를 올렸고, 다음 날은 문무백관이 자안사에 들어 애도했다. 경사의 고승이 사찰의 비구니들을 이끌고 법사를 거행했으며, 이레 동안 밤낮으로 어머니를 위해 법문을 낭송하며 제도(濟度)했다.

　마지막 날 밤, 나는 소복을 입고 영전 앞에 몸을 세워 꿇어앉았다.

　소기도 사찰에 머물며 내가 어머니의 마지막 길을 배웅하는 것을 함께했다. 밤이 깊어 찬 기운이 내리자 소기는 억지로 나를 일으켜 세우며 말했다. "밤이 차니 더는 꿇고 있지 마시오. 자신의 몸이 좋지 않음을 알면 더 소중히 여길 줄 알아야지!" 나는 가슴속이 처량하여 그저 고개만 저었다.

소기가 탄식하며 말했다. "간 사람은 이미 가고 없소. 자신을 소중히 대하는 것이 당신이 아끼는 사람들을 안심시키는 길이오." 서고고도 눈물을 그렁그렁 매단 채 권했다. 더는 뻗댈 기운도 없어 소기가 나를 의자까지 부축하도록 내버려두고, 어머니의 영구를 서글피 바라보며 슬픔에 말을 잇지 못했다.

청의(靑衣)를 입은 비구니 한 명이 소리 없이 서고고 곁으로 다가가 나직이 말을 전했다. 서고고는 묵직한 한숨을 내뱉고는 고개를 숙인 채 침음만 삼켰는데, 뭔가 주저하면서도 애처로운 표정이었다. 나는 힘없는 목소리로 물었다. "무슨 일인가?"

서고고는 잠시 망설이다가 나직이 말했다. "묘정(妙靜)이 밤늦도록 외전에 꿇어앉아, 공주 마마의 마지막 가는 길을 배웅하겠다고 간청하고 있습니다."

"묘정이 누군가?" 순간 어리둥절해 물었다.

"묘정은……." 서고고가 잠시 멈칫하더니 말을 이었다. "예전에 재상부에 있던 금아입니다."

내가 눈을 들어 쳐다보자 서고고는 눈을 내리깔고 감히 나와 눈을 맞추지 못했다. 서고고는 금아의 신분을 알면서도 예전에 재상부에 있던 사람이라고만 했다. 이는 서고고가 옛정을 떠올리고 감싸주려는 마음에서 일부러 금아를 위해 사정하고 있음이 분명했다.

궁에서 죄를 짓고 자안사의 비구니로 신분이 낮아진 자들은 모두 산 아래에 있는 초라한 거처에 머물며 마음대로 출입을 할 수도, 절에 오를 수도 없었다. 더욱이 어머니가 계시는 내원에는 걸음을 들일 수조차 없었다. 금아가 이번에 자안사 안으로 들어와 다른 사람에게 말을 전하게 한 것만으로도 서고고가 평소에 금아의 뒤를 얼마나 살펴주었는지 알 수 있었다. 나는 지금 같은 때에 금아를 보고 싶지 않았으나 어머니 영전에서 서고고의 체면을 깎을 수는 없어, 피곤에 찌든 탄식을 뱉으며 고개를 끄덕였다. "들여보내게."

검은 옷에 검은 모자를 쓰고 앙상하게 마른 사람의 형상이 천천히 안으로 들었다. 그 짧은 시간 동안 금아는 뼈마디가 도드라질 정도로 비쩍 말라버렸다.

"금아가 왕야를 뵙습니다." 금아는 소기 앞에 꿇어앉을 뿐 내 쪽으로는 절을 하지 않았다. 목소리는 금방이라도 끊어질 듯 가냘팠지만 자신의 예전 이름을 쓰는 모습이 당돌하기 짝이 없었다.

소기는 미간을 찌푸리며 그녀를 쓱 훑어보고는 아무런 표정도 짓지 않았다. 서고고도 얼굴색이 변해 세게 기침을 했다. "묘정! 왕비께서는 지난날 주종의 정을 생각해 네가 이곳에 들도록 윤허하셨는데 은혜에 감사드리지 않고 무얼 하는 것이냐!"

금아가 천천히 눈을 들어 올리자 차디찬 눈빛이 내게 쏟아졌다. "은혜에 감사드리라고요? 저이가 내게 어떤 은혜를 베풀었는데요?"

"묘정!" 서고고는 놀라기도 하고 노하기도 하여 얼굴빛이 파랗게 질렸다.

어머니의 영전에서 소란을 피우고 싶지 않았다. 나는 힘없이 이마를 짚으며 더 이상 금아를 보고 싶지 않아 말했다. "오늘은 네가 소란을 피울 만한 날이 아니니 그만 물러가라!"

금아가 연거푸 냉소를 뱉었다. "오늘은 날이 아니다? 그렇다면 왕비께서는 언제가 적당할 듯하십니까? 설마 제가 죽어 악귀가 된 다음에……."

"무엄하다!" 소기가 엄히 꾸짖었다. 목소리는 나직했으나 모든 이가 화들짝 놀랐다. 금아도 겁에 질려 어깨를 움츠리며 감히 소기의 노한 얼굴을 똑바로 보지 못했다.

"영당(靈堂)에서 어찌 소란을 용납하리오! 저 미친 여인을 끌어내 곤장 스무 대를 쳐라!" 소기가 냉랭히 말하며 담담히 내 손을 잡았다.

밖에 있던 시위가 '예' 하고 소리치며 들어왔다. 금아는 놀라 넋이 나간 듯 나를 빤히 노려보며 시위가 잡아끄는 대로 멍하니 끌려 나갔다.

그러나 입구에 이르러 갑자기 몸부림을 치더니 한사코 문간을 붙잡고 갈라진 목소리로 외쳤다. "왕비와 황숙이 부정하게 정을 통한 확실한 증거가 신첩의 수중에 있으니 왕야께서는 밝게 살피소서!"

온몸의 피가 거꾸로 치솟는 기분인데 등줄기는 서늘했다.

금아의 한 마디가 영당의 적막을 깨뜨리며 날카로운 바늘처럼 모두의 귓속으로 파고들었다. 사람들은 모두 목석처럼 굳어지고 사방은 쥐 죽은 듯 조용해져 죽음과도 같은 정적만이 남았다. 영전의 어슴푸레한 연기는 빙빙 돌며 끊임없이 피어올랐다. 연기 너머로 보이는 사람들의 표정이 또렷이 눈에 들어왔다. 경악한 사람, 놀란 사람, 그럴 줄 알았다는 듯 이해하는 사람……. 그러나 내 옆에 있는 사람의 표정만은 감히 돌아볼 수 없었다.

시위에게 잡혀 바닥에 짓눌린 금아는 고집스레 고개를 쳐들고 나를 똑바로 노려보며 입가에 속 시원한 미소를 머금었다.

금아는 내가 입을 열기를 기다렸고, 나는 내 곁에 있는 사람이 입을 열기를 기다렸다. 이 순간에는 내가 무슨 말을 하든 다 부질없는 짓이었다. 그러나 그러면 달랐다. 단 한 마디로, 생각 하나로, 하다못해 눈빛 하나로도…… 나를 저 심연으로 떨어뜨려 생사고락을 함께하며 쌓은 믿음을 산산조각 부서뜨릴 수 있었다. 나는 금아에게로 눈길을 내리며 그녀의 표독스럽고 원망 어린 눈빛을 가만히 마주 봤다. 슬프지도, 화가 나지도 않았다. 내 가슴이 뛰는지조차 느껴지지 않았다.

지금 이 순간은 그 어느 때보다 괴로웠고 천년만년보다 더 길었다. 마침내 소기가 냉랭한 목소리로 무심히 입을 열었다. "황실을 무고하고 영당을 어지럽혔으니 끌고 나가 장폐(杖斃. 장형으로 죽임)하라."

나는 눈을 감았다. 마치 절벽가를 한 바퀴 걷고 돌아온 기분이었다. 양쪽에 있던 시위가 이미 숨이 다한 썩은 짚단을 끌고 가듯 곧장 금아를 끌어냈다.

"증거가 있습니다! 왕야, 왕야──." 금아는 발악할 기운도 없어 문밖으로 끌려 나가면서도 미친 듯이 외쳐댔다.

"멈춰라!" 나는 자리에서 일어나 등을 곧게 펴고 시위를 멈춰 세웠다. 어머니 영전에서 수많은 사람을 앞에 두고 금아가 뿌린 의심의 씨앗을 그냥 둔다면 앞으로 사방에 유언비어가 나돌 것이다. 그렇게 되면 무슨 낯으로 소기를 대할 것이며, 소기의 체면은 또 어찌한단 말인가! 금아가 나를 도발하는 것은 몇 번이고 용인할 수 있었으나, 내게 소중한 것들을 건드리는 일만큼은 결코 용납할 수 없었다.

"증거가 있다고 했으니 내게 보여라. 네가 말하는 부정한 것의 진상이 대체 무엇이냐?" 나는 담담히 입을 열며 금아의 두 눈을 내려다봤다.

금아는 시위에게 두 팔이 붙들린 채 독살스럽게 외쳤다. "황숙께서 출정하시기 전에 서신 한 통을 주시며 예장왕비에게 전해달라 하셨습니다. 이 서신이 아직 제게 있사온데, 왕야께서도 보시면 두 사람이 부정하게 정을 통했음을 바로 아실 것입니다."

가슴이 차게 식어 지그시 주먹을 쥐었으나 머뭇거리고 있을 때가 아니었다. "잘됐구나. 가져와보거라."

서고고가 몸을 숙이며 내 명에 답을 하고는, 직접 가서 금아의 턱을 그러쥐어 비명은커녕 소리조차 내지 못하게 하고 능숙하게 옷 속으로 손을 집어넣었다. 금아의 몸이 뻣뻣하게 굳고 얼굴이 새빨갛게 달아올랐다. 아파서 눈물을 줄줄 흘리고 목구멍에서 '억', '억' 하는 소리를 냈으나 서고고의 손아귀에서 벗어나지는 못했다.

나는 냉랭한 눈으로 그 모습을 지켜볼 뿐, 더는 금아에게 일말의 동정조차 느끼지 않았다. 서고고가 누구던가! 어려서부터 궁중 훈계 사에게 교육을 받았고, 재상부의 하인들을 오랫동안 단속하고 가르친 사람이다. 그저 가볍게 그러쥔 것처럼 보이지만, 그것만으로도 차라리 죽여달라는 말이 절로 나올 만큼 큰 고통을 줄 수 있었다. 원래 서고고는 그저 좋은 마음으로 금아의 뒤를 봐주고 더욱이 그녀의 말을 전하며 간청하기까지 했는데, 그것이 이토록 큰 화를 불러올 줄은 생각도 못 했을 것이다. 부끄럽고 자신이 원망스러울 텐데 어찌 손속에 사정을 두겠는가!

서고고는 과연 금아의 속옷 안에서 서신 한 통을 찾아내 내 손에 바쳤다.

봉투에 쓰인 글씨는 분명 자담의 필적이었다. 지난 일들이 벼락처럼 머릿속을 스치고 지나갔다. 찰나의 순간, 손바닥이 식은땀으로 젖었다.

열어보지 않고도 자담이 무슨 말을 했을지 짐작할 수 있었다. 이번에 강남으로 출정하면 필히 형제와 칼을 맞대야 하니 자담은 일찌감치 죽을 각오를 했다. 절망 끝에 쓴 서신을 하필 금아에게 맡겨 오늘까지 숨겨졌고, 그것이 그와 내가 부정하게 정을 통했다고 무고하는 증거가 되어버렸다. 가슴이 뭉그러질 듯 아팠으나 감히 겉으로 드러낼 수는 없었다. 얇디얇은 서신 한 장을 손안에 움켜쥐었다. 이는 자담의 목숨을 움켜쥔 것이나 다름없었다.

나는 뒤돌아서서 차분하게 소기를 바라보며 그 서신을 두 손으로 건넸다. "이 일은 황실의 명예와 관련되어 있으니 금일 어머니의 영전에서 왕야께서 이 서신을 열어 살펴보시고 소첩의 결백을 밝혀주십시오."

눈이 마주치는 순간 날카로운 칼날처럼, 번뜩이는 빛살처럼 서로를 꿰뚫어 보았다.

지금 이 순간에는 그 어떤 말도 다 소용없었다. 진정으로 믿는다면 굳이 변명할 필요가 있겠는가? 마음에 거리낌이 없다면 삼갈 까닭이 있겠는가?

부끄러움이 없는 것은 곧 두려움이 없다는 것이다. 다만 실로 너무 지쳤고, 끝이 없는 불안과 걱정도 지긋지긋해 너무 피곤할 따름이었다. 그가 나를 믿든 안 믿든 상관없었다. 이러나저러나 내게는 나 자신의 존엄이 있었고, 그 누구도 내 존엄을 얕잡아보게 할 수는 없었다.

눈앞에 물안개가 자욱하고 가슴속의 비통함이 조금씩 차오르며 소기의 얼굴이 점점 흐려졌다. 그때 소기가 감정을 읽을 수 없는 목소리로 천천히 말했다. "본 왕은 황당무계한 일을 살피는 데 취미가 없소."

소기는 그 서신을 받아 촛불 위에 내렸다. 순간 불꽃이 확 일며 서신의 필적을 삼켰다. 서신은 끝내 잿더미로 화해 흩어져 내렸다.

어머니 영전에서 사람을 죽이고 싶지 않아, 그저 금아를 궁 안 훈계사로 데려가 가두라고 명했다.

어머니를 대렴(大殮)한 뒤 불가의 장례법에 따라 화장한 다음 영탑(靈塔)에 모셨다. 모든 장례 절차가 끝나기 전에는 자안사를 떠나고 싶지 않았다. 반드시 내 손으로 직접 어머니의 장례를 마치고 싶었다. 소기는 정사에 매인 몸이라 내 곁에 오래 머무르지 못하고 어쩔 수 없이 먼저 왕부로 돌아가야 했다. 그날의 풍파가 있고 난 뒤, 큰 화는 연기처럼 사라진 듯 보였다. 우리 두 사람 다 다시는 그 일을 입에 올리지 않았다.

그러나 떠나기 전에 한동안 말없이 나를 응시하는 소기의 눈에서는 자신이 어찌할 수 없는 데서 오는 깊은 무력감과 울적함이 배어 나왔다. 모든 것을 스스로 짊어지는 그는 단 한 번도 제 쓰린 속내를 드러낸 적이 없었다. 그저 영원토록 말없이 모든 것을 짊어질 뿐이었다. 그러다가 아주 가끔씩 눈빛에서 드러내는 무력감은 내 속을 갈기갈기 찢어놓기에 충분했다. 자담의 서신은 결국 그의 마음속에 어둠을 드리우고 말았다. 아무리 도량 넓은 사내라도 아내의 마음속에 다른 사람의 그림자가 비치는 것은 용납할 수 없을 터였다. 어찌해야 소기의 마음속에 맺힌 응어리를 풀 수 있을지……. 그 사이에는 너무 많은 은원과 시비가 얽혀 있어 말로는 도저히 풀어낼 수 없었다. 보고도 못 본 체하며 계속해서 그의 관용을 얻는 짓은 할 수 없었다. 어쩌면 잠시 떨어져 서로 마음을 가라앉히는 편이 더 좋을지도 모른다. 서고고는 갈라진 틈을 메우는 데 가장 좋은 영약은 그리움이라며 위로해 주었다.

며칠 뒤, 북방에서 또다시 승전보가 전해졌다. 우리 10만 대군의 도움을 받은 곡률 왕자는 돌궐 왕성을 기습해 일거에 무너뜨렸고, 곧바로 왕성에서 변경으로 군량과 마초를 운송하는 통로를 끊었다. 등 뒤에서 꽂은 이 칼은 멀리 전장에 있는 돌궐 왕에게 치명상이나 다름없었다. 그때 돌궐 왕은 사로잡힌 홀란 왕자의 복수를 하겠다며 몇 날 며칠 쉬지 않고 미친 듯이 공략해 우리 군 장병들을 격분시켰다. 소기는 삼군에 엄명을 내려, 수성에만 힘쓰고 출전하지 말라고 했다. 그러다가 곡률 왕자가 왕성을 함락하자 곧바로 성문을 열고 출전했다. 오랫동안 쌓인 사기를 단번에 분출한 삼군 장병들은 맹호와 같은 기세로 돌격하여 적들을 휩쓸었다.

돌궐 왕은 연이어 중상을 입은 데다 앞뒤로 적을 맞아 진퇴양난의 곤경에 빠졌다. 죽고 다친 자가 부지기수였다. 결국 부상병들은 버리고, 정예군만 이끌고 대막을 가로질러 곧장 북쪽으로 패퇴했다.

조정 안팎은 흥분을 감추지 못했다. 이전에 소기가 10만 대군을 북상시킨 것에 대해 여전히 불만을 품고 있던 조정 신료들도 마침내 진심으로 탄복하여, 섭정왕의 영명한 판단을 칭송하지 않는 자가 없었다.

나는 사찰에 머무르고 있었지만, 궁중 내시가 날마다 황궁과 자안사를 오가며 궁에서 발생한 큰일을 아뢰었다. 아월도 왕야가 날마다 조정 군무로 바빠 밤늦도록 촛불을 밝히고 있다고 전했다.

어느 날 저녁, 서고고와 창 아래 마주 앉아 어머니가 베껴둔 두꺼운 경문 몇 권을 살피고 있었다. 갑자기 하늘빛이 어두워지며 여름철 폭우가 쏟아지기 시작했다. 방금 전까지만 하더라도 고운 노을빛이 퍼져 있었는데, 갑자기 어두컴컴해지면서 하늘에 구멍이라도 뚫린 것처럼 장대비가 쏟아졌다.

먹물처럼 시커먼 구름이 하늘을 가렸고, 거센 바람이 휘몰아쳐 정원 가득 나뭇잎을 날려댔으며, 커다란 빗방울이 기와와 나무 처마를 두드려대는 소리가 투두두둑 울렸다.

시시각각 모습을 바꾸는 하늘을 바라보는데 이상하게도 가슴이 몹시 두근거려 들고 있던 경전을 떨어뜨리고 말았다. 서고고가 서둘러 자리에서 일어나 주렴을 내렸다. "참으로 갑작스러운 비네요. 왕비께서는 어서 방으로 돌아가시지요. 감기라도 걸리시면 큰일 납니다."

왜 갑자기 이렇게 두려운 마음이 드는지 알 수가 없었다. 그저 말없이 남쪽의 머나먼 하늘가를 바라보며 불안함에 떨었다. 방으로 돌아가 문을 닫고 등불의 심지를 돋우고 있는데, 태의원의 의시(醫侍)

두 사람이 찾아왔다. 이런 날씨에 비바람을 무릅쓰고 올 줄은 생각도 못 했다. 날마다 하는 문안과 진맥이었지만 두 사람은 감히 건성으로 행하지 않았다. 사찰에 당도하기 전에 갑작스런 비를 만난 두 사람은 물에 빠진 꼴이 되어 있었다. 몹시도 미안하여 서둘러 아월에게 따뜻한 차를 올리라고 했다.

늘 몸이 약했던 나는 어머니가 돌아가신 뒤로 전보다 더 말랐다. 소기는 내가 너무 상심한 나머지 몸이 상할 것을 염려하여 태의원 의시들을 날마다 보내 문안하게 했다.

"평소에는 늘 진(陳) 태의가 왔는데 오늘은 어찌 그가 아니 온 것이오?" 나는 진 태의가 오늘 휴가를 낸 줄로만 알고 별 뜻 없이 물었다.

"진 대인은 마침 왕야의 부르심을 받고 왕부에 들게 되어 소관이 대신 오게 되었습니다."

순간 가슴이 철렁했다. "왕야께서 어인 일로 부르신 것이오?"

"왕야께서 풍한이 좀 드셨다 하옵니다." 장(張) 태의가 눈을 들어 내 얼굴빛을 보더니 서둘러 몸을 굽히며 말했다. "왕야께서는 항상 건강하셨으니 그깟 풍한쯤이야 염려하실 일이 못 됩니다. 하오니 왕비께서는 걱정을 거두시지요."

비가 좀 잦아들자 태의 두 사람은 하직을 고하고 돌아갔다. 아월이 인삼차를 올리자 나는 찻잔을 들었다가 다시 내려놓으며 한 번에 다 마시지 못했다. 천천히 창 아래로 걸어가 비가 내리는 모습을 응시하다가, 다시 서안 앞으로 돌아와 두꺼운 경전을 바라보며 넋을 놓고 있었다.

그때 갑자기 서고고의 한숨 소리가 들렸다. "이리도 넋을 놓고 계시는 모습이라니, 아무래도 왕비 마마의 마음은 오래전부터 왕비 마마 자신의 몸에 있지 않았던 모양입니다."

아월이 작게 웃으며 말했다. "태의도 염려하실 일이 아니라고 하였으니 왕비 마마도 너무 심려치 마세요."

창밖에 내린 어둠을 가만히 응시하는데, 가슴이 지끈거리다가 이내 또 소란해질 뿐 조금도 진정되지 않았다. 빗발은 더 거세지고 점점 어두워지던 하늘은 어둠에 완전히 삼켜지기 직전이었다.

"수레를 준비하라 일러라. 왕부로 돌아가야겠다." 나는 자리에서 벌떡 일어났다. 말을 내뱉고 나니 더 이상 불안하지도, 망설여지지도 않았다.

가벼운 수레는 비바람을 뚫고 곧장 왕부로 질주했다. 나는 잰걸음으로 내원에 들었다가 마침 약을 들고 서재로 향하는 의시와 마주쳤다. 바람을 타고 전해지는 진한 약냄새에 가슴이 지끈해서 황급히 물었다. "왕야께서는 어떠하신가?"

의시가 대답했다. "왕야께서는 연일 과로하신 탓에 지나치게 피로가 쌓이신 데다 가슴에 울결(鬱結)이 있어 몸에 한사(寒邪)가 침범하였습니다. 큰 탈은 없겠으나 근심과 번민, 과로를 멀리하시고 편히 쉬시며 몸을 돌보셔야 합니다."

나는 입술을 깨물고 잠시 멍하니 서 있다가 약사발이 놓인 쟁반을 건네받았다. "약을 내게 주고 그만 물러가시오."

서재 문밖의 시위들도 조용히 물렀다. 방 안에는 희미한 등불이 일렁이고 있었다. 나는 느린 걸음으로 병풍을 돌아갔다. 서안 위에는 아직 다 보지 못한 상소문들이 펼쳐져 있고, 붓과 먹이 한쪽에 놓여 있었다. 소기는 가벼운 두루마기 차림으로 요대를 느슨하게 맨 채 뒷짐을 지고 창문 아래에 서 있었다. 우뚝 선 외로운 뒷모습에서 형언할 수 없는 쓸쓸함이 느껴졌다. 가슴이 저려 약사발을 든 채로 더 이상 걸음을 내딛지 못하고 어떻게 말문을 열어야 할지 몰라 그저 멍하니 그를 바라보고만 있었다.

밤바람이 창문을 뚫고 들어왔다. 문양이 새겨진 격선(格扇, 들어열개)이 반쯤 닫힌 채로 조금 흔들렸다. 소기가 나직하게 기침을 몇 번 하며 어깨를 살짝 들썩이는 모습에 가슴이 아려왔다. 황급히 나아가 약을 서안에 올려놓았다. 소기는 고개도 돌리지 않고 냉랭히 말했다. "두고 나가라."

나는 약즙을 그릇에 붓고 부드러운 목소리로 웃으며 말했다. "일단 약을 들고 나서 날 쫓아내도 늦지 않아요."

소기가 휙 뒤돌아서며 나를 빤히 쳐다봤다. 불빛을 등지고 있어 이 순간 그의 표정이 잘 보이지 않았다. 나는 한 번 웃고 나서 고개를 돌려 눈을 내리뜨고는 천천히 작은 숟가락으로 탕약을 저으며 온도가 적당한지 확인해보았다. 소기는 뒷짐을 진 채 아무 말도 하지 않았고, 나 역시 탕약을 젓는 데만 집중했다. 우리 두 사람이 말없이 서로를 마주 보았을 때, 멀리서 경루 소리가 들려왔다.

갑자기 소기가 웃음을 터뜨렸다. 잔뜩 쉰 목소리에서는 티끌만큼의 온기도 느껴지지 않았다. "이리도 빨리 소식을 들은 게요?"

어째서 소기가 이렇게 묻는 것인지 알 수가 없었으나, 그저 눈길을 내린 채 대답했다. "내시가 알려주지 않아 몰랐어요. 오늘 태의원에서 찾아와 문안을 올릴 때에야 알게 되었어요."

"태의원?" 소기가 미간을 찌푸렸다. 나는 고개를 떨궜다. 점점 더 미안함이 커졌다. 그에게 소홀했던 것이 몹시 후회스러웠다. 그가 병이 난 것도 곧바로 알지 못하다니, 그가 언짢은 것도 당연했다.

"자담의 일로 급히 달려온 것이 아니었소?" 소기가 냉담한 목소리로 말했다.

"자담이라니요?" 나는 깜짝 놀라 눈길을 들어 올렸다. "자담에게 무슨 일이 생겼나요?"

소기는 잠시 침묵하더니 차갑게 말했다. "오늘 막 전해진 소식에 따르면, 반신 자율이 풍림주(風臨洲)에서 패했는데 현왕 자담이 전장에서 자율을 놓아줘 그는 도망치게 해줬으면서 자신은 반군이 쏜 화살에 부상을 입었다는군."

쨍그랑. 손에서 약사발이 떨어지면서 사방으로 약이 튀었다.

"그는…… 얼마나 다친 건가요?" 목소리가 바들바들 떨렸다. 그의 입에서 불길한 소식이 흘러나올까 봐 두려웠다.

짙은 그림자 속에 감춰진 소기의 눈빛이 냉랭히 빛나며 차디찬 얼음처럼 내 몸에 스며들었다. "송회은이 위험을 무릅쓰고 출전해 자담을 구해냈소. 치명상을 입지는 않았다 하오." 소기가 나를 쏘아보며 얇은 입술을 움직여 비웃음을 띠었다. "다만 현왕 전하께서는 자율이 빠져나가는 데 성공하지 못하고 호광열이 휘두른 칼에 그 자리에서 죽었다는 소식을 듣고는, 병영에서 치료도 거부한 채 죽으려고 곡기까지 끊었다는군."

줄곧 세상에서 그를 가장 잘 아는 사람은 나라고 생각했는데, 세월이 이미 오래전에 모든 것을 비틀어버렸을 줄 어찌 알았겠는가! 지금의 자담은 이미 지난날의 자담이 아니었다.

자담은 성격이 물처럼 부드러우면서도 옥처럼 굳셌다. 그래서 그를 송회은 곁에 두면 믿음직하고 강경한 송회은이 그를 진정시킬 수 있을 것이며, 이러나저러나 무탈하게 지켜줄 수 있으리라 생각했다. 그런데 자담이 이토록 단호하게 죽기를 각오했을 줄은 몰랐다.

"어찌 낯빛이 창백해진 것이오?" 소기가 웃는 듯 마는 듯한 표정으로 나를 직시했다. "그 화살이 빗나가서 다행이군. 안 그랬으면 본 왕이 왕비께 드릴 말이 없었을 테니."

그의 말은 날카로운 칼날처럼 가슴을 찔러왔다. 나는 느릿느릿 몸을 숙여 사방에 흩어진 조각들을 주우며 말없이 아랫입술을 깨물었다.

소기가 갑자기 나를 잡아당기며 내 손바닥에 놓인 깨진 자기 조각을 털어버렸다. "이미 깨진 것을 멀쩡한 것으로 되돌릴 수 있겠소?"

"자기 그릇도 오래 쓰면 버리기 아까운 법이지요." 눈을 들어 그와 마주 봤다. 웃고 싶었지만 눈가가 젖어들며 시야가 흐릿해졌다. "곁에 있는 궁인도, 군영에서 따르는 수하도 오랜 세월 함께하다 보면 어느 정도는 관심이 생기기 마련인데, 자담은 나와 함께 자란 사람이라고요! 나는 그와의 약속을 먼저 깨고 다른 사람을 마음에 품었어요. 지난날 남녀의 정은 이미 피붙이에 대한 정으로 바뀐 지 오래라고요. 이제는 그저 그가 살아서 남은 생을 편히 지내기만을 바랄 뿐인데 그것조차 용납할 수 없나요? 기어이 내가 모든 정과 의리를 끊고 곁에 있는 사람들을 하나하나 당신의 칼날 아래로 보내야 충성스럽고 지조 있는 건가요?"

말이 입 밖으로 튀어나온 이상 후회할 여지는 없었다. 분명히 홧김에 한 소리임을 알더라도 한 번 뱉은 말을 주워 담을 수는 없었다. 소기도 나도 목석처럼 굳어 서로만 빤히 쳐다봤다. 사방에 무거운 정적이 깔렸다.

"이제 보니 당신은 나를 그토록 깊이 원망하고 있었군." 소기의 얼굴에 쓸쓸함이 내리고 눈에서는 더 이상 아무런 감정도 보이지 않았다.

변명하고 싶었지만 뭐라 말해야 할지 몰라 모든 말이 입가에서 굳어버렸다.

경루 소리가 울렸다. 이미 인기척도 들리지 않는 한밤중이었다. 달이 중천에 뜬 아름다운 밤인데도 엄동설한처럼 추웠다.

"늦었으니 그만 쉬시오." 소기는 아무 일도 없었던 듯 무심히 말하며 순식간에 감정을 거뒀다. 모든 감정을 보이지 않는 가면 아래 숨겼으나 말 속에서 차디찬 기운이 배어 나왔다.

소기가 밖으로 걸음을 옮기고 우뚝한 형체가 겹겹의 휘장 사이로 들어가는 것을 지켜보기만 했다. 분명히 손만 뻗으면 닿을 거리였지만 심연이 가로막고 있는 듯했다. 더 이상 두려움을 억누를 수가 없었다. 차라리 고개를 돌려 화를 내고, 차라리 나와 싸우더라도 냉담하고 참담한 뒷모습만 보여주는 것보다는 나았다. 두려워지기 시작했다. 그가 나 혼자만 여기 남겨두고 다시는 돌아오지 않을까 봐……. 교만함도 억울함도 이 순간의 두려움을 이길 수는 없었다. 내가 이토록 겁이 많은 사람이었는지 예전에는 미처 알지 못했다.

달려 나가면서 휘청하는 바람에 금병(錦屛, 비단 병풍)을 뒤엎었다. 커다란 소리에 소기가 문 앞에서 걸음을 멈췄으나 뒤를 돌아보지는 않았다. 여전히 그의 뒷모습은 쇠붙이처럼 냉담하기만 했다.

"가지 마요!" 나는 뒤에서 그에게 팔을 두르고 있는 힘껏 끌어안았다.

그렇게 많은 것을 버리고 나서야 겨우 지금의 행복을 쥐었는데, 어찌 다시 놓을 수 있겠는가! 그토록 많은 것을 해치고 나서야 겨우 가장 중요한 하나를 지켰는데, 어찌 다시 잃을 수 있겠는가!

소기는 미동조차 없이 그냥 내가 하는 대로 내버려두었다. 딱딱하게 굳었던 몸이 조금씩 부드러워지더니 한참 만에야 탄식이 들려왔다. "아무, 나는 몹시 지쳤소."

가슴이 난도질당하는 것처럼 끔찍하게 아팠다. "알아요."

소기가 나직이 기침을 하며 지치고 쓸쓸한 목소리로 말했다. "어쩌면 나도 다치거나 죽는 날이 올지도 모르오. 그때도 당신은 이렇게 나를 감싸주겠소?"

나는 고개를 저으며 흐느꼈다. "당신은 다치지도 죽지도 않아요! 다시는 그런 말 하지 마요!"

뒤돌아서 나를 빤히 바라보던 소기는 탄식하며 웃었다. 양미간에서 처량함이 비쳤다. "아무, 나 역시 신이 아니오."

흠칫 놀라 눈을 들어 멍하니 그를 바라봤다. 지치고 서늘해 보이는 그의 웃는 얼굴에서 깊은 실망감이 느껴졌다. 물처럼 비단처럼 부드러운 달빛이 정원에 내려 푸르른 나무와 옥계에 옅은 빛을 드리웠다.

"언제쯤에나 철이 들 거요?" 소기가 내 얼굴을 들어 올리며 깊이 탄식했다. 그의 눈빛은 실망감을 감추지 않고 있었다.

달빛이 서늘했다. 그러나 그보다 더 서늘한 것은 내 마음이었다.

"내가 당신을 실망시켰나요?" 나는 웃으며 힘없이 두 손을 풀었다. "대관절 내가 무엇을 했기에 그토록 실망했나요?" 지금까지 내가 노력하고 포기한 것들이 그에게는 보이지 않았단 말인가? 겨우 홧김에 내뱉은 말 한 마디에 이토록 쉽게 실망하다니……. 그렇다면 나는 보통 사람이 아니란 말인가? 나는 지치지도, 아프지도 않단 말인가? 고개를 저으며 웃는데 눈물이 방울방울 떨어져 내렸다. 한 걸음 한 걸음 뒤로 물러났다. 소기가 갑자기 손을 뻗어 나를 끌어당기더니 품에 안으려고 했다. 나는 단호히 몸을 빼며 그에게 몸을 굽혀 반절을 올렸다. "소첩, 아직 상중이라 왕야와 같은 곳에 거할 수 없으니 왕야께서 용서해주십시오!"

소기는 허공에서 손을 멈추고는 잠시 나를 지그시 바라보다가 힘없이 뒤돌아 나갔다.

이튿날 자안사로 돌아가, 어머니가 돌아가신 뒤의 온갖 잡다한 일을 처리하는 데 몰두하며 왕부에는 발길을 딱 끊었다. 그사이 소기가 몇 번인가 나를 보러 왔다. 우리 둘 다 아무 일 없었던 것처럼 행동했지만 둘 사이는 예전보다 많이 소원해졌다. 그 모습을 지켜본 서고고는 그저 우리가 말다툼을 좀 한 줄로만 알고, 계속 이러다가는 정말로 사이가 멀어질까 봐 자꾸만 어서 왕부로 돌아가라고 재촉했다. 그러면 나는 쓴웃음을 지으며 어머니 사후의 번다한 일들을 다 처리하지 못했다는 핑계를 대고는 자안사에 눌러앉아 왕부로 돌아가려 하지 않았다.

적막한 사원에서 내 곁에 함께 있어주는 이는 서고고와 아월뿐이었다. 어머니가 돌아가신 뒤로 밤마다 악몽에 시달렸는데, 항상 흉악한 요물에 쫓기며 어렴풋하게 선혈이 낭자한 장면을 보곤 했다. 유일하게 위안이 되는 것은 오라버니가 곧 돌아온다는 사실이었다. 오라버니는 어머니가 돌아가셨다는 소식을 듣고 이미 경사로 돌아오는 길이었기에 며칠만 지나면 당도할 것이었다.

그렇게 또 며칠을 끌었다. 오랫동안 궁중 일을 처리할 사람이 없었기에 날마다 내시가 자안사와 황궁 사이를 바삐 오갔다. 그래서 아예 서고고를 데리고 입궁하여 봉지궁에 머물렀다.

서고고와 아월이 무슨 말로 달래도 나는 예장왕부로 돌아가지 않았다. 소기와 냉담하게 마주하고 싶지 않았고, 앞으로 어찌해야 할지 생각하고 싶지도 않았다. 그저 모든 것이 다 너무 피곤했다. 오랫동안 쌓아온 의심이 결국 서로의 마음속에 원한의 싹을 틔워 상처를 남겼으며 풀 수 없는 응어리를 만들었다.

자율의 죽음은 이 전쟁을 끝냈지만 더 많은 살육을 막아내지는 못했다.

남방 왕실은 대패했다. 왕들은 죽거나 항복했다. 반군 중에는 죽고 다친 자가 헤아릴 수 없이 많았으며, 낭연이 지나간 자리에는 피가 내를 이뤘다. 남정 대군이 압송해 경사로 데려온 왕실 죄인은 천여 명에 달했다.

북방 변경의 승리도 이미 정해졌다. 대군은 곧장 돌궐로 공격해 들어가 왕성에 이른 뒤 곡률 왕자가 왕위를 계승하게 하고, 거침없이 창칼을 휘둘러 반항하는 왕족을 모조리 죽였다.

서쪽 대막으로 패퇴한 돌궐 왕은 모두가 등 돌린 상황에서 며칠째 이러지도 저러지도 못하다가 부상에 병까지 더해져 비사성(飛沙城)에서 급사했다. 돌궐 왕의 수급은 곡률의 장막 앞에 바쳐져 장례도 없이 사흘 동안 성루에 내걸렸다.

하란잠이 악독한 것은 진즉에 알고 있었으나, 자신의 생부마저 이토록 악랄하게 대할 줄은 몰랐다. 그날을 떠올리면, 달빛 아래서 빛나던 그 쓸쓸하고 애달프며 원망 어린 눈빛을 떨쳐낼 수가 없었다. 하란잠…… 끝내 마성(魔性)을 뿌리내려 자신의 일생을 '증오'와 '원한'으로 망치려 하는구나. 돌궐 왕이 죽었으니 하란잠도 평생의 원한을 갚은 셈일 테고, 이제 다음 차례는 소기가 아닐까?

다행히 하란잠에게는 그럴 기회가 없을 것이다. 당경이 반항하는 왕족을 진압하고 새 군왕을 보호한다는 명분을 내세워 10만 대군을 돌궐 왕성에 주둔시킴으로써 새로 왕좌에 오른 곡률의 기를 꺾었다. 새로운 돌궐 왕은 결국 왕좌 위의 꼭두각시가 되었다. 이는 소기가 오래전에 세워둔 대계(大計)였다. 이제 돌궐은 영원히 우리의 속국으로 고개를 숙이게 되었다.

듣자 하니 흘란 왕자는 오늘 저녁 경성으로 압송될 것이라고 했다. 경성의 백성들은 앞다투어 거리로 나가 지난날 돌궐의 제일 용사가 섭정왕의 포로로 전락한 것을 목도하고는, 사방팔방으로 뛰어다니며 섭정왕의 영명함과 위용을 칭송할 것이다.

더 이상 책을 볼 기분이 아니었다. 나는 서책을 덮고는 하늘가에 떠가는 구름을 넋 놓고 쳐다보며 오래전 성루에서 멀리 있는 그를 바라보던 일을 멍하니 떠올렸다. 세월은 유수와 같다더니 어느새 이리도 많은 시간이 흘렀다.

그때 서고고가 조용히 들어와 만면에 웃음을 띠고 몸을 숙이며 아뢰었다. "왕비 마마, 방금 전 내시가 와서 전하길, 왕야께서 오늘 저녁 봉지궁에서 식사를 하신다 하옵니다."

나는 잠시 멍해졌다가 담담히 눈길을 내리며 말했다. "알겠다. 가서 준비하여라."

서고고가 한숨을 내쉬며 뭔가 말을 하려다 그냥 입을 다물었다. 나는 서고고가 하고자 하는 말이 무엇인지 알고 있었다. 소기가 먼저 화해할 뜻을 비치고 있으니 계속 고집을 부려 소기의 성의를 내치지 말라는 말일 것이다. 요 며칠 소기는 정사로 바쁜 와중에도 종종 봉지궁으로 찾아왔으나 화해의 말을 꺼낸 적은 없었고, 어째서 왕부로 돌아오지 않는지 묻지도 않았다. 마치 내가 늘 그랬듯이 머리를 숙여 잘못을 인정하고 그의 관용을 구할 것이라고 단정한 듯 말이다. 어쩌면 시종일관 아무런 내색도 하지 않는 나를 보고 점점 초조해져 결국 몸을 숙이고 화해를 청하려는 것인지도 모른다. 서고고가 외전에서 저녁 식사를 준비하느라 바삐 오가고, 용연향이 피워지고 붉은색 궁등이 내걸리는 것을 지켜봤다. 문득 서글픔이 밀려왔다. 언제부터 나도 후궁 비빈들처럼 비위를 맞추고 무진 애를 써야만 내 남편의 환심을 살 수 있게 된 것인지…….

등이 밝혀질 시각, 소기가 피곤에 찌든 얼굴로 전각 안으로 들어섰으나 표정은 따스하고 다정했다. 마침 느른하게 비단 침상에 기대 책을 보고 있던 나는 몸만 살짝 숙이며 그를 향해 미소를 지을 뿐 자리에서 일어나 맞으러 가지 않았다.

소기는 조복 차림으로 그 자리에 서서 잠시 기다리다가 이내 시녀를 시켜 겉옷을 벗기게 했다. 평소에는 늘 내 손으로 직접 해주던 일이었으나 오늘은 일부러 본체만체했다. 그런데도 소기는 불쾌한 기색 없이 미소를 지으며 내 곁으로 다가오더니 내 손을 잡고 온화한 목소리로 말했다. "당신을 오래 기다리게 했군. 이제 식사를 듭시다."

궁인들이 온갖 산해진미를 받쳐 들고 줄줄이 들어왔다. 오늘 밤을 위해 특별히 준비한 듯 하나하나가 유난히 정교하고 격조가 높았으며, 더욱이 평소 내가 좋아하던 음식이었다. 짙은 술 향기가 코를 자극했다. 궁인 하나가 옥주전자와 야광배(夜光杯, 야광주夜光珠로 만든 술잔)를 받쳐 들고 우리 두 사람에게 술을 따랐다. 소기는 미소를 머금고서 다정한 눈빛으로 나를 응시했다. "30년 된 청매주(靑梅酒)요. 아주 어렵게 구했다오." 문득 가슴속에 온기가 일어 미소를 머금고 눈길을 들었다가 소기의 타는 듯한 눈빛과 마주쳤다.

"한동안 당신과 함께 술을 마시지 못했군." 소기가 탄식을 내뱉더니 살짝 웃으며 말했다. "가인을 소홀히 대했으니 스스로 벌주 세 잔을 내려 왕비께 사죄드리겠소."

나는 웃음을 참으며 그를 상대하지 않으려 고개를 돌렸다가 무심코 술을 든 궁인을 보았는데, 녹빈홍안에 허리가 버들가지처럼 가늘어 아름답기 그지없는 그녀는 어딘지 모르게 낯이 익었다.

그때 소기가 웃으며 탄식하는 소리가 들렸다. "내가 여인 하나보다 그대의 눈길을 끌지 못한단 말이오?"

눈을 돌려 소기의 어이없는 표정을 보니 더는 웃음을 참을 수 없어 비스듬히 흘겨보며 말했다. "일개 무인을 어찌 미인과 비할 수 있겠어요?"

소기의 뒤에 서 있는 그 아름다운 궁인은 발갛게 달아오른 목을 푹 숙이는 것이 몹시도 수줍은 모양이었다. 아무래도 이상했다. 옆에서 보니 이 여인의 생김새와 표정이 더욱 낯익었다. 기억의 저 깊은 곳 어딘가가 서서히 열리는 듯한데…… 소기는 이미 웃으며 잔을 들고 서 고개를 젖히고 마시려 했다. 순간 머릿속에서 뭔가가 번뜩여 버럭 소리쳤다. "잠시만——."

내가 말을 꺼내는 찰나, 눈가에 시린 빛이 번뜩이더니 그 궁녀가 귀신처럼 빠르게 움직이면서 검광이 등 뒤에서부터 소기를 덮쳤다. 창졸간에 일어난 일이라 나는 생각하고 말 것도 없이 그대로 소기에게 달려들어 그를 확 밀쳤다. 귓가에 한기가 스치는 것이 이미 날카로운 칼끝에 닿은 듯했는데, 그 순간 갑자기 몸이 가벼워지며 소기에게 안겨 위를 바라보고 누운 상태로 급히 뒤로 물러났다. 그러면서 맹렬한 기운이 그가 휘두르는 소매를 따라 뻗어 나갔고…… 이어서 뼈가 부서지는 소리와 고통스러운 신음 소리, 쇠붙이가 땅에 떨어지는 소리가 전광석화 같은 찰나의 순간 한꺼번에 들려왔다.

주변에 있던 궁인들의 비명 소리가 들렸다. "자객이다! 여봐라——."

그 궁녀는 일이 틀어지자마자 곧바로 몸을 돌려 기둥으로 향하더니, 이어 깨진 머린 사이로 피를 철철 흘리면서 힘없이 바닥에 쓰러졌다.

그제야 정신을 차린 나는 소기를 꽉 붙잡고 그가 무탈한지 살펴봤다. 그러나 온몸의 힘이 빠지고, 입을 열었으나 말이 나오지 않았다.

소기는 나를 확 끌어안으며 노성을 질렀다. "미쳤소? 누가 당신더러 몸을 던지라 했소!"

막 입을 떼려는 순간, 갑자기 눈앞이 흐려지며 몸이 허물어져 내렸다.

"아무, 왜 그러시오?" 소기가 대경실색하여 외쳤다.

왼손이 살짝 마비된 듯해 손을 들어보려 애썼으나 천근만근 무겁게 느껴졌다. 손등에 아주 얇고 가는 붉은 흔적에서 피가 새어 나오는 것이 보였다. 선홍색 사이로 푸른색이 조금 보이는데…… 눈앞의 모든 것이 흐릿해지며 놀라고 당황한 사람들의 소리는 점점 멀어지는 가운데 유일하게 느낄 수 있는 것은 따스하고 단단한 소기의 품이었다.

어렴풋이 소기가 쉰 목소리로 나를 부르는 소리가 들려 눈을 크게 떴으나, 그의 얼굴이 흐릿하게 번졌다.

"그날, 내게 물었지요……." 정신을 놓기 직전, 남은 힘을 모아 눈을 감고 탄식했다. "바보, 내 목숨까지 당신에게 주었는데 그런 것을 묻다니……."

── 어쩌면 나도 다치거나 죽는 날이 올지도 모르오. 그때도 당신은 이렇게 나를 감싸주겠소?

── 물론이지요. 그럴 거예요. 내 목숨으로 당신을 감싸줄 거예요.

암살 暗殺

그렇게 정신을 잃고 나서 참으로 깊은 잠에 빠졌다. 꿈속에서 어렴풋이 어머니를 뵈었고, 세상을 뜨신 지 오래된 외할머니도 뵈었다. 또 아스라이 외할머니에게 응석을 부리며 근심 걱정 없이 지내던 세월로 되돌아갔다. 나는 눈을 감은 채로 행복에 겨워 웃었다. 정말 깨고 싶지 않은 꿈이었다.

"정신 차린 거 알고 있으니 어서 눈을 뜨시오. 제발 눈을 뜨란 말이오!" 애통한 목소리에 어쩐지 명치가 지끈거려 끈덕진 잠기운의 늪에서 벗어나려고 안간힘을 썼다. 눈을 뜨고 싶은데 흐릿한 빛 가운데 피가 뚝뚝 떨어질 것처럼 새빨간 눈동자가 보였다. 순간 몸이 벌벌 떨렸다. 자객, 검광, 핏자국, 소기의 경악한 표정…… 그 끔찍한 광경이 머릿속을 스치며 흐릿하던 정신을 깨웠다. 정신을 잃기 전 마지막으로 하던 생각을, 창백해진 얼굴로 나를 꽉 끌어안으며 놀라움과 괴로움에 미쳐버릴 것 같은 눈빛을 하고 있던 그의 모습을 떠올렸다.

나는 눈을 감았다가 다시 뜨고는 마침내 그의 얼굴을 제대로 보았다.

"아무……." 소기는 나를 빤히 쳐다보며, 차마 자신의 눈을 믿을 수 없다는 듯 흐릿한 눈빛으로 계속해서 나직이 내 이름을 불렀다.

소기의 눈이 왜 이리 붉게 충혈된 것일까? 그 모습이 마음 아파 손을 들어 그의 빰을 어루만지려는데 어찌 된 일인지 온몸에 감각이 없었다. 분명히 팔다리가 멀쩡히 붙어 있었으나 내 것이 아닌 것처럼 느껴졌다.

"당신은 오랫동안 잠들어 있었소!" 소기는 눈 한 번 깜빡이지 않고 나를 바라보며 떨리는 손가락으로 내 빰을 어루만졌다. "하늘이 마침내 당신을 내게 돌려주었구려!"

나는 소기를 바라보며 눈물을 주룩주룩 흘렸다. 그러나 몸은 아무런 감각도 느껴지지 않았고 손가락 하나 까딱할 수 없었다.

"태의, 태의!" 소기가 내 손을 꽉 잡으며 고개를 돌려 급히 태의를 찾았다. 태의가 황망히 달려와 조심스럽게 맥을 짚더니 한참 만에야 길게 한숨을 내쉬며 말했다. "왕비 마마의 맥이 평안해졌으며 독성이 많이 누그러졌습니다. 보아하니 그 설산빙초화(雪山氷綃花)가 과연 효과가 있는 것 같습니다. 다만 경맥(經脈)으로 침입한 극독이 아직 다 제거되지 않은 고로 팔다리가 마비되어 감각이 느껴지시지 않을 겁니다."

"팔다리가 마비되었다고?" 소기가 깜짝 놀라 노성을 질렀다. "어찌해야 해독할 수 있는가?"

태의가 두려움에 고개를 조아렸다. "그 빙초화는 약성이 매우 차서 왕비 마마의 체질로는 견디실 수 없을 것으로 사료되어, 소신, 위험을 무릅쓰고 일단 시험을 해볼 밖에 도리가 없었습니다. 하여 양기가 강하고 약성이 뜨거운 일곱 가지 약물을 보조재로 써서 점차 양을 늘려가며 약을 썼더니 해독의 효과는 있었으나 오장육부를 상하지 않게 한다고 장담할 수 없는지라…… 소신, 감히 경솔하게 약을 쓰지 못하였습니다." 흐릿한 정신으로 태의의 말을 들으면서 대충 어찌 된 일인지 이해했다. 태의가 말한 빙초화는 틀림없이 하란잠이 보내온 그 설

159

산의 기이한 꽃일 것이다. 지난번에 돌궐 사신이 이 꽃을 두고 참으로 기이한 보물이라며 독을 풀고 상처를 치료하는 효과가 있다 했는데, 정말로 내 목숨을 구하게 될 줄이야……

그런데 소기의 노한 목소리가 들려왔다. "그런 핑계들은 더 듣고 싶지 않다. 무슨 약을 쓰든 반드시 왕비를 회복시켜라!"

"왕야, 용서하여주시옵소서!" 태의는 놀라 어쩔 줄을 몰라 하며 연신 머리를 조아렸다.

쓴웃음이 나왔으나 소리가 나오지 않아 간신히 움직일 수 있는 손가락으로 그의 손바닥을 톡톡 두드렸다. 소기가 몸을 굽혀 슬픈 듯도 하고 광분한 듯도 한 눈빛으로 내 눈을 마주 봤다. 이토록 비통한 눈빛을 한 소기는 처음이었다.

빙소화의 약성은 극히 차가운지라 내 몸이 그 약성을 견디지 못한다면 아마 이대로 죽게 될 것이다. 그러나 그 약을 쓰지 않는다면 살기는 하되 숨만 붙어 있는 산송장이나 다를 바 없는 신세가 될 것이다. 둘 중 어느 쪽을 택할지 소기는 금세 내 마음을 꿰뚫어 보았다. 아마 그의 생각도 나와 다르지 않을 것이다. 다만 이를 결정해야 하는 소기는 얼마나 괴로울 것인가!

"알겠소." 소기는 나를 지그시 응시하다가 단호하게 웃었다. "기왕지사 그렇다면 한 번 시도해봅시다!"

태의는 즉시 처방전을 써서 약을 달였다. 이윽고 진한 약즙이 담긴 약사발이 올려지자, 소기는 자신이 직접 약을 떠먹여주었다.

궁인과 의시 등이 모두 밖으로 물러나 적막이 내린 침전, 낮게 드리워진 궁등이 우리의 그림자를 바닥 위로 길게 늘어뜨렸다.

소기는 나를 일으켜 침상 머리에 기대게 하고는 자신의 품에 꼭 끌어안았다. 약효가 도는 것인지 독성이 퍼지는 것인지 눈앞이 캄캄하고 정신이 점점 가물가물해졌다.

"아무!" 소기가 내 귓가에 대고 낮게 외치며 가볍게 나를 흔들었지만, 내 몸은 여전히 아무런 감각도 느껴지지 않았다.

"자면 아니 되오. 눈을 크게 뜨란 말이오!" 소기는 내 얼굴을 들어 올리며 꽉 메인 목소리로 말했다. "당신이 잠들었다가 다시는 깨지 않을까 봐 두렵소……. 당신이 버텨주기만 한다면 무슨 말이든 다 들어주고, 다시는 당신 마음을 아프게 하지 않을 거요. 어떻소?"

가슴이 찌릿하면서도 온기가 차올라 애써 눈을 뜨고 그에게 미소를 지어 보였다. 소기의 두 팔에 꽉 안겨 있었기에 몸에 아무런 감각이 없음에도 그의 심장 뛰는 소리를 들을 수 있었다. 소기에게 말해주고 싶었다. 아직 당신의 모습을 마음껏 보지 못했는데 아쉬워서 잠들 수 있겠느냐고, 당신의 머리가 희끗희끗해지고 나와 함께 늙어가는 모습을 꼭 봐야겠다고 말이다.

"내가 이야기를 해줄 테니 들어보겠소?" 소기는 나를 보며 곤란한 미소를 지었다. 소기가 먼저 이야기를 해주겠다고 한 것은 처음이었다. 이전에 매번 내가 이야기를 들려달라고 매달리면 소기는 몹시도 귀찮아했었다. 영명하고 위엄 있는 섭정왕이 무서워하는 것이 있다면, 그것은 바로 이야기를 들려달라는 그의 왕비에게 시달리는 일일 것이다. 나는 짙은 미소를 띠며 가만히 그를 바라보았다. 미간을 찌푸리며 생각하는 모습을 보니 가슴이 시큰하면서도 몽글몽글해졌다. 설령 날이 밝기 전에 죽더라도 그가 내 곁에 있을 테니 두렵지 않구나……

"무슨 이야기가 좋을꼬?" 고민스러운 듯 중얼거리는 소리에 웃음이 나왔다. 그는 전장을 누비고 성을 공략한 이야기밖에 할 줄 몰랐다. 하나같이 피비린내가 진동하는, 하나도 재밌지 않은 이야기들이었다. 그런데도 그의 이야기라면 백번을 들어도 질리지 않았다.

그는 나를 안은 팔에 힘을 주며 더욱 부드러운 목소리로 말을 이었다. "당신을 처음 본 순간에 대해 말한 적이 있었던가?"

나는 두 눈을 크게 떴다. 처음이라면, 아마도 혼례 날 초례를 치를 때였을 것이다. 소기는 한숨을 내뱉으며 말을 꺼내기도 전에 웃기부터 했다. "그때 당신은 겨우 열다섯 살이었지. 너무 어려서 애나 다름없었소."

소기가 느긋하게 웃으며 말했다. "초례를 올릴 때, 당신은 번잡한 궁의를 겹겹이 겹쳐 입었음에도 어찌나 몸이 작던지, 아무리 봐도 아직 어린 계집애로만 보였소. 이 나이에 어린 계집애와 신방에 들어야 한다니, 성 열 개를 공략하라 했더라도 그보다 난감하지는 않았을 거요." 소기는 몹시도 가증스럽게 웃었고, 나는 화가 나면서도 곤혹스러웠지만 움직일 수 없는지라 그저 눈빛으로 그를 매섭게 후빌 수밖에 없었다. 할 수만 있다면 지금 당장 그의 어깨로 달려들어 세게 물어뜯었을 것이다.

"그렇게 헤어지고 나서 눈 깜짝할 사이에 3년이 흘러버렸지……. 당신이 납치되었다는 소리를 들었을 때, 내 왕비라는 사람이 어떻게 생겼었는지 도무지 기억나지 않고 그저 놀라서 엉엉 우는 아이의 모습만 생각나더군." 소기가 애석한 탄식을 흘렸다. "내가 보낸 자가 줄곧 당신들의 뒤를 따르며 계속해서 소식을 보내왔소. 당신이 하란잠을 찔러 죽이려 했다는 소식, 또 불을 지르고 도망쳤다는 소식, 당신 때문에 하란잠이 수하를 죽이려고 했다는 소식까지…… 어린아이가 이 같은 일을 했다니, 도무지 믿을 수가 없었소."

말 대신 눈물이 소리 없이 솟구쳤다.

"평생 그 순간을 잊을 수 없을 거요. 핏빛 봉화 연기, 혼란한 군사들 사이에서 당신이 나타난 그 순간을······." 소기가 눈을 꼭 감았다. "당신은 참으로 눈부셨소. 당신 뒤로 빛나는 검광도 당신의 환한 얼굴에 그늘을 드리우지 못했소. 목숨이 적의 손에 달렸는데도 전혀 두려워하지 않았지. 그런 여인은 처음 보았소. 그토록 단호하고 늠름한 모습이라니!" 놀랍게도 소기의 목소리는 떨리고 있었다. "그 순간에야 나는 내가 무엇을 놓쳤는지 깨달았소."

그를 바라보는 내 눈에서 눈물이 굴러 떨어져 귀밑머리를 적셨다.

"줄곧, 꿈에도 그리던, 나와 어깨를 나란히 하고 내 옆에 설 수 있는, 나와 생사를 함께할 수 있는 여인을 이미 얻고도 3년이나 놓치고 있었던 거요."

뜨거운 것이 내 뺨 위에 떨어졌다. 소기의 눈물이었다. 소기는 나를 힘껏 끌어안았다. 손에서 힘을 빼면 나를 잃기라도 할 것처럼 아주 세게······. 소기의 몸에서 전해지는 열기에 차갑던 내 몸에도 점점 온기가 돌아 가슴속 저 깊은 곳까지 따뜻해졌다.

순간 흠칫했다. 따뜻한 느낌이 이처럼 또렷하다니······. 정말이었다. 그의 체온이 느껴졌고 미약하나마 감각이 살아났다. 있는 힘을 다해 느릿느릿 오른손을 들어 올려 힘겹게 그의 손등을 덮었다.

소기는 화들짝 놀라 잠시 멍해 있다가 이내 펄쩍 뛰어올랐다. "당신 움직였소. 아무, 당신 움직일 수 있소!"

나 역시 이루 말할 수 없이 기뻤으나, 그저 그의 품에 안긴 채로 아무 말도 하지 못했다.

주렴이 걷히며 아월이 약그릇을 받쳐 들고 들어와 활짝 웃으며 말했다. "왕비 마마, 약이 다 달여졌습니다. 오늘은 혈색이 훨씬 더 좋아

163

지셨어요."

그렇게 아월과 담소를 나누는 사이, 서고고가 엄숙한 얼굴로 들어오다가 내가 약을 마시고 있는 것을 보고 서둘러 웃으며 말했다. "요며칠 많이 좋아지셨어요. 보아하니 이 약을 다 드시고 나면 거의 완쾌하실 것 같습니다."

나는 약그릇을 내려놓고 흰 손수건을 건네받아 입가를 닦았다. 서고고의 숙연한 표정을 보고 이미 짐작되는 바가 있었다. "대리시(大理寺)에서 심문 결과가 나왔다더냐?"

서고고가 몸을 숙이며 말했다. "예. 자객의 신분이 밝혀졌사온데, 짐작하신 대로 선화궁(宣和宮)에 있던 자이고 이름은 유영(柳盈)이라고 하옵니다."

선화궁은 예전에 자율이 기거하던 궁이다. 그날 밤 그 어여쁜 궁녀를 보자마자 어쩐지 매우 낯이 익다 싶었다. 지금 와서 생각해보니, 지난날 자율 곁에서 유난히 총애를 받은 시녀였던 것이 어렴풋이 떠올랐다. 그녀는 궁에서 매우 오랜 시간을 보냈으나, 누구도 그녀가 무공을 할 줄 안다는 사실을 몰랐다. 서고고가 무거운 표정으로 말했다. "선화궁에 있던 자들은 이미 모두 다른 곳으로 보내졌습니다. 이 유영이라는 아이는 완의국(浣衣局)으로 보내졌는데, 며칠 전 어선사(御膳司)에 불려 갔다고 합니다. 유영을 데려간 자는 어선사의 부감(副監)으로 이충(李忠)이라는 자이온데, 일이 벌어진 날 밤에 급환으로 죽었습니다."

나는 별다른 내색을 보이지 않고 그저 담담히 웃었다. 생각보다 빨리 움직이기는 했으나, 그들이 입막음을 위해 관련자들을 모두 죽일 것임을 이미 알고 있었다.

이 거대한 구중궁궐에 얼마나 많은 비밀이 숨겨져 있는지는 아무도 모른다.

고모가 암살을 당할 뻔한 뒤, 변란을 틈타 한 차례 숙청을 단행하며 선황에게 충성하는 세력을 뿌리 뽑은 적이 있다. 그러나 궁중의 세력 구도는 얼기설기 얽힌 탓에 관련된 자들이 너무 많았다. 이들을 모두 제거했다가는 민심이 흉흉해질 터였기에 그 당시의 숙청은 적당한 선에서 그쳤었다. 이후 고모의 역모 시도가 실패로 끝나면서 역모와 관련된 수많은 자들이 몰살되자 궁인들이 두려움에 떨고 궁궐 전체가 공포에 휩싸였었다. 내가 후궁(后宫)을 맡은 뒤로는 민심을 달래고 동요를 가라앉히기 위해 애써 살육을 멈추었고, 궁 안을 깨끗이 정리하겠다는 생각은 적당한 시기가 올 때까지 마음속에 묻어둘 수밖에 없었다.

서고고가 말을 이었다. "왕야께서는 이번 사건을 엄밀히 조사하라는 명을 내리셨습니다. 대리시가 이미 어선사의 관련자 등을 잡아 가두었고, 완의국에서 유영과 잘 알고 지내던 자와 선화궁의 옛사람들을 모두 하옥했습니다."

나는 잠시 망설이다가 눈썹을 치키며 그녀를 쳐다봤다. "기왕에 대리시가 이미 심리에 착수했다면, 서고고가 그들에게 힘을 보태주어도 무방할 것이야."

서고고는 어리둥절해져 물었다. "왕비 마마의 말씀은?"

나는 웃음을 거두고 냉랭히 말했다. "궁 안에 선황을 따르는 무리가 아직 남아 있고, 이제 자세히 조사해볼 시기가 되었어."

"소인, 알아들었습니다." 서고고는 소름이 끼친 듯 몸을 떨더니 곧바로 허리를 깊이 숙였다.

나는 느릿느릿 말문을 열었다. "말을 전하게. 궁 안에서 몰래 조정을 비난한 자, 언행이 신중하지 못한 자, 선황을 따르는 무리와 가까이 지낸 자가 있다면 한 사람씩 자백할 때마다 그만큼의 죄를 사해줄

165

것이다. 알고도 고하지 않는다면 구족을 벌할 것이다."

이 궁중에서 가장 넘쳐나는 것이 바로 악독함이다. 사람들은 자신을 지키기 위해 너나없이 다른 사람을 물어뜯을 것이다.

내가 바라는 바가 바로 모두가 두려움에 떠는 것이다. 그 영향은 멀리까지 미칠수록 더 좋다.

"소인, 지금 바로 명을 이행하겠습니다." 서고고가 몸을 숙이며 물러나려 했다.

"잠시만." 나는 서고고를 불러 세우고는 무심히 입을 열었다. "지금 쓸모 있는 사람이 하나 있어."

해가 들 일이 없는 옥 안에는 곰팡이 냄새가 음산하게 코를 찔렀다. 그저 문 앞에 서 있을 뿐인데도 온몸에 한기가 들었다.

"이곳은 매우 불결하니 왕비께서는 걸음을 멈추시지요. 소인이 끌어내 심문하는 것이 어떠할는지요?" 훈계사 마마가 웃는 낯으로 겸손하게 말했다.

나는 미간을 찌푸리며 말했다. "서고고는 나를 따라 들어오고 다른 사람은 이곳에 남아라. 내가 부르기 전에는 멋대로 들어오지 마라."

서고고가 앞에서 등불을 들고 길을 안내했다. 컴컴한 통로를 지나 안으로 들어갈수록 더 으슬으슬한 기운이 덮쳤다. 맨 끝에 있는 좁은 옥사 앞에 이르러 보니, 사방이 반 자 정도밖에 안 되는 창구멍에서 희미한 빛줄기가 새어 들어와 바닥에서 꿈틀대는 것을 어렴풋이 비췄다. 서고고가 등잔을 들어 빛을 비추자 벽 귀퉁이에 있던 거무스레한 것이 갑작스런 빛에 놀라 스스슥스스슥 발밑으로 기어갔다. 세상에! 엄청나게 큰 거미였다. 나도 모르게 나직이 비명을 지르며 황급히 뒤로 피했다.

"왕비 마마, 조심하십시오." 서고고가 나를 부축했다.

바닥에 쌓인 지푸라기와 닳아빠진 풀솜 더미에서 갑자기 킥 하는 냉소가 들렸다. 쩍쩍 갈라진 목소리는 사람의 것이라고 믿어지지 않았다. "소군주, 당신도 오셨습니까?"

자세히 보지 않았다면 그 더러운 것들 속에 뼈마디만 앙상히 남은 여인이 몸을 묻고 있는 줄 모를 뻔했다. 헝클어진 머리 뒤에서 한때 알고 지낸 사람 같은 그 누리끼리한 얼굴이 천천히 들리더니 움푹 들어간 눈으로 나를 똑바로 노려봤다. "당신이 조만간 올 줄 알았습니다. 황천길에서 금아가 당신을 기다릴 것입니다!"

나는 불빛에 비친 금아를 자세히 들여다보며 그 얼굴에서 지난날의 그림자를 한 톨이라도 찾아보려 했으나 다 헛수고였다. 사람이 죽을 때가 되면 말도 고와진다는데, 금아는 이 순간에 이르러서도 마음속에 쌓인 원망과 독기를 내려놓지 못했다.

"금아야, 안심하고 떠나라." 나는 가만히 그녀를 바라보며 말했다. "그 아이는 이미 적당한 곳에 두었고 자담에게는 내가 알아서 설명할 것이다."

'떠나라'는 말에 금아가 부르르 몸을 떨더니, 그 닳아빠진 풀솜 더미에 허물어지듯 기대 멍한 눈빛으로 바라봤다.

그 모습에 약간 측은한 마음이 들었다. "못 다 이룬 바람이 있다면 말해보아라."

"이 순간에도 내 앞에서 좋은 사람인 척하는 겁니까? 전하께서 당신을 잘못 본 것이 안타까울 따름입니다. 당신이야말로 세상에서 가장 악랄한 사람이야!"

금아가 킥킥 냉소하더니 내게 카악, 퉤 하고 가래침을 뱉었다.

"무엄하다!" 서고고가 매섭게 꾸짖었다.

167

나는 실성한 듯 보이는 눈앞의 여인을 한동안 가만히 바라보다가 천천히 말을 이었다. "네 말대로 왕현은 단 한 번도 선량했던 적이 없다. 그러지 않았다면 지금 옥에 갇혀 죽기를 기다리는 사람은 네가 아니라 나, 심지어 우리 왕씨 일족 모두였을 것이다."

"부귀영화를 아무 대가 없이 얻는 줄 알았더냐?" 나는 자조했다. "지난 세월 동안 너는 근사한 내 삶만 보았지, 내가 살얼음판을 걷는 기분으로 가슴 졸이며 사는 것은 보지 못했다. 소금아, 네 운명만 기구한 것이 아니야. 근사한 삶 뒤에는 그만큼의 괴로움이 있는 법이다. 너에게는 너만의 세상이 있었는데 구태여 다른 사람을 부러워하고 시기한 까닭이 무엇이냐?"

금아가 참담히 웃었다. "나만의 세상이라…… 내가 언제 나만의 세상을 가져본 적이 있습니까……. 어려서부터 당신 주변만 빙빙 돌았고, 당신이 곧 내 세상이었지요. 당신이 갖고 싶다고 하면 갖고 갖기 싫다고 하면 버리는……. 내가 꿈에서도 얻지 못하는 것이 당신에게는 아무것도 아니었지요. 설령 내가 목숨을 내놓는다고 하더라도 그는 진심을 다해 나를 돌아봐주지 않았을 거예요. 하지만 당신은 그토록 그를 괴롭히고 당신을 위해 죽을 자리까지 찾아가게 만들었죠!"

금아의 말 한 마디 한 마디가 내 심장을 파고들어 피투성이가 될 때까지 마구 찔러댔다.

"그래. 네 말이 다 맞다." 나는 여전히 웃었지만 입 밖으로 새어 나오는 목소리는 몹시도 깔깔하여 내 목소리 같지 않았다. "이것이 운명이다. 너와 자담은, 하나는 죽어도 운명을 받아들이지 않고 다른 하나는 죽을 때까지 운명이라고 체념하지. 결국에는 어떠하냐? 무언가는 싸워서라도 가져야 하고, 또 무언가는 포기해야만 하는 법……. 설령 네가 나처럼 금지옥엽으로 태어났더라도, 무엇을 취하고 무엇을 버릴지 모른다면 오늘과 같은 말로를 피하지 못했을 것이다."

"당신은 그저 팔자가 좋을 뿐인데 무슨 자격으로 모든 것을 다 차지한단 말입니까!" 금아는 그 닳아빠진 풀숲에 주저앉아 쉰 목소리로 외쳤다. "내세에 금지옥엽으로 태어나지 못한다면 차라리 개돼지로 태어날망정 절대 시녀로 태어나지는 않을 것이야!"

금아의 처절한 울음소리가 음산하고 냉랭한 옥사 안에 메아리치며 사방팔방에서 나를 덮쳐왔다.

나는 홱 돌아서서 소매를 떨쳤다. "소 부인을 보내드려라."

소금아는 암살을 공모한 죄로 옥중에서 백릉에 목매달렸고, 공범의 명단에도 그녀의 수인이 찍혔다.

유영이 암살을 시도한 사건은 원래 소금아의 무고와 아무 관련이 없었다. 외부에서는 그저 소금아가 황실에 무례를 범해 죽을죄를 지었다고만 알고 있을 뿐, 내가 금아까지 이번 암살 시도 사건에 엮어 역모 공범의 죄명으로 처형함으로써 금아를 자연스럽게 공범을 지목하는 장기짝, 그것도 사실을 증명할 방도가 없고 다시는 누명을 벗을 기회조차 없는 장기짝으로 만든 것은 몰랐다. 금아가 죽기 전에 '자백'한 자들은 입이 있어도 변명할 수 없었다.

옥에 갇힌 어선사와 완의국 궁인들은 소금아가 죄를 시인하고 처형당했다는 소식을 듣고 모두 놀라 혼비백산했고, 역당과 관계가 있다는 의심을 받을까 두려운 나머지 대리시가 실제로 고문을 가하기도 전에 이미 혼란에 빠져 서로 물어뜯기 시작했다. 사람의 마음이 얼마나 악독한고 하니, 세상에서 가장 날카로운 무기보다 더 쥐도 새도 모르게 다른 사람을 죽일 수 있다. 순식간에 이번 사건과 관련된 자들이 늘어갔다. 공범의 명부가 한 무더기씩 내 앞으로 보내졌고, 온 궁궐이 두려움과 당혹감에 휩싸였다.

서고고는 손을 늘어뜨리고 서서 아무 말도 하지 않았다. 앞에 놓인 얇은 명부를 펼치자 흰 종이를 까맣게 덮은 이름들이 눈에 들어왔다. 이것이 바로 고르고 고른 끝에 확정한 공범들의 명단이었다.

나는 그 이름들을 하나하나 자세히 살펴보았다. 대부분 황실의 오랜 심복이자 내가 오래전부터 없애고자 마음먹었던 자들로, 그저 유영의 사건을 계기로 일망타진하는 것뿐이었다.

피비린내 나는 이번 풍파의 시작이 일개 연약한 여인의 일편단심일 줄 어느 누가 짐작이나 했겠는가.

무인 가문 출신의 유영은 어려서 궁에 들어와 자율을 곁에서 모셨다. 표면적으로 시녀였으나 실제로는 희첩이었던 유영은 오래전부터 자율을 마음 깊이 연모했다. 만약 태평성세라서 자율의 시첩으로 거둬졌다면 그야말로 금상첨화였을 것이다. 그러나 하필 난세를 만나 역모를 꾀한 자율은 전장에서 죽임을 당해 천추에 오명을 남기고 시신조차 거둬지지 못하는 신세가 되고 말았다. 보통 여인이라 그렇게 세상을 뜬 임을 따라 목숨을 끊는다면 그러려니 할 터인데, 이 유영이라는 여인은 성정이 매우 강직하여 몇 년을 숨죽이고 꾹 참으면서 소기를 암살해 자율의 복수를 할 기회만 엿보고 있었다.

일개 궁인으로 그 목숨이 초개 같을지라도 막다른 지경에 몰려 목숨을 걸고 덤비니 그 위력이 실로 놀라웠다.

다만 다른 사람의 도움 없이 그녀 혼자만의 힘으로 구중궁궐을 제멋대로 오갈 수는 없었을 터, 소기에게 접근하고자 유영은 먼저 완의국에서 어선사로 거처를 옮겼다. 그다음으로 어선사에서 잡일을 맡다가 식사 시중을 드는 직책으로 승급되었다. 그리고 마지막으로 은밀히 독약을 감추고 있다가 먼저 음식에 독을 타고 뒤이어 품에 감춰둔 칼로 암살을 시도했다. 그다지 대단한 계획은 아니었으나 조심스럽게 착착 진행된 것으로 보아 누군가 뒤에서 유영의 움직임을 돕고 흔적을 덮어준 것이 분명했다.

궁중에는 유영처럼 목숨 바쳐 황실에 충성하는 옛 심복들이 적지 않았고, 은밀히 각 기관의 권력을 잡은 자들은 손에 꼽을 정도였다. 이들은 몰래 결탁해 옛 주인을 그리면서 오래전부터 무인 권신에 대한 원망과 분노를 품어왔다. 비록 모반을 꾀할 배포와 능력은 없었으나 은밀하게 목숨을 노릴 기회를 엿보았다.

명부의 마지막 장을 펼치자 익숙한 이름 두 개가 눈에 들어왔고, 소스라치게 놀라 손바닥에 식은땀이 배었다.

나는 눈길을 들어 서고고를 바라봤다. "자네와 나를 제외하고 이 명부를 본 이가 또 있는가?"

"없습니다." 서고고가 몸을 숙이며 엄숙한 낯빛으로 아뢰었다.

탁! 나는 명부를 들어 서고고의 발밑으로 내던졌다. "서고고, 어찌 이리 어리석은가!"

명부의 마지막 장에는 영안궁의 일을 맡아보는 두 마마의 이름이 똑똑히 쓰여 있었다. 두 사람은 선황에 충성하는 무리는 아니었으나 태황태후의 일로 소기에게 깊은 원한을 품고 있었다. 고모는 정신을 놓은 지 오래이니 고모 곁에 있는 두 마마가 제멋대로 일을 벌여 이번 사건에 말려든 것이었다. 그런데 이 일이 알려지면 태황태후라고 해서 무사할 리 없었다.

정오에 시종 하나 없이 서고고 등 가까이에서 나를 시중드는 자들만 데리고 영안궁 문턱을 넘었다.

지나는 길에 마주친 자들은 하나같이 조심스럽게 고개를 숙였다. 엄숙하고 적막한 전각 안에는 치맛자락이 바닥을 쓸며 사르륵사르륵 비단이 옥벽돌을 스치는 소리와 걸을 때마다 패옥이 흔들리며 부딪치는 소리만 들렸다.

나는 마침 오수에 든 태황태후를 굳이 깨우지 않았다. 설령 깨어나더라도 또 다른 꿈속을 헤맬 터이니. 늙고 푸석푸석해졌으나 평온하고 고요한 고모의 잠든 얼굴을 보며 부러워해야 할지 서글퍼해야 할지 알 수가 없었다.

이미 소복을 입은 두 마마는 비녀도 꽂지 않고 산발을 한 채 전각 앞에 가만히 꿇어앉아 있었다. 오랜 세월 고모를 모신 두 사람은 일이 실패로 끝난 것을 알고 부질없는 요행을 바라는 대신 어서 죽기만을 바랐다.

나는 서고고의 손에서 백릉을 건네받아 두 사람 앞에 던졌다. "자네들은 태황태후를 오랜 세월 모셔온 자들로 그 행동은 죽어 마땅하나 그 마음만은 가상하니, 특별히 온전한 시신으로 묻히도록 해주겠네."

죄를 지어 사사당하는 궁인의 시신은 멍석에 말린 채 들판에 버려진다. 온전한 시신으로 고향에 묻히도록 해주는 것만으로도 크나큰 은혜를 베푸는 일이었다. 두 마마는 서로를 한 번 바라보고는 차분하게 자리에서 일어나 나에게 머리를 숙인 뒤, 다시 내전을 향해 세 번 절했다.

오(吳) 마마가 백릉을 들고는 고개를 돌려 정(鄭) 마마를 향해 웃었다. 눈가에 깊은 주름이 팬 얼굴은 차분하고 걱정이 없어 보였다. "먼저 가겠네."

"곧 뒤따르겠네." 옅은 웃음을 짓는 정 마마의 표정은 지난날의 소녀처럼 편안하고 고요했다.

서고고는 고개를 돌리고 얼굴을 푹 숙인 채 바르르 어깨를 떨었다.

오 마마는 백릉을 받쳐 들고 두 태감을 따라 천천히 후전으로 향했다.

영안궁의 두 마마는 예의를 소홀히 하고 태황태후를 제대로 모시지 못한 죄로 사사됐다.

유영 사건은 궁중 곳곳의 책임자와 관련이 있어 내막을 아는 공범이 3백여 명에 달했다. 명부에 이름을 올린 백서른여덟 명은 황실의 심복이거나 조정에 불평불만이 있는 자들로 모두 훈계사에 하옥했다. 나머지는 대부분 서로 모함한 자들로 증거가 부족하였기에 풀어주라고 명했다. 황천길 앞에서 구사일생으로 목숨을 건진 자들은 모두 은혜에 감지덕지하며 절로 몸을 사렸다.

대리시는 유영의 구족을 모조리 조사해, 이종사촌뻘 되는 이가 서출 딸을 상동후(湘東侯)의 첩으로 들인 사실을 알아냈다.

아직 조정에 남아 있는 황족 세력이 바로 이 상동후를 필두로 한 세가자제들로, 겉으로는 소기를 따르는 척하였으나 실은 은밀히 회합을 가지며 무인이 권력을 차지한 것에 불만을 품고 있었다. 이들 잔여 세력은 조정에서 겉으로는 따르는 척하고 뒤로는 거스르면서 시시때때로 소기에 맞서고, 무인이 정치를 어지럽힌다고 경시하며 세가자제들의 분노를 부채질했다. 하여 소기는 오래전부터 이들을 죽여야겠다 마음먹고 있었다. 다만 상동후는 사람됨이 음험하고 신중하여 속내를 내비치지 않았기에, 소기는 조정 곳곳에 눈과 귀를 심어 두고도 그의 약점을 잡지 못하고 있었다.

그랬는데 궁궐에서 발생한 겨우 이만한 사건이 어찌어찌 상동후의 관련성을 끌어내 그 불길을 조정으로 번지게 하고 황실의 잔존 세력을 겨냥하게 될 줄 누가 알았으랴! 한평생 제 영리한 머리로 온갖 권모술수를 짜냈던 상동후는 겨우 궁녀 하나 때문에 멸문지화를 당할 줄 꿈에도 생각지 못했을 것이다.

모든 죄증이 확실하였기에 소기는 곧바로 명을 내려 상동후 일족을 모조리 하옥했다가 이레 후 저잣거리에서 처형했다. 공범 열다섯 명도 함께 처형하였고, 이 일에 관련된 나머지 사람들은 모두 법에 따라 유배형에 처하거나 좌천시켰다.

암살 시도로 시작된 풍파는 한 달여 뒤에 시뻘건 피를 뿌리며 마무리되었다. 이 사건을 겪은 뒤, 선황을 따르던 궁궐과 조정의 잔당은 마치 세찬 폭우로 씻어낸 듯 말끔히 숙청되었다.

품은 마음은 진실하나니

여름날의 찌는 듯한 더위가 물러가자 가을이 성큼 다가왔다.

오라버니가 경사로 돌아오는 날은 마침 비가 그치고 하늘이 맑게 갰다. 쨍하고 깨질 듯한 새파란 하늘 위로 두둥실 떠가는 구름이 저 멀리 희미하게 보이는 산을 가렸다. 그야말로 공활한 가을 하늘이었다.

조양문(朝陽門) 밖에는 펄럭펄럭 바람에 나부끼는 깃발들이 줄을 이었다. 황색 일산과 청선(靑扇), 붉은 패에 용이 그려진 깃발, 흠명하도총독(欽命河道總督) 강하왕의 의장 행렬이 구불구불 길게 이어졌다. 오라버니는 자색 두루마기에 옥대를 차고 운금 창의를 펄럭이며 맨 앞에 서서 오고 있었다. 저 별처럼 반짝이는 사내가, 수많은 경성 소녀들의 마음을 뒤흔든 사내가 내가 그토록 자랑스러워하는 내 오라버니였다. 나는 소기 옆에 선 채로 오라버니에게서 눈길을 떼지 않았다. 강남을 적신 보드라운 안개비는 지난 1년 동안 오라버니에게 풍류를 더해주기는커녕 그의 양미간에 진중함과 침착함을 새겨 넣었다. 소기와 오라버니는 서로의 팔을 잡고 섰다가 나란히 복도로 걸음을 옮겼다. 오라버니는 살짝 고개를 모로 돌려 내게 미소를 지어 보였다. 치킨 눈썹 사이로 언뜻 지난날 만인의 위에 섰던 아버지의 풍채가 보이는 듯했다. 지금 이 순간 내 눈앞에서, 내가 지극히 사랑하는 두 사내가 서로 손을 맞잡고 마침내 한자리에 함께 섰다.

먼 길에 쌓인 여독을 풀기도 전에 오라버니는 자안사로 가 어머니의 제사를 지냈다. 어머니 영전에서 우리 남매는 가만히 서로를 마주 보았다. 어쩐지 구천에서 우리를 따스하게 내려다보는 어머니의 눈길이 느껴지는 듯했다.

또 한 번의 사계절이 소리 없이 흘러갔다. 어머니는 떠나셨고, 오라버니는 돌아왔고, 나는 또 숱한 위기를 넘겼다.

"아무야." 나를 부르는 오라버니의 목소리는 한없이 온화했지만 두 눈에는 슬픔이 가득 들어차 있었다. "오라비가 참 멍청하구나."

나는 오라버니의 어깨에 머리를 기대며 엷은 미소를 지었다. "멍청한 오라버니여야 내가 괴롭히기 좋지."

오라버니는 내 머리를 쓰다듬고는 나를 안아주었다. "하여튼 너는, 아직도 어떻게 해서든 이기려고 들지."

나는 눈을 감고는 웃었다. "누가 오라버니더러 그렇게 멍청하래."

"그간 줄곧 너 혼자 서러운 일을 겪게 했구나." 오라버니는 나직이 탄식했다. 오라버니의 옷자락에서 풍기는 무궁화 향은 따스하면서도 평온했다. "앞으로는 이 오라비가 늘 네 곁에 있을 거야. 다시는 너 혼자 그런 일들을 겪게 하지 않을게."

나는 오라버니의 어깨에 기댄 채 눈물을 떨구지 않으려고 눈을 질끈 감았다.

오라버니와 함께 경성으로 돌아온 사람 중에는 희첩 여럿 말고도 내가 생각지 못한 어린아이가 하나 있었다. 오라버니의 시첩 주안(朱顔)이 경의(卿儀)라는 이름의 깜찍하기 이를 데 없는 여자아이를 낳은 것이었다. 오라버니는 자기 자식들 중에서 경의가 내 어린 시절 모습을 쏙 빼닮았다고 했다. 그 말 때문인지 몰라도 아이들 근처에도 가지 않던 소기까지 경의를 끔찍이 예뻐했다.

밤이 되어 목욕을 한 후에 젖은 머리카락을 그대로 늘어뜨린 채 느른하게 금탑에 기대 머리카락이 마르기를 기다렸다.

소기는 그런 내 옆에서 상소문을 살피면서 젖은 내 머리카락을 만지작거렸다.

나는 경의의 깜찍한 모습을 떠올리다가 문득 엉뚱한 생각이 들었다. "경의를 우리 딸로 입양하는 건 어때요?" 잠시 멍해 있던 소기는 이내 얼굴을 싸늘하게 굳혔다. "남의 아이를 입양해서 뭘 한단 말이오? 우리도 아이가 생길 테니 쓸데없는 생각 마시오." 그 말에 나는 고개를 떨궜다. 울적한 마음에 아무 말도 하지 못했다. 소기는 나를 껴안으며 따스한 눈빛을 건넸다. "당신 몸이 좋아지면 틀림없이 우리에게도 아이가 생길 것이오."

나는 고개를 돌리며 억지로 웃어 보이고는 말머리를 돌렸다. "경의는 적출이 아니에요. 나중에 오라버니가 정비를 들이게 되면 그 아이를 받아줄지 모르겠어요."

소기가 웃으며 답했다. "그건 장담하기 어렵겠군. 왕숙은 희첩이 한둘이 아닌지라 훗날의 강하왕비가 당신처럼 사나운 여인이라면 집안이 하루도 조용할 날이 없을 거요."

소기는 내가 눈썹을 치키며 노려보는 것을 보고는 서둘러 웃으며 말을 바꿨다. "이로 보아 여러 처첩을 거느리고도 원만하고 화목하게 산다는 말은 죄다 헛소리가 분명하오."

"그래요? 제 기억으로는 아무개께서도 한때 여러 처첩을 거느리고 즐거운 나날을 보내셨던 것 같은데요?" 나는 미소를 지으며 소기를 쏘아보았다.

소기는 난처한 듯 헛기침을 하고는 말을 얼버무렸다. "케케묵은 옛

일을 굳이 꺼낼 필요가······."

　영력(永曆) 2년 10월, 현왕 자담은 좌우 원수와 30만 남정 대군을 이끌고 돌아왔다.

　포로로 잡힌 남방 종친은 모두 경성으로 압송되었다. 지난날의 왕공대인들이 죄인으로 전락해 목에 칼을 쓴 채로 저자를 지나니 백성들이 앞다투어 구경했다.

　소기는 백관을 이끌고 성 밖으로 나가 대군을 맞이했고, 친히 여러 장수와 함께 병영을 찾아가 군사들의 노고를 치하했다. 조정에서의 소기는 저 높은 곳에 자리한 섭정왕이었지만, 조정 밖에서의 소기는 여전히 무인의 호방함을 잃지 않았다.

　나는 현왕부 정당(正堂)에 서서 살며시 눈을 감고, 멀리 조양문 밖에서 혁혁한 군위(軍威)를 사방에 떨치고 수많은 깃발이 하늘의 해를 가린 광경을 상상했다. 사람들의 얼굴이 또렷이 떠올랐다. 오만하게 세상을 굽어보는 소기, 온화하고 우아하며 풍치 있는 오라버니, 과묵하고 의연한 송회은, 의기양양한 호광열······ 그리고 마지막으로 떠나기 직전 눈처럼 흰 백의를 입은 자담의 뒷모습이 하나하나 눈앞을 스치고 지나갔다.

　이 순간 나는 황실 종친을 이끌고 이제 막 단장을 끝낸 현왕부 앞에 공손히 서서 자담의 귀환을 기다리고 있다.

　문밖으로 석양이 기울며 천지에 휘황찬란한 빛을 뿌렸다. 올 것은 결국 오고야 만다.

　나는 느린 걸음으로 전문(殿門)을 나서 붉은 융단이 깔린 복도에 발을 디뎠다. 모란 빛깔 깁이 바람결에 펄럭이는 사이로 등 뒤에 사람들을 이끌고 자담의 수레를 맞이하러 갔다.

왕부 문 앞에 위풍당당한 의장대가 이르렀다. 맨 앞에서 활기 넘치는 모습으로 자색 고삐와 정교한 채색 도안으로 장식된 안장을 얹은 백마를 타고 있는 오라버니가 이미 문 앞에 다다랐다. 그러나 그 뒤로는 전후좌우에 비단 발을 늘어뜨린 수레만 있을 뿐 자담의 모습은 보이지 않았다. 내가 어리둥절해 있는 사이 오라버니가 말에서 내려 한쪽에 비켜섰다. 이어서 내시가 큰 소리로 외쳤다. "현왕 전하 납십니다──."

하인이 수레 앞 비단 발을 걷어 올리자 길고 가느다란 창백한 손 하나가 쑥 나와 하인의 어깨를 짚었는데, 발 뒤에서 쿨럭쿨럭 기침 소리가 들려왔다. 이어서 천청(天靑) 무늬 용포를 걸친 자담이 금관을 쓰고 자색 인끈과 옥대를 맨 채 좌우의 부축을 받으며 수레에서 내렸다. 품이 낙낙한 두루마기의 넓은 소매가 바람결에 높이 휘날려, 호리호리한 몸이 옷 무게조차 버거울 만큼 야위어 보였다. 석양빛이 빙설 같은 그의 얼굴에 드리워지자 속이 훤히 비치는 듯했다.

그런 자담을 지그시 바라보고 있자니 가슴이 먹먹하여 숨이 가빠왔다. 주변에 있던 사람들이 일제히 몸을 숙여 예를 행하기에 나도 뻣뻣하게나마 몸을 숙였다. 그러고 나서 시선을 드는데, 자담이 나를 가만히 쳐다보고 있었다. 잠시나마 자담의 눈 속에 어렸던 온기는 금세 냉담한 미소로 바뀌었다.

오라버니가 한 발짝 앞으로 나와 우리 사이에 서더니, 한 손은 자담의 팔에 걸치고 나머지 한 손은 내 어깨를 짚고는 늘 오라버니의 얼굴에 걸려 있는 그 호방한 미소를 지으며 낭랑하게 웃었다. "현왕 전하께서 먼 길을 오시느라 몹시 고단하실 테니 이런 허례허식은 그만 거두는 것이 좋겠어. 자담, 새로 단장한 현왕부를 아직 못 봤지? 아무가 얼마나 마음을 썼는지, 내 수옥별원(漱玉別苑)도 여기만 못하다니까!"

179

나는 빙그레 웃으며 몸을 모로 돌리고 눈을 내리뜨며 말했다. "현왕 전하께서 먼 길에 고단하실 테니 오늘은 일단 쉬시지요. 변변찮으나마 전하를 환영하고자 새 왕부에 연회를 준비하였습니다."

"왕비의 성의에 감사드립니다." 자담은 담담히 웃었으나 말을 끝맺기도 전에 갑자기 입을 막으며 연이어 기침을 했다.

깜짝 놀라 오라버니를 쳐다봤는데, 걱정으로 물든 오라버니의 눈빛을 보고는 가슴이 저려왔다.

초저녁, 화려한 등불이 밝혀지면서 새 왕부에서 연회가 열렸다.

감미로운 음악 소리가 맴돌고 떠들썩한 가운데 술잔이 오가니, 마치 지난날 번화했던 황실의 모습을 다시 보는 듯했다. 상석에 앉은 자담은 이미 옅은 청삼으로 갈아입고 있었는데, 호화롭기 그지없는 자리에서 보니 더욱 초췌했다. 술잔을 몇 번 기울인 자담의 뺨이 이상하다 싶을 만큼 붉게 달아올랐으나 낯빛은 투명할 정도로 창백했다. 주변에 있던 사람들조차 심상치 않은 조짐을 눈치채고는 잠시 술잔을 내려놓고 서로 수군거렸다. 그런데도 자담은 제 손으로 술을 따라 연거푸 술잔을 기울였다.

내가 미간을 찌푸리며 오라버니를 바라보자, 오라버니는 자리에서 일어나 웃으며 말했다. "지원의 달빛을 못 본 지 오래군. 자담, 우리 함께 보러 갈까?"

이미 취기가 오른 자담은 말없이 웃기만 하다가, 오라버니가 억지로 일으키는 대로 끌려 일어나 한 손에는 술병을 든 채로 휘청거리며 자리를 떠났다.

지끈거리는 관자놀이를 문지르고 있는데 주변에서 웅성웅성 떠드는 소리가 들려왔다.

내가 자리에서 일어나 사람들을 둘러보자 삽시간에 사방이 쥐 죽은 듯 조용해졌다.

"시간이 늦었군요. 현왕 전하께서도 이미 자리를 뜨셨으니 오늘 연회는 이것으로 파하고 모두 돌아가시지요." 나는 냉담히 말을 마친 뒤, 곧바로 소매를 털고 자리를 떠났다. 권세에 빌붙어 아부하는 이들 황족과 더는 얽히고 싶지 않았다. 이들은 얼마 되지도 않는 황가의 피가 흐른다는 이유로 무위도식을 일삼고 의기양양해하더니, 세를 잃고 남 밑에 거하게 된 지금은 위풍당당하던 옛 모습은 모두 내팽개친 채 진취적으로 생각하려 하지 않고 그저 현실에 안주하며 권세에 빌붙을 생각만 했다. 그러고 보니 이 자리에 앉아 있는 자들 중 대부분이 내 숙부뻘로 한창때는 풍류 인사로 이름을 날린 이도 적지 않았으나, 지금은 내 앞에서 온갖 아첨을 다 떨면서 눈치를 살폈다. 정전에서 나와 밤바람을 쐬니 온몸이 싸늘하게 식으면서 머릿속도 맑아져 나도 모르게 실소를 흘렸다. 정말로 날이 갈수록 소기를 닮아가고 있었다. 나도 모르는 새 어느덧 습관적으로 한족의 입장에서 세가를 보게 되었다.

"강하왕은 어디에 계시느냐?" 나는 미간을 찌푸리며 주변을 둘러보았으나 오라버니와 자담의 모습이 보이지 않았다.

"왕비께 아룁니다. 강하왕께서는 현왕 전하가 쉬시도록 침전으로 모시고 가셨습니다."

나는 살짝 고개를 끄덕이고는 다른 이들은 남겨둔 채 아월만 데리고 자담의 침궁으로 향했다. 침전 앞 혜풍(蕙風) 연랑(連廊, 연결 복도)에 이르렀을 때, 얼핏 구석진 곳에서 늘씬한 형체가 고개를 내밀고 자담의 침전을 쳐다보는 것이 보였다.

"누구냐?" 가슴이 덜컥 내려앉아 걸음을 멈추고 큰 소리로 물었다.

화들짝 놀란 그 사람은 가녀리면서도 익숙한 목소리로 덜덜 떨며 답했다. "채미가 왕비 마마를 뵙습니다." 또 그녀였다. 나는 소기가 심어둔 자인가 싶었다가 안도의 한숨을 내쉬었다.

"야심한 시각에 어찌 홀로 이곳에 있는 것이냐?" 그렇지 않아도 속이 시끄러운데 이곳에서 배회하고 있는 채미를 보니 더욱 불쾌해져, 나도 모르게 얼굴과 목소리에 그런 감정을 드러내고 말았다.

고채미는 무릎을 꿇고 앉아 만면에 난처한 기색을 띠면서도 고집스럽게 고개를 뻣뻣이 든 채 입술을 앙다물고 대답하지 않았다.

나는 한숨을 내쉬었다. 일편단심 한 사람을 그리는 그녀가 딱하면서도 그런 고집이 존경스럽기까지 했다. "지난날 내가 했던 말을 다 잊은 것이냐?" 고채미는 고개를 숙인 채 가냘픈 목소리로 답했다. "왕비께서 내리신 가르침은 마음 깊이 새겼습니다. 하나 마음을 허락하였으니 원망도 후회도 없습니다. 이미 틀렸음을 알기에 감히 많은 것을 바라지 않습니다. 그저 마음 가는 대로 생각하고 행동할 따름입니다." 나는 고채미를 지그시 바라봤다. 이 꽃처럼 연약한 여인은 어느 때고 운명에 휘말려 알 수 없는 먼 곳으로 흘러갈지 모른다. 그런데 스스로를 원망하고 한탄할지라도 세간의 눈을 두려워하지 않고 용감하게 이런 말을 꺼내는 것만으로도 가히 탄복할 만했다.

"일어나라." 나는 탄식을 내뱉었다. "그저 마음 가는 대로 따른다니, 그 용기가 참으로 가상하구나……. 좋다, 나를 따라오너라." 고채미는 망연히 일어나 쭈뼛쭈뼛 내 뒤를 따라 전각 안에 발을 들였다.

문턱을 넘자마자 빈 잔 하나가 밖으로 내던져졌다. 뒤이어 오라버니의 무력한 목소리가 울렸다. "자담, 이렇게 술을 마시다니, 죽을 작정인 거야?"

술병 하나를 뺏거니 뺏기거니 하던 두 남자는 동시에 고개를 돌렸다가 입구에 서 있는 나를 보고는 멈칫했다. 나는 이 같은 상황에서 자담이 한정 없이 술을 마시도록 내버려둔 오라버니에게 화가 치밀었다. 오라버니는 난처한 듯 시녀의 손에서 비단 손수건을 건네받아 몸에 튄 술을 대충 닦아냈다. "나는 어쩌지 못하겠다. 마침 잘 왔어." 자담은 흐트러진 눈으로 나를 힐끗 보고는 고개를 휙 돌리고 또 술을 따르기 시작했다.

"이미 의시를 불렀어. 여긴 내가 있을 테니 오라버니는 먼저 돌아가." 나는 고개를 돌려 오라버니를 바라봤다. 오라버니는 뭔가 할 말이 있어 보였으나 고개를 저으며 쓰게 웃었다. "그래, 그것도 좋겠지."

나는 몸을 돌리며 말했다. "수고스럽겠지만 오라버니가 이 고씨 집안 여식을 집까지 데려다줘."

그제야 내 뒤에 있던 고채미를 발견한 오라버니는 어리둥절한 표정을 지었다.

고채미는 발갛게 달아오른 얼굴을 푹 숙인 채 아무 말도 하지 않았다.

멀어져가는 두 사람의 뒷모습을 바라보며 하릴없이 웃었다. 이 세상에는 속이 문드러진 사람이 차고 넘치니 하나라도 줄일 수 있으면 줄여야겠지.

주위의 시종들이 멀리 물러났다.

나는 자담 앞에 가서 섰지만, 자담은 그런 내가 보이지 않는 것처럼 계속 술을 따라 마셨다. 술잔을 든 창백하고 기다란 그 손은 분명 부들부들 떨리고 있었다. 나는 냅다 손을 뻗어 술병을 빼앗고는 고개를 젖히고 병째로 술을 마셨다. 폭포처럼 쏟아진 술에 얼굴부터 몸까지 온통 술에 젖었다. 갑작스레 목구멍을 젖히고 쏟아져 들어온 차고 매운 술에 사레가 들려 눈물까지 나왔다. 자담은 애써 몸을 숙여 내 소매를 붙잡았다. 챙그랑! 손을 번쩍 들어 내던진 술병이 산산조각으로 부서졌다.

"술 마시고 싶으면 내가 같이 마셔줄게." 나는 자담을 냉랭하게 돌아보며 말했다. 전에도 한 번 했던 것 같은 말이지만, 지금 이 순간 내뱉으니 가슴이 갈기갈기 찢기는 듯했다. 자담은 예전부터 술을 잘 못했는데, 대체 언제부터 이렇게 독한 술을 마시게 된 것일까……. 자담은 술기운에 혼몽해진 눈으로 나를 바라봤다. 자욱한 물안개 너머로 눈동자 깊은 곳에 영롱하게 반짝이는 물빛이 보였다.

"너는 대체 누구냐? 아무는 이렇게 생기지 않았어. 너는…… 넌 아무가 아니야." 자담은 나를 빤히 바라봤다. 백지장처럼 창백하던 낯빛은 무서울 정도로 해쓱해졌다.

참담한 마음을 가눌 길이 없었으나 웃을 수밖에 없었다. "그래. 나는 이미 예전의 아무가 아니야. 너도 더 이상 예전의 자담이 아니야."

"너는……." 자담의 눈빛이 흐려졌다. "모후와 몹시 닮았어."

자담은 갑자기 웃으며 의자에 주저앉았다. 귀밑머리는 흐트러지고, 표정은 처량하고 쓸쓸했다. "아무가 어떻게 모후가 된 것인지, 아무래도 정말로 취한 모양이군……. 아무가 변할 리 없어. 내가 돌아올 때까지 기다린다고 했으니 틀림없이 요광전에서 나를 기다리고 있을 거야!"

더는 그가 말을 이어가도록 내버려둘 수 없었다. 나를 갈가리 찢어놓는 저 말들을 더는 견딜 수 없었다. 나는 이를 꽉 사리물고 탁자에서 술이 반쯤 남은 잔을 들어 그의 얼굴에 뿌렸다. "자담, 똑바로 봐. 아무는 이미 변했어. 온 세상 사람들이 다 변했어. 변하지 않으려고 하는 사람은 너 하나뿐이야!" 그의 눈썹과 뺨을 따라 술이 흘러내렸다. 자담은 고개를 쳐들고는 눈을 감은 채 웃었다. 그의 눈꼬리를 따라 눈물이 굴러 떨어졌다.

나는 가슴이 문드러지는 것을 참으며 힘겹게 웃었다. "세상에서 가장 귀한 것은 목숨이라고 한 사람이 누구였지! 살아만 있으면 희망이 있어! 네 목숨을 살리려고 내가 얼마나 애썼는데, 너는…… 너는 어떻게 이토록 너 자신을 해칠 수가 있어?" 더는 말을 이을 수가 없어 힘없이 뒷걸음질 쳤다. 이제는 아무 의욕도 들지 않았다. "만약 네가 자꾸만 너 자신을 해치면 내가 후회하고 괴로워할 거라고 생각한다면…… 단단히 잘못 짚었어!"

나는 홱 뒤돌아섰다. 더는 자포자기한 자담의 모습을 보고 싶지 않았다. 한 번이라도 더 봤다가는 이대로 가슴이 조각조각 부서질 것 같았다.

"아무!" 뒤에서 들려온 나직한 외침은 간장을 끊을 듯 애달프고 아팠다. 가슴이 욱신거려 나도 모르게 걸음을 멈췄는데, 갑자기 뒤에서 자담이 나를 꽉 끌어안았다. 얼음처럼 차가운 그의 입술이 내 목덜미에 닿았다. 뜨거운 눈물과 차가운 입술이 내 귀밑머리와 목덜미를 더듬었다. 절망스럽게, 그리고 열렬하게 탐하며……. 너무나 익숙한 품이었다. 그리울 정도로 익숙했고, 심연으로 가라앉을 만큼 그리웠다.

"가지 마, 날 떠나지 마." 자담은 마치 온 힘을 다해 마지막 부목을 붙잡으려는 것처럼 내 허리에 팔을 두르고 옴짝달싹 못 할 정도로 힘주어 안았다.

"모든 것이 변했어. 다시는 예전으로 돌아갈 수 없어." 나는 눈을 감고는 눈물을 쏟았다. "자담, 제발 정신 차리고 잘 살아가줘!"

자담은 부들부들 떨면서도 나를 안은 팔을 풀지 않았다. 나도 더는 몸부림치지 않고 그가 안은 대로 미동조차 않고 가만히 있었다.

한참 뒤, 끝내 이를 악물며 그의 품에서 빠져나와 뒤도 돌아보지 않고 전문 밖으로 뛰어나갔다.

포로로 경성에 잡혀온 강남 왕족 중에서 모반의 죄증이 확실한 자는 곧바로 사사했고, 그 가솔들은 변경의 황무지로 유배하거나 신분을 낮춰 교방으로 보냈다. 죄증이 부족한 자와 종범(從犯)은 옥에 가둬 혹독한 고문을 가했더니, 형벌이 두려워 자백하는 자도 있었고 원한을 품고 자진하는 자도 있었다. 두 달도 채 되지 않아 지난날의 왕손들은 남김없이 사라졌다.

길조가 있었다는 상소는 월군(越郡)에서 가장 먼저 올라왔다. 북쪽 하늘에서 용운(龍雲)이 승천하고 노을빛이 해를 가렸다는 것이다. 뒤따라 천하 곳곳에서 상소가 올라왔다. 하늘에 기이한 일이 일어나 두 개의 해가 동시에 떴다고 하는 상소가 있는가 하면, 백호가 남산에서 나타나 자줏빛으로 화해 구름을 뚫고 사라졌다는 상소도 있었다. 심지어 신령한 거북이 하늘의 뜻을 전하는 글이 적힌 책을 입에 물고 낙수(洛水)에서 나왔다는 내용의 상소도 있었다. 경성 저잣거리에서는 언젠가부터 민요들이 전해지기 시작했는데, 그중에서도 '술을 섞어 다 따라 마시니, 촛불 두 개도 기우네'라는 노래가 가장 널리 불렸다. 그냥 들으면 평범한 술자리 노래였다. 하지만 누군가가 여기에 억지로 갖다 붙이길, 발음이 비슷한 다른 글자로 뜻을 몰래 숨겼으며 그 숨겨진 뜻을 풀이하자면 '하늘의 복이 다했으니, 두 주인을 보내고 기운다'라고 했다. 이런 소문이 돌자 백성들은 앞다투어 입에서 입으로 전했고, 궁중에서도 은밀히 말을 주고받는 자들이 있었다.

소기는 상서로운 현상을 알려온 각 지역의 상소문에 대해 이렇다 할 반응을 보이지 않았고, 항간에 떠도는 민요에 대해서도 모른 척했다. 이에 조정 신료들은 더욱더 소기의 속내를 짐작하지 못해 속으로만 헤아릴 뿐 감히 함부로 떠들지 못했다.

지금의 어린 황제는 병약하여 계속 심궁에 은거할 뿐이고 황실의 자손은 다 사라진 지금, 제위를 이을 사람은 현왕밖에 없음을 세상 모두가 알고 있었다.

낙엽이 무운헌(撫雲軒)을 금빛으로 물들였다.

나는 오라버니와 바둑을 두는 데 푹 빠져 있었다. 소기는 바둑을 잘 모르지만 우리 곁에서 웃음을 머금고 말없이 지켜보았다.

이번 판은 오라버니가 흑을 잡고 대각선 소목(小目) 포석으로 시작했다. 처음에 오라버니는 사방에서 실리를 차지했으나 그 후로는 번번이 장고했다. 반면에 나는 신중하게 진을 치며 겉으로 물러나는 척하면서 실제로는 나아가는 식으로, 중반에 이르러서는 일부러 허점을 보이며 오라버니가 속공을 계속해 성급하게 중복(中腹, 가운데)에 있는 포위된 돌을 움직이게 만들었다. 그 결과로 함정수가 갈수록 많아져 중복의 대마가 살기 어려워진 후, 오히려 상변의 소마가 내게 죽었다.

"멋진 수요, 잘 죽였소!" 소기가 손뼉을 치며 껄껄 웃었다.

한참 고심하다가 돌을 집어 막 놓으려던 오라버니는 소기의 이 말을 듣고 다시 손을 거두며 끙 소리를 냈다. "바둑을 볼 때는 말을 않는 것이 참된 군자이니."

그 말에 나는 웃으며 반문했다. "돌을 놓으려다 거두는 것은 소인배나 하는 짓 아닌가?"

반쯤 되돌아갔던 오라버니의 손이 그 자리에서 멈췄다. 오라버니는 나를 한 번 노려보고는 하는 수 없이 원래 두려던 곳에다 돌을 내려놓았다.

소기의 수준으로도 오라버니의 이 한 수가 스스로 죽을 길로 들어가는 것임이 보였던 모양이다. 소기는 잠시 웃음을 멈추더니 나와 마주 보고는 둘이서 하하하 웃어젖혔다.

낙엽 하나가 하늘하늘 돌며 무운헌 안으로 들어오더니 비자나무 바둑판 위로 툭 떨어졌다. 노랗게 물든 낙엽, 마노를 깎아 만든 바둑알, 고목의 무늬가 한데 어우러져 썩 보기 좋고 고아했다.

"관둬, 관둬!" 오라버니는 아예 바둑판을 밀며 패배를 인정하고는 깊은 탄식을 쏟았다. "여인과 소인배는 다루기 어려운 법이지."

감히 소기를 두고 이런 우스갯소리를 할 사람은 나를 빼고 나면 오라버니뿐일 것이다. 소기와 오라버니는 성격과 출신이 천양지차고 서로에 대한 편견이 있었다. 오라버니는 소기를 미천한 자라 깔봤고, 소기는 오라버니를 명문가 도련님으로 치부했었다. 편견을 버리고 같은 곳을 향해 걷기 시작하고 나서야 서로가 괜찮은 사람임을 알아봤다. 조정에서, 그리고 사석에서 어울리면서 뜻밖에도 서로의 뜻이 잘 맞는다는 사실을 깨달았다. 마침 오늘은 드물게도 두 사람 다 여유가 있어 농을 던지며 즐거운 시간을 보내고 있었는데, 내시 하나가 절을 올리며 들어왔다. "왕야께 아룁니다. 전각 밖에서 무위후가 뵙기를 청하고 있습니다."

소기가 웃음을 거두고 얼굴을 약간 찌푸리자 양미간에서 위엄이 느껴졌다.

"호광열이 아직도 소란을 피우고 있나요?" 나는 웃으며 고개를 저었다.

"계속 하고들 계시오. 나가서 이 미친놈이 또 무슨 발광을 하는지 보고 올 터이니." 소기도 웃으며 오라버니를 향해 고개를 살짝 끄덕이고는 뒤돌아 나갔다.

오라버니는 마노 바둑돌 한 알을 만지작거리며 웃음을 거두더니 담담히 물었다. "어째서 하필 호씨 가문 여인이냐?"

"호씨 가문이 뭐가 어때서?" 눈을 들어 오라버니를 쳐다봤다.

"무인 집안에서도 어여쁘고 고상한 숙녀를 고르지 못할 까닭이 없다. 그 호씨 여인은 나이도 너무 어리고 성정이 무척 괄괄하다고 하는데, 자담과 어울리겠느냐? 아무렇게나 짝을 고른 것이 아니더냐?"

오라버니는 수려하게 올라간 눈썹 끝을 일그러뜨렸다. 옆에서 보니 너무나 준수하고 우아하여, 울적하게 미간을 구긴 자담의 모습이 떠올라 가슴이 찌릿찌릿 아팠다. 그날 밤 이후로 자담은 병을 핑계로 조정에 들지 않고 입궁도 하지 않으며 온종일 현왕부에서 두문불출했다.

나도 다시는 현왕부로 걸음하지 않았다. 소기가 직접 현왕부로 그를 살펴보러 갔는데, 나는 병을 이유로 함께 가지 않았고 소기도 굳이 동행하려 하지 않았다. 그저 돌아와서 자담의 기색이 많이 좋아졌다고 담담히 말했을 뿐이다. 반면 오라버니는 수시로 현왕부에 드나들며, 시시때때로 자담이 좋아하는 시서고화(詩書古畫)와 몸에 좋은 진귀한 것들을 보냈다. 오라버니 말로는 요즘 자담은 무척 담박하게 지낸다고 했다. 말수는 적었으나 더 이상 폭음하지 않고, 의원의 진찰을 받고 약도 먹는다고 했다. 다만 오라버니는 재상의 몸으로 갈수록 공무로 바빠 자주 시간을 내서 자담과 함께하지 못할 따름이었다.

한편 나는 어서 자담의 비를 고르라고 재촉하는 소기의 성화에 시달렸다.

정아는 하루가 다르게 자라는 터라 언제까지고 병을 핑계로 황궁 안에 은거하고 있을 수 없었다. 소기에게 이미 황제를 폐할 뜻이 있으니 자담은 머지않아 황제의 자리에 오르게 될 것이다. 다시 말해 그의 왕비는 미래의 황후이자 명의상 육궁의 주인이었다. 그런고로 소기는 이 일을 매우 중요하게 생각해 군중 권신의 딸을 골라 자담 옆에 심을 작정이었다. 나는 그의 뜻을 대놓고 거스를 수 없지만 되도록 충

189

직하고 지조 있고 선량한 좋은 여인을 고르려고 애썼다.

원래는 무인 가문의 여인에 대해 별다른 기대를 품지 않아 아무렇게나 몇 명을 골라 입궁시켰다. 그런데 놀랍게도 그중 한 명이 무인 가문 여인에 대한 내 편견을 단번에 깨뜨렸다.

"오라버니는 그 호씨 여인을 본 적도 없으면서 어찌 그녀가 좋은 여인이 아닐 거라고 단정하는 거야? 괄괄한 것도 꼭 나쁜 것은 아니야." 나는 말라비틀어진 나뭇잎을 집어 손으로 만지작거리며 옅은 웃음을 지었다. "덩굴은 홀로 자랄 수 없어 교목(喬木)에 기대고자 하네."

오라버니는 뭔가를 깨달은 듯 표정을 바꿨다. "네 말은, 자담이 덩굴이라는 뜻이냐?"

나는 눈을 내리뜨며 탄식했다. "예전의 자담은 연약한 버드나무였는데 지금은 이미 시든 덩굴이 되어버렸어. 튼실한 교목과 서로 기대면 다시 생기를 찾을 수 있을지도 몰라."

오라버니는 잠시 침묵하다가 눈썹을 올리며 물었다. "네가 고른 그호씨 여인이 바로 자담의 교목이란 말이냐?"

나는 웃음을 터뜨렸지만 오라버니의 물음에 답하지 못했다. 누가 누구의 교목이고 또 누가 평생을 의탁할 수 있는 사람인지는 세상 어느 누구도 딱 부러지게 말하지 못할 것이다.

오라버니만 이 혼사에 의문을 품는 것이 아니었다. 호광열조차 여동생을 황가에 시집보내지 않으려고 소기의 뜻을 거스르면서까지 몇 번이고 소란을 피웠다. 이 거칠고 호방한 사내는 예전에 오라버니가 나를 끔찍이 아꼈던 것처럼 자신의 배다른 여동생을 진심으로 아꼈다. 만약 호요(胡瑤)를 직접 보지 않았다면 호광열에게 이토록 아름답고 호감이 가는 여동생이 있을 것이라고는 절대로 생각지 못했을 것이다. 호요는 나이가 어린데도 일반적인 막내딸의 모습과 달랐고, 더욱이 명문가 금지옥엽들이 보이는 교만함이 없었다. 행동거지가 솔직하고 진실했으며 영명하고 시원시원한 기운을 풍겼다. 그날 호요가 불처럼 붉은 옷을 입고 맨얼굴에서 광채를 뿜으며 나를 향해 활짝 웃었을 때, 초봄의 햇살이 내리쬐는 듯한 기분이 들었다. 이런 여인이 곁에 있다면 아무리 깊고 짙은 연무라도 다 흩어져버리겠지? 호요를 보고 있으면 나조차 내가 어둡고 희미하게 느껴졌다. 호요에게는 젊음이, 생기가, 높이 솟구치고 통통 뛰는 활력이 있었으나 나에게는 세월에 마모된 차갑고 딱딱한 심장뿐이었다. 어쩌면 그녀처럼 해맑고 굳센 여인만이 자담의 천생배필일지도 모른다.

혼약 婚約

현왕의 왕비 책봉식은 길일을 택해 거행되었다.

현왕과 왕비의 혼례식은 더없이 성대했다. 경사 사람들이 구름처럼 몰려들어 우아하고 화려한 황가의 혼례식을 구경했다. 붉은빛과 금빛으로 뒤덮인 현왕부는 초목들까지 즐거운 기색에 물든 듯했다. 혼례식장에서는 소기가 혼사를 주재하고 문무백관이 참석해 축하를 올렸다. 사방을 에워싼 붉은색에 두 눈이 뻑뻑하게 아파와 멀리 있는 사람들의 표정이 제대로 보이지 않았다. 어쩌면 그저 내가 보고 싶지 않은 것이었을지도 모른다.

자담이 혼례를 치른 뒤, 번다한 일들도 매듭지어지면서 궁 안은 다시금 잠깐의 평온을 되찾은 듯했다. 날씨가 추워지자 나는 다시금 병석에 누웠다 일어나기를 반복하며 온종일 조용히 안정을 취했다. 그럴수록 움직이기가 귀찮아져 가끔씩 고모와 정아를 보러 궁에 들를 뿐이었다.

정아는 네 살이 되었지만 병세는 차도를 보이지 않았다. 그저 온종일 인형처럼 멍하니 있을 뿐이었다.

마침 날이 좋아 곁을 따르는 시녀만 데리고, 정아를 끌고 발길 닿는 대로 어원으로 걸음을 옮기며 희미한 햇살을 맞았다.

'하늘의 복이 다했으니, 두 주인을 보내고 기운다.' 항간에 떠도는 이 노래에는 속뜻이 없지 않았다. 조정에 그토록 많은 눈이 보고 있고 그토록 많은 귀가 듣고 있으니 조만간 어린 황제가 백치라는 비밀은 탄로가 날 것이다. 영원히 주렴 뒤에 숨은 채로 소리도 기척도 내지 않는 꼭두각시 노릇을 할 수는 없었다. 소기가 제위에 한 발 한 발 다가설수록 정아의 존재 가치는 점점 사라져갔고, 이제 물러나야 할 때가 되었다.

그 노래는 더없이 명확한 암시였다.

백치인 어린 황제에게서 제위를 빼앗는 것은 손바닥 뒤집듯 쉬운 일이나 정당한 명분이 없었다. 떳떳한 명분이 있어야만 제위로 가는 길이 순조로울 터였다. 이는 오라버니와 둔 그 바둑과 같았다. 무조건 앞으로 나가기만 하면 오히려 엉망으로 망칠 수 있으니, 이럴 때일수록 더 몸을 낮추고 나아가기 위해 물러나야 했다. 예로부터 권력을 휘두르는 법과 패업을 이루는 법 중에서 하나라도 부족하면 일을 이룰수 없었다. 정아는 그저 그 당시에 꼭 필요했던 꼭두각시일 뿐이고, 이제는 모든 날개가 꺾인 자담이 가장 좋은 장기짝이 되었다. 정아를 폐위하고 자담을 옹립하더라도 소기는 여전히 모든 권세를 제 손에 쥐고 있을 것이다. 그가 제위에 한 걸음 가까워진다는 것은 곧 또 한 번의 살육과 전복이 있을 것이라는 의미였다.

다만 정아는 실로 가엾은 아이고, 어쩌면 이 궁을 떠나는 것이 그 아이로서는 더 행복한 일일지도 모르겠다.

나는 아이를 안고 후원에 앉아 말없이 넋을 놓고 있었다. 초겨울의 햇살이 우리 두 사람의 몸에 내렸다. 평안하고 고요한 이 순간의 우리는 마치 제왕가의 다툼과 고난에서 멀리 떨어진, 그저 평범한 집안의 모자 같았다.

문득 어깨에 온기가 내리며 우사(羽紗, 면과 모, 비단 등의 혼직포) 피풍 한 벌이 걸쳐졌다. 언제 왔는지 소기가 내 뒤에 서서 짙은 눈썹을 살짝 찌푸린 채 지그시 내려다보고 있었다.

겨울 해가 비스듬히 비쳐 깎은 듯이 냉엄한 그의 옆얼굴에 옅은 빛을 드리웠다. 검은 비단 두루마기에 금사로 수놓인 용은 이를 드러내고 발톱을 세우고 있었는데, 마치 금방이라도 살아나서 밖으로 튀어나올 것 같았다.

소기는 정아의 정수리를 어루만지며 담담히 말했다. "얼마 후면 이 아이도 떠나야 하는군."

"현 황제를 폐하고 새 황제를 옹립하는 것은 매우 중대한 일이에요. 정말로 결정한 건가요?" 나는 시선을 들어 그를 쳐다봤다. 그런데 소기는 한동안 입을 다문 채 대답하지 않았다.

석양이 서쪽으로 기울고 한기를 머금은 밤바람에 그의 소매가 펄럭펄럭 나부꼈다.

소기는 갑자기 웃으며 말했다. "예전에 내가 당신을 강남으로 데려가 살구꽃과 안개비를 보여주겠다고 했던 말을 아직 기억하시오?"

그 말을 어찌 잊을까! 영삭성 밖에서, 소기는 나를 데리고 드넓은 바다와 사막의 거센 바람, 살구꽃과 안개비…… 그 모든 것을 보여주겠다고 했다. 해마다 음력 2월이면 궁성 안에서 살구꽃이 피고 지고, 졌다가 다시 피는 것을 보면서 소기가 그날 했던 말을 떠올렸었다.

나는 한없는 실의와 함께 달콤함이 담긴 그의 눈을 바라보았다. "당신이 벌써 잊은 줄 알았어요."

"이번 겨울이 지나면 강남으로 갑시다." 소기가 고개를 돌리고 나를 응시했다. 얇디얇은 입술 언저리에 몹시도 옅은 웃음이 스쳐 지나갔다.

생각지도 못한 말에 가슴이 덜컥하여 멍하니 그를 바라봤다. 내가 잘못 들은 것인가? "강남에 가자고요?"

소기가 작게 미소 지었다. "그때가 되면 자담에게 국정을 맡겨 발목을 잡던 모든 것을 내려놓고는 당신을 데리고 경성을 떠날 것이오. 그리하여 당신과 나 둘이서 멀리 강남을 유람하고 천하를 주유하는 것이 어떻겠소?"

나는 그 자리에서 뻣뻣하게 굳어버렸다. 농담인지, 아니면 나를 떠보는 것인지 도무지 알 수가 없었다. 그의 입에서 이 같은 말이 나오리라고는 전혀 생각지도 못했다.

소기는 그윽한 눈빛으로 나를 바라봤다. 번뜩이는 눈빛은 내 얼굴에서 일어나는 작은 변화조차 놓치지 않으려는 듯했으나, 입가에는 여전히 뜻 모를 미소가 걸려 있었다. "어찌 그러시오? 싫소?"

그의 눈빛에 숨이 막힐 지경이었다. 한참 만에야 천천히 눈을 들어 그를 쳐다봤다. "천하를 품으려는 웅대한 뜻을 버리고 유유자적 떠도는 삶을 택한다면 소기가 아니지요."

더할 나위 없이 깊은 눈빛으로 나를 빤히 쳐다보는 소기의 눈에 더욱 짙은 웃음이 서렸다. "그렇다면 어떻게 해야 나다운 것이오?"

'세상의 굴레를 벗어던지고 둘이서 멀리 강호로 도망친다면, 사랑하는 이와 함께하는 원앙은 부러울지 모르나 신선도 부럽지 않을 것이다.' 한때는 이런 꿈을 꾸기도 했다. 만약 내가 만난 낭군이 소기가 아니었다면 이 꿈을 이뤘을지도 모른다. 그러나 내가 그를 만나고 그 또한 나를 만나 지금까지 함께해왔으니 다시 돌아갈 수도, 또 돌아갈 필요도 없었다! 우리는 서로 손을 잡고 기나긴 가시밭길을 헤쳐 나오면서 너무 많은 대가를 치렀고 둘 다 피범벅이 되었다. 더는 그 무엇도 우리가 그 지고지상의 자리에 오르는 것을 막을 수 없었다!

"확실히 알았소?" 그가 내게 바짝 다가오자 강렬한 사내의 숨결이 나를 뒤덮었다. 소기는 의심의 여지가 없는 말투로 물었다. "아무, 나는 당신의 진심을 듣고 싶소. 일단 생각을 정했다면 두 번 다시 흔들리거나 망설여서는 아니 되오!"

나는 고개를 쳐들고 그를 바라봤다. 가슴속이 티 한 점 없이 환해져 한 자 한 자 느릿느릿 내뱉었다. "나는 당신이 패업을 이루고 천하를 통치하는 것을 지켜볼 거예요!"

현 황제를 폐하고 새 황제를 세우는 것은 매우 중대한 일인지라 당연히 예삿일로 다룰 수 없었다. 현 황제를 폐하고 새 황제를 세우는 동안 조금의 동요도 있어서는 아니 되었다.

정아가 어리고 병약해 사직을 지키기 어렵다는 이유로 폐위한다면 이에 감히 이의를 제기할 사람은 없었다. 섭정왕이 현 황제를 폐하고 새 황제를 옹립할 뜻이 있다는 소문은 순식간에 조정 안팎을 휩쓸었다. 현왕 자담은 자신의 거처에 은둔한, 일 없는 사람에서 한순간에 모든 이의 이목이 집중된 저군이 되었다. 혼미한 정세 가운데 누구도 소기의 뜻을 짐작하지 못했고, 앞으로 어떤 변수가 생길지 아무도 헤아리지 못했다.

그러나 조정의 미묘한 권력 양상에는 이미 변화가 시작되었다. 모든 장기짝은 소기의 조종 아래서 소리 없이 움직여 은밀히 기울어졌다.

운명의 궤적은 생각지도 못한 사이에 바뀌었다. 경천동지할 큰 변화가 부지불식간에 일어나고 있었다.

이번 겨울은 유난히도 길었다.

연말이 머지않은 때, 남방의 양대 호족인 심(沈)씨와 오(吳)씨가 동시에 경사에 들어 황제를 알현했다.

심씨 가문과 오씨 가문은 강남의 명망 있는 호족 가문으로, 대대로 고위 관직을 세습하고 널리 이름을 떨쳤으며 강남에서의 명망은 왕씨 가문에 뒤지지 않았다. 이번에 조정의 대세가 실로 예측 불허인지라 멀리 강남에 있는 두 호족 가문까지도 더는 두고 보지 못하고 황제를 알현한다는 명분을 내세워 실제로는 인척 관계를 맺고자 찾아온 것이었다. 섭정왕이 일가친척 하나 없는 외로운 출신인 데다 희첩을 들이지 않는다는 것은 천하가 다 아는 일이었기에, 현재 소기와 가장 가까운 가문은 왕씨뿐이었다.

수옥별원에 있는 오라버니는 곁에 앉은 시첩이 껍질 벗긴 햇귤을 입에 넣어주는 대로 받아먹으며 말없이 웃었다. 참으로 여유롭고 한가로운 모습이었다.

나는 이마를 문지르며 오라버니를 보고는 쓴웃음을 지었다. "오라버니는 어쩜 그리 태평해? 지금 양대 호족의 여식들이 앞다투어 오라버니에게 시집오겠다고 하는데, 어쩌면 좋겠느냐고?"

"한꺼번에 아내로 맞든가 하나도 맞지 않든가, 둘 중 하나지!" 오라버니가 농을 던졌다. 아리따운 여인들에게 둘러싸인 모습이 여복에 겨워 보였다.

"안타깝게도 강하왕은 하나뿐이네요. 둘로 나눌 수도 없고. 나눌 수 있었다면 진즉에 갈기갈기 찢어 팔등분을 내놓았을 겁니다." 이 말을 한 이는 오라버니가 가장 총애하는 시첩 주안이었다. 부드러운 말투였지만 에둘러서 애교스럽게 골을 내고 있었다.

오라버니는 먹던 귤이 목에 걸릴 뻔하여 주안을 노려보며 어이없는 표정을 지었다. 나는 눈동자를 굴리며 웃었다. "이리저리 나누는 수고도 덜 겸, 차라리 너희 댁 왕야를 데릴사위로 보내는 것이 낫겠구나." 주안이 입을 가리고 호호호 웃었다. "정말 그리 된다면 왕비께서 은혜를 베푸시어 왕야의 곁을 지킬 수 있도록 소인도 함께 보내주십시오." 또 다른 미희가 웃으며 말했다. "장가들고 시집가고, 그러면 누구 좋은 일만 시키는 것이 아닌가요?"

희첩들은 깔깔깔 웃음을 터뜨렸으나 나는 퍼뜩 든 생각에 흠칫했다. 숙부에게 두 딸이 있었다는 사실을 거의 잊고 있었던 것이다. 예전에 숙모를 따라 낭야로 돌아간 뒤로 여러 해 동안 만나지 못했는데, 셈해보니 열대여섯 살은 되었으리라 짐작되었다.

이제 막 전쟁이 끝난 터라 강남의 인심이 흉흉하여, 조정에서는 이번 통혼으로 살육이 남긴 음울한 기운을 몰아낼 수 있기를 바랐다.

오라버니는 시첩들을 모두 물렸다. 우리 남매만 남자 나는 정색을 하고 물었다. "정말로 강남 호족과 혼인할 생각이야?"

그러자 오라버니는 상관없다는 듯 웃었다. "남의 집 귀한 금지옥엽이 불원천리하고 시집을 온다는데 내칠 수는 없잖아."

나는 오라버니를 빤히 바라보며 말했다. "오라버니, 이토록 많은 여인 중에서 다른 누구보다 소중한, 세상에서 가장 좋은 여인이 있어?"

오라버니는 깊이 생각해보지도 않고 고개를 저으며 웃었다. "모든 여인이 다 좋지. 나는 모든 이를 대할 때 다 진심으로 대하고, 또 다 똑같이 대하니 누가 가장 좋다고 말할 수 없구나."

"그럼 올케는?" 나는 가만히 그를 바라봤다. "올케도 진심으로 대한 적 없어?" 오라버니가 갑자기 말문을 닫으며 웃음기를 거뒀다. 나는 오라버니가 가슴 아파할까 봐 한 번도 그 일에 대해 캐물은 적이 없었다. 그러나 오라버니가 옛일에 사로잡혀 이대로 마음의 문을 닫는 것을 더는 두고 볼 수 없었다.

"간 사람은 이미 갔으니, 지금 와서 말을 꺼내도 그녀는 나를 원망하지 않을 거야." 오라버니는 탄식을 쏟으며 천천히 입을 열었다. "네 말이 맞아. 확실히 나는 그녀를 잘못 대했어. 처음부터 끝까지 진심으로 대한 적이 없으니."

나는 얼떨떨한 채로 오라버니가 천천히 입에 올리는 그 케케묵은 옛일에 대해 들었다.

"그때 나와 환밀의 혼사는 원래 내기에서 비롯되었다. 환밀을 처음 보았을 때는 그다지 아름답다고 생각하지도 않았어. 그저 성정이 냉정하고 오만한 그녀가 나를 본체만체하기에 승부욕이 치솟았지. 그때 어리고 경망스럽던 나는 환밀의 마음을 얻어내겠다고 자율과…… 선제와 내기를 했어. 선제는 환밀이 자율의 정비로 책립될 것을 진즉에 알고 있었지만, 나는 아무것도 모른 채 그의 장난질에 놀아난 거야. 마침 그때 내 혼사를 생각하고 계시던 아버지께서는 내가 환밀을 마음에 둔 것을 알아차리셨다. 아버지께서 호되게 꾸짖으실 줄 알았는데, 천만뜻밖에도 내 마음을 인정해주실 뿐만 아니라 환밀을 나와 정혼시키겠다는 결심까지 하셨다. 나는 어리둥절한 상황에서 감히 아버지의 뜻을 거스를 수 없고 환밀에게도 승부욕과 정복욕을 가지고 있던 터라 그러겠노라 답했지……. 환밀과 자율이 원래부터 혼약을 한 사이고 어려서부터 서로 좋아했다는 사실을 내가 알았을 때는 이미 너무 늦어 되돌릴 수 없었어! 황제께서 이미 사혼을 명하셔서 모든 것이 돌이킬 수 없게 되어버렸다고!"

실없는 농담 한 마디가, 내기에서 비롯된 혼인이 두 사람의 아름다운 인연을 망쳤을 뿐만 아니라 올케와 자율이 평생 원망을 품고 살아가게 만들어버렸다! 멍하니 오라버니의 말을 듣고 있자니 가슴 가득 슬픔이 들어찼다.

오라버니는 침통한 표정으로 말을 이었다. "이렇게 돌이킬 수 없는 큰 잘못을 저지른 뒤로 자율은 내게 등을 돌렸고 나 또한 자율을, 또 환밀을 볼 면목이 없었지. 그러고 나서 홧김에 멀리 강남으로 떠났는데, 그런 일이 일어날 줄은······."

그제야 나는 왜 여태껏 오라버니가 차라리 여러 여인에 둘러싸여 지낼망정 새장가를 들지 않고 진심으로 한 여인을 받아들이지도 않았는지 알게 되었다. 오라버니는 다시금 누군가에게 상처를 입힐까 봐, 누군가를 또 다른 환밀로 만들까 봐 두려운 것이었다.

"너와 나는 자신의 뜻대로 혼인할 수 없는 몸이라, 자승자박의 신세가 되느니 차라리 매 순간을 즐기며 사는 편이 낫다." 오라버니는 얇은 입꼬리를 올리며 평소와 다름없는 나태한 웃음을 지었으나, 오라버니의 말 속에는 실의가 담겨 있었다.

문득 예전에 오라버니를 위해 한밤중에도 바람을 맞고 서 있던 사랑에 빠진 여인이 떠올라 오라버니의 손을 잡으며 탄식했다. "오라버니, 오라버니는 그저 그 사람을 아직 못 만난 것뿐이야. 언젠가 그 사람을 만나면 오라버니도 알게 될 거야. 온 마음을 다해 한 사람을 사랑하고 그녀도 온 마음을 다해 오라버니를 사랑하게 하는 일이야말로 세상에서 가장 진실한 사랑이라는 것을 말이야."

오라버니는 나뭇잎이 사방으로 흩날리는 뜰을 멍하니 바라보다가 한참 만에야 고개를 돌리더니, 평소에는 전혀 볼 수 없는 진지하고 차분한 모습으로 말했다. "차라리 평생 그런 사람을 만나지 않았으면 좋겠구나."

며칠 뒤, 나는 태황태후의 이름으로 사혼의 의지를 내렸다.

심(沈)씨의 적장녀 심림(沈霖)을 강하왕 왕숙의 정비로서 혼인을 허하고, 신원후(信遠侯)의 장녀 왕패(王佩)를 선녕군주(宣寧郡主)에 봉해 은청광록대부(銀靑光祿大夫) 오준(吳隽)과 혼인을 명했다.

몇 년 동안 우리 가문은 숱한 기복을 겪으며 거의 권력의 최고봉에 올랐다가 하마터면 수천 길 아래 심연으로 곤두박질칠 뻔도 했다. 다행히 그 모든 일이 지나갔고, 지금의 왕씨는 내 손안에서 다시금 일어서 변화무쌍한 정세 속에서도 천하에서 제일가는 호족이라는 명망을 떨치고 있다.

아직 어머니의 상중이었기에 오라버니가 심씨를 맞이하는 것은 아무리 일러도 내년 여름쯤에나 가능했다. 선녕군주와 오준의 혼인도 장공주의 거상(居喪) 기간인 탓에 세 달 뒤로 정해졌다.

오라버니는 낭야로 사람을 보내 숙모와 두 여동생을 불러 잠시 진국공부에 머물게 했다.

숙모와 여동생들이 경사에 도착한 다음 날, 조회를 마친 소기는 일부러 나와 함께 진국공부를 방문했다.

지난밤 가랑눈이 내렸는데, 아직 녹지 않은 눈 위로 아침 해가 햇발을 내리니 붉은 문 안 후원에 근사한 나무들이 가히 절경을 이루는지라 선궁(仙宮)이 따로 없었다.

"훌륭한 가문의 풍류인지라 역시 다르군." 소기가 미소를 지으며 감탄했다. "참으로 으리으리한 것이 황궁의 내원보다 못할 것이 없으니 과연 오랜 명문세가답구려!"

미소를 지으며 익숙한 꽃 한 포기, 나무 한 그루로 천천히 시선을 옮겼으나 마음속은 씁쓸하고 서글펐다. 소기는 근사한 초목과 벽돌에 감탄했을지 모르나, 나는 새도 떨어뜨린다던 지난날의 기세를 생각하면 지금은 그저 헛된 명망만 남았을 뿐이다. 소기는 내 손을 붙잡고 살며시 끌어안았다. 말은 하지 않았으나 눈빛으로 모든 것을 이해하고 위로해주었다. 부드러운 눈길로 그를 바라보는 내 마음속에도 따스한 기운이 차올랐다. 연랑(連廊)을 돌다가 무심코 눈에 들어온 삐

죽삐죽 솟은 석가산(石假山)에 절로 미소가 떠올랐다. "저기 좀 봐요. 예전에 오라버니와 종종 저 석가산 뒤에 숨어 시녀들에게 눈 뭉치를 던져 놀라게 하는 놀이는 했는데, 시녀들이 울음을 터뜨리면 오라버니가 좋은 사람인 척 다가가 달래주곤 했어요."

소기는 웃으며 내 코끝을 쥐었다. "어려서부터 이렇게 말썽꾸러기였군!"

나는 소기의 손길을 피하다가 문득 장난기가 동해 치맛자락을 들고 후원 쪽으로 달려갔다. 내가 지나는 길마다 긴 치맛자락이 바닥에 쌓인 눈을 쓸고 자줏빛 비단이 아름다운 나뭇가지를 스쳐 진주를 늘어뜨린 비단 꽃신이 온통 눈투성이가 되었다.

"바닥이 미끄러우니 조심하시오!" 소기가 미간을 찌푸리며 쫓아와 나를 붙잡았으나 눈에는 웃음기가 가득했다. 나는 재빨리 눈을 한 움큼 집어 그의 옷깃에 뿌렸으나 소기는 스리슬쩍 피해버렸다.

"움직이지 말고 가만히 서 있어요. 맞힐 수가 없잖아요." 발을 동동 구르며 두 손 가득 눈을 집어 힘껏 그에게 던지는데, 갑자기 뒤에서 쌩하고 바람이 이는 것이 느껴졌다.

"조심하시오!" 소기가 한달음에 달려왔다. 그가 나를 확 잡아채는 바람에 갑자기 눈앞이 빙그르 돌면서 귓가로 뭔가가 스치고 지나가고 눈앞에서 눈 부스러기가 후드득 흩뿌려졌다. 깜짝 놀라 고개를 들자, 나는 자신의 품 안에 가둬 보호했으면서 정작 자신은 어깨에 커다란 눈 뭉치를 맞아 볼썽사나운 꼴이 된 소기의 모습이 보였다.

소기는 얼굴을 굳히며 석가산 쪽으로 고개를 돌렸다. "누가 이리 무엄하게 구는 것이냐?"

나 또한 놀란 얼굴로 그쪽에 시선을 던졌는데, 갑자기 석가산 뒤에서 돌아 나온 아름다운 담홍색 형체에 눈앞이 환해졌다. 새빨간 우사

(羽紗) 두봉(斗篷, 풍한을 막기 위해 걸치는 겉옷) 아래서 빙설처럼 새하얀 사람이 맑고 고운 눈을 반짝이며 어여쁘게 웃고 있었다. 그 모습에 눈 속에 핀 붉은 매화조차 빛을 잃는 것 같았다.

"아무 언니!" 그런데 그 사람은 낭랑하게 내 이름을 부르고는, 나를 보던 새카만 눈동자를 소기에게로 옮기더니 장난스럽게 혀를 내밀며 말했다. "형부, 진짜 무섭게 구시네요!"

나와 소기는 서로의 얼굴만 쳐다봤다.

"너, 천아(倩兒)니?" 나는 눈앞에 있는 소녀를 멍하니 쳐다봤다. 이 아름답기 그지없는 소녀가 내 기억 속의 그 통통하고 바보 같던 계집 애, 내 사촌 여동생 왕천(王倩)이라는 사실이 믿기지 않았다.

"왕야, 왕비 마마를 뵙습니다." 진녹색 운금(雲錦) 일품고명부인(一品誥命夫人)의 조복을 입은 숙모는 두 딸을 데리고 우리에게 몸을 숙여 예를 행했다.

흔들흔들 춤을 추는 장신구에 희끗희끗한 귀밑머리가 비쳤으나 여전히 고결하고 도도하면서도 기품이 넘치는 모습이었다. 숙모를 일으켜주며 물끄러미 바라보는데, 문득 풍파에 시달려 파리하게 변해버린 고모의 얼굴이 떠올랐다. 시누이와 올케 사이인 두 사람은 비슷한 연배인데, 지금은 고모가 열 몇 살은 더 많아 보였다.

숙모 역시 명문가 출신으로 고모와는 어려서부터 잘 알던 소꿉친구였다. 훗날 왕씨 집안에 시집오면서 한 가족까지 되었으나, 이후 점점 사이가 멀어져 결국은 서로를 미워하는 지경에 이르렀다.

지난날 고모는 숙모의 간청에도 아랑곳하지 않고 경양왕의 뒤를 잇게 할 요량으로 숙모의 하나뿐인 아들을 군영으로 보내버렸다.

내 기억 속의 사촌 오라비 왕해(王楷)는 영리하고 눈치 빠르며 나라

를 위해 몸 바칠 각오가 끓어 넘치는 소년이었으나 선천적으로 병약
했다. 그러했기에 군영에 들어간 이후 북방의 기후를 견디지 못하고
금세 앓아누웠으며, 경사로 돌아오기도 전에 타지에서 병사하고 말
았다. 숙모가 아들을 잃은 슬픔에 괴로워하고 있을 때, 공교롭게도 내
오라버니에게 높은 작위가 내려졌다. 숙모는 고모가 종가(宗家)만을
감싼다고 생각해 사촌 오라비의 죽음을 고모 탓으로 돌리고 뼈에 사
무치게 미워했을 뿐만 아니라 종가인 우리 집안에도 원한을 품었다.

그러다가 지난날 선황제를 폐위하기 위해 다투던 중 숙부가 죽임
을 당하자, 숙모는 절망 끝에 첩의 소생인 두 딸을 데리고 낭야로 돌
아가 오랫동안 우리와 연락을 끊었다.

두 사촌 여동생은 모두 숙부의 첩실 소생이었으나, 생모가 일찍 세
상을 뜨는 바람에 어려서부터 숙모가 직접 키워 친자식이나 다름없었
다. 세 사람이 경사를 떠날 때, 장녀인 왕패는 겨우 열 살이었고 차녀
인 왕천은 아홉 살도 안 된 나이였다. 그렇게 몇 년 못 본 사이, 내 뒤
꽁무니를 졸졸 따라다니며 '아무 언니, 아무 언니' 하고 불러대던 계집
애는 눈이 번뜩 뜨일 정도의 미인으로 자라 있었다. 천아는 어여쁘게
한쪽에 서 있으면서도 옆에 있는 소녀를 향해 장난스럽게 눈을 깜빡였
다. 천아 옆에서 고개를 떨구고 있는 늘씬한 소녀는 남색 운상(雲裳)을
입고 높고 비스듬하게 쪽을 쪘는데, 생김새가 그림처럼 고왔다.

"어릴 적에 패아(佩兒)는 늘 쭈뼛쭈뼛하던 것으로 기억하는데, 이리도
아름다운 여인으로 자랐을 줄은 몰랐구나." 나는 패아의 손을 잡고 미
소 지으며 탄성을 내뱉었다. "천아도 하마터면 못 알아볼 뻔했지 뭐니."

패아는 살짝 얼굴을 붉히며 고개를 숙인 채 아무 말 하지 않았고,
감히 고개를 들어 나를 쳐다보지도 못했다.

숙모는 몸을 숙이며 웃었다. "제가 외진 시골에 있으면서 제대로

가르치지 못한 탓에 방금 천아가 왕야께 무례를 범했습니다. 부디 용서해주시길 바랍니다."

표정이나 말투에서 여전히 쌀쌀하면서도 도도한 기색이 느껴졌으나 지난날에 비해서는 많이 자상하고 온화해진 것을 보니, 아무리 기고만장한 사람이라도 세월과 더불어 유해지는 모양이었다.

소기는 온화한 표정으로 손아랫사람의 예를 행하며 나와 숙모 곁에서 따스한 인사말을 나눴다. 이번에 패아가 멀리 강남으로 시집가게 된 일로 숙모의 마음이 편치 않을 것만 같아 어찌 설득할지 미리 생각해두었는데, 숙모는 반대는커녕 몹시 기뻐했다. 숙모는 패아의 손을 잡으며 탄식했다. "이제 시집가면 평생 의지할 곳이 생기는 셈이니, 내 곁에서 외롭게 지내는 것보다는 낫겠지요." 말 속에서 서글픔이 느껴지기에 내가 무어라 말을 꺼내려고 할 때, 소기가 담담히 웃으며 말했다. "선녕군주가 멀리 시집가고 나면 연세 지긋하신 노부인께서 외진 고향에서 홀로 지내기가 몹시 적적하실 터인데, 차라리 돌봐드릴 이가 있는 경사로 돌아오시는 것이 어떻습니까?"

숙모는 미소를 지으며 고개를 끄덕였다. "그곳이 궁벽한 것은 사실이라 경사보다는 확실히 번화하지 않지요. 이번에 패아를 시집보내고 나면 이제 걱정할 것이라곤 천아, 이 아이뿐입니다."

"어머니!" 천아는 숙모의 말을 자르고는 애교스럽게 골을 부리면서 발을 동동 굴렀다. 숙모는 애정이 뚝뚝 묻어나는 눈빛으로 천아를 한 번 보고는 말없이 웃기만 했다. 나와 소기도 마주 보며 웃을 따름이었다.

이야기를 나누는 도중 시위 하나가 안으로 들어 소기에게 나직이 무언가를 보고하자, 소기가 곧바로 낯빛을 굳혔다.

소기는 자리에서 일어나며 숙모에게 작별을 고하고는, 내게 진국공부에 남아 더 이야기를 나누라고 했다. 내가 숙모와 함께 입구까지 배웅했을 때, 소기가 뒤돌아보며 부드러운 목소리로 말했다. "오늘은 옷을 얇게 입었으니 나가서 눈 놀이를 하면 아니 되오."

숙모와 패아 앞에서 이렇게 적나라하게 말할 줄은 생각도 못 한 터라 나도 모르게 얼굴에 열이 올랐다. 그때 뒤에서 비웃는 소리가 들리기에 고개를 돌려 보니, 이번에도 천아가 입술을 가리고는 놀리고 싶어 못 참겠다는 고약한 표정으로 소기를 보고 있었다.

그런데도 소기는 아무렇지도 않은 듯 나를 그윽하게 한 번 바라보고는 웃으며 뒤돌아 자리를 떠났다.

"아무가 좋은 낭군에게 시집갔구나." 숙모는 미소 띤 얼굴로 나를 바라보면서 차를 조금 마셨다. "그때 네 고모가 참으로 안목이 있었던 게지."

"다 각자의 연분으로 짝이 되는 것이지요." 고모를 언급하니 이런 저런 말을 하기 싫어 그저 담담히 웃고는 말머리를 돌렸다. "패아의 낭군 될 이도 널리 명성을 떨치는 인재입니다. 얼마 뒤에 신부를 맞으러 경사에 들 터인데, 보시면 숙모님도 더욱 기쁘실 거예요." 숙모가 두 자매를 내보냈으니 망정이지, 지금 이 자리에 패아가 있었다면 얼마나 부끄러워했을지 안 봐도 눈에 선했다.

그러나 숙모는 찻잔을 내려놓으며 깊이 탄식했다. "패아 이 아이는 …… 팔자가 너무 사나워."

"어째서요?" 나는 미간을 찌푸리며 숙모를 바라봤다.

숙모가 탄식하며 말을 이었다. "너도 알지 않니. 패아는 날 때부터 병약했어. 제 생모처럼 말이야……. 생모가 난산으로 죽은 터라, 이 아이가 훗날 시집가서 아이를 낳다가 잘못되면 어쩌나 늘 걱정이었지. 차라리 아이를 낳지 않았으면 좋겠어."

순간 가슴이 지끈 죄어왔다. 그 뒤로 숙모가 무슨 말인가 이어갔지만 반쯤 넋이 나가 제대로 듣지 못하다가, 숙모가 크게 부르는 소리에 정신을 차렸다.

숙모는 눈을 가늘게 뜨고 꼭 가느다란 바늘을 숨겨둔 것처럼 날카로운 눈빛으로 생각에 잠긴 듯 나를 빤히 쳐다보았다.

"아무야, 무슨 생각을 하고 있니?" 웃으며 말하는 숙모는 아까처럼 자상하고 온화한 표정으로 돌아와 있었다.

나는 뭔가를 캐내려는 듯한 숙모의 눈빛을 마주하며 슬며시 정신을 가다듬었다. "말이야 그렇지만 패아가 멀리 오씨 가문에 시집가서 자손을 낳지 못한다면 패아에게 좋지 않을 것입니다."

숙모는 고개를 끄덕였다. "그렇지. 그래서 적당한 시녀 둘을 골라 패아가 시집갈 때 딸려 보내고, 훗날 그들이 아이를 낳으면 패아의 양자로 들이게 할 생각이다."

나는 살짝 미간을 찌푸렸다. 어쩐 일인지 금아의 모습이 스치고 지나가 기분이 우울해졌다. 숙모의 말은 모래알처럼 내 가슴을 긁으며 들어와 은근한 통증을 일으켰지만, 어찌 대응해야 할지 갈피를 잡을 수 없어 그저 말없이 고개만 끄덕였다.

비록 나와 소기 사이에 줄곧 자녀가 없었으나 외부에서는 그저 내 몸이 약한 탓으로만 알 뿐, 어쩌면 내가 평생 아이를 낳지 못할 수도 있다는 사실은 몰랐다.

그런데 방금 전 숙모의 얼굴에 스치고 지나가는 표정은 왠지 모르게 영 찜찜했다. 뭐라고 딱 꼬집어 말할 수는 없었으나 본능적으로 그녀에게는 진상을 알리고 싶지 않았다.

황제를 폐하다

왕부로 돌아온 뒤에야 과연 또 골치 아픈 일이 생겼음을 알게 되었다. 자담과 그의 왕비가 혼례를 치른 뒤로 줄곧 별일이 없었다. 그의 성격에 여인을 힘들게 할 리 없었다.

그런데 어젯밤에 무슨 일 때문인지 호요가 잔뜩 성이 나서 친정으로 돌아가는 바람에, 호광열이 아침부터 현왕부로 찾아가 소란을 피웠다. 자담은 그가 문 앞에서 소란을 피우든 말든 문을 닫아걸고 대꾸조차 하지 않아 순식간에 소란이 커져버렸다. 주변에서 말려도 진정하지 않는지라, 결국 소기에게 사람을 보내 이 일을 알리게 되었다.

이번에 호광열이 벌인 일은 참으로 분별없는 짓이었다. 소기는 진정으로 노하여 그를 잡아 옥에 가두라 명했다.

소기가 자담을 황제로 등극시키려 하는 이때, 호광열이 예나 다름없이 제멋대로 설쳐 이 같은 사달을 일으켰으니 소기가 격노한 것은 물론이요, 나조차 이 막돼먹은 사내는 제대로 따끔한 맛을 봐야 한다고 생각하게 되었다.

이틀 뒤, 결국 호요가 참지 못하고 왕부로 찾아와 제 오라비를 구명해달라 사정했다. 단 며칠 만에 그 생기 넘치던 여인은 몹시 초췌하게 변해 있었다. 그녀에게 어찌 된 영문인지 물었으나, 호요는 아무리

물어도 연유에 대해서는 말하지 않은 채 그저 자신을 책망했다. 나도 어찌 위로해야 좋을지 몰랐고 외려 그녀의 기분이 옮아 같이 속만 끓였다. 설마 내가 잘못한 것일까? 그저 자담에게 기댈 곳을 마련해줄 생각으로 다른 사람의 즐거움을 앗아버린 것이 아닐까?

나는 호요를 데리고 소기를 찾아가 용서를 빌었다. 이번에 호광열을 벌한 것은 단순히 그가 현왕부에서 소란을 피워서가 아니었다. 소기는 비록 이 맹장을 신뢰했으나, 시종일관 오만 방자하고 제멋대로 날뛰는 꼴이 거슬려 진즉에 그 기세를 꺾어 정도를 좀 알게 할 생각이었다. 이러나저러나 나까지 나서서 사정하니 소기도 못 이기는 척 호광열을 풀어주면서 반년 치 녹봉을 삭감하고 현왕부에 찾아가 사죄하라 했다.

자담이 혼례를 치른 뒤, 나는 한 번도 현왕부의 문턱을 넘지 않았다. 호요를 왕부까지 배웅하며 문 앞에 이른 나는 잠시 망설이다가 결국에는 그냥 돌아왔다.

원소절이 지나고 사흘째 되는 날, 태의원에서 상소가 올라왔다. 황상의 비증(痹症, 바람이나 습기 또는 한기로 나타나는 신체 통증이나 마비 증상)이 날로 악화되고 있으며 나을 기미가 보이지 않는다는 것이었다.

신료들은 잇달아 표문을 올려, 황상의 연치가 아직 어린 데다 지병으로 자리에서 일어나지 못하니 사직을 떠맡을 수 없는 고로 태황태후와 섭정왕이 새로운 황제로 하여금 그 황위를 잇게 하여 황통을 견고히 하라 주청했다.

소기는 함께 정사를 논하고자 여러 차례 자담을 궁으로 불렀으나, 자담은 늘 병을 핑계로 문밖출입을 삼갔다.

이날 조정에서는 종묘 제사 의식과 관련된 일을 논의하기 위해 공경대부가 모두 한자리에 모였으나, 자담의 모습만은 보이지 않았다.

왕부에서 온 사람이 아뢰길, 현왕 전하가 술에 취해 아직 깨지 않았다고 했다. 신료들이 서로를 쳐다보며 수군거렸고, 이에 대로한 소기는 그 자리에서 전의위관(典儀衛官)에게 용련(龍輦)을 받들고 현왕부로 마중을 가라고 명하며, 들어서라도 현왕을 궁으로 모시라고 했다. 용련은 황제가 타는 수레였다. 소기가 이 말을 내뱉은 뜻은 너무나 명확했기에 그 저의를 모르려야 모를 수 없었다.

이에 맡은 바 소임이 있는 태상시경(太常寺卿)이 어쩔 수 없이 엎드려 진언하길, 현왕은 친왕의 신분인데 용련으로 마중하는 것은 참람(僭濫)하다 아니 할 수 없다고 했다.

그러나 말이 끝나기도 전에 소기가 냉소했다. "본 왕이 주면 그는 받으면 그뿐, 참람하다니 그 무슨 말이오?"

태상시경은 식은땀을 줄줄 흘리며 깊이 머리를 조아렸다. 공경대신들도 줄줄이 바닥에 꿇어앉아 벌벌 떨기만 할 뿐 더는 누구도 진언하지 않았다. 섭정을 맡은 후로 소기는 늘 신중하고 엄격하게 일을 처리하였다. 무인의 난폭함은 애써 자제하여 조정에서 드러내는 일이 극히 드물었으나, 오늘은 황실의 예법을 거침없이 짓밟았다. 정아를 안은 채로 발 뒤에 앉아 있던 나는 소기의 의도를 이해했다. 소기는 이 일을 계기로 곧 등극할 새 황제 자담의 권위를 세워주고자 할 뿐만 아니라, 천자의 위엄도 소기 자신의 눈에는 그저 장난에 불과하며 천하인의 생살여탈권은 모두 자신의 손안에 있음을 조정 신료들에게 보여줄 참이었다.

얼마 지나지 않아 현왕 자담이 용련을 타고 입궁했다.

이 한겨울에 자담은 홑겹의 평상복 차림이었다. 소매통이 넓은 옷깃을 느슨하게 풀고 관도 쓰지 않고 동곳도 꽂지 않은 산발에 맨발인 채로, 부축을 받으며 고주망태가 되어 대전에 들었다. 옛사람이 읊기를, 술에 취하면 옥산(玉山)이 무너지려는 것 같다고 하더니, 눈앞의 자담을 두고 한 말이었다.

소기는 어좌 아래 금탑을 갖다 놓으라 명했고, 주위에 있던 시종들이 자담을 부축해 금탑에 앉혔다. 수많은 눈이 지켜보는 가운데 자담은 잔뜩 취한 채 금전에 눕자마자 깊이 잠들었다.

우아하고 자부심 강한 자담이, 황족의 마지막 존엄을 짊어진 자담이 지금 주정뱅이처럼 흐트러진 모습으로, 평소에 가장 중히 여기던 품위와 의용도 다 내팽개치고 아예 다른 사람이 휘두르는 대로 휘둘리며 자포자기한 채로 자유롭지도 못하면서 더 이상 반항도 하지 않았다.

손만 뻗으면 닿을 곳에 있는 자담을 보고 있자니, 갑자기 나를 둘러싼 상황은 모두 잊어버리고 그저 주렴을 걷고 나가 더는 그에게 동정과 멸시가 뒤섞인 시선을 던지지 못하게끔 대전을 가득 메운 문무백관을 모조리 쫓아내고 싶었다. 순간 깊고 서늘한 눈빛이 나를 향했다. 누구도 눈치채지 못할 정도로 찰나에 스치고 지나갔을 뿐이지만 온몸의 피가 꽁꽁 얼어붙는 것 같았다.

만인을 낮잡아 보는 저 섭정왕은 나의 낭군이자 자담을 저 지경으로 만든 사람이었다. 자담을 저 꼴로 망가뜨린 사람이 소기라면, 가장 큰 힘을 보탠 이가 바로 나였다.

정신이 아스라한 그 찰나의 순간, 애초 내가 잘못한 것은 아니었는지 처음으로 의심이 들었다. 어쩌면 수단과 방법을 가리지 않고 자담을 살린 것 자체가 패착이었는지 모른다. 이처럼 굴욕적인 삶은 죽음보다 더 잔인할 터이니 말이다. 어쩌면 내 욕심으로 그에게 반려를 구해주지 말았어야 했는지도 모른다. 억지로 꾸며낸 원만한 삶에 오히려 자담은 희망을 잃고 무너진 것일지도 모르니 말이다. 나는 눈을 감고 고개를 홱 돌렸다. 차마 더는 자담을 보고 있을 수 없었다.

붉은 섬돌 아래 늘어선 문무백관이 천세(千歲)를 세 번 외쳤다. 높은 관에 붉은 술, 망포(蟒袍, 황금색 이무기가 수놓인 대신大臣의 예복)에 옥대 차림의 지체 높은 고관대작들이 이 순간 벌레처럼 비굴하게 소기의 발아래 납작 엎드렸다.

수백 년간 이어져온 황가의 지존을 하룻밤 사이에 발아래 두는 것, 이것이 바로 제왕의 위엄이었다.

소기의 모습을 바라보고 있자니 점점 가슴에 한기가 차올랐다.

승강(承康) 3년 정월, 명경제(明景帝)가 병으로 황위에서 물러났다.

태황태후는 보정(輔政) 예장왕 소기의 상주(上奏)를 윤허하여 현왕을 황제로 세우고, 폐출된 명경제를 장사왕(長沙王)에 봉했다.

정월 21일, 현왕 자담이 승천전(承天殿)에서 등극하여 왕비 호씨를 황후에 봉하였고, 생모 사씨에게 효순욱녕황태후(孝純昱寧皇太后)의 시호를 추서했다. 연호는 원희(元熙)로 고쳤다. 이어서 천하에 대사면을 베풀고 대소 신료들의 관작을 높여주었으며, 좌복야(左僕射) 왕숙의 관직을 좌상으로, 송회은을 우상으로 높였다. 새 황제가 건원궁에 든 날, 폐제 장사왕은 건원궁을 나와 잠시 영년전(永年殿)에 머물렀다.

자담이 등극한 날로부터 사흘 뒤, 소기가 보정 대신을 사임하겠다는 표를 올리자 문무백관이 승천전 밖에 꿇어앉아 뜻을 거두어달라 엎드려 빌었다.

소기는 그 뜻을 받아들이지 않았고, 상주문은 자담의 손에 전해졌다. 자담은 당연히 그에 대해 한 마디도 언급하지 않았으며, 이 일은 그냥 그렇게 자담의 손에 머무르게 되었다. 겉으로만 보면 소기는 이미 관직을 내려놓고 왕부로 물러나 홀가분한 몸이 된 듯했다. 그러나 좌상과 우상은 여전히 모든 일을 소기에게 보고했고, 조정의 핵심은 그대로였다. 권력은 보이지 않는 실로 얼기설기 얽어놓은 것처럼 겹겹이 뒤엉켜 결국 소기의 손안으로 모여들었다.

초봄의 버드나무에서 연둣빛 새싹이 움텄다.

창밖에서 꾀꼬리가 감미롭게 지저귀는 소리에 느른하게 몸을 일으켰다. 잠을 탐하는 사이 어느덧 정오가 다 되어버렸다. 정아가 양위한 뒤로는 날마다 일찍 일어나 정아를 데리고 입조하지 않아도 되니, 갑자기 시간이 넉넉하고 자유로워진 기분이 들었다.

"아월." 두어 번 불렀는데도 아월이 나타나지 않기에 이상하다 싶어 휘장을 걷고 맨발에 비단신을 꿰어 신고 내실 밖으로 나갔다. 그래도 봄이 왔다고 날이 따뜻해진 모양인지 홑겹 장옷만 걸쳤는데도 춥지 않았다. 발 사이로 불어든 산들바람에 실린 옅은 풀 내음에 기분이 몹시도 상쾌해졌다. 격선을 밀어젖히고 몸을 내밀어 향긋한 정원의 꽃향기를 깊이 들이마시려 할 때였다. 갑자기 허리가 바짝 조여들며 누군가가 뒤에서 나를 끌어안았다. 뭐라 소리를 지를 새도 없이 그의 따스한 품에 안겼다.

나는 살며시 웃으며 그대로 그의 가슴에 기대 고개도 돌리지 않고 그의 팔에 몸을 맡겼다.

"이리 가벼운 차림으로 나오다니, 감기라도 들면 어쩌려고 그러시오." 그는 두 팔에 힘을 주며 나를 폭 감쌌다.

"춥지도 않은걸요. 게다가 당신이 얼마나 튼튼하게 키웠는데요, 살이 찐 것 같지 않아요?" 나는 그의 품에서 벗어나 웃으며 빙그르 뒤돌았다. 그런데 갑자기 휘청하는 바람에 그에게 부딪혀 놀라 비명을 지르며 뒤로 넘어졌다.

소기가 하하하 웃으며 팔을 뻗어 나를 번쩍 안아 들고는 침상으로 성큼성큼 향했다.

나는 난감하게 웃었다. "정말로 살이 좀 쪘나 봐요."

"좀 찌긴 했소." 그는 어이없는 표정을 지었다. "안아보니 고양이 무게만큼 나가겠소."

나는 내 옷깃 안으로 슬금슬금 들어오는 그의 손을 힘껏 쳐냈다. "왕야, 많이 한가하신가 봅니다. 벌건 대낮에 규방에 눌러앉아 향락을 즐기려 하시는 걸 보니 말이에요."

소기는 정색을 하고 고개를 끄덕였다. "그렇소. 본 왕은 관직에서 물러나 집에만 있느라 할 일이 없으니 규방에서의 즐거움에 빠져들 밖에."

웃으며 그를 밀치는데 갑자기 귓가가 뜨끈해졌다. 소기가 귓불을 깨문 것이다. 순간 몸에서 힘이 빠졌고, 놀란 숨을 뱉기도 전에 그의 입술이 내 입술을 덮어 오랫동안 떠나지 않았다. 그의 가슴에 엎드려 있자니, 뜨거운 사내의 숨결이 목 언저리를 스쳤다.

소기가 탄식하며 말했다. "더 튼실하게 몸을 돌봐야 우리 아이를 낳을 수 있을 것이오."

달콤하고 아스라한 분위기에 휩싸였던 나는 소기의 말에 얼음물을 뒤집어쓴 것 같았다. 나는 눈을 감고 미동조차 없이 그가 내 뺨을 살며시 어루만져도 가만히 있다가 내 이마에 입술을 갖다 대자 몸을 움츠려 피했다. 손끝부터 가슴속 저 밑바닥까지 차게 굳어가는 듯했다.

소기는 차디찬 내 손을 꼭 움켜쥐고 금침을 끌어올려 나를 둘러쌌다. "손이 어찌 이리 찬 것이오?"

나는 뭐라 대꾸할 말이 없어 고개만 떨구고 있었다. 그가 내 눈에 담긴 미안함을 읽을까 봐 두려웠다. 참담한 마음을 가눌 길이 없었다.

오후에 누군가가 찾아와 소기에게 아뢰길, 정사를 의논하기 위해 입궁하라 했다.

그가 왕부를 나선 뒤로 한가하니 할 일이 없어 아월을 데리고 후원에 가서 꽃가지를 쳤다.

아무래도 정말로 감기에 걸렸는지 점점 머리가 아픈 것 같았다. 아월이 황급히 나를 부축해 방으로 돌아왔고 진맥할 의시를 불렀다.

침상에 기대 있다가 나도 모르게 까무룩 잠이 들었다. 꿈에서 삐쭉삐쭉 솟은 기암괴석과 울창한 넝쿨이 앞을 가로막아 아무리 애써도 빠져나갈 수가 없었다. 그렇게 한참을 걷고 또 걸어도 제자리걸음이었는데, 문득 괴이한 넝쿨이 발을 감싸더니 다리를 따라 스스슥스스슥 기어올랐다. 그 순간 내가 내뱉은 새된 비명 소리를 들으며 화들짝 악몽에서 깨어났다.

아월이 달려와 황망히 비단 손수건을 꺼내 땀을 닦아주었다. "왕비마마, 어찌 그러셔요?"

나는 아무 말도 할 수가 없었다. 그저 식은땀으로 축축이 젖은 등에 한기가 느껴질 뿐이었다.

마침 당도한 의시가 서둘러 진맥을 하더니 풍한이 들었을 뿐 별다른 탈은 없다고 아뢰었다. 또 최근 짚어본 맥으로 보건대, 기혈이 쇠약했던 증상이 많이 호전되었다고 했다.

나는 침음을 삼켰다. "이리도 오래 몸조리를 하였는데도 아이를 갖는 것은 무리인가?"

"그것은……." 의시가 한참을 망설인 끝에 말을 이었다. "지금 상태로는 왕비께서 계속 몸조리만 하신다면 회복될 수 있을 것으로 보이나, 근심과 과로를 멀리하셔야 합니다. 완전히 몸이 회복되더라도 자손을 보는 것은 쉽지 않을 것입니다."

나는 몹시 기뻤으나 내색하지 않고 의시를 물리면서 한동안 이 사실을 왕야께 고하지 말라고 당부했다.

새로 승진한 태의원 장사(長史)는 남방 사람으로, 천하를 주유하며 해박한 지식을 쌓아 견해가 남달랐다. 그는 내게 날마다 아침저녁으로 한 번씩 약탕에 몸을 담가 혈맥을 원활하게 하고 정기를 왕성히 해주라 일렀다. 그렇게 날마다 안으로는 약을 복용하고 밖으로는 약탕에 몸을 담그면서 시침을 더했다. 처음에 소기는 몹시 긴장하여 가벼이 시도하지 못하게 하였다. 그러나 내가 한사코 뜻을 거두지 않는 데다 며칠 만에 내 얼굴에 홍조가 돌고 별 탈이 없는 것을 보고는 태의가 계속 약을 쓰도록 허락했다.

그리하여 근래 반년이 넘도록 기적적으로 병을 앓은 적이 없었고, 태의도 내가 점점 회복되고 있다고 했다.

나는 이제 약을 그만 먹어도 되지 않겠느냐고 소기를 떠보았다. 그러나 소기는 단호히 반대했다. 내가 두 번 다시 그런 위험을 무릅쓰는 것을 용인하지 않겠다는 것이었다.

그러나 태의도 내가 약을 너무 오래 복용한 탓에 지금 끊어도 너무 늦은 것이 아닌지 염려스럽다고 하며, 다시 자손을 볼 가능성이 희박하다고 했다. 이에 나는 실낱같은 희망이 다시금 사라지는 것을 느꼈다. 하루 또 하루, 한 해 또 한 해가 지나면서 나는 이미 수없는 실망에 익숙해질 대로 익숙해졌다.

그러나 이번만큼은 정말이지 내키지 않았다. 시도할 기회조차 가져본 적 없는 채로 포기하라니…….

춘삼월, 만물이 소생하는 계절이 도래했다.

은청광록대부 오준이 신부를 맞으러 입경하였고 선녕군주는 강남으로 시집을 가게 되었다. 두 명문 호족 가문의 혼인은 경성을 뒤흔들었다. 혼례식 장면은 더할 나위 없이 호화롭고 웅장했다. 군주가 경사를 떠나는 날, 길거리는 구경 나온 사람들로 인산인해를 이뤘다. 또한 그 후 몇 날 며칠 동안은 성대했던 혼례식 이야기로 경사가 시끌시끌했다. 왕씨 가문의 명성은 중천에 뜬 해가 부럽지 않았다.

패아가 시집간 뒤로는 숙모와 천아가 서로를 의지한 채 방대한 진국공부를 지켰다. 오라버니는 적적해하는 두 모녀가 안쓰럽기도 하고 천아가 어여쁘기도 하여 틈날 때마다 두 모녀를 강하왕부로 불러 머물게 했다.

나는 숙모가 지난날의 원한을 쉽게 내려놓을 리 없다고 생각했다. 그런데 의외로 숙모는 마음속에 아무런 응어리가 없는 듯 얼마 지나지 않아 강하왕부의 많은 희첩들과 가까운 사이가 되어 허물없이 즐겁게 지냈고, 더욱이 천아는 오라버니에게서 그림을 배우게 했다. 오라버니는 천아가 어린 시절의 나와 닮은 구석이 많다고 했고, 소기도 왕씨 가문의 여식들은 하나같이 뛰어나다고 찬탄하여 숙모의 입이 귀밑까지 이르게 했다.

그런데 날이 갈수록 숙모가 천아를 데리고 예장왕부를 출입하는 일이 잦아졌다. 말로는 나를 보러 오는 것이라고 했지만, 실은 소기가 왕부에 있을 때만 골라서 찾아왔다. 천아는 틈만 나면 소기에게 달라붙었고, 심지어 소기에게 말 타는 법을 가르쳐달라고 졸라 소기를 난처하게 만들었다. 숙모도 고의인지 아닌지 항상 소기 앞에서 오라버니의 자식들에 대해서 언급하고, 내가 참 병약하다는 말을 꺼내곤 했다.

차라리 내가 속이 좁아 괜한 생각을 하는 것이었으면 했다. 그러나 처음에는 티를 내지 않고 조용히 관찰하기만 하던 숙모도 내가 정말로 나약하고 무능한 줄로 알고 갈수록 노골적으로 떠보기 시작했다.

나는 예전부터 늘 오후에 낮잠을 자는 버릇이 있었고, 소기는 내가 낮잠을 잘 때면 종종 서재에서 홀로 공문을 읽었다. 어느 날 오후, 잠에서 깨자마자 밖에서 어렴풋이 웃음소리가 들려왔다. 자리에서 일어나 내다보니, 천아가 오라버니의 딸인 경의를 데리고 뜰에서 놀고 있었다. 마침 서재에서 나온 소기는 회랑 아래서 발을 멈춘 채 어여쁘고 활발한 소녀가 오색찬란한 꽃이 만발한 정원 한가운데서 사랑스러운 아이를 놀리고 있는, 가슴이 뭉클해질 정도로 따스한 광경을 넋놓고 바라보고 있었다.

나는 가만히 발을 내리고는 그대로 몸을 돌려 내실로 돌아갔다.

천아가 돌아간 뒤, 나는 멍하니 회랑 아래 앉아 뜰에 가득 핀 온갖 꽃을 물끄러미 바라보고 있었다. 천아를 보면 선물로 주려고 했던 정교하고 아름다운 옥비녀를 만지작거리면서……. 그런데 언제 왔는지 소기가 다가와 이런저런 시시콜콜한 이야기를 건넸다. 그런데 내가 기분이 가라앉아 별다른 대꾸를 하지 않으니 소기도 그만 입을 다물었다. 한참이 흐른 뒤, 소기가 웃으며 말했다. "방금 천아가 경의를 놀리는 것을 보았는데 참 재미있더군."

뚝 소리와 함께 어찌 된 일인지 부러진 옥비녀가 내 손에 쥐어 있었다.

나는 숙모를 손윗사람으로 모시며 겸손하고 예의 바르게 대해줄 수 있었다. 그러나 이는 그녀가 아무렇게나 행동해도 다 용인한다는 뜻이 아니었다.

이후 숙모는 연달아 몇 번이나 예장왕부로 찾아와 알현을 청했으나 나는 와병을 핑계로 만나지 않았다. 이에 숙모는 오라버니로 하여금 우리에게 별관에서 열리는 연회에 참석해달라고 청하게 했다. 그렇게 몇 번이고 일을 꾸민 후로는 별다른 기미를 보이지 않았다.

그러다가 오늘은 내가 직접 서고고를 데리고 그녀를 보러 갔다. 숙모는 내가 방문하자 몹시 의아해했다. 말을 나누다가 내가 먼저 오라버니의 자식들이 참으로 귀엽다는 말을 꺼냈다.

나와 마주 앉은 숙모는 가볍게 탄식했다. "너는 어려서부터 몸이 약해 여러 해 동안 몸조리를 했는데도 도무지 좋아질 기미를 보이지 않는구나. 장공주께서 너무 일찍 세상을 뜨신 것이 참으로 애석할 따름이다. 예전부터 그리도 아이를 좋아하셨는데, 살아 계실 적에 네 자식을 보실 수 있었다면 아무 여한도 없으셨을 것을……." 나는 눈길을 들어 그녀를 쳐다보며 살짝 미간을 찌푸렸다. "숙모님 말씀이 맞습니다. 어머니의 바람을 이뤄드리지 못한 것이 줄곧 마음에 걸렸지요."

숙모는 고개를 숙인 채 탄식하며 무슨 말인가 하려다 이내 그만두었다. 나는 갑자기 물었다. "천아도 올해 열다섯이 되지요?"

"그래. 천아도 이제 나이가 적지 않지." 숙모는 멍한 표정을 짓다가 황급히 미소를 머금고 말을 이으며 내 얼굴을 슬쩍 훑어보았다.

나는 미소를 지으며 고개를 끄덕였다. "천아는 성정이 활발하여 보고 있자면 몹시도 부럽습니다. 그 아이가 늘 제 곁에 있을 수 있다면 왕부도 지금보다는 훨씬 시끌벅적할 터인데요."

"그저 아이가 너무 고집이 세서 걱정이지." 황급히 웃는 숙모의 눈에 번뜩이는 빛이 스치고 지나갔다. "왕부가 너무 조용해 적적하면 종종 천아를 네 곁으로 불러도 된다."

나는 웃으며 갑자기 말머리를 돌렸다. "그러면 더할 나위 없겠죠. 다만 이제 경사에 왔으니 고향에 있을 때와는 많이 다를 터인데, 이러나저러나 명문가 규수인 천아가 날마다 놀기만 하는 것도 온당치 않으니 적당한 사람이 곁에 머물며 수시로 가르침을 주는 것이 좋을 듯합니다." 숙모는 주저주저 답하지 못하며 내 말에 담긴 뜻을 가늠하는 듯 눈빛을 번뜩였다. 나는 숙모가 대답하길 기다리지 않고 고개를 돌려 서고고를 불렀다. "숙모님께서도 옛 지인을 기억하고 계시지요? 어머니께서 돌아가신 뒤로 서고고는 계속 제 곁에 있었습니다. 지난 수십 년 동안 명목상으로는 주종 관계였으나 전 서고고를 가족처럼 여겼어요." 미소를 머금은 서고고는 말없이 차분한 눈빛을 보냈다.

"숙모님께서 경사를 떠난 뒤로 몇 년이나 흘러 부중의 이런저런 일들이 제대로 돌보아지지 않은지라 이를 관리할 사람이 없어서는 안 되겠다 여겼습니다." 나는 웃으며 말을 이었다. "게다가 서고고는 궁에서 오랜 세월을 보내 예의범절을 잘 알고 있으니, 서고고가 함께하며 수시로 가르침을 준다면 굳이 천아를 궁으로 보내 교습(敎習) 마마에게 가르침을 청할 필요도 없을 것입니다." 숙모는 곧바로 낯빛을 굳히며 뭐라 답해야 할지 모른 채 그 자리에서 넋을 놓고 있었다. 듣기에는 호의만 가득한지라 내가 한 말에 반박할 거리가 전혀 없었다. 숙모도 딱히 거절할 명분이 없어서 마지못해 그러겠다고 했다. 서고고가 두 모녀 곁에 머무르게 되면 나는 두 사람의 일거일동을 모두 파악할 수 있다. 나는 담담히 웃으며 숙모를 바라보다가, 그녀의 눈에 경계심과 두려움이 깃드는 것을 확인했다.

지난날 숙모는 무진 애를 쓰고도 고모를 이기지 못했다. 만약 내가 아직 젊다고 얕보려 한다면 어디 한 번 해보라 할 것이다.

그 후로 숙모는 많이 자중하기 시작했지만, 여전히 틈만 나면 천아를 오라버니에게로 보냈다. 나는 그저 모르는 척했다. 가끔 오라버니 집에서 천아를 만나더라도 온화하게 웃으며 이야기를 나누었고, 이따금 거문고 타는 법을 가르쳐주기도 했다. 나를 대하는 천아의 태도에서는 어렴풋이 두려움이 묻어났다. 오라버니 앞에서는 그저 천진난만하고 활발한 모습이었으나, 나를 보면 언행을 삼가고 분수를 지켰다. 아직 어린 아이였기에 나 또한 차마 그녀를 냉대하지는 못했다.

막된 생각은 접어라

눈 깜빡할 사이에 오라버니의 생일이 코앞으로 다가왔다.

오라버니는 예전부터 떠들썩한 것을 좋아한 사람이라, 생일 때마다 주연을 벌여 신나게 즐기며 가까운 벗들과 코가 삐뚤어지도록 마셔댔다. 이번에는 나와 소기도 확실히 신경을 많이 써서 좋은 선물을 준비했다. 옛사람의 차기(箚記, 독서를 하며 얻은 바를 수시로 기록한 글)에 다음과 같은 기록이 있다. 위(魏)나라 사람 가장(賈鏘)은 가산이 매우 많고 박학다식한 자로, 노옹(老翁)에게 작은 배를 타고 황하 중류로 나아가 황하와 곤륜에서 흘러내린 물을 조롱박으로 뜨게 했는데, 하루에 겨우 일고여덟 되밖에 뜨지 못하는 이 물은 하룻밤이 지나면 진홍색으로 바뀌었다. 이 물로 담근 술을 '곤륜상(昆侖觴)'이라 불렀는데, 그 맛이 달고 향이 맑아 보기 드문 명주였다. 가장은 이 곤륜상 30곡(斛)을 위장제(魏莊帝)에게 진상했다.

예전에 오라버니는 이 전설이 거짓일 거라며 나와 내기를 한 적이 있다. 그런데 소기가 찾은 술 빚는 장인에게 내가 직접 예로부터 전해지는 주조법을 알려주고 온갖 시도를 하게 한 끝에 마침내 이 전설의 술을 빚는 데 성공했다.

옥사발을 여니 냄새만으로도 취할 듯한 짙은 술 냄새가 뜰에 가득 퍼졌다.

"이것은…… 곤륜상이구나!" 오라버니는 어리둥절해져 내 쪽으로 고개를 홱 돌리며 감격에 겨운 표정을 지었다. "아무, 곤륜상을 아직도 기억하고 있었구나."

"그럼, 계속 기억하고 있었지." 나는 오라버니를 마주 보며 빙그레 웃었다. 우리 남매는 많은 말을 나누지 않아도 서로의 마음을 다 헤아렸다. 더없이 부귀한 가문에서 태어난지라 아무리 진귀한 것이라도 얻지 못한 것이 거의 없었으나, 전설 속의 그 까마득하고 기이한 것만은 손에 넣을 수 없었다. 그래서 오라버니는 옛 서적에 기록된 희귀하고 기이한 것들에 관심이 많았다. 예전에 오라버니는 이 곤륜상을 욕심내면서도 세상에 정말로 이런 술이 있을 것이라고는 생각하지 않았다. 그래서 나는 오라버니에게, 세상에 있는 것이라면 무슨 수를 쓰든 손에 넣을 것이고 세상에 없는 것이라면 내가 직접 만들어낼 것이라고 호언장담했더랬다.

그때 오라버니는 배꼽을 잡고 웃으며, 부디 그 호방함을 평생 간직하길 바란다고 말했다.

오늘 강하왕부에서 열리는 가족 연회에 참석한 사람은 대부분 오라버니의 희첩들이었다. 하나하나 그 용모가 몹시도 아름답고 목소리는 꾀꼬리가 지저귀는 듯했다. 수많은 시첩들과 시녀들은 연회에서 서로 미모를 다투는 데 그치지 않고 오라버니의 기꺼운 눈빛을 받으려고 머리를 쥐어짜서 마련한 선물을 바쳤다. 눈앞에 가득한 아름답고 귀한 선물들을 구경하느라 눈도 깜빡이지 못할 지경이었고, 소기조차 연방 웃으며 탄성을 내뱉었다.

나는 옆눈으로 소기를 쳐다보며 나직이 웃었다. "미인들에게 둘러싸여 한껏 여복을 누리는 사람을 보면서, 혹 아무개께서는 후회하고

222

계시지 않는지요?"

그가 고개를 기울이며 웃었다. "곱고 어여쁜 미인이 아무리 많은들 눈앞에 있는 이 한 사람에 미치지 못하는 것을."

나는 눈을 내리깔고 말없이 웃었다. 달콤한 술을 마신 듯 가슴속에 온기가 번졌으나, 한편으로는 또 씁쓸한 기분이 들었다. 그의 이 한마디를 듣기 위해, 내 유일한 것을 지키기 위해 앞으로도 얼마나 많은 풍랑을 막아야만 할까?

무심코 고개를 돌려 구석에 앉은 숙모와 천아에게로 눈길을 던졌다가 호수처럼 맑은 천아의 두 눈이 나와 소기에게 못 박힌 것을 발견했다. 물결이 일렁이듯 반짝이는 눈빛 사이로 간절함이 비치면서도 한없는 실의가 느껴지는 듯했다.

오싹 소름이 끼쳐 소기를 돌아봤더니, 소기는 전혀 눈치채지 못한 채 오라버니와 술잔을 기울이고 있었다. 다시 천아에게로 눈길을 돌리니, 천아는 이미 얼굴을 반쯤 숙인 채 가만히 그 자리에 앉아 있었다. 아직 다 자라지 않은 몸의 가냘픈 어깨에서 쓸쓸함이 묻어났다.

소녀의 마음을 내 어찌 모를까……. 혹시 이 아이가 진정으로 소기에게 연모의 정을 품은 것인가? 온갖 감정이 불쑥 치솟았다. 잔을 들었으나 술을 마실 기분은 들지 않았다.

"어찌 그러시오? 피곤한 것이오?" 소기의 목소리에 정신을 차린 나는 눈을 들어 애정이 듬뿍 담긴 그의 눈빛을 마주하며 담담히 고개를 저을 수밖에 없었다.

술자리가 무르익으며 함께 자리한 사람들 모두 술기운이 올랐을 때였다. 숙모가 갑자기 절을 올리며 웃었다. "어린 딸이 가진 재주가 미천하기는 하나, 이 자리를 축하하기 위해 작은 선물을 마련하였습니다."

오라버니가 크게 웃으며 말했다. "숙모님께서 너무 예를 갖추시는 군요. 천아의 그 마음만으로도 몹시 기쁜걸요."

천아는 스스럼없이 자리에서 일어나 방글방글 웃으며 앞으로 걸어 나왔다. "숙 오라버니의 가르침을 받아 천아가 외람되이 낙서를 하여 오라버니의 생일을 축하드리려 하니 오라버니와 형부, 언니께서 가르침을 주세요."

오라버니가 손뼉을 치며 '그것 참 좋구나' 하고 외치자, 숙모 뒤에 있던 시녀 하나가 두루마리를 받쳐 들고 천천히 다가왔다.

"꽤 솜씨 좋고 재미있는 아이로군." 소기가 미소를 지으며 칭찬했다. 나는 담담한 눈길로 숙모를 한 번 보고는 미소를 지으며 소기를 바라봤다. "이제 곧 열다섯인데 아이라니요. 너무 무시하네요."

소기는 뭔가를 생각하는 듯했다. "열다섯이라 했소?"

가슴이 철렁했으나 미소를 거두지 않은 채 숨죽이고 그의 뒷말을 기다렸다.

"그대가 내게 시집온 것도 그 나이 때였지." 소기는 우울하게 웃으며 내 손을 꽉 움켜쥐었다. "그리도 어렸던 그대에게 험한 일을 얼마나 많이 겪게 한 것인지……. 이제라도 보상해줄 수 있어 그나마 다행이오."

나는 가슴이 뭉클하였으나 아무 말도 할 수가 없어 그저 손을 뒤집어 그와 열손가락을 마주 잡았다.

그때 좌중의 찬탄이 들리며 시녀가 들고 있던 두루마리를 천아가 직접 펼쳐 든 것이 보였다. 그림에는 높이 쪽 찐 여선(女仙) 둘이 나란히 손을 잡고 구름 끝에 하늘거리며 서 있었다. 비록 필치가 유치하고 유약했으나 생동감이 넘쳐 그림 속 인물들이 몹시 눈에 익었다.

"미인을 그려 바치는 것이냐?" 오라버니는 손뼉을 치며 크게 웃었다.

고개를 든 천아의 뺨이 붉게 물들어 있었다. 천아는 재빨리 우리 쪽을 힐끔 보더니 입술을 깨물며 말했다. "이것은 상비도(湘妃圖, 상비는 요 임금의 두 딸이자 순 임금의 두 비인 아황과 여영을 가리킴)예요."

"아황(娥皇)과 여영(女英)이란 말이냐?" 순간 얼떨해졌다가 다시금 그 그림을 빤히 바라보던 오라버니의 눈빛이 살짝 바뀌었다. 오라버니의 낯빛만 이상해진 것이 아니라 소기도 웃음기를 거두고 미간을 살짝 찌푸린 채 그 그림을 바라봤다.

그림을 자세히 들여다보니 두 여선의 모습이 꽤 닮은 것 같았다. 세심히 구분하자면 한쪽은 천아의 모습과 조금 비슷했고, 다른 한쪽은 나를 닮은 듯했다.

아직 상황을 파악하지 못한 사람들도 있었으나, 그림에 담긴 뜻을 간파한 사람들도 있었다. 순식간에 미묘한 정적이 내려앉았다.

"내 집이 덜 시끌벅적한 것 같아 주안의 그 어여쁜 여동생도 첩으로 들이라 말하고자 함이더냐?" 오라버니는 거침없이 웃어젖히며 은근슬쩍 말머리를 돌렸다.

오라버니의 시첩 주안은 시원시원한 성정의 여인으로, 일이 어떻게 돌아가는지 깨닫지 못한 채 곧바로 오라버니의 말을 받아 비웃었다. "제 여동생은 일찌감치 혼처가 정해졌는데, 왕야께서는 설마 강제로 민가의 여인을 뺏어 오실 생각이십니까?"

나는 입꼬리를 올리고는 그녀의 말을 자르며 웃었다. "아무래도 너희 댁 왕야께서 혼자서만 정이 넘치시는지라 천아의 의도를 곡해했나 보구나."

천아가 눈동자를 들어 나를 쳐다봤다. 새하얀 얼굴이 금세 붉게 물들었다.

"내 보기에는 숙 오라버니를 위해 그린 것이 아닌 듯하구나." 나는 장난스럽게 우스갯소리를 했다. "천아야, 내가 바로 맞혔지?"

오라버니와 소기의 시선이 나에게로 향했고, 천아는 더욱 얼굴을 붉히며 입술을 깨물고는 고개를 더 깊이 숙였다.

나는 담담한 눈길로 사람들을 훑어보았다. 기쁨을 감추지 못하는 숙모, 양미간을 잔뜩 찌푸린 소기, 그리고 뭔가 할 말이 있는 듯하나 차마 말문을 열지 못하는 오라버니까지…….

"오라버니, 차라리 이 그림을 표구하여 강남 오씨 가문에 보내 좋은 일을 성사시키는 것이 좋겠어."

천아의 몸이 흠칫 떨리고 낯빛은 순식간에 창백하게 질렸다. 오라버니는 큰 짐을 덜은 듯 후련한 표정이었고, 소기는 웃는 듯 마는 듯한 표정을 지었으며, 숙모는 목석처럼 굳어졌다. 모두의 표정이 또렷이 보였다. 나는 미소를 머금은 채 조금도 물러섬 없이 사람들의 시선을 똑바로 마주했다.

아황과 여영이라니, 숙모님, 사람을 잘못 봐도 한참 잘못 보셨습니다.

연회를 마치고 왕부로 돌아오는 길, 홀로 난거에 기댄 채 울적한 마음을 가누지 못했다.

방금 전에는 순간의 분을 참지 못해 감정적으로 행동했으나, 화가 누그러지고 나니 기쁘지도 흡족하지도 않았다. 같은 성을 가진 같은 가문의 자매가 어찌 이 지경에 이르렀을까? 겨우 사내 하나 때문에? 아니면 그 사내가 쥔 지고지상의 권세 때문에? 다른 여인을 무참히 짓밟고 이긴 것이 뭐 그리 기쁠까……. 왕부 앞에 도착하자마자 소기가 와서 붙잡아주기도 전에 난거에서 내려 곧장 내원으로 향했다. 웃으며 이야기를 나눌 기분이 아니었다.

연지를 지우고 장신구를 빼 긴 머리를 풀어헤친 채, 경대 앞에 앉아 옥빛을 쥐고는 유리 궁등을 빤히 쳐다보며 넋을 놓고 있었다.

언제 왔는지 내 뒤에 선 소기가 잠자코 거울 속의 나를 바라보았다. 아무 말도 하지 않았으나 눈빛에서 미안함이 읽혔다.

한참 뒤에 소기가 한숨을 내쉬며 살며시 나를 품에 끌어안았다. 풍성한 내 머릿결을 파고든 손가락에서 은근한 부드러움이 배어 나왔다.

한참을 고집스레 버텼는데, 이 순간 모든 감정이 다 흩어지고 깊은 피로감과 씁쓸함만이 남았다.

오늘은 천아를 쫓아 보냈으나 앞으로는? 앞으로 얼마나 더 많은 사람을 경계하고, 음으로 양으로 쏟아지는 공격을 몇 번이나 더 막아야 할까? 설령 애정이 식지 않아 평생 소기의 마음을 붙들어둔다 할지라도 눈앞의 이 사내는 내 낭군이기 전에 천하를 제패한 자였다. 나와 이 강산 중에서 어느 것을 더 중히 여기는지, 감히 함부로 헤아려본 적이 없었다. 하늘에 대고 한 군은 맹세도 강산과 사직 앞에서는 깃털처럼 가벼운 것에 지나지 않았다.

"나는 다른 사람에게 한 번도 내 가문에 대해 말한 적이 없소." 소기가 무겁게 입을 열더니, 지금 이 순간과 아무 상관도 없는 말을 꺼냈다.

순간 어안이 벙벙해졌다. 전설로나 들을 법한 예장왕 소기의 놀라운 출신은 온 세상이 진즉부터 알던 이야기였다. 한미한 호주 평민 출신으로 친족들은 모두 전란에 목숨을 잃었고, 어려서 군영에 몸을 기탁한 뒤로 별 볼 일 없는 병졸부터 시작해 수많은 군공을 쌓아 결국 천하의 권세를 손에 쥔 자가 바로 소기였다.

그와 몇 년을 함께하면서도 내가 먼저 그의 출신을 언급한 적은 단한 번도 없었다. 괜히 가문을 들먹여 그를 언짢게 만들고 싶지 않았기 때문이다.

"사실 아직 살아 있는 가족들이 있소." 그는 담담히 미소를 지으며 더없이 평온한 표정으로 말을 이었다.

나는 번뜩 눈을 들며 놀란 눈빛으로 그를 바라보았다. 소기의 눈은 내 등 뒤의 알 수 없는 먼 곳을 떠돌고 있었다. 소기가 느릿느릿 말을 이었다. "나는 호주가 아니라 광릉(廣陵)에서 태어났소."

"광릉 소씨?" 놀라운 사실이었다. 널리 이름을 떨치는 그 세가는 고고함과 뛰어난 재주로 이름 높았다. 예로부터 권세에 빌붙어 영예를 누리는 것을 하찮게 여겨 대대로 멀리 광릉에 거주하였다. 가문을 따지는 것은 여러 세가들에게나 중요할 뿐, 그들과는 먼 이야기였다.

소기는 자조 섞인 옅은 웃음을 흘렸다. "그렇소. 호주는 돌아가신 어머니의 고향이고 어머니는 한족 출신이 맞소."

"어머니는 시첩조차 아니었는데, 어쩌다 나를 낳으셔서 가문의 수치로 여겨졌소. 내 나이 겨우 열세 살 때 어머니가 병으로 돌아가셨고, 두 해 뒤에는 아버지도 세상을 떠나셨소. 그 후 나는 은자를 좀 훔쳐서 소씨 가문을 나와 호주로 향했소. 가는 길에 노잣돈을 잃어버렸는데, 굶주림과 추위에 떨고 있을 때 마침 군사를 모집하는 것을 보고 군영에 들어가게 된 것이오. 처음에는 그저 밥이나 얻어먹고 추위나 피할 요량이었는데 어쩌다 보니 오늘에 이르렀소." 소기는 마치 자신과 아무런 관계도 없는 이야기를 들려주는 듯 무심하게 말을 이었다. 그러나 나는 어쩐 일인지 안타깝고 서글펐다. 그 고집 센 소년이 느꼈을 외로움과 슬픔이 그대로 느껴졌다. 깊이 공감하였으나 말로 표현할 길이 없어 그저 묵묵히 그의 손을 잡아주었다.

"나는 시첩들을 둔 적이 있소. 그러나 그들이 시침을 들 때는 반드시 약을 내렸지." 소기의 목소리가 가라앉았다. "평생 가문의 고하와 적서의 차별을 가장 증오해왔는데, 내 자식들도 생모의 신분이 다르다면 나중에 나와 똑같이 불공평한 대우를 받을 것이 아니오. 그래서 정실이 될 만한 여인을 만나기 전에는 자손을 보지 않으려고 했소."

나는 아무 말도 할 수가 없어 묵묵히 그의 손만 쥐고 있었다. 온갖 감정이 뒤엉켜 가슴속이 소란스러웠다.

"하늘이 나를 어찌 이리 어여삐 여기는지, 이번 생에 당신 같은 아내를 얻었구려." 그가 고개를 숙이며 나를 그윽하게 바라보았다. "그러나 세상일이 다 마음처럼 되는 것은 아닌가 보오. 오랜 세월 군에 몸담고 있으면서 나는 수많은 목숨을 앗았소. 말발굽이 지나간 곳마다 얼마나 많은 부녀자와 어린아이들이 참담히 죽어갔는지 모를 지경이지. 만약 그 때문에 하늘이 내게 평생 자손을 보지 못하는 벌을 내린다 해도 원망할 말이 없다오." 일부러 나를 위로해주려고 이런 말을 꺼낸 것이 분명했으나, 소기가 그럴수록 나는 더욱 슬프고 괴롭기만 했다.

"나는 이미 마음을 정했다오." 소기가 미소를 머금고 나를 바라보며 대수롭지 않은 일이라는 듯이 말을 이었다. "만약 평생 우리 사이에 자식이 없다면 종친의 아이를 양자로 삼는 것이 어떻소?"

감은 눈 사이로 줄이 끊어진 구슬처럼 눈물방울이 쏟아져 내렸다.

소기는 나를 위해 기꺼이 제 피를 이은 자식도 마다하고 있었다.

이토록 깊은 정은, 이토록 지극한 의는 평생을 바쳐도 다 갚지 못할 것이다.

서고고가 아침 일찍 아뢰길, 모욕을 당한 천아가 설움을 견디지 못하고 죽어도 강남으로 시집가지는 않겠다며 지난밤 대들보에 목을 매기 직전까지 갔다고 했다.

마침 은가위를 들고 꽃가지를 치며 서고고의 말을 듣다가, 손에 살짝 힘을 줘서 싹둑 하고 나뭇가지 하나를 잘랐다.

"정말로 죽을 생각이었다면 직전까지 가서 그치는 게 아니라 이미 죽었겠지." 말을 하면서 무덤덤하게 가지를 내버렸다. 나는 예전부터 걸핏하면 죽겠다고 떠들며 목숨으로 위협하는 여인을 가장 혐오했다. 생명은 부모가 준 것인데, 자신조차 제 생명을 중시하지 않는다면 어느 누가 중시해주겠는가? 그런 어리석은 여인은 동정할 가치도 없었다.

"그럼 소인은 이만 가서 혼사를 준비하겠습니다." 서고고는 원래 말이 많지 않은 사람이라 그저 몸을 굽히며 내 뜻을 기다렸다.

나는 한참 동안 가만히 있었다. 분처럼 하얗고 또 새빨간 복숭아꽃들이 바람결에 우수수 떨어져 정원 바닥을 울긋불긋 수놓더니 금세 시들시들 말라 볼품사납게 변해버렸다. 아마도 지난 수천 년 동안 세상 여인들 중 열에 아홉은 이 꽃과 같은 운명을 겪었을 것이다.

나는 한숨을 내쉬었다. "그래도 숙부님의 딸이야. 서출이라고는 하나 이렇게 명분도 없이 시집을 갈 수는 없지."

서고고가 잔잔히 웃었다. "왕비 마마는 참으로 너그러우셔요."

시시때때로 뭔가를 꾸미던 숙모의 눈빛이 떠오르자 도저히 아량을 베풀 수가 없어 담담히 말했다. "따로 어울리는 이를 골라 멀리 시집을 보내 더 이상 문제를 일으키지 못하도록 해야지. 숙모님은 잠시 진국공부를 맡아 관리하도록 하고, 혼례를 치르고 나면 고향으로 돌려보내야겠어."

천아의 일을 겪은 뒤로 나는 실망이 컸다. 친족에게서 위협을 받으니 정말로 놀랍고 두려웠으며, 앞으로 누구를 믿어야 할지 혼란스러웠다.

이 밖에도 얼마나 많은 사람이 음으로 양으로 내 모든 것을 노리고 있는지 알 길이 없었다. 그들이 보기에 나는 세상 여인들이 갈망하는 모든 것을 가진, 더할 나위 없이 빛나는 삶을 사는 사람일 것이다. 하지만 그들은 내가 손에 쥔 것만 보았을 뿐, 얼마나 많은 것을 잃었는지는 몰랐다. 천아 한 명은 쫓아 보낼 수 있으나 앞으로 열 명, 아니 백 명의 천아가 나타나면 어찌해야 할까?

자식이 없다는 것은 내 치명적 약점이 될 테고, 소기에게도 마찬가지일지 모른다. 우리 두 손으로 일군 이 모든 것을 이어받을 아이가 없다면 수많은 세월이 흐른 뒤에 그의 강산은, 나의 가족은 누가 지켜준단 말인가?

도저히 이대로 포기할 수 없어 고민을 거듭한 끝에 결국 한 번 부딪쳐보기로 마음먹었다.

모든 것이 내 계산대로 착착 진행되었다. 날마다 복용량을 조금씩 줄여 결국에는 약을 완전히 끊어버렸다. 지난 몇 년 동안 두 번 다시 약을 거부하지 않았기에 소기는 진즉에 마음을 놓고 더 이상 내가 약을 먹었는지 신경 쓰지 않았다.

이제 남은 것이라곤 10년의 목숨을 내어놓으라고 해도 기꺼이 바칠 테니 그저 다시 한 번만 기회를 달라고 하늘에 간절히 비는 것뿐이었다.

이틀 뒤, 소기가 표문 하나를 받았다. 마침 직접 차를 받쳐 들고 서재로 들어서던 나는 뒷짐을 진 채 그 자리에 서서 미간을 찌푸리고 생각에 잠긴 소기를 발견했다.

"무슨 생각을 하는 거예요?" 나는 웃으며 서안에 차를 내려놓았다.

"아무, 이리 와보시오." 소기가 고개를 들고 숙연한 표정으로 그 표문을 내 앞으로 내밀었다. 자세히 들여다보니 눈에 확 들어오는 내용이 있었다. '천자가 정벌에 나섬에 대군이 이르니 천하의 오랑캐들이 두려워 굴복하였습니다. 이제 천조에 왕씨 가문의 여식을 내려주십사 간청하니, 이로써 혼인 동맹을 맺어 화목하고 평온하게 지내며 향후 영원히 전쟁을 멈추고…….' 너무 놀라 황급히 손에 들고 자세히 들여다보는데, 소기가 옆에서 담담히 말했다. "하란잠이오."

나는 뻣뻣하게 굳어 '왕씨 가문의 여식을 내려달라'는 문장에서 눈을 떼지 못했다.

하란잠은 그 이름을 잊을 만하면 늘 기이한 방식으로 존재감을 드러냈다. 마치 멀리 북방 변경에 아직 이런 사람이 살아 있음을 일깨워주며 내가 그를 잊는 것을 용납하지 않겠다는 듯이 말이다. 그는 이미 돌궐 왕이 되었으니 황실에 혼인을 청하더라도 종실의 여식을 내려달라 청해야 마땅했다. 내 대에 왕씨 가문 사람은 그 수가 몹시 적었다. 이미 혼인을 한 나와 패아를 빼면, 아직 혼인을 하지 않은 여식은 천아뿐이었다. 하란잠은 다른 누구도 아닌 나의 사촌 여동생을 달라고 분명히 밝힌 것이었다.

양국의 통혼은 그 은혜가 만백성에 미치는 대사인데, 어찌 이리 제 마음대로 요구한단 말인가! 누구를 시집보낼지 그가 감 놔라 배 놔라 할 일이 아니었다. 원래 통혼을 통한 동맹은 좋은 일이거늘, 일부러 이처럼 안하무인격으로 구는 것이었다.

심사가 복잡하여 고개를 돌려 소기를 바라보며 쓴웃음을 지었다. "이는 천아를 달라고 꼬집어 말한 것이 아닙니까?"

소기가 웃으며 말했다. "꼭두각시 왕 주제에 말투는 예나 지금이나 거만하기 짝이 없군."

"받아들일 건가요? 아니면 거절할 건가요?" 순간 불안해졌다.

"그대 생각에는 어떻소?" 소기도 살며시 미간을 찌푸렸다.

나는 이 갑작스러운 변수에 생각이 뒤엉켜 잠시 얼이 빠졌다. 천아가 아무리 철이 없더라도 우리 가문의 여인이었다. 만약 돌궐로 시집을 보낸다면 그 아이의 일생을 망치게 되지는 않을까?

창밖에서 들어온 옅은 햇살이 우리를 감싸고 미세한 먼지들이 허공을 떠다녔다. 시간이 그대로 멈춰버린 듯했다.

한참 뒤에야 소기가 담담히 말문을 열었다. "화친은 좋은 일이니 적당한 때에 따로 알맞은 사람을 보내고 당경을 불러들일 생각이오."

본래 당경은 소기가 아끼는 심복으로 신임을 받았으며, 하란의 왕위 다툼을 돕고 돌궐을 굴복시키는 데 큰 공을 세웠다. 지금까지도 북방 변경을 지키며 수십만 대군을 거느리고 있는 그는 엄연한 봉강대리(封疆大吏, 변경을 지키는 지방 총독)였기에 호광열과 송회은 다음가는 높은 신분이었다.

나는 조금 뜻밖이라 여겨 물었다. "당경은 아무런 잘못도 저지르지 않았는데 어찌하여 갑자기 불러들이는 거예요?"

"당경은 사람됨이 음험하고 악독하여 본디 동료들과 잘 지내지 못했는데, 최근 들어 그를 탄핵하는 상소가 갈수록 많아지고 있소. 물론 시기심에 상소를 올린 것도 없다 할 수 없으나, 여러 사람이 같은 소리를 내니 아니 땐 굴뚝에 연기가 날까 싶은 마음이오." 미간을 잔뜩 찌푸린 소기의 얼굴에 근심이 어렸다.

나는 잠자코 가만히 있었다. 북방 국경 총독을 바꾸는 일은 예삿일이 아니었다. 게다가 몰락했다고는 하나 끊임없이 중원을 노리는 돌궐이 아직도 북방에서 명맥을 이어가고 있었다. 이처럼 중요한 시기에 소기는 큰 사달이 일어나는 것을 원치 않았기에, 기왕지사 하란잠이 왕씨 가문의 여식을 원하니 그의 원대로 해주려 했다.

이리하여 천아가 화친공주로 가게 되었다. 나는 천아에게 다음 날 왕부로 들라고 전했다. 내 입으로 직접 알려줄 생각이었다.

목욕을 마친 뒤 단장을 하고 쪽을 찌고 있었다. 천아가 당도했다기에 바깥 대청에서 일단 기다리라고 했다.

잠시 후 아월이 총총히 들어와 아뢰길, 둘째 아가씨가 시종의 만류에도 불구하고 왕야를 찾아 서재로 뛰어 들어가 울고불고 난리를 쳤는데 아마 화친에 관한 소식을 들은 모양이라고 했다.

나는 깜짝 놀랐다. 화친에 관한 일이 이토록 빨리 알려지다니, 아무래도 숙모와 친분이 두터운 오라버니의 시첩이 소식을 전한 것이 틀림없었다. 나는 도리 없이 아월에게 명했다. "가서 보고 무슨 일이 있거든 바로 내게 와서 알리고, 별일이 없거든 내실로 데리고 오너라."

나간 지 얼마 되지도 않아 돌아온 아월은 얼굴이 불그스름한 것이 억지로 웃음을 참는 기색이 역력했다.

나는 의아한 눈빛을 보냈다. "왜 그러는 것이야?"

"둘째 아가씨는 참으로……." 아월은 얼굴이 벌겋게 변해 결국은 참지 못하고 웃음을 터뜨렸다. "왕야 앞에서 울고불고 난리를 치며 죽겠다고 소란을 피우다가 하마터면 병풍에 머리를 찧을 뻔했답니다."

나는 미간을 찌푸리며 물었다. "그런 연후에는?"

아월은 풋 하고 웃음을 터뜨렸다. "왕야께서는 단 한 말씀만 하셨습니다. 그것은 왕비가 좋아하는 자단목이니 괜히 부딪혀서 망가뜨리지 말라고요."

천아는 여전히 눈시울을 붉힌 채 안으로 들어섰다. 그리고 나를 보자마자 쿵 하고 꿇어앉아, 차라리 머리 깎고 비구니가 되는 한이 있더라도 돌궐로 시집가지는 않겠다면서 자신을 보내지 말라고 눈물로 빌었다.

나는 가만히 천아를 바라보았다. 늘 경솔하고 사리 분별을 못 하는 아이일 뿐 심보가 고약하지는 않다고 생각했더랬다.

나는 천아를 물끄러미 바라보며 이 아이가 등장했던 장면들을 하나하나 떠올려보았다. 처음에는 진국공부에서 티 없이 맑고 고운 모습으로 나타나 당돌하게도 소기에게 눈 뭉치를 던졌었다. 오라버니의 생일을 축하하는 자리에서는 대놓고 추파를 던지며 사모의 정을 당당히 밝혔다. 그리고 지금 왕부에 들어서는 설움에 겨워 죽어도 혼인할 수 없다고 울며 하소연하고 있다. 천진하거나 사랑에 푹 빠지거나 가련하거나…… 어쩜 그렇게 마음을 파고들기 딱 좋은 모습들인지……. 하나같이 사내의 마음을 동하게 만들기에 충분했다. 만약 소기가 아니라 오라버니나 자담, 또는 다른 사람이었다면…… 차마 그 뒷일을 상상할 수 없었다. 모든 사내가 쉽사리 유혹을 뿌리칠 수 있는 것은 아니니까.

천하의 사내들 중 열에 아홉은 온순하고 연약한 여인을 좋아한다. 모든 사내가 소기처럼 통념을 버리고 자신과 어깨를 견주는 여인을 진심으로 좋아할 수 있는 것은 아니다.

문득 정신이 아득히 먼 곳으로 향해 지난 일들이 떠올랐다. 예전에 사 귀비는 남과 다투지도 않고 유약해 보였더랬다. 또 그런데도 사 귀비를 괴롭히는 고모를 이해할 수 없어 어째서 그녀를 가만두지 않는 것이냐고 묻기도 했다. 그때 고모의 대답이 이 순간 귓가에 또렷이 들려왔다. "이 궁 안에서 무고한 사람은 하나도 없단다. 네가 어른이 되면 알게 될 것이야. 가장 무서운 여인은 언행으로 몰아붙이는 자가 아니라, 모두가 천진하고 유약하다 여기는 사람이라는 것을 말이야."

으스스한 한기가 점점 살갗을 파고들었다. 온화한 바람이 소매를 스치는데도 한기가 느껴졌다.

천아는 고개를 숙인 채 내 앞에 서서, 눈물이 그렁그렁한 겁에 질린 두 눈으로 감히 나를 바로 보지도 못하고 마름꽃처럼 붉은 입술을 자꾸 깨물기만 하다가 한참 만에야 흐느끼며 말문을 열었다. "천아가 잘못했으니 언니가 어떤 벌을 내려도 결코 원망하지 않을게요. 그저 천아를 어머니 곁에만 머무르게 해주세요! 평생 외롭고 고달프게 사셨으니 여생을 편안하게 보내시기를 바랄 뿐, 다른 소원은 없습니다. 이제 언니도 멀리 시집을 가버렸는데 또다시 어머니가 피붙이와 헤어지는 고통을 느끼게 하다니, 언니, 어찌 그럴 수 있어요!"

가련하기 짝이 없어 보이는 소녀가 내뱉는 말은 한 마디 한 마디가 급소를 찔렀다. 온순한 어린 양의 거죽 아래 숨겨둔 작은 짐승의 날카로운 이빨이 드디어 밖으로 드러난 것이다.

나는 천천히 말문을 열었다. "천아야, 잘 생각하고 답하여라. 정말로 화친을 원치 않느냐?"

"언니의 뜻에 따를게요. 설령 다른 사람에게 시집보내더라도 결코 원망하지 않겠어요." 천아는 맑은 눈동자를 살짝 굴리며 여전히 가녀린 목소리로 흐느꼈다.

다른 사람에게 시집을 가는 것도 빠져나갈 구멍으로는 썩 괜찮은 선택이었다. 그리하면 실속을 챙기고 체면도 세울 수 있을 테니 말이다. 나는 옅은 웃음을 지었다. 눈앞의 상황이 불리하게 돌아가는 것을 보고 한발 물러나 자신을 보호할 줄 알다니, 어린 나이에도 참으로 심계가 깊지 않은가!

"너는 영리한 아이다." 나는 천아를 바라보며 말을 이었다. "다만 물러날 길을 찾기에는 이미 늦어버렸다. 나는 네게 선택의 여지를 주었었는데 네가 지나친 욕심을 부리느라 받아들이지 않았다."

순간 천아가 얼어붙었다. 갑자기 얼굴을 굳힌 내가 이리 적나라하게 까발릴 줄은 몰랐는지, 순식간에 꿀 먹은 벙어리가 되었다.

"우리는 남이 아니니 그런 빈말이나 거짓말은 그만하자꾸나." 나는 여전히 미소를 띠고 있었으나 한겨울 얼음골처럼 차가운 목소리로 말했다. "지금도 네게는 두 가지 선택의 여지가 있다. 하나는 화친을 위해 돌궐로 가는 것이고, 다른 하나는 머리를 깎고 출가하는 것이다."

천아의 낯빛이 순식간에 백지장처럼 하얗게 질렸다. 마침내 내가 진정으로 노했고 일단 태도를 바꾸면 다시는 사정을 봐주지 않는다는 사실을 깨달은 것이다.

지금 내게 도전한 왕천 하나를 일벌백계로 다스리지 않는다면, 앞으로는 더 많은 사람들이 내 마음이 여리다 여기고 업신여겨 감히 내 모든 것을 노릴 터였다.

나는 내 가족을 지키기 위해서라면 당연히 수단과 방법을 가리지 않을 것이다. 또 당연히 어떠한 대가를 치르더라도 내 주변에 있는 화근을 뿌리 뽑을 것이다.

천아는 차갑고 딱딱한 바닥에 쿵 하고 무릎을 꿇더니 비 오듯 눈물을 쏟았다. "언니, 천아가 잘못했어요! 지난날 분수에 안 맞는 생각을 품었으나 이제는 잘못을 깨닫고 후회하고 있어요. 제발 같은 왕씨 가문의 딸인 저를, 이 천아를 용서해주세요!"

"화친은 이미 정해졌으니 서둘러 준비하도록 해라." 나는 그만 자리에서 일어났다. 마음이 어지러워 더 이상 천아와 옥신각신하고 싶지 않았다.

그러자 천아가 갑자기 내 옷소매를 잡아당기며 울부짖었다. "기어코 모조리 다 죽이려는 거예요?"

나는 성내지 않고 오히려 웃음 띤 얼굴로 그녀를 돌아보면서 한 자한 자 또박또박 내뱉었다. "모조리 죽일 생각이었다면 넌 지금 이 자리에 있지도 않았다!"

천아는 내 말에 담긴 한기에 흠칫 굳어진 채 두려움이 가득 찬 명한 얼굴로 나를 뚫어져라 응시했다. 갑자기 모르는 사람을 눈앞에 둔 듯한 표정이었다.

"언니, 수완이 참 대단하네요……." 참담히 웃는 얼굴에 점점 절망이 떠올랐다. 유약함이 걷힌 눈동자에서 뾰족한 바늘 끝 같은 시린 빛이 번뜩였다.

천아는 고개를 쳐들고 완고히 입술을 깨물더니 소매를 떨치며 일어났다. 이것이야말로 진정한 천아였고, 숙모가 제 손으로 직접 길러낸 대단한 딸의 모습이었다. 그 천진무구한 소녀는 그저 보기 좋은 껍데기일 뿐이었다.

"언니가 아무리 아름답고 독하다 해도 늙는 날이 오겠죠. 언니는 아이를 낳을 수 없으니 언젠가 자식이 없는 언니를 대신할 여인이 나타나 지금 언니가 가진 모든 것을 빼앗을 거예요! 그때가 되면 처량한 꼴로 외롭게 늙어가겠죠. 그것이 바로 언니가 치를 업보예요!" 천아는 갑자기 웃음을 터뜨리더니 갈수록 더 기쁜 듯이 웃음소리를 높였다. 마치 너무 우스워 참을 수 없는 일을 본 것처럼 말이다.

무엇이 열다섯 살 소녀를 이런 속물로 만들었단 말인가! 무엇이 이 어린 소녀로 하여금 이토록 깊은 원한을 품게 만들었단 말인가!

식은땀이 등줄기를 타고 흐르고 손발이 차디차게 식어갔다. 나는 들끓는 가슴을 애써 진정시키며 무겁게 외쳤다. "여봐라, 둘째 아가씨를 배웅해드려라!"

천아의 뒷모습이 점점 멀어지는 것을 지켜보는데 갑자기 어지러워졌고, 아월을 부르려는 순간 어둠 속으로 빨려 들어갔다.

비환 悲歡

밝은 생사로 짠 연연라 휘장 밖에 바닥이 안 보일 정도로 수많은
태의가 꿇어앉아 있고, 소기는 뒷짐을 진 채 초조하게 서성거렸다.

이토록 많은 사람이 한꺼번에 내실에 든 것은 처음이었다. 태의원
의 모든 의시가 다 이 자리에 모여 있는 것 같았다. 눈을 뜨자마자 마
주한 이 같은 광경에 가슴이 철렁 내려앉았다. 너무 두려워 말소리조
차 낼 수 없었다. 갑자기 지난날 유산하고 나서 깨어났을 때의 기억이
떠올랐다. 설마 이번에도……. 차마 생각을 이어갈 수 없어 없는 힘
을 쥐어짜 몸을 일으켰다. 이에 발 밖에 있던 시녀가 놀라 낮게 소리
쳤다. "왕비 마마께서 깨어나셨습니다!"

그 소리에 소기가 휙 돌아서더니 단걸음에 침상 앞까지 달려왔다.
그러고는 다른 사람이 곁에서 보고 있는 것도 아랑곳하지 않고 한 손
으로 침상 휘장을 들어 올린 채 나를 빤히 바라보기만 할 뿐 아무 말
도 하지 못했다.

사람들이 황급히 몸을 숙이며 물러나자, 순식간에 그와 나 둘만이
남아 말없이 서로를 바라보았다. 갑자기 지난번처럼 그의 입에서 최
악의 결과를 듣게 될까 봐 두려워졌다. 그러나 소기는 나를 확 끌어당
기며 낮게 잠긴 목소리로 말했다. "어찌 나를 속이고 이 같은 위험을

무릅쓴 것이오!"

나는 멍하니 그를 바라보며 흐릿한 의식 속에서 생각했다. 아, 결국 그가 알아버렸구나. 그렇다는 것은…… 마치 뭔가가 명치로 부딪쳐 들어가 재빨리 몸 안에서 터지며 수천수만 개의 빛을 뿜어내 눈앞을 환히 밝히는 것 같았다.

"아무, 이 바보 같으니……." 목이 멘 그는 마치 작은 충격에도 쉽게 깨지는 얇은 도자기를 어루만지듯 조심스럽게 나를 품에 안았다. 놀란 것인지, 기쁜 것인지, 그도 아니면 화가 난 것인지 눈빛을 읽을 수가 없었다. 나는 그가 내 이마며 뺨, 입술에 미친 듯이 입맞춤할 때까지 넋이 나간 채로 그저 그를 바라보기만 했다. 이토록 쉽게 하늘의 보살핌을 받다니, 도저히 믿을 수 없었다. 내가 꿈에도 그리던 아이는 이렇게 소리 없이 찾아왔다.

우리가 놀라움과 기쁨, 긴장감에서 정신을 차리기도 전에 하례를 올리러 온 사람들로 왕부의 문턱이 닳을 지경이었다.

그러나 지난번에 유산했던 기억이 아직도 우리를 괴롭히고 있었고, 특히 태의는 내가 두 번 똑같은 일을 겪으면 그때는 버티지 못할 것이라고 걱정이 대단했다.

이에 소기는 어처구니없는 금령을 내렸다. 내게는 꼬박 사흘 동안 내실 밖은 물론이고 침상 밖으로 한 발짝도 옮겨서는 안 된다는 금족령을 내리고, 다른 사람들에게는 어느 누구도 내가 쉬는 것을 방해해서는 안 된다고 하며 오라버니와 호 황후의 방문조차 막은 것이다. 그러다가 태의가 내 몸에 아무 이상이 없다고 확언을 한 뒤에야 금령을 풀고 내게 자유를 돌려줬다. 모두가 기쁨을 감추지 못했으나, 그 기쁨 뒤에는 더 많은 우려가 감춰져 있었다. 자칫 잘못하면 어떤 위험에 직면하게 되는지, 나는 누구보다 잘 알고 있었다. 소기의 심사는 더욱

복잡한 듯했다. 기쁘면서도 걱정을 금할 길이 없어 온종일 안절부절
못했다.

태의도 내가 출산의 고통을 견딜 수 없을 것이라고 했다. 그러나
참으로 신기하게도 나는 골골대기는커녕 오히려 활력이 넘쳐 예전에
꺼리던 음식까지 즐기기 시작했고, 예전처럼 추위를 타지도 않았다.
마치 온몸에 기운이 넘쳐흐르는 것 같았다. 이에 서고고가 웃으며 탄
식하길, 뱃속의 아이는 틀림없이 장난기가 심한 세자일 것이라고 했
다. 그러나 아월은 선녀처럼 아리따운 군주였으면 좋겠다고 했다. 세
자와 군주는 자연히 그 의미가 크게 달랐다. 예전에 나는 오직 사내아
이를 바랐으나, 지금에 이르고 보니 문득 그 모든 것이 다 덧없이 느
껴지고 그저 우리 두 사람의 아이면 충분하다는 생각이 들었다.

마침내 나를 만날 수 있게 된 오라버니는 문턱을 넘자마자 소기를
빌어먹을 자식이라고 욕하며, 어찌 외숙도 못 들어오게 막을 수 있느
냐고 분통을 터뜨렸다. 오라버니는 이미 슬하에 자식을 두고 있었으
나 처음으로 외숙이 된다는 사실에 그야말로 하늘을 날듯이 기뻐했
다. 그런데 오라버니를 따라온 시첩은 벽색 하나뿐이었고, 늘 따라다
니던 주안이 보이지 않았다. 그래서 지나는 말로 어찌 주안은 보이지
않느냐고 물었더니, 오라버니의 낯빛이 금세 어두워졌다.

오라버니가 말하길, 그날 소기가 천아와 숙모를 진국공부에 유폐
시켰는데 서고고가 나를 돌보려고 왕부에 든 틈에 두 모녀가 밤중에
도망치다가 오문(午門, 남문南門) 수위(戍衛)에게 들켜 그 자리에서 붙잡
혔다고 했다. 이 소문은 곧바로 온 경사에 퍼져 알 만한 사람은 다 아
는 이야깃거리가 되었다. 그러나 나는 소기 때문에 왕부에 갇혀 지내
느라 아무 소식도 듣지 못한 것이었다.

나는 놀라는 한편 화가 났다. "이리도 어리석을 수가! 진국공부가 어떤 곳인데, 어찌 도망가고자 한다고 진짜 도망갈 수 있었단 말이야?"

오라버니의 낯빛이 시퍼렇게 질렸다. "주안이 몰래 도와준 덕분에 시녀들 사이에 섞여 도망칠 수 있었던 거야."

"주안이?" 나는 순간 무슨 말을 해야 할지 몰라 그저 오라버니의 안색을 살피며 속으로 주안의 처지를 안타까워했다.

"내가 경솔했어. 숙모님이 작심하고 주안을 이용할 줄은 생각지도 못했어." 오라버니가 무거운 탄식을 내뱉었다.

숙모와 주안은 줄곧 가깝게 지내왔고, 사석에서 숙모는 주안을 의녀로 삼기도 했다. 나는 주안이 한미한 가문 출신인 데다 어려서 어미 없이 큰 탓에 왕씨 가문의 웃어른을 든든한 버팀목으로 삼으려는 줄로만 알았다. 그런데 이제 보니 주안은 진정으로 숙모를 믿고 따랐으며, 진심으로 천아를 여동생처럼 지켜주려 한 것이었다. 주안의 쾌활하고 솔직하게 웃는 얼굴이 눈앞을 스치고 지나갔다. 붉은 옷을 나풀거리고 꽃처럼 어여쁜 보조개를 짓던 그 여인은 한순간의 어리석은 판단으로 자신을 구렁텅이로 빠뜨렸음을 알까…….

왕씨 가문의 여인이 돌궐과 화친한다는 소식은 이미 온 경사에 퍼져 있었다. 그런데 왕천이 야반도주를 하다가 잡혔다는 소식이 알려지면서 하룻밤 사이에 왕씨 가문은 온 경성의 웃음거리가 되고 말았다. '위풍당당한 좌상 대인이 나라의 대사인 화친은 아랑곳하지 않고 비첩이 사촌 여동생의 야반도주를 돕는 것을 눈감아주었다.' 이 같은 유언비어가 퍼지면서 오라버니는 그저 얼굴을 들고 다닐 수 없게 된 것이 아니라, 집안 단속을 제대로 하지 못했다는 죄과까지 뒤집어쓰게 되었다.

온갖 유언비어가 떠돌기 시작했다. 나쁜 소문은 늘 가장 빨리 퍼지고, 억지로 막을수록 더 널리 퍼지는 법이었다.

이제 왕천은 화친의 적당한 인물이 될 수 없었다. 도리 없이 종실 여식 중에서 고른 사람을 태후의 의녀로 삼아 왕씨 가문의 여식이라는 명분으로 화친을 보내야 했다.

상황이 이 지경에 이르렀으니, 사람들의 입을 막기 위해 어쩔 수 없이 내가 뒷수습을 해야 했다.

곤궁한 때일수록 지친 기색을 드러내면 안 된다. 단장을 마치고 천천히 뒤돌아 거울 속에 비친 나 자신을 응시했다. 궁금(宮錦)으로 지은 화복(華服, 물들인 천으로 만든 옷)은 소매가 넓고 큰 띠가 둘러져 있으며, 높이 쪽을 찐 머리 위로는 봉황 비녀가 비스듬히 꽂히고 금은보화가 번쩍번쩍 빛나고 있었다. 진주 가루와 주사(朱砂)를 양 볼에 고루 발라 창백한 낯빛을 감췄고, 미간에 칠한 담홍빛은 스산한 아름다움을 더했다. 언젠가 본 듯한 이 얼굴에는 분명 지난날 고모의 모습이 비쳤다.

그렇게 나는 으리으리한 의장과 질서정연한 수행 행렬을 이끌고 서둘러 궁궐로 향했다.

호 황후는 봉황관을 쓰고 조복을 입은 채 총총히 중궁전 밖으로 마중을 나왔다.

"신첩, 황후 마마를 뵙습니다." 내가 몸을 숙이자 호 황후가 다급히 달려와 부축했다.

"어서 일어나세요. 왕비는 귀한 몸이시니 과한 예는 거두세요." 호 황후는 내 기세에 놀라기는 했으나 여전히 육궁의 주인다운 기품을 잃지 않고 침착했다.

나는 더 이상의 인사치레는 거두고 정색을 하고 말했다. "신첩은 오늘 황후께 용서를 빌고자 찾아왔습니다."

호 황후는 크게 놀라 황공히 말했다. "왕비께서는 어인 말씀이십니까?"

"신첩이 제대로 가르치지 못한 탓에 여동생이 철없이 경거망동하여 큰 잘못을 범하였습니다. 황후께서도 이미 알고 계시리라 봅니다." 나는 담담히 그녀를 바라보았다.

호 황후는 잠시 얼이 빠졌다가 시원스레 고개를 끄덕였다. "들은 바가 있습니다."

나는 숙연히 말했다. "이는 신첩이 제대로 가르치지 못한 탓에 벌어진 일입니다. 신첩, 책임을 통감합니다. 왕천 한 사람의 잘못으로 나라의 대사인 화친을 지연시켜 나라의 이름에 먹칠을 하였습니다. 이에 신첩, 금일 신원후 모녀를 궁궐로 잡아들여 황후 마마의 처분을 따르려 합니다."

내시가 숙모 모녀를 데려왔다. 며칠 못 본 사이 숙모는 귀밑머리가 잔뜩 헝클어진 채 몹시 나이 든 모습을 하고 있었다. 천아도 얼굴빛이 어두워지기는 하였으나 예나 다름없이 완고한 모습이었다.

두 모녀에게 잔뜩 성이 나 이를 갈던 서고고는 모질게 본때를 보여 준 모양이었다. 뒤따라 들어온 네 마마는 모두 훈계사에서 악독하고 엄격하기로 이름난 사람들이었다.

"비록 그럴 만한 사정이 있었다 하나 너희 두 사람의 행동은 너무 어리석었다." 호 황후는 내 쪽으로 고개를 돌렸다가 내가 고개를 끄덕이는 것을 보고는 단정하고 근엄한 표정으로 말을 이었다. "신원후가 평생 충성을 바친 것을 감안하여 가벼운 처분을······."

"황후 마마, 왕자가 법을 범해도 백성과 똑같은 죄를 받는 법, 가문 때문에 공정하지 못한 처분을 내려서는 아니 되옵니다." 나는 호 황후의 말을 끊고 냉랭히 말했다. "신첩, 간절히 청하옵건대 신원후 부인을 자안사로 보내 잘못을 뉘우치도록 하고, 왕천은 행동거지가 신중치 못하니 훈계사로 보내 가르침과 징계를 받도록 해주십시오."

호 황후는 순간 멈칫했고 주위는 쥐 죽은 듯이 조용해졌다. '훈계사', 이 세 글자는 모든 궁인이 가장 듣기 싫어하는 악몽이었다. 이는 곧 앞으로의 삶이 죽음보다 못하리라는 것을 뜻했다.

숙모는 정신을 놓은 듯 멍한 눈빛으로 바닥에 주저앉았다. 천아는 몸부림치며 그녀를 부축하러 가려 했으나, 앞으로 나선 서고고가 그 앞을 막아섰다.

천아가 고개를 돌리고는 원망스러운 눈빛으로 나를 노려보았다. "아무 언니, 듣자니 아이를 가졌다더군요. 아직 감축드리지 못했는데 부디 몸조심하시고 잘못되지 않도록 하세요. 그렇지 않으면 한 번에 두 목숨이⋯⋯."

천아가 말을 다 마치기도 전에 서고고가 손을 들어 올려 힘껏 내리치자 천아는 뒤로 벌렁 주저앉았다.

"천아야!" 숙모가 비명을 지르며 한사코 딸에게 다가가려 했으나, 천아의 옷자락에 손이 닿기도 전에 두 마마에게 붙잡혀 제자리로 끌려 돌아갔다.

숙모는 끝내 분을 터뜨렸다. "내 아들을 죽이더니 이제 내 딸까지 해치려 드느냐! 머잖아 너희 가문 모두 업보를 받을 것이다!"

"데려가라." 나는 천아와 함께 끌려 나가는 내내 숙모가 내뱉는 욕설을 무덤덤하게 듣고만 있었다.

옆에 앉아 잠자코 고개를 숙이고 있는 호 황후는 아직 놀란 마음을 진정시키지 못한 것인지 얼굴이 하얗게 질려 있었다.

천아의 죄는 가볍다면 가볍고 무겁다면 무거웠다. 소기의 권세에 기대 내가 무마하려고만 들면 누구도 감히 대놓고 말참견하지 못할 일이었다.

그러나 좋은 구경거리를 보려고 기다리던 사람들은 내가 숙모와 천아를 가혹하게 처벌한 데 놀라움을 금치 못했다. 이로써 나는 사람들이 뒤에서 수군대기 전에 그들의 입을 틀어막아버렸다.

소기와 오라버니는 화친에 관한 일을 상의했다. 어느덧 저녁이 다 되어, 오라버니는 왕부에서 우리와 함께 저녁 식사를 하였다.

저녁 식사를 하며 담소를 나누고 있는데, 아월이 총총히 들어와 강하왕부의 총관이 급한 일로 뵙기를 청한다고 아뢰었다.

"무슨 큰일이 났기에 여기까지 쫓아온단 말이냐?" 오라버니가 얼굴을 굳히며 불쾌한 기색을 드러냈다. 오라버니는 요 며칠 주안의 일로 이미 심사가 복잡하던 터였다.

순간 왠지 모를 불안한 예감이 들어 오라버니를 달래려는데, 강하왕부의 총관이 흙빛이 된 얼굴로 뛰어 들어와 예의도 제대로 갖추지 않고 그대로 바닥에 꿇어 엎드렸다. "왕야께 아룁니다. 왕부에 큰일이 났습니다."

"또 무슨 일이더냐?" 오라버니가 고개도 들지 않고 은젓가락을 탁 내려놓고는 술잔을 들었다.

"주 부인께서 자진하셨습니다."

쨍그랑 소리와 함께 옥잔이 오라버니 손에서 미끄러져 조각조각 부서졌다.

주안은 그동안 오라버니가 가장 아낀 시첩이었다. 그 같은 잘못을 저질렀어도 오라버니는 엄히 꾸짖는 대신 그저 방에 가둔 채 잘못을 뉘우치라고 하고는 며칠 동안 발걸음을 하지 않았을 뿐이다.

누가 생각이나 했을까! 불같은 성미의 주안은 오라버니의 냉대와 다른 희첩들의 조롱을 견딜 수 없어 대들보에 목을 매고 말았다. 그런데 다른 희첩들을 부추겨 실의에 빠진 주안에게 돌을 던지고 악담을 퍼붓게 한 사람은 바로 주안과 함께 왕부에 들어오고 친자매처럼 우애가 돈독했던 벽색이었다! 오라버니는 평소에 꽃같이 어여쁜 그녀들이 각자 뽐내는 재주만 보아왔다. 그러나 총애를 얻기 위해 뒤에서 온갖 모략을 일삼는 모습은 화려함 속에 감춰져 있어 오라버니 혼자만 눈치채지 못했을 뿐이다.

주안의 죽음과, 첩들이 보이지 않는 곳에서 잔혹하게 총애를 다툰다는 사실에 오라버니는 몹시 낙담했다. 지난날 올케가 죽은 일로도 지금까지 자책하던 오라버니는 이 일로 자신의 팔자에 살이 껴서 자기 곁에 둔 여인은 끝이 처량할 수밖에 없다고 믿게 되었다.

주안의 장례를 치르고 사흘 뒤, 오라버니는 자식이 없는 희첩들을 모두 왕부 밖으로 내보냈다. 큰돈을 쥐여주어 고향으로 돌려보낸 것이다.

오라버니는 진정으로 여인을 아낄 줄 아는 사람이었다. 비록 벽색이 모질고 악독하기는 하나 차마 죽이지는 못하고 왕부에서 쫓아내는 것으로 일을 마무리 지었다.

오라버니는 천하의 모든 여인이 다 가엾다고 했다. 오라버니 입에서 이 같은 말이 나오다니, 문득 깨달은 것인지 아쉬움에 하는 말인지 알 도리가 없었다.

나는 오라버니 곁에서 그가 직접 수옥별원의 문을 닫는 것을 지켜봤다. 지난날의 한없는 풍류는 모두 그 묵직한 대문 뒤에 갇혀 자물쇠가 채워지고 먼지가 내렸다.

오라버니는 외로이 돌아섰다. 여전히 눈처럼 흰 백의를 입고 까만 귀밑머리 위로 옥관을 쓴 모습에서 자유분방한 기운이 느껴졌으나,

눈에 담긴 냉담함과 적막함은 감출 수 없었다.

"돌아가자." 나는 어렸을 때처럼 오라버니에게 기대 그의 손을 끌어당겼다. 오라버니는 고개를 숙인 채 따스한 눈빛으로 나를 바라볼 뿐이었다.

서고고는 숙모 모녀를 증오했다. 두 사람이 수작을 부린 탓에 모든 사달이 일어났고, 그들이 아니었다면 오라버니가 이토록 상심할 일도 없었을 것이라고 생각했다.

서고고는 나와 함께 자등나무 오솔길을 천천히 걷는 내내 말하길, 마땅히 왕천을 사사하여 후환을 없애야 하는데 내 마음이 너무 약하다고 했다.

이토록 격분한 서고고를 보는 것은 실로 오랜만이었다. 어쨌든 오라버니가 자라는 모습도 곁에서 지켜본 그녀였기에 당연한 일이기는 했다.

자등나무 가지가 머리 위로 늘어지고 분홍색과 보라색 꽃이 송이송이 매달려 있는 사이로 꽃술이 부들거렸다.

나는 한숨을 내쉬며 두 손을 뻗었다. 가느다란 손가락 끝이 핏기하나 없이 창백했다. "이 두 손에는 이미 피비린내가 잔뜩 배었어. 그저 한 가지 바람이라면, 내 피붙이의 피만은 묻히지 않았으면 해."

서고고는 떨리는 눈빛으로 길게 한숨을 내쉬었으나 여전히 주저하며 말을 이었다. "소인은 그저 후환이 남을까 걱정입니다."

나는 웃어 보였지만 가슴속은 한없이 스산했다. "후환이라는 것은 그저 나 스스로 겁을 내는 것일 뿐…… 애증도 화복도 다 내 손안에 있고 다른 사람이 어찌할 수 없는 것이지."

화친공주로 뽑힐 종실 여식들의 명단을 아무리 보고 또 봐도 마음에 꼭 드는 이가 없었다. 어느 정도 명망과 권세가 있는 세가는 딸을 머나먼 타국으로 시집보낼 뜻이 없었기에, 명단에 올라온 이름은 하나같이 보잘것없는 가문의 여인들뿐이었다. 화친공주로 갈 여인은 아름다울 필요도, 총명하고 지혜로울 필요도 없었다. 그저 충성스럽고 절개가 있어 나라에, 그리고 소기에게 충성을 다하기만 하면 되었다.

별다른 수가 떠오르지 않아 고심하고 있는데, 갑자기 고채미가 왕부로 찾아와 알현을 청했다. 나 또한 오래도록 그녀를 보지 못한 터였다. 그날 그렇게 헤어진 뒤로 지금까지 어찌 지냈는지 전혀 아는 바가 없었다.

이 아이는 연유 없이 알현을 청할 성격이 아니었다. 오늘 갑자기 찾아온 것은 아마도 또 오라버니 때문이리라 짐작되었다.

아월은 내가 이른 대로 그녀를 서재로 데리고 왔다. 오늘은 날이 흐려 움직이기 귀찮았던지라 서재에 틀어박혀 오래된 곡보를 들추고 있던 참이었다.

발이 반쯤 말려 올라가더니 담홍색 옷차림의 아리따운 여인이 안으로 들어, 곱게 무릎을 꿇고 절을 하며 문안했다.

정교하고도 고운 단장에 청아하고 수려한 미모가 한껏 두드러졌다. 담담한 미소가 떠오른 얼굴에서는 우울하고 초췌하던 지난 모습을 찾아볼 수 없었다.

"참으로 고운 아이가 아닌가." 나는 웃으며 찬탄했다. "앉아라. 여기서는 예의를 차릴 필요 없느니."

고채미는 내가 이른 대로 자리에 앉더니 가만가만 말문을 열었다. "왕비 마마, 감축드리옵니다."

나는 웃으며 답했다. "마음 써주어 고맙구나."

"제가 예에 어두워 축하를 드리러 오는 길이 늦었습니다." 새빨갛게 달아오른 얼굴로 들릴락 말락 가느다랗게 말하는 것을 보니 입을 떼기가 몹시 어려운 모양이었다.

나는 도무지 웃음을 참을 수가 없어 그녀를 놀렸다. "인사치레가 입에 익지 않은 것이 눈에 보이는데, 구태여 그런 허례허식을 흉내 내려 하느냐?"

고채미는 새빨개진 얼굴로 입술을 깨물면서도 길게 한숨을 내쉬며 스스로도 웃음을 터뜨렸다. 순진하고 귀여우면서도 부끄러워 어쩔 줄 모르는 모습에 더 호감이 들었다.

"허례허식이 아니라 진심으로 기쁘게 생각하고 있습니다." 고개를 든 그녀의 두 눈이 반짝반짝 빛났다.

순간 가슴에 따스한 온기가 차올랐다.

"알고 있다." 나는 미소를 지으며 그녀를 바라보고는 부드러운 목소리로 말했다. "채미야, 너는 다른 사람과 달라. 네가 축하한다고 하면 틀림없이 진심으로 축하하는 것이겠지. 그 마음이 그 어떤 축하 선물보다 더 귀하구나. 참으로 고맙다."

고채미는 또 얼굴을 붉히며 고개를 숙이고는 말없이 웃었다. 한참을 잠자코 기다렸는데도 고채미가 말문을 열 기미를 보이지 않았다. 문득 고채미가 달리 부탁할 일이 있어서가 아니라 그저 축하를 해주려고 왔는데 내가 속 좁은 생각을 한 것이 아닌가 하는 의문이 들었다.

내가 막 말을 꺼내려고 할 때, 갑자기 고채미가 몸을 굽히며 다시 내 앞에 무릎을 꿇었다. "왕비 마마, 오늘 제가 알현을 청한 까닭은 첫째는 감축 인사를 드리고자 함이요, 둘째는 부탁드릴 일이 있어서입니다."

이 아이는 다 좋은데 언행이 딱딱하고 어색한 데가 있었다. 나는 웃으며 말했다. "어디 한 번 말해보아라."

"외람되오나 감히 청하옵건대 돌궐로 시집을 보내주시옵소서!" 고개를 숙이고 있어 표정은 알 수 없었으나 목소리만은 매우 단호했다.

나는 잘못 들은 줄로만 알고 깜짝 놀라 그녀를 쳐다보다가, 차츰 그녀가 한 말을 곱씹어보았다. "이유가 무엇이냐?"

고채미는 사전에 할 말을 다 준비해둔 듯했다. 당당하고 차분하게 대의에 한 치도 어긋남이 없는 말을 암송이라도 하듯이 유창하게 늘어놓았다.

"그런 말은 조정 신료들에게나 하여라. 나는 그저 네 진심을 묻는 것뿐이다." 나는 미간을 찌푸리며 자리에서 일어나 그녀 앞으로 걸어 갔다.

고채미는 고개를 떨군 채 아무 말 없이 앙상하게 마른 두 어깨를 부들부들 떨기만 하다가 한참 만에야 고개를 들었다. 두 눈에 눈물이 그렁그렁 맺혀 있었으나, 눈빛만은 비할 바 없이 단호했다. "한 번만 돌아봐주시길 청했는데도 들어주지 않으시니, 차라리 영원히 절 기억하게 만들고 싶습니다."

"허튼소리!" 나는 소매를 떨치고는 말했다. "이리하면 강하왕이 널 붙잡을 줄 아느냐?"

고채미가 고개를 세게 저었다. "아닙니다!"

"남녀의 감정을 어찌 나라의 대사와 함께 논하리오!" 나는 뒤돌아서서 호되게 질책했다. "그런 말은 더 듣고 싶지 않으니 이만 돌아가거라."

그때였다. 뒤에서 쿵 소리가 들렸다. 고채미가 땅바닥에 이마를 찧은 것이었다.

"사랑하는 사람과 이루어질 수 없다면, 설령 다른 이에게 시집가더라도 평생 울적하게 살 것입니다. 왕비 마마, 마마도 여인이시니 소녀의 마음을 헤아려주십시오!"

나는 버럭 성을 냈다. "이리 어린 나이에 평생 울적할 것이라는 말을 입에 담느냐!"

그때 서고고가 발을 걷으며 들어왔다. 아마 밖에서 내 호통 소리를 들은 모양이었다. 서고고는 눈앞의 광경을 보고는 얼굴을 굳히며 냉랭히 말했다. "왕비 마마께서는 조용히 쉬셔야 하니, 소란을 피우시면 안 됩니다."

나는 쓴웃음을 지으며 손을 내저었다. "피곤하구나. 그만 물러가거라." 그런데도 고채미는 그 자리에 꿇어앉은 채로 말없이 눈물만 흘리며 한사코 일어나지 않으려 했다. 안타까운 마음을 누르며 소매를 떨치고 자리를 떠나면서, 서고고에게 무례하게 대하지 말고 소란을 피우지 않는 한 하고 싶은 대로 내버려두라고 일렀다.

침상에 기대 미간을 찌푸린 채 도대체 무슨 일이 생겼기에 고채미가 이 정도로 절망한 것인지 생각해보았다. 그러다가 나도 모르게 잠이 들었다.

잠에서 깨니 이미 저녁 무렵이었다. 막 단장을 마치고 자리에서 일어나는데 소기가 방 안으로 들어오는 것이 보였다. 소기는 나를 보자마자 물었다. "문 앞에 있는 저 여인은 어찌 된 일이오?"

"누구요?" 나는 영문을 몰라 되물었다.

"그 뭐였더라……." 소기는 이름이 생각나지 않는 듯 미간을 찌푸렸다. "그 고씨 가문 여식 말이오."

나는 '아!' 하고 물었다. "고채미요? 아직도 있나요?" 소기가 고개를 끄덕였다. "맞소, 그녀 말이오. 당신이 문 앞에 꿇어앉아 있으라 하였소? 무슨 잘못을 저지른 것이오?" 순간 너무 놀라 할 말을 잃었다. 밖은 이미 어둠이 짙게 깔리고 먹구름이 잔뜩 끼어 곧 비바람이 불어

닥칠 것 같았고 밤바람에 발이 차르륵차르륵 흔들리고 있었다.

강하왕부로 사람을 보내 오라버니를 모셔오게 했으나, 오라버니는 아직도 당도하지 않았다. 밤바람에서 이미 비 올 기운이 느껴지며 곧 비바람이 불어닥칠 듯한데도 고채미는 하루가 다 저물도록 고집스럽게 문 앞에 꿇어앉아 있었다.

"아숙이 오지 않는다면 저기 꿇어앉은 채로 죽을 작정인가?" 소기가 짜증스럽게 미간을 찌푸렸다.

"그게 무슨 말이에요?" 나는 눈썹을 치키며 그를 노려보다가 다시 탄식을 내뱉었다. "고채미도 가엾고 존경스러운 여인이니 그런 식으로 말하지 마세요."

소기가 깜짝 놀라며 말했다. "당신이 어린 여인을 두고 존경스럽다고 하다니, 참 드문 일이군."

나는 탄식하며 말했다. "고채미는 뜻을 굽히지 않으면서 마음속의 바람도 포기하지 않고, 분수를 벗어나는 생각을 품지도 않아요."

소기가 잠시 가만히 있다가 고개를 끄덕였다. "실로 드문 여인이군."

갑자기 불어닥친 바람에 주렴이 높이 쳐들리며 차르륵차르륵 구슬 부딪치는 소리가 멎지 않아 그렇잖아도 심란한 마음을 더욱 어지럽혔다.

시녀가 서둘러 창문을 닫았다.

"강하왕께서 당도하셨습니다." 아월이 발을 들어 올리며 나직이 아뢰었다.

나와 소기는 의아하게 고개를 돌리다가, 백의를 걸친 쓸쓸한 모습으로 문 앞에 나타난 오라버니를 발견했다.

"오라버니, 대관절 고채미와 무슨 일이 있었던 거야?" 나는 미간을 찌푸리면서도 도대체 무엇부터 물어야 할지 갈피를 잡을 수 없었다.

오라버니는 귀찮은 듯 시녀를 물리고는 울적한 표정으로 자리에 앉았다.

"채미를 만났는데, 내 말은 들으려고 하지 않아." 오라버니의 얼굴에서는 웃음기 하나 보이지 않았고, 평소의 거리낌 없이 시원시원한 모습도 찾아볼 수 없었다.

"채미는 오라버니가 마음을 돌리기만 바라는 거 아니었어?" 나는 도무지 이해할 수가 없었다.

오라버니는 찻잔을 들더니 말없이 넋을 놓은 채 내 물음에 답하지 않았다.

다시 묻고 싶었으나 소기가 살짝 고개를 젓는 것이 보였다.

오라버니가 나직이 말문을 열었다. "그날 왕부로 찾아왔을 때, 내가 너무 단호히 잘라낸 것은 아닌지……. 그때는 고민문이 그녀를 억지로 시집보내려 한 사실을 몰랐기에, 그저 일찌감치 헛된 꿈을 버리게 하는 것이 좋겠다고만 생각했다."

이런 사정이 있으리라고는 생각지도 못했다. 고채미의 오라비 되는 자의 소인배 같은 얼굴을 떠올리니 구역질이 났다.

"고민문이 채미를 어떤 가문에 시집보내려고 하는데?" 문득 다른 사람에게 시집가 평생 울적하게 사느니 차라리 머나먼 돌궐로 시집가겠다던 채미의 말이 떠올랐다.

오라버니가 미간을 일그러뜨리며 말했다. "서북 지방에서 장사를 하는 부호의 집이란다."

너무 놀랍고도 화가 치밀어 뭐라 말하기도 전에 소기의 코웃음 소리가 들렸다. "수치도 모르는 자 같으니."

참으로 고민문에게 딱 맞는 말이었다. 이는 시정잡배나 할 짓거리였다. 고씨 가문이 이 지경으로 몰락한 것은 고민문이 대부분의 가산

254

을 흥청망청 헤프게 쓴 때문이었다. 그런데 이제 하나뿐인 여동생까지 팔려고 하다니, 위풍당당한 제후의 가문이 어쩌다가 이 지경으로 쇠락했단 말인가. 고채미는 아마도 혼인 소식을 듣고 오라버니에게 마지막 기대를 걸고 찾아갔다가 단호히 거절당한 것이리라.

"그날 그런 사정이 있는지도 모르고 그녀에게 상처 주는 말을 했으니……. 방금 전 채미를 만나, 그 오라비에게 혼담을 넣어 그녀를 첩으로 들이겠다고 했는데, 채미가 단칼에 거절하더구나." 오라버니의 낯빛은 몹시 어두웠다.

얼마나 절망했기에 그 연약한 여인이 기꺼이 모든 것을 버리고 가슴속에 품은 정도 끊은 채 멀리 타국으로 시집을 가려는 것일까?

잠시 정신이 흐릿한 가운데, 내가 겪은 일들을 하나하나 떠올려보았다. 그러나 아무리 힘들 때도 그토록 절망한 적은 없었다. 단 한 번도 고립무원의 처지인 적이 없었기에, 늘 가장 믿는 사람이 곁에 있었기에 말이다. 고채미나 주안 같은 여인에 비하면 나는 참으로 운이 좋은 여인이었다.

우르릉 쾅쾅, 천둥소리가 울리고 빗방울이 유리 기와 위로 떨어지기 시작했다. 툭 투두두둑, 어지럽게 뒤엉킨 급한 빗소리가 가슴속을 울렸다.

"아월아, 사람을 시켜 채미에게 우산을 씌워주라 일러라." 어찌할 도리가 없어 그저 탄식만 내뱉었다.

그때 오라버니가 갑자기 자리에서 일어났다. "내가 가보마."

한참 동안 말이 없던 소기가 그 순간 말문을 열었다. "아숙, 그녀를 사랑할 수 없다면 차라리 떠나보내는 게 낫습니다."

오라버니는 멈칫하더니 미간을 찌푸리며 소기를 쳐다봤다. "떠나보내라니, 정말 돌궐로 시집보내란 말입니까?"

"사람은 저마다의 팔자가 있는 법, 돌궐로 시집가는 것이 꼭 불행한 일이라고는 할 수 없어." 문득 깨달아지는 바가 있어 말을 이었다. "오라버니, 만약 그저 가여워서 채미를 첩으로 들인다면 오히려 더 깊은 상처를 주게 될 거야."

오라버니는 망연자실한 표정으로 한동안 가만히 서 있다가 끝내 뒤돌아 밖으로 나갔다.

나와 소기는 잠시 말없이 서로를 바라보며 유달리 쓸쓸한 비바람 소리만 듣고 있었다.

"당신 남매는 정말이지 성격이 뒤바뀌어 태어난 것 같소." 소기가 갑자기 탄식하며 말했다. "아숙은 겉으로 풍류남아처럼 보이지만 실제로는 담이 작아 진심으로 사람을 대하지 못하고 그저 회피하기만 하지. 만약 그가 당신처럼 과감하고 용감했다면 그토록 많은 여인을 가슴 아프게 할 일도 없었을 것이오."

"내가 용감하다고요?" 나는 쓰게 웃었다.

소기는 고개를 끄덕이며 웃었다. "당신은 내가 본 여인 중에서 가장 사나운 여인이오."

아니나 다를까, 그의 입에서 좋은 말이 나올 리 없지. 그의 말이 채 끝나기도 전에 나는 손을 들어 올려 오래된 서책 하나를 내던졌다.

오라버니는 고채미 곁에서 밤새도록 함께 비를 맞았으나, 그녀는 끝내 마음을 돌리지 않았다.

너무 영리한 것인지, 아니면 너무 이리석은 것인지 알 수가 없었다. 이제 오라버니는 죽을 때까지 고채미란 이름의 여인을 잊지 못할 것이나, 그녀 자신도 손만 뻗으면 잡을 수 있는 행복을 스스로 망가뜨려버렸다. 뭐, 이것도 나쁘지 않지. 어쩌면 오라버니 같은 사내에게는 얻기도 전에 잃어버린 것이 가장 소중할 수 있다. 고채미와 오라버니 사이에 얽힌 정은 생각할수록 탄식만 나왔다. 세상에서 가장 강요할 수 없는 일이 바로 쌍방이 서로를 사랑하는 것이다. 남녀가 딱 맞는 때에, 딱 맞는 시기에 만나지 못한다면 모든 것이 다 헛될 뿐이다. 아무리 애달프게 사랑하고 서로가 아니면 죽고 못 살아도 결국에는 스쳐 지나가는 인연으로 끝날 따름이다.

냉정하게 생각했을 때, 고채미는 절개가 있고 강직하기에 화친공주로 보내기에 더할 나위 없이 좋은 여인이었다. 며칠 뒤, 고채미를 의녀로 삼아 장녕공주(長寧公主)에 봉하고 돌궐로 시집을 보낸다는 태후의 의지가 내려졌다.

이제 국경을 넘어 황사가 휘날리는 사막으로 들어서면 고국과는 영원히 안녕을 고하게 된다. 고채미는 다른 무엇도 원치 않고 단 한 가지 소원만을 청했다. 바로 강하왕이 송친사(送親使)가 되어 그녀를 직접 국경 밖으로 배웅해달라는 것이었다. 오라버니는 그 자리에서 승낙했다.

장녕공주가 떠나는 날, 경성의 하늘은 하루 종일 비를 뿌렸다.

안개비가 희뿌옇게 뿌리는 가운데 이별하는 이는 가슴이 무너졌다.

4부

철혈강산 鐵血江山

양난 兩難

화친에 관한 일은 이로써 일단락되었다.

궁에서 갑자기 기쁜 소식이 전해졌다. 호 황후가 회임을 했다는 소식이었다. 중궁의 여관인 견(甄)씨가 왕부로 소식을 전하러 왔을 때, 마침 붓을 들고 대나무를 그리고 있던 나는 그 말을 듣는 순간 헛손질을 하여 하얀 종이를 검은 먹투성이로 만들어버렸다. 그리고 멍하니 몸을 돌리다가 탁자 옆에 있던 금병(錦甁)을 건드려 떨어뜨리고 말았다.

아월이 다급히 달려와 부축했지만, 나는 소매를 떨쳐 물러나게 하고는 홀로 탁자 앞으로 돌아가 가만히 앉았다. 순간 오만 가지 생각이 머릿속을 맴돌고, 놀랍고 기쁘면서도 불안하고 초조한 느낌이 들었다.

황후의 일상생활은 모두 중궁 여관이 관리한다. 나는 호 황후가 날마다 먹는 음식에 아이를 가질 수 없게 만드는 약이 들어간다는 사실을 알고 있었다. 자담은 아직 다른 비빈을 두지 않았으니, 호 황후만 자손이 없으면 황가의 혈통이 끊어지게 되어 있었다. 이것도 어찌할 수 없는 일이었다. 소기는 결코 다른 황위 계승자가 나타나는 것을 용인하지 않을 터였다. 설령 있더라도 없애버릴 것이다. 양위를 하지 않는 한 자담은 결코 자식을 가질 수 없었다. 그러나 자담이 양위를 해야 할 날은 그리 멀지 않았다. 호요와 자담은 둘 다 아직 젊기 때문에 양위를 하고 나서도 자식을 가질 시간과 기회는 넘쳤다. 그런데 도대체 무슨 문제가 생긴 것인지, 누군가 일부러 꾸민 일인지 아니면 예기치 않은 일인지, 지금 같은 시기에 호요가 회임을 했다.

설마 이것도 하늘의 뜻이란 말인가? 기뻐해야 할지 걱정해야 할지 갈피를 잡을 수 없었다.

혼례를 치른 뒤로 자담과 호요의 사이가 나빴다고는 할 수 없었다. 서로 예를 지켰고, 다른 사람 앞에서도 금실 좋은 부부처럼 보였다. 나도 그가 좋은 배필을 만나 아끼며 살기를 바랐다. 설령 부부가 서로 공경하고 사랑하더라도 못내 아쉽기는 할 테지만, 그래도 그렇게 서로를 의지해 한평생 살아갈 수 있다면 그것으로 충분하지 않은가 하고 생각했더랬다. 그런데 이 같은 시기에 하늘이 그들에게 아이를 주다니, 자담의 친자식…… 자담에게 이보다 더 큰 위안이 어디 있을까! 아이는 쓸쓸한 여인에게 다시금 희망을 안겨줄 수 있고, 어쩌면 여린 남자를 굳센 아버지로 성장시킬 수도 있다.

그러나 이 아이가 찾아온 것이 불행일지 행운일지는 더 깊이 생각할 엄두가 나지 않았다.

마음이 가라앉은 뒤로도 불안감은 가시지 않아 무거운 목소리로 물었다. "왕야께서도 벌써 아시느냐?"

견씨가 고개를 숙이며 답했다. "궁에서 이미 왕야께 아뢰었습니다."

가슴이 철렁 내려앉아 망설이며 물었다. "평소에 황후의 진찰을 맡은 태의가 누구더냐? 최근 바뀌지는 않았더냐?"

"왕비께 아룁니다. 평소에는 유(劉) 태의가 황후 마마를 살폈으나, 금일 유 태의가 병을 이유로 사직을 한 고로 이미 임(林) 태의로 바뀌었습니다."

견씨의 말에 가슴이 푹 꺼져 내렸다.

온종일 왕부를 비운 소기는 한밤중, 그것도 자시(子時)가 다 되어서야 조용히 방 안으로 들어왔다. 나는 아직 잠들지 않고 눈만 감은 채 안쪽으로 누워 있었으나 깨지 않은 척했다. 시녀가 모두 문밖으로 물러간 뒤 소기는 스스로 옷을 벗기 시작했는데, 혹시라도 내가 깰까 봐 가만가만 느릿느릿하게 움직였다. 모로 누운 채 살짝 미간을 찌푸리고 있는데, 소기가 몸을 굽혀 나를 바라보는 것이 느껴졌다. 가볍게 내 등을 토닥이는 소기의 손바닥은 위안과 안타까움이 잔뜩 배어 몹시도 따스했다.

나는 눈을 뜨고 부드럽게 그를 바라봤다. 평온한 웃음이 걸린 그의 얼굴에서는 평소의 냉혹하고 매서운 표정은 전혀 보이지 않아, 그저 평범한 사람의 남편이자 아버지 같아 보였다.

그러나 이 순간 또 다른 모자의 목숨은 그의 손아귀에 잡혀 있고, 그들의 화복도 그의 생각에 달려 있었다.

소기가 내 귓가에 대고 나직이 속삭였다. "그만 주무시오."

"방금 꿈에서 호 황후를 보았어요." 나는 그의 검은 눈동자 저 깊은 곳을 바라봤다. "아이를 안고 있었는데, 줄곧 울기만 하는 거예요."

나를 응시하는 소기의 눈 속에 날카로운 빛이 스치고 지나갔다. 소기는 입꼬리를 살짝 올려 미소를 그렸다. "그랬소? 어째서 그랬을까?"

"모르겠어요." 나는 그의 두 눈을 똑바로 쳐다봤다. "존귀한 황후의 몸에 이제 황손까지 생겼는데 어찌하여 슬피 울었을까요?"

"꿈일 뿐이거늘 참으로 여길 필요가 있겠소?" 소기가 미소 지으며 내 얼굴을 들어 올렸다. "당신은 갈수록 생각이 많아지는구려."

나는 그를 그윽하게 바라보았다. "나는 내 생각을 모두 당신에게 말해주는데, 당신은 당신의 생각을 내게 말해준 적이 없죠."

웃음을 거둔 소기의 눈빛이 점점 차가워졌다. "당신이 알고 싶은 것은 굳이 내가 말하지 않아도 짐작하지 않소?"

말 속에 담긴 예리한 가시에 찔리니 뭉근한 통증이 일었다. 나는 뭐라 대꾸할 말이 없어 멍하니 그를 바라보기만 했다. 목구멍에서 찐득찐득한 쏩쓸함이 솟구치는 것 같았다. 이는 곧 호요가 자담의 아이를 낳도록, 황실에 다시 후손이 생기도록 두고 보지 않을 것임을 인정하는 말이었다. 그런데도 나는 그를 말릴 반박의 말 한 마디 꺼내지 못했다. 소기는 잘못한 것이 없기 때문이다. 마음 한 번 모질게 먹어 후환을 뿌리 뽑는다. 제왕의 대업을 이룬 자치고 지난 왕조 황족의 시신을 밟지 않은 자가 어디 있겠는가………

그러나 그는 자담이었다. 자담의 처자식도 내 피붙이였다.

"어쩌면 공주일 수도 있어요." 내 발버둥은 스스로 느끼기에도 힘이 없었다. "이 지경에 이른 황실은 이미 오래전에 빈껍데기가 되어버렸는데, 그 아이를 살려둔다고 무슨 방해가 되겠어요. 여아라면 살려두지 못할 것도 없지요."

침울한 낯빛으로 나를 빤히 쳐다보는 소기의 눈에 연민이 담긴 듯했다. "좋소. 여아라면 살려둘 수 있지. 하나 남아라면 어찌해야 하오?"

나는 흠칫 굳었다가 한참 만에야 어렵사리 입을 떼었다. "적어도 살 기회가 절반은 있잖아요."

내가 몸의 떨림을 주체하지 못하는 것을 본 소기가 차마 더는 몰아세울 수 없어 끝내 탄식을 내뱉었다. "좋소. 절반의 살 기회가 있다는 당신의 말대로 열 달을 기다렸다가 여아라면 살려주고 남아라면 목숨을 거두겠소."

이튿날 날이 밝자마자 호요에게 하례를 올리러 궁에 들었다가, 중궁 침전에서 자담을 만났다.

침전 안으로 발을 들이다가, 자담이 부드럽고 따스하게 매실 한 접시를 황후에게 건네는 모습을 보았다. 호요는 그의 몸에 기대 볼에 홍조를 띠고 얼굴 가득 따스한 웃음을 짓고 있었다. 찰나의 순간 가슴이 저릿했다. 익숙한 그 눈빛은 예전처럼 다정다감했다. 고개를 돌려 나를 발견한 자담의 눈빛이 그 자리에서 엉기고, 반쯤 건네던 손이 허공에서 굳었다.

"신첩, 황제 폐하와 황후 마마를 뵙습니다." 나는 고개를 숙이고 무릎을 굽히며 그에게 절을 올렸다.

"일어나시오." 눈앞에서 황금빛 두루마기 자락이 번뜩 지나치더니 자담이 다가와 나를 부축해주었다. 그의 두 손은 여전히 그토록 창백하고 앙상했다.

나는 태연히 몸을 빼내 뒤로 물러서서, 호 황후를 향해 돌아서며 미소를 머금고 하례를 올렸다. 자담은 한쪽에 가만히 앉아 나와 호요가 담소를 나누는 모습을 유난히 부드러운 미소를 머금고 지켜볼 뿐 아무 말도 하지 않았다. 얼마 지나지 않아 태의가 황후를 진맥하러 왔다. 내가 자리에서 일어나 작별을 고하는데 자담의 목소리도 들려왔다. "짐은 다른 일이 있으니 나중에 다시 황후를 보러 오리다." 호 황후의 눈빛이 일순 어두워졌다. 그러나 그녀는 아무 말 없이 몸을 숙여 황제를 배웅할 따름이었다.

조양궁에서 나와 궁문 앞에 이를 때까지 자담은 말없이 앞에서 천천히 걷기만 했다. 난거가 이미 앞에서 기다리고 있었기에 나는 몸을 숙이며 담담히 말했다. "신첩, 물러가옵니다."

자담은 말을 하지도, 돌아서지도 않았다. 나는 그의 옆으로 지나가려 했다. 어깨가 스치는 그 순간, 자담이 내 팔뚝을 힘껏 붙잡았다. 갑작스러운 힘에 몸이 휘청했다.

찰나의 순간, 나는 새끼를 해칠까 봐 경계하는 암컷 짐승처럼 생각하고 말 것도 없이 손을 뻗어 소매 밑의 단검을 잡았다!

그러나 차가운 검에 손가락이 닿았을 때, 눈앞에 있는 사람이 자담임을 확인했다.

나는 뻣뻣이 굳은 채로 멍하니 자담을 바라보았다. 자담은 놀라움과 애석함이 가득한 눈빛으로 검을 쥔 내 손을 뚫어져라 쳐다봤다.

나는 입만 벙긋거릴 뿐 한 마디도 내뱉지 못했다. 그에게 깊은 상처를 준 것이 분명했으나 어떻게 해명해야 할지 몰랐다. 나 자신조차 왜 그런 것인지 알 수가 없었다. 어미의 본성이 이성을 잃게 만든 것일까? 아니면 자담도 더는 믿을 수 없게 된 것일까?

그와 눈이 마주친 것은 찰나였지만 더없이 길게만 느껴졌다.

"그저 축하한다는 말을 전하고 싶었어." 자담은 참담히 웃으며 천천히 손을 놓았다.

어느덧 봄이 막바지에 이르고 여름의 녹음이 짙어지고 있었다.

오후에 낮잠을 자고 일어났더니 온몸이 느른하고 기운이 없었다. 경대 앞에 앉아 다시 머리를 빗고 화장을 하는데, 평소와 달리 두 뺨에 홍조가 피어 입술의 창백함이 더 도드라져 보였다. 요즘은 정신이 예전 같지 않고 쉽게 피로를 느꼈다.

최근 들어 날마다 상소문이 눈발 날리듯 날아들었는데, 대부분이 소기에게 다시 입조해 정사를 맡아달라 청하는 내용이었다. 곧바로 왕부로 전해져 서재에 차곡차곡 쌓여가는 상소는 날마다 사람을 시켜 정리해야 할 정도였다.

소기가 때를 기다리며 왕부에 칩거한 지 오래되었으니 이제 얼추 움직일 때가 되었다. 북방의 봉강대리가 교체되면 군의 적폐를 청산

하는 대사가 마무리되니 더는 누구도, 어떤 일도 그의 발걸음을 막을
수 없었다.

곧 대업이 이루어질 터이니 또 세상이 뒤집힐 일이 벌어질 것이다.

그날 이후, 자담은 비단 상자 하나를 보내왔다. 거기에는 이미 누
렇게 변한, 비단에 그린 그림이 들어 있었다. 옅은 필치로 그려낸 수
려한 미소년의 옆얼굴은 꿈처럼 아련했다.

그것은 나의 필치였다. 예전에 자담이 책을 읽는 모습을 몰래 비단
에 그렸다가 다른 사람이 볼까 봐 조심스럽게 감춰두었는데, 결국은
그에게 들키고 말았다. 자담은 몹시 기뻐하며 이 그림을 달라고 간청
했지만 나는 한사코 거절했다. 그러다가 그가 경성을 떠나 황릉으로
향하는 날, 이 그림을 비단 상자에 넣어 그에게 주었다. 그런데 지금,
비단 상자와 그림 모두 내게 되돌아왔다. 나는 한참 동안 쓸쓸한 마음
을 곱씹다가 결국 그것을 태워 한 줌 재로 만들었다.

예관이 상소를 올려 청하길, 궁에서 1년에 한 차례씩 열리는 사례(射
禮, 활쏘기 의식)가 머지않았으니 예장왕이 의식을 주재해달라고 했다.

이 나라는 문(文)을 숭상하고 무(武)는 경시했다. 때문에 말 타고 활
쏘는 것을 명문가 자제라면 마땅히 익혀야 하는 기예 정도로만 취급
했고, 해마다 열리는 사례는 그저 시절에 맞는 오락거리에 지나지 않
았다. 그러나 소기가 정무를 주관하면서 무예를 숭상하는 기풍이 강
해져, 조정 신료들과 명문가 자제들이 말 타기와 활쏘기에 열중하기
시작했다. 어느 정도로 열중했는지를 가장 잘 보여주는 것이 바로 사
례였다.

더군다나 올해는 예년과 또 다른 점이 있었다. 예관이 성황을 이루
는 사례를 통해 황제와 예장왕이 모두 자손을 보게 된 경사를 축하할
요량으로 지극히 성대하고 장중하게 준비했다는 사실이었다. 비록

예법에 규정된 것은 아니었으나 지금껏 사례는 모두 황제가 직접 주재했었다. 예관이 이 같은 상소를 올리자 조정 전체가 들썩였지만 누구 하나 감히 이의를 제기하지 못했다.

자담은 예관이 아뢴 것을 윤허하고 소기에게 사례를 주재하라 명했다.

황실의 연무장은 화려한 깃발과 눈부신 비단으로 가득 채워졌다.

호 황후는 사례를 지켜보기 위해 내외명부를 이끌고 자리했는데, 내 자리는 그녀의 봉황좌 옆이었다. 사람들이 예법에 따라 절을 올리기에 나는 약간 몸을 숙여 답했다. 나와 눈이 마주치자 호요는 담담히 미소를 지었으나, 어쩐 일인지 미간에 수심이 깃들어 있었다. 말없이 서로 마주 보다가 옷을 털며 자리에 앉았다. 그러고는 가만히 고개를 돌려 연무장 쪽을 바라봤다.

호각 소리가 울리고 의장(儀仗)이 올라갔다. 화개(華蓋)가 눈부시게 빛나는 곳에서 흑색과 백색의 훌륭한 준마 두 마리가 나란히 달려왔다.

먹처럼 검은 군마에는 흑포를 입고 금갑을 걸친 소기가 타고 있었다. 자담은 황금색 용포에 은갑을 걸친 채 백마를 타고 조금 앞에서 달렸다.

햇살이 갑옷을 비추자 강렬한 빛에 눈이 아팠다. 하여 눈길을 돌렸더니, 등을 꼿꼿이 세운 채 단 한 순간도 눈을 떼지 않고 전방을 똑바로 주시하고 있는 호 황후가 눈에 들어왔다. 그런데 어쩐지 표정이 어두웠다.

그들은 각각 우리 두 사람의 낭군이었다. 자담을 바라보는 그녀의 심경이 소기를 바라보는 내 심경과 같을까…….

활쏘기 시합이 시작되었다. 연무장 안 멀리 떨어진 곳에 금잔 다섯 개를 걸었다. 시합에 참가한 자들은 돌아가며 경시(輕矢)로 그것을 쏠

터인데, 적중하면 술이 담긴 금잔을 받게 된다.

경시는 촉이 없는 화살로, 힘 조절이 매우 어렵고 정확도도 낮아 진정한 궁술을 겨룰 수 있었다.

연무장에서는 명문가 자제들이 활을 들고 말을 달렸고, 여자 권솔들은 멀리서 그 모습을 지켜봤다.

소기가 말을 달려 입장하자 주변에서 갑자기 우레와 같은 환호성이 터져 나왔다. 커다란 갈채 소리가 울리니 기세가 하늘을 찔렀다.

그런데 그때 자담이 갑자기 고삐를 놓고 앞으로 말을 달려 소기 옆을 지나치더니, 한발 앞서 예관이 바치는 조궁(雕弓)을 건네받았다.

갑자기 일어난 일이라 소기의 반응을 살필 새가 없었으나, 자담은 이미 화살을 시위에 메겨 활을 당기고 있었다. 시위 소리가 들리며 화살이 허공을 가르며 날아갔고, 이내 금잔이 소리를 내며 땅에 떨어졌다.

장내는 순식간에 정적에 휩싸였다. 어리둥절해 있던 여자 권솔들은 잠시 뒤에야 하나둘 놀라움에 비명을 질렀다.

온몸에서 식은땀이 흐르고 가슴이 격렬히 뛰었다. 그런데 그때 소기가 느릿느릿 박수를 치는 소리가 들렸다. 그제야 주변에서도 환호성을 질렀다.

예관이 앞으로 나가 자담의 손에 들린 조궁을 건네받으려고 했으나, 자담은 말 머리를 돌리고 그 예관은 보지도 않은 채 조궁을 땅바닥에 내던졌다.

사람들이 술렁거리기 시작했다. 소기는 냉랭하게 고개를 돌리며 가라앉은 목소리로 말했다. "폐하, 잠시 멈추시지요."

자담은 그 소리에 말을 멈추기는 하였으나 고개를 돌리지는 않았다.

"예기를 불손하게 다루는 것은 크나큰 금기이옵니다." 소기가 표정 하나 바꾸지 않고 냉담하게 말했다. "그러니 폐하께서는 예기를 주우시지요."

"짐은 몸을 굽히고 고개를 숙이는 것을 좋아하지 않소." 자담이 노기 어린 얼굴로 소기와 마주 봤다. 순간 일촉즉발의 긴장감이 흘렀다.

나는 이미 너무 놀란 상태였다. 오늘 자담의 모습은 평소와 많이 달라, 뭔가 불길한 예감이 강하게 짓눌러왔다. 잠시 망설이다가 입술을 깨물며 자리에서 일어나려는데, 호 황후가 한발 앞서 달려 나갔다.

호요는 모두가 지켜보는 가운데 큰 걸음으로 연무장으로 들어가, 몸을 숙여 조궁을 집어 들더니 두 손으로 받쳐 자담에게 올렸다.

두 사람이 양보 없이 맞서던 상황은 호요의 이 같은 거동에 의해 깨졌다. 그러나 존귀한 황후의 몸으로 직접 활을 주운 것은 황실의 체면을 크게 깎아내리는 행동이었다.

자담의 얼굴이 점점 더 일그러지고 가슴이 위아래로 오르내렸다. 그렇게 자담은 미동조차 없이 소기를 응시할 뿐, 호요에게는 눈길 한 번 주지 않았다.

"폐하께서 금잔을 맞히신 것을 축하드립니다." 소기가 몸을 숙이며 웃고는 고개를 돌리며 명했다. "여봐라, 술을 준비하라."

시종이 황망히 금잔에 술을 따라 올렸으나, 자담은 그 말이 들리지 않은 듯 갑자기 몸을 내밀어 호요의 손에 있던 활을 집어 들었다. 그러고는 화살을 메겨 시위를 당겼다. 활은 보름달처럼 휘어졌고 화살 끝은 소기를 향했다.

그 화살은 시합에 쓰는 경시가 아니었다. 정말로 사람을 죽일 수 있는, 흰색 깃이 달린 철시(鐵矢)였다.

침묵하는 법

때는 정오였으나 눈부신 햇빛이 갑자기 얼음처럼 꽁꽁 얼어붙었다.

검은 철시의 날카로운 촉이 햇빛 아래서 새하얗게 빛났다. 그 빛은 마치 잘 벼린 칼날처럼 내 눈을 가르며 들어왔다.

자담이 활을 드는 순간, 온몸의 피가 딱딱하게 굳어버렸다.

화살 끝과 소기의 목구멍 사이의 거리는 채 다섯 보가 되지 않았다.

끝 부분의 새하얀 화살 깃이 자담의 손에 걸리고 손목 위 핏줄이 불거졌다. 활은 보름달처럼 휘고 시위는 끊어질 듯 팽팽하게 당겨져, 금방이라도 화살이 쏘아져 나갈 것 같았다.

그때 갑자기 오직 흰색만이 내 눈에 들어와 박혔다. 자담의 하얗게 질린 얼굴, 하얗게 변한 손가락 마디, 그리고 화살 끝의 시린 빛도 흰색이었다.

천지가 죽음처럼 차디찬 흰색으로 가득 찼는데, 검은색 두루마기를 걸치고 금갑을 입은 소기의 모습만이 천지 한가운데 우뚝 서 있었다.

소기는 말 등에 바르게 앉아 있었다. 내게 등을 보이고 있었기에 이 순간 그의 표정은 볼 수 없었지만, 그 꼿꼿한 뒷모습은 시종일관 꼼짝도 하지 않았다. 소기는 검은색 바탕에 금색을 두른 넓은 소매를 늘어뜨린 채 일말의 동요도 없이 그 모습 그대로 있었다.

"폐하, 다 당기셨습니다." 낮고 묵직한 목소리에 스산한 웃음기가 배어 있었다. "한순간의 생각으로 피를 흘릴 자는 신 한 사람만이 아닐 것입니다."

자담의 얼굴색이 더욱 파리해졌다.

만약 이 화살이 시위를 떠나면 소기의 피가 어원에 뿌려질 테지만, 뒤이어 온 세상을 뒤집어놓을 보복과 살육, 동요가 이어질 것이다.

"폐하!" 미약하게 흐느끼는 소리가 눈앞의 스산함을 물리쳤다.

호 황후가 꿇어앉았다. 자담의 말 앞에 꿇어앉은 호 황후의 붉은 비단옷이 바닥을 덮고 봉황관 위에 달린 구슬이 흔들거렸다.

이토록 연약하고 무력한 호요라니, 평상시 화통하고 명랑하던 어린 황후는 온데간데없었다. 호요는 그저 고개를 떨군 채 얼굴을 가리고 울기만 했는데, 목구멍을 타고 나오는 울음소리는 애써 억눌렀지만 격렬하게 떨리는 어깨는 어쩌지 못했다.

일촉즉발의 두 사내는 여전히 서로 맞선 채 눈길을 돌리지도, 그녀를 쳐다보지도 않고 일국의 국모가 먼지 속에 꿇어앉아 있도록 내버려두었다. 그러나 자담의 화살은 분명히 살짝 떨렸었다. 시위는 여전히 팽팽히 당겨진 채였지만 손의 힘은 느슨해진 듯했다.

먼지 속에 꿇어앉은 채 얼굴을 가리고 애걸하는 저 여인은 이러나저러나 그의 아내였다.

만약 저기 앉아 있는 것이 나였다면 소기는 마음이 약해져 흔들렸을까?

나는 영원히 그 답을 알 수 없을 것이다. 나는 호요가 아니고, 강적 앞에 무릎 꿇을 일이 결코 없을 테니까.

"황후께서는 놀라실 것 없습니다. 황상과 왕야는 그저 활쏘기 시합을 하는 것뿐이에요." 나는 잰걸음으로 달려가 몸을 숙여 호요를 일으켰다.

　오른손으로 호요를 부축하는 한편, 소매 속의 단검을 잡고 눈길을 들어 자담을 직시했다.

　자담은 이 단검을 본 적이 있다.

　자담, 만약 네가 그 활을 쏜다면 나는 반드시 소기의 복수를 할 거야. 반드시 나 자신을 포함한 모든 황족의 피로 제를 올릴 거야.

　자담은 송곳처럼, 가시처럼 날카로운 눈빛으로 그런 나를 응시했다. 어쩐 일인지 그의 눈 속에서 어두운 빛이 타오르더니 마지막 희망을 한줌 재로 다 태워버린 것 같았다.

　소기는 웃으며 나를 향해 살짝 고개를 돌렸다. 날카로운 윤곽이 햇빛을 등졌고 입꼬리가 냉혹한 호선을 그렸다.

　"왕비의 말씀이 맞소. 폐하의 활솜씨가 훌륭하신지라 소신, 부끄럽기 그지없습니다." 소기가 길게 웃으며 몸을 날려 말에서 내리더니 거만하게 자담의 활을 등진 채로 고개조차 돌리지 않고 태연히 예관을 향해 걸어갔다.

　예관은 한쪽에 꿇어앉아 조심스럽게 금잔을 받쳐 들고는 머리 위로 높이 들어올렸다.

　나는 호요를 부축해 시녀에게 넘겨주고는 자담을 향해 돌아서며 깊이 몸을 숙였다. "신첩이 폐하께 술을 따라드리겠습니다."

　빈손으로 옥주전자를 집어 들어 금잔에 미주를 따랐다.

　달고도 맑은 술 향기가 코를 찔렀다. 나는 금잔 두 개에 술을 가득 따라 벽옥 쟁반에 받쳐 들었다.

　자담의 팔이 천천히 아래로 떨어지고 활시위도 느슨해졌다. 자담이 내뿜던 살기는 이미 흩어져 완전히 사라졌다.

　소기는 잔을 들고 자담을 향하더니, 넓은 소매를 펄럭이며 오만하기 짝이 없는 표정으로 얇은 입술에 비웃음을 그려냈다.

드넓고 적막한 연무장 사방에서 깃발이 펄럭였다. 휙휙 바람 소리 속에서 들리는 것이라곤 소기의 낭랑한 목소리뿐이었다. "황제 폐하, 만세——."

사방에서 터져 나온 만세, 만세, 만세 하는 우렁찬 외침에 철궁이 땅에 떨어지는 소리가 묻혔다.

만세 소리가 천지를 울리는 가운데, 자담은 외로이 말 등에 앉아 있었다. 높디높은 곳에 있었으나 휘청휘청 떨어지기 직전의 모습으로……

이튿날, 태의는 황상께서 용체가 편안치 못하시어 편히 정양(靜養)을 하셔야 한다고 했다.

궁에서는 황상께서 금일 경사 외곽 난지행원(蘭池行苑)으로 행차하실 것이니 예장왕이 조정의 일을 모두 맡으라는 조서를 내렸다.

일이 이 지경에 이르자 다시는 돌이킬 수 없게 되었다.

이렇게 궁을 떠나면, 아마도 자담은 돌아올 기약 없이 오랫동안 난지에 머물 것이다.

조정 문무백관은 물론이거니와 시정에서도 황제가 덕을 잃었다는 유언비어가 떠돌았다. 황제가 여러 사람 앞에서 추태를 보이고 흉포한 행동을 하며, 믿을 수 없게도 공신을 쏘아 죽여 나라의 동량을 꺾으려고 했다고 말이다. 이보다 더 귀에 담을 수 없는 유언비어도 많았으나 더는 듣고 싶지 않았다.

소기는 마침내 자담을 유폐할 좋은 명분을 얻었다.

자담이 도대체 무슨 생각을 하는 것인지, 어째서 소기를 성나게 한 것인지 알 수가 없었다.

나는 그의 목숨을 보전하기 위해 안간힘을 썼는데 그는 한사코 벼랑 끝으로 달려갔다.

이제 더 무엇을 할 수 있겠는가. 내 모든 힘을 기울여 할 수 있는 일이라곤 고작 자담이 그곳에 머무는 동안 너무 괴롭지 않도록 난지궁 안팎을 잘 정돈하는 것과, 호요를 안전하게 지켜 그의 아이가 무사히 태어날 수 있도록 돕는 것뿐이었다.

내가 막은 탓에 호 황후는 자담을 따라 난지로 가지 않고 궁에 남을 수 있었다.

연무장에서 궁으로 돌아온 이후, 황후는 고열로 쓰러져 정신이 혼미해졌는데 병세가 날이 갈수록 악화됐다.

며칠이 지났음에도 황후의 병세가 호전되었다는 소리가 들려오지 않았다. 나는 황후와 뱃속의 아이가 몹시도 염려스러워 태의의 만류도 뿌리치고 황후를 보러 기어코 입궁했다.

난새 휘장이 낮게 드리워져 있었다. 하늘하늘한 붉은색 깁 아래로 호요가 가만히 누워 있었다. 낯빛은 파리하였으나 열 때문에 홍조를 띠었고, 미간을 잔뜩 찌푸린 채 얇은 입술을 반쯤 악물고 있는 것이 마치 꿈속에서도 몸부림을 치는 듯했다.

손을 뻗어 그녀의 이마를 짚어보려 했으나 서고고가 막아섰다. "왕비 마마는 귀하신 몸입니다. 병자를 가까이하는 것은 좋지 않다는 태의의 당부가 있었습니다."

말소리에 놀랐는지 내가 무어라 답하기도 전에 호요가 몸을 흠칫하며 눈을 반쯤 뜨더니, 나를 빤히 쳐다보며 뭉그러진 두 글자를 내뱉었다. 호요와 아주 가까운 거리에 있었기에 어렴풋하게나마 제대로 들을 수 있었다. 그녀의 입에서 나온 두 글자는 분명 '왕야'였다.

심장이 쿵 내려앉았다. 한참 만에야 겨우 정신을 가다듬고 모든 사람을 내보냈다. 적막한 중궁 침전에 남은 사람은 나와 호요뿐이었다.

"아요, 만나고 싶은 사람이 있으면 내게 말해줘요." 손을 뻗어 그녀의 손을 잡았다. 호요의 손바닥에서 타는 듯한 열기가 전해졌다.

호요는 정신을 못 차린 듯 흐리터분하면서도 처량하고 슬픈 눈빛으로 중얼거렸다. "왕야, 제발 황상을, 이 아이를 살려주세요……. 다시는 왕야의 뜻을 거스르지 않겠습니다. 제가 잘못했으니……."

호요는 구슬픈 목소리로 헛소리를 하며, 물에 빠진 순간 발견한 유일한 지푸라기를 붙잡듯 내 손을 힘껏 붙잡았다.

나는 뒤로 한 발짝 물러서다가 갑자기 기댈 곳을 잃어 침상 근처에 주저앉았다. 차디찬 얼음물에 빠진 것 같았으나 몸부림조차 칠 수 없었다.

이럴 수가……. 호요도 소기가 놓아둔 장기짝이었구나. 그녀도 소기에게 충심을 바치는 사람이었어! 고르고 골라서 어리고 진솔하니 호씨 가문 출신이어도 자담을 해칠 마음을 품지 않을 것이라 생각했는데……. 문득 연무장에서 있었던 일이 눈앞에 떠올랐다. 자담이 활을 뺏고, 내던지고, 시위를 당기던 모습과 분노와 증오가 절절 끓던 눈빛이……. 자담과 호요가 보였던 평소와 다른 모습들을 떠올리니, 문득 가슴속에서 한기가 치솟아 차마 더는 생각을 이어갈 수 없었다.

자담은 틀림없이 진상을 알았을 것이다.

자신과 한 이불을 덮고 자는 사람이 그저 다른 사람이 심어둔 장기짝에 불과함을 알았을 때, 그 장기짝이 내가 직접 고르고 심어둔 사람이라는 데 생각이 미쳤을 때…… 그가 얼마나 절망하고 분노와 증오에 치를 떨었을지, 감히 상상조차 할 수 없었다.

얼마나 격분하였기에 뒷일은 생각지도 않고 연무장에서 활시위를 당겼을까?

그는 소기를, 나를, 호요를, 그를 속인 모든 사람을 증오할 것이다.
…… 혹시 아직 해명할 기회가 있다면 그의 용서를 구할 수 있을까?

나는 힘없이 얼굴을 감쌌다. 울고 싶었으나 이미 눈물이 말라버려
더 이상 흐를 것이 없었다.

이 익숙한 대전은 고모를 평생 가둬두었는데, 이제는 호요에게서
다시금 비통한 숙명이 재현되고 있었다.

대전 문을 넘어 망연히 앞으로 나아갔다. 어디로 가야 할지 몰랐으
나, 마치 어느 곳에서 부르는 듯 발걸음이 절로 그쪽으로 옮겨졌다.

"왕비 마마, 어디로 가십니까?" 서고고가 쫓아와서 걱정스럽게 물
었다.

얼이 빠진 채로 그 자리에 서 있던 나는 한참이 지난 후에야 황제
의 침궁 쪽으로 걸음을 옮기고 있었음을 깨달았다.

다만 내가 만나고 싶은 그 사람은 이미 그곳을 떠나 텅 빈 궁전만
남아 있을 따름이었다.

고요가 내린 밤, 안이 비치는 비단 궁등 아래로 상소문에 집중하고
있는 소기의 모습을 응시하며 그를 부르려다가 입을 다물기를 수차
례, 결국 소리 없는 탄식만 내뱉었다.

물어본들 뭘 어찌할 수 있겠는가……. 그가 나를 속인 것이 한두
번도 아니고, 나 또한 그를 속이고 또 속이지 않았던가……. 서로가
서로의 마음을 다 알고 있었으며, 결코 서로에게 양보하지 않을 터였
다. 그렇다면 구태여 말을 꺼낼 필요가 있겠는가? 그저 우리가 서로
를 용서할 수 있다면 이런 나날이 계속되게 하면 된다. 이번에 드디어
나는 침묵하는 법을 배웠다.

그날, 연무장에서 왕부로 돌아오는 길에 소기는 줄곧 나를 안고 있

었다. 난거에 오르자마자 모든 용기와 침착함이 뒤이어 밀려오는 두려움에 무너졌다. 당시 그 화살은 그의 목구멍에서 겨우 다섯 걸음 떨어져 있었다. 이 순간이 되어서야 겹겹이 겹쳐 입은 옷이 식은땀에 젖었다. 모든 것이 다 괜찮았다. 그가 여기 있으니까. 만약 그를 잃는다면, 내 생명도 저 깊은 나락으로 떨어질 것이다.

나는 그와 자담에 대한 감정의 경중이 서로 다름을 분명히 알고 있었다. 소기가 자담을 죽인다면 죽을 만큼 고통스러울 것이다. 그러나 자담이 소기를 죽인다면 내 목숨을 걸고 그와 싸울 것이다.

이제 얼마 후면 어머니의 기일이었다.

오라버니는 벌써 돌궐에 도착했다가 이제 돌아오는 길일 터인데, 어찌 된 일인지 감감무소식이었다.

소기는 북방 변경 길이 멀어 조금 지체되는 것도 이상할 게 없다며 계속 나를 위로했다. 그러나 그의 미간에도 걱정이 어려 있었다. 소기가 불안해하는 내 마음을 알듯 나도 소기가 무엇을 걱정하는지 알고 있었다. 마침 북방 변경 대리(大吏)가 교체되는 시기인데, 돌궐은 예전부터 이랬다저랬다 변덕을 부렸다. 이 와중에 아무리 노정이 지연됐다고 하더라도 아예 소식이 끊어진 것은 말이 되지 않았다.

북방 변경에서 경성으로 오는 소식이 끊긴 지 벌써 보름이나 되었다. 도정사(道政司)에서는 산길이 무너져 남북 교통로가 일시적으로 끊겼다고 보고했다.

그렇지만 여전히 뭔가 이상했다. 소기는 더 이상 내 앞에서 정무에 관해 언급하지 않으려 했지만, 유난히 바쁘고 몹시 초조해하는 소기를 보며 나는 뭔가 불길한 조짐을 느꼈다.

요 며칠 이상하게도 자꾸만 초조해져 밤에 잠도 오지 않고 입맛도 없었다.

여인의 직감은 언제나 놀랍도록 정확했다. 특히 안 좋은 일이 생겼을 때는 더했다.

며칠 뒤, 조정 안팎을 경악시킨 큰일이 북방 변경에서 전해졌다.

용양장군(龍驤將軍) 당경이 반란을 일으켰고, 돌궐이 이 기회를 틈타 일을 벌여 이미 국경 안으로 침략해 들어왔다는 것이었다.

봉화가 오르고, 변성(邊城)에 난리가 났다.

당경은 야심만만한 데다 제 자신의 공이 높다고 자부했다. 또한 시기심이 강해 호광열과 송회은에게 몸을 굽히려 하지 않고 오래전부터 소기에게 원한을 품고 있었다.

그러한 상황에서 이번에 병권까지 빼앗기면서 결국 반역을 일으키게 된 것이다.

6월 초아흐레.

당경은 북방 변경의 신임 진무사(鎭撫使)를 죽이고 부장(副將)을 구금한 뒤 유언비어를 퍼뜨리길, 예장왕이 공신을 의심하고 시기하여 병권을 빼앗아 문벌 귀족의 비위를 맞추고 한미한 가문 출신의 무인을 억누르려 한다고 했다. 또 옛 부하들이 반항할까 봐 죽이려 한다고도 했다.

삽시간에 군 안에 유언비어가 나돌고 군심이 흉흉해졌다.

소기에게 충성하는 옛 장수들 중 뜬소문을 믿지 않으려는 자는 구금되거나 면직되었다.

참장(參將) 조연창(曹連昌)은 극구 항변하다가 장막 앞에서 죽임을 당해 군영에 피를 뿌렸다.

밤중에 당경은 5만 반군을 이끌고 군영 안에서 군사를 일으켜, 어둠을 틈타 습격하고 약탈하며 곧장 영삭으로 내달렸다.

반군에 가담하지 않으려 한 장병들은 대부분 죽임을 당했고, 나머지는 강압에 굴복했다.

날이 밝을 무렵, 멀리서 남돌궐 곡률 왕의 낭기(狼旗. 이리 문양 깃발)가 갑자기 나타났다.

10만 돌궐 기병은 모래 폭풍처럼 휙휙 소리를 내며 달려와 뭉게뭉게 누런 모래바람을 일으켰다.

당경의 반군과 돌궐인은 성 아래서 회합했다. 그리고 함께 성문을 맹렬히 공격하며 영삭 수비군과 이틀 동안 밤낮으로 치열한 전투를 치렀다.

이튿날 오경까지 이어진 전투로 성 아래는 피가 강을 이뤘고 시체가 산처럼 쌓였다. 영삭을 지키던 정북장군(定北將軍) 모연과 부장 사소화(謝小禾)는 죽기를 각오하고 싸우는 한편, 낭연을 피우고 사람을 보내 황급히 조정에 급보를 전하게 했다.

셋째 날 정오, 북돌궐의 대군이 당도했다. 친히 25만 철기군을 이끌고 천 리 밖에서 대막을 가로질러 온 돌라(咄羅) 왕은 중원을 짓밟아 지난날의 치욕을 씻을 것이라고 호언장담했다.

잔악무도한 40만 대군은 거의 영삭 전체를 피바다와 시체의 산 한가운데 파묻어버렸다.

맨 처음 돌궐에 맞선 강하왕과 장녕장공주는 곡률 왕에게 인질로 잡혀 전장으로 압송되었다.

북방 변경의 12부족이 그에 따라 함께 반란을 일으켰다.

6월 열닷새, 영삭성이 무너졌다.

정북장군 모연은 전사했고, 모 장군의 부인 조씨도 갑옷을 입고 전장에 섰다가 성루에서 전사했다.

돌궐인은 영삭성으로 밀고 들어가 살육과 약탈, 방화를 저질렀다.

백성들의 재물을 있는 대로 빼앗았으며, 조금이라도 반항하는 사람은 그 자리에서 죽였다.

지난날 번화했던 변경의 요충지는 하룻밤 사이에 수라지옥으로 변해버렸다.

부장 사소화는 죽기 살기로 모씨 부부의 어린 딸을 구해내, 피범벅이 된 채로 겹겹의 포위를 뚫고 밤새도록 남쪽으로 내달렸다.

원래 북방의 방어진은 소기가 구축했으나, 당경이 주둔하며 지킨 이후로는 각 기관과 방어 병력을 어떻게 배치했는지 진즉에 손바닥 보듯 훤히 꿰고 있었다.

당경은 예전부터 '살무사'라는 별호가 있을 만큼 행군이 괴이하고 신속하여 일대 효장(梟將)이라 할 만했으며, 모략을 부리는 수단으로 따지자면 군에서 적수를 찾기가 어려울 정도였다.

이번 반란은 매우 짧은 사이에 일어나 반군의 밀려오는 기세가 신속하고 맹렬했다. 더욱이 남돌궐과 북돌궐까지 가세해 도저히 막아낼 수 없었다.

근처의 각 지방들이 서둘러 응전에 나섰지만 역부족이었다.

수장들은 모두 당경의 적수가 아니었고, 주둔군의 병력도 반군과 돌궐군에 비할 바가 아니었다.

영삭이 무너지자 흉악하고 잔인한 이리 떼가 울타리를 찢어발긴 듯 북방 변경 각 지역이 삽시간에 철기군의 말발굽 아래 유린당했다.

겨우 10여 일 만에 네 개 군을 잇달아 잃었다.

돌궐인의 말발굽은 다시금 중원 땅 안으로 들어왔다.

청천벽력 같은 소식이 전해지자 천하가 경악에 빠졌다.

조정에 든 사소화 장군은 슬픔과 원한을 담아 그간의 일을 고했는데, 말 한 마디 내뱉을 때마다 피눈물을 흘렸다.

문무백관은 모두 비분강개했고, 모 장군의 처남인 시랑(侍郞) 조운 (曹雲)은 그 자리에서 바닥에 엎드려 통곡하다가 결국 혼절했다. 사소 화 등 무장들은 죽기를 각오하고 전장에 나서게 해달라고 청했다.

모연, 지난날 영삭에서 나와 함께 싸웠던 젊은 장군과 의연하고 절 개 있는 그의 부인은 이렇게 나와 영별하고 말았다.

문무백관을, 원통함에 피눈물을 흘리는 부하를, 심지어 겨우 열한 살밖에 되지 않은 모씨 집안의 어린 딸을 마주한 그 순간, 천하를 벌 벌 떨게 만든 섭정왕 겸 대장군이자 나의 낭군인 그가 어떤 심정이었 을지 나는 알 길이 없었다.

10년을 따르던 심복이 하루아침에 반란을 일으키고 외적을 끌어들 이는 바람에, 강토가 함락되고 백성에게까지 큰 화가 미쳤다.

반평생 전장을 누비며 얻어낸 안녕은 이렇게 하루아침에 무너져버 렸다.

누가 가장 괴로울까? 누가 가장 한스러울까? 누가 가장 후회될까?

이 순간, 천하의 눈이 모두 예장왕 소기, 그에게 향했다.

그 이름은 태평성세의 악마이자 난세의 신이었다.

전당에서 세 가지 조령이 반포되었고, 하룻밤 사이에 전 경성에 퍼 져 천하를 놀라게 했다.

하나, 모 장군을 위열후(威烈侯)에, 조씨를 정열부인(貞烈夫人)에 추 봉하고 모씨의 어린 딸을 예장왕의 의녀로 삼는다.

둘, 영삭에서 전사한 장병들의 작위를 모두 3등급씩 높이고 그 가 족들에게 거금을 하사한다.

셋, 예장왕은 황제의 명을 받들어 반란을 평정하기 위해 사흘 뒤 친히 북벌 원정에 나선다.

다시 북벌에 나서다

조회를 마치고 여러 조정 대신, 장수와 늦게까지 공무를 논의한 소기는 한밤중이 되어서야 왕부로 돌아왔다.

왕부 대문 옥계 앞에서 궁등 하나를 든 채, 두 줄로 늘어선 등불이 멀리서부터 구불거리며 이쪽으로 다가오는 모습을 묵묵히 바라보고 있었다.

소기는 내게서 열 발자국 떨어진 곳에 말을 멈춰 세웠다. 나는 소기를 바라보며 머리를 쳐들고 미소 짓고는 궁등을 들어 올려 그의 귀갓길을 밝혀주었다.

소기는 말 등에서 뛰어내려 성큼성큼 내 앞까지 걸어오더니 나를 힘껏 끌어안았다. 주변에 있던 수행인들이 멀리 물러나니 고요가 내린 사방으로 밤바람이 옷을 스치며 지나갔다.

순간 눈물이 주르륵 흘러내렸다. 무늬를 아로새긴 사이로 은이 상감된 정교한 궁등이 손에서 미끄러져 바닥으로 떨어지더니 옥계 아래로 굴러가며 소리 없이 꺼졌다.

바람은 차고, 길은 힘겹고, 밤은 깊었다.

우리 둘만이 서로를 안은 채 두 사람의 그림자가 뒤엉켜 바닥 위로 기나긴 그림자를 드리웠다.

서로 마주 보며 아무 말도 하지 않았지만, 오가는 시선 속에서 천 마디 만 마디 말보다 더 많은 이야기를 주고받았다.

소기는 묵묵히 내 어깨를 꽉 쥐었다. 손바닥에서 전해지는 열기로 불덩이에 덴 것처럼 살갗이 홧홧했다.

핏발이 잔뜩 선 눈은 몹시 지친 기색이 역력했고 날카로운 와중에 침울함을 내비쳤다.

그의 눈썹과 눈가, 뺨을 어루만진 내 손끝은 이내 그의 입술에 가 머물렀다.

깎은 듯이 얇은 입술이 고단함을 그렸다.

지금 이 순간 나는 이 입술에 평소와 다름없는 미소가 떠오르기를, 오만하고 냉혹하고도 느긋한, 오직 소기만이 지을 수 있는 그 미소가 떠오르기를 바랐다.

소기는 한동안 나를 응시하다가 길게 탄식을 뱉으며 눈을 감았다. "결국 당신을, 또 천하를 저버리고 말았소."

그가 자신을 탓하리란 것을 진즉에 알았지만, 그의 입에서 나오는 말을 직접 들으니 송곳으로 가슴을 찌르는 것만 같았다.

당경이 난을 일으키고 외적을 끌어들여 백성들이 큰 화를 입었다. 사람을 잘못 봤고 방비가 늦었다는 점에서 소기는 책임을 미룰 수 없었다.

그러나 소기는 신이 아니었다. 10여 년 동안 생사고락을 함께하며 전장의 피바다를 같이 건넌 형제라 할지라도 야심의 유혹을 뿌리칠 수는 없었다.

사람의 본성이 그러한바, 신조차 사람의 본성을 꿰뚫어 보지 못하는데 하물며 일개 범인에 불과한 소기가 어찌 다 알 수 있겠는가……

그러나 이유가 어찌 되었든 잘못은 잘못이었고, 천하를 저버린 사실 또한 지울 수 없었다.

소기는 군자가 아닐지 모르지만, 자신의 잘못을 감추고 뒤로 숨어 버리는 비겁한 자도 아니었다.

친정(親征)은 천하에 대한 그의 책임이었다.

송회은, 호광열, 당경, 이들 세 사람은 소기가 가장 신뢰하는 수족이었다.

지난날 생사와 환란을 소기와 함께한 이들 셋 중에서 호광열과 송회은은 소기의 좌우에서 그를 보좌하고 당경은 변경을 지키는 역할을 맡아, 흔들리지 않는 세 세력을 구축하고 있었다. 그리하여 작금의 천하를 둘러보면 누구도 이들에 대적할 수가 없었다. 그러했는데 하루아침에 군신(君臣)이 반목하고 형제끼리 칼을 겨누게 될 줄 그 누가 알았겠는가!

당경은 도량이 좁고 시기심이 강한 데다 횡포했다. 줄곧 호광열과 송회은을 시기하고 미워한 탓에 다툼이 끊이지 않았고, 이미 오래전부터 원한을 품어왔다.

그간 여러 차례 다툼이 벌어질 때마다 소기가 나서서 문제를 해결하고 당경에게 거듭 경고를 한 것으로 이미 최대한의 관용을 베푼 셈이었다.

그런데도 당경은 자제할 줄을 몰랐다. 군중에 그를 비난하는 목소리가 날로 높아지고, 그를 탄핵하는 상소도 끊이지 않았다.

이번에 병권을 거둬들이고 변경 대리를 새 인물로 바꾸는 문제에서도 소기는 심사숙고를 거듭한 끝에 모질게 마음먹고 결정을 내렸다.

다른 사람들에게 당경의 반란은 전혀 예상치 못한 일이었을지 모르지만 소기에게는 아니었을 것이다.

소기는 예상하지 못한 것도, 방비를 하지 않은 것도 아니었다. 다만 함께 전장을 누빈 전우를, 옛 형제의 충성을 지나치게 믿었을 뿐이다.

당경은 오래전부터 모반을 꾸민 것이 분명했다.

돌궐 왕이 죽자 돌궐 왕족은 끝없는 왕위 다툼을 벌인 끝에 결국 나라가 둘로 쪼개지는 참담한 상황을 맞았다.

남돌궐은 옛 수도에 거점을 마련하여 물과 풀이 넘치는 남쪽 땅을 차지함으로써 점차 중원과 통상하며 어울리기 시작했다. 반면 북돌궐은 척박한 북방 들판으로 떠나 여전히 유목 생활을 하면서 군대를 양성해 북방 12부족을 정복하고 다시금 왕성을 세웠다. 그러나 지난날의 원한 탓에 남돌궐과 북돌궐은 아직까지 서로를 적대시하고 왕래하지 않았다. 중원의 대군이 쳐들어가 곡률이 왕위를 차지하도록 도울 때에도 북돌궐은 수수방관했다. 그러다가 곡률이 왕위를 계승하자 북돌궐도 남돌궐의 왕권을 묵인했다.

이 사이에 무슨 비밀이 있는지는 알 수 없으나 누군가 이 모든 일의 한가운데서 중요한 역할을 했음은 분명했다.

하란잠, 그는 밖에서 낳은 왕족이라는 비천한 신분이었다. 그런 그가 대체 무슨 수로 북돌궐의 묵인과 지지를 얻어냈을까? 또 무엇으로 당경처럼 음흉하고 흉악한 자의 신임을 얻었으며, 어떤 맹약을 맺어 공동으로 소기에 맞서게 되었을까?

어쩌면 하란잠은 소기에게 복수할 날만을 기다리며 오랜 인고의 세월을 보낸 것인지도 모른다.

다음 날 아침, 나는 내 의녀와 피를 뒤집어쓰고 친 리를 달려온 소년 장군을 만났다.

어젯밤 문 앞에서 소기를 기다리다가 풍한이 들었는지 밤부터 다시 기침이 나기 시작했다. 소기는 내게 누워서 쉬라고 했지만, 오늘은 그 여자아이가 왕부에 들어오는 날이었기에 무슨 일이 있어도 내가 직접 맞아야 했다.

정당(正堂)에 들어서니 청삼을 걸친 사내와 작고 깡마른 여자아이가 자리에 앉아 기다리고 있었다. 내가 들어오는 것을 보고 그 사내는 곧바로 자리에서 일어나 무릎을 꿇고 예를 행했다. "소장 사소화, 왕비 마마를 뵙습니다."

청삼에 칠흑같이 검은 머리, 준수하고 훤칠한 생김새의 사내가 눈에 들어왔다. 사소화가 이토록 말끔한 용모의 소년이었다니!

나는 미소를 지었다. "사 장군, 어서 일어나세요. 예를 차릴 것 없습니다."

이번에는 그 여자아이에게 눈길을 돌렸다. 아래턱이 깎은 듯이 뾰족하고 생김새가 수려한 아이는 담황색 궁의로도 창백한 얼굴을 감출 수 없어 한눈에 측은지심을 자아냈다. 그런데 아이는 고개를 숙이고 그 자리에 선 채로 입을 꾹 다물고는 예도 올리지 않았다.

"심아(沁兒)야!" 사소화는 고개를 돌려 목소리를 낮추고 아이를 꾸짖었다. 그러나 목소리에는 노기 대신 연민만이 가득했다.

아이는 살짝 몸을 떨더니 고개를 숙인 채 앞으로 나왔다. 몹시 내키지 않으나 사소화의 말을 거스를 수는 없는 것처럼 보였다.

나는 자리에서 일어나 절을 올리려는 아이를 제지하고는 온화한 목소리로 웃었다. "네 이름이 심아니?"

"저는 모심지(牟沁之)라고 하옵니다." 아이는 잠시 침묵하다가 자신의 이름을 말했는데, 특히 '모' 자에 힘을 주었다.

소심지가 아니라 모심지라……. 나는 아이가 차마 꺼내지 못한 말을 속으로 말해보았다. 순간 아이의 마음이 헤아려졌다. 겨우 열한 살밖에 안 된 이 아이는 성씨를 바꾸고 싶지 않고 원래의 성씨를 꼭 기억하려는 것이었다.

이에 사소화가 황급히 말했다. "왕비 마마, 용서하십시오! 심아가 아직 어려 예의를 모르니……."

"사 장군, 걱정 마세요." 미소를 지으며 사소화의 다급한 변명을 끊고는 말을 꺼내려는데, 갑자기 속이 울렁거리며 기침이 터져 나와 입을 막고 한동안 말을 잇지 못했다.

아월이 서둘러 탕약을 올렸다.

약사발을 건네받는데 돌연 심아의 겁먹은 목소리가 들려왔다. "기침을 할 때는 물을 마시면 안 돼요."

나와 사소화가 어리둥절하여 바라보자, 심지가 고개를 들어 슬픔이 깃든 영롱한 눈을 빛내며 말했다. "우리 어머니가 그러셨어요. 기침을 할 때 물을 마시면 사레가 든다고요."

"이 바보……." 사소화는 어처구니없는 표정을 지었고, 나도 얼굴에 미소를 띠었으나 마음속은 씁쓸하기 이를 데 없었다.

"그래, 그럼 마시지 않으마." 나는 약사발을 내려놓고는 미소를 지으며 아이를 바라봤다. "네 이름이 모심지구나. 음, 참 듣기 좋은 이름이네."

아이는 눈빛을 반짝이며 나를 바라봤다.

"내 이름은 왕현이다." 나는 자리에서 일어나 아이에게 손을 내밀었다. "네가 어떤 방을 좋아할지 한 번 둘러볼까?"

아이는 잠시 망설이다가 결국 그 작은 손을 조심스럽게 내밀었다.

이렇게 딸을 하나 얻었다.

아이의 손을 잡고 있자니 문득 가슴이 평온해지고 보들보들해졌다.

내 아이를 사랑하는 마음을 미루어 다른 사람의 아이까지 사랑한다는 말의 의미를 이제야 깨달았다.

내 뱃속에는 나와 소기의 아이가 있다. 그리고 내 곁에 있는, 전쟁 통에 부모와 모든 것을 잃은 이 아이도 이제 내가 사랑하는 보물이 될 것이다. 나는 이 아이를 진심으로 사랑하고 지켜줄 것이며, 아이에게 사랑과 온기를 보상해줄 것이다.

이 아이뿐만 아니라 그 많은 의지가없는 아이들 모두 전쟁의 희생양이 되어서는 아니 된다.

심아의 손을 잡고 회랑을 지나면서 내 마음속은 점점 더 밝아지고 분명해졌다. '사내들의 세상인 전쟁에서, 여인은 그저 집에서 남편이 돌아오기만을 기다리는 사람이 아니다.'

내가 해야 할 일은 그 밖에도 매우 많았다.

맑고 시린 달빛이 창살을 뚫고 들어와 대청 앞 옥계와 조각된 난간을 비췄다.

소기는 서안 위에 놓인 새까만 검갑(劍匣, 검을 넣어두는 상자)을 마주하고 있었다. 온몸이 시린 달빛에 휩싸인 채로 미동조차 하지 않았지만 무시무시한 살기가 뿜어져 나왔다.

검갑이 천천히 열리며 가오리 가죽으로 만든 칼집이 모습을 드러냈다. 전신이 시커먼 색을 띠는 장검이 다시금 그의 손에 들렸다.

검이 손에 쥐어지니 사람과 검이 하나가 된 듯했다.

스산한 기운이 사방으로 퍼져 다시금 광활한 하늘과 누런 모래가 끝없이 펼쳐진 변경의 사막으로 돌아간 듯했다.

이것은 소기가 늘 몸에 지니던 검이었다. 그와 함께 말을 타고 관새(關塞)와 산악을 넘고, 수많은 적을 베어 넘기고 오랑캐의 피를 마셨다. 소기가 경성으로 들어와 조정에서 정무를 주관하기 전까지 10년 동안 한 번도 그 곁을 떠난 적이 없었다. 이후로는 존귀한 섭정왕에 올라 조복을 입게 되면서 패검도 친왕의 의제(儀制)에 맞는 용문칠성(龍紋七星) 장검으로 바꾸었다. 그리하여 피를 잔뜩 마신 이 검도 지난날의 번쩍이는 갑옷과 함께 거두어졌다.

검을 봉하는 날, 나는 그의 곁에서 그가 검갑을 닫는 것을 직접 보았다.

당시 나는 웃으며 이렇게 말했다. "이 검이 다시는 칼집에서 나오지 않도록 천하가 태평해졌으면 좋겠네요."

그 말이 아직 귓가에 생생한데, 봉화가 다시 오르면서 반평생 피를 마신 이 검도 결국 다시 세상에 나오게 되었다.

달빛 아래서 소기는 장검은 반듯이 들어 올렸다. 스르릉. 예리하게 빛나는 칼날이 칼집을 빠져나왔다.

나는 눈을 질끈 감았다. 순간 눈이 너무 시려 감히 똑바로 쳐다볼 수가 없었다.

결국은 또 정벌, 정벌, 정벌이었다.

예장왕 정예 부대의 말발굽 아래 동정과 용서는 없다. 오직 살육과 징계, 위협과 멸망만이 있을 뿐이다.

내가 탄식을 내뱉자 소기가 뒤돌아 나를 바라봤다. 엄동설한처럼 차갑고 매서운 눈빛이 천근만근 무겁게 느껴졌다.

그에게 다가가는데 허공에 붕 뜬 듯하면서도 걸음이 납처럼 무거웠다.

소기가 미간을 찌푸리며 검을 다시 칼집에 꽂아 넣었다. "다가오지 마시오. 무기와 흉기는 가까이하지 않는 것이 좋소."

나는 창연히 웃고는 손을 뻗어 그 시커먼 칼집을 잡고 천천히 쓰다듬었다. 칼집에 남은 얼룩 하나하나가 생사를 넘나든 흔적이었다. 이 검에는 도대체 얼마나 많은 피와 불, 생과 사, 비장함과 장렬함이 새겨져 있을까?

"아무!" 소기는 검을 빼앗아 서안 위로 획 던졌다. "이 검은 살기가 너무 강해 당신에게 이롭지 않소. 몸이 상할 것이오."

나는 웃으며 말했다. "제아무리 살기가 강한들 당신만 못할 터인데, 내가 언제 두려워한 적이 있었나요?"

소기는 말없이 나를 응시했다.

나는 고개를 쳐들고 평소와 다름없는 미소를 지었다.

당경이 모반을 일으키고, 돌궐이 국경을 침범하고, 오라버니가 적의 진영에 사로잡혀 있다. 꼬리에 꼬리를 물고 발생한 변고에 정신을 못 차릴 지경이었다.

그러나 이 같은 상황에서 내가 보인 반응은 소기의 예상보다 훨씬 의연했다. 쓰러지거나 놀라 당황하지 않았으며 시종일관 침착했다. 천하가 모두 그만 바라보고 있을 때, 나 홀로 그의 뒤에서 위안과 힘이 되고 마지막 안식처가 되어주었다.

부드러운 달빛이 우리 두 사람의 그림자를 바닥에 비추었다. 휘영청 밝은 달빛에 잠긴 그림자가 살짝살짝 흔들렸다. 어쩌면 너무 밝은 달빛이 눈앞을 흐릿하게 만들고 한없이 쓰라린 마음을 불러일으켰는지도 모른다.

내일이면 헤어져야 한다.

오늘 밤이 지나면 얼마나 많은 긴긴밤을 보내야 다시 만날 수 있을까?

이제 아득히 먼 곳으로 떠나고 나면 우리가 함께 나눌 수 있는 것은 이 달빛뿐일 터, 달빛에 기대 서로를 그리고 서로의 곁을 비추게 될 것이다.

소기가 손을 들어 내 뺨을 살며시 어루만졌다. 그 손바닥이 따뜻하면서도 축축하기에 보니 내가 눈물을 흘리고 있었다.

언제부터 눈물을 흘린 것인지 얼굴이 온통 눈물범벅이었다.

"아무, 나를 원망하오?" 그렇게 묻는 쉰 목소리는 살짝 떨렸다.

내가 원망하고 탓하고 있나?

아니라고 한다면 거짓말이다.

하필이면 가장 힘들 때 나만 홀로 남겨두고 머나먼 전장으로 떠나려 한다. 외로움과 두려움, 예측할 수 없는 불안감, 심지어 출산의 고통까지 홀로 짊어지게 하고 말이다.

고통스럽지 않은 것이 아니다. 원망스럽지 않은 것도 아니다.

나는 그저 일개 여인일 뿐, 이별이 무섭고 고독이 두려운 한낱 여인일 뿐이다.

그러나 그에 앞서 소기의 아내이자 예장왕의 왕비였다.

이 고통은 나 혼자만의 고통이 아니요, 이 원망도 나 혼자만의 원망이 아니었다.

수많은 사람이 전쟁 중에 가족과 목숨을 잃고 피붙이와 헤어지는 고통을 겪는다. 이 모든 일을 겪는 이와 비한다면 내가 어찌 원망할 수 있으며 어찌 고통스러워할 수 있겠는가!

나는 손을 들어 그의 손등을 덮으며 담담히 웃었다. "당신이 하루라도 빨리 돌아온다면 내 원망도 그만큼 줄 테고, 당신이 머리카락 한 올이라도 다쳐서 온다면 내 원망도 그만큼 늘 거예요. 나는 당신이 무사히 돌아올 때까지 계속 당신을 원망할 거예요. 그리고 돌아오면 다시는 떠나지 못하게 할 거예요. 평생토록 말이에요."

말을 다 끝맺지도 않았는데 흐느낌이 새어 나와 더 말을 이을 수가 없었다.

소기는 말없이 그저 고개를 쳐들더니 한참 만에야 다시 고개를 숙이고는 여전히 축축한 물기가 배어 있는 눈길로 나를 바라보았다.

내가 떨리는 손길로 그의 뺨을 어루만지자 소기가 나를 확 끌어안았다.

소기는 나를 힘껏, 아주 힘껏 끌어안았다. 마치 손을 놓으면 나를 잃을까 봐 두려운 것처럼 말이다.

"아이가 말을 떼기 전에, 처음으로 아버지란 말을 하기 전에 돌아오리다. 아무, 기다려주시오. 아무리 고되고 힘들더라도 내가 돌아올 때까지……." 거기까지 말하고 목이 멘 소기는 목울대를 울렁이며 더는 말을 잇지 못했다. 붉어진 두 눈이 나를 마음속에 담으려는 듯 가만히 바라봤다. 바르르 떨리는 몸이 그의 고통과 무력감을 고스란히 드러냈다.

이 순간의 그는 더 이상 전지전능한 예장왕이 아니었다. 그저 다른 이와 마찬가지로 감정과 눈물이 있는 범부이자 무력한 낭군이요, 미안함과 죄책감을 가누지 못하는 아비였다. 그의 차가운 얼굴 아래 감춰진 고통이, 두려움이 뚜렷이 보였다. 소기는 이대로 헤어져 영영 못 보게 될까 봐, 내가 출산의 고통을 견디지 못할까 봐, 그가 돌아올 때까지 내가 버티지 못할까 봐 두려운 것이었다. 그러나 집안과 나라, 둘 중 하나는 희생해야 했다. 아무리 고통스러워도 그래야만 했다.

나는 소기의 가슴에 얼굴을 묻고 힘껏 고개를 끄덕이며 눈물을 쏟았다. "그럴게요. 당신이 돌아올 때까지 잘 기다리고 있을게요. 그날이 되면 승리하고 돌아오는 당신을 우리 아이와 함께 천자전(天子殿)에서 맞아줄게요!"

원희(元熙) 5월, 예장왕이 반란을 평정하기 위해 북벌에 나섰다.

먼저 무위후 호광열을 선봉대장으로 파견해 10만 정예병을 이끌고 북방 변경을 구하러 달려가게 했다.

또한 부장 허경(許庚), 사소화에게 경기병(輕騎兵) 10만을 이끌고 허낙(許洛)으로 향해 길을 따라 주둔하며 지키게 했다.

소기는 친히 30만 황제군을 이끌고 북상해 육군(六軍)이 양주(凉州)에 모였다.

우상 송회은은 경성에 남아 정무를 보좌하며 군량과 군사의 급료를 관장하였다.

예장왕이 군사를 이끌고 북벌에 나섰다는 소식이 전해지자, 군의 사기가 크게 오르고 천하가 들끓었다.

북방 변경의 전투만 치열한 것이 아니었다. 경성, 조정, 궁궐, 나아가 군영까지 심상치 않은 기운에 휩싸여 영 뒤숭숭했다. 소기는 송회은을 경성에 남겨 정무를 보좌하고 군량과 마초, 군사의 급료를 총괄하게 했다. 경성에서, 앞에서는 송회은이 경성의 안전과 보급을 책임졌고, 뒤에서는 내가 궁궐과 권문세가를 통제했다. 이처럼 앞과 뒤에서 송회은과 내가 서로 도왔으나, 결국 모든 것은 여전히 소기에게로 모여들었다.

변경에서 변란이 일어나자 호광열이 가장 먼저 나서서 전장에 나가게 해달라고 청했다. 원래부터 당경과 사이가 좋지 않았던 데다 송회은에게 이번 반란 평정의 공을 뺏길까 봐 두려웠던 것이다. 그러나 당경의 반란으로 의심과 경계심이 극도로 깊어진 소기에게 이 같은 호광열의 태도는 불난 집에 부채질하는 격이나 다름없었다.

경성에 온 뒤로 호광열을 비롯한 비천한 신분의 장수들은 서로 제 공이 높다고 자부하며 시시때때로 황당무계한 짓을 벌였다. 특히 호광열은 명문세족이라면 이를 갈았고, 걸핏하면 공연히 트집을 잡아 분란을 일으켰다. 그는 세가 귀족을 포섭하려는 소기의 조치를 몹시 못마땅하게 여기며, 소기가 높은 자리에 오르더니 자신의 근본을 잊고 처가를 편애하고 옛 형제들을 멀리한다고 뒤에서 불평불만을 늘어놓았다.

소기는 옛정을 생각해 참고 또 참았다. 그러나 당경이 반란을 일으키자 더는 호광열의 방종을 용인하지 않았다.

암류暗流

어느덧 8월에 접어들어 여름도 막바지에 이르렀다.

머잖아 경성에 계화(桂花)가 만개할 것이다. 왕부 목서(木犀) 나무 정자에 저녁놀이 드리워지고 바람결에 달콤한 내음이 은은하게 실려 왔다.

옥수는 이제 막 두 돌이 지난 어린 딸을 데리고 나를 보러 왔다.

맞은편의 심지는 괴즙(槐汁) 꿀떡을 받쳐 들고 어른들이 하는 양을 흉내 내 아이에게 조금씩 먹여주었다.

아직 어린 아이가 어찌나 식탐이 많은지, 발그스름한 입가에 새하얀 떡고물을 잔뜩 묻히고도 조그만 손을 휘적대며 자꾸만 더 달라고 보챘다.

그것을 보며 심지는 까르르 웃음을 터뜨렸다.

심지는 석 달 전 왕부에 처음 왔을 때에 비해 훨씬 보기 좋아졌다. 작고 깡마른 모습은 온데간데없고 갈수록 곱고 사랑스러워졌다. 여전히 말수가 적긴 했으나 나와의 사이도 조금씩 가까워졌다. 다만 여전히 자신을 모심지라고 칭했다.

소기는 심지가 성을 바꾸지 않고 계속 모심지라는 이름을 쓰도록 윤허했다. 나 또한 억지로 호칭을 바꾸게 하지 않고 왕비 마마라고 부르도록 내버려두었다.

나는 고개를 젓고는 미소를 지으며 탄식했다. "심아야, 그렇게 계속 먹이다가는 아기가 육(陸) 마마처럼 뚱뚱해질 거야."

육 마마는 장선사(掌膳司, 황족의 음식을 담당하는 기관)의 터줏대감으로 음식 솜씨가 가히 천하제일이라 할 만했다. 특히 둥글둥글하다 못해 뒤룩뒤룩한 것이 천하에서 제일가는 뚱뚱보였다.

"통통해야 좋죠. 통통한 사람은 복이 있대요. 세자께서도 저희 아기처럼 뽀얗고 포동포동해야 해요. 왕비 마마처럼 바람 한 줄기에도 휙 날아가버릴 것 같아서야 쓰겠어요?" 옥수가 시원시원하게 웃으며 말했다.

서고고와 심아도 웃음을 터뜨렸다.

"세자께서는 틀림없이 우리 왕야를 닮으실 겁니다." 서고고가 웃으며 말했다.

나는 눈을 내리깐 채 말없이 웃기만 했다. 가슴이 시큰시큰하면서도 달콤했다.

옥수가 뭔가 생각난 듯 '아!' 하고 소리치며 손뼉을 짝 쳤다. "왕야께서 얼마 전에 세 개 진(鎭)을 연달아 격파하시고, 이미 호로령(葫芦嶺)에 침입한 반군을 그 어디더라, 무슨 관 밖까지 몰아냈다고……"

"와극관(瓦棘關)." 나는 살며시 미소를 지었다.

"맞아요, 바로 거기요! 그곳 지명들은 너무 괴이쩍어서 도무지 외울 수가 없어요." 옥수는 흥분으로 붉게 달아오른 얼굴을 하고 눈빛을 반짝이면서 손짓과 발짓을 더해가며 말을 이었다. "와극관 전투에서 우리 철기병 3만은 곧바로 적의 후방을 치고 들어갔고, 좌우 양 날개에서 적군을 에워싸 정면에서 호된 공격을 퍼부었대요. 그렇게 정오부터 어스름이 내릴 때까지 싸워 천지가 어둑어둑해지고 해와 달이 빛을 잃을 때까지……."

옥수는 마치 제 눈으로 직접 본 것처럼 말을 할수록 더 흥분했는데, 얼굴에 자랑스러운 기색이 넘쳤다.

지금 궁 안팎에서는 용맹하기 이를 데 없는 예장왕의 눈부신 전적을 칭송하는 소리가 하늘을 찔렀다.

소기가 직접 원정에 나선 뒤로 패색이 짙던 전방의 분위기를 일거에 뒤집어 하삭(河朔, 황하 이북) 북쪽에서 반군을 저지했다. 우리 군은 한 걸음 한 걸음 진군하며 가는 곳마다 함락된 영토를 수복했다. 들리는 소문에 의하면, 성을 지키던 반군은 멀리서 예장왕의 수기가 보이자 진위를 파악할 새도 없이 성을 버리고 도망쳤다가 나중에야 사실 소기는 그곳에 있지도 않았음을 알았다고 한다. 개중에는 험준한 지형을 방패 삼아 완강하게 저항하는 반군도 있었다. 그들은 성을 점거한 채 굳게 지키며 성안 백성들의 목숨을 가지고 위협했으나, 소기는 성으로 향하는 물길을 끊어버렸다. 성안에 갇힌 지 이레 만에 물이 바닥나 군사고 백성이고 모두 죽기 직전일 때, 우리 군은 야밤을 틈타 맹렬한 공격을 퍼부으며 성안으로 쳐들어가 반군의 수장들을 모조리 죽였다. 이리하여 성안 백성들도 목숨을 건지게 되었다. 두 달도 되지 않아 반군과 돌궐인은 관외로 쫓겨났다. 예장왕의 수기가 이르는 곳에서는 돌궐의 맹장들도 꼬리를 말고 도망쳤다.

"아무튼 우리 왕야는 천하무적이시라니까요!" 휙 손을 휘두르며 낭랑하게 외치는 옥수의 모습은 장수 가문의 여인다운 호기가 넘쳤고, 이에 듣고 있던 시녀들은 모두 동경의 눈빛을 보냈다.

나는 미소를 지은 채 잠자코 듣기만 했다. 비록 옥수가 말한 내용을 진즉에 알고 있었고 마음속으로도 몇 번이고 되뇌어본 내용이지만, 사람들에게서 이 이야기를 들을 때마다 가슴이 벅차오르고 온갖 생각이 머릿속에 맴돌았다.

그들이 말하는 그 천신처럼 결코 패하지 않는 사람은, 세상 사람들이 영웅이라고 칭송하는 사람은 바로 나의 낭군이요, 내가 사랑하는 임이자 내 아이의 아버지였다. 이보다 더 자랑스러운 일이 어디 있겠는가!

날마다 북쪽에서 끊임없이 날아오는 전보는 송회은을 거쳐 내 손에 전해졌다.

나는 매일 밤 잠들기 전, 뱃속 아이에게 전방에서 전해진 최신 소식을 들려주었다. 제 부왕이 얼마나 용맹하고 영명한지, 어찌 나라를 지켰는지, 어찌 천하 사람들 위에 우뚝 섰는지 알게 하고 싶었다.

이제 얼마 지나지 않아 내 아이가 세상에 나올 것이다.

전방에서 벌어지는 전투 외에 지금 내게 가장 중요한 일은 소기와 오라버니의 안위였다.

한참 동안 열변을 토하던 옥수는 이제야 목이 타는지 찻잔을 들고 차를 마셨다.

"사 장군도 이겼지요?" 계속 잠자코 듣기만 하던 심지가 갑자기 끼어들어 속삭이듯 물었다.

잠시 멍해 있던 나는 곧 빙그레 웃으며 답했다. "선봉군을 이끄는 소화 장군도 반군의 요새를 여러 곳 함락하고 승전을 거뒀단다."

그 말에 심지의 작은 얼굴에 흥분한 기색이 떠올랐으나 곧 다시 어두워졌다. "그러면 또 많은 사람들이 죽어야 했겠네요……. 틀림없이 소화 오라버니는 몹시 언짢을 거예요."

그 말에 사방이 조용해졌다.

맞는 말이었다. 승전을 거뒀다는 것은 곧 죽음과 아픔을 의미했으며, 낭연이 옥토에 피어오르고 봉화가 삶의 터전을 불살랐다는 뜻이었다.

또 얼마나 많은 이들이 살 곳을 잃었으며, 얼마나 많은 이들이 피붙이를 잃은 슬픔에 잠겼을까……

"몇몇 사람들의 죽음은 앞으로의 안녕을 얻고 더 많은 이들을 살리기 위함이란다." 나는 살며시 심지의 손을 쥐었다. "그들 장병이 뜨거운 피를 흘려준 덕분에 우리 자손들이 살아갈 나라의 강토를 대대손손 물려줄 수 있는 것이야."

이 말은 심지에게 해주는 말이면서 내 아이에게도 해주는 말이었다. 아이들이 지금 내가 하는 말을 알아듣든 알아듣지 못하든 나중에는 틀림없이 내 말을 이해하게 될 것이다. 선조들이 오늘 한 일은 모두 그들의 미래를, 천하의 장래를 위한 일이었음을 말이다.

고개를 들어 멀리 북쪽 하늘을 바라보았다. 일순 가슴이 울렁이고 한없는 탄식이 새어 나왔다.

"참, 왕비 마마, 어제 진제사(賑濟司, 난을 당한 백성의 구휼을 관장하는 기관)에서 보고하기를, 또 백 명에 가까운 노인과 아이, 다친 자들을 받아들여 돈과 양식이 부족할 것 같답니다." 옥수가 걱정스레 말했다.

"사람은 점점 더 늘어날 터인데……." 나는 미간을 찡그리며 탄식했다. 마음이 점점 더 무거워졌다. "전쟁은 하루아침에 끝나는 것이 아니니 유민이 하루아침에 줄어들 리 없지."

"이대로 가다가는 진제사가 얼마 버티지 못할 것입니다." 옥수가 길게 탄식을 쏟았다. "도서히 안 되면 회은에게 군비에서 얼마간 마련해주라고……"

"허튼소리!" 나는 호되게 질책했다. "군비는 단 한 푼도 손대서는 아니 되는 것을, 어찌 그런 생각을 할 수 있느냐!"

300

옥수도 다급하게 답했다. "하지만 그들도 산목숨이잖아요. 다들 먹을 것만 기다리고 있는데, 두 눈 멀쩡히 뜨고 산 사람을 굶어 죽게 할 수는 없는 노릇이잖아요! 진제사를 세우느라 얼마나 고생을 했는데, 이 많은 유민이 다 진제사만을 살길로 여기고 있는데 어찌 중도에 포기할 수 있겠어요!"

"옥수야!" 서고고가 호통을 쳤다. "그게 무슨 말이니, 이 진제사를 세우기 위해 왕비께서 얼마나 심혈을 기울이셨는데……."

"그만둬, 싸울 것 없어." 나는 힘없이 금탑을 짚고 앉았다. 심란한 마음을 가눌 길이 없는데 문득 등줄기를 타고 식은땀이 흘러내리고 눈앞이 어질어질했다.

두 사람은 더 다투지 않고 입을 꾹 다물었다.

처음에 진제사를 세울 때만 해도 이토록 커지리라고는 생각지도 못했다.

원래 규정에 따라 각 지방 관부에는 이재민을 구제하는 직책을 맡은 관리를 두었다. 그러나 오랜 세월 이어진 전란으로 유민이 끊이지 않아 관부가 대응하기에는 벅찬 고로 오래전에 제 기능을 잃었다. 지금 북방 변경에서 일어난 전란으로 수많은 유민이 전쟁을 피해 남쪽으로 내려와 살 곳 없이 헤매고 있는데, 성인은 그나마 머물 곳을 찾을 수 있으나 노인이나 아이와 다친 자들은 길바닥에 누운 채로 천명을 따를 수밖에 없는 상황이었다.

나는 송회은과 이 일을 상의하였고, 결국 송회은이 관도(官道)를 따라 진제사 다섯 곳을 세우고 양식과 약 등을 지급하여 노인과 어린아이를 수용하라는 명을 내렸다. 처음에 진제사를 세우는 데 드는 돈과 양식은 관부가 마련했다. 그 당시만 하더라도 그것으로 충분할 줄 알았다. 그러나 진제사가 세워지자 사방팔방에서 유민이 몰려들어, 두 달도 채 되지 않아 돈과 양식이 거의 바닥나고 말았다.

이대로 가다가는 더 이상 진제사를 유지할 수 없게 될 터였다.

발등에 떨어진 불을 끄기 위해 나는 일단 왕부의 곳간을 열어 급한 상황을 넘기고, 나머지는 종실과 세가에서 마련케 하기로 결정했다.

그러나 왕부를 관리하는 관사(管事)를 불러 묻고 나서야 왕부의 재산이 10만 냥도 되지 않는다는 사실을 알게 되었다.

서고고와 아월과 나는 밤이 깊도록 등불을 비춰가며 왕부의 장부를 확인했다.

나는 어려서부터 아버지에게 사내아이 취급을 받으며 자란 터라 집안 살림을 돌보는 일에는 전혀 흥미가 없었다. 또 혼례를 치르고 우여곡절을 겪으며 왕부에 돌아온 뒤로는 서고고와 왕부의 관사가 자질구레한 일을 맡아 처리하였기에 왕부의 지출에 대해서는 아는 바가 전혀 없었다.

등불 아래서 거의 아무것도 쓰여 있지 않은 장부를 보고는 이마를 매만지며 쓴웃음을 지을 수밖에 없었다.

내 낭군인 위풍당당한 예장왕은 그저 청렴하기만 한 것이 아니라 궁상맞다 할 만큼 가진 것이 아무것도 없었다.

그 오랜 세월 전장을 누비며 황실에서 하사받은 금은보화는 대부분 부하 장병들에게 나눠 주었고, 요직에 앉아 있으면서도 더없이 검소하여 단 한 푼도 사사로이 챙기지 않았다.

녹봉에서 일상으로 나가는 지출을 제하면 거의 남는 것이 없었다.

그리하여 지금, 온 왕부를 탈탈 털어도 겨우 16만 냥밖에 되지 않았다.

이깟 16만 냥을 배고픔에 시달리는 북방의 수많은 유민 중 누구 코에 붙인단 말인가!

촛불이 이리저리 흔들렸다. 나는 창밖을 내다보며 잠시 넋을 놓고 있다가 미간을 찌푸리며 서고고에게 물었다. "진국공부의 재산은 얼마나 되는가?"

서고고가 고개를 저었다. "있기는 하나 그곳도 많지는 않습니다. 하물며 왕씨 가문은 몹시 방대한지라……."

"무슨 말인지 알겠네." 나는 긴 한숨을 내쉬었다. 서고고의 말뜻을 충분히 이해했다.

왕씨 가문은 고결하고 초탈한 선비의 기풍을 숭상하여, 예로부터 재물에 대해 자질구레하게 따지거나 연연하지 않았다. 비록 대대로 작위와 녹봉을 물려받았으나 재물을 헤프게 쓰는 습관이 밴 데다 가문이 방대하여 지출할 곳이 많았다. 선조가 이룬 업적으로 온 가문을 먹여 살리려니 실로 넉넉하다 할 수 없는 살림이었다.

"이 일은 민생과 관련된 일이니 달리 방도가 없어." 나는 결연히 고개를 돌렸다. "게다가 경성의 명문가에서 재물을 모아야 하는데 왕씨도 본을 보여야지."

왕씨가 진제사를 운영하는 데 사재를 턴 데 대해 조정 안팎에서는 칭송을 아끼지 않았다.

그러나 경성의 명문가들은 여전히 강 건너 불구경하듯 동참하는 가문이 거의 없었다. 물론 개중에는 실제로 가세가 기울고 살림이 곤궁하여 도울 수 없는 가문도 있었으나, 대부분은 평소 재물만 보면 눈에 불을 켜고 긁어모으고 돈을 물 쓰듯 하면서도 백성을 위해 재물을 내놓으라 하니 생살이 베이기라도 하는 것처럼 아까워하며 죽어도 따르려 하지 않았다. 아마 그들은 지금 변경에 전란이 일어나 소기가 경성에 없고 나 또한 분란을 일으키길 꺼려할 테니 자신들을 어찌지 못할 것이라고 생각하는 것이 분명했다.

옥수가 대충 셈을 해보았는데, 요 며칠 종친과 세가에서 모은 은자는 8만 냥이 채 되지 않았다.

낙담한 옥수가 붓을 내던졌다. "평소에는 하나같이 성인군자인 양 점잔을 빼며 입만 열면 백성이 어쩌고저쩌고 떠들어대더니, 이제야 본심을 드러내는군요."

"괜찮아. 지금까지 모은 은자로도 두세 달은 버틸 수 있어." 나는 눈을 감고 담담히 웃었다. "저들이 제아무리 인색하게 굴어도 주머니를 열게 할 방법이 있어."

"그거 정말 잘됐네요!" 옥수가 만면에 희색을 띠었다.

나는 고개를 저으며 웃음과 함께 탄식을 내뱉었다. "하지만 아직은 때가 아니야."

옥수에게 자세히 설명하려는 차에 시녀가 들어와 아뢰었다. "왕비께 아룁니다. 송 대인이 뵙기를 청합니다."

일순 멍해져서 옥수와 마주 봤다.

"오늘은 일찍 왔네요. 공무가 바쁘지 않은가 봐요." 옥수가 웃으며 말했다.

말이 끝나자마자 조복 차림의 송회은이 침통한 얼굴로 들어섰다. 뭔가 큰 걱정거리가 있는 듯했다.

송회은은 옥수를 보고도 그저 냉랭히 고개만 끄덕였다.

그 모습에 가슴이 철렁 내려앉아 인사도 건네지 않고 대뜸 물었다. "회은, 무슨 일이 생겼나요?"

송회은이 고개를 끄덕이며 말했다. "소신이 우매하여, 원래 왕비마마를 놀라게 해드려서는 아니 되나, 이 일은 보통 일이 아닌지라 독단으로 처리할 수 없어 이리 찾아뵈었습니다."

나는 금탑에서 몸을 일으켰다. "그대와 나 사이에 인사치레는 되었으니 할 말이 있으면 기탄없이 말씀하세요."

송회은이 짙은 눈썹을 치키고 엄숙한 표정으로 말을 이었다. "며칠 전 관례대로 조사를 하다가 군량과 마초, 군비에 작은 오차가 있는 것을 발견하였습니다. 얼핏 보아서는 큰 문제가 없는 듯하였으나 의심스러운 점이 있었습니다. 그리하여 밤새 조사를 한 결과, 놀랍게도 엄청난 사실을 밝혀내게 되었습니다."

물이 지나치게 맑으면 고기가 없는 법, 원래 군사상 지출은 그 규모가 방대하고 복잡하기 때문에 밑에서 잔머리를 굴려 제 주머니를 좀 채우는 자들이 있다는 것은 굳이 말하지 않아도 다 아는 사실이었다. 오랜 세월 쌓인 폐단이 하루아침에 일소될 리 없었다.

그러나 겨우 그만한 일로 우상이 이토록 놀랄 까닭이 있을까?

송회은은 존귀한 우상의 자리에 앉아 있는데, 탐관오리 한두 명을 처벌하는 데 굳이 내게 아뢸 필요가 있었을까?

대단한 인물이 연관되지 않은 한 그럴 리 없었다.

순간 가슴이 옥죄여와 송회은의 두 눈을 똑바로 쳐다보며 말없이 입술을 악물었다.

송회은의 얼굴에 분노가 서렸다. "전쟁이 벌어진 이래 줄곧 은밀하게 군비에 손을 대온 자가 있습니다. 비단 군비를 유용했을 뿐만 아니라 상등의 도정한 쌀을 훔쳐 현미로 바꿔 전방으로 보냈습니다."

"뭐라고요!" 옥수는 놀라움과 분노를 감추지 못하며 외쳤다.

너무 놀란 나는 순간 말을 잇지 못했다. 초조함 때문인지 분노 때문인지 자꾸만 몸이 벌벌 떨렸다.

"그뿐만이 아닙니다. 그간 여러 차례 진제사에 마련해준 은량 중

거의 절반을 가로챘습니다." 송회은의 짙은 눈썹이 구겨졌다.

"간덩이가 부었군요! 어쩐지 아랫것들이 항상 쓸 돈이 없다고 하더니, 절반이나 쥐새끼 입속으로 들어간 거였어요!" 머리끝까지 분이 차오른 옥수는 오히려 웃는 얼굴로 서안을 탁 치며 노성을 질렀다. "왕야께서는 전방에서 적과 싸우고 계시는데 뒤에서 이런 짓거리를 하는 자가 있다니! 그리도 간덩이가 부은 작자가 대체 누구입니까?"

송회은은 말없이 나를 바라봤다.

그가 말하지 않아도 알 수 있었다.

옥수의 물음에 대한 답은 순식간에 뼈마디까지 얼어붙게 만드는 차디찬 얼음 구덩이로 나를 처박았다.

군수(軍需)를 맡은 관리는 호광열의 동생인 호광원(胡光遠)이었고, 진제 물자를 관리하는 관원은 자담의 작은할아버지인 사후(謝侯)였다.

강직하고 활달하여 소기의 깊은 신임을 받고 있는 호광원이 어찌 이리도 어리석은 짓을 하였단 말인가!

그리고 사후는 유일하게 남은 자담의 친척이었다. 지난날 사씨 가문은 황위 다툼에 말려들었다. 경성후 사위(謝緯)가 거사에 실패하여 죽임을 당했고, 사씨 가문 전체는 이 일로 거의 쑥대밭이 되었다. 그때 유일하게 병가를 얻어 쉬던 사후는 그 일에 참여하지 않았고, 또한 황제를 세 분이나 모신 노신으로 사직에 공이 있었기에 요행히 난을 피할 수 있었다. 그러나 그 후로 재야에 묻혀 오랫동안 다시 조정에 발을 들이지 못했다.

자담이 등극한 이후, 외가의 체면을 생각해 사후에게 관직을 내렸다. 실권은 없으나 노년을 편안히 보낼 수 있을 만큼 충분한 녹봉을 챙길 수 있는 자리였다.

자담, 어찌하여 또 자담이란 말인가! 호광원과 사후가 자담과 가까운 사이는 아닐지라도, 이러나저러나 처남이요 집안 어른이었다. 그런 두 사람이 이같이 추악한 일에 얽혔으니 자담이 어찌 얼굴을 들고 다닐 것이며, 그 속은 또 얼마나 쓰리겠는가!

"증거가 확실합니까?" 나는 천천히 눈을 뜨고 송회은을 바라보았다. 한 자 한 자 입 밖으로 꺼내기가 몹시 힘들었다.

"확실합니다. 이는 하급 관리들과 후부(侯府)의 회계를 맡은 자들의 진술입니다." 송회은이 소매 속에서 검은색 비단 책자를 꺼냈다.

만약 형률(刑律)에 따라 처벌한다면, 사후는 중죄를 면키 어려워 요참(腰斬)에 처해질 터였다. 호광원은 죽음은 면하더라도 자자(刺字, 살갗에 상처를 내고 먹으로 죄명을 새겨 넣는 형벌) 후 유배형에 처해질 것이었다.

길고 긴 침묵이 이어져 숨이 막힐 지경이었다.

나는 진이 빠진 채로 말문을 열었다. "왕이 죄를 지어도 백성과 똑같이 처벌해야 할 터, 그대가 알아서 하세요."

송회은은 묵묵히 나를 쳐다보았다. 할 말이 있으나 입을 다문 채 그윽한 눈빛으로 대신하고 있었다.

나는 그의 눈빛을 피하며 길게 탄식했다. "황상께서는 멀리 행궁에 계시니 주청할 것 없습니다. 지금 당장 사후와 호광원을 하옥하고 대리시에 양형을 맡기세요. 또한 후부를 샅샅이 뒤져 가산을 몰수하고 국고에 넣으세요."

"소신, 명을 받들겠습니다!" 송회은이 고개를 숙이며 답했다.

"그리고 또……" 나는 느릿느릿 말을 이었다. "이 사건의 영향이 매우 중대한 고로, 관련자들을 철저히 조사할 것이며 부정하게 사익을 탐한 자와 가산의 출처가 모호한 자는 모두 법에 따라 중죄로 다스릴 것이라는 소문이 나게 하세요."

나는 잠시 머뭇거리다가 다시 말을 이었다. "이번 사건에 호씨가 연루되었고 제후의 친족도 관련되었으니 궁 안에 동요가 일 것은 자명한 일입니다. 지금은 비상시국이니 황후가 이 사실을 알지 못하도록 내금위에 잠시 중궁을 봉쇄하라 명하세요."

우리의 연은 여기까지니

발 밖에는 이미 어스름이 내렸다. 언제 폭우가 그쳤는지 온 천지는 말끔히 씻겨 있었다.

경성 이곳저곳은 여전히 더할 나위 없이 아름다운 것이 꼭 전쟁의 그림자가 드리워지지 않은 듯했다.

그러나 천둥 번개는 늘 가장 고요한 구름 아래 숨어 있게 마련이다.

토벌은 소리 없이 시작되어 고요한 가운데 사람의 혼을 쏙 빼놓았다. 누군가 눈치채기 전에, 또 어떤 반응을 보이기도 전에 일은 이미 벌어지고 있었다.

오늘 아침, 호광원은 명을 받들어 공무를 논하기 위해 재상부를 찾았다. 그러나 대문에 발을 들여놓자마자 매복한 호분금위(虎賁禁衛)에게 붙잡혀 대리시로 압송되었다.

송회은은 내가 맡고 있는 태후의 인새(印璽)를 가지고 군사를 이끌어 곧장 안명후부(安明侯府)로 쳐들어갔다. 술이 덜 깬 사후를 가두고, 대군으로 하여금 저택 안팎을 지키게 하고 샅샅이 뒤져 모든 가산을 몰수했다. 사씨 가문 사람이라면 위로는 환갑을 맞은 노복부터 아래로는 돌이 채 안 된 갓난아기까지 모조리 하옥되었다.

온 저택이 뒤집어진 사씨 가문에 비해 호부(胡府)에는 싸늘한 정적만이 감돌았다.

송회은은 곧바로 손을 쓰지 않고 호광원 한 사람만 가두면서 소식이 새어 나가지 않도록 호부를 단단히 봉쇄했다. 원정을 떠난 호광열은 집안과의 연락이 가로막혀 무슨 일이 벌어지고 있는지 몰랐고, 내가 장악하고 있는 황궁에서 호 황후는 제 몸 하나 건사하기도 힘든 상황이었다. 호씨 가문은 감히 경거망동할 수 없어 그저 가시방석에 앉은 듯 불안해하며 문을 닫고 상황을 지켜봤다.

사흘 뒤, 안명후 사연(謝淵)은 저잣거리에서 목이 잘렸다.

조정 안팎이 경악했고 백관은 두려움에 질렸다.

"진제사가 모집한 은자가 총…… 176만 냥입니다." 옥수는 장부를 점검하고는 붓을 내려놓고 길게 탄식했다.

아월은 혀를 내둘렀다. "세상에나, 앞으로 몇 년을 써도 다 못 쓸 것 같네요."

두 사람은 기쁨을 감추지 못했지만 나는 웃음이 나오지 않았다.

침향 연기가 피어오르는 실내는 고즈넉한데, 내 마음은 얼기설기 뒤엉킨 실타래처럼 심란했다.

몹시 노곤하여 두 눈을 감았다. 생각하고 싶지도 않고 차마 생각할 수도 없는데, 눈앞에 자담의 모습이 어른거렸다.

어찌 말을 꺼내야 할까…….

사후는 평생 출중한 재주로 이름이 높았고 3백여 권에 달하는 사서를 집필했다. 나는 어려서부터 이 노인을 몹시 흠모했다.

그러나 사람은 성현이 아닌지라, 아무리 훌륭한 영웅이나 현자라도 약점이 있게 마련이었다. 사후는 재물에 대한 탐욕이 컸을 뿐만 아니라 세가의 체면을 내려놓지 못해 지난날의 화려했던 가문의 모습을 한사코 유지하려 했다. 가세가 기울었는데도 씀씀이를 줄이지 않고 재물을 물 쓰듯 했다.

사씨 가문의 곳간은 이미 텅텅 비었는데 그 같은 사치를 어찌 감당할 수 있었겠는가.

지난 몇 년 동안 소기는 전력을 다해 근검절약을 널리 시행했다. 지난 수백 년간 지속되어온 조정의 사치 풍조에 반대해 고관의 녹봉을 줄이고 한족 출신 하급 관리의 녹봉을 올렸으며, 국고 군수(軍需)를 채우고 조세와 요역(徭役)을 감면했다. 때문에 사치를 일삼던 수많은 세가는 어쩔 수 없이 씀씀이를 줄여야 했다.

비록 사씨 가문이 쇠락한 지 오래라고 하나, 그들이 생계를 유지하고자 부정히 재물을 탐할 지경에 이르렀으리라고는 생각지도 못했다.

사후는 결코 극악무도한 악인이 아니었지만, 지엄한 국법은 인정을 두지 않는지라 발 한 번 잘못 디뎠다가 천 길 낭떠러지 아래로 떨어지고 말았다.

이 모든 일은 한 치의 착오도 없이 진행되어야 했으나, 호광원의 죽음은 천만뜻밖이었다.

두 시진 전, 호광원은 옥졸의 감시가 소홀한 틈을 타 기둥에 머리를 박고 죽었다. 원래 그가 저지른 일은 사형에 처해질 정도로 흉악한 죄가 아니었기에, 그저 자자(刺字) 후에 검(黔)으로 유배되어 평생 다시 등용되지 못한다는 벌이 내려졌다. 그런데 호광원은 돌기둥에 머리를 박고 옥사에 피를 뿌리고 죽음으로써 속죄했다.

그가 죽었다는 소식을 전해 들은 나는 깜짝 놀라 그 자리에 못 박힌 듯 서 있었다.

그 시원시원하고 명랑하던 소년이, 웃을 때마다 목소리가 낭랑하게 울리고 종종 말을 타고 관도 위를 날듯이 달리던 소년이, 소기에게

꾸지람을 들을 때마다 머리를 긁적이며 실없이 웃던 소년이 죽다니
……. 그가 자진한 것은 자괴감 때문이었을까? 아니면 형과 누이에
게까지 피해가 가지 않도록 제 한목숨으로 모든 책임을 갈무리한 것
일까? 그 답은 영원히 알 수 없게 되어버렸다.

고개를 숙인 채 한쪽에 엄숙히 서 있는 송회은은 침통한 표정으로
한 마디도 하지 않았다.

"그 사람의 명이 거기까지일 뿐이니 왕비께서는 너무 자책하지 마
셔요." 서고고가 다정하게 위로했다.

나는 일순 망연자실해 한참 동안 입을 다물고 있다가 송회은을 향
해 탄식을 내뱉었다. "기왕지사 사람이 죽고 없으니 호씨 가문을 너무
몰아붙이지 마세요……. 이러나저러나 공신 집안이니 이 오명은 씌
우지 말도록 해요."

호광원은 태의가 시신을 살펴본바 고질병이 도져 죽은 것으로 알
려졌다.

일이 진정된 뒤, 중궁 봉쇄를 해제해 황후를 만나려는 호씨 가문
사람들의 입궁을 허했다.

그날 밤 궁에서 온 사람이 아뢰길, 황후가 너무 비통해한 나머지
병석에 누웠다고 했다.

호요에게, 호씨 집안에게, 사적인 감정으로, 이치로, 또 법으로 따
졌을 때, 나는 양심의 가책을 느껴야 하는 것인가?

차라리 욕설을 퍼붓고 증오하는 것이 낫지, 호요가 입을 다무는 모
습은 보고 싶지 않았다. 원망하지 않는 것이야말로 진정 무서운 일일
지도 모른다.

밤새 뒤척이며 이런저런 생각을 하는데, 비몽사몽간에 어렴풋이

싸늘한 자담의 얼굴이 보였다가 다시금 온몸에 피 칠갑을 한 채 산발한 호요의 모습이 보였다. 화들짝 놀라 정신을 차렸을 때는 이미 식은 땀에 옷이 흠뻑 젖어 있었다.

휘장 밖을 바라보니 사오경 무렵인지 날이 아직 밝지 않아 더욱 싸늘해 보였다.

지금쯤이면 소기는 연무장에서 말을 달리며 임무를 하달하고 있을 것이다.

나는 옆에 있는 보드랍고 매끈한 모본단을 매만졌다. 밤새 자고 일어났는데도 침상의 나머지 절반은 여전히 텅 비어 차가웠다. 눈시울이 뜨겁게 달아올라 금침을 적셨다.

이 구중궁궐에서, 천하에서 가장 존귀한 두 여인인 나와 호요의 처지는 놀랍도록 비슷하면서도 천양지차였다. 그녀가 황후면 또 어떠하고, 내가 예장왕비면 또 어떠한가? 전쟁, 정벌, 이별, 고독, 질병, 생사 앞에서 우리는 그저 무고하고 무력한 여인일 뿐이었다.

나는 나 자신의 운명은 어쩌지 못하지만 다른 사람의 처지는 바꿀 수 있었다.

내가 유독 인자하고 마음이 여린 탓이 아니라, 그저 내가 원치 않는 바를 다른 이에게 시키지 않는 것뿐이다.

사흘 뒤, 나는 송회은의 반대에도 기어이 자담을 행궁에서 모셔오라 명했다.

궁으로 돌아온 자담은 여전히 행동에 제약이 따랐고 주변에서 그의 일거수일투족을 감시했으나 적어도 호요 곁에, 자신의 처자식 곁에 있을 수 있었다. 자담에게는 호요가 있고 호요에게는 자담이 있으니, 두 사람은 더 이상 외롭지 않을 것이다.

그 후로 마침내 호요는 약을 들기 시작했고 병세가 날로 호전되었다.

그에 반해 나는 하루가 다르게 말라갔다. 몸에 좋다는 것을 아무리 먹어도 별다른 효험을 보지 못했다.

태의도 내 상태에 대해 정확히 말하지 못했다. 그저 마음을 편히 가지고 몸조리에 힘쓰라고 할 뿐이었다.

마음을 편히 가지라니, 말이야 쉽지, 마음이 편히 가지려 한다고 편히 가질 수 있는 것이던가?

전쟁, 유민 구제, 궁궐의 혼란까지…… 이 중에 마음을 놓아도 되는 것이 어디 있는가?

요 며칠 고모의 상태도 그다지 좋지 않았다.

이제 고모는 정말로 끝에 다다른 듯했다. 지난 몇 년간 병석에서 일어나지 못한 고모는 정신이 온전치 않았고, 사지는 목석처럼 굳었으며 눈조차 멀어 산송장이나 다름없었다. 처음에는 고모의 병을 고치기 위해 무진 애를 썼으나 날이 갈수록 슬픔과 절망이 커졌고, 이제는 다 포기한 상태였다.

고모의 이런 모습을 지켜보면서 나는 차라리 그날 자객의 칼 아래서 고모를 구하지 말 것을, 지난날의 위풍당당한 모습을 간직한 채 가장 고귀했을 때 세상을 떠나게 해줄 것을 하고 후회하기도 했다. 그랬더라면 이렇게 세월에 짓밟혀 병마에 시달리다가 노쇠한 모습으로 황천길에 오르지는 않았을 테니 말이다.

그러나 태의의 입을 통해 태후께 남은 날이 많지 않다는 소리를 직접 들었음에도 받아들일 수 없었다.

피붙이들이 하나둘 내 곁을 떠났는데, 이제는 고모마저 떠나려 하는가?

나는 날마다 억지로 기운을 내 될 수 있는 한 자주 만수궁을 찾아 고모 곁을 지키며 고모의 마지막을 함께했다.

나는 고모의 잠든 얼굴을 물끄러미 바라보다가 울적한 탄식을 내뱉었다.

고모는 늘 깔끔한 사람이었는데, 어찌 병마에 시달려 이토록 초췌해진 모습으로 떠나게 할 수 있겠는가.

나는 아월에게 옥빗과 연지를 가져오게 한 뒤, 고모를 부축해 내 손으로 머리를 빗기고 쪽을 찌었다.

"왕비 마마, 황제 폐하께서 납시셨습니다." 아월이 나직이 속삭였다.

나는 화들짝 놀라 옥빗을 떨어뜨리고 말았다.

자담이 고모를 보러 오다니……. 자담이 궁에 돌아온 뒤로 나는 그와 마주치지 않으려고 줄곧 피해 다녔다.

아월이 떨리는 목소리로 말했다. "폐하께서 이미 궁문 밖에 이르셨습니다."

생각할 겨를도 없이 다급히 일어나 병풍 뒤로 몸을 숨겼다. "만약 황상께서 물으시면 내가 태후를 뵈러 왔다가 이미 돌아갔다고 아뢰라."

자단목 병풍 뒤에서 조각 무늬 틈으로 보니, 청삼을 걸친 인영이 문안으로 들어서는 모습이 흐릿하게 보였다.

순간 숨을 죽인 나는 코끝이 시큰해졌지만 이를 악물고 참았다.

아월이 시녀들을 이끌고 자담에게 무릎을 꿇으며 절을 올렸으나, 자담은 아월에게 신경조차 쓰지 않고 곧장 고모 침상 앞으로 걸어가 한참을 말없이 서 있었다.

"누가 태후를 단장해드렸느냐?" 자담이 갑자기 물었다.

"황제 폐하께 아룁니다. 소인이 하였습니다." 아월이 답했다.

잠시 침묵하던 자담이 다시 말문을 열었을 때는 목이 막힌 듯 살짝 가라앉은 목소리였다. "너는, 너는 예장왕비의 시녀가 아니냐?"

"그러하옵니다. 소인, 왕비 마마를 모시고 있습니다. 방금 전 왕비께서 제게 이곳에 남아 태후를 단장해드리라 명하셨습니다."

자담은 한참 동안 말이 없다가 침울하게 명했다. "모두 물러가라."

"소인, 이만 물러가겠사옵니다." 아월은 조금 망설이다가 어쩔 수 없이 자담의 명에 따랐다.

스르륵스르륵 치맛자락 스치는 소리가 나더니, 시녀들이 모두 전각 밖으로 물러간 듯 더 이상 아무 소리도 들리지 않았다.

전각 안은 쥐 죽은 듯 조용해졌고, 약 냄새와 안식향(安息香) 냄새만 옅게 감돌았다.

고요, 오랫동안 너무나 고요했다. 너무 고요하여 자담이 벌써 떠난 것 같은 착각이 들었다. 불안한 마음에 조각 틈새로 다가가 바깥의 동정을 살피려는데, 문득 간신히 들릴 정도로 작고 나직한 흐느낌 소리가 들려왔다.

자담이 고모 침상 옆에 엎드려 휘장에 얼굴을 깊이 묻고는 어깨를 작게 움찔거렸다.

"모후, 어째서, 어째서 이리 되셨습니까?"

자담은 무력한 아이처럼 깊은 잠에 빠진 고모를 꼭 붙잡았다. 마치 자신의 기억 속에서 가장 힘센 그 두 팔을 붙잡아, 그녀가 자신을 이 진흙탕 속에서 건져주기를 바라는 것 같았다. 그러나 그 두 손은 바싹 말라 힘을 잃은 지 오래였다.

발 사이로 보이는 그 앙상한 인영은 중얼중얼 말을 이었다. "모후, 예전에 모후께서는 늘 형님을 황좌에 앉힐 생각만 하셨죠. 그럼 말씀해주세요. 도대체 황위가 뭐가 그리 좋습니까? 이 황위는 아바마마, 첫째 형님, 둘째 형님, 거기에 형수님까지 해쳤고…… 모후까지 이리 만들었는데, 어째서 그런데도 이 황위를 그리 욕심내신 것입니까?"

나는 소리가 새어 나갈까 봐 입술을 힘껏 앙다물었다.

"꿈에서 또 그녀를 봤습니다. 온몸에 피를 뒤집어쓴 채 대전에 서서 울고 있더군요." 적막한 침전에 자담의 목소리가 희미하게 울렸다. "그러나 뒤돌아서니 눈앞에 피가 내를 이루고 목은 몸뚱이에서 떨어져 있더군요……. 그녀도 나를 속였고 아요도 나를 속였는데 이제 누구를 더 믿을 수 있겠어요? 도무지 이해할 수가 없습니다. 어째서 그토록 사랑했던 사람들이 결국에는 모두 한이 되는 것일까요?"

귓가에 들려온 '한'이라는 그 한 단어는 웅 하고 울리며 다른 모든 소리를 뒤덮어버렸다.

눈앞에 있는 병풍 조각이 흐릿해지며 제대로 보이지 않았다.

아팠다. 그저 아팠다. 몸속에서부터 전해진 그 뭉근한 통증은 차디찬 손으로 느릿느릿 쥐어뜯어 마음속 가장 여린 곳을 벗겨내는 것 같았다. 그저 아플 뿐 다른 감각은 느껴지지 않았다. 기쁨도 슬픔도 느껴지지 않았다.

치마에 달린 비단 끈을 손가락으로 힘껏 비틀어 쥐자 뚝 소리와 함께 비단 끈이 끊어지며 구슬들이 바닥에 흩뿌려졌다.

"누구냐!" 자담이 놀라 몸을 벌떡 일으켰다.

자담이 병풍을 확 밀어젖히자 눈앞이 환해지며 창백한 그의 얼굴이 보였다.

벽에 등을 맞댄 나는 더 이상 물러날 곳이 없었다.

자담은 나를 빤히 쳐다보다가 돌연 웃음을 터뜨렸다. "굳이 이런 곳에 숨을 필요가 있어? 알고 싶은 것이 있으면 직접 물어보면 되는데."

계획적으로 한 행동이 아니었으나, 자담은 궁 안 곳곳에 몸을 숨긴 채 그의 일거일동을 살피는 쥐새끼들이 하는 짓과 똑같다고 생각했다.

그에게 나는 그리도 형편없는 사람이었다.

자담이 내게 칼날 같은 눈빛을 보내는데도 나는 그저 눈을 감아버 렸다. 더는 아무 말도 하고 싶지 않았다. 지금 상황에서 하는 모든 행 동은 다 무의미했다.

순간 뺨이 서늘해졌다. 자담이 온기 하나 느껴지지 않는 차디찬 손가 락으로 내 얼굴을 쓰다듬은 것이었다. "여전히 이리도 도도한 것인가?"

자담은 다른 손을 내 가슴에 얹으며 말했다. "네 심장은, 도대체 어 떻게 변해버린 것이야?"

온몸이 부들부들 떨리고 손바닥이 차갑게 식었다. "놓아줘."

자담의 새까만 눈 속에 깃든 묵직한 어둠에서 벌벌 떨릴 만큼 무시 무시한 한기가 새어 나왔다.

내가 몸부림치기도 전에 자담의 입술이 거칠게 내리누르며 부르르 떨면서 내 입술 사이를 갈랐다. 너무 차갑고 또 부드러운 그 입술은 기억 저 깊은 곳에 자리한 첫 번째 입맞춤과 겹쳐졌다. 요광전, 봄날 의 버드나무, 그리고 얼굴을 스치는 따스한 봄바람…….

그 옛날 온화한 소년이 처음으로 내 입술에 입을 맞췄다. 그때의 그 간질간질하면서도 몽글몽글한 느낌은 평생 기억 속 깊은 곳에 자 리하고 있었다.

10년이 지난 지금, 그때와 같은 사람이 똑같이 입을 맞추는데 너무 차갑고 산산이 부서지는 것 같았다.

눈물이 뺨을 타고 내려가 입가로 흘러들었다. 자담도 내 눈물을 느 끼고는 우뚝 몸을 굳히며 입맞춤을 멈췄다.

더는 무너질 것 같은 몸을 억지로 일으켜 세울 힘이 없었다. 가슴 속에서 시작된 참을 수 없는 통증이 손끝 발끝으로 번지며 온몸에서 식은땀이 배어났으며, 말을 하고 싶었으나 입이 떨어지지 않았다.

뭔가 이상하다고 느낀 자담은 손을 뻗어 나를 부축했다. "너, 왜 그러는 거야……."

나는 이를 악물고 그의 손을 밀친 뒤, 병풍에 기대 몸을 지탱하고 서서 참담히 웃었다. "네 말대로 나는 온 손에서 피비린내가 진동하고 수많은 사람을 해쳤어. 나를 원망해도 좋아. 이것으로 우리 사이의 애증은 없는 거야. 앞으로 너와 나는 서로 모르는 사이야."

말을 마친 나는 그대로 뒤돌아서 차마 더는 그의 얼굴을 마주하지 못하고 한 걸음 한 걸음 전각 밖으로 걸어 나갔다.

어떻게 아월의 부축을 받으며 난거에 올랐는지 기억이 나지 않았다. 왕부로 돌아가는 길에 점점 정신이 들었는데, 방금 전까지 은근하고 모호하게 느껴지던 통증이 점점 더 뚜렷하고 날카로워졌다.

난거가 느려지는 것이 왕부가 머지않은 모양이었다. 나는 억지로 몸을 일으켜 치맛자락을 정리했다.

그런데 갑자기 아래가 따뜻해지면서 뜨거운 것이 흘러나오고 극심한 통증이 덮쳐왔다. 연꽃 색깔 흰 비단 치맛자락이 시뻘겋게 물들었다.

난거가 멈추자 나는 발을 걷고는 최대한 침착하게 말했다. "아월, 태의를 불러라."

곧바로 왕부에 든 태의는 탕약과 금침을 있는 대로 써가며 밤이 깊도록 바삐 움직였다.

지친 것인지 아픈 것인지 감각이 완전히 마비되어 아무것도 느껴지지 않았으나 정신만큼은 아주 또렷했다.

서고고가 줄곧 내 곁을 지키며 비단 손수건으로 끊임없이 땀을 닦아주고 있는데도 온몸이 땀으로 축축하게 젖었다.

태의가 황공해하며 물러가고, 아기를 받는 나이 든 마마 몇 명이 이미 밖에서 기다리고 있었다.

보아하니 열 달을 다 채우지 못한 가엾은 내 아기가 일찍 세상에 나올 모양이었다.

깊고 고요한 밤, 들리는 것이라곤 경루 소리뿐이었다.

혼몽한 가운데 자다 깨다를 반복하는데, 어느 순간 이마가 시원해졌다. 누군가의 따스한 손길이 이마의 식은땀을 닦아준 것이었다.

눈을 뜨니 자애의 빛이 가득한 눈에서 투명한 눈물이 빛나는 것이 보였다. 얼핏 어머니 같기도 하고 고모 같기도 했다.

서고고겠지. 나는 서고고를 부르고 싶었다. 그녀에게 미소를 지어 보이고 싶었다. 그러나 내 목소리는 아지랑이처럼 미약하기만 했다.

"나 여기 있다." 서고고가 서둘러 내 손을 꽉 쥐었다. "괜찮다, 아무야, 무서워하지 마. 우리 아무는 선량하여 하늘이 도우니 틀림없이 아무와 아이 모두 무사할 것이야!"

살짝 한숨 돌린 나는 망연히 주렴 밖을 내다봤다. 벌써 날이 어두워졌나?

겹겹이 드리워진 휘장 밖의 모습이 흐릿했다. 북방의 하늘에도 이미 석양이 졌을까?

천리만리 밖은 보이지 않았으나 그의 모습은 마치 눈앞에 있는 것처럼 또렷이 보였다.

구석 九錫

오경이 지났는데도 여명이 밝아오지 않았다. 하늘은 더 어둑어둑해지고 발 밖으로 비바람이 몰아칠 것 같았다.

이루 말할 수 없는 고통에 시달리는 동안 점점 정신이 혼미해져갔다. 눈앞에 산파와 시녀들의 모습이 어른거리고 언뜻 붉은 피로 물든 누군가의 손이 보이기도 했다.

침상 앞에 드리워진 휘장이 이따금 펄럭여, 주변 소리가 또렷해졌다 아련해지듯 멀어졌다 가까워지고 가까워졌다 다시 멀어졌다.

서고고는 줄곧 내 옆에서 내 손을 꽉 잡고 내가 정신을 잃지 않도록 끊임없이 내 이름을 불렀다.

눈을 감으니 봉화 불빛이 보이고, 아득히 먼 곳에서 그 시커멓고 사나운 군마 위에 피에 젖은 전포를 입은 소기가 장검으로 허공을 가르니 온 하늘에 핏빛이 뿌려졌다……. 지금 이 순간, 당신은 어디 있나요?

마취 향이 섞인 약 냄새가 묵직하게 잠기며 코끝으로 파고드니 자꾸만 졸음이 밀려왔다.

하지만 차마 눈을 감을 수 없었다. 이대로 잠이 들었다가 다시 깨어나지 못할까 봐…….

서고고는 땀으로 범벅이 되어 끊임없이 마마들을 재촉했다.

"서고고…… 할 말이 있어." 나는 서고고의 손을 잡으며 힘겹게 말문을 열었다. "지금부터 내가 하는 말을 한 자도 빠뜨리지 말고 잘 기억해줘."

"이 바보 같으니, 어리석은 말 하지 마." 서고고는 더는 참지 못하고 눈물을 비 오듯 쏟으며 금탑 옆에 몸을 던졌다.

나는 살며시 눈을 감으며 웃었다. "만약 내가 죽고 훗날 왕야께서 새 왕비를 맞으신다면…… 왕야께 전해줘. 설령 앞으로 이 아이가 그의 유일한 자손은 아니더라도 대통을 이을 수 있는 유일한 적자라고 말이야!"

이번 생은 늘 이랬다저랬다 종잡을 수가 없었기에 이미 오래전에 '영원'에 대한 믿음을 거뒀다.

나는 소기를 너무나 사랑하는 만큼, 또 너무나 잘 알았다.

그날 그가 한 약속을 다 지키기를 바라지는 않는다. 그저 자손에 대한 약속만은 지키고 이 아이를 잘 대해주기를 바랄 뿐이었다.

"소인, 꼭 기억하겠습니다." 서고고는 흐느끼며 묵묵히 고개를 끄덕였다.

나는 입술을 깨물고 잠시 침묵한 뒤에 말을 이었다. "혹 여자아이라면…… 아이가 자란 다음에는 꼭 궁에서 멀리 떨어져 살게 해줘."

밤새 꼬박 죽을 것 같은 고통에 시달렸더니 모든 감각이 마비된 지 오래였다. 정신이 가물가물한 와중에 세찬 비바람 소리가 들려왔다.

우르릉 쾅쾅, 천둥소리가 울려 퍼졌다.

천둥소리 뒤로 우렁찬 갓난아기 울음소리가 들렸다.

잘못 들은 것인가? 남은 힘을 쥐어짜 고개를 들고 바라보았으나,

눈앞이 흐릿해 제대로 보이지 않았다.

"왕비 마마, 감축드리옵니다. 군주께서 무사히 태어나셨어요!"

딸이었다. 결국 딸이었다. 내 딸이었다.

이 순간 모든 고통이 평온에 잠겼다. 생명의 신비로움과 아름다움에 눈물만 흐를 따름이었다.

딸아이를 안아보기도 전에 다시금 고통이 밀려와 어두컴컴한 심연으로 떨어져 내렸다.

어렴풋하게 누군가의 외침이 들렸다. "쌍생아예요!"

서고고가 내 손을 힘껏 붙잡고 바들바들 떨며 말했다. "아무, 들었니? 아이가 하나 더 있어⋯⋯. 하늘이시여, 부디 우리 아무를 보살펴주셔요. 하늘에 계신 공주 마마, 제발 아무와 아이들이 무사하고 장수할 수 있도록 보살펴주셔요⋯⋯."

정말로 두려운 것은 고통이 아니라 쇠붙이처럼 무겁게 짓눌러오는 고단함이었다. 고단함은 내 의지를 무겁게 짓눌러 모든 것을 포기하고 싶게 만들었다. 이대로 포기하고, 이대로 깊은 꿈속으로 빠져들더는 고단함과 아픔에 시달리지 않고 마음 가는 대로 유유히 천지를 떠돌고 싶었다. 너무나 매혹적이고 간절히 원하는 일이었다. 정신이 흐릿한 와중에 어머니를, 여러 낯익은 얼굴들을 본 듯했다. 완여 언니, 금아, 심지어 주안까지⋯⋯. 그녀들은 모두 그윽한 눈길로 나를 바라보며 천천히, 점점 더 가까이 다가왔다. 나는 손가락 하나 까딱할 수도, 악 소리를 지를 수도 없었다. 순식간에 덮쳐온 두려움이 내 목을 졸랐다.

소기⋯⋯ 어디 있는 거예요? 왜 나를 구하러 오지 않는 거예요?

어둠 속에서 나는 점점 더 깊이 떨어져 내렸고 점점 더 추워졌다. 빛 한 줄기 보이지 않았고 아무 소리도 들리지 않았다.

그때 갑자기 저 하늘가 가장 먼 곳에서 미약하게 들리기 시작한 갓난아기의 울음소리가 조금씩 또렷하고 크게 울렸다.

내 딸이었다. 내 딸이 어미를 부르는 소리였다.

응애응애 하는 그 여린 울음소리가 나를 이끌어, 뒤돌아서 그 밝게 빛나는 곳으로 나아가게 했다.

"아무, 아무——." 서고고의 늙은 목소리가, 가슴을 쥐어뜯는 듯한 그 목소리가 차츰 또렷해졌다. 나를 거칠게 흔드는 그녀의 손에 잡힌 어깨가 쩌릿쩌릿 아픈 것까지 느껴졌다.

"세자께서 반응을 보이셨습니다!" 순간 놀라움과 기쁨에 찬 산파의 외침이 들려왔다. 나는 온몸을 흠칫 떨며 눈을 번쩍 떴다.

산파가 갓난아이 하나를 거꾸로 들고 있는 힘껏 등을 때리고 있는 것이 보였다.

콜록콜록 기침이 터져 나오고 머릿속에 일시에 숨이 돌았다. 깊이, 그리고 편하게 숨이 쉬어졌으나 여전히 말은 나오지 않았다.

거의 동시에 산파의 손에 들린 갓난아기도 가여운 새끼 고양이처럼 들릴 듯 말 듯한 울음을 터뜨렸다.

강보에 싸인 두 아기가 내 앞으로 데려와졌다.

붉은색 강보에 싸인 누이와, 노란색 강보에 싸인 동생이었다.

두 아이의 작은 얼굴은 보들보들했으며, 새까맣고 반지르르 윤이 흐르는 가늘고 부드러운 머리카락이 귓가를 덮고 있었다. 여태껏 내가 봐온 갓난아기들은 모두 엷은 황색 솜털로 뒤덮여 있었다. 이렇게 아름다운 배냇머리를 가지고 태어난 아이는 한 번도 본 적이 없었다.

두 아이의 생김새는 별로 닮아 보이지 않았다.

주홍색 비단에 싸여 팔에 안긴 여자아이는 곧바로 눈을 떴다. 새까맣고 반짝반짝 빛나는 두 눈으로 나를 바라보며 조그만 입술을 살짝 내밀고는 두 손을 휘적휘적 흔들어댔다. 그 표정이며 생김새는 분명히 제 아버지를 쏙 빼닮았다. 반면에 사내아이는 강보에 싸여 가만히 누워 있었는데, 길고 가는 속눈썹이 짙은 음영을 드리우고 고운 눈썹산이 살짝 찌푸려진 모습에서 어렴풋이 내 얼굴이 보였다.

서고고가 이르길, 막 태어난 세자가 울지도 움직이지도 않고 숨조차 쉬지 않았으며 나도 정신을 잃은 데다 맥과 숨이 잡히지 않았다고 했다.

그렇게 나와 아이가 모두 고비를 넘기지 못할 것 같았을 때, 갑자기 내 딸이 가슴을 갈기갈기 찢어놓을 듯 큰 소리로 울기 시작했다. 바로 그 울음소리가 혼몽한 내 정신을 깨워 생사의 갈림길에서 되돌아오게 한 것이었다.

세자는 산파가 두드려대는 손길에 속에 쌓인 물을 토해내고 마침내 울음을 터뜨려 기적처럼 살아났다.

한참 동안 밖에서 기다리던 옥수는 산파와 시녀가 나와서 모두 무사하다고 고하자마자 다짜고짜 안으로 뛰어 들어왔다.

옥수는 두 아이를 보다가 내게로 눈길을 돌렸다. 그렇게 서로 마주보는 순간, 우리 두 사람은 동시에 눈물을 흘렸다.

그 어떤 말도 불필요한 순간이었다.

한참 뒤에야 옥수는 아이를 안아보며 흐느꼈다. "참으로 잘됐습니다. 잘됐어요…… 왕야께서 이 소식을 들으시면 얼마나 기뻐하실까요!"

나는 말할 기운도 없었다. 그저 손을 내밀어 옥수와 마주 잡고는 묵묵한 미소로 내 감격을 전했다.

이미 북방 변경으로 사람을 보냈으니 오늘내일이면 소기도 소식을 들을 것이다.

그가 어떤 반응을 보일까? 주체하지 못할 정도로 기뻐할까……. 틀림없이 소기는 하늘이 어찌 우리를 이토록 어여삐하시는지 믿지 못하겠다고 할 것이다.

소기가 아이들에게 어떤 이름을 지어줄까? 저 멀리 천 리 밖에 있는 이 아비 된 사람은 언제쯤 아이들에게 이름을 지어줄까? 그가 생각해내는 이름에서는 틀림없이 무인의 기상이 느껴질 터……. 나는 터져 나오는 웃음을 참지 못하며, 딸아이가 강보에 싸여 손발을 휘적거리며 내 손가락을 자신의 입에 가져가 빨려고 하는 것을 바라봤다. 보고, 보고, 또 봐도 부족하기만 했다. 마음속 가장 보드라운 곳에서 달고 맑은 샘물이 흐르는 것만 같았다.

아이들이 태어날 때, 마침 가랑비가 부슬부슬 내려 천지가 씻은 듯이 맑고 깨끗했다.

나는 이 두 아이가 출중한 자질을 지녔는지에는 관심이 없었다. 그저 평생 즐겁고 평온하게 살기를 바랄 뿐이었다.

가랑비가 부슬부슬 내려 세상 만물을 깨끗이 씻어내니, 딸아이의 아명은 '맑고 깊을 소(瀟)' 자를 써서 '소소'라고 불러야겠다.

내 아들은 제 아버지처럼 영명하고 용맹할 뿐만 아니라 명정(明淨)한 마음을 지녀, 제 부모처럼 두 손에 피를 묻히는 삶은 살지 말았으면 했다. 그래서 이 아이는 세상 밖의 샘물처럼 맑고 깨끗하게 살라는 의미로 '물 맑을 철(澈)' 자를 써서 '철'이라는 아명을 붙였다.

눈 깜짝할 사이에 보름이 지나갔다.

생명은 이토록 신기하고 불가사의했다. 두 아이를 내 눈에 담으며 하루가 다르게 자라는 모습을 보고 있자면 종종 끝없는 전란과 배척, 은원이 가득 찬 세상에 살고 있다는 사실을 믿을 수가 없게 된다. 이 두 아이를 보고 있을 때만이 이 세상이 아직 아름답다고, 아직 희망이 있다고 여겨졌다.

종친과 조정 신료들이 보내온 축하 선물이 산처럼 쌓였다. 하나같이 진기하고 귀한 보배들이었다.

내시가 홀로 들어 평범해 보이는 자단목함을 바쳤다. 자담이 보내온 선물이었다.

얼핏 보아서는 평범한 목함이었지만, 손에 받쳐 드니 천근만근 무겁게 느껴졌다. 함을 열자 자마금(紫磨金, 자색을 띤 순수한 황금)에 옥을 상감한 팔찌 한 쌍이 무늬 없는 흰 비단 위에 놓여 있었다.

그 금팔찌 한 쌍을 멍하니 바라보고 있자니 가슴이 쩌릿쩌릿 저미었고, 묵직한 통증이 번져 도무지 사라지지 않았다.

옛 풍속에 따르면 금팔찌는 여자아이가 태어났을 때 그 팔에 감아주었다가 혼인날 낭군이 풀어주는 것으로, 지켜주길 원하고 원만(圓滿)한 삶을 살길 바란다는 뜻이 담긴 선물이었다.

옛 약속은 아직 기억하고 있으나 옛 인연은 이미 끊어져버렸다. 누구도 처음의 원만함을 지키지 못했다.

금팔찌고 벽옥환(碧玉環)이고, 그저 비웃음을 더할 뿐이다.

다 관두자. 이 지경에 이른 지금, 비꼬는 것이면 어떻고 원망하는 것이면 어떠한가……. 결국은 다 내가 네게 진 빚인 것을…….

10월 초아흐레, 승전보가 전해졌다. 예장왕이 영삭을 수복하고 화전(禾田)에서 남돌궐을 대파한 뒤, 왕성을 공략해 반란을 일으킨 당경을 성 아래서 죽였다는 소식이었다.

사흘 뒤 성이 함락되었고, 곡률 왕은 나라를 버리고 북쪽으로 향해 막북으로 도망쳤다. 미처 도망치지 못하고 성안에 남아 있던 왕족들은 모두 저잣거리에서 처형되었다.

예장왕은 왕궁에서 성대한 연회를 베풀어 돌궐의 이기(彝器, 종묘 의식에 쓰이는 제기), 혼의(渾儀, 천체의 운행과 위치를 관측하던 기구), 규표(圭表, 천문 관측 기기) 같은 것을 받아 장수들에게 하사하고 삼군의 노고를 치하했다.

위로는 조정에서 아래로는 저자에 이르기까지 기쁨과 흥분을 감추지 못했다.

예장왕의 빛나는 전적은 나라에, 백성에, 역사에, 천하에 안정이자 강성, 자랑이자 영예를 의미했다.

그러나 나에게는 이 모든 것이 그저 멀리 떠났던 임이 마침내 돌아온다는 것을 의미할 뿐이었다.

승전보를 따라 얇디얇은 가서 한 장이 전해졌다.

아월이 아직 곁에 있는데도 나는 떨리는 손으로 그 얇은 서신을 꺼냈다. 그런데 편지를 펼쳐보기도 전에 눈물이 먼저 흘러내렸다.

사무치는 그리움에 마음이 약해질까 봐 차마 마음껏 그리워하지도 못했다.

그런데 가서를 펼치는 지금 이 순간, 저 높이 쌓아둔 방벽이 와르르 무너졌다.

이것은, 그가 날마다 봉화가 오르는 저 변경에서 불원천리 보내온 가서였다.

강건하면서도 부드럽고 아름다운 필체에서 전장의 흙먼지가 흩날렸다.

정신이 아득해지며 무성하(無定河) 강가와 혁련대(赫連臺) 아래에 이른 듯했다. 산해관 너머 돌아오는 길은 어찌나 긴지, 큰 칼 비껴들고 말을 내달리는 장군은 찬 서리 위를 누비며 홀로 외로운 달과 강적(羌笛, 강족의 피리로 그리움을 의미함)을 마주한다. 반평생을 전장에서 살았어도 이별의 아픔은 어쩌지 못하는구나. 꿈속에서 관문과 산을 넘어 어여쁜 처자식을 만난 것이 몇 번이던가! 그리움이 창칼보다 더 깊이 뼈에 사무치는구나. 몇 번이나 웃고 몇 번이나 울었던가……. 얇디얇은 편지에 쓰인 글줄 하나하나에 내 마음도 조각조각 부서지누나…….

나는 눈물이 떨어져 글자가 번질까 봐 웃으며 고개를 쳐들었다.

"왕비 마마……." 아월이 불안한 듯 나를 불렀다. 차마 무슨 일인지 묻지는 못하고 두려워하며 옆을 지키고 서 있었다.

"왕야께서 세자와 군주에게 이름을 지어주셨구나. 세자는 윤삭(允朔), 군주는 윤녕(允寧)이라 지으셨다." 나는 웃음을 거두지 않고 말했다.

"아!" 아월이 뭔가 깨달은 듯 불쑥 외쳤다. "영삭 수복을 영원히 기억한다는 뜻이군요!"

나는 미소를 지으며 고개를 끄덕이다가 다시 고개를 저었다.

윤(允)은 맹세와 약속을 윤허(允許)한다는 뜻이고, 영삭은 우리가 진정으로 처음 만났다고 할 수 있는 곳이었다.

서로 만나고 맹세하고 서로의 곁을 지키는 동안 온갖 시련과 곡절을 겪으며 느낀 바를 다른 사람들에게 어찌 말로 다 설명할까!

"정말 좋네요." 옥수가 기쁨에 겨워 말했다. "왕야께서는 언제 조정으로 돌아오시나요?"

나는 고개를 숙인 채 말없이 미소만 지었다. 편지를 잘 접어 천천히 비단함에 담았다. "왕야께서는……."

말문을 열자마자 목이 멨다. 웃어 보이려 안간힘을 쓰는데도 눈물이 또르르 굴러 떨어졌다.

숨을 깊이 들이마시고 먼 북쪽 하늘을 바라보며 말을 이었다. "왕야께서는 승기를 잡은 지금 군대를 이끌고 북쪽으로 적을 추격해 남북 돌궐을 모조리 평정하기로 결심하셨다."

천자의 땅을 수복하기 전에는 고향으로 돌아오지 않을 생각이다.

당경을 죽이고 반군을 무너뜨렸는데도 이 전쟁은 끝날 조짐이 보이지 않았다.

내 낭군은 귀갓길을 서두르지 않았다. 하루라도 빨리 처자식을 보기 위해 경성으로 돌아오는 대신, 계속 북진해 강토를 넓히고 오랑캐를 무찔러 패업을 실현하고 평생의 염원을 이루려 한다.

이것이 내 낭군이었다.

피비린내가 진동하고 창칼이 오가는 전장, 만리강산이 곧 그의 세상이었다. 규방은 결코 그에게 속한 세상이 아니었다.

10월 열이틀, 신료들이 상소를 올려 예장왕의 공덕이 높으니 구석(九錫)의 명을 내리라 청했다.

구석이란 천자가 큰 공을 세운 신하에게 내리는 아홉 가지 은전(恩典)으로 거마(車馬), 의복(衣服), 악기(樂器), 주호(朱戶), 납폐(納陛), 호분(虎賁), 궁시(弓矢), 부월(斧鉞), 거창(秬鬯)을 이르는 말이다. 주나라 이래 구석은 천자가 내리는 가장 큰 은전으로, 이는 곧 선위의 전조를 나타냈다.

역대 권신 중 구석을 하사받은 이는 곧 천자의 자리에 올랐다.

자담의 선위가 머지않았다. 소기가 군대를 이끌고 조정으로 돌아오는 날은 천하의 주인이 바뀌는 날이 될 것이다.

10월 열닷새, 조정에서는 예장왕에게 천자의 깃발을 내리고, 여섯 필의 말이 끄는 수레를 타고 오시부거(五時副車, 천자가 타는 다섯 수레)를 갖추며, 행진 선두에는 기병인 모두(旄頭)와 황제의 수레 앞부분에 다는 깃발인 운한(雲罕)을 설치하며, 악무는 팔일무(八佾舞, 무용수들이 한 줄에 여덟 명씩 여덟 줄로 서서 추는 춤)를 허한다고 공포했다.

예장왕의 장자 철을 연삭군왕(延朔郡王)에 봉하고, 딸을 연녕군주(延寧郡主)에 책봉했다.

휘날리는 운명을 어이하리

오후의 가을볕은 부드럽고 따스했다.

그렇지만 나는 소소에게 시달리느라 정신이 나갈 것만 같았다.

도대체 왜 이렇게 힘이 넘쳐나는 것인지, 꼭두새벽부터 한밤중까지 잠시도 가만있지를 못해 저 조정의 완고한 신료들보다 다루기가 힘들었다.

그나마 다행스럽게도 장난기가 심한 제 누이와 달리 철아는 참 차분하고 조용했다.

지금 철아는 유모 품에 곤히 잠들어 있었다. 백련 같은 저 잠든 얼굴을 보면 어느 누구도 차마 귀찮게 하지 못할 것이다.

가까스로 소소를 재워 서고고의 손에 넘겨주고 나니 나도 진이 다 빠져버렸다.

금탑에 기대 북방 변경에서 보내온 전보를 펼쳤다. 겨우 두 줄을 읽었을 뿐인데 졸음이 밀려와 눈꺼풀이 덮이며 잠이 들었다. 혼몽한 가운데 발 밖에서 누군가가 작게 속삭이는 소리가 들리고, 이어서 서고고가 나직이 뭐라 답하는 소리도 들렸다.

나는 무슨 일인지 알아보는 것도 귀찮아 안쪽을 향해 모로 누운 채 계속 잠을 청했다.

그런데 갑자기 서고고의 나직한 외침이 들렸다. "뭐라! 어째서 좀 더 일찍 아뢰지 않은 것이냐?"

순식간에 졸음이 싹 가셔 상반신을 일으키며 미간을 찌푸렸다. "어찌 이리 소란스러운 것이냐?"

서고고가 황망히 금탑 옆으로 달려와 휘장을 사이에 두고 나직이 말했다. "왕비께 아룁니다. 방 통령이 사람을 보내 전하길, 방금 전 순찰을 하다가 출궁 영패(令牌, 임금의 명령이나 군령을 전할 때 쓰는 패) 하나를…… 도난당한 것을 발견했다고 합니다."

심장이 쿵 떨어져내려 휘장을 휙 젖혔다. "언제 그랬다 하더냐?"

"새벽에 도난당한 것으로 보입니다." 서고고가 불안함을 감추지 못하며 말했다. "자세한 상황은 아직 잘 모르오니, 소인이 지금 내시위(內侍衛, 궁중 시위)를 왕부로 불러들여 알아보겠습니다."

"이미 늦었어." 나는 냉랭히 말을 이었다. "철의위(鐵衣衛)에 전하라. 지금 당장 성을 나가 동쪽과 북쪽으로 추격하여 금일 자시 이전에 반드시 도망친 자를 잡아라. 만약 저항하면 그 자리에서 죽일 것이며, 단 한 사람도 빠져나가게 해서는 안 된다!"

서고고의 이마에 식은땀이 배었다. "소인, 알겠습니다."

"지금 당장 궁을 봉쇄하고 어젯밤에 당직을 선 내시위를 전부 가둬라. 그리고 송 우상과 방 통령에게 나를 보러 오라 해라." 나는 황급히 겉옷을 걸치고 아월을 불러 단장을 하면서 입궁할 수레를 준비하게 했다.

경대 앞에 앉은 뒤에야 내 이마에 식은땀이 맺힌 것을 깨달았다.

궁궐 금군 부통령 방계는 내 오랜 심복으로, 줄곧 그를 통해 궁 안의 일거일동을 은밀히 통제하고 있었다. 영패 하나는 대수롭지 않은 일처럼 보이나, 일단 누군가 이 틈을 타서 사달을 일으킨다면 큰 화

333

를 불러올 수 있다.

대군이 북방 변경 사막으로 진격한 지금, 경성은 텅 비었다. 그런데 만약 후방에서 난이 일어난다면 소기는 앞뒤로 적을 맞는 셈이 된다.

기이할 정도로 창백한 거울 속 내 얼굴은 피처럼 붉은 연지가 발라진 입술 탓에 한겨울 서리처럼 시린 빛이 더해졌다.

문밖에서 군홧발 소리가 착착 들리는 것으로 보아 송회은이 이미 당도한 듯했다. 나는 몸을 돌려 창의를 걸치고는 문밖으로 향했다.

"왕비 마마를 뵙습니다." 갑옷을 입고 검을 찬 송회은의 얼굴은 엄숙하고도 의연했다.

멀리 성 동쪽 병영 방향에서 검은 연무가 짙게 피어올라 하늘로 치솟았다. 길을 따라 세워진 관문 방향으로 위험을 알리는 신호였다.

송회은이 검을 잡고 말했다. "속하가 이미 연무를 피워 신호를 보냈고, 사람을 보내 길을 따라 세워진 관문을 봉쇄하라는 명을 속히 전하게 했습니다."

"잘하셨습니다." 나는 고개를 들어 그 새카만 연기 기둥을 바라보며 천천히 말을 꺼냈다. "노정으로 보아 그들이 자시 전에는 임양관에 도착하지 못할 것입니다. 철의위가 이미 성을 나가 추격하고 있으니, 그때 앞뒤로 포위하여 하나도 놓쳐서는 아니 됩니다."

"살려둘 필요가 있습니까?" 송회은이 착 가라앉은 목소리로 물었다.

"일이 이 지경에 이른 마당에 목숨을 붙여두는 것은 이미 중요치 않습니다." 나는 냉랭하게 말을 이었다. "동쪽은 대수로울 것이 없으나 북쪽은 결코 실수가 있어서는 아니 됩니다. 빈틈없이 배치하셨습니까?"

송회은이 고개를 끄덕였다. "동군(東郡)에 주둔 중인 병력은 2만이 채 되지 않습니다. 속하가 이미 길을 따라 방어 병력을 두었습니다.

경기(京畿, 도읍 주변의 가까운 땅) 사방의 주둔군이 철옹성처럼 굳게 지키고 있으니, 왕비께서는 염려 놓으십시오. 북쪽으로는 설령 제아무리 날고 기는 재주를 가졌다고 하더라도 왕야의 손바닥에서 벗어날 수는 없을 것입니다."

나는 미간을 찌푸리며 말했다. "양군이 맞서고 있는 상황인데 어찌 안에서 내란을 일으킬 수 있겠습니까! 절대로 이 소식이 새어 나가서는 아니 됩니다."

"왕비 마마, 심려 마십시오. 철의위는 지금껏 실수를 한 적이 없습니다." 송회은의 침착하고 의연한 눈빛에서 살기가 뿜어져 나왔다. "기왕지사 화살이 시위를 떠났으니 되돌릴 수 없습니다. 왕비 마마께서는 속히 결단을 내려주십시오!"

송회은과 눈빛이 부딪쳤다.

우리 두 사람의 거리가 몹시 가까웠기에, 격해진 감정 탓에 그의 이마 위로 핏줄이 불거진 것까지 볼 수 있었다.

결단, 입 밖으로 내놓기는 쉬워도 삶을 뒤엎는 말이었다.

지난 10년 동안 수많은 결단을 내렸다. 때로는 벼랑 끝으로 나아갔고, 때로는 끝없는 심연으로 뒷걸음질 쳤다. 단 한 번도 적당히 타협할 수 없었다.

하나를 취하고 하나를 버린다. 그러다 잃는 것은 바로 삶이다.

바람이 일어 온 뜰이 소슬했다.

나는 창의를 세게 잡아당기고는 고개를 들어 궁성 쪽을 바라보았다.

자담, 기어이 나와 싸우겠다는 것이야?

붉은 해가 서쪽으로 뉘엿뉘엿 기울어 어스름할 무렵, 핏빛 석양이 기나긴 복도를 시뻘겋게 물들였다.

궁문 밖에는 철기병 3천이 시리게 빛나는 갑옷을 입고 만전의 태세를 갖춘 채 길 양쪽으로 나뉘어 서 있었다.

송회은이 맨 앞에 서서 검을 들고 궁문 안으로 곧장 들어섰다.

나는 풍모를 아래로 잡아당겨 얼굴을 가리고는 그의 뒤를 따라 말을 달렸고, 좌우의 철기 수행원들이 나와 나란히 달렸다.

나는 마상의(馬上衣)를 입고 창의로 모습을 가려 수행원들 사이에 은밀히 몸을 감춘 채로 조용히 궁 안으로 들어갔다.

궁성 아래 말을 세우고 하늘가로 지는 해를 돌아보았다. 온 경성에 엄숙하고 경건한 황금빛이 내렸다.

경성을 둘러싼 사방의 성문은 이미 긴급 조치에 따라 봉쇄되었고, 금군 부통령 방계가 직접 군사를 이끌고 호씨 일족을 포위하여 잡아들이는 중이었으며, 왕공들의 저택도 무장한 병력이 지키고 있었다.

건원전 앞은 꿇어앉은 궁인들로 시커멓게 물들어 있었고, 내시 수십 명이 칼을 든 채 건원전 문 앞에 서 있었다.

내시총관이 잰걸음으로 달려와 아뢰었다. "폐하께서는 지금 건원전에 계십니다. 소인이 명을 받들어 궁문을 지키며 누구 하나 건원전 밖으로 내보내지 않았습니다."

송회은이 고개를 돌리자 나는 살짝 고개를 끄덕이고는 그와 함께 건원전 앞 옥계를 올랐다.

짙은 어둠이 들어찬 전각 안, 자담은 소복을 입고 옥관을 쓴 채 어좌 한가운데 외로이 앉아 문 입구를 냉랭히 바라보고 있었다.

나는 송회은과 전각 안으로 걸음을 들였다. 마지막 한 줄기 석양이 우리의 그림자를 바닥에 길게 드리워 용이 조각된 옥벽돌과 겹쳐놓았다.

"왔군."

자담의 냉담한 목소리가 건원전 안에 울렸다.

"황제 폐하를 호위하러 오는 걸음이 늦은 신을 용서하시옵소서!"
송회은이 검을 든 채 앞으로 나아가 한쪽 무릎을 꿇고 앉았다.

나는 머리를 숙이고 무릎을 굽힌 채 말없이 송회은 뒤에 꿇어앉으
며 얼굴을 풍모 그림자 아래 숨겼다.

"호위?" 자담이 냉랭히 웃었다. "짐은 덕이 부족한 사람인데, 어찌
송 우상이 놀라 입궁하게끔 할 수 있겠소?"

송회은은 무표정한 얼굴로 말했다. "호씨가 역모를 저질러 황후께
서 조서를 날조하고 황제 폐하를 기만하였으니, 신이 태후 마마의 의
지를 받들어 입궁하여 폐하를 호위하고 궁 안의 역당을 숙청하겠사
옵니다."

자담이 흐릿하게 웃으며, 이미 이 순간을 예상했다는 듯 참담한 목
소리로 말했다. "이 일은 황후와 무관한데 무고한 자들을 연루시킬 까
닭이 있겠는가? 일이 아니 됨을 알고 짐은 이미 소복을 입고 한참 전
부터 그대들을 기다리고 있었다."

마치 이제야 모든 것을 벗어던져 홀가분한 듯 자담이 가볍게 탄식
하고는 느릿느릿 어좌에서 몸을 일으켰다. "태후의 의지라니, 그대가
짐 대신 태후께 전해주게."

자담의 입에서 거듭 나온 '태후'라는 두 글자에는 조롱의 뜻이 가득
했다. "짐이 결국 태후의 뜻을 이루어드렸는데 즐거우시냐고 말이야."

송회은은 잠시 침묵하다가 소매 속에서 황릉(黃綾, 황색 비단) 조서
를 꺼내 두 손으로 받쳐 올렸다. "신은 우둔하여 명을 받들어 일을 행
할 뿐, 감히 제 마음대로 황제 폐하의 뜻을 전할 수 없습니다. 여기 폐
후 조서가 있으니, 폐하께서 옥쇄를 찍으시면 중궁의 반역은 곧 평정
될 것입니다."

자담은 주먹을 쥐고 백지장처럼 하얗게 질린 얼굴로 말했다. "짐이 홀로 책임질 터이니 다른 사람을 끌어들일 필요 없다!"

송회은이 냉랭히 답했다. "호씨가 역모를 꾀한 증거가 명명백백하니 황제 폐하께서는 밝게 살피소서."

"이 일은 호씨와 무관하다." 자담의 몸이 미미하게 떨렸다. "이미 짐의 처분을 네놈들 손에 맡겼는데 연약한 여인까지 해칠 필요가 있느냐?"

"황공하옵니다." 송회은의 목소리는 얼음장처럼 차가웠다.

자담은 어좌를 짚으며 증오가 사무친 목소리로 말했다. "너희들은 정말로 모조리 죽여 없앨 셈이구나. 여인과 아이조차 살려두지 않고!"

마침내 더는 참지 못한 송회은이 칼을 들고 벌떡 일어나며 외쳤다. "폐하께서는 옥쇄를 찍으시지요!"

"짐이 이 조령을 내릴 것이라 기대하지 마라." 자담은 어좌에 기대 노한 눈으로 바라보다가 이미 기운이 쇠한 듯 온몸을 부들부들 떨었다.

송회은이 대로해서 갑자기 앞으로 걸음을 내딛었다.

"폐하." 나는 자리에서 일어나 풍모를 벗었다.

깜짝 놀란 자담이 고개를 돌려 나와 마주 봤다.

똑바로 쏟아지는 그의 눈빛이 내 심장을 후볐다.

자담과 나의 거리는 3장(丈) 남짓이었으나, 이미 평생의 은원이 우리 사이를 가로막고 있었다.

나는 천천히 그를 향해 걸어갔다. 한 걸음 한 걸음이 칼끝을 딛고 서는 것 같았다.

"네가 직접 손을 쓰려느냐?" 자담은 웃었다. 창백한 낯빛에서 죽음과도 같은 희뿌연 절망이 비쳤다. 자담은 휘청이며 어좌에 주저앉아 핏기 하나 없는 파리한 입술을 달싹였으나 아무 말도 내뱉지 못했다.

338

나는 말없이 그의 눈빛, 그의 미소가 소리 없이 나를 때리도록 내버려두었다.

"보시지요." 나는 송회은의 손에서 조서를 건네받아 천천히 자담의 눈앞에 펼쳤다.

"이는 황후를 폐한다는 조서로 사사(賜死)한다는 뜻은 없습니다." 나는 얼굴에 떠오르는 표정 하나하나, 목소리까지 자제해 가장 냉혹한 모습만을 내보였다. "죽일 생각이었다면 옥쇄도 필요 없이 그저 독약 한 잔이면 족했을 것입니다. 호씨가 역모를 꾀했으니 법에 따라 일족을 멸해야 할 것입니다. 그러니 황후의 자리에서 폐하고 냉궁에 가둬야만 그녀의 목숨을 지킬 수 있습니다."

나는 자담을 바라보며 말했다. "폐하, 신첩이 할 수 있는 것은 이뿐입니다."

자담은 더 이상 나를 보고 싶지 않은 듯 눈을 감아버렸다. "내 목숨을 거두고 그녀와 아이는 살려줘."

자담은 이미 내가 이 일을 빌미로 그의 모든 피붙이를 제거해 화근을 철저히 없애버릴 것이라고 단정 지었다.

"기왕지사 승부수를 둔 이상 최악의 상황까지 염두에 두었으니 마땅히 모든 책임을 질 것이다." 자담은 눈을 감은 채 고개를 쳐들며 입가에 참담한 미소를 머금었다.

그를 바라보고 있자니 가슴속에 스산함이 번져 슬프고 쓸쓸했다. "진정으로 호씨 가문을 지키고자 하시면서 굳이 그들을 칼날 위로 밀 까닭이 있었습니까?"

일단 일이 실패하면 호씨 가문이 가장 먼저 멸문지화를 당하리라는 것을 자담이 모를 리 없었다. 그런데도 자담은 희망이 아득한 이 도박판으로 호씨 가문 전체를 몰아넣었다. 그의 아내, 그리고 아직 태어나지도 않은 그의 자식이 있는데도 말이다.

　마침내 자담은 제왕으로서 마땅히 해야 할 일을 하였으나 안타깝게도 너무 늦어버렸다.

　"너는 내가 그 무엇도 다퉈서 얻어낸 것이 없다고 했었지." 갑자기 자담이 나른하고 싸늘한 말투로 입을 열었다. "그래, 이제 다투어보았는데 어찌 되었느냐?"

　나는 조서만 꽉 움켜쥘 뿐 그의 말에 대답하지 못했다.

　오늘이 없었더라도 호씨는 멸문지화를 피하지 못했을 것이다. 옥쇄가 없었더라도 나는 지금과 똑같이 손을 썼을 것이다.

　자담, 잘못은 너와 내가 아닌 이 난세에 있을 뿐이야.

　"신, 철의위 통령 위한(魏邯), 돌아와 복명합니다!"

　전각 밖에서 들려온 낭랑한 목소리가 죽음과도 같은 정적을 무너뜨리자 얼어붙었던 분위기가 순식간에 깨졌다.

　자담은 문밖을 빤히 바라봤다. 얇은 입술이 살짝 떨렸고 눈 속에 절망이 가득 찼다.

　위한은 검을 찬 채로 대전 안에 들었다. 일신에 흑의를 걸친 그는 표범처럼 날렵하게 움직였고, 얼굴에 철가면을 쓴 채로 날카로운 두 눈만 드러내고 있었다.

　위한은 한쪽 무릎을 꿇고 앉아 두 손으로 피에 젖은 살구색 봉황 두루마기를 바쳤다. 그것은 황후만 입을 수 있는 속옷이었다.

　송회은이 그 피에 젖은 두루마기를 받아 확 펼쳤다.

　비단 두루마기는 이미 시뻘건 피에 젖어 있었으나, 기품 있고 섬세하며 웅건한 필치가 옷을 뒤덮고 있는 것을 분명히 볼 수 있었다.

　호요의 옷, 자담의 글이었고 옷자락 아래 찍힌 선홍색 옥쇄가 눈에 들어와 박혔다.

밀지가 쓰인 황후의 속옷을 궁중 시녀에게 입혀 궁문 검사를 피한 다음, 그길로 궁을 빠져나가 각각 북방 변경과 동군으로 향해 호씨에게 도움을 청하게 한 것이었다. 북방 변경에 있는 호광열의 10만 부대 외에도 동군에는 아직 호씨 일가의 3만 군대가 주둔해 있었다. 위험을 무릅쓰고 승부수를 던지는 이 같은 계획을 우유부단한 자담이 생각해냈을 리 없다.

피에 젖어 채 마르지 않은 옷에서 풍기는 짙은 피비린내가 코끝을 파고들었다.

자담은 입을 가리며 고개를 휙 돌리고는 온몸을 벌벌 떨었다. 원래부터 피를 싫어했던 자담이지만 지금처럼 두려워하는 모습은 처음이었다.

"신은 북교역(北橋驛) 밖으로 3리 떨어진 곳에서 몰래 도망치는 황궁 시녀와 공범을 잡았사온데 수레 안을 다 뒤졌으나 이상한 점을 발견하지 못했고, 이어서 수행 하녀 몸에서 황제 폐하께서 쓰시는 물건을 발견했습니다. 동쪽으로 추격해간 서(徐) 부통령도 이미 역적을 붙잡아 지금 신속히 되돌아오고 있습니다." 위한이 고개를 숙이고 얼음장 같은 목소리로 아뢰었다. "역적 무리는 총 일곱으로 하나도 빠져나가지 못했습니다."

"살려둔 자가 있는가?" 송회은이 냉랭히 물었다.

위한이 잠시 멈칫했다. "셋은 그 자리에서 죽였고 두 사람은 자진했으며, 나머지 두 명은 이미 삼엄한 감시하에 가두었습니다."

말을 마친 위한과 송회은이 나를 바라보며 말없이 입을 꾹 다물었다. 건원전의 그림자와 한 몸이 된 그들은 마치 칼집을 빠져나온 두자루 칼처럼 거침없이 살기를 뿜어내 숨이 막힐 것만 같았다.

나는 이를 악물고 고개를 돌리고는 더 이상 자담에게 눈길을 주지 않았다.

"건원전 총관은 어디 있느냐?" 내가 매섭게 외쳤다.

내시총관 왕복(王福)이 잰걸음으로 들어와 바닥에 꿇어 엎드렸다. "소인, 여기 있습니다."

"옥쇄를 가져와라." 나는 손을 흔들어 그의 면전에 조서를 던졌다. "명을 전해라. 황후 호씨를 서인으로 폐하니, 지금 당장 냉궁에 가둬라."

병풍 뒤에서 내시 두 명이 유령처럼 나타나 각각 왼쪽과 오른쪽에서 앞으로 나갔다.

왕복의 비대한 몸은 이 순간 유난히도 민첩하게 성큼성큼 어좌로 다가가 자담에게 몸을 한 번 굽혔다. "폐하, 소인을 용서하십시오."

좌우의 내시가 자담을 붙잡자, 왕복이 앞으로 나아가 자담이 제 몸에 숨겨둔 옥쇄를 찾아냈다. 그리고 옥쇄를 그 조서 위에 대고 꾹 눌렀다.

자담은 돌조각처럼 딱딱하게 굳어 그들이 하는 대로 내버려두었고, 그저 피가 뚝뚝 떨어질 것만 같은 두 눈으로 나를 뚫어지게 바라보고만 있었다.

나는 몸을 확 돌리고는 눈을 질끈 감았다. "위 통령, 지금 당장 호씨 일가를 하옥하고 나머지 역당을 숙청하시오."

"속하, 명을 받들겠습니다." 위한은 무릎을 꿇어 절을 올리고는 곧바로 뒤놀아 물러나며 왕복과 함께 소양궁으로 향했다.

나는 천천히 뒤돌아섰다.

자담은 힘없이 고개를 숙이고는 뚫어져라 바닥만 쳐다봤다. 그의 발밑에 놓인, 그 시뻘건 피로 물든 옷을……

자담은 그 피 묻은 옷만을 노려보다가 갑자기 발끝을 움츠리며 어좌에 엎드리더니, 허리를 굽히고 토악질을 하면서 어깨를 들썩였다.

나는 순간 멍해졌다. 가슴이 쩌릿쩌릿 아파 더는 참지 못하고 달려가서 자담을 부축했다.

자담은 온몸을 부들부들 떨었다.

"어의를 부르세요. 어서 어의를 들라 하세요――." 나는 고개를 돌려 송회은에게 외쳤다.

자담은 거칠게 숨을 헐떡이면서 자신을 부축하고 있는 내게서 몸을 빼내더니, 손바닥을 뒤집어 내 뺨을 후려쳤다.

귓가에 짝 소리가 울리고 눈앞에서 불꽃이 튀었다.

어좌 아래 쓰러진 나는 움직이지 못하는 것처럼 멍하니 굳어버렸다.

뺨이 홧홧하고 입술 사이에서 피비린내가 느껴졌지만, 예리한 칼로 가슴을 가르는 것 같은 이 아픔에 비하면 아무것도 아니었다.

자담은 눈 한 번 깜짝이지 않고 나를 바라봤다. 눈은 텅 비어 있었지만 입가에는 얼음장 같은 미소가 떠올랐다.

챙 하는 소리와 함께 검광이 허공을 가르더니 장검 한 자루가 나와 자담 사이를 가로막았다.

내 앞을 가로막고 선 송회은의 손등에 핏줄이 불거졌다.

자담, 네게 빚진 것이 어디 이 뺨 한 대뿐일까…….

원망도 좋고 증오도 좋아. 네가 주는 것이라면 무엇이든 다 받을게.

나는 희미하게 웃으며 입가의 피를 쓱 닦아내고는 억지로 몸을 일으켰다.

송회은이 손을 뻗으며 부축하려는 것을 막았다.

나는 냉담히 말했다. "폐하께서 옥체가 미령하시어 금일부터 침전에서 정양하실 터이니, 누구도 쉬시는 것을 방해해서는 아니 된다."

343

건원전을 나서려는데, 더는 버티지 못하고 다리에 힘이 풀려 그 문턱 하나를 넘지 못했다.

"왕비 마마!" 송회은의 손이 내 팔을 단단히 받치며 나를 부축했다.

송회은의 근심 어린 눈빛은 더없이 의연하여, 그 눈을 보고 있자니 안심이 되었다.

"사자(使者)가 이미 북강(北疆)으로 향해 밤낮없이 말을 달리고 있으니 이레 안에 밀서를 왕야 손에 전달할 수 있을 겁니다. 지금은 조금 더 버티셔야 합니다. 경성의 모든 일은 제가 다 처리할 터이니 왕비께서는 부디 보중하십시오!"

감격을 이루 다 표현할 길이 없어 그저 엷은 미소만 지었다. "고맙습니다, 회은."

구중궁궐에 밤바람이 불기 시작하고 날이 어두컴컴해지는 것이 꼭 비가 올 것만 같았다.

궁원 곳곳에 등불이 밝혀졌다. 점점이 빛나는 등불이 어둠 속에서 휘청휘청 흔들렸다.

"소양궁으로 가시렵니까?" 송회은이 물었다.

소양궁에 가서 무엇 하겠는가? 내 승리를 과시할 것인가? 아니면 남의 실패를 구경할 것인가?

나는 참담히 웃었다. 호요는 아무 잘못도 없다. 그녀는 나와 같은 선택을 했을 뿐이다. 그저 자신을 위해, 사랑하는 사람의 목숨과 존엄을 위해 모든 장애물과 위험을 없애려 한 것뿐이다. 수단과 방법을 가리지 않고서라도 살고 싶어 한 것뿐이다.

이런 상황에서 만나지 않았더라면 나와 호요는 지기가 되었을지도 모른다.

"다시 소양궁으로 갈 필요 없습니다. 모든 일을 그대가 알아서 하세요. 나는 너무 피곤하니 왕부로 돌아가겠습니다." 나는 우울한 기분을 떨치지 못하며 뒤돌아 난거에 올랐다.

출발하기 직전, 소양전 방향에서 황급히 달려오는 왕복이 보였다.

"왕비께 아룁니다. 황······ 폐후 호씨가 방금 전 놀라 쓰러졌사온데 곧 해산할 듯하옵니다."

선혈은 칼날을 물들이네

등불이 훤히 밝혀진 소양전에 궁녀와 의시들이 바삐 오갔다. 모두
가 하나같이 표정을 드러내지 않은 채 얼굴을 굳히고 있었다.

내전에서 희미하게 들려오는 신음 소리를 빼면 아무 소리도 들리
지 않았다. 무서울 정도로 깊은 정적이 내렸다. 끊어질 듯 또 이어지
는 신음 소리가 두려움을 자아냈다.

소양전 밖에는 갑옷을 걸친 금군이 만전의 태세를 갖추고 있었다.
한 치 앞을 내다볼 수 없는 캄캄한 어둠에 숨이 막혀왔다.

내 기억에 적막강산이나 다름없는 이 소양전은 두 번째로 새 생명
을 맞이하는 것이었다.

명정황후는 이곳에서 자융 오라버니의 아들을 낳았다. 그날도 궁
안에 변란이 일어나 천지가 바뀌었다. 이미 여러 해가 지났는데도 삶
의 끈을 놓은 소복 차림의 사 황후가 갓난아기를 품에 안고 내 앞에 무
릎을 꿇으며 탁고(託孤)하던 광경이 눈에 선하다. 지금 정아는 폐제가
되어 멀리 봉읍에 미물고 있고 병세도 차차 호전되고 있으니, 어쨌든
편안한 삶을 살 수 있게 되었다. 그렇다면 나는 완여 언니의 부탁을 들
어준 셈인가? 아니면 언니의 뜻을 저버린 셈인가? 자융은 이미 민간
에 환생하여 자신의 바람대로 평민이 되어 자유롭게 살고 있을까?

나는 궁등을 바라보며 반쯤 넋을 놓고는 나도 모르게 옛 기억 속으로 빠져들었다.

그때 갑자기 갓난아기의 가녀린 울음소리가 들려와 화들짝 놀랐다.

새끼 고양이의 울음소리처럼 여리고 가냘프고 어여쁜 소리였다. 순간 가슴이 세차게 뛰기 시작했다. 하늘이시여, 부디 굽어살피소서! 반드시 딸이어야 합니다!

요(廖) 마마가 내전에서 총총히 나오더니 무릎을 꿇고 엎드리며 아뢰었다. "황후께서 황자를 낳으셨습니다."

귓가에 쿵 소리가 울렸다. 운을 바란 마지막 기대가 물거품이 되고 말았다.

황자라니…… 결국 황자구나. 결국 내가 이런 선택을 할 수밖에 없게 하는구나.

나는 의자에 주저앉아 망연히 고개를 들었다. 이 소양전이 이토록 음산한 적이 있었던가…….

봉황 처마, 난새 대들보, 궁금(宮錦)이 드리워진 사이로 이리저리 흔들거리는 그림자는 역대 선조와 황후의 흩어지지 않는 망령들 같았다.

이 순간 그들은 저 높은 곳에서 내가, 몸 절반에 황가의 피가 흐르는 여인이 마지막 황제의 핏줄을 제 손으로 직접 죽이는지 굽어보고 있었다.

'여아라면 살려주고 남아라면 목숨을 거두겠소.' 그날 소기가 내게 한 약속은 이 갓난아기에게 절반의 살 기회를 주었었다.

나는 이 희망의 끈을 부여잡고, 제발 호요가 딸을 낳게 해달라고 하늘에 빌었다.

그리고 나머지 절반의 기회도 일찌감치 은밀하게 준비하고 있었다.

오랫동안 나는 줄곧 자담과 그의 처자식이 살길을 어떻게 마련해줄지 고민했다. 정아와 마찬가지로 감옥 같은 궁궐을 벗어나 산 좋고 물 맑은 곳에서 편안한 여생을 보내게 하고 싶었다.

오늘이 오기 전까지만 하더라도 나는 호 황후가 황자를 낳으면 아이를 비밀리에 궁 밖으로 데리고 나가려 했다. 유모의 아들이라고 신분을 속여 왕부에 숨겨두고, 밖에는 소황자가 요절했다고 알릴 생각이었다. 그러다가 자담이 선위하고 멀리 자신의 봉읍으로 가게 되면, 그때 다시 황자를 보내 의붓아들의 신분으로 부모 슬하에서 사랑받으며 자라게 하려 했다.

그러나 밀조 사건으로 호씨 가문이 멸문지화를 당하고 자담이 원한에 사무친 뺨 한 대를 내리치면서 내 모든 계획이 틀어지고 말았다.

나 혼자만의 바람은 결국 엇갈리고 말았다. 완전히…….

자담은 정아처럼 시키는 대로 사는 어린아이가 아니었다.

제위를 빼앗기는 것에 대한 증오, 일족이 멸문지화를 당한 것에 대한 원한은 이제 다시는 풀 수가 없게 되었다.

자담과 소기, 호요와 나는 이제 평생 서로의 원수가 될 수밖에 없었다.

지금 이 갓난아이는 세상살이의 애환이 무엇인지 전혀 모르지만 많은 세월이 흐른 뒤에는 어떻게 변할까? 이 아이는 태어나는 순간부터 부모 세대의 원한을 짊어진 채 서로의 핏줄이 끊어지지 않는 한 영원히 서로에 대한 원한을 품을 수밖에 없다는 사실을 알까?

"왕비 마마!" 요 마마가 나직이 불렀다. "황후께서는 황자를 낳으시고 기운이 쇠해져 아직 정신을 못 차리셨습니다. 황자께서는 달을 다 못 채우고 태어나신 탓에 많이 허약하신지라 몹시 걱정이 되옵니다."

가슴이 지끈거리며 아팠다. "아이를 데려와라. 좀 봐야겠다."

"네." 요 마마는 대답과 함께 아이를 데리러 갔다.

나는 잠시 머뭇거리다가 말했다. "태의를 들라 해라."

유모가 내전에서 노란색 강보를 품에 안고 나와, 내 앞에 무릎을 꿇고는 조심스럽게 강보를 들어 올렸다.

강보에 싸인 아이는 큰 소리로 울지 않고 들릴 듯 말 듯 가녀리게 잉잉 울었다.

나는 떨리는 손을 들어 유모의 손에서 아이를 건네받으려다가 문득 아이의 얼굴을 똑바로 마주하게 되었다. 얼굴 윤곽이며 코와 입은 자담과 한 틀에서 찍어낸 듯 똑같았으나, 눈매는 호요를 그대로 닮았다.

아이는 내 눈빛을 느낀 것인지 가느다란 속눈썹을 살짝 떨며 눈을 떴다.

순간 눈앞에서 슬픔과 원망에 찬 눈동자가 번쩍 스치더니, 독가시처럼 내 눈을 찌르는 듯한 착각이 들었다.

그것은 분명 호요의 눈이었으나 그 화통하고 명랑하던 소년, 옥중에서 자진한 소년 호광원과도 닮은 듯했다.

유모는 내가 손을 뻗기는 하였으나 그 자리에 딱딱하게 굳어 있는 것을 보고는 강보를 내 손에 넘겨주려고 했다.

"다가오지 마!" 나는 깜짝 놀라 비틀거리며 물러나면서 소매로 서안 위의 궁등을 스쳐 넘어뜨렸다.

궁등이 엎어지며 꺼지자 눈앞이 갑자기 암흑천지로 변했다.

"소인, 죽을죄를 지었습니다!" 깜짝 놀란 유모는 바닥에 엎드려 고개를 조아리며 강보를 안은 채 어쩔 줄 몰라 벌벌 떨기만 했다.

그 소란에 아이도 놀란 듯 미약하게 울기 시작했다.

나는 뒤로 몇 걸음이나 물러서고 나서야 진정하고 가슴을 어루만졌으나, 차마 그 작은 강보를 다시 볼 용기는 나지 않았다.

주변의 궁등이 흔들거렸으나 내 얼굴은 비추지 못했다. 어둠 속에 모습을 감추고 있으니 안심이 되었다.

"왕비 마마, 태의가 들었습니다." 요 마마가 내 뒤를 바라보며 놀란 표정을 지었다.

군화 소리가 착착 들리기에 뒤를 돌아봤다. 소양전에 든 이는 태의 세 명 외에도 한 사람이 더 있었다. 맨 앞에 서 있는 이는 바로 송회은 이었다.

나는 깜짝 놀라 숨을 들이켜며 눈을 들어 그를 바라보다가 냉랭하고 고요한 그의 눈과 딱 마주쳤다. 잔인할 정도로 냉랭하고 고요한 눈빛으로, 죽음조차 그를 동요시키지 못할 것 같았다.

"태의가 이미 들었습니다. 지금 바로 황자를 진맥할까요?" 송회은 이 고개를 숙이며 말했다. "왕비 마마, 명을 내려주시지요."

나는 천천히 태의 세 명의 얼굴을 훑어보았다.

손(孫) 태의, 서(徐) 태의, 유(劉) 태의, 이제 보니 이들이었군.

높은 덕망에 최고의 의술을 갖춘 이들 셋도 소기의 사람들이었다니, 생각지도 못한 일이었다.

과연 소기는 처음부터 모든 일을 다 계획해둔 것이었다.

막 태어난 갓난아이를 요절시키는 일을 태의보다 손쉽게 해치울 이가 어디 있겠는가?

저들이 손만 놀리면 이 아이의 생사는 갈릴 것이다.

송회은은 말 없이 내 명을 기다렸다.

내가 허락하지 않으면 송회은은 어찌할까? 만약에 내가 억지로 아이를 데려간다면, 처음에 계획한 대로 아이를 안전한 곳에 숨긴다면 어찌할까? 이 아이가 무탈하게 자란다면 훗날 어떤 운명에 처하게 될까?

식은땀이 줄줄 흐르고 머릿속이 곤죽이 되어 더는 생각할 수 없었다. 그저 아무 희망이 없음에 맥이 풀렸다. 처음부터 끝까지 모든 계산이 다 어긋난 것이다. 전부 다 틀렸다! 그러나 또 어찌해야 계산이 맞게 될까? 누가 지난 10년 동안의 시비를 정확히 나눠줄 수 있겠는가?

시녀 하나가 총총히 내전 밖으로 나와 무릎을 꿇고 아뢰었다. "왕비께 아룁니다. 황후 마마께서 깨어나셔서 황자 전하에 대해 물으시는데⋯⋯."

"무엄하다!" 송회은이 벽력같이 소리를 질렀다. "호씨는 이미 폐서인이 되었는데 허튼소리로 윗사람의 심기를 거슬렀으니 정장(廷杖, 조정에서 장형을 가하는 것) 30대에 처한다!"

너무 놀란 나머지 목석처럼 굳은 시녀는 용서조차 빌지 못하고 옆에 있던 시위에게 끌려 나갔다.

주변에 있던 궁녀들도 모두 깜짝 놀라 일제히 바닥에 꿇어앉아 벌벌 떨었다.

송회은이 고개를 숙였다. "왕비께서는 속히 결단을 내리시지요."

나는 너무 지쳐 그대로 눈을 감았다. 원망 속에서 구차하게 살아가는 것과 아무것도 모르는 채 죽는 것 중에서 그나마 더 나은 것은 어느 쪽일까? 만약 어느 날 이 아이가 새로운 살육과 동요를 몰고 온다면 소기나 우리 철아 중 한 명은 이 아이와 적이 되어야 한다. 그렇다면 차라리 내가 그 사람이 되리라. 내가 그 죄를 짊어지리라.

내 몸속에 흐르는 피의 절반은 이 아이와 똑같은 황족의 피였다.

이 핏줄을 내 손으로 끝내 모든 것이 무로 돌아가게 하자.

"태의는 전하의 진맥을 봐드리세요." 나는 뒤로 돌아 한 걸음 한 걸음 소양전 밖으로 걸어 나갔다.

밖은 이미 칠흑 같은 어둠이 내려 있었다. 그 어둠 속에서 바라본 전각들의 윤곽은 소름 끼칠 정도로 무서웠다.

나는 천천히 뒤돌아 소양전 안쪽을 바라보았다.

설산이 무너지듯 갑자기 지난 일들이 솟구쳐 나를 덮쳐왔다.

예전에 나는 이곳에서 아장아장 걷는 법을 배웠고, 조금 자라서는 거문고를 가지고 놀며 고모에게 응석을 부렸었다. 예전에 나는 이곳에서 자담을 처음 만나 천진난만하게 어울리며 가장 순수한 시절을 보냈다. 예전에 나는 이곳에서 사혼을 받아들였고, 그때부터 운명이 비틀어져 되돌아갈 수 없는 이 길로 들어섰다. 예전에 나는 이곳에 고모를 가두고 친족을 배신하였으며, 이곳에서 처음으로 양손에 시뻘건 피를 묻혔다. 예전에 나는 이곳에서 사 황후가 순절하고 탁고하는 것을 지켜봤다. …… 그리고 오늘, 나는 이곳에서 자담의 황후를 폐출하고 그의 아들을 죽였다.

순라 시위 때문에 놀란 까마귀 떼가 푸드덕푸드덕 궁성 밖으로 날아갔다.

까마귀 떼가 내는 소리는 처절하기 이를 데 없어 꼭 흐느낌 소리 같았다.

"서고고……." 나는 망연히 서고고를 불렀다.

"왕비 마마!" 그런데 들리는 것은 송회은의 목소리였다.

정신이 조금 흐릿한 채로 고개를 돌려 그를 한참 동안 바라보고 나서야 서고고가 곁에 없다는 사실이 떠올랐다.

송회은이 무엇인가 말을 하는 듯했으나 한 마디도 귀에 들어오지 않았다.

회랑 기둥을 짚으며 더듬더듬 두 걸음을 떼고는 서늘한 조각 기둥에 등을 기댄 채 천천히 바닥에 미끄러지듯 주저앉았다.

송회은이 손을 뻗어 나를 부축하며 일으켜주려 했다.

나는 고개를 저으며 무릎을 말고는 얼굴을 깊이 파묻었다.

너무 춥고 너무 지쳐 더는 말할 기운도 없었다. 그저 이대로 잠들고 싶었다.

정신이 가물가물한 가운데 누군가의 팔이 나를 안아 올렸다. 미약하게나마 온기가 느껴졌지만 익숙한 품은 아니었다. …… 소기, 어디로 간 거예요? 왜 이리 오랫동안 돌아오지 않는 거예요?

앞은 활활 타오르는 불길이요 뒤는 끝이 보이지 않는 심연인지라 나아감도 물러남도 더없이 위험했다. 어렴풋이 영삭으로 돌아가 다시금 천 길 절벽 위에 홀로 매달려 있는데, 익숙한 사람의 모습이 나타나 멀리서 나를 향해 손을 뻗어왔다.

나는 무작정 달렸는데 갑자기 몸이 붕 뜨면서 아래로 무섭게 떨어져 내렸다.

"소기!" 나는 비명을 지르며 눈을 떴다. 그러나 보이는 것이라곤 아래로 드리워진 자수 휘장과 그 사이를 비집고 들어오는 아침 햇살뿐, 소기의 모습은 어디에도 보이지 않았다.

방금 전 꿈에서 본 광경을 떠올리는 온몸이 차게 식었다 다시 열이 오르기를 반복했고, 속옷이 땀으로 흠뻑 젖었다.

나는 휘장을 들어 올리며 침상 기둥을 짚고 바닥으로 발을 내렸다. 그때 아월이 주렴을 걷으며 들어와 황급히 내게 겉옷을 걸쳐줬다.

"내가 어찌 이리 오래 잤느냐?" 망연히 창문가로 걸어가 격선을 미니 맑고 서늘한 아침 바람이 불어 들어왔다.

아월이 주렴을 걷어 올리며 답했다. "오래 주무시기는요. 한밤중이 되어서야 왕부로 돌아오셔서 쉬신 지 두 시진도 채 되지 않았는걸요."

"그것도 너무 긴 시간이다. 지금은 한시도 지체해서는……." 순간 멈칫한 나는 구불구불한 회랑을 넘어 뜰 앞에 우뚝 서 있는 인영을 바라봤다. "저 사람은……."

"송 대인이에요." 아월이 나직이 대답했다. "어젯밤 왕비를 왕부까지 모셔온 뒤로 한시도 떠나지 않고 계속 이곳을 지키고 있었어요."

나는 한참 동안 얼이 빠진 채로 말문을 열지 못했다.

아침 햇살을 받고 선 그 인영은 금갑을 걸친 신병(神兵)처럼 그곳을 지키고 서 있었다.

나는 대충 몸단장을 하고는 문을 열고 나가 그의 뒤로 걸어갔다.

"회은."

송회은이 어깨를 흠칫 떨며 뒤돌아 나를 보자마자 곧 몸을 숙이고 예를 행하려 했다.

나는 손을 내밀어 부축하는 자세를 취했다. 손가락 끝으로 그의 소매를 스치고는 곧바로 거둬들였다. 신분에 따른 예절이 보이지 않는 사이 우리 두 사람 사이에 마땅히 있어야 할 거리감을 만들어냈다.

송회은은 평소와 다름없이 차분하게 인사를 올리고 어색하게 예법을 지킬 뿐, 어젯밤에 있었던 그 무서운 일은 입에 올리지 않았고 작금의 긴박한 상황에 대해서도 함구했다.

아침 햇살 속에서 모든 것이 청정하고 온화해 보여, 어젯밤 일은 그저 악몽일 뿐이고 그마저도 아침 햇살 속에 흩어진 것만 같았다.

나는 송회은을 응시하며 엷게 웃었다. "고맙습니다, 우상 대인."

송회은도 미소를 지었다. "당치 않습니다."

"어쩐지 늘 그대에게 감사하게 되는 것 같은데요?" 그의 단정하고 엄숙한 모습을 보며 나도 모르게 웃었다.

"저도 늘 황공하옵니다." 송회은이 새하얀 이를 드러내며 웃었다.

송회은이 나와 이야기를 나누며 스스로를 '속하'나 '소관'이라고 칭하지 않은 것은 이번이 처음이었다.

구불구불한 회랑을 따라 서재로 가는 길에 송회은은 손을 늘어뜨린 채 한 발자국 떨어진 거리에서 내 뒤를 따랐다.

그는 늘 이곳에, 내 눈이 닿는 곳에 머물며 떠나지도, 결코 가까이 다가오지도 않았다.

그러기를 어느덧 10년. 지난날 예리한 기세를 뿜어내던 소년 장군은 이미 모두가 우러르는 재상의 자리에 올랐고 슬하에 자식도 두었다.

그 옛날 신방 입구에서 노기충천하여 얼굴을 가린 단선을 내던진 신부는 지금 어떻게 변했을까? 아마 나도 많이 늙었겠지……. 문득 참 오랫동안 거울을 제대로 보지 않은 것이 생각났다. 갑자기 내 얼굴이 기억나지 않았다.

세월만 쉽게 변하는 것이 아니다. 그 밖에도 많은 것이 다 변했다. 그 와중에 한 번 잃은 것은 다시는 되찾을 수 없다.

정처 없이 떠도는 생활을 하고 나니 여전히 곁에 있는 것이 너무나 귀하고 중했다.

어린 황자는 인시(寅時) 일각(一刻)에 훙서했다.

애도의 종소리가 울리고 육궁이 장례를 거행했다.

묘시(卯時) 삼각(三刻), 호씨 일족과 역모에 관련된 일흔세 명 모두 남녀노소를 불문하고 옥에 갇혔다.

난세에는 강자가 살아남고 약자는 죽는 법, 왕씨 가문과 사씨 가문처럼 대단한 명문세족이라도 언제 어느 때고 무너질 수 있다.

이것이 바로 권력의 정점에 있는 자와, 그 정점에서 겨우 한 걸음 떨어져 있는 자의 차이다.

얼마나 많은 자들이 이 지고지상의 자리를 노리며, 또 얼마나 많은 자들이 자신도 어찌할 수 없는 처지에 놓이는가! 만약 지고지상의 자리에 오르지 못한다면 다른 사람들에게 한껏 유린당할 따름이다.

내가 쓴 밀서는 이미 신속히 소기의 손에 전해졌을 것이다. 이제 호씨 일족은 모두 죽었고 황손도 끊겼으니 자담의 양위는 정해졌다.

그리고 선위는 자담이 살아날 마지막 기회였다.

구석(九錫)을 하사한 것은 이미 선위의 전조로, 소기가 군대를 이끌고 경성으로 돌아오면 곧 선위 의식을 행할 수 있었다.

나는 송회은에게 선위 의식을 준비하라 이르는 한편, 얼마 안 남은 고령의 왕족들에게 진정표(陳情表, 진나라 이밀이 조모 봉양을 이유로 벼슬을 사양하며 올린 상주문)를 올리고 봉읍으로 돌아가 여생을 마치기를 청하게 했다.

모든 것이 우리의 뜻대로 착착 진행되었다. 그야말로 모든 것이 갖춰졌고, 이제 소기만 돌아오면 될 터였다.

그러나 분명히 내 밀서를 받았을 터인데도 소기는 돌아올 기미를 보이지 않았다.

예장왕의 대군은 남돌궐 왕성을 무너뜨린 이후 곧바로 군사를 돌리지 않았다. 겨우 닷새만 휴식을 취하고 군대를 정비한 뒤 소기가 친히 군대를 이끌며 곧장 진격했고, 남돌궐과 북돌궐 사이를 가로질러 인적을 찾아보기 힘든 그 창망한 설령(雪嶺)에 이르렀다. 중원 대군의 말발굽이 처음으로 막북의 얼어붙은 땅을 밟았다.

그곳은 돌궐인의 발원지였다. 그러나 너무 춥고 척박한 땅인지라 돌궐인조차 오래 거주하기를 원치 않았다. 그래서 대대로 남침을 거듭하면서 수차례의 전쟁도 마다하지 않고 따뜻한 남쪽의 비옥한 땅을 차지하려고 했다.

북돌궐인을 제외하고는 그 땅에 발을 디뎌본 민족이 없었다.

그 드넓은 땅을 침략하여 점령한다는 것은 곧 돌궐인이 마지막 터전을 잃는다는 뜻으로, 투항과 멸망을 의미했다.

수백 년 동안 북방을 호령한 이 용맹한 민족은 대대로 중원에 맞서 왔다. 매번 반격을 당해 몇 번이고 대막으로 패퇴했으면서도 강인한 생명력으로 되돌아왔고, 다시금 북방에서 세력을 키워 끊임없이 중원을 위협했다.

이 민족은 마치 초원 위의 들풀처럼 아무리 짓밟아도 끝내 죽지 않는 것 같았다.

그러나 이번에 역사서는 소기의 손에 의해 완전히 다시 쓰일 것 같았다.

곧 겨울이 다가오면 북쪽 대지는 장장 다섯 달 동안 눈과 얼음으로 뒤덮인다.

돌궐은 멀리 내다보지 못하고 전투를 빨리 끝내야 이로운 까닭에 처음에는 용맹하게 덤벼들 테지만 그 기세가 오래가지 않을 것이다.

사소화는 보병과 기병 5만 명을 이끌고 공격해 들어가 대알산(大閼山)을 차지한 뒤 돌궐인의 군량을 운송하는 길을 끊었다.

만약 그렇게 시일을 끌며 적군이 있는 성을 겹겹이 포위하면, 군량과 마초가 바닥나 필시 적군의 사나운 기세가 꺾이고 사기가 바닥을 칠 것이다. 그리 되면 군사 하나 잃지 않고 돌궐인을 산 채로 가둬 죽일 수 있다.

예로부터 얼마나 많은 명장과 패주가 군대를 이끌고 북벌에 나서 서북 땅을 평정하고 남북을 통일하려고 했던가!

소기의 혁혁한 무훈은 이미 전무후무한 경지에 이르렀다.

만 길 고산(高山)의 정상까지는 단 한 걸음만이 남았다. 그가 평생을 바쳐 그토록 바라온 만고에 다시없을 위대한 공훈과 업적이 바로 눈앞에 있었다. 지금 이 순간, 그 무엇도 소기를 포기시킬 수는 없었다.

충신이냐 변절자냐

밤이 더욱 깊어 천지가 고요에 잠겼다.

시녀를 물리고 홀로 두 아이를 어르며 재웠다. 소소는 제 손가락을 가지고 노느라 정신이 없고, 철아는 벌써 잠들었다.

이리도 작은 주제에 철아는 꿈을 꾸면서 눈썹까지 살짝 찌푸렸다. 언뜻 엄숙하기 이를 데 없는 모습에서 어렴풋이 소기의 모습이 보이기도 했다. 아이의 조막만 한 얼굴에 입을 맞추고 싶었으나 혹여나 깨울까 싶어 그러지 못했다. 요람 앞에 엎드려 두 아이를 바라보는데, 볼수록 흐뭇한 미소가 절로 피어날 정도로 달콤하면서도 자꾸만 깊어지는 근심을 가눌 길이 없었다. 세월이 유수와 같이 흘러 어느덧 소기와 혼인한 지도 10년이나 되었다. 10년이라…… 앞으로 몇 번의 10년을 더 보낼 수 있을지…….

10년이 지나는 동안 계례를 올린 열다섯 소녀에서 스물다섯 여인이 되었다. 철없는 어린 소녀의 몸으로 무인에게 시집가 그와 함께 오늘에 이르렀다. 누군가의 아내가 되고, 또 누군가의 어미가 되면서 이루 다 말할 수 없는 인생의 기복과 애환을 겪었다. 지난 일을 떠올리려 해도 눈 깜짝할 사이에 지나가버렸다.

도대체 언제부터 내 인생을 이 사내에게 맡긴 것인지 곰곰이 생각해보았으나 도무지 생각이 나지 않았다.

변방의 절벽에서 생사의 갈림길에 섰을 때, 혼이 나갈 만큼 놀란 그때 마음을 내준 것일까? 아니면 그 난리를 겪는데도 누구 하나 손 내밀어주지 않는 고립무원의 상황을 함께 겪으며 마음을 준 것일까? 운명적으로 그와 맺어졌지만 단 한 번도 저항할 기회가 없었다. 그런데 나는 정말로 저항한 적이 있었나? 그가 검을 쳐들고 말을 달린 그 순간, 몸을 솟구쳐 높은 누대에서 뛰어내린 그 순간 내가 망설이고 저항했던가?

오래전 성루에서 군대를 포상하는 장면을 지켜보며 그를 처음 본 순간, 나도 모르게 그 모습을 내 마음에 새긴 것은 아닐까?

그러다가 영삭에서 다시 만났을 때, 당당하게 우뚝 선 그 모습이 활활 타오르는 봉화 불길보다 더 뜨겁게 내 눈에 와 박혔었다.

'당신은 나의 비이자 나와 이번 생을 함께할 여인이오. 나약함은 용납할 수 없소.' 천하 어디를 둘러봐도 이런 방식으로 여인을 사랑할 사내는 소기 하나뿐일 것이다. 그의 말은 내 인생의 주문이 되어 그날 이후로 나를 그의 곁에 묶어두고 진퇴와 고락을 함께하게 하였으며, 다시는 나약하게 물러날 여지를 주지 않았다.

눈앞의 촛농이 아래로 늘어졌다. 한 방울 한 방울이 다 헤어져 있는 이의 눈물인지라 보고 있자니 가슴이 미어졌다.

"대인, 걸음을 멈추시지요. 왕비 마마께서는 이미 잠자리에 드셨습니다!" 밖에서 들려오는 발걸음 소리와 다급한 외침에 화들짝 놀랐다.

"누가 소란을 피우는 것이냐?" 아이가 깰까 봐 내실에서 나와 살며시 방문을 열었다.

삼경에 가까운 시간에 문 앞에 서 있는 이는 놀랍게도 송회은이었다.

달빛 아래 있어 표정은 제대로 볼 수 없었으나, 옷차림이 단정하지 못한 것으로 보아 집에서 달려온 길인 모양이었다.

"무슨 일이 생겼습니까?" 엉겁결에 물었다.

"왕비 마마……." 한 발짝 앞으로 나서는 송회은의 손에 얇디얇은 갈홍색 상소가 들려 있었다. 그것은 긴급한 군사 상황을 전하는 밀서였다.

송회은이 나를 빤히 응시했다. 그의 얼굴빛이 이토록 창백하게 질린 것은 처음 있는 일이었고, 목소리조차 평소와 달랐다. "방금 급보를 받았습니다. 며칠 전 북방 변경에서 변란이 발생하였고, 이에 왕야께서 군대를 이끌고 절령(絶嶺) 깊이 들어가셨다가 그만 돌궐의 기습을 당해…… 소식이 끊겼다 하옵니다!"

잠시 멍해 있던 나는 금세 그의 말뜻을 이해했다. 갑자기 귓가에 굉음이 울렸다. 그의 입술은 분명 달싹이고 있는데 그가 하는 말이 잘 들리지 않았다.

곁에 있던 누군가가 나를 부축하며 내 손을 꽉 잡아주었다.

헉하고 숨을 내뱉고는 부축한 손길을 밀어낸 뒤 송회은의 손에 들린 밀서를 빼앗으려 손을 뻗었다.

"아직 상황이 파악되지 않았으니 왕비께서는 놀라거나 두려워 마시고……." 송회은이 다급히 말했다.

"주시오!" 나는 버럭 성을 내며 밀서를 홱 빼앗았다. 글자는 분명히 눈에 들어오는데 무슨 뜻인지 알 수가 없었다. 내가 아는 글자가 하나도 없는 것 같았다. 곁에 있는 누군가가 계속해서 뭐라고 말을 걸었지만 한 마디도 제대로 들리지 않았다. 그저 흰 종이에 쓰인 글자가 무슨 뜻인지 알고 싶었다. 너무 시끄러웠다. 주변에서 웅성거리는 소리에 머리가 어지럽고, 눈앞이 빙글빙글 돌며 식은땀이 배어났다. 나는 모두를 그 자리에 남겨둔 채 한 마디도 하지 않고 그대로 몸을 돌려

방 안으로 뛰어 들어갔다.

등불 아래서 보니 흰 것은 종이요 검은 것은 글자가 분명한데, 어찌 검은 것이 흰 것 위에 떠서 이리저리 오르락내리락 정신없이 움직이는 것인지 눈언저리가 빡빡하고 몹시 아팠다.

밀서를 받은 소기는 호씨가 역모를 꾀한 사실을 알고 호광열을 항명죄로 당장 구금하기로 결정했다. 그런데 소기가 손을 쓰기도 전에 그 소식이 새어 나갈 줄 어찌 알았겠는가! 호광열은 자신의 친위 부대를 이끌고 병영에서 빠져나가 어둠을 틈타 서쪽으로 달아났다. 진노한 소기는 직접 군사를 이끌고 추격해, 밤새 수백 리를 쫓아 험준한 곳까지 들어간 끝에 호광열의 부하들을 모조리 죽였다. 그러고 나서 병영으로 돌아가는 길에 갑작스러운 폭설을 만나게 되었는데, 바로 그때 후군(後軍)이 돌궐에게 기습을 당했다. 이에 소기는 선봉군을 이끌고 후군을 지원하러 되돌아가다가 매복을 만나 크게 패했다. 산 어귀까지 후퇴했을 때, 갑자기 눈사태가 발생했다. 이미 계곡 안쪽으로 들어가 있던 선봉군은 그길로 종적을 찾을 수 없게 되었는데, 아마도 이미 목숨을 잃었으리라 짐작되었다.

글줄이 오르락내리락하고 이리저리 흔들린 것은 내 손이 떨린 탓이었다.

눈앞이 어두컴컴해지면서 점점 흐릿해졌다. 천지가 빙글빙글 돌면서 어둑어둑하게 나를 짓눌러왔다.

그럴 리 없다. 이건 사실이 아니다. 누구라도 실패할 수 있지만, 소기는 절대로 아니야! 그는 신이니까, 결코 질 리 없는 전쟁의 신이니까! 종적을 찾을 수 없다고? 허튼소리! 그저 폭설 탓에 잠시 돌아오는 길이 막힌 것일 뿐, 그는 틀림없이 무사히 돌아올 것이다. 그에게 일이 생겼을 리 없어! 나는 마지막 남은 의지를 그러모아 서안 가장자리를 붙잡고 버텼다. 가슴속에서 미약하면서도 또렷한 목소리가 들리는 듯했다. "그는 반드시 돌아올 거야……. 그가 돌아오길 기다릴 거야!"

이래서는 아니 된다. 지금 쓰러질 수는 없어. 쓰러진다면 다시는 일어나지 못할 거야.

문이 열리며 바깥에 있던 사람들이 두려움과 초조함이 가득한 얼굴로 뛰어 들어왔다.

울먹이는 듯한 누군가의 목소리가 아주 먼 곳에서 들려오는 듯해 망연히 고개를 돌리며 물었다. "왜 우는 것이냐?"

눈앞에 있던 송회은과 서고고는 내 표정에 놀란 듯 그 자리에서 목석처럼 굳어졌다.

나는 그녀를 노려봤다. "왕야께서는 무탈하신데 왜 우는 것이냐!"

"나가라." 나는 손을 들어 문을 가리켰다. "모두 나가."

잘 생각해야 한다. 이 모든 것은 이래서는 아니 된다. 이럴 수는 없다. 틀림없이 뭔가 잘못된 것이다. 분명히 뭔가 잘못됐어. 그들이 잘못 안 것이야. 하지만 어디가 잘못된 것이지? 도무지 생각해낼 수가 없었다. 분명히 이건 아니라는 생각이 드는데 머릿속이 새하얗기만 했다.

다른 것은 하나도 생각나지 않고 그저 소기, 소기, 소기…… 오직 그만이 머릿속을 가득 채웠다. 어떻게 변을 당할 수 있어요? 약속했잖아요. 무사히 돌아오겠다고, 아이들이 처음으로 '아버지'라는 말을 하기 전에 돌아오겠다고 나와 약속했잖아요.

눈앞이 가물거리며 그들의 모습이 흐릿해지려 하자 서안 가장자리를 붙잡고 바로 서려고 안간힘을 썼다.

"이미 일이 이렇게 되었으니 왕비께서는 그만 슬픔을 거두십시오!" 두 눈이 붉어진 송회은이 나를 부축해주려고 한 걸음을 내밀었다.

"닥치시오!" 나는 입술을 깨물며 탁자에 놓인 찻잔을 집어 던졌다.

송회은이 머리를 기울여 피하자 찻잔은 문가에 떨어져 산산조각이 났다.

순간 멍해진 송회은은 고개를 떨군 채 말없이 물러갔다.

서고고가 꿇어앉아 내게 몸을 보중하라 간청했다.

그때 갑자기 으앙 하는 소리가 들렸다. 소소가 놀라 깨자 이어서 철아도 울음을 터뜨렸다.

나는 화들짝 놀라 내실로 뛰어 들어갔다. 두 아이를 보자마자 온몸의 기운이 삽시간에 빨려 나가듯 힘이 빠져 허물어지듯 요람 옆에 주저앉아버렸다. 아이들을 안을 기력조차 없었다. 서고고가 따라 들어와 황망히 소소를 안고는 손을 뻗어 철아를 토닥이며 얼렀다.

나는 물끄러미 서고고의 행동을 보며 두 아이를 바라볼 뿐 다른 무엇도 할 수가 없었다. 갑자기 절망에 잠식되어버렸다. 시녀가 들어와 두 아이를 안고 나가자, 서고고가 젖은 눈으로 나를 안았다. "가여운 우리 아무……."

나는 그녀가 나를 안은 채 눈물을 흘리는데도 그저 가만히 있었다. 내 눈에서는 눈물 한 방울 흐르지 않았다. 마치 텅 빈 껍데기가 되어버린 듯……. 소기, 어찌 이럴 수 있나요……. 그날 보낸 서신에서, 소소가 매우 영리해 말을 금세 배우니 얼마 지나지 않아 아버지란 말도 할 수 있을 거라고 구구절절 장황하게 썼는데…… 비록 빨리 돌아오라는 말은 한 번도 꺼내지 않았지만 행간마다 걱정과 그리움이 잔뜩 묻어 있었을 터인데…….

소기, 당신은 그런 내 마음이 보이지 않았나요? 내가 걱정하는 것이 보이지 않던가요?

그러다 문득 머릿속을 스치고 지나가 가슴을 쿵 하고 울리는 생각에 멈칫했다.

밀서, 밀서였다.

부르르 몸이 떨렸다. 순간적으로 온갖 생각이 들어 천천히 서고고를 밀어냈다. "그만 나가봐. 난 괜찮으니 혼자 있게 해줘!"

서고고는 잠시 멍해 있다가 비틀거리며 일어나 몸을 구부린 채 물러갔다. 밖에 있던 송회은과 다른 사람들도 남김없이 물러갔다.

나는 이마를 짚었다. 실타래처럼 얽히고설킨 머릿속에서 아스라하게 몹시 중대한 사실이 불쑥불쑥 고개를 쳐들려고 하는데, 도무지 갈피를 잡을 수가 없었다.

밀서에 따르면, 소기가 호씨의 역모를 알고 호광열을 구금한다는 명을 내려 부정히 재물을 탐한 죄를 벌하려 했다. 그러나 나는 그전에 소기에게 보낸 밀서에서, 분명히 호씨의 역모 사건을 아직 심문 중이며 민심이 동요하는 것을 막기 위해 일단 사건을 매듭 짓지 않고 보류해두었다고 알렸다. 주도면밀한 소기라면 군심의 동요를 막기 위해 군에 호씨의 역모 사실을 누설하지 않았을 것이다. 단순히 재물을 부정히 탐했다는 죄만으로 호광열을 구금할 리도 없다. 그렇다면 그 밀서를 쓴 사람은 호씨가 역모를 일으켰다는 사실을 어찌 알았을까? 내 밀서는 사적인 일이 언급된 가서이기도 하므로 소기가 다른 사람에게 보여줬을 리 만무하다. 밀서가 이미 다른 사람의 손에 들어간 것이 아니라면, 어쩌면…… 소기는 일부러 그런 것이었다!

나는 자리에서 일어나 서안 쪽으로 달려갔다. 그 밀서는 여전히 등불 아래 펼쳐져 있었다. 한 자 한 자 정신을 집중해서 보았으나 이상한 점은 보이지 않았다. 등불 아래 가까이 대고 보고 또 보았으나 여전히 아무 이상을 발견할 수 없었다.

밖에서 어렴풋이 송회은과 서고고의 목소리가 들려왔다. 아마도 송회은이 내 상황을 살펴보고자 들어오려 하는 모양이었다.

다급한 마음에 지금까지 있었던 별것 아닌 일들에서 실마리를 찾으려고 머리를 쥐어짰다. 그러다가 퍼뜩 떠오른 생각에 머릿속이 쿵하고 울렸다. 예전에 나는 낙서(洛書, 4000년 전 중국 낙수洛水에서 신기한 거북이가 그림을 등에 지고 나왔는데, 문왕文王이 자세히 살펴보니 우주 만물의 생성과 조화 그리고 천지 운행의 이치가 나타나 있음에, 이를 낙수에서 나온 그림이라 하여 낙서라 부름) 구궁도(九宮圖, 낙서에 기원한 천지 변화의 이치와 질서를 그림으로 표시한 것)에 따라 내 식대로 글자 알아맞히기 놀이를 만들어, 심심할 때마다 소기를 시험하곤 했다. 그런데 내가 아무리 배열을 바꿔도 소기는 매번 찾아내버렸다. 딱 한 번, 온갖 심혈을 기울여 배치했을 때는 소기도 알아맞히지 못했다. 그때 소기는 우스갯소리로 말하길, 내가 만약 간자라면 내 밀서에 담긴 뜻을 풀어낼 자는 세상천지 어디에도 없을 것이라고 했다.

가슴이 쿵쾅쿵쾅 미친 듯이 뛰었다. 당시의 배열을 떠올리고는 손가락으로 글자를 짚으며 한 줄 한 줄 찾아 내려갔다.

첫 번째 글자는 '유(有)', 두 번째 글자는…… 정신을 집중해 찾아 내려가는 사이 손바닥에서 땀이 배어났다. 마음이 다급해질수록 갈피를 잡을 수가 없는데 문득 '변(變)' 자가 눈에 들어왔다!

'변이 있다!' 나는 비명을 지르지 않으려고 입을 틀어막았다.

그 뒤로 두 글자를 더 찾아 네 글자를 연결했더니 '유', '변', '속(速)', '귀(歸)'가 되었다.

소기였다. 과연 소기였다. 일부러 행간에서 허점을 드러내 내 주의를 끈 다음, 이런 방식으로 내게 경고를 해온 것이다.

순식간에 한 차례 생사윤회를 겪고, 끝없는 심연에서 인간 세상으로 돌아와 다시 밝은 빛을 보게 된 기분이었다. 큰일을 겪고 다시금 생을 얻은 데서 오는 미칠 듯한 기쁨이 모든 두려움과 놀라움을 압도

했다. 무슨 일이 생겼더라도 그가 살아 있음을 알았으니 더 이상 두려워할 것이 없었다.

이토록 은밀하고 조심스러운 행동은 누구를 경계하기 위함일까?

소기와의 '소식'이 끊어졌다는 말을 듣자마자 그가 이미 죽었을 것이라고 믿고 서둘러 그의 죽음을 확인하려고 하는 자가 누구일까?

밖에서 내실로 다가서는 발걸음 소리가 들리기에 곧바로 밀서를 화촉에 갖다 댔다. 불꽃이 솟구쳐 오르며 글자를 집어삼켰다.

"송 대인, 왕비 마마를 놀라게 하시면 아니 됩니다!" 서고고의 목소리는 이미 문 앞에 가까워졌다.

나는 소매를 휘둘러 촛대를 넘어뜨렸다. 서안 위 서책에 불이 붙으면서 그 밀서까지 함께 불타기 시작했다.

문이 열린 사이로 나타난 송회은과 서고고는 불빛을 보고 깜짝 놀랐고, 뒤따르던 시녀들은 놀라 비명을 질렀다.

"왕비 마마, 조심하십시오!" 송회은이 한달음에 달려와 나를 잡아당겼다. 서고고는 어서 불을 끄라고 소리를 질렀으나, 서안 위에는 서책이 가득 쌓여 있어 불에 닿자마자 활활 타올랐고 밀서를 잿더미로 만들어버렸다.

송회은은 나를 반쯤은 끌고 반쯤은 안아서 억지로 내실 밖으로 데리고 나갔다. 나는 그의 팔뚝에 엎드려 결국 통곡을 쏟아냈다.

서고고와 시녀들이 모두 바닥에 꿇어앉아 흐느끼니 한동안 울음소리가 그치지 않았다.

"왕야께서 나라를 위해 목숨을 바치셨으니 그 호연지기는 영원할 것입니다. 그러나 지금은 정세가 위급하니 왕비께서는 그만 슬픔을 거두시고 대국을 생각하십시오!" 송회은이 침통한 표정으로 말했다.

나는 얼굴을 가리고 참담히 웃었다. "대국이 다 무어랍니까? 왕야
께서 없는 지금, 그런 것을 위해 애써 무엇 하겠습니까?"

서고고가 무릎걸음으로 기어오더니 눈물을 쏟으며 말했다. "아직
어린 세자와 군주가 있고, 이토록 많은 사람들이 기다리고 있잖니, 아
무야……."

"왕비께서는 조정이 큰 혼란에 빠지는 것을 두 눈 뜨고 지켜보시
며, 왕야께서 반평생 어렵게 일군 업적이 하루아침에 무너지는 꼴을
두고 보실 생각이십니까?" 송회은이 내 어깨를 붙잡으며 물었다.

나는 눈을 들어 그를, 이 익숙한 얼굴을 빤히 응시했다. 눈썹이고
눈꼬리고 곳곳에 '충의(忠義)'가 쓰인 이 얼굴이 순간 몹시도 아스라해
보였다.

"이제 왕야께서 가셨으니 우두머리가 사라진 군영과 조정에서 권
력을 차지하려는 치열한 다툼이 벌어질 것이고, 그리 되면 언제라도
큰 변란이 생길 수 있습니다." 송회은의 얼굴에는 근심이 가득했고,
말투에는 슬픔과 분노가 서려 있었다. "왕비께서는 서둘러 대책을 강
구하셔야 합니다. 이 송회은, 죽기를 각오하고 왕비 마마와 어린 세자
를 무사히 지켜낼 것입니다!"

나는 참담히 눈을 감고 허리를 세운 채로 그의 앞에 쿵 하고 무릎
을 꿇었다.

깜짝 놀란 송회은이 황망히 꿇어앉았다. "왕비 마마, 어찌, 어찌 이
러십니까?"

나는 젖은 눈을 들어 애절하게 그를 바라봤다.

송회은은 뭔가 말을 하려고 입을 벌렸으나 잠시 얼이 빠져 아무 말
도 하지 못했다.

"회은, 지금 내가 기댈 사람은 그대뿐입니다." 나는 몸을 부들부들

떨며 눈물을 주룩주룩 흘렸다.

그러자 송회은이 눈빛을 바꾸며 나를 똑바로 쳐다보다가, 마침내 길게 탄식하고는 깊이 고개를 조아렸다. "이 송회은, 목숨을 걸고 따르겠습니다!"

나는 처연히 말했다. "이제 군에서 명망으로 보나 능력과 덕으로 보나 모두의 기대를 짊어질 만한 자는 그대뿐입니다."

송회은이 머뭇거리며 말했다. "그렇다고는 하나 육군을 호령하는 것은 결코 쉬운 일이 아닙니다. 왕야의 호부(虎符, 범 모양을 본뜬 군대 동원의 표지)가 없는 한⋯⋯."

그 말에 나는 고개를 떨궜다. 가슴속이 꽁꽁 얼어붙었다. 마지막 한 가닥 요행을 바라는 마음도 재가 되어 사그라졌다.

회은, 정말로 그대였군.

너무 참담하니 오히려 아무런 증오도, 분노도 일지 않았다.

소기 수중의 호부는 똑같은 것이 두 개였다. 소기 자신이 하나를 가지고 있고, 나머지 하나는 내 손에 있었다. 이는 소기가 출정하기 전에 내게 남겨둔 가장 중요한 물건이었다.

이 호부로는 원래 천하의 모든 군사를 동원할 수 있었으나, 실제로 내가 동원할 수 있는 군사는 경성 근교를 지키는 15만 주둔군뿐이었다.

그러나 이 호부가 송회은의 수중에 떨어진다면 그 위력은 가히 상상을 초월할 것이다.

그 자신이 이미 우상의 자리에 있고, 오랜 세월 군에 몸담고 있었기에 송회은의 명망은 매우 높았다. 호광열과 당경, 두 사람이 없는 지금, 소기까지 죽는다면 송회은의 위에 설 자는 아무도 없었다.

이제 호부만 손에 넣는다면 순조롭게 병권을 건네받을 수 있을 테고, 더욱이 천자를 끼고 제후를 호령하면 소기의 자리를 대신할 수 있었다.

한 치 앞을 내다볼 수 없음이라

고개를 숙였다가 다시 드는 그 짧은 동안 마음속에 오만 가지 생각이 돌고 돌아 꼭 한평생처럼 길게 느껴졌다.

이미 생사존망의 기로에 선 나는 물러날 길이 없었다. 나는 적의 계략을 역으로 이용해 온 가족의 목숨을 담보로 송회은과 승부를 겨뤄야 했다!

나는 고개를 들고 말을 꺼내기도 전에 눈물을 비 오듯 쏟았다. "앞으로 나와 이 두 아이의 생사화복은 모두 그대에게 달렸소."

"황공하옵니다!" 송회은은 깜짝 놀라 활활 타오르는 눈빛으로 나를 응시했다. 입으로는 황공하다 했지만 그 눈에 차오르는 흥분은 감추지 못했다. "이 송회은의 숨이 붙어 있는 한, 왕비께서 터럭만큼의 억울한 일도 당하지 않게 할 것입니다!"

눈물을 머금고 그를 바라보는데, 순간 몸이 휘청하며 그대로 쓰러질 것 같았다.

이를 본 송회은이 앞으로 튀어나와 확 하고 나를 안더니, 시녀들이 보는 앞에서 자신의 품 안으로 끌어당겼다.

그에게서 전해지는 체온에 외려 더 몸이 식어갔다. 언제라도 나를 물려는 차디찬 뱀 한 마리가 등줄기에 붙어 있는 것 같았다.

지난날 이 두 팔은 몇 번이고 나를 도와줬었다. 휘주성에서 일전을 치른 때가 바로 어제만 같았다. 기나긴 세월을 지내오는 동안 수많은 사람을 의심하고 시기하였으나, 이 사람만은 예외였다.

그런데 하룻밤 사이에 가장 믿었던 친구가 가장 위험한 적이 되고 말았다.

겹겹의 옷자락을 사이에 두고도 거칠게 뛰는 송회은의 심장을 느낄 수 있었다. 그의 팔을 타고 전해지는 가느다란 떨림도 느껴졌다.

"지금은 상심하고 계실 때가 아니니 왕비께서는 부디 기운을 차리십시오. 아직 소식이 새어 나가지 않았으니 만전을 기하기 위해 일찍 손을 써야 합니다." 송회은은 나의 두 팔을 부축하며 간절함을 넘어 진실해 보이기까지 하는 눈빛을 보냈다.

나는 눈을 감고 평정을 되찾은 척하며 눈물 흔적을 닦았다. "그래야지요. 왕야께서 반평생 동안 어렵게 일군 것을 이대로 무너뜨릴 수는 없습니다."

비통함과 연민에 젖은 그의 눈동자는 진정이라고 해도 믿을 수 있을 정도였다.

나는 근심에 젖은 슬픈 눈빛으로 그를 바라봤다. "송회은, 그대는 어떤 자리에 있더라도 평생 세자와 군주를 무탈히 지켜주고 예장왕부를 비호할 것이며, 결코 내 가족이 해를 입지 않도록 지켜줄 것이라 맹세할 수 있소?"

손을 놓고 천천히 뒤로 물러나는 그의 얼굴은 감정이 고조된 탓에 붉게 달아올랐다.

나는 그를 빤히 쳐다봤다. "송회은, 그대는 맹세할 수 있소?"

나를 바라보는 그의 이마에서 핏줄이 툭 불거졌다. 그렇게 한참 동안 가만히 서 있던 송회은은 단호히 한쪽 무릎을 꿇고 앉으며 손으로 하늘을 가리켰다. "하늘에 대고 맹세컨대 이 송회은, 왕비께 충성하고 평생 왕비와 세자, 소군주를 무탈히 지키며 왕비 마마의 친족이 해를 입지 않도록 지켜드릴 것입니다! 만약 이 맹세를 어긴다면 천벌을 받을 것입니다!"

말이 떨어지자 사방에 고요가 내렸다. 달빛이 회랑 처마를 지나 그의 얼굴을 비추자 그림자가 일렁여 어두워졌다가 밝아지기를 반복했다.

나는 입술을 깨물며 그를 향해 슬피 웃었다. "오늘 한 맹세를 영원히 기억하길 바라오."

그의 눈빛이 활활 타올랐다. 이제 더는 속으로 꾹꾹 누르지 않고 영 딴사람이 되어 처음으로 이렇게 거침없이 나를 쳐다봤다. 더는 그 그림자 같던 존재가 아니었다. 마침내 더는 소기의 뒤에 묻혀 있을 필요가, 영원히 소기의 빛에 가려 있을 필요가 없게 되었다.

"왕야의 호부를 그대에게 주겠어요." 나는 느릿느릿 말을 이었다. "그대가 천하의 군대를 맡아 북벌에 나선 장수들에게 군대를 이끌고 경성으로 돌아오라는 명을 전해주세요……. 그리고 대군이 경성에 이르기 전에는 조정 안팎이 동요하지 않도록 절대로 장례를 치르지 말고, 이 소식이 밖으로 새어 나가지 않도록 하라고 전하세요."

송회은이 고개를 숙였다. "왕비 마마의 명을 따르겠습니다!"

지쳐 눈을 감는데 송회은이 말을 이었다. "지금 정세가 위급하니 만일의 사태에 대비하여 지금 당장 경기 주둔군을 성안으로 불러들여야 하지 않겠습니까?"

참으로 빠르기도 하지. 속으로는 무척 놀랐으나 내색하지 않았다. "모든 것은 그대 뜻대로 하세요. 나는 지금 당장 입궁하여 황상을 뵙고, 그대를 군의 대원수로 임명하는 조서를 내려달라 청하겠소. 그래야 육군을 호령할 명분이 설 터이니."

송회은이 모를 리 없다. 무리에 우두머리가 없으면 천자를 낀 자가 제후를 호령하는 법, 따라서 자담은 여전히 중요한 장기짝이었다.

"밤새 눈을 붙이지 못하셨으니 일단 반나절 정도 쉬신 다음에 입궁하셔도 늦지 않습니다." 갑자기 송회은이 부드러운 목소리로 말했다.

순간 가슴이 철렁하고 그 한 마디에 식은땀을 쏟을 뻔했다. 설마 내 의도를 눈치챈 것인가?

떨리는 마음으로 눈을 들었는데, 그 익숙하고 따스한 눈빛에는 우려만이 가득해 꼭 진심으로 나를 걱정하는 것 같았다.

"낯빛이 이리 안 좋으니······." 송회은이 나를 똑바로 응시하며 앞으로 한 발짝 내밀더니 손을 올려 내 뺨을 어루만지려 했다.

나는 곧장 뒤로 한 걸음 물러났다. 결국 송회은의 손은 그렇게 허공에 멈췄다.

"서재에 가서 잠시 기다리세요." 나는 눈을 내리뜨며 힘겹게 얼굴을 가렸다. "몹시 피곤해 좀 씻어야겠어요."

송회은은 뭔가 말을 하려다가 결국 입을 다물고 뒤돌아 나갔다.

내실에 들자마자 순식간에 힘이 빠져 느른하게 의자에 쓰러져 기대었다. 더 이상 아무 힘도 들어가지 않았다.

"왕비 마마, 진정으로 호부를 송 대인에게 주시려는 겁니까?" 서고고의 눈빛에 놀라움과 의구심이 가득했다. 과연 산전수전 다 겪은 사람다웠다.

"알아챘는가?" 나는 참담히 웃었다.

서고고의 낯빛이 하얗게 질리고 목소리가 벌벌 떨렸다. "아닙니다. 소인은 잘 모르겠습니다."

나는 쓴웃음을 지었다. "왕야께서는 아직 살아 계셔. 그저 송 재상이 모반을 일으켰을 뿐이야."

서고고는 비틀거리며 파들파들 떨 뿐 아무 말도 하지 못했다.

둥둥둥, 경 치는 소리가 들려왔다. 이미 오경이었다.

나는 탁자를 짚고 이를 악물며 자리에서 일어났다. "자세한 이야기를 할 시간이 없어. 서고고, 두 가지를 부탁할 테니 꼭 기억해서 즉시 내 말대로 따라야 해. 궁금한 것이 있다면 나중에 물어보고. 하나, 믿을 만한 사람을 찾아서 지금 즉시 내 인신(印信)을 가지고 철의위 통령 위한을 찾아가라고 해. 위한에게 지금 당장 군사를 모아 우상부로 가서 나를 기다리라 전해. 둘, 자네가 직접 세자와 군주를 데리고 자안사로 가서 내 서신을 광자(廣慈) 사태(師太, 덕 있고 연륜 있는 여승)에게 전한 뒤, 사태가 시키는 대로 따라. 앞으로 나나 왕야가 직접 찾아가지 않는 한, 그 누구에게도 자네와 아이들이 숨어 있는 곳을 알려서는 안 돼."

서고고가 떨리는 목소리로 기쁘게 말했다. "왕야께서는, 왕야께서는…… 과연 무사하신 거지요?"

고개를 끄덕이는데 눈시울이 시큰하고 열이 올랐다. 가슴에 커다란 돌이 막혀 있는 듯했으며, 눈물이 몇 번이고 핑그르르 돌았으나 끝내 떨어지지는 않았다. 방금 전 송회은 앞에서는 그의 경계심을 없애기 위해 일부러 약한 척을 했다. 그때는 눈물을 비 오듯 쏟고 마음만 먹으면 곧바로 울 수 있었는데, 이제 더는 눈물이 나오지 않았다.

얼마나 오랫동안 눈물을 흘리지 않았던가? 예전에 소기는 나더러 울보라고 종종 놀려댔다. 기뻐도 울고, 화가 나도 울고, 아무튼 눈만 깜빡이면 곧 눈물방울이 떨어졌다. 그런데 눈물은 이미 다 말라버렸고, 마음도 더 단단해졌다. 이제 내게 눈물은 더는 바랄 수 없는 사치가 되어버렸다.

"하지만 너는 어쩌려고 그러니, 아무야. 설마 우리와 함께 가지 않으려고?" 서고고가 불안한 듯 내 손을 붙잡았다.

나는 웃으며 고개를 저었다. "걱정하지 마. 내게 생각이 있으니까. 더 지체해서는 안 돼. 송회은이 서재에 있는 동안 어서 측문으로 나가. 나도 잠시밖에 그를 잡아둘 수 없어. 일단 그가 호부를 손에 넣으면 내 의도를 금세 눈치챌 거야."

"그러면 그때 너는 어쩔 생각이니?" 서고고가 놀라 물었다. "정말로 호부를 그에게 건넬 생각이니? 그리하면 경성의 군대가 모두 그의 손에 떨어지는 것이 아니냐?"

"호부는 죽은 것이고 사람은 살아 있지. 사람만 살아 있으면 어떻게든 방법이 있어. 그러나 호부를 내놓지 않으면 그를 속일 수 없어. 만약 지금 그가 태도를 바꿔 손을 쓰게끔 몰아세운다면 우리는 죽은 목숨이야." 나는 반대로 서고고의 두 손을 붙잡았다. "안심해. 왕야께서 이미 대군을 이끌고 돌아오고 계시니 머지않아 도착하실 거야."

서둘러 서신을 써서 서고고에게 넘겨주고 왕부에서 떠나보낸 다음, 아월을 불러 은밀히 강하왕부로 달려가 오라버니의 네 자녀를 데리고 중화문(重華門)으로 가 기다리라고 했다.

모든 일을 처리한 뒤, 옷을 갈아입고 단장을 했다. 눈가에 꼼꼼히 붉은 연지를 바르고, 귀신처럼 창백한 낯빛으로 꾸미기 위해 고운 분을 고루 펴 발랐다. 그러고 보니 정말로 비통함에 젖은 과부 같아 보였다. 화장을 마치고 호부를 꺼내 직접 서재로 향했다.

송회은은 봉랍으로 봉인한 함을 건네받고는 지체 없이 열어서 자세히 살펴봤다.

역시 그는 나를 완전히 믿지 않았다. 만약 호부가 가짜였다면 곧바로 태도를 바꿨을 것이다.

"왕비께서 중임을 맡기시니 이 송회은, 반드시 목숨을 걸고 따르겠습니다!" 송회은은 기쁜 기색을 감추지 못하며 내게 깊이 절했다.

"그대가 있으니 걱정할 것이 없어요." 나는 억지로 웃은 다음, 휘청거리며 그대로 쓰러져 혼절한 척했다.

송회은은 황망히 태의를 들라 했다. 그는 경기의 병마를 한시라도 빨리 손에 넣고 싶은 마음에, 잠시 머뭇거리다가 마침내 호부를 들고 성 동쪽 군영으로 달려갔다.

그가 떠나자마자 곧바로 시녀를 불러 나인 척 꾸미고 내실에 누워 있게 했다. 침상 휘장이 가로막고 있기 때문에 누구도 휘장 안에 있는 사람을 분명히 볼 수 없었다.

나는 조용히 측문으로 나가, 가벼운 차림새로 단출한 수레를 타고 곧장 우상부로 달렸다.

호부로 그를 꾀어 경기 주둔군을 접수하러 성 동쪽으로 가게 했으니, 왕복하는 데 족히 두 시진은 걸릴 것이다.

호랑이가 산을 떠나 있는 동안이면 모든 것을 안배할 시간이 충분했다.

수레가 미친 듯이 질주했다. 나는 주렴 사이의 틈으로 뒤를 돌아봤다. 칙명을 받들어 우뚝하니 세운 예장왕부가 아침 햇살 속에서 점점 멀어졌다.

나는 획 하고 몸을 돌리고는 눈을 감았다. 차마 더는 돌아볼 수 없었다.

이렇게 예장왕부를 떠나면 생사와 성패가 어찌 될지 알 수 없다. 떠날 때는 단호했고, 한 번이라도 더 보기 위해 고개를 돌리지도 않았다. 심지어 서고고가 두 아이를 안아서 데리고 갈 때도 강보를 사이에 두고 잠시 안아봤을 뿐이다.

아이들과 나는 소기의 가장 큰 약점이었다. 일단 소기가 아직 살아 있다는 사실을 알게 된다면 송회은이 틀림없이 우리를 인질로 잡을 것이다. 지금 가장 시급한 일은 두 아이를 안전한 곳으로 멀리 보내는 것이었다. 그래야만 마음 놓고 한 번 맞붙어볼 수 있었다. 광자 사태는 어머니의 오랜 벗으로, 그녀와 서고고가 돌봐주기만 한다면 내가 죽든 살든 상관없이 두 아이는 화를 입지 않을 것이다.

그러나 나는 아이들과 함께 도망갈 수 없었다.

이미 호부를 손에 넣은 송회은이 자담을 끼고 조령을 반포하기만 한다면 틀림없이 큰 화를 불러오게 될 것이다. 그보다 한발 앞서 궁성을 봉쇄한 뒤 호각과 봉화로 경기 수위(戍衛) 병영에 경고하고 송회은이 역모를 저질렀음을 폭로해야만 경기 수비군을 안정시킬 희망이 있었다.

또 일단 등을 돌리고 손을 쓰기 시작하면 잠시나마 안전을 보장할 수 있는 곳은 궁성뿐이었다. 송회은이 감히 무력으로 궁을 공격하지는 못할 것이다. 만약 아니라면 그때는 정말로 모반을 하는 것이 된다.

설령 그가 모반을 결심했더라도, 견고한 궁성과 8천 금군으로 맞선다면 적어도 사나흘에서 닷새까지는 버틸 수 있을 것이다. 하루라도 더 버틸수록 그만큼 승산이 늘어난다. 일단 소기가 당도하기만 한다면 경기 수비군은 틀림없이 소기 편에 설 것이다. 그리 되면 송회은은 성안에서 협공을 받을 테니 스스로 제 무덤을 판 셈이 될 것이다.

수레는 덜컹거리며 무섭게 질주했다. 수레가 이리저리 흔들리며 머릿속도 뒤죽박죽 혼란스러웠다.

미간을 잔뜩 찌푸린 채 이 모든 일의 전후 경위를 정리해보려 애썼다. 그런데 아무리 생각해도 자꾸만 중요한 곳에서 막혔다. 송회은이 진즉에 이 모든 일을 꾸몄을까?

상황이 급변한 계기는 바로 그 심혈을 기울여 작성한 밀서였다. 여기부터 돌이켜보면, 밀서는 소기가 쓴 것이 확실했다. 그리고 그 밀서에서 기술한 군사 정보부터 그 자신의 사망 소식까지 모두 소기가 꾸며낸 것이었다.

뭔가가 감춰진 이 밀서는 단순히 내게 보여주기 위함이 아니라 송회은에게 보여주기 위함이었다. 다만 내가 본 것은 진짜 밀서고 송회은이 본 것은 가짜 밀서로, 둘의 의도가 전혀 다를 뿐이었다.

그렇다면 밀서가 오기 전에는? 소기는 진즉에 송회은이 꾸민 음모에 빠졌던 것일까? 아니면 송회은이 지금에 와서야 소기가 친 덫에 걸려든 것일까?

지금까지 있었던 일들이 번뜩 스치고 지나갔다. 당경의 갑작스러운 모반, 돌궐의 거침없는 공격, 호씨 가문의 죄상, 더 나아가 소황자에 대한 처리까지……. 이제 와서 생각해보니 중요한 순간에는 항상 송회은의 그림자가 있었다.

만약 내응이 없었다면 당경과 돌궐이 그토록 순조롭게 일을 벌일 수 있었을까? 또 산길이 무너져 북방 변경의 군사 사정을 전할 수 없게 된 때를 적확히 계산해 대거 침입할 수 있었을까?

나는 이제야 의심쩍은 점을 발견했는데, 소기는 어땠을까? 출정하기 전에 송회은을 의심한 적이 있었을까? 대체 언제 송회은의 음모를 발견했을까?

송회은은 우리와 가장 가까운 사람이자 그 지고지상의 권위에서 가장 가까운 사람이다.

한 발만 더 앞으로 나아가면 천하에서 가장 높은 자리가, 그가 꿈꾸는 모든 것이 있었다. 다만 그의 앞에는 도저히 넘을 수 없는 산봉우리가 가로막고 있었다.

가망이 없을 때는 제 앞에 난 길만 열심히 걷겠지만, 일단 그 산봉우리가 무너질 조짐을 보이면 어떨까? 그래도 한결같이 머리를 숙일까?

스스로 그 산봉우리를 무너뜨리고 그 자리를 대신할까? 아니면 평생 머리를 숙이고 그 산봉우리 앞에서 걸음을 멈출까? 송회은, 그는 배신을 했지만 유혹을 당한 것이기도 했다.

온갖 생각이 머릿속을 맴돌며 여태까지의 일들이 하나하나 눈앞에 떠올랐다.

당경은 죽고 송회은은 배반했다. 하지만 호광열은 정말로 배반한 것일까?

이 생사를 건 다툼에서, 만약 당경과 송회은이 공모한 것이라면 호광열은 또 어떤 역할을 맡았을까?

호씨 사건에는 수많은 자들이 연루되었다. 송회은의 비밀 보고에 부인할 수 없는 확실한 증거들이 나열되어 있었다. 호광원은 사후에게 이용당한 것이 확실했고, 그와 공모하여 부정을 저지른 것이 사실이었다. 나는 호광원을 잡아 옥에 가두고 심문하라 명했으나, 그가 옥중에서 자진할 줄은 꿈에도 생각지 못했다. 당시 나는 출산을 앞두고 있어 호광원을 만나러 직접 옥에 갈 수 없었고, 처음부터 끝까지 모든 일을 송회은이 처리했다. 그리고 출산 후 며칠이 지났을 때, 위한은 송회은이 모진 고문을 가했으며 호광원의 죽음이 몹시 의심스럽다고 비밀리에 보고했다.

그러나 그때 나는 송회은의 충심을 추호도 의심하지 않았기에, 멀리 변관(邊關)에 있는 호광열을 놀라게 하지 않으려고 태의에게 호광원의 죽음에 관한 진상을 숨기라고 엄명을 내렸다. 또한 위한의 비밀 보고에 대해서도, 그가 사정을 잘 몰라 그런 것이려니 여기고 별다른 조치를 취하지 않았다.

그때부터 송회은의 칼끝은 소기를 향해 있었다. 먼저 부정히 재물을 탐한 죄로 호광원과 사후를 죽음으로 몰고, 자담과 호요가 호광열에게 도움을 청하는 밀서를 쓰도록 꾀었다. 더 나아가 호광열과 소기의 사이가 벌어지게 만들었으며, 심지어 막다른 길에 몰린 호광열이 결국에는 반란을 일으키게 했다. 그러고는 돌궐인의 손을 빌려 안팎으로 협공을 펼쳐 소기를 죽이려 한 것이었다.

지금 와서 생각해보니 송회은은 당경과 공모했을 뿐만 아니라 멀리 돌궐에 있는 하란잠과도 오래전부터 은밀히 내통해온 것이 틀림없었다.

가장 신뢰하는 벗과 가장 위험한 적이 손을 잡았다. 이는 무엇을 의미할까?

온몸에 오싹오싹 소름이 끼쳤다.

하지만 호광열이 정말로 반란을 일으켰을까? 그는 송회은의 손에 놀아난 것일까? 아니면 애초부터 소기가 송회은의 눈을 속이기 위해 준비해둔 패였을까?

얼기설기 뒤엉킨 생각들 사이로 뭔가가 금방이라도 떠오를 것 같았다. 진상의 윤곽은 점점 뚜렷해졌으나 가장 중요한 것이 보이지 않았다.

온갖 꾀를 다 쥐어짜더라도 나보다 한발 앞서는 이가 있게 마련이고, 아무리 변화무쌍하게 변하더라도 하늘의 농간에는 당할 재간이 없다. 어두컴컴해서 한 치 앞을 내다볼 수 없고 발밑으로는 끝이 보이지 않는 심연이 펼쳐진 좁고 구불구불한 길을 걷는 기분이었다.

앞길을 밝히는 유일한 등불은 소기였다.

나와 그의 운명은 이미 하나로 엮여 핏줄이나 근골과 다름없어서 죽어도 떼놓을 수 없었다.

이제는 그가 세상을 무너뜨린다고 할지라도 칼을 뽑아 들고 따를 밖에 도리가 없었다.

나는 묵묵히 소매 속의 단검을 움켜쥐었다. 칼집을 지나쳐 뼈에 사무치는 한기가 손바닥에 전해지는 듯했다.

이 단검은 영삭에서부터 지금까지 한시도 내 곁에서 떨어진 적 없고, 시뻘건 선혈을 들이마시며 내 목숨을 위험에서 구해낸 적도 있지만 단숨에 내 목숨을 거둘 수도 있었다.

나는 이미 최악의 상황을 염두에 두었다. 만약 일이 틀어지고 궁이 함락된다면 차라리 이 칼로 자진을 하리라.

허를 찌르다

수레가 우상부 앞에 멈춰 섰다.

내 밀령을 받은 위한은 이미 철의위 정예 기병 5백을 이끌고 와 우상부를 겹겹이 에워싸고 있었다.

지난날 송회은이 조정 안팎에서 막강한 권력을 휘두를 때도 위한은 호광원의 죽음에 관한 의혹을 제기하는 밀절(密折, 황제에게 직접 바치는 비밀 상소)을 바쳤다. 나는 여태껏 이 은갑 복면을 쓴, 금석처럼 과묵한 위한을 꿰뚫어본 적이 없었다. 그 철가면 아래 감춰진 음침한 눈에 얼마만큼의 냉혹함과 얼마만큼의 충성이 감춰져 있는지 꿰뚫어볼 수 없었다. 마치 그가 왜 철의위 통령이 되었고, 어째서 소기의 가장 큰 신임을 받으면서도 가장 은밀한 심복이 되었는지 모르듯이 말이다.

철의위는 모두 소기를 바로 곁에서 지키는 시위 가운데 고르고 고른 뛰어난 자들이었다. 그들은 10년 이상 소기를 따르며 산전수전을 다 겪었으며, 하나같이 목숨을 걸고 충성을 맹세한 용사들이었다. 흑철중갑을 걸친 눈앞의 장졸들을 바라보며 처음으로 '충성'이라는 두 글자가 참으로 묵직하고 어찌해볼 도리가 없는 것이구나 하는 생각이 들었다.

충성이란 무엇인가? 세상에 절대적 충성이 있을까?

송회은과 당경은 소기와 10여 년 동안 생사고락을 함께했다. 똑같이 한미한 가문 출신으로, 피비린내가 진동하는 전장을 밟고 권력의 정점에 올랐다. 소기는 그들을 결코 박하게 대하지 않았다. 막강한 군대를 주고 높은 관직을 내리면서 지난날의 형제들을 저버리는 짓은 조금도 하지 않았다. 소기가 저지른 단 하나의 잘못은 그들보다 더 높은 자리에 오른 것이다.

황권 앞에서 전우애 따위는 조금도 중요치 않았다. 그저 누가 더 높은 자리에 오르느냐가 중요할 뿐이었다. 지난날 숙식을 같이하고 생사를 함께한 수족 같은 이들도 일단 조정에 들면 그 지위가 엄격히 나뉘는 법이다. 지고지상의 자리에 오를 수 있는 왕은 단 한 사람뿐이다.

그들의 충성이 거짓이라고 할 수는 없다. 그러나 천하와 황권 앞에서는 너무 하잘것없을 따름이다.

내 눈앞에 선 피 끓는 병사들의 젊고 굳센 얼굴들을 하나하나 보고 있자니, 뜨겁게 타오르는 그들의 피 속에서 미친 듯이 용솟음치는 충성심이 느껴지는 듯했다. 그들은 내가 명령만 내리면 일말의 주저 없이 창칼을 빼 들어 천 리 밖에 있는 예장왕을 위해, 그들의 마음속 신(神)을 위해 죽기를 각오하고 싸우는 것도 마다하지 않을 것이다.

그러나 10년 뒤, 20년 뒤 높은 자리에 오르고 권세의 단맛을 보고서도 저들이 변함없이 충성을 바칠지 누가 알겠는가?

아침 햇살이 그들의 차디찬 철갑에 내리니 시린 빛이 번쩍였다.

"위 통령, 시작하시죠." 나는 우상부의 대문을 올려다보며 담담히 말했다.

철의위는 아무런 방비도 없는 우상부로 밀려들어 가솔을 모조리 붙잡았고, 반항하는 자들은 그 자리에서 죽었다. 향 한 대를 태울 시간도 못 되어 일흔을 앞둔 송회은의 어머니부터 다섯 살 큰아들과 네 살 작은아들은 물론이고 이제 겨우 두 살을 넘긴 막내딸과 송회은의 시첩 둘까지 붙잡아 내 수레 앞으로 끌고 왔다.

"송 부인은 어디 있느냐?" 두려움에 울부짖는 노인과 아이들, 여인들을 둘러보니 옥수만 보이지 않았다.

"속하들이 우상부의 모든 방을 샅샅이 뒤졌으나 송 부인의 모습은 보이지 않았습니다." 통령 하나가 몸을 숙이며 아뢰었다.

옥수는 성정이 정숙하여 단 한 번도 바깥에서 밤을 지새운 적이 없었다. 날도 밝지 않은 이른 아침에 우상부에 없을 리 만무했다.

나는 미간을 구기며 위한과 눈을 마주쳤다. 위한은 고개를 돌려 부장에게 냉랭히 말했다. "이 두 시첩을 끌고 가서 찾아봐라. 그래도 못 찾으면 둘 다 죽여라."

그 말에 아리땁고 야리야리한 두 시첩이 비명을 지르며 울부짖었다. 녹의(綠衣)를 입은 미희가 무너지듯 꿇어앉았더니, 바닥에 꿇어앉은 채로 벌벌 떨고 있는 노인을 가리키며 흐느꼈다. "어젯밤 등(鄧) 관사가 부인을 데려갔습니다. 저희는 아무것도 모릅니다. 대인, 제발 살려 주세요!"

부장은 챙 소리를 내며 칼을 뽑아 들더니 그 노인의 목에 갖다 댔다. "말해라. 송 부인은 어디 있느냐?"

비단옷을 입은 그 노인은 사시나무처럼 발발 떨었다. "부…… 부인은 어르신이 서재 밑…… 밀실에 가둬두셨습니다."

위한은 곧 그 노인에게 길을 안내하게 했다. 얼마 지나지 않아 철의위가 정말로 문안에서 쑥대머리를 한 부인 하나를 끌고 나왔다.

"옥수야!" 나는 깜짝 놀라 비명을 질렀다. 눈꺼풀조차 깜빡이지 않고 자세히 들여다보니 산발을 한 채로 더러운 화복을 입고 있는 헬쑥

한 얼굴의 부인은, 뺨은 퉁퉁 붓고 눈두덩은 발갛게 부어오른 그 여인은 믿을 수 없게도 황제가 일품 부인으로 봉한 우상 부인 소옥수였다!

힘이 풀려 내 앞에 쓰러지듯 꿇어앉은 옥수는 부들부들 떨며 고개를 들어 올렸다. "끝내 그가 움직였나요?"

벌겋게 부어 멍든 뺨을 보고 있자니 가슴이 천 갈래 만 갈래 찢어지는 듯했다.

옥수는 참담히 웃기만 할 뿐 아무 말도 하지 않다가, 갑자기 무릎걸음으로 내 앞까지 기어와 쿵쿵 머리를 찧으며 말했다. "그 사람이 잠깐 정신이 나가 이 같은 일을 저질렀으나 아이들은 아무 잘못이 없습니다! 왕비 마마, 제발 아이들을 살려주시어요. 이 옥수, 그 사람 대신 죽음으로 속죄하겠습니다! 그러니 제발 그를 용서하시고 아이들을 살려주세요!"

옥수가 청석(靑石) 바닥에 쿵쿵 머리를 찧자 좌우에 있던 시위가 양쪽에서 그녀를 붙들었으나, 옥수는 계속 몸부림치며 외쳤다. "왕비 마마, 제발 자비를 베풀어주시어요――."

위한이 성큼성큼 걸어가 손바닥을 뒤집더니 옥수의 목에 칼날을 들이댔다.

내가 너무 놀라 멈추라는 말을 꺼내기도 전에 옥수는 두 눈을 뒤집으며 숨소리도 없이 널브러지더니 그대로 정신을 잃고 말았다.

"송 부인은 잠시 정신을 잃은 것뿐입니다." 위한이 무표정한 눈으로 나를 돌아보며 말을 이었다. "이 죄인들을 어찌 처분할지 말씀해주십시오."

나는 말없이 눈앞에 있는 사람들의 얼굴을 하나하나 응시했다. 지난날 송회은의 어머니는 부축을 받으며 힘겹게 걸음을 옮기면서도 한사코 내 아이들을 직접 보겠다고 했다. 활기찬 이 두 사내아이는 소기에게 안겨 말 등에 올라 고삐를 잡고 달리는 법을 배웠다. 그리고 저 조그마한 계집아이는 내 품에 안겨 까르르 웃으며 제 어미 품으로 돌아가지 않으려 고집을 피웠었는데……. 이들은 모두 나와 너무나 가까운, 가족 같은 사람들이었다.

내가 두 시첩을 응시하자 두 사람은 감히 나를 마주 보지 못하고 벌벌 떨며 머리를 숙였다.

녹의를 입은 미희는 어쩐지 생김새가 눈에 익어 미간을 찡그리며 잠시 눈길을 두었다가, 결국 혼절한 옥수에게로 시선을 돌렸다.

마음속에 켜켜이 쌓인 이야기와 한없는 괴로움을 토로할 수 있는 유일한 사람을 간신히 만났는데, 말할 기회조차 잃고 말았다.

나는 두 주먹을 꽉 움켜쥐며 마음을 모질게 먹고 뒤돌아섰다. "모두 끌고 가라!"

울며불며 끌려가는 송회은의 가족을 뒤로한 채 수레에 올라타 발을 쳤다.

미동조차 없이 수레 안에 앉은 채로 소매 속에 감춰둔 단검을 힘껏 움켜쥐자, 손바닥에서 차디차고 끈적끈적한 땀이 배어났다.

위한과 함께 궁문 앞에 이르니, 철의위 3천이 이미 그곳에 모여 명을 기다리고 있었다.

궁 안의 방계가 이끄는 금군 5천과 이 정예 기병 3천이 내가 기댈 수 있는 전부였다.

벌써 한 시진이 지났다. 고개를 들어 하늘빛을 보았다. 아마 지금쯤이면 송회은도 동쪽 교외의 병영에 당도했을 것이다.

"궁문을 봉쇄하고, 봉화를 피우고 징을 울려 위험을 알려라." 위한이 단호하게 명을 전했다.

무거운 궁문이 쿵 닫히고, 성을 에워싼 강에 놓인 거대한 금교(金橋)

가 서서히 올려졌다.

묵직한 호각 소리가 울리고, 각 궁문에 무거운 자물쇠가 채워졌다. 번쩍이는 갑주를 걸친 금군 수위(戍衛)는 칼을 뽑아 들었고, 노란 깃발이 황성 위에서 높이 휘날렸다.

청색 연기 한 줄기가 궁 안의 가장 높은 봉서대(鳳栖臺)에서 피어올라 하늘로 솟구쳤다. 이것은 궁에 위험한 일이 생겼음을 알리는 연기로, 경사 사방에 주둔하는 군대에게는 곧 경사로 들어 군왕을 지키라는 조령과 같았다.

나는 궁중의 식량과 병기를 확인하라 일렀다. 금군의 화살이 충분치 않은 것 외에는 모든 물자가 넉넉하여 보름은 너끈히 버틸 수 있을 것 같았다.

동요를 막기 위해 모든 궁실과 전각은 봉쇄했고, 부름을 받지 않은 궁인과 시종은 멋대로 출입할 수 없도록 했다.

모든 안배를 마치고 성루에 올라 동쪽 외곽 방향을 바라보았으나, 한참이 지나도 연기가 피어오르는 것을 볼 수 없었다.

내 뒤에 서 있던 위한이 냉랭히 웃었다. "보아하니 송회은이 그리 쉽게 뜻을 이루지는 못한 모양입니다."

나는 고개를 끄덕이며 웃었다. 다행이다. 만약 그가 순조롭게 동쪽 외곽에 주둔하는 군대를 장악해 군대를 이끌고 출발했다면, 이 시각 동쪽 하늘가에서 천군만마가 일으키는 먼지구름이 일어야 했다. 이미 한 시진이 훌쩍 넘었는데도 주둔군이 이동하는 기미가 보이지 않으니, 아무래도 주둔군 통령이 내가 올린 연기를 보고 호부(虎符)를 의심하며 명을 따르지 않는 모양이었다.

"위 통령, 금일 그대와 여러 장병이 목숨을 걸고 따라준 데 이 왕현, 감지덕지할 따름입니다." 나는 고개를 돌려 차분히 웃으며 위한을 바라봤다.

가면 아래 숨겨진 위한의 표정은 알 수 없었으나, 두 눈은 여전히 아무 표정 없이 차가웠다.

그가 대답하지 않을 것이라 여기고 뒤돌아설 때, 위한이 나직하게 입을 열었다. "왕비 마마의 용기는 그때와 다름이 없군요."

나는 깜짝 놀라 그의 눈을 뚫어져라 쳐다봤다. 이 눈은, 이 사람은 설마…….

마침내 그의 눈에 웃음기가 어렸다. "맞습니다. 바로 속하입니다."

너무 많은 세월이 흐른 탓에, 지난날 하란잠에게 납치당한 뒤 휘주에서 영삭으로 향하는 길에 소기의 밀령을 받고 변장한 채 따르며 은밀히 나를 보호하던 그 호방한 사내를 거의 잊고 있었다. 나는 도저히 믿을 수가 없어 눈을 부릅뜬 채 그의 생김새와 체구에서 그때의 흔적을 찾으려고 애썼다.

"임양관 전투에서 속하는 방심하다가 적의 매복에 당해 중상을 입었습니다. 원래는 군법에 따라 처형되었어야 하나 왕야께서 제 목숨을 살려주셨습니다." 그가 천천히 손을 들어 얼굴에 쓴 은빛 철가면을 벗자, 어렴풋이 익숙한 얼굴에서부터 목까지 가로지르는 무시무시한 흉터가 보이고 벌써 희끗희끗해진 귀밑머리가 눈에 들어왔다.

"그날 이후 속하는 위한으로 이름을 바꾸고, 다시는 진짜 얼굴을 내보이지 않았습니다." 위한은 무심히 웃으며 다시 얼굴에 가면을 썼다.

눈앞에 선 이 신비한 철가면 장군을 보고 있자니 문득 가슴속에 세찬 물살이 일어 입이 떨어지지 않았다.

위험이 닥친 어려운 시기에 예전에 알던 사람을 다시 만나니, 지난날의 기억이 새록새록 떠올랐다. 한없이 기쁘고 안심이 되는 마음을 무어라 표현할 길이 없었다.

"설령 이 몸을 가루가 되도록 바친다 해도 왕야께서 속하에게 새 삶을 주신 은혜의 만분의 일도 다 갚지 못할 것입니다." 이 말을 마친 위한은 다시금 차가운 눈빛으로 돌아갔다. "속하에게 숨이 붙어 있는 한, 반군은 궁성 안으로 한 발짝도 들이지 못할 것입니다."

그를 바라보는 눈에 점점 열기가 차올라 깊이 몸을 숙여 절했다.

"왕비 마마!" 그가 황망히 막아섰다.

그러나 나는 꿋꿋이 그에게 절한 다음, 고개를 들고 철가면에 가려진 얼굴을 바라보며 말했다. "위 통령, 진심으로 고맙습니다!"

너무나 충성스럽고 강인한 사내대장부를 마주하니 문득 용기백배해졌다.

이 수많은 변화를 겪고도 변함없이 내 곁을 지키는 사람이, 적어도 내가 알기로는 한 사람 더 있었다.

그 점만으로도 얼마나 감사한 일인지 모른다.

옥수도 이처럼 변하지 않았을지는 잘 모르겠다.

옥수는 줄곧 나와 함께해왔고, 나 또한 그녀가 철없는 소녀에서 일품 고명부인이 되는 것을 지켜봤다.

봉지궁에서 이미 정신을 차린 옥수가 내 앞으로 끌려왔다. 궁인들이 이미 감청색 궁의를 입히고 풍성한 머리를 둥글게 말아 낮게 쪽을 쪄서 깨끗하고 단정하게 단장을 해주었으나 더욱더 초췌해 보였다. 평소에 보름달처럼 윤기가 흐르던 얼굴은 거칠고 누르스름했으며, 여전히 부어 있는 왼뺨에는 멍 자국이 그대로 남아 있었다.

옥수는 얼빠진 표정으로 내 앞으로 걸어와 무릎을 꿇고 말없이 앉았으나, 눈가는 이미 붉어져 있었다.

나는 손을 저어 좌우를 물리고 옥수와 단둘이 마주했다.

"일어나라. 내게 무릎을 꿇을 필요 없다." 의자에 가만히 앉아 서글픈 심경을 감추기 위해 입술을 꾹 다무는데, 허리께가 시큰시큰 아파 움직일 수가 없었다.

옥수는 내 말이 들리지 않는 것처럼 그저 고개를 숙인 채 계속 꿇어앉아 있었다.

"좋다. 기왕 꿇는다면 내가 꿇어야겠지." 나는 고개를 끄덕이고는, 입술을 깨물며 팔걸이를 짚고 무릎을 구부려 쿵 하고 바닥에 꿇어앉았다.

"왕비 마마!" 옥수는 너무 놀라 나를 부축하려 달려들었다. 그러나 나는 이미 통증 탓에 식은땀이 줄줄 흐르고 말이 나오지 않았다. 무릎도 아팠지만 허리께가 끊어질 것만 같고 두 다리가 저려 정신이 나갈 듯했다. 출산하고 나서 제대로 몸조리를 하지 못한 탓에 늘 허리께가 시큰거렸고, 날씨가 우중충하게 흐리고 비가 오는 날이면 정신이 혼미해질 정도로 끔찍하게 아팠다. 태의는 쉴 것을 거듭 당부했는데, 오늘 덜컹거리는 수레에 시달렸더니 한동안 잠잠하던 허리 통증이 재발해버렸다.

"옥수야, 미안하구나." 나는 입술을 깨물고 걱정으로 물든 옥수의 얼굴을 바라봤다. 순간 눈시울이 뜨거워지면서 눈앞이 흐릿해졌다.

"아닙니다, 아니에요. 왕비 마마, 그런 말씀 마세요. 어찌 제가 그런 말을 들을 수 있겠어요……." 더욱더 당황한 옥수는 마치 지난날의 그 겁 많던 소녀로 돌아간 듯, 오랜 세월 갈고닦은 시원시원한 말솜씨를 전혀 발휘하지 못했다. 옥수는 내가 제 자식들의 명줄을 쥐고 있고 제 낭군도 내 적이 되었음을 잘 알면서도 예나 다름없이 나를 걱정하고 감싸주었다. 지난 10년 동안 늘 그래왔던 것처럼…….

그러나 나는 옥수를 위해 무엇을 해주었나……. 혼인을 허락해준 것? 고명부인에 봉해준 것? 그도 아니면 예장왕의 의매(義妹)라는 명분을 준 것? 이 중에 진심으로 옥수를 위해 해준 일이 몇 가지나 되며, 나 자신의 이익을 위해 필요에 따라 해준 일은 또 몇 가지나 되는가? 해준 것이라곤 겨우 이런 일들뿐인데도 옥수는 평생을 감지덕지하며 살아왔다.

가슴에 손을 얹고 묻노니, 나는 옥수의 이 같은 마음을 받을 자격이 있는가?

옥수는 나를 부축하고 끌어당기며 일으켜 세우려고 애썼으나, 나는 온몸에 기운이 하나도 없어 아예 옥수의 손을 잡으며 웃었다. "괜히 애쓰지 말고 잠시 내 옆에 좀 앉아봐. 이렇게 이야기를 나눈 지도 참 오래되었잖니."

옥수는 잠시 멍해졌다가 더는 고집 부리지 않고 내 말대로 옆에 앉았다. 그 와중에도 의자에 놓인 비단 방석을 내려 내 허리 뒤에 받치는 것을 잊지 않았다.

옥수는 나보다 세 살이나 어렸다. 그런데도 지금 보니 나보다 훨씬 나이가 들어 보여 서른의 중년 부인 같았다.

"살이 많이 쪘구나." 나는 무릎을 말아 올려 머리를 받치고는 고개를 모로 돌려 웃으며 말했다. 비쩍 말랐던 예전 모습이 떠올랐다.

옥수가 고개를 숙이며 웃었다. "소인, 아이를 둘이나 낳아 기르고 있는데 어찌 늘씬할 수 있겠어요?"

숱한 세월이 흘렀음에도 옥수는 여전히 내 앞에서 자신을 '소인'이라고 칭했다. 옥수는 슬하에 일남일녀를 두었고, 둘째 아들은 시첩의 소생이었다. 지난날 송회은이 첩을 들였을 때 나는 몹시 노여웠지만, 정작 옥수가 아무 말 않기에 나도 더는 뭐라 하지 못했다. 그러나 묵인은 묵인이었고 용서는 할 수 없었기에, 소기가 축하 예물도 보내지 못하게 하고 한동안 송회은을 못마땅한 태도로 대했었다. 소기는 그런 나를 두고, 사람에 따라 다른 잣대를 들이댄다고 웃으며 욕했다. 내가 오라버니는 첩을 몇이나 들여도 신경 안 쓰면서 다른 사람이 첩을 들이는 것은 질색한다는 것이었다.

그때 나는 이렇게 맞받아쳤다. "다른 사람은 다른 사람이고 오라버니는 오라버니지만, 옥수는 남이 아니에요. 이 일만큼은 막무가내로 불공평하게 행동해야겠어요. 왕야에게는 더욱더 공평을 따지지 않을 거예요."

훗날 아월이 이 일을 우스갯소리로 옥수에게 전하자, 옥수는 눈물을 흘리면서도 웃음을 참지 못했다.

그런데 하필 지금 같은 순간에 그 일이 떠올라 나도 모르게 탄식을 내뱉었다.

"지난 세월 동안 회은이 너를 어찌 대했니?" 오랜 세월 가슴속에 눌러둔 채 한 번도 대놓고 물어본 적이 없었지만, 결국은 참지 못하고 이렇게 묻고 말았다.

옥수는 한동안 얼이 빠져 있더니 갑자기 눈시울을 붉히며 살며시 고개를 끄덕였으나 옥벽돌 위로 뚝뚝뚝 눈물을 떨구었다.

나는 탄식하며 손을 뻗어 붉게 부어오른 옥수의 뺨을 어루만졌다. "이 지경에 이르러서도 그의 흉은 보기 싫은 것이야?"

옥수는 고개를 돌리며 떨리는 목소리로 말했다. "그는, 그는 그저 한순간의 어리석음으로……."

"너는 언제 그의 음모를 알게 되었니? 언제 갇힌 것이야?" 나는 옥수를 똑바로 바라보며 냉랭히 물었다.

옥수는 눈물범벅이 된 얼굴로 말했다. "말릴 수가 없었습니다. 그는 드디어 왕야께서 가졌으니 이제 자기 차례가 되었다고……."

나는 손을 돌려 옥수의 손목을 붙잡으며 코앞까지 다가가 뚫어지게 쳐다봤다. "상소문을 받기 전에 이상한 조짐을 보이지는 않았니?"

옥수는 그저 고개를 숙인 채 울기만 할 뿐 말을 하지 않았다.

"도대체 언제 이상한 조짐을 눈치챈 것이야?" 내가 벌떡 몸을 일으키자 옥수는 깜짝 놀라 뒤로 물러나면서도 울며 고개를 저을 뿐이었다.

나는 옥수의 손목을 꽉 쥐며 물었다. "호광원 사건에 대해 뭔가 아는 것이 있느냐?"

순간 옥수는 하얗게 질린 얼굴로 바닥에 맥없이 주저앉았다.

그러고는 내가 아무리 캐물어도 입을 꾹 다문 채 아무 말도 하지 않았다.

옥수는 나를 속이고 싶지도, 그렇다고 송회은의 비밀을 발설하고 싶지도 않은 것이었다.

시기심 강하고 잔인한 자

　호각 소리가 구슬프게 울리고 경고하는 징 소리가 전각 밖에서 들려와 궁성에 울려 퍼졌다.

　화들짝 놀란 옥수와 내가 말을 꺼내기도 전에 문밖에서 시위가 아뢰었다. "위 대인께서 뵙기를 청합니다."

　"송회은의 움직임도 꽤 빠른 모양이군." 내가 옥수를 보며 웃자, 그렇지 않아도 하얗게 질려 있던 옥수의 얼굴이 더욱 파리해졌다.

　내가 의자를 짚고 힘겹게 몸을 일으키자 옥수가 부축해주려고 손을 뻗었다. 소매를 뿌리치며 옥수의 손길을 막으니 두 사람 사이에 한 걸음 정도의 거리가 벌어졌다.

　옥수는 멍하니 손을 내민 채로 그 자리에 서서 뻣뻣하게 굳었다.

　"어느 편에 설지 너 스스로 선택해라." 나는 똑바로 앉으며 부드러운 표정을 거두고 냉담한 눈길로 쏘아보았다. "나와 적이 될 생각이라면 송 부인다운 모습을 보여!"

　옥수는 입술을 앙다문 채 아무 말도 하지 않았다. 눈 속에는 그렁그렁 눈물이 차올랐으나, 결국에는 고집스레 고개를 쳐들었다.

　나는 옥수에게서 시선을 거두고는 큰 소리로 위한에게 안으로 들라 명했다.

문이 열린 곳으로 검을 든 위한이 들어왔다. 은빛 철가면에 섬뜩한 광택이 일렁였다. "왕비께 아룁니다. 송회은이 동쪽 교외 병영의 군사 약 5만을 거느리고 경기 십이문(十二門)을 봉쇄한 뒤 전 성의 경계를 삼엄히 하고 출입을 금하라는 명을 내렸습니다."

"겨우 5만이라고요?" 나는 살짝 입꼬리를 움직이며 위한에게 물었다. "나머지 9만은요?"

"모두 움직이지 않고 지켜보고 있습니다." 위한이 차가운 목소리로 말했다. "보고에 따르면 군영에서 소란이 조금 있었는데, 진무장군(振武將軍) 서의강(徐義康)이 각 군영에 굳게 지키기만 하고 멋대로 자리를 떠나지 말라고 엄명을 내려 이미 상황을 수습했다고 합니다."

서의강, 장하구나. 나는 이 이름을 머릿속에 새겼다. 오늘의 난이 평정된다면 가장 큰 공을 세운 자는 바로 그가 될 것이다.

나는 잠시 머뭇거리다 물었다. "송회은의 군대는 지금 어디에 이르렀습니까?"

위한이 말했다. "내성으로 진입한 뒤 둘로 나뉘어 일부는 궁문 쪽으로 향했고, 나머지는 성 밖에 주둔하며 지키고 있습니다."

"궁성으로 오는 군사의 수는 얼마나 됩니까?" 나는 눈을 내리뜨며 나직이 물었다.

"아직 정확한 수는 알지 못합니다." 위한이 고개를 숙였다.

나는 고개를 끄덕이며 말했다. "다시 알아보세요! 방 통령에게 궁문을 엄히 지키고 언제라도 전투에 임할 수 있도록 준비하라 전하세요!"

위한이 명을 받고 떠났다.

옥수는 바들바들 떨며 침착하려 애썼지만 꽉 다문 아랫입술에서는 피가 비쳤다.

나는 소매 속에서 비단 손수건을 꺼내 옥수에게 건네면서도 눈길은 주지 않았다. "송회은이 이길 가능성이 얼마나 될 것 같니?"

옥수는 비단 손수건을 건네받아 입술을 꾹 눌렀다. 아무래도 끝까지 침묵으로 맞서기로 마음먹은 모양이었다.

"만약 왕야께서 아직 살아 계신다면 송회은이 이길 확률이 얼마나 된다고 생각하느냐?" 나는 눈동자를 굴려 옥수를 바라보며 냉랭하게 물었다.

그러자 옥수의 몸이 휘청하면서 눈동자가 번뜩 커졌다.

나는 가만히 옥수를 쳐다보며 아무 말도 하지 않았다.

옥수는 잠시 말을 잇지 못하고 놀란 눈으로 나를 빤히 쳐다봤다. "어떻게 그럴 수가…… 상소문에는 분명 왕야께서 이미, 이미……."

"그 덕분에 송회은이 방심하게끔 속여 넘기고 기선을 잡을 수 있었지." 나는 미소를 지으며 옥수의 두 눈을 응시했다. "상대의 계책을 역이용한 것인데, 송 부인께서 보시기에는 어떻습니까?"

나는 옥수가 이 사실을 알았으면 했다. 그녀의 낭군은 처음 이 판에 발을 들인 순간부터 승산이 없었음을 말이다. 설령 그가 황성을 무너뜨리고 나를 죽여 경성을 빼앗는다고 하더라도 소기의 손아귀를 벗어날 수는 없다. 결국은 성 아래에 이른 예장왕의 군대가 거침없이 살육전을 벌여 반군을 섬멸할 터였다.

옥수는 바닥에 털썩 주저앉았다. 하얗게 질린 얼굴에서 절망이 읽혔다.

문밖에서 군화 소리가 착착 울렸다. 물러간 지 얼마 안 된 위한이 다시 황급히 돌아왔다. "왕비께 아룁니다. 밀정이 보고하길, 송회은은 예장왕부와 강하왕부를 포위하라 명했으나 세자와 군주를 찾지 못한 고로 온 성을 수색해서 돌이 안 된 어린아이는 모조리 데려오라 명했다고 합니다."

나는 이를 사리물고 아무 말도 하지 않았으나 옆에서 나직한 외침이 들려왔다. 옥수는 입을 꽉 틀어막고는 눈물을 머금은 채 어깨를 부들부들 떨었다.

위한이 옥수를 힐끗 보고는 말을 이었다. "송회은은 직접 군사 2만을 이끌고 달려오고 있으며, 이곳에 당도하여 궁문을 겹겹이 포위하면 더는 궁 밖의 소식을 알 수 없을 것 같습니다."

"상관없어요. 올 것은 결국 오는 법이니까요." 나는 눈썹을 치키며 웃었다. "위 통령, 다 준비됐습니까?"

"속하와 제 수하들은 황성과 존망을 함께하기로 맹세했습니다." 위한이 의연하게 나를 직시했다. 철가면 아래 있는 눈이 형형히 빛났다. 불현듯 지난날 영삭성 밖의 그 춥던 밤으로 돌아간 듯했다. 그때도 이처럼 형형한 눈빛이 어둠 속에서 나타나 용감하고 결연하게 내게 말했었다. '속하는 예장왕의 명을 받들어 왕비 마마를 안전히 모셔야 합니다.'

영삭에서, 휘주에서, 그리고 오늘, 수많은 훌륭한 사내들이 나아갈 때는 강토를 넓히고 물러날 때는 충성을 바쳐 주군을 보호하며 목숨을 초개같이 여겼다. 이것이 바로 소기를 따르는 강인한 군사들의 모습이었다.

궁문 방향에서 다시금 낮고 묵직한 호각 소리가 들려오자 위한이 서둘러 자리를 떠났다.

옥수는 멍하니 궁문 방향을 바라보았다. 낯빛은 무서울 정도로 파리했지만 더는 떨며 눈물을 흘리지 않았다.

무거운 정적이 내려앉은 전각 안, 옥수는 고개를 푹 숙이고 있어 그 표정을 알 수 없었으나 입 밖으로 나온 목소리는 낮게 잠겨 있었다. "호광원은 그가 죽인 겁니다."

놀랍지도, 노엽지도 않았다. 그저 슬플 따름이었다. 매사에 덤벙거리고 솔직하던 그 젊은이는 호광열을 끌어내기 위한 미끼에 불과했다. 결국 호광원의 죽음에 격분한 호광열이 나서면 그를 첫 번째 제물로 삼을 셈이었던 것이다.

옥수는 고개를 들어 나를 빤히 쳐다봤다. 어인 영문인지 그 눈빛에 가슴이 불안하게 두근댔다.

옥수는 처연히 웃으며 말했다. "영랑(盈娘)을 위해, 송회은은 진즉부터 그를 죽이고 싶어 했습니다."

순간 깜짝 놀랐다. "영랑이 누구냐?"

옥수는 내가 묻는 말에도 아랑곳없이 제 할 말만 이어 나갔다. "회은이 영랑을 집으로 데려온 날, 호광원이 찾아와 소란을 피웠습니다. 말로는 축하를 하러 왔다고 했지만 하마터면 싸움을 할 뻔했죠……. 그 많은 세월이 흐르는 동안, 저는 회은이 그토록 격노한 모습은 본 적이 없습니다."

이게 대체 무슨 소리인가? 여인 하나 때문에 호광원과 송회은이 진즉에 서로를 못 잡아먹어 안달할 정도가 되었다는 말인가?

나를 바라보는 옥수의 표정이 참으로 기괴했다. 웃는 것 같기도 하고 애달픈 것 같기도 했다. "회은은 한낱 가희(歌姬)일 뿐인 영랑에게 빠진 지 오래되었으나, 지난번 첩을 들인 일로 왕비께 꾸지람을 들은 터라 차마 집으로 데려오지 못하고 있었죠. 그런데 그날 기향루(綺香樓)에서 호광원이 술에 취해 회은과 영랑을 두고 다퉜고, 화를 참지 못한 회은이 그 자리에서 영랑을 데리고 와버렸습니다. 그날 밤 호광원이 축하를 하러 왔다며 소란을 피웠는데, 사실은 회은을 비아냥거리러 온 것이었습니다."

여인 하나를 차지하려고 다툰 이야기를 구구절절 듣고 싶지 않아 그만 옥수의 말을 끊으려고 할 때, 옥수는 천천히 말을 뱉었다. "만약 호광원이 그 무모한 말을 꺼내지 않았다면, 회은도 그렇게 갑자기 호광원에게 손을 쓰지 않았을 겁니다."

"무슨 말?" 의아해서 물었다.

옥수는 물끄러미 나를 바라보며 말했다. "호광원은 '그 여인이 보면 볼수록 누군가와 닮았는데 우상께서 허황된 망상을 품은 이가 그분은 아니겠지요?' 하고 회은을 조롱했습니다."

가만가만 속삭이듯 한 말이었으나 내게는 벼락처럼 들렸다.

순간 언젠가 본 듯한 얼굴이 섬광처럼 눈앞을 스치고 지나갔다. 녹의를 입고 있던 그 미희…… 어쩐지 얼굴이 눈에 익더라니, 언뜻 보면 분명 나와 닮은 구석이 있었다.

송회은은 매제의 신분으로 예전부터 나와 가까이 지냈다. 경사 사람이면 누구나 송회은이 예장왕에게는 신하이자 벗이며 왕비에게는 충성을 다하면서도 가까운 사이임을 알고 있었다.

그 옛날 깊이 감췄던 정은 세월을 따라 옅어졌어야 마땅하거늘, 고의인지 아닌지 모를 호광원의 말이 감춰뒀던 비밀을 까발리고 말았다.

가슴이 쿵쾅쿵쾅 미친 듯이 뛰었다. 얼굴부터 목덜미까지는 홧홧하게 열이 오르는데 등줄기로는 한기가 치솟았다.

옥수의 눈빛에 가시방석에라도 앉은 듯해 차마 그녀를 마주 볼 수 없었다. 옥수는 이미 모든 사실을 알고 있었다. 언제부터 알았고, 또 얼마나 오랫동안 속으로만 삼켜왔을까?

나는 손으로 얼굴을 휙 가리며 천천히 의자에 주저앉았다. 온 천지를 뒤덮고도 남을 거대한 파도가 사방에서 밀려드는 것만 같았다.

출렁이는 물결을 따라 뜻하지 않은 일들이 하나씩 덮쳐왔다. 이후로도 얼마나 많은 '뜻밖의 일'들을 마주해야 할까? 일개 범인에 불과한 몸으로, 나는 얼마나 많은 '뜻밖의 일'을 감당할 수 있을까?

옥수는 서글픈 목소리로 영랑과 관련된 일에 대해 말을 이었다. 그날 호광원과 송회은은 그 자리에서 맞붙었는데, 누군가가 이 사실을 소기에게 은밀히 알린 모양이었다. 두 사람이 팽팽히 맞서고 있을 때 격노한 소기가 달려와 호광원의 얼굴이 피범벅이 되도록 힘껏 따귀를 쳤고, 송회은은 앞으로 나서 죄를 시인하고 벌을 청했다. 그런데 소기는 대청 아래서 벌벌 떨고 있는 영랑을 흘깃 보더니 곧바로 시위에게 그녀를 목매달아 죽이라고 명했다.

사람이 죽고 없으면 더 이상 싸울 필요도 없고 헛소문의 근원도 사라지는 셈이었기 때문이다.

그런데 천만뜻밖에도 송회은이 술기운을 빌려 영랑을 보호하고 나서며 소기에게 정면으로 맞섰다.

한참을 그렇게 맞선 끝에 결국 소기는 영랑을 풀어주면서, 송회은에게 밤새 정원에 꿇어앉아 있으라는 벌을 내렸다. 또한 금령(禁令)을 내려 누구라도 그날 밤에 있었던 일을 발설하면 죽음으로 다스릴 것이라고 했다.

가만히 생각해보니, 언젠가 소기가 노기가 가시지 않은 얼굴로 한밤중이 되어서야 돌아온 적이 있었다. 그때 내가 무슨 일이냐고 물었더니 그저 군무로 심란할 뿐이라고만 답해서, 나도 깊이 생각하지 않고 잊고 있었다.

송회은의 자긍심이 남다르고 사람됨이 거만함을 잘 아는 소기가 굳이 사람들 앞에서 그 기를 꺾으려고 한 것은 암암리에 그에게 정신을 차리라고 경고를 한 것이었다.

천하에서 소기와 다툴 수 있는 사람은 없었다. 소기는 자신이 손에 쥔 강산이든 자신의 여인이든 누군가가 엿보는 것을 결코 용납할 사람이 아니었다.

소기가 권신의 병권을 빼앗으려고 한 것은 어제오늘의 일이 아니었다. 그때는 마침 호광열과 송회은의 당쟁이 가장 극심했던 시기로, 야심만만한 송회은이 사사건건 호광열 무리를 배척하며 군사 대권을 제 손안에 틀어쥐려고 하여 소기의 심기를 건드렸다.

그런 상황에서 벌어진 감정적 충돌은 그렇잖아도 위태롭던 소기와 송회은 사이의 믿음을 산산조각 낸 것이나 다름없었을 뿐만 아니라, 송회은 자신이 잘못된 길로 들어설 수밖에 없도록 만들었다.

이후 소기는 친정을 떠나며 호광열과 송회은에게 각기 중임을 맡겼다. 호광열은 선봉군을 이끌고 북부 변경으로 떠났고, 송회은은 대권을 손에 쥐고 경사에 남았다.

겉으로 보기에는 자신의 왼팔과 오른팔이나 다름없는 두 심복에 대한 소기의 믿음이 당경의 반란으로 흔들리기는커녕 오히려 더 깊어진 듯했다.

송회은을 대할 때도 사람들 앞에서는 호되게 꾸짖고 엄벌을 내렸지만 뒤에서는 중임을 맡겨 한없는 믿음을 보였다. 벌을 내리면서도 은혜를 베풀었다는 말이다. 그때까지도 소기는 송회은에게 마지막 기회를 주었다.

그러나 송회은은 끝내 야심과 사욕에 흘려 크나큰 잘못을 범하고 말았다.

나를 바라보며 구슬프게 웃는 옥수의 눈가로 눈물이 맺혔다.

나는 한참 동안 침묵을 지키다가 떨어지지 않는 입을 억지로 벌렸다. "옥수야, 오늘 밤 전투에서 누가 살고 누가 죽든 너에게 미안할 일은 조금도 없어……. 다만 그때 모든 것을 알면서도 너를 그에게 시집보낸 것은 아직까지도 미안하구나."

옥수가 고개를 돌리자 눈물이 후드득 떨어졌다. "그러실 필요 없습니다. 제가 원한 일이었으니까요."

나는 눈가가 빽빽하고 시큰해지는 것을 꾹 참으며 천천히 입을 열었다. "만약 그날로 시간을 되돌릴 수 있고 이리 끝날 것을 미리 알았더라도 송회은과의 혼인을 받아들였겠느냐?"

"네. 그래도 그에게 시집갔을 거예요." 옥수는 슬픔이 어렸으되 한없이 단호한 말투로 웃으며 말했다.

우리에게 다시 선택할 수 있는 기회가 주어지더라도 옥수는 여전히 그의 곁에 서기를, 그의 아내가 되기를 바랐다. 나 또한 일말의 망설임도 없이 사혼을 받아들여 예장왕비가 되었을 것이다.

정적이 내린 내전에서 우리 두 사람은 가만히 서로를 마주 보았다. 우리 사이에는 뛰어넘을 수 없는 은원이 가로놓였지만 끊을 수 없는 정이 서로를 얽어매고 있었다.

지난 세월 풍랑이 닥칠 때나나 둘이 함께 이겨내며 오늘에 이르렀는데, 결국은 이 지경에 이르고 말았다.

주도면밀하게 일을 꾸미다

아직 저녁 무렵이었으나 하늘은 어두컴컴했다.

언제부턴지 창밖에는 비가 부슬부슬 흩날리고 있었다. 밤바람이 실어 온 가랑비의 습한 기운에 송유(松油)가 타오를 때의 맵고 따가운 냄새가 섞여 있었다. 궁문 쪽에서 희미한 불빛이 깜빡이고, 빙빙 휘감아 오르는 짙은 연기가 구중궁궐의 상공을 뒤덮었다.

나는 고개를 옆으로 돌려 뒤에 꿇어앉아 있는 옥수를 향해 담담히 말했다. "너는 이곳에 남아 있어라. 아이들은 궁 안 유모가 돌볼 것이다. 네 가족을 괴롭힐 뜻은 없다."

말을 마치고는 뒤돌아 입구 쪽으로 걸어갔다.

"한 번만 더 그를 보게 해주십시오." 옥수가 갑자기 소리쳤다. "왕비마마, 제발 궁문으로 가서 멀리서나마 그를 볼 수 있게 해주십시오!"

나는 걸음을 멈추었지만 차마 뒤돌아보지 못했다. 옥수는 이미 그와 영영 이별할 때가 왔음을 알고 있었다.

"잘 살아야 한다. 네게는 자식도 있고 남은 생도 있으니." 나는 속으로 이를 악물고 마음을 독하게 먹었다. "그는 단 한 번도 너를 사랑한 적이 없어. 첩을 들이고 너를 가두기까지 했지. 겨우 그런 사내를 위해 가슴 아파할 가치가 있느냐!"

한참 동안 말이 없던 옥수가 갑자기 큰 소리로 웃기 시작했다. "있지요! 왕비 마마, 어찌 가치가 있다 하는 줄 아십니까?"

나는 미간을 찌푸렸다. 더는 듣고 싶지 않아 그대로 문 쪽으로 걸음을 옮겼다.

"왕야께서는 잔인하시지 않다는 말씀입니까? 왕비 마마의 안위는 신경도 쓰지 않고 홀로 있게 버려둔 사내를 위해 사력을 다하는 것은 가치가 있는 일입니까?"

이 처절하면서도 바짝 날이 선 물음은 날카로운 화살처럼 내 가슴을 꿰뚫었다.

옥수는 바닥에 꿇어앉아 있었으나 고개를 뻣뻣이 들고, 그윽한 눈빛으로 조금도 약한 모습을 보이지 않고 나를 똑바로 쳐다봤다.

이러나저러나 내 곁에서 10년 가까운 세월을 보냈으니 어찌하면 내 약점을 찾을 수 있는지, 또 어떤 말이 내게 가장 큰 상처를 줄지 알고 있었다.

나는 옥수를 쳐다봤다. 가슴속이 한 뼘씩 싸늘히 식어갔다.

예전에 이런 말을 들었다면 정말 그대로 무너졌을지도 모른다. 그러나 안타깝게도 나는 지난날의 연약한 아무가 아니었다.

"다른 누구도 아닌 소기이기에 과감히 나를 이 위태로운 곳에 두는 위험을 무릅쓸 수 있었다." 나는 옥수를 마주 보며 웃었다. "그리고 내가 왕현이기 때문에 소기는 이 판을 내 손에 맡길 수 있었던 것이다."

"정분과 은정, 도의로 따지면 우리는 부부이자 사랑하는 반려다." 나는 한 자 한 자 힘주어 말했다. "그러나 이 제왕의 패업을 이루는 길에서 우리는 함께 싸우는 지기니라. 태평할 때는 깊은 규중에서 그에게 먹을 갈아줄 것이나, 혼란할 때는 분연히 일어나 그를 둘러싼 가시덤불을 쳐낼 것이다. 만약 나를 그저 귀하고 연약한 여인으로만 본다면 나를 알고 나를 믿는 그 소기가 아닐 것이고, 나 또한 그런 평범한 사내와는 함께하지 않을 것이다!"

말이 끝나자 옥수는 얼빠진 표정이었고, 나 또한 내가 한 말에 놀라 그 자리에서 멍하니 서 있었다.

만약 마음속에 뿌리내린 지 오래인 생각이 아니라면 어찌 순간의 격노를 참지 못해 입 밖으로 내뱉을 수 있었겠는가!

제왕의 패업, 제왕의 패업…… 줄곧 제왕의 패업을 이루고자 한 이는 소기뿐만이 아니었던 것이다.

그래야지. 애당초 내가 원한 낭군은 천하에서 가장 강하고 존귀한 사람이어야 했다.

그는 장차 천하를 정복하고 나를 정복할 것이며, 또한 내게 정복당할 것이다.

이것이 바로 내 뼛속 깊이 줄곧 숨겨져 있던, 말로는 꺼낼 수 없었던 웅대한 바람이다.

마음속 깊이 숨겨뒀던 이 말을 오늘에야 비로소 당당하게 입 밖으로 꺼냈다. 이제 더 이상 피할 필요도, 나 자신과 다른 사람을 속일 필요도 없었다.

이 판이 아무리 두렵고 위험해도 나는 맹세코 소기의 저의를 의심한 적이 없고, 그럴 생각조차 해보지 않았다.

한때 나와 소기는 각자의 간교한 심보 탓에 수많은 오해와 의심을 품었던 적이 있다. 그러나 지난 세월 동안 끊임없는 풍파를 겪으면서 마침내 마음속의 응어리를 내려놓고 서로를 온전히 믿게 되었다.

오늘에 이르기까지 목숨이 오락가락하는 위태로운 순간을 모두 버텨냈다. 만약 심중의 부담을 내려놓지 않는다면 어찌 마지막 난관을 뛰어넘을 수 있겠는가!

장기짝이라느니 이용하는 것이라느니 하는 말들은 그저 모르는 자들이 편협한 마음으로 지레짐작한 판단일 뿐이다.

이 위태로운 살얼음판과 부침하는 난세를 피눈물과 백골을 밟으며 함께 걸어온 우리는 이미 떨어질 수 없는 한 몸이 되었다.

서로의 마음이 통하는 것이든 서로를 지극히 아끼는 것이든, 그에게 내가 있고 나에게 그가 있으면 그것으로 족했다.

그가 짊어진 것은 천하요 나라였기에, 창 아래서 아내를 위해 눈썹이나 그려주는 평범한 사내는 될 수 없었다. 나 또한 세상사에 관심을 거둔 채 깊은 규방에 틀어박혀 사는 평범한 여인은 될 수 없었다. 기왕지사 일찌감치 서로를 택했다면 함께 고난을 헤치며 나아갈 수밖에 없었다.

나는 뒤돌아 자리를 떴다. 뒤에서 전각의 문이 쿵 하고 닫히며 놀라 넋이 나간, 상심에 젖은 옥수의 눈빛도 가로막았다.

밖은 이미 짙은 어둠에 잠겼고, 갑자기 빗줄기가 거세졌다. 나는 시위에게 우산을 받치라 할 겨를도 없이 창의를 바짝 당겨 쥐고 총총히 궁성에 올랐다.

성 아래에 있는 반군은 궁성을 겹겹이 에워쌌다. 동서남북 궁문 밖에는 화살을 시위에 메기고, 칼을 꺼내 들고, 창을 들고 늘어선 군사들이 삼엄한 대열을 갖추고 있었다. 사방에서 일렁이는 송유 불빛이 궁문을 대낮처럼 환히 밝혔다.

위한과 방계가 소식을 듣고 달려오기에 다가가 맞으며 몸을 굽혀 절하고는 미소를 지었다. "두 분께서 고생이 많으십니다."

성 아래 일촉즉발의 긴장감이 감돌고 중과부적의 상황인데도 두 사람은 평소와 다름없이 침착했다. 이런 상황일수록 침착하게 민심을 위로해야 했다.

성벽가로 걸어가 몸을 굽혀 내다보자 옆에 있던 병사 하나가 다급히 막아섰다. "왕비 마마, 조심하십시오!"

열여덟아홉밖에 안 되어 보이는 그 병사에게로 눈길을 돌리며 웃었다. "괜찮다. 무서워하지 마라."

짙은 눈썹에 커다란 눈을 가진 그 병사는 순간 얼굴을 붉히며 입을 벙긋거렸으나, 정작 한 마디도 내뱉지 못하고 고개만 무겁게 끄덕였다.

위한은 하하하 웃으며 앞으로 다가가 그의 어깨를 힘껏 쳤다. "이놈, 전장에 서본 적이 없구나. 이 정도 진세가 다 무어란 말이냐! 여인네도 두려워하지 않거늘, 배짱 두둑한 우리 사내대장부가 벌벌 떠는 게 가당키나 한 일이냐!"

주위에 숙연하게 서 있던 병사들이 순간 거침없이 웃어젖혔다. 반나절 동안 신경을 갉아먹던 위태로운 분위기가 병사들의 웃음소리에 풀어졌다. 젊고 의연한 얼굴들에 당장이라도 분기할 듯한 격앙된 감정과 더불어 따스한 기운이 보태졌다.

나는 위한에게 칭찬의 뜻을 담은 미소를 지어 보이고 고개를 끄덕인 뒤, 조용한 곳으로 걸음을 옮겼다.

두 사람은 내 뒤를 따랐다. 위한은 웃음기를 거뒀고, 방계는 평소처럼 말이 없이 그저 한일자로 입을 굳게 다물고 있을 뿐이었다.

나는 고개를 돌려 멀지 않은 곳에서 불빛을 깜빡이고 있는 반군의 대열을 보며 나직이 물었다. "송회은은 그저 궁성을 포위한 채 별다른 움직임을 보이지 않고 있나요?"

"좋은 일입니다. 지금 그가 군사를 움직이지 않으니, 기쁘면서도 걱정스럽습니다." 위한이 뒷짐을 진 채 냉랭히 말했다. "그가 외력을 신경 쓰느라 감히 경거망동하지 못하는 것이 기쁘면서도, 곧 밤이 깊어질 텐데 그가 어둠을 틈타 야습을 할까 걱정스럽습니다."

나는 고개를 끄덕였다. "확실히 오늘 밤은 위태롭고 예측할 수 없으니 필히 신중히 대응해야 합니다."

방계가 갑자기 말문을 열었다. "왕비 마마, 차라리 송씨 일가를 성벽에 묶어 겁을 줌이 어떨지요? 가족의 안위 때문에라도 감히 공격하지는 못하지 않겠습니까?"

나는 미간을 찌푸리며 몸을 돌리고는 대답하지 않았다.

"방 통령의 말에 일리가 있습니다. 큰 적을 앞에 두고 인정을 베풀어서는 아니 됩니다!" 위한이 단호한 어조로 말했다.

송회은의 연로한 노모와 세 아이를 성벽에 묶는 것은 실로 악랄한 방법이나 위협 효과는 확실할 터였다.

"그럴 필요까지 있겠습니까?" 나는 고개도 돌리지 않고 담담히 웃었다. "방금 전에 말씀하신 대로 외력으로 견제하는 것이 그 방법보다 훨씬 쓸모가 있으리라 생각됩니다만……."

"속하가 아둔하여 왕비께서 무슨 말씀을 하시는지 모르겠습니다." 번뜩이는 그의 눈빛에 쉽사리 알아차릴 수 없는 경이로움이 스치고 지나갔다.

나는 그의 두 눈을 똑바로 응시했다. "왕야께서 그대를 그리도 신임하고 중시하는 데는 이유가 있었군요. 입이 무겁고 속이 깊은 데다 충성스럽기까지 하니, 이 왕현, 실로 탄복을 금치 못하겠습니다."

위한이 말없이 고개를 숙였다.

"그대에게도 말하기 어려운 고충이 있을 테니 나 또한 캐묻지 않겠습니다." 나는 뒤돌아 방계에게 명했다. "방 통령, 그대는 군사를 이끌고 궁 안 곳곳을 살피세요. 티끌만큼의 소홀함도 있어서는 아니 될 것입니다."

"속하, 명을 받들겠습니다." 단 한 번도 군말을 한 적이 없는 방계는 곧바로 뒤돌아 자리를 떠났다.

방계가 멀리 사라지자 위한은 가볍게 한숨을 내쉬었다. 철가면 아래 깊은 눈동자에서 날카로운 빛이 번뜩였다. "왕비 마마, 용서하소서. 속하는 방 통령을 의심하는 것이 아니라, 기밀과 관련된 일이라 오직 왕야 한 분께만……."

"다 이해하니 해명할 필요 없습니다." 나는 빙긋이 웃었다.

그는 나를 응시하며 말했다. "이 위한, 평생 왕야 외에는 탄복한 사람이 없었으나 이제 인정할 수밖에 없겠습니다. 속하, 왕비 마마께 진심으로 기꺼이 탄복하였습니다!"

나는 미소를 머금은 채 잠자코 그를 바라보았다.

마침내 위한이 말문을 열었다. "속하는 왕야의 밀령을 받아 은밀히 경사 근처를 감시해왔으며, 진즉에 호씨 사건을 왕야께 알렸습니다."

가슴속에 있던 커다란 돌덩이 하나가 쿵 떨어졌다. 나는 탄식을 내뱉으며 말했다. "그렇겠죠. 그날 내게 호광원의 죽음이 의심스럽다고 은밀히 보고할 수 있었으니, 당연히 왕야께도 같은 보고를 올렸겠죠. 만약 내 짐작이 맞는다면, 호광원은 진즉에 송회은이 쳐놓은 덫에 걸려 부정히 재물을 탐하는 죄를 저질렀을 겁니다. 송회은은 그것을 빌미로 호광원을 제거하고 나서 황후가 이 일을 알게 하고 나에 대한 황상의 오해를 이용해 이간질을 한 결과, 옷에 피로 쓴 밀조가 나오게 된 것이 아닙니까?"

위한이 말없이 고개를 끄덕였다.

나는 탄식하며 말했다. "그날 소양전 궁녀가 순조롭게 궁성을 빠져나갈 수 있었던 것도 송회은이 몰래 도와준 덕분이었겠지요. 그대가 철의위를 이끌고 임양관 밖까지 추격해 황후의 사람을 죽이고 밀조를 빼앗았지만, 송회은은 허를 찔러 일찌감치 북강으로 심복을 잠입시켜 호광열에게 고해바치게 했습니다."

위한은 부끄러운 기색을 내비쳤다. "그날 제가 송회은이 호광원을 모해했다고만 말한 것은 사사로운 복수를 하고 호씨 일당을 공격하기 위함이었습니다. 그런데 그가 대담하게도 감히 황후를 이용하고 호 장군을 음해한 것으로도 모자라 왕야의 안위까지 위협할 줄은 생각조차 못 했습니다."

나는 순간 뭐라 답해야 할지 몰라 긴 탄식만 내뱉었다.

권력을 위해서든, 명성을 위해서든, 아니면 정을 위해서든 그때 송회은의 마음속에는 이미 소기를 대신할 생각이 뿌리내렸고 호광열을 제거하는 것은 그저 장애물을 없애기 위한 첫걸음에 불과했다.

나는 멀리 북쪽 하늘을 바라보며 담담히 말했다. "지금쯤이면 왕야께서 이미 경성으로 돌아오는 길일 것이라 믿습니다. …… 어쩌면 경기로 되돌아오는 근왕군의 선봉은 호광열일지도 모릅니다."

위한이 무겁게 고개를 끄덕였다. "그러기를 바랍니다!"

나는 가슴을 쓸어내리며 길게 탄식했다. 마음을 짓누른 지 오래된 가장 큰 돌덩이가 마침내 바닥으로 떨어졌다. 천만다행으로 충신을 오해해서 해치는 잘못은 저지르지 않았다. 더욱이 당초 무턱대고 편견을 품어 호광열을 오해하고 탓한 것이 뼈저리게 후회됐다.

편견, 결국 편견이 다른 사람을 그르치고 하마터면 나 자신까지 그르칠 뻔했다.

예전에 아버지는 내가 호불호가 지나치게 분명하다고 걱정하면서, 늘 나 자신의 호불호로 다른 사람을 판단하면 독단적이 될 수밖에 없다는 말씀을 자주 했다. 그때는 한 귀로 듣고 한 귀로 흘리고 말았는데, 지금 와서 다시 생각해보니 문득 등줄기로 식은땀이 흘렀다.

만약 그동안 내가 호광열에게 편견을 품지 않았다면, 거칠고 무례하며 공을 탐하고 재물을 밝힌다면서 그를 미워하지 않았다면 어찌 겨우 호광원의 죽음과 호요의 밀조 한 통만으로 이토록 경솔하게 판단해 호광열이 반역을 저질렀다고 단정 지었겠는가!

눈을 가리는 것은, 종종 다른 사람이 만들어놓은 거짓이 아니라 자신의 선입견이다.

그날 수비군이 잇따라 패하자, 소기는 방어를 소홀히 한 책임을 물어 호광열을 엄히 질책하고 반년 치 녹봉을 삭감한 뒤 바깥출입을 삼가고 잘못을 반성하게 했다.

이미 분란이 일어난 상황에서 호광열이 자신의 처벌에 불만을 품고 사달을 일으킬까 봐 나는 소기를 좋은 말로 달랬었다. "이러나저러나 어느 정도 체면을 세워줘야지, 이렇게 벌하는 것은 지나친 감이 없지 않아요."

그 말에 소기가 대수롭지 않게 말했다. "그대도 과하다고 느끼시오? 그렇다면 조금 더 과한 벌을 주는 것은 어떠하오?"

과연 이튿날 소기는 송회은에게 경성의 정무를 맡기고 북벌을 준비해 조정 안팎을 뒤집어놓았다.

그런데 호광열은 집 밖으로 한 발짝도 나서지 못한 채 허구한 날 폭음을 하며 난리법석을 피워댔다.

호광열을 따르던 무리는 그가 권세를 잃었다고 판단해 하나둘씩 우상에게 붙어 갖은 아첨을 떨었고, 이에 송회은 무리는 금세 기고만장해졌다.

호광열과 송회은은 오랜 세월 끊임없이 분쟁해온 터라 서로에게 묵은 원한이 없을 수 없었다. 두 사람이 앙숙이 된 데는 미묘하게 손을 쓴 소기의 탓도 있었다. 소기는 그들 두 사람이 서로를 견제해 전반적인 국면이 균형을 이루게 했다. 소기가 무조건적으로 편을 들어줬을 리 없다. 그들 중 누군가를 억누르거나 치켜세운다면 다 그럴 만한 이유가 있는 것이다. 열흘 뒤, 소기는 친정을 떠나겠다는 조령을 공포하면서 호광열을 선봉으로 삼아 10만 정예병을 통솔하라고 명했다.

나는 소기에게 물었다. "예전에 호광열 무리를 작신작신 밟아준 것은 기를 좀 꺾으려고 일부러 그런 거예요?"

그런데 소기가 뜻밖의 대답을 내놓았다. "그저 한 번 시험해본 거요."

"시험요?" 몹시 의아한 대답이었는데, 잠깐 생각해보니 불안한 기분이 들었다. "그에게 뭔가 이상한 조짐이 있다고 의심하는 건가요?"

소기의 눈빛은 깊이를 가늠할 수 없었다. "어떤 일은 눈으로 보는 것과 마음으로 보는 것이 전혀 다르다오. 겉으로 드러난 것이 꼭 진실은 아니오."

"왕비 마마?"

위한이 부르는 소리에 퍼뜩 정신을 차렸다. 차디찬 밤바람이 불고 불빛이 번쩍이는 이곳 어디에 소기의 모습이 있겠는가…….

철갑이 시리게 빛나는 밤, 원정을 떠난 임은 아직도 돌아오지 않는구나……. 불현듯 가슴이 울컥해 얼굴을 모로 돌리고 밤바람에 눈에 차오른 습기를 말렸다.

소기는 지난날의 형제들조차 완전히 믿지 않았다.

당경은 오래전부터 소기의 경계심을 불러일으켰고, 호광열은 가장 먼저 의심을 떨치게 했다. 소기는 끊임없이 호광열을 압박하는 식으로 그의 마음을 떠봤다. 만약 호광열의 충심을 믿지 않았다면 10만 대군을 그의 손에 맡기지도 않았을 것이다.

진정 소기가 갈피를 못 잡은 사람은 송회은이었다. 송회은은 심계가 깊고 치밀하여 속에 숨겨둘 뿐 내보이지 않았으며, 앞에서나 뒤에서나 전혀 빈틈을 보이지 않았다. 소기가 신이 아닌 이상 모든 것을 알 수는 없었다. 처음에는 그도 어찌해야 할지 몰라 감히 그를 전장에 보내지 못한 것이다. 두 나라의 군대가 맞붙는 상황에서는 조금만 실수해도 나라의 명운이 갈리게 된다. 그때는 모든 것이 분명하지 않았고, 나는 출산을 앞둔 터라 이미 극도로 힘든 상황이었으니……. 소기는 내게 더 많은 불안감과 근심을 얹어주지 않으려고 끝내 자신이 우려하는 바를 내게 알리지 않았다. 어쩌면 그때 소기도 모든 것이 다 잘될 것이라는 요행을 바랐을지도 모른다.

출정하기 전에 내게 자신을 원망하지 않는지 거듭 묻던 일이 생각났다. 이제야 나는 그 이유를 깨달았다. 소기는 단순히 나 혼자 출산의 고통을 감당하도록 남겨두고 떠난다는 이유만으로 미안해하던 것이 아니었다. 그때 소기는 이미 사안의 경중을 따져보고 나서, 분명 경성 곳곳에서 위기가 발생할 것을 알면서도 먼저 외적을 막아낸 다음에 내란을 수습하는 길을 선택할 수밖에 없었다. 소기는 송회은을 경성에 남겨두면서 몰래 송회은의 동정을 살피게끔 위한도 남겨두었다. 소기는 북방으로 직접 출정하여 돌궐과의 교전을 앞두고 있었고, 나는 경성에 남아 홀로 이 모든 풍랑을 마주해야 했다……. 소기는 내가 그를 믿듯이 나를 믿었다. 이 순간 우리는 진정 함께 싸우고 있었다.

여태까지의 일들을 떠올리며 나와 위한은 둘 다 침묵을 이어갔다.

위한이 한숨을 내쉬었다. "호광원은 한순간 생각을 잘못하여 그리 되었습니다. 비록 벌을 받아 마땅하지만 괜찮은 젊은이였는데 아깝게 되었습니다."

나는 쓰게 웃으며 말했다. "사람은 성현이 아닙니다. 호광열도 부정히 재물을 탐한 적이 있고, 왕야께서도 그가 예전부터 축재하는 몹쓸 버릇이 있었음을 알고 계셨습니다. 다만 호광열은 경중을 알았기에 큰 잘못을 저지르지는 않았고, 이에 왕야께서도 모르는 척하셨을 따름입니다."

위한은 고개를 저으며 말했다. "호광열의 가장 큰 결점이 바로 재물을 탐하는 것입니다. 예전에 남쪽 변경의 27개 부족을 토벌할 때도 가장 먼저 남만 왕궁으로 달려 들어가 왕장(王杖)을 숨긴 일이 있었습니다. 그때 송회은이 그가 몰래 왕장을 숨겨 불신지심(不臣之心, 군왕을 배반하려는 마음)을 품었다고 왕야께 아뢰었습니다. 왕야께서는 어찌된 일인지 물으셨고, 호광열이 그 왕장에 박힌 커다란 녹주옥(綠柱玉)을 취하고 싶어 진즉에 보석은 떼어내고 왕장은 쓸모없는 것처럼 버렸음을 알게 되셨습니다."

나는 잠시 할 말을 잃었다가 결국 터져 나오는 웃음을 참지 못했다.

호광열이 비록 재물을 탐하기는 하나 큰 것을 욕심내는 것도 아니었다. 지난날 조정 호족과 권문세가가 탐한 정도에 비하면 그야말로 새 발의 피였다. 오래전부터 종친들의 탐욕스러운 모습을 볼 만큼 봐온 터였다. 그들은 툭하면 수만 냥씩 착복하기 일쑤였고, 천 냥 이하는 돈으로 보지도 않고 코웃음을 쳤다. 소기가 정무를 돌보기 시작한 이후로 부정히 재물을 탐하는 관리들의 기풍을 엄히 다스려, 지난날 많은 재물을 착복한 자들은 좌천되거나 유배되거나 사사되었다. 그렇다고 철저히 조사하거나 모조리 죽이지는 않고, 악행의 정도가 심하지 않은 관리들에게는 활로를 열어주었다.

물이 지나치게 맑으면 고기가 없다고 했으니, 너무 막다른 곳으로 몰면 어느 누가 목숨 바쳐 따르겠는가?

호광열의 부정은 눈감아줄 수 있는 정도였다. 전에 소기가 이런 말을 한 적이 있다. "재물을 탐하는 자는 대개 자신의 목숨과 주어진 복을 아끼는 법이니, 오히려 야심은 적지."

호광열에 비해 송회은은 청렴하고 엄숙해 고결해 보이니, 세인들이 보기에는 금세 우열이 갈릴 터였다.

이제 와서 보니 재물을 탐하는 속된 사람이 야심만만한 군자보다 훨씬 믿음직했다.

교전 交戰

밤바람이 싸늘했다. 이미 깊은 한밤중이었다.

위한이 웃으며 말했다. "왕야께서는 밀조를 보내기 전에 돌아오셔서 송회은이 손쓸 새도 없이 쓸어버리실 겁니다! 노정을 셈해보면 사흘 안에 당도하실 겁니다."

나는 흐릿하게 웃었다. "며칠 전에 폭우가 내린 것을 잊었습니까? …… 틀림없이 행군에 지장이 있었을 터이니 사흘 안에 당도하지 못할 수도 있어요."

위한은 침묵을 지키다가 곧 고개를 끄덕이며 말했다. "사흘 안에 당도하시지 못한다면 며칠 더 버티는 것도 문제없을 겁니다."

나는 고개를 끄덕이고는 고개를 돌려 멀리 반군의 영지를 바라봤다. 송회은은 어디 숨어 있을까? 이 순간 그도 궁문을 바라보고 있을까?

가슴속에 은근한 통증이 섞인 서늘한 기운이 차올랐다.

그는 늘 엄숙하고 정중했으나, 내 앞에서 웃을 때만큼은 아이처럼 명랑한 눈빛을 드러냈었다.

눈을 감고 가슴속에 어른거리는 그림자를 몰아내려 애썼다.

"보아하니 오늘 밤에는 반군이 더 이상 움직이지 않을 것 같습니다. 왕비 마마께서도 걱정을 거두시고 이만 돌아가서 좀 쉬시지요."

위한은 눈길을 내리며 담담한 표정을 지었으나 그 눈 속에 안타까움이 스쳤다.

"그것도 괜찮지요." 나는 고개를 끄덕이며 웃고는 뒤돌아 자리를 떠났다.

돌아가는 길, 무기를 든 수비병들은 나를 보자 잇달아 공손하고 정중하게 고개를 숙였다. 그들에게 나는 아마 무서운 여인일 것이다. 어쩌면 가여운 여인으로 여겨질지도 모른다.

그 옛날 우상 온종신은 소기를 탄핵하며 거침없는 붓놀림으로 소기의 죄상을 일일이 열거하였으나, 고모는 황당하다며 비웃어버렸다.

그런데 그중에 결코 잊히지 않는 글귀가 있었다. '이자는 속임수를 잘 쓰고 의심이 많고 잔인하며, 그 행동과 마음이 엄격하고 포학한 것이 명명백백히 보입니다.'

나는 세상 사람들이 보기에 이토록 무시무시한 사내에게 시집을 왔다. 그러나 줄곧 나를 지켜주고 나와 함께 싸우며 천하를 품에 안은 자도 바로 이 사내였다.

나는 우리 철아가 절대로 제2의 자담이 되지 않을 것이라고 굳게 믿는다. 또 우리 소소도 내가 짊어져야 했던 고통을 똑같이 짊어질 필요가 없을 것이다. 왜냐하면 바로 그들의 아비가 소기이기 때문이다. 세상천지에서 오직 그만이 우리 세 모자에게 비바람을 막아줄 안식처를 마련해줄 수 있다.

후전(後殿)으로 돌아와 잠시 눈을 붙였다. 주렴 밖으로 짙은 어둠이 내린 지금, 시각은 이미 사경에 가까웠다.

날이 밝기 직전은 가장 춥고 또 가장 어두운 시간이다. 비단 금침을 둘둘 말고 있는데도 서늘한 기운이 스멀스멀 기어들었다. 그렇게 한참을 뒤척거리고 나니 드디어 졸음이 밀려왔다.

꿈속에서 갑자기 지축을 뒤흔드는 큰 소리가 울렸다.

깜짝 놀라 자리에서 벌떡 일어났다. 주렴 밖으로 시뻘건 불길이 치솟았고, 군사들의 함성 소리가 천지를 울렸다.

반군이 성을 공격한 것이다!

겉옷을 걸치고 곧장 문밖으로 달려 나갔다. 불빛이 하늘의 반을 붉게 물들이고 있었다.

"왕비 마마, 조심하십시오!" 곁을 지키는 시위가 달려왔다.

"언제부터 공격당했느냐?" 내 말이 끝나기가 무섭게 다시금 천지를 울리는 거대한 소리가 들리며 발밑이 우르르 떨렸다.

나는 걸음을 멈추고 세차게 뛰는 가슴을 눌렀다. 불빛에 붉게 물든 밤하늘이 꼭 활활 타는 불덩이처럼 무겁게 나를 짓눌러왔다.

"바로 조금 전부터 반군이 궁문을 매섭게 공격하기 시작했습니다." 시위는 내 뒤에 서서 결연하고 침착한 목소리로 말했다.

성벽 위로 불길이 활활 치솟고 함성 소리가 하늘을 뒤덮었으며, 화살과 돌멩이가 소낙비처럼 세차게 허공을 갈랐다.

정신없이 갑루(閘樓)에 뛰어올랐을 때는 겹쳐 입은 옷이 땀으로 흠뻑 젖어 있었다. 시선을 멀리 던지니 바짝 긴장했던 마음이 차분해졌다.

반군은 금군 수비군이 교대하는 때를 노렸다. 방어가 가장 약한 승은문(承恩門)을 전광석화처럼 기습해 네 명이서 함께 든 거목으로 궁문을 박았다.

승은문은 몇 년 전 원소절에 불탄 적이 있다. 그때 흠천감(欽天監, 천문과 역수曆數 등을 맡아보던 기관)에서 이 문의 방위는 팔괘의 이위(離位, 화火이며 남방南方을 뜻함)와 상충하는 고로 원래의 문을 부수고 다시 지어야 한다고 했다. 개축한 승은문은 조각이 정교하고 휘황찬란했으나, 방어의 기능을 소홀히 하여 옹도(瓮道)를 만들지 않았고 갑루도

417

형식적으로 만든 것에 지나지 않았다.

예전에 궁궐 보수를 총괄한 적이 있는 송회은은 이 취약한 지점에 대해서 손바닥 보듯 훤히 꿰고 있었다. 가로막는 옹도가 없고 주둔하며 지킬 갑루도 유명무실하니, 일단 궁문을 뚫으면 궁성 서측으로 공격해 들어올 수 있었다.

다행히 방계가 사전에 최정예 철노영(鐵弩營) 8백여 명을 모조리 이 문에 배치해두었다. 쇠뇌가 일제히 발사되자 화살 비가 거침없이 쏟아져 내리며 궁문 위를 뒤덮었다. 반군이 용맹하기는 했으나 하늘을 새카맣게 뒤덮은 화살 비에 황급히 백 보 밖으로 물러났다. 그러나 화살의 기세가 조금 느슨해지자 반군은 곧바로 다시 공격을 시도해, 거대한 방패로 길을 열고 끊임없이 앞으로 밀려들었다.

성문을 공격하는 거목은 두꺼운 방패 벽의 엄호를 받으며 점차 공세를 키워 맹렬하게 궁문에 부딪혀왔다.

방계와 위한은 군사를 뒤에 두고 성벽 위에 우뚝 서서 철노영에 반격을 명했다.

적의 맹공에 맞서 철노영 5열 종대는 숨 돌릴 틈도 없이 번갈아가며 쇠뇌를 발사했다. 반군의 궁노수(弓弩手)도 성벽 위쪽으로 화살을 날렸다. 반군의 화살에 맞은 장병들이 하나둘 성벽 아래로 떨어지면, 뒤에 있던 다른 군사가 그 자리를 대신했다.

격렬한 교전은 동틀 무렵까지 이어졌다.

그러나 위쪽에 자리한 철노영이 점차 우위를 점해갔다. 거목을 들고 강공을 펼치던 반군 장병들은 잇달아 화살에 맞아 죽었고, 그 뒤를 받치던 많은 반군들이 성문에 이르기도 전에 화살에 맞아 죽으면서 반군의 기세가 꺾여갔다.

마지막으로 정신없이 쏟아지던 공격은 여명이 밝아올 때쯤 멎었다.

반군의 첫 번째 야습은 일단 실패로 끝났다.

"아직 이틀이 남았다!" 위한이 붉게 충혈된 눈으로 칼을 칼집에 꽂지도 않고 성큼성큼 걸어 나와 군사들을 향해 큰 소리로 외쳤다. "반군의 사기는 이미 꺾였다. 이틀만 버틴다면 예장왕의 대군이 당도할 것이다!"

수비군을 교체한 뒤에 방계와 함께 군사를 점검해보니, 다행히 사상자가 그리 많지 않았다.

죽거나 크게 다친 자는 들어 옮기고, 경상자는 그 자리에서 치료했다. 교대해서 휴식을 취하는 병사들은 극도로 지친 몸을 그대로 바닥에 누이고 잠이 들었다.

그러나 일단 적을 맞아 싸우라는 호각 소리가 울리면, 다시금 용감히 일어나 죽기를 각오하고 반군의 공격을 막을 것이다!

피로 얼룩진 갑옷, 피곤에 찌들어 단잠에 빠진 그들의 얼굴을 바라보며 나는 남몰래 두 주먹을 불끈 쥐었다.

이 젊은 장병들, 그리고 궁문 밖에서 화살에 맞아 죽은 반군 장병들조차 원래는 나라를 지키는 영웅이어야 했다. 그들의 뜨거운 피는 변경의 모래사막에 뿌려졌어야 했다. 이렇게 천자의 발아래서 헛되이 목숨을 잃어서는 아니 되는 일이었다.

나는 쉬고 있는 장병들 앞을 지나며 수시로 걸음을 멈추고 몸을 숙여 그들의 상처를 살펴보았다.

휘말려 올라간 상처, 시뻘건 핏자국…… 진정한 죽음과 아픔이 바로 내 눈앞에 펼쳐졌다.

얼마나 더 이러한 정벌을 계속해야 할까?

언제쯤에나 끝이 난다 말인가!

이 순간 소기가 너무나 보고 싶었다. 지금 당장 내 눈앞에 나타나

이 잔인한 모든 일을 끝내주기를 간절히 바랐다.

눈부신 아침 해가 떠올랐다. 밤새 내린 비에 천지는 씻은 듯 깨끗해졌다.

검은 물결 같은 반군의 진열이 한눈에 들어왔다. 아침 햇살 아래 언뜻언뜻 병장기의 시린 빛이 번뜩였다. 하룻밤 격전을 치렀지만 티끌만 한 흐트러짐도 보이지 않았다. 지금 양군은 짧은 아침 시간을 이용해 휴식을 취하며 다음 전투를 준비하고 있었다.

이 잠시간의 평온이 얼마나 지속될지 알 수 없었다.

위한은 시위에게, 나를 봉지궁으로 모셔 쉬게 하라고 재촉했다.

어젯밤 한 차례 격전을 치른 뒤로 궁 안의 야간 통행을 금지하고, 모든 전각을 폐쇄하고 외출을 엄금했다. 그러나 격렬했던 전투의 흔적을 감출 수는 없었다.

길을 따라 오며 마주친 궁인들은 하나같이 큰 화가 닥친 것처럼 두려움과 불안감을 숨기지 못했다. 지난날 제왕의 난 이후로 대놓고 궁성을 공격하는 대역무도한 일은 없었다. 이런 상황에서도 각 처의 궁인들은 여전히 흐트러진 모습을 보이지 않고 질서정연하게 행동했다. 내시총관 왕복은 오랜 세월 왕씨에 충성한 궁인으로, 평소에는 범속해 보이지만 위태롭고 혼란한 상황이 닥치면 강경한 수단으로 궁궐을 차분히 통제했다.

봉지궁으로 나를 만나러 온 왕복은 한 치의 흐트러짐도 없는 차림이었고 표정 또한 평소와 다름없이 차분했다. "어제 생각지도 못하게 일이 벌어졌으나, 궁은 여전히 질서를 유지하고 모두가 맡은 바 소임을 잘 해내더군. 자네가 아주 잘 해주었네." 나는 옅은 미소를 머금고 자리에서 일어나며 담담히 물었다. "황상과 황후께서는 놀라지 않으셨는가?"

왕복이 고개를 숙이며 말했다. "황상께서는 요 근래 글을 쓰시는데만 전념하시고 바깥일은 묻지 않으십니다."

나는 잠시 침묵하다가 물었다. "정말로 묻지 않으시는가?"

"그러하옵니다." 왕복은 잠시 멈칫하더니 미소를 지으며 나직이 말했다. "소양전은 평소와 다름이 없습니다. 다만 황후 마마의 병세가 안정되지 않았으나, 이미 약을 드셨으니 별 탈은 없으실 것입니다."

나는 가만히 눈을 내리떴으나 이 심정이 슬픔인지 기쁨인지, 다행인지 유감인지 알 수가 없었다.

호요는 아들을 잃은 데다 일족이 멸문지화까지 당한 충격으로 쓰러진 뒤 병석에서 일어나지 못했다. 태의가 온 힘을 다해 치료한 덕분에 목숨은 건졌으나 정신을 놓고 말았다. 그리하여 온종일 넋이 나간 채로 지내며 자담과 곁에 있는 시녀를 제외하고는 아무에게도 반응을 보이지 않았고, 나도 전혀 알아보지 못했다.

황자가 죽은 뒤로는 자담의 얼굴을 볼 용기가 나지 않았다. 자담도 그 후로 종일 침궁에 틀어박혀 글을 쓰는 데만 전념하고 주변에서 일어나는 일에 관심을 껐다. 가끔 호요의 병세에 대해 물을 뿐 다른 사람에 대해서는 일언반구 언급하지 않았다.

자담은 소년 시절부터 원대한 꿈이 있었다. 바로 개국 이래 수많은 명인의 뛰어난 글들을 한데 모아 후세에 물려줌으로써 훌륭한 문채(文彩)를 길이 보전하는 것이었다. 이는 자담이 꿈꿔온 필생의 염원이었다. 예전에 자담은 천년 황통도 그 대가 끊어질 날이 오지만 문장은 대대손손 이어지는 법이라며, 평생 이 염원을 이룰 수만 있다면 죽어도 여한이 없다는 말을 한 적이 있다.

지금 자담이 침식을 잊고 저술에만 몰두하는 까닭은, 희망의 끈이

다 끊어진 마당에 평생의 염원만 이루고 나면 모든 것을 훌훌 털고 홀가분한 마음으로 죽음을 맞이할 수 있겠다 생각하기 때문일 것이다.

씁쓸한 미소를 지으며 찻잔을 들어 한 모금 마시고는 옆에 서 있는 궁녀에게 미간을 찌푸리며 말했다. "차가 식었구나."

궁녀는 서둘러 찻잔을 들고 물러갔다.

나는 돌아서서 뒷짐을 지고 담담히 말했다. "숭명전(崇明殿) 서각(西閣)이 너무 오래 방치되어 있던데, 길일을 골라 다시 손보도록 하게."

왕복은 흠칫 몸을 떨더니 웃음기를 거두고 고개를 깊숙이 숙였다. "왕비 마마의 명이라면 소인, 목숨 바쳐 따를 것입니다."

"고맙네." 나는 그를 잠시 응시하다가 엷게 웃었다. "모든 것은 내가 책임질 터이니 자네 마음대로 해보게."

"소인이 아둔하여 길일을 어느 때로 정하는 것이 좋을지 모르겠사옵니다." 나직하면서도 가는 목소리에서 긴장이 묻어났다.

나는 입술을 깨물었다. "하루 이틀 뒤가 좋겠군."

"명을 받잡겠습니다." 왕복은 더 이상 아무 말도 않고 머리를 깊이 조아리며 절하고는 그대로 일어나 물러갔다.

왕복이 멀어지고 나서야 등받이를 짚으며 천천히 자리에 앉았다. 더는 가슴속의 통증을 참을 수가 없었다. 뭉근히 피어나 은근히 퍼지는 무딘 통증이었으나 벌레가 갉아먹는 기분이었다.

이번 생에 숭명전 서각의 비밀을 이용할 날은 없을 줄 알았는데, 이리 쓰게 될 줄이야……

아침 식사를 좀 들고 나서 눈을 감고 금탑에 누웠으나 비몽사몽간에 몇 번이나 놀라 깼다.

눈앞에 아른거리는 것은 원망이 가득 찬 자담의 눈빛이었다가, 또 어느 순간에는 크게 노한 소기의 얼굴로 바뀌었다.

다시금 놀라서 깬 것은 영정문(永定門) 쪽에서 들려오는 함성 소리 때문이 아니라 전각 문에 자물쇠가 채워지는 소리 탓이었다.

"어찌 된 일이냐?" 나는 다급히 몸을 일으키며 곁에 있는 궁녀에게 물었으나, 궁녀들도 영문을 몰라 어리둥절한 표정이었다.

그때 어전 시위가 문밖에서 아뢰었다. "속하는 왕비 마마를 안전히 모시라는 명을 받았습니다. 왕비께서는 잠시 전각 안에 피해 계시고 절대 밖으로 나오지 마십시오."

"왕비 마마, 살려주세요——." 그때 전각 밖에서 처절한 비명 소리가 들려왔다. 옥수였다! 내가 그 외침에 답하기도 전에 옥수의 목소리가 끊겼다.

"옥수야! 어디 있니?" 나는 문 앞으로 달려가 조각 틈새로 내다보았다. 회랑 끝에 시위 두 사람의 뒷모습이 보이고 어렴풋이 그 사이로 감청색 무언가가 보이는 듯했으나 이미 멀리 끌려간 뒤였다.

나는 잠시 얼이 빠져 있다가 퍼뜩 정신을 차리고는 있는 힘을 다해 미친 듯이 문을 두드렸다. "위한! 무엄하구나——."

문밖의 시위는 내가 아무리 성을 내도 동요하지 않았다. 곁에 있던 궁녀가 황망히 나를 끌어당기며 고정하시라고 계속 간청했다.

나는 온몸을 부들부들 떨다가 한참 만에야 겨우 입 밖으로 말을 꺼냈다. "위한이, 위한이 옥수와 아이들을 죽이려고 해……."

반군이 다시금 영정문을 공격하자, 이미 눈이 뒤집힌 위한은 내가 쉬는 틈에 옥수와 아이들을 성벽 위로 끌고 갔다. 그러면서 내가 이 사실을 알면 틀림없이 막으려 들 테니 아예 문을 잠가버린 것이었다.

지금 이 순간만큼 나 자신이 증오스러운 적이 없었다. 어찌 그리 모질게 송회은의 가족을 붙잡아 이 같은 상황이 벌어지게 한 것인가! 황손을 둘러싼 다툼을 뿌리 뽑기 위해 소황자는 죽어야만 했다. 그러기 위해 모진 마음을 먹었으며, 내가 한 일을 결코 후회하지는 않는다. 그러나 송씨 일가는 정말로 아무 죄가 없었다. 송회은이 모반을 일으킨 것이 사실이더라도 그의 노모부터 어린 자식들까지 온 가족을 연좌시켜서는 아니 되는 일이었다. 그들을 궁으로 붙잡아 온 것은 그저 송회은에게 겁을 주기 위함이었지 정말로 해칠 생각은 조금도 없었다. 옥수는 이미 나 때문에 평생을 망쳤는데, 만약 그녀와 아이들이 이 일로 목숨까지 잃게 된다면……

더는 생각을 이어갈 수 없어 소매 속에서 단검을 뽑아 들고는 앞뒤 재지 않고 무작정 문으로 달려가 칼을 휘둘렀다.

나무 부스러기가 사방으로 튀었다. 홍목(紅木)을 정교하게 깎아 만든 문은 예리하기 이를 데 없는 단검 아래 부스러기를 흩뿌리고 곳곳에 칼자국을 남겼으나 좀체 부서지지 않았다. 생각지도 못한 내 행동에 놀란 시위와 궁녀들은 비명을 지르기도 하고 고개를 조아리기도 하였으나 감히 나를 막아서지는 못했다.

정신없이 나무 문을 찍어대느라 기운이 빠진 나는 문에 기댄 채로 가쁜 숨을 몰아쉬었으나 더는 어찌해볼 방도가 없었다.

나는 이를 악물며 노성을 질렀다. "문을 열지 않으면 너희 모두를 능지처참할 것이다!"

내가 그럴 능력이 있다는 것도, 한 번 내뱉은 말은 반드시 지킨다는 것도 잘 알고 있는 궁인과 시위들은 모두 아연실색해서 잇달아 바닥에 꿇어앉아 용서를 빌었다.

"죽고 싶지 않으면 문을 열어라!" 나는 냉랭히 외쳤다.

시위들은 더는 망설이지 못하고 곧바로 문을 열었다.

나는 영정문 쪽으로 미친 듯이 달렸다. 사람의 목숨은 경각에 달려 있는데 영정문에 이르는 길은 멀기만 했다. 그저 내가 큰 잘못을 저지르지 않게 해주기만을 하늘에 빌며 달려갔다.

영정문 위에서 어린아이가 울부짖는 소리가 아스라이 들려왔다.

나는 무조건 성벽 위를 향해 달렸다. 양쪽에 서 있던 장병들은 산발한 채 검을 들고 달려가는 나를 보고 모두 경악을 금치 못했으나 감히 막아서지는 못했다.

옥수는 성벽 위에서 병사 두 명에게 붙들려 있었다. 그 옆에는 송회은의 노모와 두 아들이 있었으며, 두 살배기 막내딸도 병사 하나의 손에 들린 채로 작은 손을 휘적거리며 울어대고 있었다.

"멈춰라!" 나는 죽을힘을 다해 이 한 마디를 외치고는 그대로 무릎을 꿇고 바닥에 주저앉고 말았다.

내 목소리를 들은 옥수는 거세게 몸부림치며 울부짖었다. "왕비 마마, 살려주세요! 제발 아이들을 살려주세요, 아이들을 해치지 말아주세요——"

숨결이 흐트러져 순간 말이 나오지 않았으므로 그저 냉랭히 위한을 쏘아보았다.

그러자 위한은 세게 발을 구르며 외쳤다. "왕비 마마! 저 흉악무도한 자와 무슨 인의를 논하시는 겁니까! 왕비께서 저자의 처자식을 죽이지 않으면 저자가 왕비 마마의 딸을 죽일 것입니다! 저 아래를 보십시오!"

이게 무슨 소린가! 곧바로 성벽 위로 달려가 보니, 반군 진영 앞에 송회은이 창을 든 채 말에 올라 있었다. 그리고 그 말 아래 흰옷을 입고 밧줄에 꽁꽁 묶인 소녀가 꿇어앉아 있는 것이 보였다. 산발한 머리를 어깨 위로 늘어뜨린 그 아이는 놀랍게도 심지였다!

눈앞이 캄캄해지고 다리가 후들거렸다.

서고고가 철아와 소소를 데리고 떠난 뒤, 아월은 심지를 데리고 오라버니의 자식들과 함께 자안사로 가기 위해 강하왕부로 향했다.

그런데 심지가 송회은의 손에 떨어졌으니, 설마 아월과 서고고도
……. 쿵쾅쿵쾅 사납게 뛰는 가슴을 애써 진정시켰다.

만약 다른 아이들도 송회은의 손에 떨어졌다면, 적진 앞에 묶인 사
람은 심지 하나만이 아니었을 것이다. 그렇다면 가는 길에 변고가 생
겨 심지 혼자 사로잡힌 것이 분명했다. 생각이 여기에 미치자 떨리던
마음이 조금 진정되었으나, 멀리 밧줄에 꽁꽁 묶인 심지를 보니 또 가
슴이 뭉그러지는 것 같고 주체할 수 없는 분노가 일었다. 비록 곁에
있을 때 아낌없는 사랑을 주려고 노력했으나 늘 아이와의 사이에 막
이 하나 쳐 있는 느낌이었다. 그러나 흉한 몰골로 욕을 당하고 있는
아이를 보니 생살이 도려내지듯 괴로운 것이 꼭 정말로 내 배 아파 낳
은 자식인 것 같았다.

성 아래서 송회은이 천천히 고개를 들었다.

정오의 햇살이 은갑을 비춰 표정을 읽을 수는 없었으나 은은한 살
기가 뿜어져 나왔다.

"정의군주(貞義郡主), 어머니가 저기 계시는데 어서 궁문을 열고 들
여보내달라 청하지 않고 뭐 하는 것이오?" 송회은이 냉랭하게 목소리
를 높여 말했다. 그의 입에서 나온 말이 음산하고 냉랭하지만 또렷하
게 귀에 들어와 박혔다.

바닥에 꿇어앉은 심지가 갑자기 고개를 번쩍 쳐들더니 큰 소리로
외쳤다. "나는 정의군주가 아니라 왕부의 시녀다. 누구를 속이려는 것
이냐!"

반군 진영이 갑자기 소란스러워졌고 내 뒤에 있던 장병들조차 의
아해했다.

나는 입술을 꽉 깨물고 그렁그렁 차올라 떨어지기 직전인 눈물을

참았다.

심지야, 심지야, 이 어리석은 것아!

송회은은 잠시 침묵하더니 갑자기 큰 소리로 웃기 시작했다. "대단하군. 대단한 정의군주야. 과연 자당의 풍모가 엿보이는군!"

심지는 고개를 쳐들더니 노성을 내질렀다. "허튼소리 마라. 내 어머니는 왕비가 아니다. 내 어머니는 벌써 오래전에 돌아가셨단 말이다!"

앳된 목소리로 외치는 소리는 희미하게 들렸으나 한 마디 한 마디가 가슴을 후볐다.

위한이 하하하 웃으며 외쳤다. "가짜 군주 하나가 네 가족 다섯의 목숨보다 귀할까!"

송회은의 냉랭한 목소리가 들려왔다. "죽고 사는 것은 하늘에 달린 일, 내 처자식의 명줄이 그리 짧다면 왕비께서 그들이 가는 길을 배웅해주십시오. 그리 해주신다면 이 송회은, 감지덕지할 것입니다."

위한이 욕설을 퍼부었다. "네 딸을 성 아래로 떨어뜨릴 것이다. 어디 짐승만도 못한 네 놈의 심장도 피와 살로 만들어져 있는지 한 번 보자꾸나!"

옥수가 비명을 질렀다. "안 됩니다! 회은, 제발 군사를 물리세요. 제발……."

옥수의 말이 끝나기도 전에 송회은이 손을 올려 활시위를 당겼다. 화살 한 대가 허공을 가르며 날아가 옥수의 귓가를 스치고는 벽에 박혔다.

옥수는 뒷말을 잇지 않았다. 그저 실성한 사람처럼 말없이, 미동조차 없이 입을 벌린 채 멍하니 성 아래를 바라보기만 했다.

"퉤!" 위한이 침을 뱉으며 말했다. "악독한 놈!"

나는 눈을 감고는 단호하게 말했다. "장병들은 들어라! 성 아래 있는 것은 정의군주가 아니다!"

내 말에 위한은 몹시 놀라는 듯했으나 이내 차갑게 고개를 끄덕였다. "속하, 알아들었사옵니다! 궁노수——."

위한의 명이 떨어지자 양쪽으로 늘어선 궁노수들이 즉시 시위에 살을 메기고 성 아래를 조준했다. 송회은과 심지는 궁노수들의 사정거리에 놓였다.

반군 진영이 어지러워지며 방패병이 일제히 앞으로 나서 두 사람을 엄폐하려 했다.

그러나 송회은은 물러서기는커녕 장창을 들어 심지의 등 한복판에 삼모창 끝을 갖다 댔다. "모씨는 나라를 위해 목숨을 바치고 떠나며 홀로 남은 딸을 예장왕에게 맡겼건만, 그 대가가 바로 오늘과 같은 말로란 말인가?"

"활을 가져오너라." 나는 냉랭히 말을 뱉었다.

오랜 세월 활을 잡지 않아 그 옛날 숙부가 직접 가르쳐준 궁술이 어색해진 지 오래였다.

이를 악물고 화살을 메기고는 시위를 당겨 성 아래를 조준했다. 연약한 내 팔심으로 사람을 죽일 수 있을 리 만무했으나 죽이려는 모습을 보이는 것만으로 충분했다.

내가 직접 활시위를 당기는 모습에 궁문 안팎이 시끄러워졌다.

나는 깊이 숨을 들이마시고 성 아래 있는 송회은을 바라보며 무겁게 가라앉은 목소리로 외쳤다. "가짜 군주가 대수더냐! 진짜 군주를 대령하더라도 군주의 목숨으로 네 목숨을 취할 수만 있다면 기꺼이 버리리라!"

송회은은 나를 뚫어져라 바라봤다. 찰나의 순간, 공기마저 얼어붙은 것 같았다.

내 화살 끝은 멀리 있는 송회은과 일직선을 그리며 10년의 세월을 넘어 과거의 자질구레한 은정과 도의를 하나로 연결했다.

평생의 한이 있나니

송회은은 미동조차 않고 우뚝 서 있었으나, 심지의 등 한복판에 갖다 댄 삼모창의 끝은 조금씩 아래로 떨어졌다.

"물러나라!" 송회은이 날카롭게 소리치며 긴 창으로 허공을 가르고 거둬들인 다음, 멀리 뒤쪽을 가리키며 군마에 앉은 채로 두 걸음 물러났다. 이에 송회은의 뒤에서 2열로 대열을 갖추고 있던 호위 부대가 곧바로 앞으로 달려 나와 방패를 들고 보호했다.

바로 그 순간, 바닥에 꿇어앉아 있던 심지가 벌떡 일어나 두 손을 뒤로 결박한 밧줄을 풀어내더니 날쌘 짐승 새끼처럼 곧장 궁문을 향해 내달리기 시작했다.

"죽여라!" 송회은이 고함을 지르며 손을 뒤로 돌리고는 활을 꺼내 시위에 메겼다.

내가 다섯 손가락을 활짝 펼치자 흰 깃이 달린 낭아전이 허공을 가르며 날아갔다.

뒤에 있던 쇠뇌에서 일제히 발사된 화살이 소낙비처럼 허공을 가르며 쉭쉭 날아가 반군의 방패에 가 부딪치며 간담이 서늘해지는 소리를 냈다.

일순 반군 진영이 혼란스러워졌다. 소낙비처럼 세차게 쏟아지는 화살 비에 반격은 고사하고 방패를 들어 막느라 정신이 없었다.

이미 2장이나 도망친 심지가 갑자기 다 풀어내지 못한 밧줄에 걸려 넘어지고 말았다. 하늘을 뒤덮은 화살 비는 심지의 뒤로 2장이 채 되지 않는 곳에 떨어져 내렸다.

"심지야, 어서 달려——." 나는 성벽 위로 몸을 날려 갈라진 목소리로 소리쳤다.

뒤에서 또 한 차례 화살 비가 날아가 심지를 추격하려는 반군을 가로막았다.

심지는 있는 힘껏 땅을 박차고 일어나 밧줄을 벗어 던지고는 궁문을 향해 달렸다.

궁문이 천천히 열리는 틈으로 철의위 네 명이 말을 달려 나가 하늘을 뒤덮은 화살 비의 엄폐 속에 적진 앞으로 돌진했다. 방계가 맨 앞에서 달려 나가 몸을 숙여 심지를 들어 올리고는 고삐를 잡아당겨 말을 세웠다. 군마는 발굽을 치키며 울부짖더니 머리를 돌리고 다시 궁문 방향으로 내달렸고, 나머지 세 사람은 그 뒤에서 엄호하며 쏜살같이 되돌아왔다. 반군 진영에서 중갑을 걸친 군사 10여 기가 튀어나오더니 죽기를 무릅쓰고 화살 비 사이를 뚫고 쫓아왔다.

네 사람이 번개처럼 안으로 들어서자마자 궁문이 쿵 소리를 내며 닫히고 자물쇠가 채워졌다.

뒤에서 우레와 같은 환호성이 터져 나오고 군사들의 사기는 하늘까지 치솟았다.

나는 성가퀴를 짚었다. 그제야 두 다리에 힘이 풀리고, 숨이 거의 안 쉬어진다는 사실을 깨달았다.

"어머니——." 정신을 가다듬기도 전, 갑자기 들려오는 어린아이의 비명 소리에 깜짝 놀라 휙 돌아봤다.

혼란을 틈타 어느 틈에 빠져나간 옥수가 성가퀴에 올라 공중에 흔들흔들 서 있었다.

너무 순식간에 일어난 일이라 아이들의 비명 소리와 울부짖는 소리만 들렸다. 나는 말을 하려고 입을 벌렸으나 소리가 나오지 않았다.

옆에 있던 시위가 뛰어 올라갔다.

나는 시위의 손이 간발의 차이로 옥수의 옷자락을 놓치는 광경을 두 눈 뜨고 지켜봤다.

옥수는 고개를 들고 여름날의 꽃처럼 환하게 웃으며, 감청색 궁의의 넓은 소매를 펄럭이면서 일말의 망설임도 없이 내 눈앞에서 찬란한 빛줄기가 되어 성 아래로 떨어져 내렸다.

"옥수――." 가슴이 갈기갈기 찢기는 듯한 외침이 성 아래에서 들려왔다. 송회은의 목소리는 사람의 소리가 아닌 듯 참담하기 이를 데 없었다.

들었니, 옥수야?

그의 슬픈 외침을 들었느냔 말이다.

눈앞에서 그 감청색 빛줄기가 계속해서 번뜩이는 것 같았다. 나는 한 발 휘청거리다가 멍하니 손을 내뻗어 그것을 붙잡으려 했으나, 갑자기 덮쳐온 어둠 속으로 빨려 들어가고 말았다.

번뜩이는 빛, 빛이…… 내 손을 지나쳐 가서 아무리 잡으려고 해도 잡을 수 없었다.

옥수는 미소를 머금고 돌아보았다. 그림처럼 아름다운 얼굴이 점점 부연 안개 속으로 멀어져갔다.

안 돼, 아직 네게 해줄 말이 많단 말이야, 이렇게 보낼 수 없어.

옥수, 이 바보 같은 계집애, 어떻게 모를 수가 있어……. 그는 백발

백중의 장군이야. 그런 그가 널 죽이고자 했다면 겨우 귀밑머리를 스치고 말았겠니? 그 화살은 그저 네게 약한 모습을 보이지 말라는 의미였을 뿐이야. 이러나저러나 너는 그의 아내고 그는 너의 낭군인데, 비록 서로의 마음이 같지는 않았으나 부부로서 공경했는데 어째서 그를 믿지 않은 거야?

겨우 그 화살 한 대 때문에 살고자 하는 마음을 버릴 정도로 상심해 모두를 버리고, 네 자식들의 가슴이 찢어지는 것을 그저 보고만 있다니…….

옥수야, 참으로 어리석구나.

나는 원망스럽게 옥수의 이름을 부르다가 목구멍에 숨이 걸려 격렬하게 기침을 쏟았다.

"왕비 마마, 왕비 마마, 정신을 차리셨군요!"

눈앞에 있는 그림자가 흔들리고, 자수가 놓인 휘장과 발이 드리워져 있었다. 침전이었다.

분명히 정신을 차렸는데 여전히 눈앞에는 그 감청색 빛이 휘돌았다.

가슴이 울렁거리고 정신이 얼떨해 무슨 일이 일어났는지 기억나지 않았다. 그저 옥수가 이미 떠났다는 것만, 그녀까지 내 곁을 떠났다는 것만 알 따름이었다.

옥수는 그렇게 떠나며 도저히 거절할 수 없는 책임을 안겼다. 이제 나는 영원히 죄책감에 시달리며 후회하고, 평생 그녀의 자식들을 돌봐줘야 한다.

나는 얼굴을 가리고 참담히 웃었다. 문득 매끄럽고 작은 손이 내 두 손을 덮어 미약하나마 따스한 온기를 전했다. "어마마마, 울지 마세요."

나는 깜짝 놀라 흰옷을 입고 산발한 채 내 눈앞에 서 있는 소녀를

433

멍하니 바라보았다. 소녀는 방금 나를 어마마마라고 불렀다. 심지가 마침내 나를 어마마마라고 불렀다.

심지는 침상 옆에 엎드려, 아직도 창백함이 다 가시지 않은 조그마한 얼굴로 걱정스러운 듯 나를 들여다보았다. 그 뒤로는 궁녀와 의시들이 가득 에워싸고 있었다.

나는 눈앞에 있는 작은 소녀를 바라보며 그녀의 야윈 뺨을 어루만졌다.

심지는 미소를 지었지만 눈에서는 커다란 눈물방울이 뚝뚝 떨어졌다.

"다치지는 않았니?" 나는 서둘러 심지의 작은 얼굴을 들어 올리며 온 얼굴을 적시는 눈물을 닦아주었다.

심지는 고개를 젓고는 갑자기 두 팔을 벌려 나를 끌어안고 목 놓아 슬피 울었다.

그날 서고고와 아월이 아이들을 데리고 자안사로 달려가자, 광자 사태는 곧바로 뒷산의 지궁(地宮)을 열어 그 안에 숨게 했다.

그곳은 선덕태후의 법신을 모신 곳이자 황실의 가장 비밀스러운 장소였다. 세상 사람들은 모두 선덕태후가 천수를 누리고 궁에서 임종한 뒤 혜릉(惠陵)에 묻혔다고 알고 있지만, 사실 태조는 외숙을 시해한 뒤 제위를 빼앗고는 어머니 일가를 모두 죽였다. 선덕태후는 그후로 출가하여 사찰에 은거했고, 죽음을 앞두고도 황가의 능에 묻힐 면목이 없다는 유지를 남겼다. 이에 태조는 선덕태후의 생전 뜻에 따르기는 하되, 차마 화장하지는 못하고 태후의 법신을 남겨 비밀리에 자안사에 조성한 지궁에 모셨다.

그런데 서고고와 아월이 산 아래에 이르렀을 때는 이미 추격병이 쫓아온 상황이었다. 황급히 농가에 몸을 숨겼지만 추격병이 바로 지척에 있었다. 이에 심지는 서고고가 방심한 틈에 갑자기 후원으로 달려 나가 추격병을 멀리 끌어내 다른 사람들이 빠져나갈 수 있게 했다.

나는 깜짝 놀라 헉 하고 숨을 들이켜고는 심지를 응시했다. "심지야, 두렵지 않았니?"

"서고고는 나이가 많고 아월고고는 동생들을 돌봐야 하잖아요." 심지가 입술을 깨물고 눈동자를 반짝이며 나를 바라봤다. "저는 무예를 할 줄 알아요! 아버지가 몸을 지키는 법을 가르쳐주셨어요……."

심지의 눈빛에 슬픔이 깃들더니, 전쟁 통에 변경에서 죽은 부모가 생각난 모양인지 고개를 떨궜다.

이 아이가 평범한 집안에서 태어나 평안히 자랐다면 얼마나 행복했을까?

나는 한동안 심지를 지그시 바라보다가 말없이 꼭 안아주었다.

"저, 엄청 잘 달리죠?" 심지가 갑자기 고개를 들더니 간절한 표정으로 나를 바라봤다. "저는 밧줄을 풀 줄 알아요. 그들이 묶어둔 매듭쯤 저한테는 아무것도 아니에요. 아버지가 예전에 사냥감을 어떻게 묶는지 가르쳐주셨거든요!" 심지는 자랑스러우면서도 서글픈 눈빛으로 말했다.

"그래, 우리 심지는 참 용감해. 네 부모님처럼 용감해." 나는 미소를 지으며 심지의 두 눈을 응시했다. "네 부모님께서 하늘에서 너를 보고 계실 거야. 네가 오늘 얼마나 용감했는지 보시고 틀림없이 몹시 자랑스러워하실 거야."

심지는 웃으며 고개를 세게 끄덕이고는 얼굴을 내 가슴에 묻고 앙상한 어깨를 바르르 떨었다.

나는 묵묵히 심지의 머리카락을 쓰다듬으며 속으로 맹세했다. 앞으로 이 아이가 속상해할 일은 절대로 겪게 하지 않으리라! 이 아이가 원하는 것이라면 무슨 수를 써서라도 다 줄 것이다!

나는 옥수의 세 자녀를 나이 지긋한 믿을 만한 마마에게 맡겼다.

작은아들과 막내딸은 아직 너무 어린 탓에 어미가 어디로 갔는지도 모른 채 울고 보채기만 했다.

그러나 다섯 살 난 큰아들 송준문(宋俊文)은 어느 정도 철이 들어, 나를 보자마자 어린 짐승처럼 달려들었다. 이에 주위에 있던 사람들이 황망히 아이를 붙들었다.

원망 가득한 아이의 눈을 마주하니 아무 말도 할 수가 없었다. 그 어떤 말도 이 순간에는 무력해져버렸다.

누군가의 눈을 똑바로 마주 보지 못한 것은 처음이었다. 그런 눈빛을 받으니 가슴이 싸하게 식어갔다.

"이 아이들을 잘 돌봐라. 내 명이 없는 한 누구도 아이들에게 다가가게 해서는 안 된다."

송준문은 여전히 있는 힘껏 발버둥을 치는지라 두 마마의 힘으로는 잡고 있기 힘들어 보였다.

나는 너무 지쳐 그대로 돌아섰다. 어쩌면 나는, 확실히 이 아이 앞에 나타나서는 아니 되었는지도 모른다.

그때 뒤에서 마마의 고통에 찬 비명 소리가 들렸다. 깜짝 놀라 돌아보니 마마의 손목에서 시뻘건 피가 뚝뚝 떨어지고 있었고, 송준문은 벌써 내 앞까지 달려와 나를 확 밀었다.

"당신이 우리 어머니를 죽였어!" 송준문이 내 몸을 덮쳤다. 다섯 살 아이라 힘이 세지는 않지만, 미친 듯이 내게 주먹질과 발길질을 해 댔다.

시위가 황급히 달려와 떼어냈으나, 여전히 아이는 발로 차고 손으로 때리며 욕을 해댔다.

나는 마마들의 부축을 받으며 일어났다. 온몸에 식은땀이 비 오듯 흐르고 가슴이 지끈지끈 아파 제대로 서 있기도 힘들었다.

그 모습에 옆에 있던 막내딸이 깜짝 놀라 울음을 터뜨렸고, 네 살 난 둘째 아이도 울고불고 난리를 치기 시작했다.

"잘 보았다. 나는 극악무도한 사람이다." 나는 냉랭한 눈길로 아이를 쳐다봤다. "송준문, 만약 네가 계속 시끄럽게 난리를 피우면 네 남동생을 죽일 것이고, 만약 네가 밥을 먹지 않으면 네 여동생을 죽일 것이다!"

그 말에 송준문은 바짝 얼어붙었다. 얼굴빛이 하얗게 질리고 가슴이 크게 오르내렸으나, 더는 발길질과 주먹질을 하지 않았다.

나는 쓴웃음을 지으며 아이에게서 고개를 돌리고 그대로 그 자리를 떠났다.

멀리 소양전에 등불이 흔들거리며 오가는 궁인들의 모습이 어렴풋이 보였다.

내 기억으로 이 소양전이 이토록 적막했던 적은 없다.

고모는 소양전을 두고 세상에서 가장 고귀하고 아름다운 감옥이라고 했다.

궁녀들이 조심스럽게 나를 부축했다. "왕비 마마, 궁으로 돌아가 쉬시겠습니까?"

고개를 들어 밤하늘에 찬란하게 빛나는 하한(河漢, 은하수)을 보았다. 며칠 동안 하늘은 이리도 맑았다.

소기의 신속한 행군 속도와 비 없이 맑은 날이 이어져 행군에 장애물이 없었던 점을 감안하면, 소기가 경성에 당도할 날이 멀지 않았을 것이다.

나는 더는 주저하지 않고 담담히 말했다. "소양전으로 가자."

호요는 이미 뼈만 앙상하게 남은 모습이었다. 멍하니 화장대 앞에 앉아 머리를 풀어헤친 채 시녀가 머리를 빗기고 잠자리 준비를 하는 데도 가만히 있었다.

나를 본 시녀들이 황망히 몸을 숙여 예를 행하고는 소리 없이 물러났다.

호요가 고개를 돌리며 나를 흘깃 보고는 정신 나간 사람처럼 웃더니, 무심한 표정으로 다시 몸을 돌려 멍하니 거울만 들여다봤다.

나는 호요의 뒤로 걸어가 거울에 비친 그녀를 바라봤다.

연지와 분을 바르지 않은 얼굴은 등불 아래서 더 파리해 보였고, 눈 밑은 푹 꺼졌으며 두 눈은 죽은 물처럼 암담했다.

드넓고 적막하고 어두컴컴한 소양전 안에는 거대한 동경(銅鏡) 너머로 서로를 냉랭히 쳐다보는 나와 그녀 둘뿐이었다.

손을 뻗어 호요의 머리카락 한 줌을 들어 올렸다. 손가락 사이로 흐르는 머리카락이 비단처럼 서늘하고 매끄러웠다. 호요는 아무런 반응도 보이지 않고 그저 멍하니 나를 바라봤다. 궁인들이 하는 말과 똑같은 모습이었다. 궁인들은 황후가 이미 정신을 놓아 온종일 한 마디도 하지 않고, 황상을 제외하고는 아무도 알아보지 못한다고 했다.

나는 손을 들어 소매 아래 단검을 꺼내고는 호요의 가늘고 긴 목에 갖다 댔다. 푸르스름한 빛이 도는 칼날에 비춰진 호요의 눈썹과 머리칼이 모두 푸른색으로 빛났다.

거울 속에서 죽은 물처럼 적막하던 호요의 동공이 확 수축했다.

"그래도 죽기를 두려워하니 정말로 미친 것은 아닌가 보군." 나는 웃는 듯 마는 듯한 표정으로 입가를 오므렸다.

호요의 표정이 바뀌며 눈동자에 조금씩 차디찬 빛이 어렸다.

다른 사람들은 호요가 실성했다고 믿었을지 모르지만 나는 아니었다. 호요와 나는 같은 부류의 사람이었다. 사지로 뛰어들면서도 두 눈을 부릅뜨는 그런 사람…….

호요가 이런 나약한 방식으로 도망친다고? 어림없는 소리! 실성한 척하는 것은 그저 목숨을 지키기 위한 속임수일 뿐이었다.

호요는 자담과 달랐다. 죽음이 두렵고 계속 살고 싶었다. 어쩌면 내게 복수를 하고 싶을지도 모른다.

"호광열은 무탈합니다. 지금 왕야를 따라 군대를 이끌고 경성으로 돌아오고 있지요." 손에 든 단검의 칼날을 그녀의 목에 바짝 갖다 댔다. "호씨는 충심을 다해 주인을 지켰으니, 지난 죄는 묻지 않고 앞으로 부귀영화를 누리게 될 것입니다. 그러니 안심하고 떠나도 됩니다."

호요는 나를 빤히 쳐다보다가 갑자기 고개를 젖히며 큰 소리로 웃었다. "내 대신 왕야께 경하드려주시오. 마침내 대업을 이루고 천하를 통일한 것을 감축한다고 말이오. 당신들은 당신들의 패업을 이루시오. 나는 황상과 황천으로 가서 깨끗한 부부가 될 터이니! 이로써 은원을 청산하고 다시는 보지 맙시다!"

은원을 청산하고 다시는 보지 말자라…….

나를 아는 호요야, 세상의 농간이 아니었다면 너와 나는 원래 지기가 되었을 사이다.

나는 검을 거두며 담담히 웃었다. "굳이 먼 황천길까지 가지 않아도 당신들은 깨끗한 부부로 살 수 있습니다."

호요가 눈을 번뜩 뜨며 나를 쳐다봤다.

"당신들의 신분, 성씨, 친족, 과거를 잊으십시오. 이제부터 세상에 호요와 자담이라는 사람은 없고 민간의 평범한 부부만 남을 겁니다."

나는 호요를 응시하며 한 자 한 자 천천히 말을 이었다. "모든 은원은 과거에 묻고 앞으로의 머나먼 길에서는 애증 없이 사십시오."

호요가 자리에서 일어나 부들부들 떨며 말했다. "내가 복수할까 봐 두렵지 않소? 당신들이 일군 천추의 대업을 무너뜨릴지도 모르는 후환거리를 남기는 것이 두렵지 않소?"

나는 미소를 지으며 대답했다. "지금 그대를 놓아줄 수 있으니, 언젠가 죽일 수도 있습니다."

호요는 아무 말도 하지 않았다. 그저 나를 꿰뚫어보려는 듯 눈빛만 날카롭게 빛냈다.

나도 잠자코 호요를 바라봤다. 내게 아들을 빼앗긴, 이제 자담을 데리고 떠나 그와 여생을 함께할 여인을……

"설령 당신이 우리를 보내준다고 해도 평생 당신을 용서하지 않을 겁니다." 호요가 고집스럽게 얼굴을 쳐들었다.

"나는 그 누구의 용서도 필요 없습니다." 나는 웃었다. 이처럼 훤히 알고 있는 여인을 마주하니 오히려 솔직하게 말할 수 있었다. "당신을 놓아주는 것은 그저 당신이 자담의 처이기 때문입니다. 남은 반평생 동안 험난한 강호를 떠돌게 될 터인데, 당신이 자담 곁에서 그를 지켜주기만 한다면 내 평생의 한을 대신 풀어주는 셈입니다."

"그를 위해 왕야를 배신하는 일도 서슴지 않겠다는 겁니까?" 호요가 복잡다단한 눈빛으로 물었다. "왕야께서 당신이 우리를 놓아주는 것을 두고 보시겠습니까?"

나는 미간을 찌푸렸다. 더는 설명하고 싶지 않아 담담히 말했다. "왕씨가 오랜 세월 닦아둔 토대가 아직 쓸모 있어 아무리 왕야라 하더라도 모든 것을 다 틀어쥐실 수는 없습니다. 오늘 밤 이후 세상이 뒤집힐 것이며, 황상과 황후는 두 사람에게 맞는 운명을 맞이하게 될 것입니다. 이것 한 가지만 기억하시면 됩니다. 이제 당신은 호요가 아니며, 그도 자담이 아닙니다."

나는 냉랭히 호요를 바라봤다. "만약 잊지 못한다면…… 평범한 부부를 없애버리는 것도 그다지 어려운 일이 아니지요."

호요의 동공이 작아지고 얇은 입술이 꽉 오므라졌다. "세상을 다 속이고 우리를 놓아줄 수는 있으면서 어째서 그날 아이 하나는 살려주지 못한 겁니까?"

나는 엷게 웃었다. 그저 너무 피곤할 따름이었다. "그날 어린 황자를 살려두었다면 이리 안배한 사실이 일찌감치 밖으로 새어 나갔을 텐데, 그렇다면 오늘 이렇게 살아 나갈 기회가 있었겠습니까? 내가 온갖 계책을 써가며 기어이 자담을 지금까지 살려둔 것은 다 오늘을 위해서였습니다."

이날을 얼마나 기다렸던가! 나는 자담에게 약속했었다. 언젠가 자유롭게 해주겠다고, 이 냉랭한 궁궐을 벗어나 이름과 성을 감추고 멀리 강호를 떠돌게 해주겠다고 말이다.

나에게도 또한 그런 날이 와서 사랑하는 사람과 손잡고 속세를 떠나 남산에 오두막집을 짓고 아침저녁으로 함께할 수 있기를 갈망했다.

내 마음속 저 깊은 곳에 어느 누구도 모르게 꽁꽁 감춰둔 이 바람은 이제 영원히 이룰 수 없게 되었다.

호요는 충격을 감추지 못하며 복잡하게 바뀌는 눈빛으로 나를 빤히 쳐다봤다. 그러더니 끝내 길게 탄식을 내뱉었다. "예전에는 왕야를 위해 그를 버리더니, 이제는 그를 위해 왕야를 배반하는군요……. 세상에 당신처럼 무정한 여인이 또 있을까!"

"이 왕현, 그 누구도 배반한 적이 없습니다." 나는 느릿느릿 손을 들어 가슴에 갖다 댔다. "그저 나 자신의 마음에 따를 따름입니다."

호요는 흠칫하더니 눈을 들어 나를 똑바로 바라봤다.

이번 생에 나는 온갖 영예와 총애를 다 누렸다. 이런 가문에서 태어나 이런 낭군과 혼인하고 이토록 어여쁜 아이들을 낳았을 뿐만 아니라 개국 황후로 만세에 이름을 남기게 되었으니……. 하늘이 나를 얼마나 어여삐 여기신 것인가! 만약 그럼에도 뭔가 여한이 있느냐고 묻는다면, 그것은 마음 저 깊은 곳에 숨겨둔 은밀한 동경뿐이다. 궁궐 밖, 흰 구름 아래, 저 멀리 강호의, 실재하지 않는 몽환처럼 닿을 수 없는 꿈에 대한 동경…….

이는 또한 고모가, 황후의 자리에 앉았던 그 고독하고 자부심 강하며 고귀한 여인들이 평생 품었던 바람이기도 하다.

지난날 태조는 황제를 시해하고 제위를 빼앗은 뒤, 이전 황실의 종친들을 모조리 죽였다. 그랬는데 그의 말년에 황자들이 저마다 제위 계승자가 되려고 싸우는 과정에서 궁궐에 피바람이 불어 참변이 끊이지 않았다. 태조는 인과응보로 자신의 자손들이 이전 왕조가 그랬던 것처럼 재앙을 되풀이할까 봐 두렵고 걱정스러웠다. 봉성(奉聖) 4년, 태조 황제가 서궁을 개축하라 명하면서 3궁 9전 12누각이 지어졌다. 황금빛 기와와 비첨(飛檐, 번쩍 들린 처마), 끝없이 이어진 전각이 대단히 화려하면서도 웅장했다. 그런데 이 거대한 궁궐에 가려 보이지 않는 곳에 태조 황제가 자손들을 위해 심혈을 기울여 만든 활로(活路)가 있었다. 바로 숭명전 서각에서 궁 밖의 은밀하고도 안전한 장소로 이어진 비밀 통로가 그것이었다. 이는 천재지변과 전쟁을 피하고 어쩔 수 없는 상황에서 황족이 목숨을 보전하도록 하기 위해 만들어졌다.

이 비밀은 역대 제왕의 입을 통해서만 이어져 내려왔고, 황실에 충성하는 내정비사(內廷祕使)가 대대손손 지키고 있었다.

그러나 순혜제(順惠帝)에 이르렀을 때, 명강태후(明康太后) 왕씨가
이 비밀을 알게 되었다.

명강태후는 지금까지 우리 가문이 배출한 여인 중 가장 훌륭한 분
으로, 황제 두 분을 전력으로 도와 제왕의 난을 평정하고 세가의 우두
머리로서 왕씨 가문의 권위를 공고히 함으로써 가문의 위상을 정상
에 올려놓았다. 명강태후 때부터 숭명전 서각의 비밀은 왕씨 가문에
대대로 전해 내려오게 되었다. 아버지는 떠나기 직전에야 이 비밀을
내게 전해주었다. 당시에는 태조 황제가 도망치기 위한 비밀 통로 하
나를 만드는 데 이토록 정성을 기울였다는 것에 참 쓸데없는 짓을 했
다고 코웃음 쳤다.

그러나 자담이 제위에 오른 뒤로 끊임없이 변란이 일어나고 이 같
은 곤경 속에서 그가 힘겹게 몸부림치는 것을 보고는 마침내 태조 황
제의 고심을 이해하게 되었고, 말년에 외로웠을 그의 마음을 헤아릴
수 있게 되었다.

이 비밀 통로가 연결하는 것은 단순한 활로가 아니라 권력의 정점
에 있는 제왕의 자유에 대한 동경이었다.

이 길의 끝은 자유이자 환생이었다.

제왕의 패업을 이루다

옥수의 죽음도 송회은의 미친 발길을 멈춰 세우지 못했다.

옥수가 떨어지는 순간 송회은의 입에서 튀어나온, 심장이 갈기갈기 찢어지는 듯한 그 슬픈 외침은 진심에서 나온 뼈저린 후회였을까?

7년 동안 맺은 부부의 정으로 얻은 것이 겨우 그 찰나의 경악과 고통일 뿐이더라도 옥수에게는 위안이 될 것이다.

한때 옥수를 감금했던 궁실 문 앞에서 내 눈물은 진즉에 말라버렸고 아이들도 지쳐 잠들었으나, 송회은이 다시금 더욱 맹렬한 공격을 퍼붓기 시작했다.

옥수야, 지금 이 밤에 누가 너를 위해 울어주니?

나는 흐느낌이 새어 나갈까 봐 입을 막았다. 멀리 성루에서는 군사들의 살기등등한 함성 소리가 울리고 불빛이 하늘 높이 솟구쳤다.

불빛 아래로 지고지상의 황권을 상징하는 구중궁궐의 방대한 그림자가 드리워져, 죽고 죽이는 함성들 속에서 금방이라도 무너질 듯 휘청휘청 흔들렸다.

멀리 황궁 회랑 아래 희미한 인영 하나가 흔들리며 곧 발을 멈추더니 그늘 속으로 몸을 숨겼다.

"왕복." 나는 몸을 바로 세우고 그를 불렀다. 이 시각에 감히 이곳에 제멋대로 뛰어들 사람은 이 충성스러운 노총관뿐일 것이다.

왕복이 회랑 기둥을 돌아 나오더니 고개를 숙인 채 잰걸음으로 달려왔다. "소인, 왕비 마마를 놀라게 해드렸습니다."

나는 회랑 아래로 걸어갔다. 맑고 시린 달빛이 상반신을 비스듬히 비춰, 벽 위로 높이 쪽을 찌고 넓은 소매를 펄럭이는 그림자를 드리웠는데, 옆얼굴이 몹시도 냉담했다.

"준비는 모두 마쳤는가?" 나직한 목소리로 물었다.

"모두 마쳤습니다. 죽기를 각오한 용사 열여덟이 명을 내리시기만 기다리고 있습니다." 이 순간 왕복의 비대한 몸에서 평소의 굼뜨던 모습은 찾아볼 수 없었고, 행동거지에서 사람을 압도하는 날카로운 빛을 뿜어냈다. 이토록 늙고 비대한 내시가 오랜 세월 정체를 드러내지 않은 어전 제일 고수라고 누가 상상이나 했겠는가!

나는 담담히 말했다. "그대는 궁에서 이토록 오랜 세월을 보냈고 이제 나이도 많이 들었으니, 그만 고향으로 돌아갈 때가 되었어."

"소인은 떠나지 않습니다." 왕복이 깜짝 놀라 고개를 숙이며 말했다. "소인, 이미 20년 전부터 돌아갈 집이 없었습니다. 앞으로도 왕비께서 소인을 쓰실 곳이 있다면 소인이 궁에 남도록 은혜를 베풀어주십시오."

"내 기억이 맞는다면, 자네 고향 청주(靑州)에 딸이 하나 있지." 나는 그를 응시하며 엷은 미소를 지었다. "그녀는 잘 지낸다네. 시집가서 자식도 두었지. 아버지께서 부유한 집안으로 시집을 보냈어. 시부모도 선량한 사람들이고 부부간의 정도 돈독하지. 다만 자네 딸은 아직 자네가 살아 있다는 사실을 모른다네."

왕복의 떡 벌어진 어깨가 미미하게 떨렸으나 고개를 숙이고 있어 표정은 알 수 없었다.

나는 가볍게 한숨을 내쉬며 말했다. "자네가 오랜 세월 왕씨 가문에 충성을 바쳤는데도 딱히 갚을 길이 없네. 이번에 저들을 따라 떠나면 다시 돌아올 것 없이 고향으로 가서 딸과 행복하게 잘 살게. 만수궁에 숨겨진 보물을 전부 가져가 두 사람에게 적절한 거처를 마련해 주는 데 쓰고 나머지는 사람들에게 모두 나눠 줘……. 이미 죽었다면 그들 가족에게라도 다 나눠 주게."

왕복이 털썩 무릎을 꿇더니 백발이 성성한 머리를 바닥에 쿵 찧으며 말했다. "왕비 마마의 크신 은혜, 소인 죽어도 다 갚지 못할 것입니다."

나는 몸을 비틀어 돌렸다. 눈시울이 조금 뜨거워졌다.

건원전은 촛불이 깊숙이 그림자를 드리우고 흰 휘장이 드리워져 있었다. 자담은 요절한 소황자를 애도하기 위해 여전히 온 궁에 흰 천을 걸어두고 있었다.

나는 휘장 뒤에 서서 가만히 그를 바라봤다. 원고 족자가 바닥 여기저기 흩어져 쌓여 있는 가운데, 자담은 여전히 창백한 이마에 미미한 땀이 맺힐 정도로 빠르게 붓을 휘둘러 글을 써 내려갔다. 옥같이 온화한 이 사람은 양쪽 귀밑머리가 희끗희끗해진 지금도 전혀 나이가 들어 보이지 않았다.

청삼을 걸친 그가 일엽편주에 올라 그 무엇에도 얽매이지 않고 소탈하게 세상 밖을 떠도는 모습은 신선이 따로 없을 것이다.

창을 타고 들어온 바람에 서안 위에 있던 종이가 날아올랐다가 바닥에 떨어졌다. 나는 휘장 밖으로 나가 몸을 숙여 먹이 채 마르지도 않은 그 종이를 집어 들었다.

무심히 눈길을 든 자담은 나를 한 번 보더니 다시 고개를 파묻고 글을 쓰는 데 열중했다.

"자담." 작게 그의 이름을 불렀다.

자담의 손이 우뚝 멈췄다. 그는 여전히 눈을 들지 않은 채 냉담하게 말했다. "왕비께서 어인 일이십니까?"

나는 말없이 한동안 그를 지그시 바라보다가 한 자 한 자 느리게 내뱉었다. "자담, 지금 당장 양위 조서를 써줘."

자담의 손목이 떨리더니 붓 끝에서 짙은 먹이 번졌다.

자담은 천천히 붓을 내려놓더니 황제가 쓰는 쇄금전(灑金箋, 종이에 풀로 금은가루나 금은박을 입혀 금은 빛이 반짝이는 채색 문방 용지)을 만지며 서글피 웃었다. "그것이 내가 마지막으로 널 위해 해줄 수 있는 일인가?"

나는 입을 다문 채 아무 말도 하지 않았다. 그러면서 슬픔을 드러내지 않으려고 애써 표정을 갈무리했다.

자담은 나를 빤히 쳐다보다가 차츰 웃음을 거뒀다. 그의 눈빛이 조금씩 서늘해졌다.

자담은 원고가 가득 쌓인 서안 아래서 긴 황릉 상자를 꺼내 열더니, 잘 말아둔 황릉을 꺼내 내 앞으로 던졌다.

"가져가." 자담의 미소는 싸늘했고 눈빛은 공허했다. "진즉에 써두었어. 네가 가지러 올 때까지 기다렸을 뿐이야."

왕복이 그림자처럼 드리워진 휘장 뒤에서 나타나더니, 앞으로 가서 조서를 집어 들고는 두 손으로 내게 받쳐 올렸다.

'무릇 대도(大道)가 시행되었던 상고 시대에 집정자는 덕이 높고 재능이 출중한 자에게 선위하였다. 선위에는 정해진 기한이 없고 서로 같은 씨족도 아니었으며, 덕 높고 능력 있는 자에게 선위하는 일은 예로부터 대대로 전해진 지 오래다. 짐이 비록 용속하여 큰일을 이루지 못하였고 대도가 무엇인지도 알지 못하나, 역대 왕조가 교체될 때의 일을 거울삼아 선위할 결심을 한 지 오래다. 지금 정무를 보좌하는 예장왕은 하늘로부터 성덕을 부여받았고, 귀신같은 용병술로 숱한 원정을 통해 강토를 넓히고 사직을 바로잡아 조정을 다시 일으켰다. 또한 용안(龍顔)이 영특(英特)하고 하늘로부터 비범한 자질을 받아 군주의 용모를 갖춰 하늘의 해와 달처럼 밝게 빛난다. 그런고로 네 가지 신령스럽고 상서로운 짐승이 끊임없이 나타나고 큰 강과 산천에서도 도참(圖讖)이 발견되었으며, 상서로운 조짐이 끊이지 않고 길한 징조가 뚜렷이 보인다. 천상(天象)이 운명이 바뀌었음을 보이고 있고 중원 백성도 그를 황제로 받들고자 한다. 이에 선위를 택한 역대 왕조의 고상한 정조(情操)를 좇고 백성의 바람을 이루어주기 위하여 나는 이제 퇴위하여 황궁을 떠나 잠시 다른 곳에 머물 것이며 예장왕에게 선위하니, 이는 오롯이 요순(堯舜)이 황위를 선양한 예를 따름이라.'

나는 눈길을 들어 자담과 마주 봤다. 우리의 눈빛은 다섯 걸음을 사이에 두고 뒤엉켰다. 겨우 다섯 걸음이었지만 이미 평생의 은원이 가로막고 있었다.

"영명하십니다, 폐하." 나는 고개를 숙이며 그의 앞에 무릎 꿇고 세 번 머리를 조아렸다.

왕복도 뒤이어 꿇어 엎드리고는 바닥에 이마를 댔다.

"그대는 이미 뜻을 이뤘으니 짐도 더는 수고를 끼치지 않겠소. 그저 술 한 잔이면 족하오." 자담은 여전히 웃었지만 눈빛은 이미 다 탄 재처럼 싸늘하게 식어 있었다. "다만 글에는 죄가 없으니 이 원고를 후세에 남겨주시오."

자담은 이렇게 자신의 목숨을 내 앞에 내놓았다. 아무런 방비도 하지 않고 더는 저항하지 않은 채……

술 한 잔이면 족하다니, 어찌 그리 단호한가!

순간 그의 얼굴이 잘 보이지 않았다. 눈앞이 온통 흐려졌을 때에야 내 눈에 눈물이 고였음을 깨달았다.

나는 고개를 끄덕이고는 손을 들어 세 번 박수를 쳤다.

왕복이 옥쟁반을 들고 내전으로 들었다. 쟁반 위의 청록색 옥잔에 담긴 호박색 술은 출렁출렁 흔들리며 향기를 풍겼다.

나는 옥잔을 들고는 눈물을 머금고 웃었다. "자담, 이 술로 너를 보내줄게."

자담은 자리에서 일어나 한 걸음 한 걸음 내 앞으로 다가왔다. 입가에는 여전히 차분한 미소를 머금은 채.

"고마워." 자담은 웃으며 옥잔을 받고는 그대로 고개를 젖혀 한 번에 마셨다.

눈물이 울컥 쏟아져 뺨을 타고 흘러내렸고 눈앞이 뿌옇게 흐려졌다.

"만약 내세가 있다면 나를 기억하고 싶어?" 조그맣게 물었다.

자담은 웃으며 고개를 젓더니 뒤로 몇 걸음 물러나 떨리는 목소리로 말했다. "아무, 이번 생에서 너라는 사람을 처음부터 몰랐더라면 좋았을 거야!"

나는 눈을 질끈 감았다. 화살에 심장이 꿰뚫린 것만 같았다.

자담은 휘청거리며 뒤에 있는 서안을 짚고는 쉰 목소리로 웃었다.

나는 더 이상 서러움을 참을 수 없어 단걸음에 앞으로 나아가 자담을 꽉 끌어안았다.

어릴 때부터 익숙하던 품이었다. 아버지의 품 같기도, 오라버니의 품 같기도 하지만 두 사람과는 또 다른 품……. 자담의 옷에서 풍기는 익숙한 향냄새가 나를 감싸, 마치 우리와 이 세상을 떨어뜨려놓는 것 같았다.

나는 자담의 가슴에 얼굴을 깊숙이 묻고 마지막으로 한 번 더 그의 옷에서 풍기는 침향을 깊이 들이마시고는 흐느끼며 말했다. "앞으로 무슨 일을 겪게 되더라도 잘 살고 네 곁에 있는 사람을 아껴줘."

자담은 흠칫 몸을 떨며 나를 밀어내려고 손을 들었으나, 이미 기운이 빠져 그럴 수 없었다.

"자담, 네가 그리울 거야……. 계속 그리울 거야." 희끗희끗해진 자담의 귀밑머리를 손가락으로 가볍게 어루만졌다. 마치 어린 시절 한바탕 놀고 나면 자담이 흐트러진 내 머리를 정성껏 정리해줬던 것처럼…….

그 술은 자담을 이틀 동안 깊이 잠재울 것이다. 그가 깨어났을 때는 이미 속세를 떠나, 반평생 갇혀 지낸 이 감옥에서 영원히 벗어나 있을 것이다.

약 기운이 돌면서 자담은 혼몽해졌으나, 눈을 크게 뜨려고 애쓰며 눈 한 번 깜빡이지 않고 나를 쳐다보면서 창백하고 얇은 입술을 바들바들 떨었다.

"호요가 기다리고 있어. 네 원고는 꼭 후세에 전해줄게." 나는 눈물을 머금고 그의 얼굴을 응시했다. 이번이 마지막이었다. 이제 다시는 자담을 볼 수도, 만질 수도 없을 것이다. 이토록 아름다운 사람은 세상에서 가장 굳세고 지조 있는 여인의 사랑을 받을 만했다. 수많은 사람이 목숨을 내걸고서라도 얻으려 한 자유가 바로 그의 앞에 있었다.

이미 눈빛이 흐려진 와중에도 자담은 뺨 위로 눈물 한 줄기를 흘리고는 끝내 정신을 잃고 쓰러졌다.

"어서 움직이셔야 합니다. 더 지체해서는 아니 됩니다!" 왕복이 초조하게 재촉했다.

나는 자담을 그에게 맡기며 마침내 손을 놓고 뒤로 한 걸음 물러났다. "왕복, 모든 것을 자네에게 맡길 테니 부디 몸조심하게."

왕복은 바닥에 꿇어 엎드려서 머리를 깊이 조아렸다. "소인, 왕비 마마께 마지막 인사를 올립니다!"

승천문 방향의 불빛이 더 밝게 타오르고 함성 소리가 더 크게 울렸다.
그때였다. 갑자기 날카로운 명적(鳴鏑, 우는살) 소리가 허공을 갈랐다.
동쪽 하늘이 점점 밝아오며 날이 새는 것이 어느새 새벽이었다.

나는 궁도 한가운데 서서 멍하니 고개를 들고 먼 하늘을 바라보았
다. 두근두근, 갑자기 가슴이 거세게 뛰기 시작했다.

너무나도 갑작스러운 명적 소리에 가슴이 관통당한 것 같았다. 설
마……

"왕비 마마, 조심하십시오. 성루에서 전투가 벌어지고 있습니다!"
시녀가 쫓아오더니 신분을 따질 겨를도 없이 황망히 나를 막아섰다.

"그야. 그가 왔어." 입 밖으로 말을 꺼내고 나니 더는 나 자신을 억누
를 수 없었다. 입술을 힘껏 깨물어도 어깨의 떨림을 멈출 수가 없었다.

시녀가 황망히 나를 부축했다. 나는 소매를 뿌리쳐 그녀를 밀치고
는 성루를 향해 내달렸다.

다리에 힘이 풀렸으나 그 어느 때보다 빠르게 내달렸다.

성루에서 본 광경은 이루 말할 수 없이 참혹했다.

그러나 쇳물처럼 성 아래를 까맣게 뒤덮었던 반군 군진이 뒤로 물
러나고 있었다. 멀리 뒤쪽에서 무슨 소동이라도 일어난 듯 웅성거리
는 소리, 날카롭고 긴 소리, 호각 소리가 어렴풋이 들려왔고 동남 방
향에서는 천지를 뒤흔드는 소리가 들려오는 듯했다. 그 소리는 점점
더 커지며 내가 서 있는 궁문 위에서도 우르릉하고 천둥이 울리듯 땅
바닥이 흔들리는 소리를 들을 수 있었다! 그쪽은 경사의 동문이 있는
곳이자 동쪽 교외 병영이 자리한 방향이었다.

위한이 벌게진 두 눈으로 칼을 들고 달려왔다.

"호 원수께서 성안으로 공격해 들어왔습니다!" 교위 하나가 성루로 뛰어올라 숨을 거칠게 헐떡이며 아뢰었다. "평노원수(平虜元帥) 호광 열이 선봉 부대를 이끌고 동문으로 공격해 들어왔고 차기장군(車騎將軍) 사소화는 이미 태화문 밖에 이르렀으며, 왕야께서는 성 아래에 이르시어 동쪽 교외 주둔군을 맡아 통솔하고 계십니다. 지금 반군 진영은 이미 큰 혼란에 빠졌습니다!"

말이 떨어지자마자 성 위에서 우레와 같은 환호성이 들렸다.

정말로 그가 돌아왔다. 내 예상보다 더 일찍, 더 빨리 돌아왔다!

나는 입술을 깨물었다. 귀가 먹먹해질 정도로 크게 울리는 흥분에 찬 환호성을 듣고 있자니 왈칵 눈물이 쏟아졌다.

사방에서 불길이 치솟고 높고 낮은 함성 소리가 귀청을 찢을 듯 울려 퍼지는 가운데, 누군가가 반란군 사이를 뛰어다니며 고함을 지르는 것이 어렴풋이 들렸다. "송회은이 천자를 사로잡고, 성에 불을 지르고 퇴위를 강요한다──." "예장왕이 군사를 이끌고 돌아와 반란을 평정하신다──."

"마침내 왕야께서 오셨군요!" 위한이 크게 웃으며 철가면을 휙 벗자, 붉은 상처 자국이 불길 아래서 더 무시무시한 분위기를 자아냈다. 모두가 죽기 살기로 성을 지키지 않았다면 아마도 우리는 소기가 올 때까지 버티지 못했을 것이다.

나는 이 올곧고 절개 있는 사내대장부를 바라보며 차갑게 말했다. "승리를 논하기에는 아직 이릅니다."

"왕비께서는 여세를 몰아 반군을 추격해야 함을 말씀하시는 것입니까?" 위한이 멍해져서 물었다.

"아니오. 나는 반군이 궁 안으로 들어오게 할 것입니다." 미소를 지으며 답했다.

위한이 두 눈을 부릅뜨며 물었다. "무어라 하셨습니까?"

나는 웃음을 거두고 또박또박 말을 이었다. "황제를 시해한 죄를 뒤집어쓸 사람이 있어야 하니까요."

순간 위한의 동공이 수축하며 놀란 목소리가 이어졌다. "그 말씀은 다른 사람의 칼을 빌려 황상을……."

"그렇소. 황상께서는 이미 유조를 남기셨소. 일단 황제께서 붕어하시면 예장왕이 대통을 계승케 하시겠다고 말이오!" 나는 태화문 방향으로 고개를 돌리며 천천히 말을 이었다. "우리는 태화문을 빠져나가 사소화와 회합한 다음, 다시 승천문을 열어 송회은이 군사를 이끌고 궁 안으로 들어오게 할 것이오."

위한이 건원전 방향으로 고개를 휙 돌렸다. 그곳에서는 이미 짙은 연기와 시뻘건 불길이 치솟고 있었다. 궁전 전체가 화염에 휩싸였다. 건원전뿐만 아니라 황후의 거처인 소양전도 불바다가 되어 있었다.

이 불은 왕복이 이미 두 사람을 데리고 비밀 통로로 빠져나갔음을 의미했다. 황제와 황후의 침궁은 불길에 무너졌고, 그에 따라 모든 흔적은 깨끗이 지워졌다.

황제를 시해하고 퇴위를 강요했다는 이 천인공노할 대역죄는 이제 자연히 송회은에게 씌워질 터였다.

묘시(卯時) 삼각(三刻) 태화문의 포위가 무너졌다.

태화문을 겹겹이 둘러싸고 있던 반군 장수는 전투를 앞두고 자기편을 배신하여 차기장군 사소화에게 투항했다.

방계가 철의위를 이끌고 길을 열며 내 난거가 태화문을 나가도록 호송했다. 태후의 수레가 뒤따랐고, 위한이 금군 수위를 이끌고 뒤를 끊으며 승천문에서 패한 척 계속 후퇴함으로써 송회은의 반군이 궁문을 공격해 들어가 계속 살육을 자행하며 돌진하도록 유인했다. 건원전과 소양전을 태우며 활활 타오르는 불길은 구중궁궐의 하늘을 선혈처럼 붉게 물들였다.

지난날의 화려하고 위엄이 넘치던 궁문은 이미 이 악몽 같은 살육을 막을 수 없었다. 난거는 궁문 안에서 펼쳐지는 살육과 봉화를 멀리 뒤로 떨치고 멀어졌다. 나는 어린 여자아이를 품에 꼭 안고 한 손으로 심지의 차디찬 작은 손을 움켜쥔 채 묵묵히 궁문을 돌아보았다. 마음속에 처량함만 남았다.

수레바퀴가 드르륵드르륵 소리를 내며 궁도 위를 내달리자 철기군이 좌우에서 호위하며 우리가 무사히 떠나도록 수행했다.

궁문을 나서니 길 양쪽이 온통 부러진 무기와 잘린 팔다리로 덮여 있고 사방이 피바다였으며, 곳곳에 시체가 널려 있어 참혹하기 이를 데 없었다. 피라면 이미 볼 만큼 봤는데도 손발이 차게 식어갔다. 나는 옆에 있는 심지가 이 참혹한 모습을 볼까 봐 서둘러 주렴을 내렸다.

심지는 가만히 내 옆에 기대 있었다. 얼굴은 하얗게 질렸으나 평소같이 태연하려고 애썼다. 그런데 품 안의 어린아이는 지금 무슨 일이 일어나고 있는지 까맣게 모른 채 깊은 잠에 빠져 있었다. 이 달콤한 꿈에서 그녀의 아비는 홀로 막다른 길을 향해 걸어가 곧 그녀와 영영 이별하게 될 것이다. 이제 막 어미를 잃고 뒤이어 아비까지 잃은 아이를 기다리는 운명은 어떠할까?

내 아기, 소소와 철아야. 너희도 지금 꿈을 꾸고 있겠지? 하지만 편안히 잘 자고 있니? 벌써 여러 날 너희를 보지 못했구나.

순간 눈앞이 흐려지고 시려왔다. 생사가 달린 큰 화를 겪으며 수많은 사람들의 시신을 밟고 마침내 온 가족이 만나게 되었다. 이 정벌과 살육도 끝에 다다랐다.

나는 여인들과 아이들이 권세를 위해 순장당하는 것을 너무나 많이 보았다. 내 아이들은 결코 그러한 비극을 되풀이하게 하지 않을 것이다. 나는 이 아이들을 세상에서 가장 행복하게 만들어줄 것이다.

난거가 멈추자 주렴을 들어 올렸다. 이내 새카만 철기군이 앞을 가로지르고 '사(謝)' 자가 쓰인 깃발이 아침 바람을 맞아 펄럭펄럭 휘날리는 것이 보였다.

맨 앞에서 은색 투구에 붉은 술을 단 채 늠름하고 씩씩하게 말 등에 앉아 있는 소년 장군은 우리 쪽으로 말을 달렸다.

"소화 장군이에요!" 심지가 고개를 쳐들며 놀라 소리쳤다. 아이의 뺨에 금세 장미꽃처럼 붉은 홍조가 떠올랐다.

심지의 맑은 두 눈에 내 지친 웃음이 비쳤다. 순간 만감이 교차했다.

"가보아라!" 나는 손을 놓아주었다. 심지는 난거에서 뛰어내리더니 백마를 타고 은창을 든 그 소년을 향해 무작정 뛰어갔다.

지난날 휘주성 아래에서, 지금과 똑같이 아침 햇살 속에서 본 그 장면은 너무나 익숙하면서도 아득했다. 그 당시의 나도 아마 저렇게 미친 듯이 소기의 말 앞으로 달려갔던 것 같다.

수행 궁인이 어린아이를 건네받고 난거에서 내리는 나를 부축했다.

"소장, 오는 길이 늦어 왕비께서 놀라시게 했으니 그 죄가 만 번 죽어 마땅합니다!" 사소화가 말에서 내리며 절을 올렸다.

대군이 곧 당도할 터였고 간절히 기다리던 낭군도 멀지 않은 곳에 있었다. 패업을 이룰 순간이 코앞으로 닥쳤다. 그런데도 눈앞에 보이는 것은 여전히 피바다와 산을 이룬 시체들이고, 검은 연기가 여기저기서 피어오르는 궁궐은 무너지고 파괴되어 있었다. 죽은 자들의 시신이 채 식지도 않았고, 어린 세자는 아직 강보에 싸여 있었다.

참담한 광경을 마주하니 더는 기쁜 마음이 들지 않았다. 그저 몹시 지치고 처량할 따름이었다.

"어마마마, 기쁘지 않으세요? 부왕께서 우리를 구하러 오신대요!" 내 손을 꼭 붙잡은 심지가 간절한 눈빛을 반짝이며 고개를 돌려 사소화를 바라봤다. "소화 오라버니가 왔으니 어마마마는 걱정하지 마세요!"

사소화가 심지를 향해 미소를 지으며 고개를 끄덕이고는 다시 고개를 들어 걱정 어린 눈길로 나를 주시했다.

나는 애써 정신을 차리고는 두 사람을 향해 미소를 지었다.

내 뒤로 태후의 수레만 보이고 황제와 황후의 용가(龍駕)는 보이지 않자 사소화가 황망히 물었다. "반군이 이미 궁문 안으로 공격해 들어왔는데 황상께서는 위험에서 벗어나셨는지요?"

나는 고개를 모로 돌렸다. 눈시울이 점점 뜨거워졌다. "황가의 존엄과 관계된 일이므로 황상과 황후께서는 도망치지 않으시고 궁성과 존망을 함께하기로 맹세하셨다."

떠나기 직전 자담의 눈빛이 떠올라 가슴이 미어졌다. 나는 고개를 휙 돌리고는 더 이상 아무 말도 하지 못했다.

사소화에게 한 말은 거짓이었으나 비통한 심정은 참이었다.

소기를 속여 넘기고 세상 사람들을 속이려면 먼저 나 자신부터 속여야 했다. 그를 밀친 그 순간부터 나는 그가 이미 죽었다고, 활활 타오르는 불길 속에서 과거지사와 함께 재가 되었다고 생각했다.

사소화는 한동안 말없이 숙연하게 서 있더니, 나에게 태후와 함께 부장을 따라 잠시 병영으로 몸을 피하라고 했다. 고개를 끄덕이며 돌아서서 막 난거에 오르려다가 기병(騎兵) 하나가 날듯이 달려오는 것을 보았다. 병사는 휙 하고 몸을 날려 안장에서 내려오더니 급히 보고했다. "역신 송회은이 죽어도 투항하지 않고 친위병 백여 명을 이끌고 숭극문(崇極門)을 빠져나가 남쪽 교외로 도망쳤습니다. 호 장군께서 이미 성을 나가 추격하고 있고, 궁 안의 반란은 평정되었습니다. 왕야께서는 이미 승천문 밖에 이르셨습니다."

서로를 마주 본 나와 사소화의 얼굴에 놀라움이 떠올랐다.

충격이었다. 겹겹이 둘러싼 포위를 뚫고 경성을 빠져나가다니, 송회은이 소기가 펼쳐둔 천라지망을 벗어났다는 말인가!

궁 안의 반란은 이미 평정되었기에, 나는 걸음을 멈추고 짙은 연기에 휩싸인 궁궐을 바라보다가 궁으로 돌아갈 테니 수레를 준비하라 일렀다.

소기가 이미 승천문에 이르렀다 하니, 천자전(天子殿)에서 그가 돌아오기를 기다렸다가 내 눈으로 직접 그가 천하를 통치하는 모습을 지켜보리라.

천하 天下

난거가 왔던 길을 되돌아가 방금 떠나온 태화문 안으로 들어가는 데, 문득 격세지감이 들었다.

반군이 지나간 곳마다 시신이 바닥을 뒤덮고 섬돌에 피가 뿌려져 있었다. 이기(彝器)들이 뒤집어져 있고, 천자의 의장 어기(御器)들이 여기저기 나뒹굴었다. 궁마다 수색과 살육이 자행되어 사방에 널린 시체 중 대부분이 젊고 아름다운 궁녀와 비빈이었다. 천운으로 살아남은 궁인들은 사방으로 도망쳐 몸을 숨겼다가, 태후와 나의 수레가 궁으로 돌아온 것을 보고 바닥을 기며 큰 소리로 울부짖고는 머리를 조아리며 살려달라 빌었다. 궁 안의 반군은 대부분 소탕되었고, 아직 남은 군사들은 모두 갑옷을 내던지고 투항했다.

건원전 앞에 이르러 옥계를 오르는데, 용 조각과 봉황 장식이 있는 계단 위로 구불구불 이어진 핏자국이 내 치맛단을 물들였다.

앞쪽에 시신 한 구가 가로누워 있었는데, 비단옷은 붉은 피로 물들었고 검은 머리가 바닥에 구불구불 흩어져 있었다.

아는 얼굴이었다. 바로 얼마 전에 책봉된 풍(馮) 소의였다. 가느다란 칼자국이 그녀의 목을 긋고 지나갔다. 달리 상한 곳 없이 몸은 멀쩡했으나, 칼날이 스치고 지나간 그곳에서 선혈이 울컥 쏟아져 나와 목과 어깨를 타고 흘러 몸 아래 있는 옥계 위에 굳어졌다. 너무나 시뻘건 색에 눈이 시릴 정도였다. 짙은 피비린내가 코끝을 파고들었고, 두려움에 일그러진 창백한 얼굴이 내 눈 안에서 점점 커져갔다……

"왕비 마마, 보지 마십시오." 사소화가 황급히 다가와 내 시선을 가리려고 했다.

나는 손을 들어 그를 제지했다. 고개를 숙이고 그 시신에 남은 칼자국을 보았다. 빨간 선처럼 가는 것이 쉽사리 그 흔적을 찾아낼 수 없지만 한칼에 목숨을 취한 치명상이었다.

"송회은입니다." 사소화가 묵직한 목소리로 말했다.

이러한 칼자국은 휘주에서 한 번 본 후로 머릿속에 각인되어 있었다.

사소화는 뒤돌아서서 좌우에 이르기를, 사방을 깨끗이 치우고 왕야께서 전각에 드시는 것을 맞이하라고 했다.

나는 무심히 전각으로 걸음을 옮겼다. 건원전의 옥계가 이토록 길었다니, 평생을 걸어도 끝까지 오르지 못할 것만 같았다.

풍 소의의 얼굴이 여전히 눈앞에서 어른거렸다. 생각하지 않으려고 애썼지만 희미한 불안감을 떨칠 수가 없었다.

"왕비 마마, 멈추십시오. 안으로 드시면 안 됩니다!" 뒤쪽에서 사소화의 고함 소리가 들렸다.

찰나의 순간 빛이 번뜩였다. 나는 너무 놀라 계단 위에서 그대로 얼이 빠져 있었다. 풍 소의의 핏자국이 아직 다 마르지 않았으니 살해된 지 얼마 지나지 않았을 것이다.

만약 송회은이 진즉에 궁을 빠져나갔다면 어찌 이곳에서 사람을 죽일 수 있었을까?

그는 궁을 벗어나지 않았고, 도망칠 생각도 없었다. 도주는 그저 사람들의 이목을 가리기 위한 거짓이었고, 실은 소기나 내가 궁으로 돌아오면 우리와 동귀어진할 생각이었던 것이다.

순간 얼음 구덩이에 떨어진 것만 같았다. 나는 느릿느릿 고개를 들어 바라봤다.

건원전 위로 막 떠오른 아침 햇살에 눈이 아팠다.

옥계 끝 대전 한가운데서 유령 같은 인영이 나타났다.

그는 투구를 벗고 산발한 채 3척짜리 장검을 들고 서 있었다. 몸에 걸친 갑옷 곳곳에는 핏자국이 얼룩져 있었는데, 아침 햇살이 비추니 붉은 빛무리가 엷게 떠올라 마치 온몸에 피 안개를 뒤집어쓴 것 같았다.

옥계 일곱 단을 사이에 두고 나와 마주친 그의 눈빛은 죽기 직전의 야수 같았다.

차가웠다. 얼어붙을 듯 차가웠다. 절망으로 얼어붙은 듯했다.

뜨거웠다. 정신이 나간 것처럼 뜨거웠다. 제정신이 아닌 듯했다.

일곱 걸음, 삶과 죽음을 가를 거리.

송회은이 갑자기 칼을 뽑아 들더니 나를 향해 휘둘렀다.

긴 칼날에 비친 찬란한 햇빛이 천지를 밝혔다.

나는 눈을 감았다. 마음은 고요했고, 마지막 순간 소기의 모습이 스쳐 지나갔다.

마치 검을 든 채 말을 날려 달려오는 그 모습을 다시 본 것 같았다. 소기의 깊은 눈빛이 칼끝을 지나쳐 곧장 내 가슴속 가장 깊은 곳에 이르러, 우리 두 사람의 마음이 하나로 이어지는 것 같았다.

귓가에 허공을 가르는 바람 소리가 들리더니 우두둑 뼈가 끊어지는 소리가 울렸다.

모든 것이 그 한순간에 멈췄다.

눈을 뜨니 세 발자국 떨어진 곳에 송회은의 장검이 있었다.

송회은은 갑자기 고개를 쳐들더니 비틀비틀 뒤로 두 발자국 물러나 칼로 바닥을 짚었다.

낭아전 세 대가 그의 몸을 꿰뚫었다.

한 대는 왼쪽 가슴을, 다른 한 대는 오른쪽 무릎을 꿰뚫었고, 마지막 한 대는 검을 쥔 그의 오른쪽 어깨에 박혔다.

동시에 날아든 화살 세 대는 그 힘이 무시무시한지라 중갑을 걸친 군마도 뼈를 뚫고 거꾸러뜨릴 수 있었다. 이런 화살을 쏠 사람은 소기뿐이었다.

그런데도 송회은은 무릎을 꿇지 않고 여전히 칼을 짚은 채 우뚝 서 있었다.

그의 몸에 난 크고 작은 상처들에서 선혈이 솟구쳤고 낯빛은 투명할 정도로 창백했다.

송회은이 피범벅이 된 얼굴을 들어, 마치 천지간에 나 한 사람만 남은 것처럼 지그시 바라봤다.

햇살이 그의 얼굴을 비추자 눈을 가늘게 뜨더니 갑자기 웃음을 터뜨렸고, 그가 쥐고 있던 장검이 바닥으로 떨어졌다.

천천히, 마침내 송회은이 쓰러졌다.

그 장검의 칼날은 내 쪽이 아닌, 안쪽을 향해 있었다.

송회은은 나를 죽이기 위해서가 아니라, 자신이 죽기 위해서 칼을 휘두른 것이었다.

그는 나를 바라보며 웃었다. 새하얀 이를 드러내며. 이마에 흘러내린 머리카락이 바람결에 흩날렸다.

나는 몸을 굽혀 그를 바라봤다. 이토록 온 신경을 하나로 모아 그를 바라본 것은 처음이었다. 나는 차마 그의 얼굴에서 시선을 거둘 수 없었다.

"그대를 기억할 거예요. 영원히 잊지 않겠어요." 그의 눈을 보고 있자니 다시 지난날의 그 소년을 보는 것 같았다.

송회은은 멍하니 나를 바라보다가 눈을 감았다. 그리고 다시 눈을 떴을 때는 흉악한 기운이 모두 사라지고 맑고 평온한 기운만 가득했다.

나는 몸을 일으키며 소매 속의 단검을 뽑아 들었다. 회은, 치욕스런 죄인으로 전락하지 않고 장군답게 죽게 해줄게요.

송회은은 얼굴을 들어 눈 한 번 깜짝이지 않고 나를 응시하며 담담한 미소를 지었다.

나는 있는 힘껏 단검을 휘둘렀다. 시린 빛이 그의 눈동자에 깃든 마지막 빛을 비추면서 그의 입술 사이에서 새어 나온 탄식도 끊겼다.

송회은의 피가 내 흰색 장삼에 튀면서 붉디붉은 꽃을 피웠다. 나는 검을 거두고 무심히 뒤돌아섰다.

소기가 갑옷을 입고 검을 찬 채로 옥계를 뛰어 올라와 내 앞에서 걸음을 멈췄다. 우뚝한 몸이 그 뒤에 있는 눈부신 햇빛을 가리며 나를 자신의 그림자로 덮었다. 햇빛을 등진 그의 표정이 잘 보이지 않았다. 그저 익숙하면서도 낯선 냄새가 맹렬한 기세로 나를 뒤덮었다. ······ 길고 긴 행군의 냄새, 죽음의 냄새, 쇠붙이와 피의 냄새였다.

그의 뒤 옥계 아래로 문무백관이 숙연히 서 있고, 무기를 들고 위엄이 넘치는 군사들이 사방에 가득했다.

나는 뒤로 한 걸음 물러나며 소매 속에서 조서를 꺼내고는 그를 향해 무릎을 꿇었다. "황제 폐하, 만세!"

내 목소리가 멀리 옥계까지 전해지자, 잠시 정적이 흐른 뒤에 계단 아래 있던 신료들이 잇달아 무릎을 꿇고 앉았다. 이윽고 만세 소리가 건원전 앞에 메아리쳤다.

그의 손이 내 두 팔을 단단히 떠받치더니 나를 부축해 일으켰다.

이 두 손이 마침내 천하를, 황권을, 그리고 내 평생의 애환을 움켜쥐었다. 소기가 나직이 내 이름을 불렀다. 그의 목소리는 침착하면서도 따스했다. "보시오, 이것이 바로 당신과 나의 천하요!"

소기는 나를 부축하더니 나와 어깨를 나란히 한 채 계단 아래 엎드려 있는 신료들을, 천하의 백성들을 향해 섰다.

'황제 폐하, 만세' 소리가 다시금 궁궐에 메아리쳤다.

하늘가에 붉은 해가 솟아올라 천지를 밝게 비췄다.

3백여 년의 역사를 지닌 찬란한 궁궐은 대부분 불에 타 무너졌다. 지난날의 화려한 누각은 물론이고 황제와 황후의 거처까지 모두 폐허가 되었다.

황제와 황후는 난을 당해 목숨을 잃었다. 선혈이 섬돌까지 튀었으며, 시신은 불바다에 묻혔다.

일대 왕조가 이처럼 처참하게 막을 내렸다. 반신 송회은은 건원전 앞에서 죽임을 당했고, 나머지 반군은 호광열에 의해 남쪽 교외에서 몰살당했다. 소기는 죄인들을 처벌하는 자리에서 명하길, 군영에서 반란에 관련된 자는 모조리 옥에 가두고 주모자는 처벌하되, 그 가족과 친족은 연좌를 면해주며 그 죄가 삼족까지 미치지 않게 하라고 했다. 또 투항한 자는 모두 사면해주었다. 위한을 우위장군(右衛將軍)으로 진급시켰으며, 경기수비(京畿守備) 서의강을 광덕후(廣德侯)로 봉했다.

태화전 앞, 백발이 성성한 광릉왕(廣陵王)은 내 손에서 선제의 유조를 건네받아 한 자 한 자 떨리는 목소리로 읊었다.

청삼을 걸친 기품 있는 그 소년은 이제 음산하고 엄숙한 묘호가 되어, 그들이 말하는 '선제'가 되어버렸다. 이제 더는 살아 있는, 내게 웃고 화내며 눈물 흘리던 자담이 아니었다.

광릉왕은 조서 읽기를 마친 후 부들부들 떨며 꿇어앉아 소기를 향해 엎드려 머리를 조아리며 절했다.

왕작의 높은 관이 은발이 가득한 그의 머리를 짓눌러 무겁게 옥벽 돌 위로 조아리게 했다.

지난날의 황족은 마침내 고귀한 머리를 떨구고 새로운 황제 앞에서 자신을 '신(臣)'이라 칭하게 되었다.

왕족과 옛 신하들, 백성들은 세상을 뜬 황제와 황후를 애도할 새도 없이 새로운 황제를 맞이했다.

지금까지는 예장왕비로, 그의 아내로, 사랑하는 반려의 신분으로 그의 곁에 나란히 섰었다. 그러나 지금 이 순간의 나는 그의 신하로서, 지존을 향해 머리를 숙이고 무릎을 꿇고 절했다.

솟아오르는 아침 햇살에 엷은 금색으로 빛나는 소기의 냉혹한 옆얼굴은 마치 금과 쇠로 빚은 것처럼 감정을 드러내지 않았다.

이 순간의 소기는 종묘 안에 있는, 그 냉랭한 한옥으로 깎아 만든 거대한 신상을 떠올리게 했다. 높디높은 하늘에서 중생을 굽어보며, 태연자약한 태도로 손에는 지고지상의 힘을 쥐고 세상의 생사를 주재하는 신.

백 년, 천 년 뒤에 후세의 역사서가 이 순간을 어찌 기록할지, 나라를 새로 연 이 황제와 황후를 어찌 기술할지……. 이런 것은 내게 이미 뜬구름이나 다름없었다. 천하의 제왕이 된 것은, 소기에게는 평생의 큰 염원이 이루어진 것이자 앞으로 남은 인생의 웅대한 계획을 시작하는 것이었다. 그러나 내게는 격렬히 싸운 반평생을 끝내는 것이었다. 마침내 더는 두려워하지 않아도 된다. 더는 방어하지 않아도 된다. 이제 이 세상에 우리를 해칠 수 있는 사람은 없었고, 누구도 우리의 운명을 좌지우지할 수 없었다.

오랜 헤어짐 끝에 우리가 다시 만났을 때는 이미 세상이 뒤집혀 모든 것이 달라져 있었다.

크나큰 변동이 어느 정도 안정되자, 소기는 곧바로 태화전에서 신료들을 소견(召見)했다.

나는 소리 없이 뒤돌아 내전으로 물러나려고 했다.

"아무." 소기가 소리 내서 나를 불렀다. 대전을 가득 메운 문무 신료들 앞에서 아명으로만 나를 부른 것이다.

나는 걸음을 멈추고 눈길을 돌려 그와 가만히 마주 봤다.

소기는 들어 올린 손을 허공에 잠시 걸쳐두었다가 다시 내리고는 할 말이 산더미처럼 많으나 차마 말할 수 없는 듯, 그저 그윽한 눈길로 나를 바라봤다.

나는 군신의 예로 그에게 무릎을 꿇고 절한 뒤, 몸을 일으켜 내전으로 물러났다.

거추장스러운 치맛자락이 냉랭한 궁궐 벽돌을 쓸자, 비단옷이 바스락거리고 패옥이 부딪치는 소리가 났다.

휘장이 드리워진 눈앞의 회랑은 더없이 익숙하면서도 또 더없이 낯설었다.

낭군이 원정에서 돌아왔으니 세간에 전해지는 미담처럼 영웅과 미인이 손을 붙잡고 서로 마주 봐야 할 터였다.

하나 예장왕과 왕비의 아름다운 이야기는 모두 예장왕부에 남겨두었다.

이제 이 엄숙하고 장중한 전당에는 개국 황제와 황후만 있을 뿐 더이상 영웅과 미인은 없을 것이다.

나는 정말로 지쳤다.

시중드는 궁인들의 얼굴을 바라보는데, 정신이 흐릿해지며 이 얼굴들 아래 있는 것이 과연 누구인지 알아보지 못했다.

너무 오랫동안 편안히 잠들지 못했기에 지금 이 순간은 그저 잠을 자고만 싶었다. 그러나 아직 철아와 소소, 오라버니가 무사히 돌아오는 것을 보지 못했다.

그날 나는 내 손으로 직접 두 아이를 보냈다. 이제 나는 직접 그들을 데리러 가야 한다.

나는 멍하니 몸을 돌리며 곧장 자안사로 달려가려고 했으나, 발밑의 궁도가 점점 흐릿해지며 몸에서 힘이 빠져 걸음을 옮길 수가 없었다.

몽롱한 가운데 누군가의 손이 내 뺨을 어루만졌다. 익숙한 손바닥의 온기에 순간 눈물이 흘렀다.

눈물이 나온 것인가? 참으로 오랫동안 정말로 울어본 적이 없는 것 같은데…….

꿈에서 눈물이 비처럼 흘러 뺨을 적시고 그의 손바닥을 적셨다. 차라리 깨지 않고 꿈속에 머무르며 잠시 위로를 받는 것도 좋을 성싶은데, 궁 안의 경루 소리가 귓가에서 한 차례 울렸다.

번뜩 정신을 차린 나는 내가 비단 금침을 덮고 자수 휘장 안에 누워 있음을 깨달았다. 촛불 그림자가 일렁이는 한밤중이었다.

"여봐라!" 나는 억지로 몸을 일으켰다. 팔다리와 뼈마디가 시큰거리고 힘이 들어가지 않았다. 휘장을 들췄는데 이상하게도 시녀 하나 보이지 않았다.

안간힘을 쓰며 바닥으로 발을 내렸으나 다리가 휘청거렸다. 그러다가 힘센 두 팔뚝에 무너지듯 안겼다.

반룡 촛불이 밝혀지며 심지 안에서 탁탁 불꽃이 튀었다.

내 허리에 둘러진 두 팔에 갑자기 힘이 들어가더니 숨도 못 쉴 정도로 나를 꽉 끌어안았다.

소기는 아무 말 없이 목울대를 울렸다. 수염이 자란 턱이 내 이마에 닿자 따끔따끔 아팠다.

천천히 고개를 들어 그를 쳐다봤다. 초췌해졌으나 여전히 의연해 보이는 얼굴이었다.

촛불이 너무 어두워 착각을 한 것인가? 대전에서의 그 용맹무쌍하던 일대 웅주(雄主)가 하루 사이에 피곤에 찌든 모습을 모두 드러내고 수염을 지저분하게 기르고 있었다. 또한 미간 사이의 그 주름은 전보다 훨씬 더 깊어져 세월의 풍파에 시달린 흔적을 고스란히 드러냈다.

"아무, 내가 돌아왔소." 소기는 말없이 한참 동안 나를 바라보다가 쉰 목소리로 이 한 마디를 내뱉었다.

나는 그를 향해 미소를 짓고 싶었지만, 실이 끊어진 구슬처럼 눈물방울이 하염없이 굴러 떨어졌다.

소기가 살짝 떨리는 손가락으로 내 입술을 매만졌다.

"이번 생에 내 다시는 당신 곁을 떠나지 않을 것이오." 소기는 내 눈을 뜨겁게, 그리고 한없는 애정을 담아 마치 새기기라도 할 것처럼 강렬하게 바라봤다. 얼핏 슬픔과 괴로움도 보이는 듯했고, 더욱이 내가 읽을 수 없는 감정을 꾹꾹 눌러 그 안에 깊이 감춰두고 있었다.

순간 정신이 조금 아련해지며 그의 눈 속에서 길을 잃은 것 같았다.

나는 가만히 고개를 들고 그를 쳐다봤다. 이럴 수가! 그동안 세월이 소기의 얼굴에 담담한 흔적을 새긴 것도 모르고 있었다니!

10년의 세월이 살같이 흘렀다. 우리의 가장 아름다운 시절은 모두 싸우는 데 바쳤고 온갖 시련 속에 흘려보냈다. 단 하나 다행스러운 사실은 우리가 서로를 만났으며 모든 것이 아직 너무 늦지는 않았다는 점이다.

뜨겁게 타오르는 그의 얇은 입술이 내 모든 의식을 빼앗아 가기 전에 어렴풋이 가장 중요한 일을 떠올렸다.

"자안사! 아이들이 아직 자안사에 있어요!" 나는 다급히 고개를 쳐들며 그의 소매를 잡아당겼다.

그러나 소기는 내 입을 막으며 나를 품 안에 꼭 가두고는 부드러운 목소리로 말했다. "소리를 낮추시오."

그의 품에서 빠져나오지 못하고 소리도 내지 못하고 있는데, 소기는 따스한 온기가 가득한 눈길을 내려 나를 바라봤다.

병풍 밖에서 갑자기 익숙한 울음소리가 들려왔다. 분명히 아기 울음소리였다.

어리둥절해진 나를 보며 소기가 더욱 짙은 웃음을 지었다. "당신이 애들을 깨웠나 보오."

천고 千古

소양전에서는 비통한 일이 너무 많이 일어났었고, 건원전 안에는 역대 제왕의 영혼이 묻혀 있었다.

나는 전대 왕조의 폐허에 새 궁을 짓고 싶지 않았으며, 익숙한 처마와 회랑 아래서 지난날의 애환을 곱씹고 싶지도 않았다.

사흘 뒤, 소기는 두 궁의 남은 벽을 허물어 평지로 만들라 명하고 따로 길한 자리를 골라 침궁을 짓게 했다. 그리고 소양전이라는 이름을 버리고 황후의 중궁을 함장전(含章殿)이라 고쳤다.

오랫동안 궁에서 지낸 자들은 온갖 난리를 지겹도록 겪었고 너무 많은 궁궐의 비밀을 목도했다. 나는 차마 그들을 죽을 때까지 궁궐에 가둬둘 수도, 아침저녁으로 그 얼굴들을 마주할 수도 없었다.

석 달 뒤, 소기는 전대 왕조의 궁인들을 고향으로 돌려보내라는 명을 내렸다.

반신 송회은은 죽임을 당했고, 그 아내 소씨는 곧은 절개를 빛내며 난리 중에 목숨을 버려 효목공주(孝穆公主)로 추봉되었다.

나의 간청으로 송회은의 세 자녀는 나이가 어려 무지하다는 연유로 아비의 죄에 연루되지 않았다. 그저 평민으로 신분이 낮아져 일족을 따라 서촉(西蜀)으로 유배되고 평생 서촉 땅을 벗어날 수 없게 되었다.

선제의 유해는 화마에 사라졌다. 소기도 내 뜻에 따라, 황릉에 숙종(肅宗)과 승현황후(承賢皇后)의 의관총(衣冠塚, 시신이 없어 죽은 자의 의관을 묻은 무덤)을 조성하였다.

건원전과 소양전의 옛사람들은 반란이나 화재로 죽어, 이제 그날의 사정을 아는 이는 하나도 남지 않았다.

소기는 자담의 죽음에 대해 더는 파고들지 않았다.

모든 일에서 내 뜻을 따라주었다. 말 그대로 만사가 나의 바람대로 다 이루어졌다.

단 하나 유감스러운 일은 오라버니가 돌아올 수 없게 되었다는 점이다.

호방하고 자유로운 강하왕은 자진해서 고향과 작별하고, 멀고 고되고 추운 북방에 머무르기를 원했다.

소기는 경성으로 돌아와 반란을 평정하기 전, 돌궐을 막북으로 축출해 곧장 극북(極北) 황무지까지 몰아냈다.

석 달만 더 시간이 있었다면 돌궐인을 일거에 몰살하여 대지 위에서 완전히 사라지게 할 수 있었다.

그러나 송회은의 반란은 예장왕 철기군의 북진을 막고 칼끝이 가리키는 방향을 바꿔놓았다.

내란은 일대 웅주가 쌓은 공을 하루아침에 무너뜨렸다.

어쩌면 하늘에 돌궐을 망하게 할 뜻이 없었는지도 모른다. 소기는 천하와 제위를 얻었으나, 마지막 관문에서 평생의 염원을 이룰 기회를 놓치고 말았다.

돌궐을 무너뜨리고 천하를 통일하는 것은 소기가 평생 품어온 큰 뜻이었다. 이번에 군대를 이끌고 북벌에 나섰으나 결국 뜻을 이루지 못했고, 앞으로 다시 군사를 일으키더라도 이 꿈을 이루는 것은 쉬운 일이 아닐 것이다.

죽기 살기로 싸우며 항복하지 않던 하란잠은 결국 소기에게 항서를 보내, 국경 영토를 가르고 항복하겠다고 엎드려 빌었다.

세월은 모든 사람을 바꾸어놓았다. 예전의 단호하던 모습은 어디로 간 것인지, 하란잠이 숙적에게 고개를 숙일 줄이야!

하란잠은 마침내 돌궐의 진정한 왕이 되었다. 개인적 원한과 나라 사이에서 의연하게 후자를 지킨 것이다.

소기는 항서를 받고 돌궐과 맹약을 맺어 국경을 나눴다.

하란잠은 남은 부족을 이끌고 머나먼 극북 땅으로 향했고, 막북의 광활하고 풍요로운 땅은 모두 우리 차지가 되었다.

나는 하란잠이 진정으로 패배를 인정했다고 믿지 않는다. 하란잠 같은 사람은 초원의 외로운 이리처럼 언제나 기회를 엿보며 잠복해 있으면서 죽는 순간까지 결코 목표를 포기하지 않는다.

하란잠은 또 한 번 소기의 손아귀에서 벗어났다. 지난 10년 동안 두 사람 중 누구도 나머지 한 사람을 죽이지 못했다.

소기는 하늘을 훨훨 나는 매지만, 하란잠은 땅에 숨어 있는 독사다. 어쩌면 하란잠은 다시금 돌아올지도 모른다.

강역(疆域)을 나눈 뒤, 소기는 조령 하나를 반포했다.

이 조령은 오라버니의 운명과 수많은 사람들의 운명, 그리고 북방 영토의 운명을 바꿔놓았다.

소기는 영삭 이북과 극북 이남을 일곱 개 부족이 섞여 사는 곳으로 나누었다. 전란 중에 가축 떼를 잃은 수많은 돌궐인을 남쪽으로 이동

시켜 농사짓는 법을 가르치고, 영삭 이북에서 황무지를 개간해 농사를 짓게 했다. 또 전란 중에 전답을 잃은 한족은 북쪽으로 이동시켜, 비옥하고 광활한 북방에서 성을 짓고 상업에 종사하게 했다. 먼저 강한 무력으로 각 부족을 복종시킨 다음 한데 모여 살게 하여 서로의 풍속에 익숙해지고 어우러지게 함으로써, 결국은 서로에 대한 원한과 증오를 내려놓고 서로 의지하며 함께 살아가도록 했다.

왕의 손에 들린 장검으로 국경은 나눌 수 있었으나, 고향에 대한 대막 백성들의 그리움과 지난 천 년에 걸쳐 흘러 내려온 핏줄은 끊을 수 없었다.

영삭성 밖에서 보낸 그날 저녁, 나는 소기와 변방으로 말을 달리며 끝없이 펼쳐진 너른 들판으로 눈길을 던져 돌궐 유목민의 장막에서 솟아오르는 밥 짓는 연기를 보았다. 많은 세월이 흘렀지만 그날 소기가 했던 말이 아직도 귓가에 생생하다. '호족과 한족은 원래 순망치한의 관계요. 수백 년에 걸쳐 서로 죽고 죽이는 싸움을 이어오는 동안, 누가 이기든 백성들은 항시 고초를 겪었소. 나라의 국경을 없애 핏줄이 서로 섞이고 예의와 풍속이 서로 스며들어 너와 내가 뒤섞이므로 우애 있고 화목한 하나의 민족으로 합쳐질 때만이 근본적으로 살육을 멈출 수 있소.'

그때는 그저 거창한 공상일 뿐이라고 생각했다.

그런데 소기는 결국 해냈다.

장녕장공주는 선황제의 명으로 돌궐에 시집을 가기로 했었지만, 양국 간의 전쟁 때문에 서로 불구대천의 원수가 된지라 돌궐이 전쟁에서 패해 항복할 때까지도 혼례를 치르지 못했다. 결국 그녀는 헛되이 사혼의 성지만 받은 채 돌궐의 왕후가 되지 못했다.

돌아갈 곳도, 의지할 곳도 없어진 미인에게는 넓디넓은 천하 어디도 고향이 아니었다.

맹약에 따라 하란잠은 장녕장공주에게 낭아왕장(狼牙王杖)을 하사하고 그녀를 곤도여왕(昆都女王)에 봉했다.

이때부터 우리나라의 장녕장공주는 돌궐인의 곤도여왕이 되어 멀리 남방의 고향을 바라보면서 북방의 백성들을 지켰다.

곤도는 돌궐어로 '수호신'이라는 뜻이다. 안개비가 흩날리던 경성에서 온화한 모습의 그 여인이 마지막으로 발길을 멈추고 고향을 돌아보던 장면이 아직도 눈에 선하다. 서로 바라보고 있지만 서로를 알지는 못하니, 《시경(詩經)》의 '채미(采薇)'를 크게 불러보누나(《시경》에 나오는 시구로, '백이와 숙제 같은 은거지사들이 참으로 그립구나'라는 뜻). 얼마나 많은 여인이 망망한 난세에 휘말려 속절없이 이리 치이고 저리 치이며 살아가는가……. 그렇게 시들어버린 미인들에 비하면 채미는 참으로 운이 좋은 편이리라…….

곤도여왕은 지난날 남돌궐의 왕성을 수호한다는 명분으로 그곳에 머물며 성 이름을 곤도성으로 바꾸었다. 웅장하고 오래된 곤도성은 영삭 이북과 막북 이남의 광막한 대지 한가운데 고요히 누워, 일곱 개 부족이 모여 사는 세 개 군과 네 개 성을 통할하며 남북과 서로 호응했다. 여왕은 신이 내린 주재자로서, 천신을 대신해 백성을 수호하면서 영원히 황제의 나라를 따른다.

그 신권(神權) 뒤에서는, 30만 대군을 거느린 강하왕이 천조(天朝)의 존엄으로 그 땅을 지키고 다스리는 직무를 수행하며 북방 영토의 진정한 주재자가 되었다.

결국 운명은 고채미의 뜻을 이루어주었다. 어쩌면 소기가 왕숙의 바람을, 우리 가족의 바람을 이루어주었다고 해야 할지도 모른다.

소기가 군대를 이끌고 경성으로 돌아와 반란을 평정할 때, 30만 대군을 맡기면서 오라버니를 영원한 방패로서 북방 변경에 남겨뒀다.

이때부터 가을바람이 일고 가랑비가 내리는 경성에서는 그 호방하고 다정한 귀공자를 다시는 볼 수 없게 되었지만, 하늘이 높고 구름은 옅은 변방의 창공에는 날개를 활짝 펼치고 바람과 구름에 맞서는 참매가 날아올랐다.

예전의 고채미는 차라리 돌궐에 시집갈지언정 동정은 원치 않았다.

예전의 오라버니는 사랑하는 사람을 놓칠 줄 알면서도 상황을 돌이키기 위해 손을 뻗지 않았다.

난리는 모든 것을 바꿔놓았다.

목숨이 오가는 난리를 함께 겪은 뒤 똑같이 고집 센 두 사람은 마침내 과거사에서 벗어나 새 삶을 맞았고, 서로를 지켜주게 되었다.

다만 두 사람은 평생 서로를 지킬 뿐 바로 곁에서 서로 사랑할 수는 없는 대가를 치렀다.

두 사람은 아침저녁으로 마주할 수 있으나 평생 혼인할 수는 없다. 곤도여왕은 신을 대신해 백성을 지키는 자다. 그래서 돌궐인의 예법에 따라 반드시 신 앞에서 평생 처녀로 지낼 것이며, 영원히 신을 모시겠다고 맹세해야 한다. 이로써 신령의 사면을 받고 황명에 의해 시집간 일이 지워지면서 다시 깨끗한 몸이 되었다.

그때 맺어지시 못하면서 고채미는 결국 오라버니의 아내가 될 수 없는 운명이 되어버렸다.

그래도 두 사람에게는 서로의 곁을 지키고 광막하고 자유로운 변경을 내달리며 함께 늙어갈 수 있는 길고긴 세월이 남아 있었다. 그것으로 충분했다.

어쩌면 오라버니는 하란잠의 남침에 감사해야 할지도 모른다. 그 덕분에 아무런 기대도 할 수 없었던 고채미와의 인연이 다시 이어졌으니 말이다.

하란잠은 송회은의 반란에 감사해야 할 것이다. 그 덕분에 그와 그의 부족이 마지막으로 살아날 기회를 얻게 되었으니 말이다.

자담도 송회은이 퇴위를 강요한 데 감사해야 할 것이다. 그 덕분에 혼란을 틈타 궁성을 빠져나가 다시 자유를 얻었으니까.

그리고 나는 지난날 나를 납치해준 하란잠에 감사해야 할 것이다. 그가 없었다면 소기와 다시 만나지 못했을 테니까. 세상만사는 이리도 빙빙 도는 법이니, 그 누가 그 사이에 얼기설기 얽힌 은원을 확실히 말할 수 있겠는가!

건덕(建德) 2년, 5월 초아흐레.

예장왕 소기가 도성 밖에서 하늘에 제사를 지내고 태화전에서 즉위하였으며, 예장왕비 왕씨를 황후에 책립하고 천하에 대사면을 베풀며 연호를 태초(太初)로 고쳤다.

태초 원년 6월, 소기는 육궁(六宮) 제도를 폐하고 황후 아래로는 후궁을 두지 않겠다는 뜻을 반포했다.

태초 원년 7월, 황장자 윤삭을 태자로 책립했다.

육궁을 폐하는 조치는 조정 안팎을 놀라게 했고 역대 황통을 뒤흔들었다.

이전 왕조에서 외척이 가장 강성했던 시기에도 황제로부터 이토록 지극한 총애를 받은 황후는 없었다.

주(周)나라 이래 역대 군왕은 모두 주례(周禮)에 따라 진한(秦漢)의 고례를 채택했다.

소기는 즉위 초 전대 궁성의 여섯 가지 폐단을 뿌리 뽑는다는 조서를 내려, 번잡하고 방대한 황궁의 지출을 줄이고 내궁 품계를 다시 정했다. 이어서 육궁을 폐하여 후궁의 자리를 비우고 삼비(三妃, 현비賢妃, 숙비肅妃, 덕비德妃를 말함)를 두지 않으며 유일하게 황후만을 둔다는 조서를 반포했다.

천하인이 보기에 나를 대하는 소기의 태도는 이미 황후와 후궁에 대한 제왕의 은총을 훨씬 넘어서는 것이었다. 소기는 천하의 반을 내게 뚝 떼어 주지 못해 아쉬워하며 만세에 이를 혁혁한 명성을 내 가문에 주었고, 다음 제위를 내 아들에게 넘겨주겠다고 일찌감치 약속했다.

나라를 새로 세운 데서 비롯된 위엄과 명성이 없었다면, 나는 진즉에 간관(諫官)에게 요망한 황후로 질책을 당했을 것이다.

함장전에 시원한 산들바람이 불었다. 음력 7월이라 수정 주렴 밖은 심수(心宿, 28수 중 다섯째 별자리)가 점차 서쪽으로 기울면서 날씨가 시원해지고 있는데, 여름날의 해는 여전히 이글이글 타올랐다.

"소신, 감히 황후께 엎드려 용서를 비옵니다. 신은 결코 말씀대로 기술할 수 없나이다." 전각 앞에서 서안에 엎드려 기술하던 사관은 세 번째로 붓을 내려놓고는 바닥에 꿇어 엎드려 내가 구술한 대로 쓰지 않겠다고 완강하게 버텼다.

나는 평안한 태도로 단정히 앉아 살짝 눈을 감았다. 그의 태도에 자못 감격했다.

나는 사관에게 황후 왕씨가 밖으로는 조정 대사에 간섭하고 안으로는 궁궐을 독차지했다는 죄과를 쓰게 했으나, 그는 한사코 거부했다. 백발이 성성한 늙은 사관은 이미 칠순이 넘은 나이였고 왕조가 바뀌는 것을 목도했음에도 예나 지금이나 변함없이 강직했다.

나는 몸을 내밀어 직접 그를 부축해주려 했으나 그럴 기력조차 없었고, 심지어 이 칠순 노인보다 더 허약했다.

늙은 사관은 바닥에 꿇어 엎드린 채 한 마디도 하지 않았다.

나는 한숨을 내쉬며 눈을 내리뜨고는 소매 위에 금실로 휘감긴 봉황 깃털 무늬를 물끄러미 바라봤다. 화려하고 아름다운 궁궐 비단 아래로 드리워진 손끝이 더욱더 창백해 보였다.

사관은 그 누구보다 잘 알고 있었다. 황상이 아무리 나라를 세우고 강토를 넓히며 온 천하를 복속시키는 위업을 이루었다고는 하나, 사덕(私德)에서는 후세의 비난을 면키 어려울 것이다.

제왕으로서 단 한 명의 후비만을 총애하는 것만으로 이미 크나큰 금기를 범했는데, 하물며 지금 황상 슬하의 황손은 철아 하나뿐이었다.

소기는 제위에 오른 뒤로 근면 성실하게 정무를 돌봤다. 내가 본 어느 제왕보다 근면했다.

그의 마음을 모르지 않았다. 아무리 선위 조서가 있었고 송회은이 황제의 퇴위를 강요했다고는 하나, 천하의 많은 입들이 두려울뿐더러 자신이 제위를 노리고 황제를 시해한 야심가로 보이는 것을 원치 않았다. 때문에 나라를 다스리는 데 더 열과 성을 다하고 백성들에게 자애로운 황제가 되려고 노력하는 것이었다.

백성의 칭송을 얻는 것은 쉬운 일이나, 문인과 유생의 인정을 받는 것은 지극히 어려운 일이었다. 실의에 빠진 유생들은 '신분이 낮은 자를 등용하고 가문을 따지지 않는' 소기의 태도에 근심이 이만저만 아니었고, 나라를 다스리는 데서 폐단을 찾아내지 못하자 소기가 황후만을 총애해 자손이 적다고 뒷말을 해대며 어떻게든 그에게 오명을 씌우려고 했다.

어쩌면 세상 사람들이 보기에 나는 후궁을 독차지한, 투기가 심하고 덕 없는 황후로서 제왕의 은총을 독점하고 외척 세력을 넓힌 사람일지도 모른다.

오직 소기와 나만이 우리는 그저 서로에게 지조를 지키겠다고 한 맹세를 따를 뿐임을 알았다. 어쩌면 이것도 소기에게는 한없는 회한을 메우는 길인지 모르지만······.

"황제 폐하를 뵙습니다." 전각 앞 시종들이 갑자기 꿇어앉았다.

전각 밖에서 황제의 행차를 알리는 소리도 들려오지 않았는데, 어느새 소기는 함장전 안으로 들어서고 있었다.

소기는 조회에 들 때를 제외하고는 황색 용포를 입는 것을 싫어했기에, 지금도 늘 예전처럼 소매가 넓고 색이 검은 간소한 옷차림이었다.

세월도 그의 훌륭한 풍채를 어쩌지 못하는지 갈수록 기품이 넘쳤다.

소기는 바닥에 꿇어앉아 있는 사관을 한 번 보고는 미간을 살짝 찌푸리며 소매를 휘둘러 주변을 물렸다.

나는 도리 없는 웃음을 지으며 고개를 저었다. 예전부터 무슨 일이고 간에 그를 속여 넘길 수가 없었다.

"그대가 사납고 시샘이 많다는 것은 내가 알고 있으니, 굳이 후세에 보이려고 써둘 필요 없소." 소기가 몸을 숙이며 내 귓가에 대고 나직이 속삭였다. 아무렇지 않게 하는 그 말에 순간 눈시울이 붉어졌다.

소기도 가만히 내 어깨를 끌어안으며 더 이상 아무 말도 하지 않았다. 그럼에도 우리 두 사람의 마음은 이미 오래전에 하나로 이어져 있었다.

나는 그가 돌아오는 날 쓰러졌고, 내가 정신을 잃은 사이 태의는 이미 그에게 최악의 결과를 전했다.

한참 뒤에 아월이 말하길, 그녀가 아이들과 함께 돌아왔을 때 소기는 멍하니 침상 옆에 앉아 혼수상태에 빠진 나를 지키고 있었는데 온 얼굴에 눈물 자국이 가득했다고 했다.

그제야 나는 왜 그날 깨어나자마자 마주한 소기의 얼굴이 하룻밤 사이에 10년은 늙어 보였는지 알 것 같았다.

태의는 내가 부상과 병마에 시달린 데다 출산으로 몸이 많이 상했고 밤낮으로 근심을 떨치지 못한 탓에 기름이 다한 등처럼 삶의 끝자락에 이르렀다고 하며, 아마 이번 겨울을 넘기지 못할 것이라고 했다.

나는 오라버니와 채미가 부러웠다. 운명의 장난으로 지척에 있으면서도 서로 만날 수가 없지만, 그들에게는 서로를 지킬 수 있는 기나긴 세월이 남아 있었다.

그러나 나와 소기는 갖은 고생 끝에 오늘에 이르러 모든 것을 얻었으나 서로의 곁을 지킬 시간이 남아 있지 않았다.

소기는 내 앞에서 단 한 번도 비통한 마음을 내색하지 않았다.

소기는 과장된 말로 놀라게 하는 어의를 비웃어 걱정할 것은 아무것도 없다고 느끼게 해주었고, 날마다 미소 지으며 나를 달래 약을 먹일 뿐이었다.

소기는 내가 한 일에 대해서 더 이상 추궁하지 않았다. 내가 지키고 싶어 하는 사람을 더는 해치지 않았다. 내가 원하는 모든 것을 두 손에 받쳐 내 앞에 내밀었다. 내 모든 바람을 최선을 다해 이루어주었다.

나 역시 내키는 대로 그의 한없는 사랑을 누리며 사납고 질투가 심하다는 악명을 태연히 짊어지고, 맨 처음에 한 약속을 끝까지 지켰다.

그는 살아 있는 동안 절대로 다른 여인을 아내로 맞지 않겠다고 했다. 이것은 그가 내게 한 약속이었다.

나는 후세가 그의 사덕을 비난하는 것을 원치 않았다. 그는 만세에 추앙받는 제왕이어야 했다.

그렇다면 사관의 붓으로 모든 악명을 내게 덮어씌워 어질지 못하다는 비난을 오롯이 나 혼자 짊어지되, 그 누구라도 우리의 약속을 깨는 것은 용납하지 않을 것이다.

여름이 지나고 겨울이 왔다.

이윽고 만물이 소생하는 봄이 오니 천지가 아름다운 빛깔로 뒤덮였다.

어의는 내가 겨울을 나지 못할 것이라 하였다. 그러나 지금 나는 아직 함장전 밖 꽃나무 아래 앉아, 심지가 연둣빛으로 물든 정원을 신나게 뛰어다니며 연 날리는 광경을 보고 있다.

소소가 조그마한 손으로 박수를 치고 까르르 웃으며 하늘을 나는 그 연을 향해 아장아장 걸어갔다. 철아도 내 무릎 위에 앉은 채로 고개를 쳐들고는 넋 놓고 눈으로 연을 좇으며 우리가 알아듣지 못할 말을 옹알거렸다.

진짜 솔개와 똑 닮은 솔개연이 궁벽 위를 빙빙 맴돌았다.

오라버니가 머나먼 곳에서 보내온 연이었다. 아직도 오라버니는 해마다 4월이면 나를 위해 연을 만들어주었다.

올해는 또 누구를 위해 그 옛날의 '미인연'을 만들어줄까?

채미가 보낸 매화도 연을 따라왔다. 매화와 닮기는 했는데, 자색과 백색이 번갈아 핀 이 기이한 꽃송이는 꽃은 있으되 잎이 없었다. 새외(塞外)의 꽁꽁 언 땅에서 자란 이 꽃은 색이 바래지도, 시들지도 않았다.

소기는 북방 변경이 점차 안정되고 있어 머지않아 오라버니가 우리를 보러 경사로 돌아올 수 있을 것이라고 했다.

정월 즈음, 고모는 고령으로 장락궁에서 평안히 눈을 감았다.

그러나 오라버니는 고모의 마지막 모습을 보러 오지 못했다.

아버지는 여전히 감감무소식으로 천하를 주유하고 있다. 그래서 민간에서는 아버지가 속세를 떠나 선산(仙山)에 들어 수행을 한 끝에 이미 하늘에 올라 신선이 되었다는 말까지 나돌았다.

그런 생각으로 반쯤 넋을 놓고 있다가 한껏 들뜬 심지의 외침에 정신을 차렸다. "아바마마!"

돌아보니 소기가 천천히 다가오고 있고, 그 뒤로 늠름하고 훤칠한 소화 장군의 모습이 보였다.

심지는 얼굴이 발갛게 달아오르고 코끝에 반짝이는 땀방울을 단 채로 일부러 몸을 돌려 소화 장군을 못 본 척하더니, 손에 든 연을 들어 올리고는 웃으며 소기에게 물었다. "아바마마께서는 연을 만들 줄 아세요?"

소기는 살짝 얼떨한 표정을 지었다. "그건, 짐은…… 못 만든다."

나는 풉 하고 웃음을 터뜨렸다.

고개를 숙이는 소화의 입가에도 짙은 웃음이 걸렸다.

"아바마마는 참말로 바보네요! 어마마마, 아바마마께 연 만드는 법을 배워 만들어달라고 하세요." 농이 섞인 심지의 웃음에는 그 나이에서는 볼 수 없는 총명함과 예민함이 엿보였다.

소기는 어처구니가 없는 표정으로 심지를 노려봤다.

나는 소화를 보며 눈썹을 치키고 살며시 웃었다. "소화에게 하나 만들어서 달라고 하지 그러니?"

"어마마마!" 심지는 새빨갛게 달아오른 얼굴로 소화를 힐끗 보더니 그대로 뒤돌아 달려갔다.

"어서 공주를 모시지 않고 뭘 하느냐?" 소기는 얼굴을 굳히며 소화에게 명했다.

소화가 뒤돌아 심지를 따라가자마자 소기도 나직이 웃음을 터뜨렸다.

소소가 다가와 소기의 옷자락을 스치며 방긋 웃는 얼굴로 손을 내밀었다.

소기는 서둘러 몸을 숙여 눈처럼 새하얀 아이를 무릎 위로 안아 올렸다.

바람이 나뭇가지를 스치고 지나가자 가지가 휘어지게 핀 희디희고 또 붉디붉은 꽃잎이 어지럽게 흩날려 내 옷자락을 덮을 만큼 떨어져 내렸다.

고개를 들고 숨을 깊이 들이마시며 바람에 실린 달콤한 꽃향기를 음미했다.

"움직이지 마시오." 소기가 갑자기 온화하게 말했다.

소기는 몸을 숙이고는 나를 뚫어져라 쳐다보았다. 새카만 눈동자 안쪽에 내 모습이 비쳤다.

"아무, 그대는 꽃이 변한 요정이오?" 그가 손을 뻗어 내 미간에 붙은 꽃잎 하나를 떼어내며 나지막이 탄식했다. "그대는 늙지도 않고 여전히 이리도 아름다운데, 나는 벌써 흰머리가 났군."

정말로 소기의 귀밑머리에 한 줄기 은빛이 반짝였으나, 그 말을 할 때의 언짢아하는 모습은 어린아이나 다름없어 보였다.

소기는 나와 이야기할 때만 자신을 '짐'이라고 부르지 않았다.

나는 그 흰머리 한 가닥을 살며시 뽑으며 진지하게 그를 들여다봤다. "나는 당신을 위해 이 세상에 잠깐 살러 온 요괴예요."

소기는 웃으며 내 얼굴을 손바닥으로 어루만졌다.

"나는 당신에게 꼭 붙어 있을 거예요. 세상이 다하는 그날까지 계속요." 나는 그의 손을 잡으며 열 손가락을 마주 걸고 꼭 힘을 주었다.

이미 한 계절을 버텼으니 앞으로도 살기 위해 계속 애쓸 것이다. 그렇게 하루, 한 달, 한 해…… 아주 잠깐이라도 더 버틸 수 있다면 그 시간만큼 그와 함께할 수 있을 것이고, 하루라도 더 그와 함께할 수 있다면 헤어져 있는 날이 하루라도 줄어들 테니까……

　소기의 눈에 언뜻 물기가 어리는 듯했다. 말없이 나와 마주 건 손가락에 힘을 주는 그의 눈동자에 내 모습이 비쳤고, 내 눈 속에도 그의 모습만이 어렸다.

　그는 나의 빛나는 세상이요,

　나는 그의 드넓은 강산이다.

사략 史略

태초(太初) 원년, 신무고조황제(神武古祖皇帝)가 즉위하여 온 천하를 평정했다. 16년에 이르는 재위 기간 동안 법제를 정비하고 백성의 삶을 풍족하게 하였으며, 한미한 가문의 인재를 등용하기 시작하고 문벌의 폐해를 혁파했다. 육궁을 폐하고 평생 다른 비빈을 들이지 않았으며, 스스로를 엄히 다스려 황후와 돈독한 정을 나누었다. 황후 왕씨는 낭야 명문가 출신으로 높은 명성에 걸맞은 덕을 갖추고 품행이 방정하였으며, 태자와 연녕공주(延寧公主)를 낳았다. 태초 7년, 황후가 서른둘의 나이로 함장전에서 승하하니 황제는 몹시 상심하여 이레 동안 철조(輟朝, 황제가 임시로 조회朝會를 폐함)하고, 문무백관이 황후의 죽음을 애도하였다. 시호를 의황후(懿皇后)로 지어 아뢰자 황제가 특별히 '경(敬)' 자를 내리니, 시호는 경의황후(敬懿皇后)가 되었다.

태강(太康) 9년, 황제가 붕어하니 시호는 신무고조황제이며 황후와 영릉(永陵)에 합장되었다.

뒤를 이어 즉위한 태자는 '숭광(崇光)의 치(治)'를 펼치어 태평성세의 문을 열었다.

후기
後記

제비야, 제비야, 날아라, 날아

멀리 위아래로 넓게 펼쳐진 밭두렁 위로 자욱하게 내렸던 엷은 안개가 이른 아침의 햇살에 서서히 흩어졌다.

밭두렁의 뽕나무와 가래나무 사이로 푸른 기와와 백토를 바른 회벽이 보일 듯 말 듯하고, 목동의 피리 소리가 아득히 울리기 시작했다. 밭길에 심어진 뽕나무에서는 벌써 새싹이 움텄다.

땔감을 진 이과아(李果兒)는 살그머니 뜰 문을 밀어젖히더니 담벼락 아래 가만가만 땔감을 내려놓고는 차곡차곡 쌓기 시작했다.

그런데 그만 땔감 하나가 미끄러져 떨어지더니 우물둔덕 아래로 데굴데굴 굴러가 등나무 옆에서 단잠을 자던 얼룩 고양이를 깨우고 말았다. 깜짝 놀라 깬 얼룩 고양이는 야옹 하고 울면서 창턱으로 뛰어 올라 기지개를 쭉 폈다.

이과아는 황망히 입술을 모으고 손을 휘둘러 얼룩 고양이를 쫓으며 이 사리 분간 못 하는 짐승을 속으로 욕했다. '아직 선생께서 기침하실 때가 아니니 조용히 좀 해. 괜히 좋은 꿈 꾸시는 걸 방해하지 말란 말이다.'

얼룩 고양이는 느른하게 꼬리를 말더니 그를 향해 실눈을 떴다.

그런데 그때 끼익 소리와 함께 죽사(竹舍)의 문이 밖으로 열렸다.

문을 열고 나온 선생은 대나무 동곳으로 머리를 고정하고 긴 죽포 (竹布) 두루마기만 걸쳤는데, 하도 빨아 입어서인지 원래의 천청색(天 靑色)이 흐릿하게 바래 있었다. 살랑살랑 부는 새벽바람에 의복의 아 랫자락이 살짝 말려 올라갔다. 얼룩 고양이는 창틀에서 뛰어내리더 니 선생 다리에 딱 붙어 살짝살짝 몸을 비비고 가르릉가르릉 소리를 내면서 애교를 부렸다.

"어찌 이리 일찍 기침하셨습니까!" 이과아가 입을 활짝 벌리고 웃 으며 옷자락에 손을 박박 문질렀다. "씻을 물을 길어 오겠습니다."

"과아야, 내 말하지 않았느냐. 날마다 땔감을 해 오지 않아도 된다 고 말이야." 선생은 바닥에 쌓인 땔감 더미를 보고는 살짝 미간을 찌 푸리며 말했으나 여전히 온화한 표정이었다. "이런 일은 복백(福伯)이 할 터이니, 너는 그저 학문을 닦는 데만 마음을 쓰고 더는 산으로 들 로 다니지 말거라."

이과아는 헤헤 웃고는 고분고분 손을 내리고 바르게 서서 고개만 끄덕거리며 선생의 말을 경청했다. 평소의 게으른 기색은 눈 씻고 찾 아봐도 볼 수 없었다.

선생이 그런 이과아를 보고는 고개를 저으며 웃더니, 느린 걸음으 로 우물가로 걸어가서 물을 길어 올렸다.

"제가 해드릴게요!" 이과아는 냉큼 달려가 표주박을 빼앗아 들더니 금세 서늘한 우물물을 길어 올리고는 말했다. "이제 씻으시지요!"

선생은 웃으며 손가락을 구부려 과아의 관자놀이를 쿡 찔렀다. "글 공부할 때는 어찌 이런 영리함을 볼 수 없을꼬!"

과아는 머리를 긁적이며 웃고는, 소매를 걷어 올린 선생이 두 손으 로 물을 떠 몸을 숙이고 얼굴에 끼얹는 모습을 바라보았다.

물방울이 선생의 얼굴을 따라 흘러내려 귀밑머리를 적셨다. 새카만 귀밑머리 사이로 한두 가닥 은빛이 반짝이는 것을 보니 벌써 흰머리가 난 모양이었다.

이른 아침의 햇살이 선생의 얼굴에 내리고 물빛을 되비추니 그렇잖아도 하얀 살결이 투명하리만치 창백해 보였고 새까만 눈썹과 오뚝한 코, 칼로 마름한 듯한 귀밑머리가 더욱 두드러져 아무리 봐도 속세 사람이라기보다는 그림에서 나온 신선만 같았다. 반쯤 넋이 나간 채로 선생을 물끄러미 쳐다보던 이과아는 물방울 하나가 뺨을 타고 주르륵 흘러내려 선생의 옷섶 안으로 굴러 들어가려는 것을 보고는 서둘러 품 안에 있는 땀 닦는 수건을 꺼내 건네려다가 멋쩍게 손을 멈췄다. 오히려 수건이 선생을 더럽힐까 염려되었기 때문이다.

선생은 그냥 물에 젖은 채로 손을 씻었다. 물에 담긴 두 손은 정성껏 깎은 듯 길고 가늘어 백옥보다 더 보기 좋았다.

"선생께서는 어디서 오셨어요?" 이과아가 멍하니 고개를 쳐들었다. 벌써 일고여덟 번이나 물어놓고도 멍청하게 또 묻고 말았다. 선생이 늘 '나는 북쪽에서 왔단다' 하고 대답하는 것을 뻔히 알면서도 말이다.

이번에도 선생은 지겨워하지 않고 이과아의 똑같은 질문에 웃으며 답했다.

이과아는 아무리 물어도 그보다 자세한 답을 듣지는 못하리라는 사실을 알고 있었다.

선생은 하나의 수수께끼 같았다. 아니, 그는 너무 많은 수수께끼를 숨기고 있어…… 아마 평생을 고민해도 그 수수께끼를 알아내지는 못하리라.

선생이 오기 전까지 이 마을에서는 백여 년이 넘도록 글 읽는 선비가 나온 적이 없었다.

비록 산수가 수려하고 풍요롭고 순박하여 살기 좋은 곳이기는 하나, 아득히 높은 산과 험한 물길을 건너야만 이를 수 있는 탓에 오랜 세월 바깥세상과 단절되어, 산 넘고 재를 지나 이 남쪽 변경의 구석진 마을에 이른 외지인은 거의 없었다. 남녀노소 할 것 없이 농사일밖에 할 줄 아는 것이 없어 그저 해가 뜨면 일을 하고 해가 지면 쉬느라 글을 아는 이도 손가락에 꼽을 정도였다. 소박한 촌사람들이라 외려 욕심 부리지 않고 가진 것에 만족하였기에 조상들이 남겨준 땅을 부지런히 일구었고, 그 덕에 집집마다 살림이 포실하여 배곯을 일이 없었다. 어쩌다가 외지인이 찾아오면 온 마을의 경사인지라 앞다투어 제 집에 초대했다.

이과아는 할아버지에게서 선생이 처음 이 마을에 왔을 때 이야기를 들었다. 할아버지가 아직 살아계시던 그해, 할아버지는 빗속을 뚫고 서둘러 마을로 돌아오다가 산 밖 골짜기 어귀에서 선생 일가를 만났다고 했다.

선생과 부인은 백발의 노복과 함께 폭우가 내리는 밤길을 헤매고 있었다.

한눈에 봐도 먼 길에 고생을 많이 한 듯 세 사람 모두 초췌하기 이를 데 없었는데, 풍한이 들어 병세가 위중하던 선생은 부인의 부축을 받아야만 겨우 걸을 수 있을 정도였다.

과아의 할아버지는 인정이 넘치는 노인인지라 딱할 정도로 쇠약해 뵈는 선생을 보고는 곧장 세 사람을 자신의 집으로 데려왔다. 그러고는 마을에서 가장 용하다는 의원을 부르고 밤새워 약초를 캐 온 덕분에 선생 일가는 힘든 고비를 무사히 넘길 수 있었다.

선생은 자신을 첨(詹)씨라고 소개하며, 북방 변경의 전란을 피해 부인과 노복을 데리고 불원천리 이곳까지 찾아왔다고 했다.

요(姚)씨라는 그 부인은 척 봐도 대갓집 금지옥엽처럼 보였다. 여고
(旅苦)로 몹시 지쳤음에도 절세가인이 따로 없었고 말투나 행동에 기
품이 넘쳤다.

게다가 백발의 노복은 정정하다 못해 건장했는데, 한창나이의 사
내들보다 기운이 장사였다.

세 사람 중에서 가장 흠모를 자아낸 사람은 다름 아닌 선생이었다.

처음 이곳에 온 그는 어떠한 사람이었던가……. 하얀 무명옷을 걸
치고 병색이 완연한 초췌한 모습이었으나, 그 눈동자는 샘물보다 더
맑고 시렸으며 그 용모는 세상에서 제일가는 화공이라도 그려내지 못
할 만큼 아름다웠다. 선생은 항상 미소를 지었는데, 웃는 얼굴은 춘사
월 봄바람처럼 따스하였으나 그 눈 속 어딘가에는 늘 슬픔이 자리했
다. 마치 세상의 애환을 질리도록 겪어 모든 것을 다 이해하는 듯했다.

선생은 병석을 털고 일어났음에도 여전히 허약했기에 마을에 머무
르며 몸을 돌봤다.

그렇게 머물게 된 것이 벌써 7년 전이었다.

처음에 선생은 이(李)씨 집에 머물며 한가할 때마다 이과아에게 글
을 가르쳤다. 이 사실을 알게 된 이웃들이 자식들을 보내기 시작했다.
하나이던 것이 어느덧 열로, 열이던 것이 어느덧 백으로 늘어 글을 배
우러 오는 아이들은 갈수록 많아졌다. 마을 사람들은 세 사람이 지낼
집을 지어주고 정원을 손봐주었다. 여인네들은 요씨 부인에게 옷감
짜는 법과 음식 만드는 법을 가르쳐주었고, 사내들은 땔감이며 양식
따위를 가져다주었다. 어느 집에서 돼지나 소를 잡고 산에서 짐승이
라도 잡아 오는 날이면 선생 집에도 잊지 않고 나누어 주었다.

선생과 부인은 슬하에 세 살짜리 딸아이 하나를 두었는데, 두 사람 다 아이를 몹시 아꼈다.

선생이 죽사 안에서 글을 가르치면, 부인은 집 밖 회랑 아래 가만히 앉아 아이들의 옷을 기워주곤 했다.

마을 아이들은 툭하면 나무나 담벼락에 올라가 장난을 쳤기에 옷이 더러워지고 해지는 것은 늘 있는 일이었고, 집안 어른들도 그러거나 말거나 별로 신경 쓰지 않았다.

그러나 선생은 단정하고 정갈한 것을 좋아했다. 똑같은 무명옷에 짚신인데도 그의 몸에 걸쳐지면 먼지 한 톨 없이 깨끗하기만 했다.

날마다 오후가 되어 아이들이 죽사로 찾아오면, 부인은 늘 빙그레 웃으며 달콤한 떡을 내와 아이들에게 나눠 주었다. 또 손발이 흙투성이거나 옷이 해진 아이가 있으면 손이고 얼굴이고 깨끗하게 씻겨주고 해진 옷을 벗겨 꼼꼼히 기워주었다.

그중 호두(虎頭)라는 아이가 있었는데, 아홉 살밖에 안 되었음에도 키가 훌쩍 크고 건장한 데다 짓궂기가 이루 말할 수 없어 날이면 날마다 담벼락을 오르내리고 싸움박질을 했다. 호두의 어미는 몇 해 전에 세상을 뜨고 집에는 아비와 어린 남동생뿐, 돌봐줄 고모나 숙모도 없어 언제 봐도 흙먼지를 뒤집어쓴 꼴이었다.

처음에 그의 아비가 글공부를 하라 보냈을 때는 냅다 도망쳐 그림자도 보이지 않다가, 나중에 요씨 부인이 달콤한 떡을 만들어 주는 것을 보고 나서야 꾸물꾸물 돌아왔다.

슬슬 호두가 찾아오는 일이 잦아졌다. 호두는 늘 아침 일찍 달려와 부인이 옷을 다 기워줄 때까지 그 옆을 지키고 앉아 있었다.

몇 번인가 우연히, 이과아는 호두가 일부러 집 밖 울타리에 옷소매를 걸어 찢은 다음 부인을 찾아가는 것을 목격했다.

이과아는 부인에게 호두가 심술을 부린 것이라고 몰래 고자질을 했다. 그러나 부인은 미소를 지으며 한숨을 쉬었다. "호두는 제 어머니가 그리운 것이야."

부인과 선생은 모두 온화하고 선량하기로 둘째가라면 서러울 사람들이었다. 선생은 단 한 번도 다른 사람 앞에서 목소리를 높인 적이 없었다. 아무리 짓궂고 극성맞은 아이라도 결코 꾸짖는 법이 없었으며, 오히려 마을에서 가장 골치 아픈 말썽꾸러기도 고분고분 따르게 만들었다.

오직 늙고 뚱뚱한 복백 앞에서는 누구 하나 감히 말썽을 부리지 못했다.

복백은 말수가 적고 잘 웃지도 않는 편이었다.

평소에 그저 고개를 숙인 채 묵묵히 할 일만 했고, 얼굴에 감정을 드러내지 않았으며, 사람을 쳐다볼 때는 늘 눈을 가늘게 좁혀 떴다. 가끔 말을 할 때면 그 소리가 다른 사람과는 전혀 달랐는데, 날카롭고 가늘며 나직이 잠겼고 얼음장처럼 차디차 도무지 가까이할 엄두가 나지 않았다.

마을 노인들은 다 자상하고 온화했기에 이처럼 괴상한 늙은이는 본 적이 없었다.

가끔 선생 집에서 말썽을 부리던 아이들도 복백을 보면 깜짝 놀라 뒷걸음질을 쳤다.

그러나 이과아는 복백을 무서워하기는커녕 선생 다음으로 경모했다.

어느 날 밤, 이과아는 몰래 뒷문을 빠져나갔다. 호두와 강가에서 게를 잡기로 했기 때문이다.

밤이 되면 모래 구멍 속에 있던 게들이 숨을 쉬러 밖으로 기어 나왔다. 모래톱은 그야말로 게 천지여서 한 번 잡으면 대바구니가 반이나 채워졌다.

그때는 아직 죽사를 짓기 전이라 선생 일가는 여전히 과아네 집에 묵고 있었다.

복백은 후원에 따로 지어진 오두막에서 지내고 있었다.

그날 밤, 하필이면 후문이 잠겨 있어 이과아는 하는 수 없이 월담을 했다. 그런데 발이 미끄러지는 바람에 그대로 머리부터 떨어지고 말았다. 그렇게 떨어진다고 죽지는 않았을 것이나, 머리가 깨져 피를 한 됫박 쏟을 것은 각오해야 했다.

그런데 이과아는 다친 곳 하나 없이 멀쩡했다.

복백의 품으로 안전하게 떨어졌기 때문이다.

겨우 눈 깜짝할 사이였는데……. 분명히 월담하기 전에는 담장 아래 아무도 없었는데…….

이렇게 큰 아이를 복백은 마치 빈 자루를 받듯이 가볍게 받아 들더니 쓱 밀었다.

머릿속은 여전히 뭐가 어떻게 된 일인지 몰라 얼떨떨한데 이과아의 몸은 멀쩡히 바닥에 내려졌다.

복백은 한 마디 말도 없이 뒤돌아서더니 그대로 가버렸다. 달빛 아래서 본 그는 여전히 등이 굽고 백발이 성성했다.

"며칠 비가 내리더니 드디어 갰군." 선생이 얼굴을 닦으며 하늘을 올려다보고는 햇살에 눈을 가늘게 뜨며 웃었다.

이과아는 멍하니 고개를 끄덕였으나 속으로는 '비 오는 날이 좋은데……' 하고 생각했다. 비가 오면 어머니를 도와 볕에 솜을 널 필요가 없었기 때문이다.

그런 생각을 하고 있는데 선생이 웃으며 말했다. "과아야, 오늘은 볕에 책을 말리자꾸나."

"예?" 어안이 벙벙해 있던 이과아의 조그만 얼굴이 순식간에 일그러졌다.

하지만 선생의 말을 거스를 수는 없는 노릇이었다.

"좋습니다. 제가 책을 옮기겠습니다." 이과아는 소매를 접어 올리며 선생 몰래 울상을 지었다.

선생은 집 쪽을 돌아보며 말했다. "아요(阿姚), 내 책을 다 내오시오. 며칠 동안 집안이 너무 축축했으니……."

그때 끼익하며 창이 열렸다. 쪽머리를 반밖에 틀지 못한 부인은 맨얼굴에 산발을 한 채 한 손으로는 비녀를 들고 다른 손으로는 창을 짚고는 웃으며 말했다. "별일 아닌 듯 말씀하시네요. 큰 상자가 몇 개나 되는데, 복백이 돌아와서 손을 보태야 다 내올 수 있을 거예요."

"낚시 간 복백을 기다리다가는 해가 다 저물고 말 거요." 선생은 들은 척도 하지 않았다. 한 번 고집을 부리기 시작하면 아이가 따로 없었다.

복백은 선생의 어린 딸을 데리고 또 강가로 낚시를 하러 갔기에 저녁이 되기 전에는 돌아오지 않을 터였다. 선생을 이길 수 없는 부인은 하는 수 없이 밖으로 나와 책 옮기는 것을 도왔다. 얼룩 고양이도 부인의 다리에 꼭 붙어 야옹야옹하며 애교를 부렸다.

선생이 죽사에서 책을 내오면 부인이 찬찬히 먼지를 털어내고 종류별로 골랐다. 그러면 과아는 빠릿빠릿하게 한 무더기씩 뜰로 날라 햇볕 아래 늘어놓았다. 세 사람이 저마다 바삐 손을 놀리면서도 웃음꽃을 피우며 정답게 이야기를 나누니 분위기는 퍽 화기애애했다.

뜰 안에 널찍한 곳이 없어 두꺼운 선장본(線裝本)들을 석대(石臺)와 석탁(石卓) 위에 널어두니 바람결에 책장이 팔랑팔랑 넘어갔다. 뜰 안에

묵은 종이와 솔먹 냄새가 은은하게 퍼져 사방이 책 향기로 가득 찼다.

아침 햇살이 뜰 안의 늙은 홰나무를 지나 나무 그림자에 스며들어 바닥에 얼룩덜룩한 빛무리를 뿌렸다.

세상모르고 책 너는 데만 열중하다 보니 어느새 한참이 지났다.

몸을 일으키는 선생의 관자놀이에는 송골송골 땀이 맺혔고 늘 창백하기만 하던 얼굴도 열이 오른 탓에 살짝 붉어져 있었다.

"좀 쉬세요." 부인은 선생의 손에 들린 서책을 건네받으며 빙긋이 웃었다.

선생은 고개를 끄덕이며 부인과 눈을 마주하고는 아무렇지 않은 듯 미소를 지었다. "당신을 힘들게 했나 보오?"

부인은 말없이 웃으며 다가가 소매를 들어 선생의 관자놀이에 맺힌 땀방울을 닦아주었다.

선생은 살며시 부인의 손을 잡아 그녀의 가느다란 손가락을 손바닥으로 쥐고는 손가락 끝에 살짝 박인 굳은살을 매만졌다.

기억 속의 이 두 손은 항상 이랬다. 그 옛날에는 말을 타고 활을 당기느라, 지금은 옷을 빨고 풀을 먹이며 온갖 궂은일을 하느라 항상 거칠기만 할 뿐 규방 여인네들처럼 여리디여려 매끈매끈하고 보들보들했던 적이 없었다. 예전에는 늘 그 점이 아쉬웠다. 여인의 손이라면 마땅히 보드랍고 가녀려야지 이처럼 거칠어서야 어찌하나, 그런 생각을 했더랬다. 예전에는……. 선생은 갑자기 눈을 내리깔며 웃고는 소리 없이 탄식을 내뱉었다. 그리고 어렴풋이 떠오르는 자잘한 기억들을 털어내며 아내의 손을 더 힘껏 쥐었다. 예전 따위는 없다. 다시는 없을 것이다.

부인은 말없이 그에게 손을 내맡기고 엷은 미소를 지었다.

그때 살짝 닫아둔 뜰 문이 끼익하고 열렸다.

잔뜩 들뜬 이과아의 외침이 들렸다. "호두, 나(羅) 아저씨…… . 어? 둘째 나 아저씨도 오셨네요!"

입구에서 사내의 순박하고 무던한 웃음소리가 들렸다. "선생께서는 집에 계신지요?"

말소리와 함께 발걸음 소리가 뜰 안으로 들어섰다.

부인은 황급히 손을 빼내고는 머리를 매만지며 뒤돌아서다가, 호두가 제 아비의 손에 끌려 들어오고 그 옆에 호두의 아비와 틀에 박은 듯 닮은 건장한 체구의 사내가 붉은 종이에 싼 비단을 두 손에 들고 들어오는 것을 보았다.

뜰 바닥에 가득 펼쳐진 서책 탓에 발 디딜 곳이 없어 부인은 서둘러 손님을 방으로 안내했다.

호두 아비는 뜰에 가만히 서서 두 손을 비비며 말했다. "선생, 오늘 이렇게 호두를 데리고 찾아온 것은 감사를 드리기 위해서입니다."

이 호방한 사내는 언변에 능하지 않았지만 선생을 대할 때면 늘 지극히 공손했는데, 오늘따라 유난히 어찌할 바를 몰라 했다.

"어인 말씀이십니까? 호두 아버님께 여러모로 신세를 졌는데 이리 예의를 차리실 필요가 있겠습니까." 부인이 웃으며 말했다.

선생도 별말 없이 그저 찬 기운이 서린 얼굴로 고개만 살짝 끄덕였다.

호두는 평소와 달리 어색하게 제 아비 뒤에 몸을 숨겼는데, 뭐가 영 못마땅한지 지르퉁한 모습이었다.

옆에 서 있던 장년의 사내는 선생에게 몸을 숙이며 읍하고는 말했다. "소인은 나씨 집안 둘째이온데, 요 몇 년간 선생께서 호두를 위해 애써주신 점에 깊이 감사드립니다."

"이놈은 제 둘째 아우로 요 몇 년간 줄곧 외지에서 장사를 하다가 어제 막 집에 돌아와 하룻밤을 묵고는 선생을 뵈러 왔습니다." 호두의 아비는 황송하기 그지없는 태도로 웃었다. 호두 아비의 아우는 외지에서 고생깨나 한 듯 보였으나, 표정이나 행동거지는 산촌 사람들보다 영민하고 활달했다. 이러나저러나 천하를 돌아다니며 세상 물정을 익혔으니 당연한 일이었으나, 그 또한 선생을 대하는 태도는 지극히 공손했다.

"지나치게 예의를 차릴 필요 없소." 선생은 담백한 표정으로 살짝 손을 들어 답례했다.

부인은 선생을 한 번 보고는 나씨 형제를 향해 웃었다. "과아가 그러던데, 호두를 성에 데려가 일을 가르치려고 고향에 돌아오신 거라고요?"

"예, 그럴 생각입니다." 나씨 집안 둘째는 고개를 끄덕이며 호두를 한 번 보고는 탄식했다. "이 아이는 어려서부터 어미 없이 큰 데다 고집까지 센데, 요 몇 년간 선생 덕분에 글줄이나 익힐 수 있었습니다. 이에 형님께서는 호두에게 바깥세상을 좀 보여주시려고 저에게 맡기려 하십니다. 저도 평생 산속에서 살 수는 없다고 생각하고 있습니다. 요즘은 예전 같은 난세가 아니라 세상이 날로 좋아지고 민생이 태평하니, 이 아이도 세상에 나가면 큰일을 이룰 수도 있지 않을까……."

선생이 미간을 살짝 찌푸리며 아무 말 없이 나씨 집안 둘째의 얼굴을 담담히 훑었다.

그런 선생의 눈빛을 마주한 나씨 집안 둘째는 마음속에 생각해둔 말들을 하나도 꺼낼 수 없었다.

갑자기 분위기가 싸늘해지고 부인도 입을 다물었다.

"난 안 가요! 나는 선생에게서 글을 배울 거예요!" 호두가 갑자기 소리를 질러 어른들 사이의 어색한 분위기를 깨뜨렸다.

선생은 곁눈으로 호두를 흘긋 보고는 미소를 지으려는 듯하였으나 입가에 떠오른 것은 실의였다.

부인은 호두를 바라보며 온화하게 웃고는 탄식했다. "네 아버지의 생각도 나쁜 것이 아니다. 선생께서는…… 그저 네가 떠나는 것이 아쉬워서 그러시는 것이야."

호두는 고개를 떨군 채 아무 말도 하지 않았다.

호두의 아비는 자신이 뭔가 잘못하여 선생을 언짢게 만들었다고 생각한 모양인지 다시 두 손을 비비며 더욱더 안절부절못했다.

나씨 집안 둘째는 꼭 세상사를 다 꿰뚫어보는 듯한 선생의 맑고 차가운 눈빛에 몸 둘 바를 몰라 했다.

"호두야, 너는 아직 열 살도 되지 않았으니 앞으로 세상에 나가더라도 글공부를 소홀히 해서는 아니 됨을 명심해야 한다." 부인은 몸을 숙여 호두의 옷자락을 바르게 펴주며 말했다. 말은 하지 않았으나 호두가 떠난다니 영 아쉽기만 했다.

선생은 뒤돌아서더니 말없이 뜰에 널린 서책을 바라보며 넋을 놓았다.

부인도 어쩔 도리가 없어 그저 나씨 형제를 바라보며 미안함을 담은 미소를 지었다.

그런데 뜻밖에도 선생이 담담히 말문을 열었다.

"참으로 세상살이가 좋아졌소?"

선생이 말문을 열자 그제야 한숨 돌린 나씨 집안 둘째는 황급히 웃으며 답했다. "선생께서는 오랫동안 산중에 거하시어 잘 모르실 것입니다. 지금의 성상께서 나라를 세운 뒤로 천하에 대사면을 베풀고 조세와 병역을 감면하였으며, 변방의 황폐하고 혼란스러운 곳에 다시금 논밭을 일구고 유민들을 안착시켰습니다. 이에 지난날 난리 통에 고향을 등졌던 사람들이 대부분 고향으로 돌아가 자리를 잡고 농사일에 힘써 세상살이가 날로 좋아지고 있습죠."

선생은 뒤돌아선 채로 여전히 말이 없었다.

나씨 집안 둘째는 부인을 슬쩍 봤으나, 그녀도 고개만 숙인 채 말이 없자 다시 말을 이었다. "예전에 보잘것없는 가문 출신들은 군에 들어가 전장을 전전하는 것 말고는 출세할 길이 없었으나, 지금의 성상께서 각지에 장추사(長秋寺)를 세워 출신을 따지지 않고 재주 있는 자들을 뽑으시니 가난한 집안 자제들도 경사에 발을 들일 수 있게 되었지요……."

알 듯하면서도 모르겠는 말을 쏟아내는 아우에게 호두 아비는 잔뜩 들뜬 한편 얼떨떨한 말투로 물었다. "장추사는 뭐 하는 곳이냐? 설마 절은 아니겠지? 중노릇을 시킬 셈으로 사람을 뽑는 것이냐?"

"당연히 아니지요." 그의 아우는 어처구니가 없어 고개를 저으면서도 그곳을 '장추사'라고 부르는 까닭을 설명하지는 못했다.

그때 선생이 뒷짐을 진 채 서서 나직이 말했다. "장추는 한(漢)나라 때 황후가 거한 궁 이름으로 관리의 이름으로 쓰였으며, 그 관청을 장추사라 불렀소. 장추사의 사감(寺監)은 중궁을 가까이에서 모시는 관리이자 황후의 심복으로 황후의 뜻을 전하고 궁 안의 일을 관리한다오."

나씨 형제는 단번에 장추사의 뜻을 이해했다.

"선생께서는 문밖출입을 하지 않으시고도 천하의 일을 꿰고 계시니 참으로 대단하십니다!" 나씨 집안 둘째가 탄성을 내뱉었다.

살짝 몸을 돌린 선생은 쓸쓸한 웃음을 비치는 듯했다. "그대 말이 사실이라면…… 그는, 확실히 괜찮겠군."

그 말뜻을 이해하지는 못했으나 선생 입에서 나온 '괜찮다'는 말에 칭찬과 인정의 뜻이 다분한지라, 이에 고무된 나씨 집안 둘째는 묻지도 않은 말을 주저리주저리 떠들기 시작했다.

성상이 나라를 세운 것부터 북방 오랑캐를 굴복시킨 것까지 말하고는, 이어서 강하왕이 조정에 복귀할 때의 광경이 얼마나 성대했는지를 떠들어댔다. 그는 경사 근처에도 가본 적이 없었고 그저 입에서 입으로 떠도는 소문을 들었을 뿐이지만, 원래 소문이란 갈수록 부풀려지게 마련이라 결국 이야기 속에 등장하는 강하왕은 하늘에서 내려온 신선이나 다름없었다.

이에 호두 아비는 물론이고 호두와 이과아까지 벌어진 입을 다물지 못했다.

입에 침이 마르도록 떠들어댄 나씨 집안 둘째는 침을 한 번 꼴깍 삼키고는 손을 탁 치며 눈썹을 치켰다. "그 강하왕은 조정에 돌아오자마자 태부(太傅)가 되었죠."

"태부가 뭔데요?" 이과아가 말을 잘랐다.

"태자의 사부를 이르는 말이다. 전하께 글을 가르치는 선생이지." 나씨 집안 둘째는 그렇게 말하며 뒷짐을 진 채 서 있는 선생을 경모해 마지않는 표정으로 바라봤다.

"그러면 전하는 또 뭐예요?" 호두가 멍청히 물었다.

그 말에 잠시 어리둥절해 하던 나씨 집안 둘째가 대답을 하기도 전에 부인이 웃으며 말을 끊었다. "그만하죠. 이런 이야기를 할라치면 사흘 밤낮을 꼬박 해도 모자랄 거예요. 시간도 늦었으니 안에 들어 밥이나 한술 뜨시지요."

나씨 형제들이 황급히 거절하려고 했으나, 부인은 말할 틈도 주지 않고 호두와 이과아를 끌고 밥을 하러 갔다.

선생도 웃으며 형제를 만류했는데, 냉담하던 방금 전과 달리 많이 부드러워진 표정이었다.

더 이상 사양할 수 없어 보이자, 나씨 집안 둘째는 서둘러 잘 싸둔 비단을 두 손으로 바쳤다. "그간 선생과 부인께서 잘 보살펴주시고 가르쳐주신 것에 감사드리는 저희 형제의 작은 성의입니다. 보잘것없는 것이나 부인께서 받아주셨으면 합니다."

부인은 비단을 받지 않고 가져가서 호두에게 새 옷이나 한 벌 지어주라고 했다.

나씨 집안 둘째도 웃으며 말했다. "부인께서는 마다하지 마십시오. 이 비단 두 필이 수수한 것은 사실이나, 아직 국상을 치르는 중이기에 화려한 옷을 입을 수 없으니 이런 것을 드릴 수밖에……"

그 말에 부인이 어리둥절한 표정을 지었다. "국상이라고요?"

"그렇습니다. 국상을 치른 지 반년밖에 되지 않아 아직 상복을 벗을 때가 아니지요." 나씨 집안 둘째가 어찌 된 일인지 설명했다. "바깥소식이 이르지 못할 만큼 외진 곳이라 국상처럼 큰일도 마을까지 전해지지 못합니다. 두 분이 모르시는 것도 당연하죠."

얼이 빠진 부인의 표정을 보고 그가 설명을 하려고 할 때 갑자기 선생이 물었다. "태황태후께서 승하하셨는가?"

나씨 집안 둘째가 고개를 저으며 말했다. "태황태후께서는 벌써 몇 년 전에 세상을 뜨셨습니다."

부인의 목소리가 돌연 날카롭고 다급해졌다. "그럼 누가……"

"경의황후십니다." 나씨 집안 둘째가 탄식했다. "미인박명이라 하더니 귀한 국모께서……"

그의 말이 채 끝나기도 전에 뒤에서 와르르 무너지는 소리가 들렸다. 뒷짐을 진 채 창 아래 서 있던 선생 뒤로 아직 정리가 안 된 서책들이 잔뜩 쌓여 있었는데, 어찌 된 영문인지 선생 손에 몽땅 엎어지고 말았다.

먼지가 잔뜩 쌓여 있던 오래된 서책들이 떨어져 어지럽게 흩어지자 먼지가 피어올라 코끝을 자극했다.

열린 대문 사이로 마침 한 줄기 바람이 휙 불어 들어와 사방에 흩어진 서책의 책장을 팔락팔락 넘겨댔다. 어느 서책에 꽂아두었던 것인지 모를 예전에 써둔 글 한 묶음이 바닥에 떨어져 흩어졌는데, 이윽고 불어닥친 바람에 공중으로 날아올라 사방에서 펄럭거렸다.

뜻밖의 상황에서 가장 빨리 정신을 차린 이는 이과아였다. 그는 '아이고' 하고 소리치며 황급히 달려가 종이를 주웠다.

누렇게 변해버린 오래된 종이들은 기이할 정도로 가볍고 얇아, 바람을 타고 빙글 날아오르더니 문밖으로 펄럭펄럭 날아가 점점 더 어지러이 흩어졌다.

이내 정신을 차린 나씨 집안 둘째는 사방에 어지럽게 흩어진 종이를 보고 서둘러 호두를 불러 같이 주우러 갔다.

"선생, 선생, 우물 안으로 떨어집니다." 이과아가 뜰 안에서 다급하게 비명을 질렀다.

돌아보니 얇은 청삼을 걸친 선생은 제자리에 가만히 서서 손을 허공에 살짝 든 채 텅 빈 눈으로 어지러이 흩날리는 종이를 멍하니 바라보고만 있었다. 나씨 집안 둘째가 선생을 불렀으나, 그의 눈빛은 담벼락과 울타리를 넘어 하늘 끝 구름이 머무는 곳을 지나…… 먼 곳을 뚫어지게 응시했다. 진시(辰時)에서 사시(巳時)로 넘어가는 때의 햇볕은 창문을 뚫고 새하얗게 빛나 눈이 부실 정도였다.

이 햇볕을 정면으로 받고 선 선생의 얼굴에서는 핏기 하나 찾아볼 수 없었다.

잠시 넋을 잃은 부인의 귓가에는 '경의황후'라는 네 글자가 끊임없이 맴돌았다. 아무래도 사실이 아닌 것만 같았다. 꼭 꿈을 꾸는 것만 같은데, 정신을 차리고 나서도 눈앞의 광경은 달라진 것이 없었다. 여전히 서책이 사방에 어지러이 흩어져 있고 하얀 종이가 바람결에 춤을 추고 있었다. 종이 한 장이 소용돌이치듯 날아올라 살며시 그녀의 귀밑머리를 스치고는 맞은편에 선 그 사람의 발 앞으로 떨어졌다.

선생은 여전히 넋이 나간 채로 뻣뻣하게 서 있었다. 마치 눈앞에서 일어나는 광경이 하나도 보이지 않는 것처럼.

부인은 그의 이름을 부르려고 입을 벌렸으나 소리가 목구멍에 걸려 나오지 않았다.

그런데 마침내 그가 반응을 보였다. 선생은 천천히 몸을 숙이고 손을 뻗어 눈앞에 떨어진 그 종이를 집으려 했다. 분명히 바로 눈앞에, 손만 뻗으면 닿을 곳에 있는데도 부들부들 떨리는 손은 누렇게 뜬 그 종이를 잡지 못하고 몇 번이나 허공을 움켰다.

차마 더는 두고 볼 수 없어 부인은 잰걸음으로 다가가 몸을 숙여 그 종이를 집었다.

허공만 움켜쥔 그는 내민 손을 거둬들이는 것도 잊은 채 그대로 움직임을 멈췄다.

부인은 선생의 손에 종이를 내려놓아 그에게 잡게 했으나…… 그의 손이 벌벌 떨리는 바람에 종이는 다시 펄럭펄럭 바닥으로 떨어지고 말았다.

부인이 손을 뻗어 부축하기도 전에 신생은 문틀을 잡고 느릿느릿 몸을 일으키더니 밖으로 걸음을 옮겼다.

"선생!" 나씨 집안 둘째가 망연히 그를 불렀다.

하지만 선생은 고개도 돌리지 않았다. 발밑이 푹 꺼지는 듯하여 대문을 나서는데 몸이 휘청 기울어졌다.

나씨 집안 둘째가 황급히 부축하러 다가가려는데 부인의 가냘픈 목소리가 들려왔다. "가지 마세요."

돌아보니 부인은 바닥에 주저앉아 참담한 낯빛으로 흐릿한 미소를 머금고 있었다. "너는 그를 귀찮게 하지 마세요."

어리둥절해서 한쪽에 서 있던 호두와 그의 아비는 그제야 정신을 차렸다.

호두 아비는 방금 전에 제 아우가 어떤 말실수를 저질렀는지 몰라 난감함에 얼굴을 붉혔다.

호두는 쪼그려 앉아 그 종이를 주워 쭈뼛쭈뼛 부인에게 건네며 말했다. "울지 마세요."

부인은 화들짝 놀라 시선을 돌려 호두를 바라보고는 활짝 웃었다. "내가 왜 울……."

말을 마치기도 전에 문득 따스하면서도 축축한 것이 얼굴을 덮는 것이 느껴졌다.

그 종이를 건네받아 보니, 거칠고 힘없는 필체이기는 하나 분명히 처음 이곳에 와서 크게 앓고 병석에서 막 일어난 그가 쓴 글이었다.

제비야, 제비야, 날아라, 날아.	燕燕于飛, 差池其羽,
앞서거니 뒤서거니 하며.	之子于歸, 遠送于野,
누이 시집감에	瞻望弗及, 泣涕如雨.
들 밖까지 멀리 전송하네.	
누이 모습 보이지 않음에	
눈물이 비처럼 흐르는구나!	

제비야, 제비야, 날아라, 날아.	燕燕于飛, 頡之頏之,
오르락내리락 오가며 돌아라.	之子于歸, 遠于將之,

누이 시집감에   瞻望弗及, 佇立以泣.
멀리 나가 이별을 고하네.
누이 모습 보이지 않음에
우두커니 서서 눈물만 흘리누나.

제비야, 제비야, 날아라, 날아.   燕燕于飛, 下上其音,
높직이 나직이 원망해라.   之子于歸, 遠送于南,
누이 시집감에   瞻望弗及, 實勞我心.
남쪽까지 나가 전송하네.
누이 모습 보이지 않음에
실로 가슴이 찢어지는 듯하구나.

누이는 미덥고 참된 이라   仲氏任只, 其心塞淵,
천성이 성실하고 정이 깊다네.   終溫且惠, 淑愼其身,
성정이 온유하고 어질며   先君之思, 以勗寡人.
선량하고 신중히 제 몸을 닦았다네.
선제를 잊지 않고 늘 그리며
과인에게 참된 마음을 품으라 권면했네.

녹의 綠衣

"황상께 다시 가져다드려라. 이 늙은 몸은 감당할 수 없으니……"

유리가 부서지고 옥사발이 깨졌다. 늙은 여인의 싸늘하고 쇠약한 목소리에 이어, 쨍그랑 그릇 깨지는 소리와 시녀들의 비명 소리가 내전에서 들려왔다.

시녀 몇 명이 난감한 기색으로 물러나며 뒤돌아서는데, 전각 병풍 뒤에서 한 여인이 돌아 나오는 것이 보였다. 궁의를 입고 머리를 높게 쪽 찐, 부드럽고 따스한 인상의 여인이었다.

"월고고(越姑姑)." 시녀들이 황급히 몸을 숙이며 예를 행했다. 그들 중 우두머리 격인 이가 황공하여 몸 둘 바를 몰라 하며 말했다. "조국 부인(趙國夫人)이 황상께서 내리신 단삼로(丹蔘露)를 내던지시고 의원의 진찰도 받지 않으시겠다고 하니, 소인들은 황공하여 어찌해야 할지 모르겠습니다."

월고고는 고개를 숙인 채 아무 말도 하지 않았으나, 들릴 듯 말 듯 작은 탄식을 내뱉은 듯했다.

그녀는 시녀들이 들고 있는 약사발 쟁반을 건네받고는 힘이 빠진 듯한 목소리로 말했다. "내가 조국부인을 모실 테니 너희는 그만 물러가거라."

시녀들이 안심한 듯 가슴을 쓸어내리며 물러가려고 할 때, 전각 입구에서 아뢰는 소리가 들려왔다. "승태공주(承泰公主) 납시오——."

모두가 황망히 바닥에 꿇어앉아 있는데, 차랑차랑 패옥 부딪치는 소리와 사르륵사르륵 비단 쓸리는 소리가 들리면서 난새 피백을 걸치고 둥그렇게 머리를 틀어 올린 궁의 차림의 여인이 옷소매를 휘날리며 총총걸음으로 들어왔다. 그 뒤로 멀리서 시종들이 다급히 따라오고 있었다.

"조국부인이 어떠한데?" 승태공주가 다짜고짜 물었다.

내전을 환하게 밝힌 등불이 다급히 달려오느라 홍조가 떠오른 그녀의 얼굴을 비췄다. 가지런한 눈썹과 얇은 입술, 반짝이는 맑은 눈동자를 가진 그녀는 연녕공주만큼 천하절색은 아니었으나 남다른 기품과 우아함이 돋보이는 나름 고운 자태의 여인이었다.

월고고는 내전을 흘깃 보고는 어두운 안색으로 고개를 저었다.

승태공주는 입술을 깨물며 애써 눈물을 참았다.

월고고는 손을 흔들어 좌우를 물린 뒤, 공주의 어깨를 살며시 짚으며 온화한 목소리로 탄식했다. "인명은 재천인 법, 서고고는 반평생 영화를 누리며 지금에 이르렀으니 어찌 보면 천수를 다한 셈입니다. 공주께서 너무 상심하시지 않고 스스로의 몸을 귀히 여기시는 것이 그 어른을 안심시키는 길입니다."

승태공주는 눈을 감고 흐느꼈다. "어마마마는 너무 일찍 떠나셨고 아바마마는 나날이 쇠약해지시는데, 이제 서고고까지 우리를 버리고 떠나려고 하다니…… 월고고, 난 너무 무서워……."

월고고는 공주의 귀밑머리만 살살 매만질 뿐 슬픔에 말을 잇지 못했다.

"공주 마마께서 서고고에게 약을 들라 권해보세요. 마마 말씀이라면 들을지도 모르니까요." 월고고는 눈물을 참으며 공주에게 미소를 지었다. "나이가 들수록 고집만 느는지라 제가 권해도 소용없을 것 같아요."

승태공주는 말없이 고개를 끄덕이고는 쟁반을 건네받아 천천히 내전으로 걸음을 옮겼다.

그녀의 가녀린 뒷모습을 바라보다가 순간 정신이 아스라해진 월고고는 외전으로 나가 회랑 난간에 기대 멍하니 넋을 놓았다.

언제 이토록 많은 세월이 흘렀는지……. 계례를 올릴 나이의 어린 소녀였던 그녀는 어느덧 스물을 넘겨 올해로 벌써 스물다섯 살이 되었다.

스물다섯이라…… 경의황후는 그 나이에 이미 국모가 되어 황상이 제위에 오르도록 돕고 천하를 손에 쥐었더랬다.

스물다섯 살에 자신은 어떠했던가? 지금은 서른다섯도 넘어버렸는데……. 꽃 같던 시절이 이 깊고 깊은 궁궐에서 흘러가버렸다.

"월고고."

언제 나왔는지 그녀의 뒤에 소리 없이 다가와 선 승태공주의 눈가에는 아직도 눈물 자국이 남아 있었다.

월고고는 서둘러 몸을 숙이며 물었다. "서고고는 약을 들었나요?"

"응. 그리고 방금 막 잠들었어." 승태공주는 슬픈 기색으로 고개를 떨구었다. 두 사람은 잠시 말을 잃었다.

한참 뒤에 승태공주가 가냘픈 목소리로 말했다. "서고고는 아직도 아바마마를 원망해."

월고고는 아무 말도 하지 않았다.

"이렇게 많은 세월이 흘렀는데도 아직까지 서고고는 아바마마가 어마마마를 너무 힘들게 해 돌아가시게 만들었다고 책망하고 있어."

말을 마친 승태공주는 갑자기 손에 얼굴을 묻었다.

월고고는 고개를 돌리고는 씁쓸한 마음을 속으로 삼켰다.

경의황후가 세상을 뜬 이후로 서 부인은 황상을 몹시 원망했다. 제왕의 패업을 위해 혹사당하지 않았다면 황후가 평생의 심혈을 다 쏟아붓고 한창나이에 갑자기 세상을 뜰 리가 없다고 여긴 탓이었다. 그후 황상은 명을 내려 함장궁을 폐쇄하고 누구도 발을 들이지 못하게 했으며, 일곱 살밖에 되지 않은 태자와 공주를 더는 서 부인에게 맡기지 않고 데려가버렸다. 그러고는 서 부인을 조국부인에 봉했다. 그럼에도 서 부인은 황상을 용서하지 않고 걸핏하면 황상을 냉소적인 말로 비꼬았다.

천하를 통틀어 황상에게 이토록 무례하게 구는 사람은 그녀 한 사람뿐이었다.

마찬가지로 황상이 자신에게 아무리 무례하게 굴어도 시종일관 너그럽고 인자하게 대하고, 심지어 궁 안에서 천수를 누리게끔 봐주는 이도 그녀 한 사람뿐이었다.

승태공주는 목이 메었다. "서고고는 이해하려고 하질 않고, 철아도 철이 없어. 다들 아바마마의 고충은 알지도 못하고……."

"선대 황후께서 일찍 돌아가신 일로 서고고는 몹시 상심하셨어요. 원래 가족도 없어 평생 의지할 데 없이 외롭게 사신 터라 선대 황후 마마를 친자식처럼 아끼셨는데……." 월고고가 씁쓸하게 말을 이었다. "서고고도 선대 황후 마마를 너무 아끼신 탓에 차마 고생하시는 모습을 지켜볼 수 없었던 거지요."

"그건 어마마마께서 기꺼이 원하신 일이었어!" 승태공주가 불쑥 소리쳤다.

월고고는 멍하니 공주의 얼굴을 응시했다. 비록 풍모와 재능으로 따를 자가 없던 선대 황후와 닮은 데는 없었으나, 표정에서만큼은 선대 황후가 엿보였다. 그렇지…… 아스라이 그 모습이 떠올랐다. 선대 황후도 늘 이처럼 단호하고 후회 없는 표정을 지었더랬다.

공주가 열한 살일 때부터 지금까지 줄곧 곁에서 지켜본 월고고는 이 사실에 기쁨과 위안을 느껴야 할지 애석해해야 할지 갈피를 잡지 못했다.

"기꺼이 원하셨지요. 세상에 다른 사람을 위해 기꺼이 자신을 희생할 사람이 한 사람은 있는 법이지요……." 마침내 월고고는 더는 참지 못하고 눈을 들어 승태공주를 지그시 바라봤다. "공주 마마, 벌써 10년이나 되었습니다."

그 말에 승태공주는 순간 멍해졌다.

월고고가 느릿느릿 말을 이었다. "장안후(長安侯)도 기꺼이 공주 마마를 10년 동안 기다렸습니다."

승태공주의 얼굴색이 변하면서 눈동자에 깊은 슬픔이 어렸다.

장안후, 정서대장군(征西大將軍)…… 이런 대단한 호칭보다는 지난날에 부르던 소화 오라버니라는 이름만 기억하고 싶었다.

백의를 입고 은빛 창을 든 그 소년은 불바다 속에서 당당히 나와 그녀에게 두 손을 뻗었더랬다.

따뜻하고 다정한 미소를 머금은 그 소년은 그녀와 함께 어원에서 연을 날렸더랬다.

과묵하고 연민의 정이 깊은 그 소년은 어마마마의 장례를 치르고 실의에 빠져 있던 그녀의 슬픔을 덜어주었더랬다.

그러나 언제부터인지 모든 것이 변해버렸다.

"과거의 것은 이미 다 변해버렸어. 다시는 지난날과 같지 않아……." 승태공주는 서글프게 웃었다.

"그는 변하지 않았어요." 월고고는 가만히 그녀를 응시했다. 정곡을 찌르는 말이었다.

맞는 말이다. 그는 변하지 않았다. 변한 것은 그녀 한 사람뿐이었다.

"여인에게는 헛되이 보낼 만한 10년이 그다지 많지 않습니다." 월고고는 눈을 내리깔며 허탈한 목소리로 말했다.

"10년……." 승태공주는 아련하게 그 말을 뱉었다.

원래 황후는 일찌감치 의지(懿旨)를 마련해, 그녀가 계례를 올리기만 하면 소화와 혼인을 시키려고 했다. 그런데 그녀는 어마마마의 복을 빌고 자신의 친부모를 제도하기 위해 삭발하지 않고 자안사에 들어가 3년 동안 수행하겠다고 자청했다. 이때 처음으로 혼인을 거절한 승태공주는 천하에 지극한 효심으로 이름을 날렸다. 황제는 이에 크게 감동했고, 소화도 그녀의 뜻에 따라주었다. 오직 황후만이 크게 노해 꼬박 사흘 동안 그녀와 말도 하지 않았으나, 그녀의 고집을 꺾지는 못했다. 승태공주가 궁을 떠나 자안사로 향하던 날, 황후는 단 한 마디만 건넸다. "심아야, 자신의 마음을 똑바로 보지 못한다면 궁을 떠나 있더라도 피할 수가 없단다."

그 말에 공주는 식은땀을 줄줄 흘렸고, 꼬박 3년 동안 감히 황후를 마주하지 못했다.

아무도 자신의 비밀을 모르리라, 어느 누구도 자신이 혼인을 거절한 진짜 이유를 모르리라 생각했는데…… 황후는 이미 모든 것을 꿰뚫어보고 있었던 것이다.

그로부터 3년이 흐르는 동안 여전히 번뇌를 떨치지 못했지만 더는 미룰 구실도, 물러날 길도 없었다.

그렇게 체념하고 운명을 받아들이려 했는데, 뜻밖에도 하룻밤 사이에 육궁에 애도의 종소리가 울렸다.

황후의 훙서로 모든 것이 바뀌었다. 많은 이들의 운명은 생각지도 못한 방향으로 흘러갔다.

국상(國喪), 모친상은 3년을 치러야 했다.

이리하여 승태공주는 다시금 하늘이 내린 인연을 비껴갔고, 묵묵히 그녀를 기다린 소화를 비껴가버렸다.

그때부터 소화는 다시는 혼인을 청하지 않고 지금까지 홀로 지냈다. 그간 황제는 여러 번 사혼의 뜻을 비쳤으나, 승태공주는 이런저런 구실로 다 물리쳤다.

"장안후께서 서정(西征)을 떠나시는 날, 황상께서 다시금 혼인을 명하셨으나 공주께서는 거절하셨지요." 월고고는 길게 탄식했다. "이미 두 번이나 놓치지 않았습니까……. 공주 마마, 외람되오나 소인 한말씀 올리겠습니다. 인간 만사 무상하니 아껴야 할 때 아껴야 합니다."

승태공주는 우울하게 눈을 내리깐 채 오랫동안 말을 잇지 않았다.

반년 전, 서강(西疆)의 외구와 북돌궐이 몰래 결탁해 수시로 국경을 침범했다.

이에 격노한 황제는 지난날 돌궐의 잔당을 모조리 쓸어버리지 못한 것을 한스러워하며, 당장 군대를 이끌고 친정에 나서 서쪽 변경을 평정하고자 했다.

그러나 신료들은 하나같이 친정을 말렸다. 지난 두 해 동안 황제가 너무 정무에만 몰두한 데다 나이도 들었고, 지난날의 전투에서 입은 수많은 부상들이 재발했기 때문이다. 또한 태자는 아직 열다섯 살도 되지 않아, 감국(監國, 왕이 국외로 나갔을 때 도성에 남은 태자를 일컫는 말)으로 남겨놓고 친정을 나서기에는 너무 어렸다. 황제는 심사숙고 끝에 결국 전장에 서겠다는 소화의 청을 받아들여 그를 정서대장군에 봉하고, 25만 대군을 이끌고 외구를 토벌하라 명했다.

출정하는 날, 소화는 작별을 고하기 위해 경환궁(景桓宮)으로 그녀를 찾아왔다.

그날 소화는 평소처럼 거리를 두지 않고 공주라는 호칭 대신 그녀의 아명을 불렀다. "심지, 이 사소화, 비록 일세의 영웅은 못 되더라도 뜨거운 피가 끓는 사내대장부다. 이번에 서강에 가면 산하를 밟고 만세에 길이 남을 공을 세우기 전에는 결코 돌아오지 않을 것이다!"

그러고는 아무리 오래 걸리더라도 그녀가 원할 때까지 기다리겠다고 했다.

또 이런 말도 했다. "심지, 네 마음속에 영웅이 있을 터이나 이 사소화도 결코 범부는 아니다."

"공주 마마——."

월고고는 살며시 그녀의 어깨를 흔들다가, 파리하게 질린 얼굴을 보고는 입술을 깨문 채 한동안 말을 잇지 못했다. 가슴속은 그런 공주에 대한 염려로 가득 찼다.

승태공주는 이내 정신을 차리고 힘없이 웃었다. "괜찮아……. 밤공기가 차니 글을 읽고 있을 철아가 옷을 껴입었는지 보러 가야겠어."

월고고는 뭔가 말을 하려다가 이내 입을 다물고는, 쓸쓸히 멀어져 가는 그녀의 뒷모습을 바라보며 긴 한숨만 내쉴 뿐이었다.

정(情)이 있는 곳에는 필연적으로 고(苦)가 이르는 법, 공주는 자신이 가엾게 여겨준다지만 자신은 또 누가 가엾게 여겨줄까?

맑은 눈물 한 줄기가 이미 모진 풍상에 시달린 월고고의 뺨을 따라 흘러내렸다.

2월의 어느 날, 조국부인이 예천전(醴泉殿)에서 눈을 감았다.

늦봄의 기운이 남아 있는 4월, 경의황후의 기일이 다가온다.

해마다 이 무렵에는 한 달 동안 궁에서 음악 소리가 그쳤고, 아름다운 옷이 자취를 감췄다.

이제 얼마 후면 지난 3월에 서정(西征)에서 대승을 거둬 변경을 평정하고 천하에 위명을 떨친 장안후가 군대를 이끌고 조정에 돌아올 터였다.

태자는 황제를 대신해 나라 안을 두루 돌아다니며 친히 각지의 장추사에서 뛰어난 자들을 선발하니, 세상 사람들이 모두 태자를 칭송하며 겨우 열네 살밖에 안 된 태자가 틀림없이 금상의 현명함을 이어받아 다시금 찬란한 태평성세를 열 것이라고 입을 모았다.

다음 달 초, 연녕공주가 영삭에서 경사로 돌아올 것이다.

기분이 몹시 좋아진 황상이 지난 며칠 동안 수시로 신하들에게 상을 내리니, 궁 안 사람들도 드물게 즐거움에 젖었다.

승태공주는 경환궁에서 월고고를 데리고 궁중 각 부 감사(監使)의 보고를 들었다.

월고고는 한쪽에 시립한 채로 공주가 조목조목 꼼꼼히 묻는 것을 지켜보았다. 갈수록 여유롭고 숙련되게 내정 사무를 대리하는 것을 보고 있자니 절로 마음이 훈훈해졌다. 과연 경의황후로부터 직접 가르침을 받은지라, 최근 몇 년 동안 승태공주는 점차 궁중 일을 도맡아 관리하며 크고 작은 번잡한 일들을 매끄럽게 처리하여 황상의 근심과 수고를 더는 데 적잖은 힘을 보탰다.

같은 공주임에도 연녕공주는 부황의 지나친 총애 탓에 그저 삶을 즐기기만 할 뿐, 공주로서 마땅히 져야 할 책임에 대해서는 아무것도 아는 바가 없었다.

그래서 황실의 공주임에도 강하왕을 따라 변경의 황량한 사막을 돌아다녔다. 그렇게 떠난 뒤로 벌써 반년이 흘렀는데, 듣자 하니 새외에서의 삶에 푹 빠져 체통 따위는 애초에 내다버리고 온종일 말을 달리며 사냥을 하고 활 쏘는 데 재미가 들렸다고 한다. 이 천진난만하고 성격 드센 어린 공주를 생각할 때마다 월고고는 머리가 아파왔다.

도무지 황상의 심중을 헤아릴 길이 없었다. 세 자녀 가운데 태자는 지나치게 엄격히 대하면서 연녕공주는 더할 나위 없이 애지중지했고, 셋 중 가장 나이 많고 친자식이 아닌 승태공주를 대할 때만 자상하고 온화하면서도 위엄이 넘치는 부황의 모습을 보였다.

궁중 감사들이 하나하나 보고를 마치고 내전 밖으로 물러나자, 승태공주는 단정하고 근엄한 표정을 지우고는 장난기 넘치는 계집아이처럼 월고고를 향해 혀를 쏙 내밀어 보이며 웃었다. "정말 죽겠어. 다들 왜 저렇게 변죽만 울리며 지루하게 말을 질질 끄는 것인지."

월고고는 웃으며 인삼차를 올리고는 참지 못하고 말을 꺼냈다. "이번에 연녕공주께서 경사로 돌아오시면 더는 황상께서 예전처럼 응석을 받아주시게 두면 안 됩니다. 이제 열네 살이시니 머지않아 계례를 올릴 터인데, 이토록 제멋대로 행동하시면 어찌합니까! 공주께서 황상께 잘 말씀드려주세요!"

승태공주는 시원스레 웃으며 말했다. "월고고는 갈수록 말이 고리타분해져! 나는 그런 소소의 모습이 좋다고 생각해. 황실 공주라면 누구나 그 무엇에도 얽매이지 않고 저만의 세상을 가졌었잖아?"

"말이야 그렇지만 연녕공주께서도 언젠가는 혼인을 하실 테고 평생 황상의 총애 아래 있을 수는 없지 않습니까?" 월고고는 미간을 찌푸렸다.

승태공주는 빙그레 웃다가 이내 눈을 내리깔며 작은 소리로 말을 이었다. "월고고, 제왕가의 사람에게 근심 걱정 없이 편안한 삶은 사치야. 나는 아바마마의 마음을 이해해. 아바마마는 소소가 제왕가의 예외가 되어 황실 사람이라는 이유로 고달프게 살지 않기를 바라시는 거야. 나 또한 그러길 바라."

월고고는 순간 가슴이 뭉클하여 눈가가 붉어졌다.

그녀라고 어찌 모르겠는가! 황상이 되도록 연녕공주가 하고자 하는 대로 내버려두는 것은 죽은 아내에 대한 미안함 탓이 크리라……

선대 황후가 살아 있을 적에 그토록 바랐으나 평생 이루지 못한 꿈을, 황상은 그녀의 딸이 모두 이룰 수 있도록 해주었다.

"영릉이 이미 다 만들어졌어. 며칠 전에 아바마마께서 둘러보고 오시더니 몹시 흡족해하셨어." 담담히 고개를 돌려 궁성 밖의 하늘을 올려다본 승태공주는 눈물이 맺힌 월고고의 눈을 보지 못한 듯했다.

월고고는 탄식을 내뱉었다. "황상께서는 평생 검약하시어 궁궐을 짓지 않으셨지만 유일하게 영릉만은 꼬박 7년에 걸쳐 지으셨지요."

선대 황후는 이미 지궁(地宮) 가장 안쪽의 침전에 안장되었는데, 외궁(外宮)과 황릉을 다 만드는 데만 7년이 걸렸다.

7년…… 승태공주는 힘없이 미소 지었다. 그곳은 두 사람이 영원히 함께하기로 약속한 집인데 7년이 대수겠는가……. 영릉 지궁은 얼마나 눈부실까…….

황제와 지궁 건설을 감독하는 관리와 그곳 인부를 제외하면 누구도 황릉 안에 발을 들인 적이 없다.

4월 스무날, 세찬 바람이 불고 주룩주룩 내리는 비에 천지가 어둠에 잠겼다.

궁궐 안팎은 비바람에 휩싸였다. 각 궁은 일찌감치 새하얀 궁등을 내걸었고, 전각 안에서 휘날리던 휘장도 이미 청사(靑紗)와 흰색 휘장으로 바뀌었다.

지난 10년 동안 이날이 되면 항상 이러했다.

밤이 되자 승태공주가 소복을 입고 함장전에 들었다.

불을 밝히지 않은 함장전 안에 촛불의 그림자만이 길게 드리워졌다.

시종은 멀리 함장전 밖 회랑 아래 시립해 있었다. 함장전 안에서 당직을 서는 이는 아무도 없었다.

함장전은 육궁의 금지(禁地)로, 황상을 제외하고는 누구도 발을 들일 수 없었다.

승태공주는 미간을 찌푸리며 내시에게 물었다. "태의 말이 폐하께서 오늘은 약을 드시지 않았다던데?"

내시가 송구한 기색을 감추지 못하며 고개를 저었다. "폐하께서 명하시길, 부르시기 전에는 누구도 귀찮게 하지 말라 하시어 감히 약을 올리지 못했사옵니다."

"이 약은 하루도 거르면 아니 되는데." 승태공주는 몹시 걱정스러운 듯 말하며 한동안 전각 안을 응시하였으나, 들어가야 할지 말아야 할지 몰라 머뭇거렸다.

이 함장전은 1년에 딱 한 번만 열렸다. 황제는 평소 이곳을 찾지 않았고 황후에 대한 그리움을 내비치는 일도 드물었으며, 어쩌다 선대 황후에 대해 언급하더라도 도통 감정을 드러내지 않았다. 그러나 매년 황후의 기일이 되면 그 누구의 방해도 용납하지 않고 반드시 홀로 이곳에서 밤을 지새웠다.

오늘 아침 황제는 조회에 들어 정사를 논하고, 태자를 불러 국책(國策)에 관해 문답한 뒤 밤늦도록 상소를 읽고 명을 내렸다. 그러는 동안 승태공주는 황제에게서 눈을 떼지 않았다. 황제는 평소와 다름없이 차분했으며 힘써 정사를 돌봤고 얼굴에 감정을 드러내지 않았다. 검은색 옷을 입고 흰 관을 쓴 것을 제외하면 평소와 조금도 다르지 않은 모습이었고, 유달리 슬픈 기색 또한 보이지 않았다. 그래서 승태공주는 7년이나 지났으니 이제 담담해지실 때도 되었지 하고 생각했더랬다.

승태공주는 길게 탄식하고는 말했다. "태의에게 약을 들이라 해라."

말을 마치고는 내시가 아뢰기도 전에 느릿느릿 함장전 문안으로 걸음을 옮겼다.

내시는 멍하니 그녀의 뒷모습을 바라보며 손에 땀을 쥐었다. 마음 같아서는 공주를 불러 걸음을 멈추게 하고 싶었으나 감히 입을 열지 못했다.

익숙하면서도 오랜만인 문을 밀어젖힌 승태공주는 잠시 주저했다.

전전(前殿), 기둥, 휘장, 병풍…… 순식간에 세월이 거꾸로 흘러 지난날이 눈앞에 펼쳐진 듯했다.

함장전 안에는 더없이 익숙한 우담화 향기가 가득 퍼져 있었다. 그윽하게 감도는 그 향기는 바로 곁에 있는 듯하면서도 닿을 수 없는 듯했다.

달라진 것은 아무것도 없었다. 미완인 채로 금안(琴案, 거문고를 놓는 탁자)에 놓인 곡보(曲譜)조차 아직 먹물이 다 안 마른 듯 그 자리에 그대로 있었다.

거문고 현은 바로 전에 누군가가 연주한 것처럼 먼지 한 톨 묻어 있지 않았다.

승태공주는 순간 선대 황후가 아직도 이곳에 있는 것만 같은 착각이 들었다. 바로 그 병풍 뒤 비단 창문 아래서 느른하게 금탑에 기대어 책을 보다가, 그녀나 소소가 즐겁게 웃으며 뛰어 들어오는 소리에 빙그레 웃으며 눈길을 들고는 비단 수건을 꺼내 달음박질하느라 송골송골 배어난 땀을 살며시 닦아줄 것만 같았다.

선대 황후는 상냥한 목소리로 아이들과 이야기를 주고받거나 아이들이 말다툼하는 것을 들었으며, 그러다 힘에 부치면 가볍게 기침을 하곤 했다.

그럴 때마다 황제는 아이들을 쫓아버리며 더는 황후를 귀찮게 굴지 못하게 했다.

아스라한 가운데 그 병풍 뒤에서 정말로 나직한 기침 소리가 들려왔다.

'어마마마!' 깜짝 놀라 하마터면 엉겁결에 황후를 부를 뻔했지만, 승태공주는 그것이 황제의 기침 소리임을 금세 깨달았다.

공주는 다급하게 걸음을 옮기다가 병풍 앞에 이르러 돌연 발을 멈췄다. 도저히 병풍을 돌아 나갈 용기가 나지 않았다.

'아바마마께서 역정을 내시지 않을까? 이렇게 무작정 뛰어 들어왔는데…….' 갑자기 승태공주는 잘못을 저지른 아이처럼 당황하여 어찌할 바를 몰랐다.

"왔구려."

웃음기가 서린 나직한 목소리가 병풍 뒤에서 들려왔다. 온화함과 부드러움이 느껴지는 목소리였다.

승태공주는 화들짝 놀랐다. 순식간에 얼굴이 홧홧하게 달아오르고 가슴이 사납게 뛰기 시작했다.

"숨어 있으면 내가 못 볼 줄 알았소? 어서 오지 않고 뭘 하는 거요!" 이것이 아바마마의 목소리라고? 평상시 냉정하고 근엄하기 이를 데 없는 제왕의 입에서 이런 목소리가 흘러나왔다는 사실을 믿을 수가 없었다. 희미한 웃음 사이로 느껴지는 몹시 따스하고도 깊은 정에 콩닥거리는 가슴이 진정되지 않았다.

고개를 숙인 채로 병풍 뒤에서 걸어 나온 승태공주는 두려운 마음에 차마 얼굴을 들지 못하고 눈을 내리깔고만 있었다.

한참이 흘렀지만 아무런 기척도 들리지 않았다.

멍하니 눈길을 들어 올리니, 봉황 침상 위로 드리워진 비단 휘장과 침상 앞에 반쯤 기울어진 술잔, 그리고 사방에 흩어진 술이 보였다.

검은 옷을 입고 산발한 황제는 관을 벗고 옷을 풀어 헤친 채로 술에 취해 휘장 뒤편에 누워 있었는데, 깨어 있는 것인지 아닌지 알 수가 없었다.

"아바마마?" 승태공주는 조심스럽게 황제를 불러보았다.

대답 대신 나직한 웃음소리와 함께 끊어질 듯 다시 이어지는 노랫소리가 들려왔다.

"녹빛 저고리, 녹빛 저고리 아래 노란 안감. 가슴이 미어지는구나, 언제나 이 비통함이 그칠꼬……."

순간 승태공주는 얼이 빠졌다. 단 한 번도 황제가 노랫가락을 읊조리는 것을 본 적이 없거니와, 그의 목소리가 가슴이 찢어지도록 묵직하고 사무칠 줄은 생각도 못 했다.

〈녹의(綠衣)〉, 놀랍게도 황제는 죽은 아내를 그리는 슬픈 노래를 읊조리고 있었다.

더 이상 듣고 있을 수 없어 승태공주는 침상 앞에 털썩 꿇어앉았다. "아바마마, 부디 옥체를 보중하시어요."

휘장 뒤의 노랫소리가 그쳤다. 반쯤 몸을 세운 황제가 고개를 모로 돌려 공주를 바라봤다. 준수한 얼굴에는 슬픔의 그림자가 남아 있고, 눈 속에는 어렴풋이 눈물이 비치는 듯도 했다. 흰 서리가 내린 양쪽 귀밑으로 은빛 머리카락 몇 가닥이 흘러내려, 촛불 아래서 보니 얼핏 세월의 풍파에 시달려 실의에 빠진 모습이 엿보였다.

"어찌하여 너인 것이냐?" 황제가 승태공주를 바라봤다. 높이 솟아

귀밑머리까지 이른 짙은 눈썹이 금세 일그러졌다.

승태공주도 깜짝 놀라며 어찌 대답해야 할지 몰라 잠자코 있었다.

갑자기 황제는 허허 웃더니 몹시 실망한 기색으로 몸을 누이며 중얼거렸다. "이상하군. 짐의 꿈에 어찌 심아가 나오는 것인지……. 아무, 또 당신이 장난을 치는 것이지?"

황제는 나직이 웃으며 안쪽으로 몸을 돌려 누웠다. "당신이 내 꿈속에 찾아오지 않으니 내가 당신을 보러 가겠소."

멍하니 그 자리에 꿇어앉은 승태공주의 낯빛이 하얗게 질렸다.

"아바마마……." 승태공주는 얇은 입술을 벙긋거리다가 문득 더 이상 참지 못하고 폭포수 같은 눈물을 쏟았다.

그런 것이었군. 아바마마는 그저 내가 어마마마인 줄 착각하신 것뿐이었어. 꿈에서조차 내게 눈길 한 번 더 주려 하지 않으시는군.

장장 7년 동안 곁을 지키며 모시고, 함께하고, 주군으로 공경하고, 아비로 받들며 그의 외로움과 슬픔을 나눈 사람은 나인데…….

어린 시절에는 그저 공경하고 두려워할 줄만 알았다. 늠름한 천신 같은 그를 우러르기만 했더랬다.

성인이 되어 그와 황후가 두 손을 꽉 맞잡고 함께 나아가는 것을 보고, 서로를 지극히 은애하는 것을 보고 나서야 세상에 이토록 깊은 정도 있음을 알게 되었다.

겨우 4년밖에 안 되는 행복했던 시절은 순식간에 흘러가버렸다. 황후가 세상을 등진 후로는 홀로 높디높은 왕좌에 앉아 천궐을 굽어봤다. 천하의 생사여탈권을 손에 쥐었으나 가장 중요한 사람을 다시 살려내지는 못했다. 10여 년 동안 생사고락을 함께하였는데 이제 이승과 저승으로 영원히 헤어지게 되었으니…….

하루 또 하루, 한 해 또 한 해, 그녀는 어린 소녀에서 한창때의 아리따운 여인으로 변해갔고, 늠름하고 용맹했던 그는 귀밑머리에 서리가 내려앉게 되었다.

그는 주군이자 아비였으며, 명분상으로는 부황이었다. 그녀를 거둬 총애하고 아비의 정을 베풀었으며, 그녀와 두 동생을 직접 가르치고 돌봐주었다. 그리하여 황후가 일찍 세상을 떠났음에도 세 자녀는 부족함 없는 관심과 애정을 받았다. 그는 더 이상 황후를 세우지 않았고 육궁을 들이지 않았다. 세상의 그 어떤 여인도 그의 눈에 들지 못했다.

황후가 살아 있을 때는 그녀도 어린 소녀답게 굴었고, 모후에게 응석을 부리곤 했다.

그러나 황후가 죽고 맏이가 된 뒤로는 그리할 수 없었다. 황후의 자리를 대신하여 어린 동생들을 돌보고 황제를 곁에서 모셔야만 했다.

부황, 철아, 소소는 이미 그녀에게 가장 소중한 가족이었다.

언제부터인지 도저히 그들 곁을 떠날 수가 없게 되었다. 소화 오라버니도 그들을 대신할 수는 없었다.

다른 사람들은 왜 그녀가 혼기를 놓치고 좋은 시절도 다 흘려보내 스물다섯을 코앞에 둔 나이가 될 때까지 한사코 궁에 머무르려고 하는지 이해하지 못했다.

어떤 이는 승태공주가 스스로를 너무 존귀하게 여기는지라 장안후 같은 훌륭한 사내에게조차 시집가려 하지 않는 것이라고 했고, 또 어떤 이는 승태공주가 천하에 둘도 없는 효녀인지라 부모의 은혜를 갚기 위해 기꺼이 궁에 남은 것이라고도 했다. 맞는 말이었다. 그녀는 진실로 기꺼이 원했다! 기꺼이 평생 동안 혼인하지 않고 그의 곁에 머물며 그와 함께 이 끝없는 제왕의 길을 걸어 나가고 싶었다.

"아바마마, 꿈을 꾸시는 것이 아니어요. 저는 심아예요!" 그녀는 흐느껴 울며 침상 쪽으로 달려가 거침없이 황제의 손을 붙잡았다.

"무엄하다!" 퍼뜩 정신을 차린 소기가 몸을 일으키며 소매를 떨쳐 그녀를 뿌리쳤다.

바닥에 쓰러진 그녀는 슬픈 눈빛으로 황제를 올려다보았다.

"심아?" 소기는 깜짝 놀라 미간을 찌푸렸다. 여전히 술기운이 남은 채였으나, 눈에 서린 노기는 조금 누그러졌다가 이내 지친 기색으로 바뀌었다. "누가 너를 들여보냈느냐?"

승태공주는 처연히 웃었다. "아바마마께서는 참으로 저를 보고 싶지 않으신 겁니까?"

황제는 관자놀이를 문지르며 눈을 감고 말했다. "짐이 머리가 아프니…… 그만 물러가거라."

"심아가 잘못했사옵니다!" 마침내 용기를 낸 그녀가 떨리는 목소리로 마음속 깊이 감춰둔 지 오래된 말을 꺼냈다. "아바마마의 슬픔을 심아 또한 똑같이 느끼고 있사옵니다. 아바마마의 이런 모습을 보니, 심아…… 심아 가슴이 찢어지는 것 같사옵니다!"

소기는 눈썹을 치키며 말없이 그녀를 보다가 그대로 자리에서 일어나 겉옷을 걸쳤다.

하도 빨아서 새하얗게 변한 오래된 두루마기였다. 승태공주는 그 옷을 알아보았다. 황후가 직접 수놓은 비룡이 있는 두루마기로, 찬란하게 빛나던 금빛 실은 어느덧 색이 바래 흐릿해져 있었다.

"오늘이 무슨 날인지 알 터이다." 소기의 목소리는 담담했으나 까칠하고도 서늘한 기운이 느껴졌다. "평소에는 누구보다 사리 분별을 잘하더니 오늘은 어찌 이리 분별없이 구는 것이냐? 짐과 황후의 침전이 아무나 함부로 들어올 수 있는 곳이더냐?"

승태공주는 입술을 앙다물며 애써 눈물을 삼켰다. "심아가 허락 없이 침전에 든 까닭은 부황께 약을 드시라 말씀드리기 위해서였습니다. 태의가 결코 약을 걸러서는 안 된다고 하였습니다."

말없이 그녀를 바라보던 소기의 눈빛에 엷은 온기가 어렸다.

"네 효심이 참으로 대견하구나." 소기는 여전히 얼굴을 굳힌 채 말을 이었다. "이번에는 벌하지 않을 터이나 다음에는 용서치 않을 것이다. 여봐라――."

함장전 밖에 있던 시위는 감히 안으로 들지 못하고 밖에서 큰 소리로 대답했다.

"당직을 서던 내시에게 곤장 스무 대를 쳐라." 소기가 냉랭히 말했다.

시위들이 이구동성으로 '알겠사옵니다' 하고 답했고, 용서를 구하기도 전에 내시를 끌고 갔다.

바닥에 꿇어앉은 승태공주는 손발이 차게 식고 온몸이 바들바들 떨렸다.

"물러가라." 손을 휘젓는 소기의 얼굴에는 나른한 기색이 역력했다.

승태공주는 천천히 자리에서 일어나 병풍이 있는 곳까지 한 발 한 발 물러나다가 다시금 몸을 돌리더니 제자리에 섰다.

"아바마마, 방금 아바마마께서 〈녹의〉를 부르시는 것을 들었습니다." 그녀는 입가에 미소 한 줄기를 머금은 채 흐릿한 눈빛으로 말을 이었다. "심아, 아바마마의 노래를 한 번만 더 듣고 싶습니다."

소기는 깜짝 놀라 미간을 구기며 그녀를 보다가 곧 서글프게 웃었다.

"그것은 네게 들려준 것이 아니다." 소기는 쓸쓸한 표정으로 눈을 들어 평소답지 않은 행동을 하는 큰딸을 바라보며 의아함을 느꼈다. "심아야, 짐에게 할 말이 있느냐?"

승태공주는 웃었다. 아름답게 반짝이는 눈빛에 어린 소녀나 부릴 법한 애교를 조금 담고서. "아바마마, 그 전에 녹의가 무슨 뜻인지 말씀해주세요."

소기는 그윽한 눈길로 그녀를 바라봤다. 촛불 아래서 애교스럽게 골을 내며 귀찮게 구는 소녀 같은 모습을 보고 있자니 가슴 한편에 묻어둔 지 오래된 기억이 아스라이 되살아났다.

예전에 그의 아무도 이처럼 막무가내로 굴면서 골을 내고 잔뜩 애교를 부리며 이렇게 말했다. "소기, 이야기 하나만 더 들려주면 잘게요!"

그때 그녀의 나이는 겨우 스무 살로, 지금의 심아보다 더 어렸었다.

그녀는 오직 그 앞에서만 소녀 같은 천진난만한 모습을 드러냈고, 걸핏하면 그에게 이야기를 들려달라며 귀찮게 굴었다. 그녀는 소기가 전장에서 겪은 일이나 다른 사람은 모르는 그의 어린 시절의 재미난 이야기를 듣는 것을 좋아했다. 아무는 이런 말을 했었다. 그에 관한 더 많은 이야기를 듣고 싶다고…….

소기는 고개를 모로 돌렸다. 차마 그 눈빛을 더 보고 있을 수가, 감히 지난 일을 더 떠올릴 수가 없었기에…….

"〈녹의〉는 한 사내가 아내를 그리워하는 노래다." 느릿하게 말을 꺼낸 소기는 몸에 걸친 오래된 두루마기의 자수 문양을 어루만지며 담담히 웃었다.

녹빛 저고리, 녹빛 저고리 아래 노란 안감.
가슴이 미어지는구나, 언제나 이 비통함이 그칠꼬!
녹빛 저고리, 녹빛 저고리 아래 노란 치마.
가슴이 미어지는구나, 언제나 잊을 수 있을꼬!
녹빛 비단실로 지은 옷, 모두 그대가 지어준 옷이구나.
고인을 떠올리니, 내가 과오를 저지르지 않게 해주었지.
가는 갈포, 굵은 갈포를 걸치니 바람결에 찬 기운이 스미는구나.

고인을 떠올리니, 실로 내 마음에 꼭 들었지.

낮게 가라앉고 살짝 쉰 듯한 목소리로 읊조리는 노래는 한 마디 한 마디, 한 소절 한 소절이 한없이 슬펐다.

"아바마마는 어마마마를 영원히 잊지 못하시고 옆에 있는 사람은 영원히 보지 못하시는 건가요?" 승태공주는 한 줄기 미소를 머금은 채 나직이 물었다.

소기는 아무 대답도 없이 한참 동안 넋을 놓고 있다가 나직이 중얼거렸다. "심아야, 보거라. 함장전 안의 모든 것이 그대로이지 않느냐. …… 그녀는 아직 이곳에 있어. 한 번도 떠난 적이 없지."

그렇다. 황후는 세상을 떴으나 그녀의 그림자는 영원히 이 궁궐 곳곳에, 황제의 마음속 곳곳에 머무르고 있었다.

승태공주는 묵묵히 소기를 향해 몸을 숙였다. "아바마마, 부디 옥체 보중하시고 절대로 약을 거르지 마시어요."

"알겠다." 소기가 살짝 고개를 끄덕였다.

"사실 아바마마께 허락을 구할 일이 있기는 하옵니다." 그리 말하며 승태공주는 무릎을 꿇고 단정하고도 장중하게 큰절을 올렸다.

소기가 웃으며 물었다. "무슨 일이기에 그토록 예를 차리는 것이냐?"

승태공주는 한 자 한 자 또박또박 말했다. "소녀, 장안후에게 시집가고 싶으니 사혼을 허락해주십시오."

4월 스무아흐레, 승태공주가 장안후에게 시집을 가니 군대가 돌아오면 곧 혼례를 올릴 것이라는 성지가 내려졌다.

승태공주의 혼인 소식에 온 궁궐과 경사가 들썩거렸다.

황실에서 혼인 소식이 전해지지 않은 지 너무 오래된 터였다.

사람들은 하나같이 이 천생배필이 이어진 것을 찬탄해 마지않았고, 더욱이 승태공주의 효심을 높이 칭송했다.

황제도 몹시 기뻐하였지만, 가장 기뻐한 사람은 아마도 월고고와 철아였을 것이다.

철아는 드디어 누이가 시집간다며 앞으로는 잔소리할 사람이 없겠다고 했다.

월고고는 눈물까지 흘렸다. "승태공주께서 좋은 낭군을 얻으셨으니, 하늘에 계신 황후 마마의 혼령도 복을 내리실 겁니다."

서쪽 변경은 이미 평정되었고, 장안후는 군대를 이끌고 조정으로 돌아오는 중이었다.

5월 초사흘, 푸른 하늘에 구름 한 점 없이 맑은 날이었다.

3백 리 밖에서 온 긴급한 소식이 다급히 궁으로 전해졌다.

어서방(御書房)에서 취한 채로 누워 있다 이제야 일어난 승태공주는 급한 부름을 받았다.

승태공주는 탐스러운 귀밑머리를 살짝 흩트리고 나삼(羅衫)에는 술자국을 묻힌 채로 망연히 내전으로 걸음을 옮겼다.

뒷짐을 진 채 창 아래 서 있는 소기의 머리는 서리처럼 하얗게 새어 있었다. 그런데 헌걸차던 그의 몸이 어쩐지 이 순간 뻣뻣하게 굳은 듯했다.

소기는 느릿느릿 몸을 돌려 승태공주를 바라보았다.

"아바마마, 어인 일로 부르셨사옵니까?" 승태공주는 나태하고 냉담하게 웃었다. 그녀는 사혼이 정해진 뒤로 다시는 소기 앞에서 응석을 부리지 않았다.

소기가 손을 뻗어 그녀의 가냘픈 어깨를 감싸더니, 한 마디도 하지 않고 그대로 품에 끌어안았다.

이 순간은 위엄이 넘치던 개국 황제도 그저 속절없이 슬픔에 몸을 내맡긴 한 아버지일 뿐이었다.

승태공주는 부황의 품에 안긴 채로 돌처럼 굳어버렸다. 무슨 말을 해야 할지, 무엇을 해야 할지도 잊은 채로……

그가 그녀를 안아준 것은 이번이 처음이었다.

그녀를 수양딸로 거둔 지 10년이 넘었으나, 오늘 처음으로 그녀를 안아주었다.

자애로운 아버지인 것으로 이미 족했었다.

승태공주는 바르르 떨며 눈을 감고는 모든 것을 잊은 채 그저 부황이 이대로 영원히 자신을 안고 있기를 바랐다.

"심아야, 미안하구나." 소기의 목소리는 너무나 침통했다. "소화는 이제 돌아올 수 없다."

아직도 정신을 차리지 못한 승태공주는 소기의 말을 알아듣지 못하고 멍하니 물었다. "소화 오라버니가 어딜 가는데요?"

소기는 그녀의 눈을 그윽하게 바라보며 한 자 한 자 내뱉었다. "말가죽으로 시신을 감싸 청산(靑山)에 그 뼈를 묻었다."

귓가에 윙 하는 소리가 들린 듯했다. 그녀는 멍하니 소기를 바라보며 그의 입에서 나오는 말을 들었다.

순간 세상이 빙그르 돌았다.

백의를 입은 소년의 모습이, 그의 따스한 웃음이 눈앞을 스치고 지나갔다……

그는 이번에 서강에 가면 산하를 밟고 만세에 길이 남을 공을 세우기 전에는 결코 돌아오지 않을 것이라고 했었다.

소화 오라버니, 다 거짓말이었어…….

결국 나도 당신을 비껴가고 말았어.

정서대장군 사소화는 극성(棘城) 결전 중 홀로 적의 후방을 뚫고 들어가 적군의 대장군을 베어 죽이고 승세를 굳혔으나, 아홉 군데나 중상을 입은 채 경사로 급히 돌아오는 길에 부상이 악화되어 사흘 전 안서군(安西郡)에서 급사했다.

조정 안팎은 뜻밖의 비보에 큰 충격을 받았고, 모든 신료가 그의 죽음을 애도했다.

장안후의 영구가 경사에 이른 날, 황상은 친히 태자를 이끌고 성밖까지 마중 나가 관을 붙잡고 깊이 슬퍼하였으며 그 자리에서 술을 뿌리고 영령을 추모했다.

승태공주는 미망인의 몸으로 상복을 입고 영구를 호송하여 입성했다.

영릉.

따르는 의장대나 호위 없이 난거 하나가 소리도 없이 새벽안개를 뚫고 달렸다.

소복에 검은 치마를 입은 승태공주가 천천히 수레에서 내렸다. 삼단 같은 머리를 틀어 낮게 쪽을 찌고 옥비녀 하나만 비스듬히 꽂았을 뿐, 머리끝부터 발끝까지 다른 장신구는 찾아볼 수 없었다.

"이곳이 바로 영릉인가?" 고개를 들어 눈앞에 펼쳐진 웅장한 황가의 능침을 가만히 바라보는 승태공주의 얼굴은 무감하기만 했다.

뒤에 서 있던 어린 시녀가 혀를 내두르며 놀라 소리쳤다. "참으로 장엄한 황릉이네요!"

황릉은 산을 혈(穴)로 삼고 산기슭을 체(體)로 삼아 사방 수십 리에 울창한 송백(松柏) 숲이 펼쳐져 있고, 주변에 끝없이 펼쳐진 너른 들판이 있어 웅혼하고도 광활했다.

폭이 몇 장에 이르는 황릉 앞 신도(神道)는 곧장 지궁 위의 웅장한 대전으로 이어졌다. 돌로 조각된 거대한 영수(靈獸)가 신도 양측으로 줄줄이 늘어섰는데 동쪽에는 천록(天祿)이, 서쪽에는 기린(麒麟)이 자리하고 있었다. 천록은 눈을 부릅뜨고 입을 벌린 채 고개를 빳빳이 쳐들고 가슴을 활짝 펼쳤는데, 인우(鱗羽, 어류와 조류를 아울러 이르는 말)와 장령(長翎, 매우 긴 깃털) 형상의 날개는 구름무늬처럼 돌돌 말려 있었다. 서쪽에 놓인 기린은 천록과 마주 보고 있었는데, 황제가 하늘로부터 소임을 받았으며 지고지상의 위엄을 지닌 존재임을 의미했다.

황실이 천하에 위엄을 떨치니 개국 황후가 영면에 들 곳으로 이만한 곳도 없을 것이다.

이곳에 어마마마가, 천고에 길이 남을 미인이 잠들어 있구나.

웅장한 황릉을 올려다보며 승태공주는 감격에 겨워 미소를 지었다. 이제야 마음이 편안해졌다.

혼례도 올리기 전에 과부가 되었다. 누가 누구를 사랑했든, 누가 누구를 지켰든…… 결국 운명의 농간에서 벗어날 수는 없는 모양이었다.

가슴 아픈 일만 가득한 황궁은 더 이상 내 집이 아닐지니…….

그녀는 이제 지쳤다. 이 넓은 세상에 제 한 몸 기댈 데가 없었다.

예전에는 슬플 때나 외롭고 괴로울 때 늘 어마마마가 곁에 있어주고 자신의 마음을 알아주었다.

어쩌면 황릉에 와서 어마마마와 함께해야만 그나마 마음에 평안이 깃들지도 모른다.

황제는 황릉에 가서 선황후를 모시겠다는 그녀의 청을 받아들여 이례적으로 지궁에 들 수 있도록 윤허했다.

이곳에 오기 전까지, 승태공주는 선황후의 지궁이 얼마나 휘황찬란할지 수없이 그려보았다.

그런데 지하 깊은 곳에 꽉 닫혀 있는 궁문 안으로 발을 들이고 여든한 개의 장명등(長明燈)을 밝힌 순간, 승태공주는 눈앞에 펼쳐진 광경을 믿을 수가 없었다.

지궁 정전의 중앙에는 그녀가 상상하던 호화찬란한 궁실이 없었다.

그저 문 앞에 화원과 구불구불한 길, 작은 다리 등이 만들어져 있는 정교한 가옥 한 채뿐이었다. 민간에서 볼 수 있는, 정원이 딸린 가옥이었다.

신의 경지에 이른 정교한 솜씨로 빚어낸 갖가지 만개한 꽃들은 아름다운 모습 그대로 이곳에 영면한 경의황후처럼 시들지 않은 채, 세월이 흐르고 아무리 세상이 변하더라도 백 년 뒤에 그와 함께 돌아가기만을 기다리고 있었다.

이곳에는 더 이상 다툼도, 외로움도, 헤어짐도 없다. 오직 두 사람만의 영원과 평안이 있을 뿐이다.

한광漢廣

컴컴한 어둠 속에서 쏘아져 나온 그 빛에, 그녀는 햇빛이 비치는 줄 알고 깜짝 놀랐다.

그러나 점점 가까이 다가오는 빛무리를 보고 자신이 착각했음을 깨달았다. 영원한 밤처럼 어둑한 이 옥사에 해가 들 리 없지……. 다가온 것은 등불이었다.

평소에 옥졸이 들고 다니는 풍등(風燈)은 귀신불처럼 가물가물했는데 어쩐 일인지 이 등불은 달무리처럼 환했다.

그녀는 음습한 구석 쪽으로 몸을 웅크리며 실눈을 떴다. 오랫동안 햇빛을 못 본 탓에 등불을 마주하는데도 날카로운 것에 찔린 듯 눈이 아팠다.

옥문 앞에서 멈춘 그 빛은 놀랍게도 궁등이 뿜어내는 빛이었다.

등을 든 사람은 말없이 고개를 숙이고 있었는데 머리 양쪽으로 낮게 쪽을 찐 모습이었다.

그 뒤로 또 한 사람이 보였으나, 풍모(風帽)로 모습을 감추고 있어 누군지 알아볼 수 없었다.

옥졸이 앞으로 나서 잘그락잘그락 옥문 자물쇠를 열고는 공손히 아뢰었다. "이곳에 죄인 영랑이 있사옵니다."

"데리고 나와라."

풍모 아래에서 흘러나온 목소리는 여인의 것이었는데 마디마디 한기가 서려 있었다.

옥문이 삐걱대며 열리자 곰팡이 냄새가 훅 끼쳤다. 옥졸이 안으로 들어가 낡아빠진 솜 더미에 웅크리고 있는 죄인을 잡아 일으켰다.

가랑잎처럼 야리야리한 죄인은 손을 놓자마자 바닥에 널브러졌다.

궁등이 앞으로 옮겨져 꼬질꼬질한 그녀의 모습을 비췄다. 산발한 머리카락에 가려진 얼굴은 초췌하기 이를 데 없었다.

풍모를 쓴 부인이 한숨을 내쉬었다.

차가운 바닥에 엎드린 영랑은 그 한숨에서 측은지심을 읽어내고, 기력을 쥐어짜 힘없는 목을 들어 올리고는 애원의 눈빛을 보냈다.

바닥에 끌리는 피풍 사이로 정교하고도 아름다우면서 시린 광택을 내뿜는, 궁궐에서 쓰는 비단 자락이 보였다.

그녀는 손을 뻗어 자신의 지난날처럼 아름다운 그 옷자락을 붙잡으려고 했다.

궁의를 입은 부인은 뒤로 살짝 물러나더니 가라앉은 목소리로 명했다. "깨끗이 씻기고 머리를 빗겨줘라."

밖은 이미 한밤중이었고 시린 달이 하얗게 빛나고 있었다.

고개를 들어 달을 한 번 올려다본 영랑은 곧바로 마차에 태워졌다. 두터운 모전이 드리워지니 마차 안은 사방이 꽉 막혀 빛 한 줄기 들지 않았다.

젖은 머리는 채 마르지 않았고, 갈아입은 깨끗한 무명옷은 형을 앞둔 죄인이 입는 것으로 보였다.

팔뚝의 살갗을 쓸어보았다. 옥에 있으며 거칠어질 대로 거칠어져 버렸다. 거울에 비춰 보지는 않았으나 이 얼굴은 또 얼마나 초췌하게 변했을지 모를 일이었다.

옥에 갇힌 지 석 달 만에 처음으로 씻었다. 머리끝에서 발끝으로 흘러내리는 더러운 땟물을 보면서 살가죽에 싸인 이 몸뚱이가 정말 자신의 것인지 믿을 수가 없었다.

그녀는 엎드려서 마차 안에 깔린 보드라운 비단 방석을 살살 매만 져보았다. 음산하고 차가운 지하 감옥에 비하면 마차 안은 극락이나 다름없는지라 여기에서 죽어도 좋겠다는 생각이 들었다.

말발굽 소리가 빨라지고 바퀴가 데굴데굴 굴러갔다. 생각했던 것 보다 더 멀리 가는 모양이었다.

마침내 마차가 멈추고 발이 걷혔다. 훅 하고 불어온 밤바람에 두근 두근 가슴을 뛰게 하는, 익숙하고도 달콤한 향기가 실려 있었다.

수레의 채를 짚으며 내려서는데, 땅에 발이 닫자마자 두 무릎이 풀 렸다. 영랑은 밤안개에 휩싸인 어두컴컴한 저택을 바라보며 잠시 얼 이 빠졌다.

석 달 전까지만 하더라도 이곳은 그 이름도 대단한 재상부였다.

그러했는데…… 지금은 계단이 보이지 않을 정도로 낙엽이 쌓여 스산하기 이를 데 없었다. 외로운 처마에 걸린 달과 나무에 깃들인 새 만이 눈앞에 어른거릴 뿐, 사람 소리는 전혀 들리지 않았다.

고개를 들고 그 문을 바라보며, 영랑은 선혈이 흩뿌려지던 그날의 참상을 떠올리고는 파르르 몸서리쳤다.

그날 낭연이 경사의 영화를 부렸고, 군대가 재상부를 에워쌌으며, 군마가 옥계를 올랐다. 그녀는 방 안에서 말의 울부짖음과 사람의 비 명 소리, 그리고 놀란 어린아이의 울음소리를 들었다. 번뜩이는 칼을 들고 철갑을 입은 자들이 피비린내를 풍기며 여자 권솔들이 있는 내 원으로 들이닥쳤다. 가복들은 모조리 바닥에 무릎을 꿇었고, 꿇지 않는 자들은 그 자리에서 무참하게 죽임을 당했다. 여기저기 시체들이 널브러져 있고 핏줄기가 내를 이뤘더랬다. 너무 놀라 넋이 나간 그녀는 바들바들 떨며 다른 여자 권솔들을 따라 앞문으로 끌려갔다가, 죽 늘어선 금군과 쇠붙이의 차디찬 빛을 받으며 난거에 단정히 앉아 있는 시린 낯빛의 여인을 보았다.

예장왕비였다.

이 이름을 떠올리니 또 오싹한 전율이 일었다. 그날 보았던 그 서릿발 같은 눈빛에 다시금 꿰뚫린 것만 같았다.

이번 생에 다시금 이 재상부에, 이 내원에, 이 광축(廣築)에 돌아오리라 바라지 않았다.

그가 그녀에게 내준 거처는 재상부 내원의 남쪽 구석에 있었다. 구불구불한 물줄기가 가로지르고 작은 다리로 이어진 그곳은 광축이라 이름 지어졌다.

이곳의 세월은 다른 곳과 달라 세월이 지나지 않는 듯했다. 밤이고 낮이고 변함없이 고즈넉했으며, 날짐승조차 스스로 소리를 죽였다.

이름은 광축이었으나 사실 조그마한 별원에 불과했다. 예전에 그녀가 도대체 그 광(廣)은 어딜 이르는 것이냐고 물었더니, 그는 웃기만 할 뿐 답하지 않았다.

감옥 석실에 갇혀 있으면서 무수히 이곳을 떠올렸는데 더 이상 이곳이 적막하게 느껴지지 않았다. 만약 저승에 가서 다시 그를 만난다면, 이 광축은 세상에서 가장 아름다운 곳이었노라 말하려고 했다.

아스라한 기억 속에 침잠한 그녀는 잔뜩 겁을 집어먹은 새끼 고양이처럼 시키는 대로 움직였다.

굳게 닫혔던 재상부의 문이 열렸다. 무서운 정적이 가득한 안쪽에 광축으로 향하는 길을 따라 궁등이 구불구불 불을 밝히고 있었다.

그녀를 옥에서 데리고 나온 부인은 얼굴은 물론이고 몸까지 가린 풍모를 뒤집어쓴 채 한 마디도 하지 않고 앞서 걷다가, 다리를 지나 등불이 환히 밝혀진 광축 입구에 이르러서야 걸음을 멈추고 풍모를 벗더니 뒤돌아서 당부했다. "귀인을 뵙거든 공손히 행동하고 묻는 말씀에 잘 대답하면 되느니, 무서워할 것 없다."

무서워할 것 없다는 말에 가슴이 뭉클해진 영랑은 눈을 들고 풍모 아래 모습을 드러낸 궁의 차림의 부인을 자세히 바라보았다. 나이가 들기는 했으나 온화하고 우아한 기품이 느껴지는 얼굴이었다.

광축에는 달빛이 쏟아져 내리고 있었으며, 정자와 누대의 꽃과 나무는 예나 다름없이 무성하고 가지런했다. 모든 것은 그대로였고, 이곳에 살던 사람도 돌아왔다.

등불이 모두 밝혀지자 회랑 등불 아래 서 있던 궁인이 소리 없이 어둑한 곳으로 몸을 숨겼다. 이처럼 단정하고도 엄숙한 분위기는 예전에도 느껴본 적이 없었다.

영랑은 그 어떤 것도 감히 건너짚을 수 없어, 고개를 깊이 숙인 채 궁의를 입은 그 부인의 뒤에서 연랑(連廊)을 따라 정원 안까지 걸어갔다.

이 소박하고 단순한 곳은 그가 늘 머무르던 서재였다.

정원에 우거진 나무가 바닥으로 그림자를 드리워 정원을 가득 채운 달빛에 파문을 일으키니, 꼭 영혼이 땅을 뚫고 나올 것만 같았다.

귀신을 무서워하는 그녀였지만, 이 순간에는 귀신이 나타나길 은근히 바랐다. 이미 저승으로 떠났을 영혼이 다시금 돌아오기를…….

"따라오너라."

궁의를 입은 부인의 목소리에 정신을 차리고는, 몇 달 못 보았을 뿐임에도 참으로 오랜 세월 걸음하지 못한 것만 같은 문 뒤로 들어섰다.

안은 텅 비어 있었다. 그야말로 아무것도 없었다.

생각해보니 그의 서재는 샅샅이 뒤져져 작은 함 하나까지도 역모의 증좌로 압수되었을 것이다.

다만 창 아래 쓸쓸히 놓인 서탁 위에는 이미 먼지가 내린 거문고가 그대로 놓여 있었고, 그 병풍도 제자리에 있었다.

영랑은 내실과 난간을 나누는 그 병풍을 멍하니 바라보았다. 난간 밖 정원에 있는 해당화 나무의 구불구불한 가지가 처마 아래로 뻗어 들어왔다. 달빛 아래 단아하고도 우아한 나무 그림자가 흰 비단 병풍 위에 비치니 그 모습 그대로 그림이 되었다.

예전에 그는 이 병풍과 해당화 그림자를 가장 좋아했었다.

그녀를 병풍 뒤에 앉히고 꽃 그림자 아래서 자신을 위해 거문고를 타게 하는 것을 가장 즐긴 그였다.

그는 늘 홀로 술잔을 기울이고 홀로 술을 마시면서 아무 말도 하지 않고 취할 때까지 거문고 선율을 감상했다.

그런 나날이 물처럼 흘러갔다. 밤이면 밤마다 거문고 소리만 넘실댈 뿐 사람의 말소리는 오가지 않았다. 그와 그녀 사이에는 늘 그 병풍이 가로놓여 있었다.

그는 밤에만 찾아왔다. 이곳에서 자고 가는 일은 매우 드물었으며 대부분 홀로 잠들었다.

그는 참으로 과묵한 사내였다. 그저 이렇게 병풍을 사이에 두고 멀리서 그윽한 눈빛을 보낼 따름이었다.

정원에서 바람이 불어왔다.

오늘 밤의 병풍에도 지난날의 달그림자가 비쳤으나, 해당화는 진즉에 떨어지고 없었다.

그런데 흰 비단 위로 그림같이 옅은 그림자가 비쳤다.

달빛에 비친 그 형체는 높이 쪽 찐 머리에 옷자락을 펄럭이고 있어, 꼭 하늘에서 내려온 사람처럼 보였다.

궁의를 입은 부인이 몸을 굽히며 예를 행했다. "소인, 영랑을 데리고 왔습니다."

병풍 뒤 인영의 몸이 살짝 흔들리더니 나직하고 부드러운 목소리가 들려왔다. "그대는 그만 물러가라."

서늘한 진홍색 비단이 미끄러지는 듯한 목소리에 영랑은 소스라치게 놀랐다.

그녀였다.

영랑은 단 한 번 들어본 이 목소리를 절대로 잊지 못했다. 문득 가슴속에서 한기가 차올랐다.

치마폭이 바닥을 쓰는 소리와 영락이 흔들리며 내는 맑은 소리가 병풍 뒤에서 들려왔다.

영랑은 흐물흐물 쓰러지듯 그 인영을 향해 무릎을 꿇고는 떨리는 목소리로 말했다. "왕비 마마……."

"내가 두려우냐?" 병풍 뒤의 사람이 물었다.

"죄인이 감히 그럴 리가 있겠사옵니까?"

잠시 병풍 뒤가 조용하다가 이내 조금 부드러워진 목소리가 들려왔다. "그날 수하를 시켜 네 목에 칼을 들이밀고 효목공주의 행방을 대라 했었지……. 그 일로 놀랐나 보구나."

영랑은 놀라고 무서운 가운데 그녀가 하는 말을 제대로 이해할 수 없었다. 효목공주가 누구지?

옥에 갇힌 뒤로 바깥소식은 아무것도 듣지 못했다. 그저 그가 졌고, 죽었고, 송씨 일가는 하나도 빠짐없이 그 일에 연루되었다는 것만 알 뿐이었다.

병풍 뒤의 왕비는 마치 그녀가 무슨 생각을 하고 무엇을 의아해하는지 아는 듯 천천히 말을 이었다. "효목공주는 옥수에게 추서된 명호(名號)다. 옥수는 절개를 지켜 목숨을 버렸기에 역모에 연루되지 않았고 더 이상 송 부인도 아니다."

"부인도 가셨군요……." 그녀의 죽음은 전혀 뜻밖의 일이 아니었다. 그저 지난날 자신에게 잘 대해주었던 부인을 생각하니 슬프고 괴로울 따름이었다.

"옥수는 스스로 목숨을 끊었다."

왕비의 슬픔에 잠긴 목소리는 그날 목숨을 걸고 싸운 역신(逆臣)에 대해 말하는 것 같지 않았다.

그러나 영랑은 그때 군대가 우상부를 포위했고, 예장왕비가 송씨 가문의 아녀자들을 모조리 끌고 가라고 서릿발 같은 명을 내렸던 것을 분명히 기억하고 있었다.

"폐하께서는 역모에 연좌된 송씨 친족의 사죄(死罪)를 사면하시고 유배형에 처하셨다." 왕비는 잠시 말을 멈췄다가 그녀의 이름을 불렀다. "영랑, 너는 송씨 일가와 함께 서쪽으로 가겠느냐? 아니면 고향으로 돌아가 그곳에 터를 잡겠느냐?"

영랑은 자신이 옳게 들은 것인지 믿을 수가 없어 바닥에 엎드린 채로 한동안 아무런 대꾸도 하지 못했다.

그때 왕비가 다시 말을 이었다. "너는 역모와 관련이 없으니, 이제 결백한 몸을 돌려주마. 이 순간부터 너는 죄인이 아니다."

병풍 뒤에서 패옥이 부딪치는 소리가 들리고, 주름 잡힌 치마폭 위에 수놓인 금빛과 붉은빛의 난새 문양이 영랑의 눈에 들어왔다.

"감사, 감사하옵니다, 왕비 마마……."

"송씨 일가를 따라 서쪽 촉 땅으로 가겠느냐?"

영랑은 몹시 기쁘면서도 두려워 마음속이 뒤죽박죽인지라 아무 대답도 못 하고 그저 고개만 저었다.

"되었다. 너는 네 알아서 다른 곳으로 가거라. 이제 다시는 다른 사람 앞에서 '송회은'이라는 세 글자를 입에 올리면 아니 된다."

바닥에 엎드린 영랑은 차디찬 벽돌에 이마와 코끝을 댄 채로 부르르 몸서리쳤다.

송회은.

귓속을 파고든 이 세 글자는 마치 차디차게 식은 잿더미 속에서 튀어나온 불똥처럼 잠깐 반짝이다가 흔적도 없이 사라져버렸다.

"죄인, 명심하겠사옵니다." 영랑은 눈을 꼭 감은 채 흐느끼며 한 자한 자 내뱉었다.

"너는 이미 죄가 없으니 스스로를 죄인이라 칭할 필요가 없다." 왕비는 잠시 멈칫하더니 목소리를 살짝 낮췄다. "영랑, 고개를 들어라."

"소인, 감히 그럴 수는 없사옵니다."

설령 그녀가 자신의 죄를 사해주었다고 하더라도, 여전히 영랑은 담소를 나누면서도 사람을 죽이고 생사여탈권을 손에 쥔 이 여인이 두려웠다.

"고개를 들어라."

이 나직하고 부드러운 목소리에는 보이지 않는 힘이 깃들어 있었다.

영랑은 느릿느릿 몸을 바로 세우고 뻣뻣하게 굳은 채로 얼굴을 들었으나, 감히 눈길은 들어 올리지 못하고 눈높이에 있는 왕비의 허리로 시선을 떨어뜨렸다.

피백이 둘러진 팔 아래로 왕비의 가느다란 허리가 보이자 영랑은 몹시 놀랐다. 군대를 이끌고 반란을 평정할 정도로 억센 예장왕비가 이리도 연약하게 생겼을 줄은 생각도 못 했기 때문이다.

그날 재상부 문 앞에서는 난거를 탄 여인을 똑바로 쳐다볼 용기가 없었다. 그저 번뜩이는 칼날과 철갑에 비친 설야(雪夜)처럼 맑고 시린 눈빛만이 기억날 뿐이었다.

영랑은 시선을 깊이 내리깔고 그날과 다름없는 눈빛 아래서 숨을 죽였다.

얼마나 오랜 시간이 흘렀는지는 모르겠으나 왕비의 눈빛이 줄곧 자신의 얼굴에서 떠나지 않음에 영랑의 귀밑머리에 송골송골 땀방울이 맺혔다.

"네 고향이 어디냐?"

왕비의 물음에 숨통이 살짝 트이는 듯해 눈꺼풀을 바르르 떨며 답했다. "왕비께 아뢰옵니다. 소인은 유민이 버린 고아로, 어려서 악반(樂班)에 거두어져 열두 살 때 악반을 따라 경사로 왔으니…… 제 고향이 어딘지 모르옵니다." 어쩐지 왕비의 눈빛이 자신의 얼굴에서 손으로 옮겨 간 듯할 때, 왕비의 목소리가 들렸다. "손을 내밀어보아라."

영랑이 느릿느릿 두 손을 반듯하게 들어 올리자 소매가 팔꿈치까지 흘러내려 비쩍 마른 손목이 드러났다.

확실히 거문고를 타서 생기는 굳은살이 박였고, 어려서부터 열심히 수련한 탓인지 아름답기는 하되 보드랍지는 않은 손이었다.

왕비는 한참 동안 말이 없다가 들릴락 말락 작게 한숨을 내쉬었다. "이제 어디로 가려느냐?"

영랑은 살짝 주저하다가 겁에 질린 목소리로 대답했다. "왕비께서 윤허하신다면, 소인…… 휘주로 가고 싶습니다."

"휘주?"

왕비의 말소리가 살짝 올라가자 깊은 밤 고요한 내실에 갑자기 한기가 일어 영랑은 입을 다물었다.

병풍 위의 나무 그림자가 하늘하늘 흔들리고 정원의 나뭇잎이 바스락거렸다.

"어찌하여 휘주로 가려는 것이냐?" 왕비가 담담히 물었다.

휘주, 그 얼마나 아름다운 곳이던가!

날마다 고통 속에서 힘겹게 버텨 나갔는데, 만약 이 두 글자가 하늘에 있는 달처럼 음산한 어둠이 들어찬 옥사를 비추지 않았다면 오늘까지 버티지 못했을 것이다. 얼마나 많은 밤에 추워서 깨고, 배가 고파서 깨고, 쥐와 개미에 놀라 깼던가! 그때마다 벌벌 떨면서 생각했더랬다. '살아서 나갈 것이다. 나가서 선경 같다는 그곳에 갈 것이다. 그가 말했다. 첩첩산중에 자리한, 그림처럼 아름다운 그곳은 손만 뻗으면 밤하늘에 총총히 뜬 별들이 닿을 것만 같고 신선이 근처에서 노니는 곳이라고……'

그는 몇 번인가 거나하게 취해 정신이 가물가물할 때에나 그녀를 안고 난간에 기댄 채로 이토록 많은 이야기를 들려주었다. 영랑은 그의 입에서 나온 말들을 하나도 빠짐없이 머릿속에 새겼다.

휘영청 밝은 달이 뜬 그날 밤 그가 들려준 휘주는 속세가 아닌 듯 너무나 아름다운 곳이었다.

그러나 그날 밤 그의 눈빛에는 끝이 보이지 않는 어두운 심연처럼 아스라하고 부연 안개가 드리워져 있었다.

그날 밤 몹시 취한 그는 그녀의 손목을 꽉 움켜쥐고 한껏 열기가 오른 눈빛으로 말했다. "언젠가 다시금 그대와 그 높은 누각에 올라 산천을 굽어보고 이 천하를 굽어보겠소!"

그녀가 언제 그를 따라 그곳에 가보았겠는가! 영랑은 그 말을 그저 술에 취해 하는 헛소리로 치부하고 말았다.

경사와 휘주는 천 리 멀리 떨어져 있으니, 그가 관직을 그만두고 고향으로 돌아가는 날, 그녀도 이미 늙었고 그도 늘그막에 이르렀을 때에야 함께 가볼 수 있을 터였다.

그녀는 진정으로 그날이 오기를 그렸건만, 그의 마음이 향한 곳이 구중궁궐이었을 줄이야!

"그가 그리 말하였더냐?"

아득히 멀리서 하느작거리는 듯 몹시 작은 목소리로 왕비가 물었다.

"그가 그리 말하였습니다."

순간 두려움도 잊은 영랑의 얼굴에 아련한 표정이 떠올랐다. 얼마 되지 않는 지난날의 행복했던 순간이 모두 떠올라 다시금 가슴을 채웠다. 이제 보니 한순간도 잊은 적이 없었던 것이다.

병풍 뒤 해당화 그림자 아래서 했던 언약은 바람을 따라 흩어져버렸다.

그런데도 영랑은 평생 가장 사무치게 그린 곳이 휘주라는 그의 말을 가슴 깊이 새기고 있었다.

이제 그는 가고 없으나, 휘주는 그 자리에 그대로 남아 있었다.

왕비는 잠자코 듣기만 할 뿐, 흐느낌으로 영랑의 목이 멜 때까지 한 마디도 하지 않았다.

흰 비단 한 장이 영랑의 얼굴을 받치더니 그녀의 눈물을 닦아주었다.

손끝은 차다 못해 시리고 궁의 소매 아래로 드러난 봉황 팔찌를 찬 손목은 서리처럼 새하얀, 왕비의 손이었다.

화들짝 놀라 시선을 들어 올린 영랑은 처음으로 예장왕비의 모습을 제대로 눈에 담았다.

반들반들 윤이 흐르는 새카만 머리카락에 그린 듯이 고운 긴 눈썹,

필설로 형언할 수 없을 정도로 아름다운 모습이었다. 그런데 눈썹꼬리며 눈가의 생김새가 어쩐지 어디선 본 것만 같은 것이 영 낯설지 않았다.

그날 우상부 문 앞에서 본 예장왕비와 눈앞의 여인은 다른 사람인 것만 같았다. 아리따운 눈동자에 가득 찼던 눈서리가 녹아 매서운 기색이 사라지고 나니 부드럽고 상냥한 기운만이 감돌았다.

그 눈빛에 영랑은 두려움을 잊었다. 굳이 말하지 않아도 자신이 겪어온 지난 반평생의 고달픔을 그 눈동자가 알아보고 이해해주는 것 같았다.

"서고고."

왕비는 두꺼운 비단 궁의의 넓은 소매를 늘어뜨렸다. 그녀의 눈빛은 다시금 운무에 가려진 듯했다.

궁의를 입은 부인은 소리 없이 문안으로 들었다.

"영랑을 휘주로 보내 편안한 거처를 구해줘."

"분부대로 하겠습니다."

영랑은 가슴이 뭉클하여 그대로 엎드려 땅바닥에 이마를 대고 외쳤다. "왕비께서 새 삶을 주신 은혜에 머리 숙여 감사드리옵니다!"

왕비는 소매를 떨치며 뒤돌아서더니 지친 기색을 감추지 못한 목소리로 말했다. "가거라. 앞으로 잘 살아야 한다."

궁의를 입은 부인이 다가와 바닥에 꿇어앉은 채 일어나지 못하는 영랑을 부축해 일으켜주었다. 영랑은 재차 머리를 깊이 조아리며 말했다. "소인, 살아 있는 동안 왕비 마마께서 베푸신 은혜를 결코 잊지 않겠습니다."

"황후 마마이시다." 궁의를 입은 부인이 그녀의 귓가에 나직이 속삭였다.

영랑은 흠칫 놀랐다. 옥에 갇힌 몇 달 동안 세상이 크게 변했구나. 예장왕이 황제에 등극하고 왕비가 황후가 되었다니…….

"내게 고마워할 것 없다. 너는 원래부터 이 은원에 얽이지 않아도 될 사람이었으니."

황후 왕현은 뒤돌아보지 않고 말했다. 더없이 나직하면서도 한없이 슬픈 목소리로.

서고고를 따라 문밖으로 향하는 영랑의 걸음걸음은 천 근 추라도 매달린 듯 무겁기만 했다. 한 발짝 내딛을 때마다 바닥이 푹 꺼지는 듯했고, 이리 밖으로 걸음하고 나면 다시는 되돌아올 수 없을 것만 같았다.

이 서재, 이 광축, 이 문을 나서면 이번 생에 다시는 보지 못하리라.

영랑은 울컥대는 가슴을 진정시키려 애썼으나, 보이지 않는 어떤 힘에 이끌려 결국 고개를 돌리고는 병풍을 한 번 바라봤다.

더는 걸음을 옮길 수 없었다.

두 무릎의 힘이 풀려 똑바로 꿇어앉았다.

"소인, 감히 황후 마마께 간청하옵건대……." 바닥에 엎드린 채로 영랑이 눈물을 비처럼 쏟았다. "황후 마마, 부디 은혜를 베푸시어 소인이 떠나기 전에 한 곡조만 더 연주할 수 있도록 윤허하여주시옵소서."

황후는 아무런 대답도 하지 않았다.

그저 서고고가 미간을 찌푸리며 물었다. "무슨 곡을 연주하려느냐?"

영랑은 흐느끼며 답했다. "〈한광(漢廣)〉이옵니다."

황후가 뒤돌아서더니 그윽한 눈빛으로 물었다. "한수는 가없이 드넓다(漢之廣矣)?"

"그렇사옵니다." 영랑은 고개를 숙이고 눈물을 그렁그렁 매단 채로

말했다. "그는 악사를 시켜 〈한광〉에 곡을 붙이라 하고 소인에게 연
주하는 법을 익히라 하였습니다. 그런데 소인의 재주가 형편없어 손
에 익히기도 전에 그가 떠나버리고 말았습니다……. 그러니 황후 마
마, 소인이 떠나기 전에 〈한광〉을 연주할 수 있도록 윤허하여주시옵
소서."

한참 동안 잠자코 있던 황후가 물었다. "이 시에 담긴 뜻을 아느냐?"

영랑은 고개를 더 깊이 떨구었다. "소인은 학식이 깊지 않아 모르
옵니다. 그저 그가 말하길, 이곳의 이름이 광축인 것은 한광에서 '광'
의 뜻을 취한 것이라고 하였습니다."

"광축……." 황후가 나직이 중얼거렸다. 아래로 드리워진 소매는
미동조차 없었다.

"소인, 이번 한 번만 연주하고 말 것입니다." 영랑이 눈물에 흠뻑 젖
은 얼굴을 들어 올렸다.

황후는 눈길을 내려 그녀를 한동안 바라보다가 고개를 끄덕였다.
"거문고는 탁자 위에 있다."

영랑은 감사 인사도 잊은 채 휘청휘청 일어나 그 서탁 앞에 이르더
니, 옷소매로 거문고에 쌓인 먼지를 조심스레 털어냈다.

거문고는 명금이요 현은 옛 현이 분명했으나, 지난날의 광채는 다
시 볼 수 없었다. 이것조차 소리를 들어주던 사람이 떠났음을 아는 모
양이었다.

거나하게 취한 채로 거문고 선율에 귀 기울이며 잔은 내던지고 검
무를 추던 이는 어찌하여 이 〈한광〉을 들으러 다시 돌아오지 않는 것
인가…….

눈물이 또르르 흘러 현 위로 떨어졌다.

뻣뻣한 손가락이 차디찬 거문고 현을 매만지자, 현이 떨리며 가슴

이 갈가리 찢기는 듯한 구슬픈 음률이 흘러나왔다.

그리도 낮게 울리던 현 소리는 이내 더 낮아지고, 더욱더 낮아져 귓가에 이르지도 않을 만큼 아스라해졌다.

남쪽에 우뚝 솟은 나무 있으나, 그늘이 없어 쉬어 갈 수 없네.

한수(漢水)가에서 노니는 여인 있으나, 얻을 길이 없네.

한수는 넓고도 넓어 헤엄쳐 건널 수 없고

강물은 길고도 길어 뗏목을 타고 건널 수 없네.

……

무성히 자란 섶 가운데 물쑥을 베어다가

저 여인 시집올 때, 그 말을 먹이리라.

한수는 넓고도 넓어 헤엄쳐 건널 수 없고

강물은 길고도 길어 뗏목을 타고 건널 수 없네.

南有喬木, 不可休息.

漢有游女, 不可求思.

漢之廣矣, 不可泳思.

江之永矣, 不可方思.

……

翹翹錯薪, 言刈其蔞.

之子于歸, 言秣其駒.[1]

---

1 이 시구는 '아가씨가 곧 시집을 가니 어서 그녀가 타고 갈 말에 먹이를 주리라' 또는 '아가
씨가 내게 시집을 온다면 말에게 먹이를 먹이고 그녀를 맞이하러 가리라'로 해석된다. 작
자는 후자에 가깝게 해석했다.

漢之廣矣, 不可泳思.

江之永矣, 不可方思.[2]

아득히 울리던 거문고 선율이 마침내 잦아들었다.

거문고 소리가 그치니 처량함만이 그득했다.

휘영청 밝은 달처럼 높이 걸린 궁등도 병풍에 드리워진 나무 그림자의 깊고도 깊은 싸늘함만큼은 밝힐 수 없었다.

거문고 위에 놓인 두 손은 차마 미련을 거둘 수 없어 안타깝게 현을 어루만졌다. 영랑의 눈에서 눈물이 거두어졌다. 가슴속의 비통함을 모두 쏟아냈으니 이제는 여한이 없었다.

마침내 그에게 〈한광〉을 들려줬다.

이제 더는 그녀의 발길을 붙잡는 옛일이 남아 있지 않았다.

영랑은 거문고를 밀치고 일어나더니 황후를 향해 깊이 예를 행하고는 아무 말 없이 문 쪽으로 물러 나갔다.

"거문고를 가져가거라."

황후는 병풍 아래 그림처럼 서서 뒤돌아보지 않았다.

천금을 주고도 구하지 못할 이 명금은 몰수된 가산에 포함된 것이었다.

영랑은 멍하니 황후의 뒷모습을 바라보았다.

---

2 〈한광〉의 대략적 의미는 다음과 같다. '남산에 높고 우뚝 솟은 나무가 있으나 나무 아래 쉴 만한 그늘이 없다. 한강가에 노니는 여인 있으나 강 건너 바라만 볼 뿐 구할 수 없다. 도도한 한강은 너르디널러 파도가 높고 물살이 거세니 헤엄쳐 건널 수 없다. 유유한 강물은 천 리를 흘러 뗏목을 타고 건널 수 없다. 빽빽이 우거진 잡목에서 길게 자란 물쑥 가지를 잘라내 저 여인이 시집오는 날이면 말을 먹이고 고삐를 끌어 맞이하리라. 도도한 한강은 너르디널러 파도가 높고 물살이 거세니 헤엄쳐 건널 수 없다. 유유한 강물은 천 리를 흘러 뗏목을 타고 건널 수 없다.'

서고고가 나직이 속삭였다. "네게 하사하시는 것이니 가져가거라."

순간 얼이 빠진 영랑은 아무 말도 못 하고 앞으로 나아가 거문고를 안아 들고는 감사의 절을 올리려 무릎을 꿇고 엎드렸다.

이에 황후는 꿇어 엎드리려는 영랑을 손짓으로 제지했다. "그만 되었다."

영랑은 눈길을 들어 올리고는 예의도 잊은 채 멍하니 황후를 바라보며 물었다. "〈한광〉은 어떤 시입니까?"

황후는 전혀 노한 기색 없이 먼 곳을 아련하게 바라보며 느릿느릿 말문을 열었다. "이 시는 강 하나를 사이에 두고, 멀리 저편 강가에 있는 여인을 연모하는 사내에 관한 이야기다."

차마 뒷말을 꺼내지 못하는 황후를 보며, 서고고는 이 여인에게 절반의 뜻만 알려줘도 무방하리라 여겼다.

강 하나를 사이에 두고 바라보기만 하는 사람이라……

영랑은 눈을 내리뜨며 입가에 한 줄기 미소를 머금었다. '구불구불한 도랑이 굽이감는 곳에 다리를 놓아, 겨우 수십 보 떨어진 이편에서 저편까지 이어놓은 이곳을 내 거처로 내주셨지……. 한수는 넓고도 넓다는 말이 이런 마음을, 이런 애틋한 정을 담고 있었구나.'

영랑은 거문고를 안고는 작별을 고하고 떠났다.

문밖에 이르러 다시금 뒤를 돌아보고는, 병풍 뒤에 가려진 황후의 그림자를 향해 오래 몸을 굽혀 절을 올렸다.

뜻밖에도 참으로 도리를 아는 여인이었다. 영랑을 배웅 나온 서고고는 말없이 지켜보기만 하다가 옆에서 기다리던 궁인에게 그녀를 넘기고는 고개를 끄덕였다.

그러고는 뒤돌아선 가녀린 형체가 한 걸음 한 걸음 연랑의 그림자 속으로 사라지는 것을 바라보았다.

서고고는 그 가냘픈 뒷모습이 어둠 속에서 소리 없이 몸을 바로 세우고 떠나는 순간에 다른 사람은 눈치채지 못할 강인함을 무심코 드러내는 것을 자신도 모르게 응시하고 있었다.

줄곧 터무니없는 생각이라고 여겼었다. 더할 나위 없이 기품이 넘치는 사람과, 실바람에도 휘청일 것 같은 연약한 사람이 어찌 닮을 수가 있단 말인가! 그저 언뜻 보기에 닮은 구석이 있는 것뿐이겠거니 생각했다.

그러나 이 순간, 서고고는 결국 길게 한숨을 내쉬었다.

방으로 돌아가니 방 안 가득 처량함이 감도는 것이, 꼭 거문고 선율에 담긴 실의와 원망이 아직도 흩어지지 않고 맴도는 듯했다. 그 와중에 황후는 병풍 아래 못 박힌 채 서서 뜰 밖의 나무 그림자를 넋 놓고 바라보고 있었다.

"밤공기가 찹니다."

서고고는 앙상하게 마른 황후의 두 어깨에 살며시 창의를 걸쳐주었다.

크게 앓고 나더니 아무가 더 말랐구나⋯⋯. 서고고는 여전히 속으로 이 아명을 불렀다. 그녀가 어린 군주였다가 왕비가 되고 마침내 황후가 되었는데도 서고고에게는 늘 그 옛날의 아무였기에 긴긴 세월 변함없이 이렇게 불렀다.

그러나 아무는 말이 없었다.

"이곳은 오랫동안 사람이 머물지 않아 양기가 부족합니다. 이제야 몸이 좀 나았는데 이런 곳에 오래 머무르면 아니 됩니다." 서고고가 직언을 올렸다.

"이 저택은 곧 허물 거야." 아무가 나직이 말했다.

서고고는 살짝 놀랐으나 잠깐 생각하고는 말했다. "그것도 나쁘지 않죠. 오랜 세월 황폐한 채로 두는 것도 아까우니 말이에요."

"황상께서는 원래 남겨두었다가 이후 송씨 가문 아이들에게 돌려줄 생각이셨어……. 친동기간이나 다름없던 전우를 늘 그리워하시니까." 아무는 사방을 둘러보며 냉담한 표정으로 말했다. "이 저택을 허물기로 한 것은 내 뜻이야. 온 집안이 유배 간 서촉은 황상이 직접 고른 곳이야. 산수가 그림처럼 아름답고 먹을 것이 풍족한 그곳으로 일가가 모두 옮겨 가 농사를 지으며 편안히 살아가도록 했으니, 옛 친구에 대한 의리를 지킨 셈이지. 다만 준문 남매는 이립(而立)이 넘은 다음에야 촉 땅을 떠날 수 있고, 평생 경사에는 돌아오지 못하게 했어."

"어찌하여 이립입니까?" 서고고는 이해가 되지 않았다.

"그쯤 되면 가장 어린 아이도 제 가정을 꾸리고 처자식을 두었겠지. 비록 마음속에 품은 원한이 사라지지는 않았을 테지만 곁에 걸리는 것이 있으니 그나마 위로가 될 것이야." 궁등 아래 비친 아무의 옆얼굴은 옥처럼 윤기가 흘렀으나 어렴풋이나마 온기가 비치는 곳은 입술뿐이었다. "걱정거리가 있는 사람은 아무래도 다른 법이지."

서고고는 뭐라 할 말이 없었다. 그저 마음에 뭉근한 통증이 일 따름이었다. 10여 년 후의 일까지도 생각해둘 만큼 마음을 쓰니 어찌 심신이 상하지 않을 것이며, 어찌 강건하게 장수할 수 있겠는가!

"준문은 그 일을 기억할 만큼 컸어. 강산은 쉽게 변하지만 원한을 삭이기란 어려운 법이지. 그 아이를 위해 다른 것은 해줄 수 없어. 고대광실도 한평생 평안한 것에 비할 바가 못 되고, 저승에 있는 옥수를 안심시킬 수도 없어. 그저 그 아이가 멀리 강호를 떠돌며 자신의 분수대로 살아가기만 한다면……. 내 욕심이지만 내 대의 은원은 내 대에서 끝내고 백 년 뒤에는 철아에게 티 하나 없이 깨끗한 강산만을 남겨주고 싶을 따름이야."

아무의 눈에 서고고조차 똑바로 쳐다보지 못하겠다고 느낄 만큼 환한 달빛이 비쳤다.

　"경성은 그 아이들의 부모가 죽은 곳이야. 영구도 가족을 따라 서쪽으로 옮겨졌지. 사람도 떠났고 저택도 비었는데 남겨둬서 뭐 하겠어. 남는 것이라곤 유감뿐이겠지." 아무는 천천히 난간 앞으로 걸음을 옮기더니 정원의 그 나무를 올려다보았다. "처음 이곳에 왔을 때 이 나무의 키는 난간만 했었는데, 나무가 몹시도 마음에 들었던 옥수가 자신의 정원으로 옮겨 심고 싶어 했으나 회은이 허락하지 않았어. 그는 바깥쪽에 수로를 파서 물을 끌어오고 별원을 만들어 아무나 쉽게 들어오지 못하게 만들었대. 그때 옥수가 내게 이 이야기를 들려주며, 회은의 성격이 참 괴팍하다고 놀렸어. 그해 회은의 생일에 황상이 나를 데리고 연회에 참석하셨는데, 연회가 끝나고 군주와 신하가 이곳에 마주 앉아 술잔을 기울였지……. 그때까지도 아직 서로를 군신으로 나누지 않았었는데."

　얼마간의 침묵 후 아무가 나지막이 말을 이었다. "회은은 죽어도 신하가 될 뜻이 없었어. 그가 봤을 때는 더 이상 군신을 가를 필요가 없었던 거야."

　"그 역적은 하마터면 황후 마마와 두 분 전하를 해칠 뻔했는데, 어찌 폐하의 너그러운 용서를 받을 수 있었겠어요?" 서고고는 마음속의 분노와 원망을 누르지 못했다. 그날 강보에 싸인 두 아이를 안고 도망치며 목격한 혼비백산할 광경들이 아직도 눈에 선했다.

　"그는 원래 참으로 훌륭한 사내였는데…… 권위가 그를 망쳤고 나도 그를 망쳐버렸어."

　아무는 살며시 눈을 감으며 창백한 손가락으로 먼지가 내려앉은 난간을 어루만졌다.

입을 다문 서고고는 마음이 뭉클해졌다. 가만히 생각해보니, 광축이니 한광이니 한 그 역적도 정에 사로잡힌 이였다.

뜰 밖의 나무 그림자가 흔들리고 천지간에 탄식이 들리는 듯했다.

아무는 소매를 뿌리치며 애달프게 말했다. "강물은 길고도 길어 뗏목을 타고 건널 수 없네……. 회은, 그대는 그래서는 아니 됨을 알고 있었지."

한수는 넓고도 넓고 강물은 길고도 길어 도저히 건널 수 없다네.

마음에 품은 이 있으나 가슴속은 슬픔이 가득하니 영원히 저편에 있다네.

이 얼마나 좋은가?

천기(天祈) 3년, 저군은 천자를 대신하여 북방을 두루 다니며 민정을 살피다 4월에 경사로 돌아갔다.

경성 밖 남쪽 기슭의 자천(紫川) 나루터는 원래 경사에서 남방으로 내려가려면 반드시 거쳐야 하는 곳으로, 백여 년이 넘는 세월 동안 사람들의 발걸음이 끊이지 않았다. 그러나 7년 전 남쪽 기슭에 길이 뚫려 남북을 잇는 관도가 생긴 뒤로는 이 자천교(紫川橋)를 거쳐 강남으로 향하는 사람이 적어졌다. 한때는 강을 따라 양쪽 기슭으로 즐비하게 늘어선 객잔들이 오가는 객들을 맞이하였으나, 이제는 오래된 객잔 몇 곳만이 띄엄띄엄 자리하고 있을 뿐 그 옛날의 번화함은 사라진 지 오래였다.

망향주가(望鄕酒家)의 주인장인 종수(鐘叟)는 어려서부터 이 나루터 마을 어귀에서 자란 자로, 늘그막에 차마 고향을 떠날 수 없어 한결같이 오래된 주가를 지키고 있었다. 드문드문 오가는 객들이 주가 안으로 발을 들여 술이라도 한잔 시키면, 종수는 이 나루터에 자천이라는 이름이 붙은 연유에 대해 일장 연설을 늘어놓았다.

나이가 들면 회상을 즐기게 되는지라 똑같은 이야기를 골백번 해도 질리지 않았다.

무엇보다도 그가 골백번째 들려주는 똑같은 이야기를 기꺼이 들어주는 이가 있다는 사실이 놀라웠다.

지난 십수 년 동안 종수는 해마다 늦봄이 되면 버릇처럼 그 객의 방문을 기다렸다.

그가 가게 안으로 들어서, 창을 밀어젖히면 다리 어귀가 보이는 상석에 앉아 술 한 사발을 주문해 홀로 마시기를 기다렸다.

종수는 침침해진 노안을 가늘게 뜬 채 지팡이를 짚으며 다가와, 이 자천 나루터의 이름이 예전에는 자천이 아니었음을 아느냐고 물었다.

그러면 객은 늘 미소를 지으며 답했다. "노인장께서 그 이야기를 좀 들려주시구려."

이에 종수는 긴 수염을 손으로 쓸어내리며 자리에 앉아 이야기를 시작했다.

이곳은 원래 장녕(長寧) 나루터라고 불렸다.

왕랑(王郞)이 경성을 떠나 강남으로 향한 그해, 자색 비단옷에 옥대를 매고 말을 달리는 풍모가 몹시 훌륭했더랬다.

왕랑을 배웅하러 온 경성의 여자 권솔들, 기름을 칠한 푸른 수레와 가복이 길을 따라 길게 늘어선 모습이 참으로 화려하고 웅장한지라 너 나 할 것 없이 앞다투어 구경하느라 시끌벅적했다.

지난날의 예장왕비이자 훗날 존귀한 경의황후가 된 왕랑의 여동생이 친히 다리까지 올라 오라비를 배웅했다.

그런데 왕비가 어깨에 걸치고 있던 자색 비단이 새벽바람에 물 위로 떨어져 내렸다. 마침 옅게는 분홍빛을 띠고 짙게는 자줏빛을 띤 채 강둑을 곱게 물들이고 있던 등꽃이 바람결에 비처럼 쏟아져 내려 강물을 온통 자색으로 물들이니, 사람들이 '자천'이라고 우스갯소리를 했다.

그 후로 이 나루터도 점차 자천 나루터라고 불리게 되었다.

"참으로 신선 같은 사람이었소이다."

그 장면을 떠올릴 때마다 호두처럼 쪼글쪼글해진 종수의 얼굴에 거만한 홍조가 떠올랐다. 촌구석 사람은 말할 것도 없고 조정 신료의 자제 중에서도 그런 사람을 본 자가 몇이나 되겠는가 해서 말이다.

지난 십수 년 동안 노인은 왕랑이 경성을 떠나고 강물이 자색으로 물들었던 이야기를 줄기차게 해댔다. 이에 그의 이야기를 들어주던 사람들도 귀에 딱지가 앉을 지경이었다.

하지만 이 객만은 늘 그의 이야기에 기꺼이 귀를 기울여주었다.

종수가 이 이야기를 읊어댄 세월만큼, 그도 이 이야기를 들어왔다.

객은 늘 별다른 말 없이 이야기를 다 듣고 나서 술사발을 들어 단숨에 마시고는, 종수에게 공수를 하고 웃으며 자리에서 일어나 주가를 떠났다.

주가 밖 처마 아래 서서 기다리던 시종이 그의 말을 끌었고, 그는 문 앞에 놓인 질그릇에 직접 술값을 넣었다.

그래도 예전에는 새 그릇이었는데, 이제는 얼룩덜룩한 데다 이가 빠지기까지 했다.

그가 매번 내는 술값은 1년을 꼬박 마셔도 될 정도로 거금이었으나 1년에 단 한 번만 찾아왔다.

종수의 등은 갈수록 굽어갔다.

객의 귀밑머리도 갈수록 더 희끗희끗해지고 미간에 팬 주름도 깊어졌으나, 늙어 보이기는커녕 더욱 기품이 넘치고 위풍당당했다.

종수는 지금도 가끔씩 처음 이 객에게 술을 올리던 때를 떠올리곤 한다. 촌사람이라 세상 물정에 어둡다고 자조하던 그 시절, 종수는 벌벌 떠느라 술을 반이나 쏟고 말았다.

처음에는 이 객을 몹시 두려워했다.

이자는 비범한 기백이 느껴지는 헌헌장부로 일신에 수수한 검은색 옷을 걸치고 촌사람들이 신는 나막신을 신은 채 웃지도, 말을 하지도 않고 물을 들이켜듯 술을 들이켰다.

그가 타는 말은 온몸이 먹처럼 새까맣고 몹시 우람하고 힘이 셌는데, 마구간으로 끌고 가면 바닥에 있는 건초에는 눈길조차 주지 않았다. 농가에서 근방에 매어둔 짐을 싣는 태마(駄馬)들은 그 말을 보면 하나같이 귀를 내리고 피했다.

포의를 걸치고 검을 찬 그의 시종은 행동거지가 몹시 공손하고 장중하였는데, 걸음을 옮기는 발소리조차 들리지 않았다.

종수는 감히 그에게 말을 걸어본 적이 없었다.

그러던 어느 날, 종수가 지팡이를 짚고 문 앞에 앉아 변경에서 처음 경성을 찾은 객에게 자천의 옛일을 들려주자, 모두 놀라움과 부러움을 감추지 못했다.

그 객도 가게 안에서 종수의 이야기를 듣고 있었다.

술을 다 마시고 문을 나서던 그가 종수에게 다가와 말했다. "노인장, 다음 해에도 이때가 되면 자천의 옛일을 들려줄 수 있겠소?"

이듬해 늦봄 무렵 그는 약속대로 종수를 찾아왔고, 그 후 매년 어김없이 이곳을 찾았다.

그렇게 십수 년 동안 객의 방문이 익숙해진 종수는 진즉에 이상하다는 생각을 버렸다.

그런데 올해는 예년과 조금 달랐다.

객은 술을 다 마시고도 떠나지 않았다. 문 앞 처마 아래 뒷짐을 진 채 서서 느긋하게 그늘을 즐기며 가끔씩 남쪽을 바라보는 것이 꼭 누군가를 기다리는 것만 같았다.

종수가 지팡이를 짚으며 비틀비틀 다가가 물었다. "기다리는 분이
있으십니까?"

객은 고개를 끄덕이며 웃었다.

"아드님을 기다리십니까?"

"노인장이 그것을 어찌 알았소?"

객은 고개를 모로 기울이고 짙은 눈썹을 살짝 위로 치키면서 놀라
움을 드러냈다.

종수는 숱 적은 긴 수염을 쓸어내리며 허허허 웃었다. "매달 아들
놈이 돌아올 때마다 저와 할멈도 일찌감치 마을 어귀에 나가 기다립
지요."

객은 잠시 얼떨해하다가 고개를 저으며 웃었다.

그 모습이 괴이해 종수가 물었다. "손님께서는 어찌 고개를 저으십
니까?"

"별일 아니오." 객은 말하고 싶지 않은 듯 손을 내저으며 눈길을 들
어 자애롭게 웃는 종수의 얼굴을 보고는 잠시 멈칫하다가 느릿느릿
말을 이었다. "집에 돌아오는 그 아이를 마중 나온 것은 처음이라오."

"아, 아……." 종수는 수염을 쓸어내리며 속으로 생각했다. '대갓집
사람들은 예법도 다르니 아비가 아들을 마중 나오는 법도는 없겠지.'

"집 떠난 지 벌써 반년이나 되었는데, 오늘 마침 이 나루를 건너온
다고 하기에 마중 나온 것이라오." 객의 말투는 여느 집의 자애로운
아비와 다를 바가 없었다. 종수는 연신 고개를 끄덕이고 드문드문 이
가 빠진 입을 쫙 벌리며 웃었다. "아드님이 참으로 잘나셨나 봅니다."

"과찬이시오." 객은 웃으면서 물었다. "아드님이 같이 살지 않으면
평소에 누가 두 분을 모시는 것이오?"

"며느리가 같이 삽니다." 종수가 탄식했다. "저와 할멈은 박복하여

늘그막에야 겨우 아들놈 하나를 얻었고, 아직 손주는 보지 못했지요. ……. 귀댁의 손주는 벌써 글을 익힐 나이가 되었지요?"

객이 담담히 말했다. "내 아들은 아직 혼례를 치르지 않았소이다."

종수는 기이하다 여겨 그 까닭을 묻고 싶었으나 감히 묻지 못했다. 그저 이 귀한 객의 아들이 용모가 몹시 추하거나 병이 있어 아직까지 장가들지 못한 것이 아니고서야 말이 되지 않는다고 속으로 생각할 뿐이었다.

객은 놀라고 의아해하는 종수의 표정에도 개의치 않고 뒷짐을 진 채 느릿느릿 다리 어귀로 걸음을 옮겨, 흐르는 강물을 바라보며 바람결에 옷깃을 펄럭이고 있었다. 천지를 찬란한 금빛으로 물들인 오후의 햇살이건만 이 시커먼 흑의를 걸친 사람이 다리 위로 먹처럼 드리운 그림자만은 밝히지 못했다.

다리 밑으로 흐르는 고요한 강물은 숲 사이 저 끝으로 흘러들었고, 아득히 멀리 귀로(歸路)가 보였다.

이곳에서 2리쯤 떨어진 곳에 있는 역참도 오랫동안 찾는 이가 없었으나, 오늘은 말을 탄 사람 넷이 일찌감치 길 입구로 마중을 나가 있었다.

선두에 선 자는 죽립(竹笠)으로 얼굴을 가리고 있었으며, 나머지 세 사람은 관도 쓰지 않고 포의만 걸친 평범한 차림이었으나 하나같이 보검을 차고 명마를 타고 있었다.

정오를 지날 무렵, 단출한 수레 하나가 남쪽을 향해 달려왔다. 다그닥다그닥 말발굽 소리가 숲 속의 고요를 깨뜨렸다.

이에 말을 탄 네 사람이 앞으로 나아가 맞았다. 맨 앞에 선 자가 훌쩍 말에서 뛰어내리자 나머지도 한쪽 무릎을 꿇고 앉았다.

수레가 서서히 길 한가운데 멈춰 섰다.

포의를 입은 거한이 죽립을 벗고는, 오래되어 이미 옅은 갈색으로 변한 칼자국이 어슷하게 가로지르는 얼굴을 숙연히 숙였다. "신 위한, 전하를 경사까지 모시러 왔습니다."

수레의 발이 거둬지며 백의 단사(單紗)를 걸치고 자색 술이 달린 관을 쓴 소년이 태연자약하게 수레에서 내렸다.

"장군께서 친히 마중을 나오느라 수고하셨소. 그만 일어나시오." 젊은 저군은 우뚝 선 채로 소매를 떨치며 일으키는 손짓을 해 보였다.

햇살이 숲 사이를 비추고 놀란 새들이 날아오르자 나뭇잎 두서너 개가 빙빙 돌아내리며 그의 새카만 머리카락 언저리를 스쳤다.

그는 짙푸른 숲의 끝을 바라보며 살짝 미소를 지었다. "경사는 참으로 좋은 계절을 맞이했군요. 어쩐지 부황께서 이 길로 입경하라 당부하시더니, 오는 내내 늦봄과 초여름 경치를 실컷 구경했습니다."

위한은 자리에서 일어나 소년 저군의 옥처럼 맑고 흔들림 없는 미소를 바라보다가 문득 세월의 흐름이 유수와 같다는 생각을 했다. 예전에 이와 비슷한 얼굴을 지녔던 사람은 이미 황릉에 묻힌 지 오래였고, 불바다 속에서 지켜낸 어린 주군은 눈 깜짝할 사이에 강보에 싸였던 어린아이에서 말 한 마디, 미소 한 번에서도 위엄이 엿보이는 천자로 자라 있었다.

"그러하옵니다. 참 좋은 계절이지요. 황상께서도 자천 나루터의 풍광을 몹시 좋아하십니다." 근엄하기 이를 데 없는 위한이 한 줄기 미소를 내비치며 잠시 말을 멈추었다가 이내 말을 이었다. "황상께서 앞쪽 나루터에서 전하를 기다리고 계십니다."

저군은 순간 어안이 벙벙해져 한동안 말문을 열지 못하다가 물었다. "부황께서 오셨습니까?"

위한은 일찍 철든 소년 저군이 아버지에 대한 그리움과 감격을 애써 감추며 태연한 척하고 있음을 알아챘다.

"전하께 아룁니다. 황상께서는 일찌감치 친히 납시어 나루터에서 기다리신 지 오래되었습니다." 위한은 원래 말이 많은 자가 아니었으나, 기쁨을 감추지 못하는 저군을 보고는 저도 모르게 덧붙였다. "황상께서는 예전부터 미복 차림으로 자천교를 찾아봄을 즐기셨사옵니다. 마침 금일 전하께서 경사로 돌아오신다 하니 신에게 이곳에서 전하를 맞이하라 특별히 명하셨사옵니다."

'이제 보니 부황께서는 해마다 출궁하시어 이곳을 찾아오셨구나.' 소년 저군은 그 연유가 자못 궁금했다.

이곳의 풍경이 수려하기는 하나 딱히 시선을 사로잡을 만큼 대단하지는 않았다. 하물며 소년은 부황이 지난날 천하를 정벌하며 아름다운 산수를 질리도록 봤음을 잘 알고 있었다.

천하 사람들이 모두 저군이 천자를 대신해 북방 변경의 민정을 살피고 돌아옴을 알고 있었다. 그러나 한 달 전쯤 따로 명을 받고 휘주에서 소리 소문 없이 강남으로 발길을 돌려, 오늘에서야 여로에 지친 채로 강남에 이르렀음을 아는 자는 없었다.

군주이자 아비이고 엄하면서도 자애로운 분이었으나, 태자 소윤삭은 쌍둥이 누이인 윤녕이 아버지에게 금이야 옥이야 온갖 총애를 받는 것이 그저 부러울 따름이었다. 자신은 저군으로서 어려서부터 엄격한 교육을 받았기에 부자 관계보다는 군신 관계가 더 두드러졌고, 부자의 정을 나누는 것은 실로 사치나 다름없었다. 지난해 가을 이후 황명으로 북방의 민정을 살피러 떠난 소년은 극한의 추위가 머무는 북방 변경에서 지금껏 겪어본 적 없는 가장 혹독한 겨울을 보냈고, 그러고 나서야 지난날 부황이 강토를 개척하고 북방을 정벌한 것이 참으로 쉽지 않은 일이었음을 깨달았고 자신을 단련시키고자 하는 부황의 고심을 이해했다. 봄이 찾아든 북방 변경에 차디찬 눈이 녹고 싱그러운 풀이 돋아나 산천이 절경을 품을 때, 윤녕이 또 찾아왔다. 어엿한 일국의 공주는 호복을 입고 남장을 한 채 여인의 신분에 얽매이지 않고 북방의 벌판을 마음껏 누볐다. 그렇게 공주는 멀리 있는 부황에게 단속받지도 않고 가까이 있는 외숙인 강하왕의 총애를 듬뿍 받으며 지냈다. 쌍둥이 누이는 자유롭고 즐겁게 살아가는데, 자신은 또 명을 받아 남쪽으로 향해 늦봄이 되어서야 경사로 돌아올 수 있었다. 성 밖에서 기다리던 궁인이 관도가 아닌 옛 나루 쪽 길을 따라 미복 차림으로 환궁하라는 황명을 전했을 때만 해도, 태자 소윤삭은 괜히 백성들을 귀찮게 하지 말고 간소하게 입성하라는 뜻으로만 알았다.

그런데 부황이 친히 마중을 나왔다니, 꿈에서도 생각지 못한 일이었다.

소윤삭은 곧장 수레 대신 말에 올라 나루터 쪽으로 질주했다.

다그닥다그닥 소리와 함께 누군가가 흙먼지를 일으키며 달려왔다. 바람결에 옷소매를 휘날리며 말을 달리는 늠름한 모습이 마치 하늘에서 내려온 사람 같았다.

문에 기대 멀리 내다보던 종수는 깜짝 놀라 몸서리치며 눈을 비볐다. 왕랑이 돌아오는 줄로만 알고 순간 넋을 놓았다.

이제 보니 이런 인물이 세상에 또 있었구나! 지난날의 왕랑에 조금도 뒤지지 않을 만큼 풍채가 훌륭한 소년이었다.

건너편 둑에 말을 세운 소년은 말에서 훌쩍 뛰어내려 넓은 소매를 펄럭이며 다리를 건넜다.

다리 어귀에 붙박인 듯 서 있던 흑의를 입은 객은 눈길 한 번 돌리지 않고 뚫어지게 바라보다가, 소년이 가까이 다가오고 나서야 고개를 끄덕이며 미소를 지었다.

소년은 옷을 털며 꿇어앉아 고개를 숙이고는 말했다. "아버님, 그간 평안하셨습니까!"

다리 밑으로 졸졸졸 강물이 흐르고 햇살은 따사로웠다. 햇살이 황제의 어깨를 비추니 마치 금빛 광채를 걸친 듯했다.

눈을 들어 올리지 않고도 익숙한 검은색 포의와 나막신이 보였다. 해가 바뀌고 세월이 지나도 황제는 한결같이 검소했다.

"밖에서는 예를 차릴 필요 없다."

황제가 손을 뻗어왔다. 잡아 일으키는 손은 도저히 거역할 수 없었다. 천하를 지배하는 이 손은 강인했고, 손바닥에서 어렴풋이 온기가 전해졌다.

소매를 거두며 몸을 일으킨 소윤삭은 전신을 꿰뚫는 듯한 황제의 그윽한 눈빛이 자신의 얼굴에 오랫동안 머무는 것을 느끼고 눈길을 들었다가 전보다 더 희끗희끗해진 부황의 귀밑머리에 문득 눈이 시렸다.

지팡이를 짚은 백발의 노인이 술집 안에서 비척거리며 나와 황제 곁에 이르더니, 이가 빠진 입을 활짝 벌렸다. "마침내 기다리시던 이가 왔군요. 참으로 훌륭한 아드님을 두셨습니다!"

"노인장, 칭찬이 과하시오." 황제는 보기 드문 온화한 태도로 말했다. "노인장, 좋은 술 한 단지만 더 가져다주시오. 마침 오늘은 오랜만에 한가하다오. 우리 부자가 함께 술을 마신 것이 언제인지 모르겠소."

"좋습니다. 대령하고말고요." 노인이 흔쾌히 답하고는 비틀비틀 몸을 돌렸다가 다시금 지팡이를 짚은 채 고개를 돌렸다. "그렇지. 제 토굴에 오래 묵은 술이 한 단지 있는데, 두 분께서 촌구석의 궁색함을 괜념치 않으신다면 제 집으로 함께 가시는 게 어떻겠습니까?"

황제는 껄껄껄 소리 내어 웃었다. "이런 노인장을 봤나, 이제 보니 지난 세월 동안 그 좋은 술을 내게 내놓기가 아까워 감춰두었나 보오."

노인도 지팡이를 짚은 채 웃었다. "손님께서는 그리 탓하지 마십시오. 이 술은 제가 오래전에 마련해둔 것으로, 이 주가 문을 닫는 날 마시려고 했습니다. 세월은 이길 수가 없는지라 내년 금일에는 자천의 옛일을 들려드릴 수 없을 것 같습니다. 이 긴 세월 동안 제 이야기에 귀를 기울여준 이는 손님뿐이었는데……. 사람은 나이가 들면 이가 빠지고 일은 시간이 지나면 잊히지만, 술은 여전히 향기롭지요."

말을 마친 노인은 길게 탄식했다.

한동안 말이 없던 황제도 탄식을 내뱉으며 중얼거렸다. "한시도 잊은 적이 없거늘……."

오랜 친구와 결국 헤어져야 할 날이 오고, 나루터의 술도 그만 마실 날이 왔다. 이제 자천의 옛일을 이야기할 사람도 더는 없을 것이다.

"좋소, 그 술은 오늘 우리 부자가 마시리다." 황제는 시원시원하게 웃으며 말했다. "철아야, 노인장이 탈 말을 끌고 오거라."

말은 진즉에 시종이 대령하고 있었다.

소윤삭은 황제의 말대로 말을 끌고 왔고, 황제는 친히 노인을 부축해 말에 태우고는 말갈기를 쓰다듬으며 말했다. "노인장, 이 젊은이에게 자천의 옛일을 한 번만 더 들려주시오."

종수는 웃으며 그러겠다고 답했다.

산간의 농가로 향하는 길에 노인은 나란히 말을 타고 천천히 걷는 태자 소윤삭에게 지난날 예장왕비와 강하왕이 이 오래된 다리를 지날 때의 광경을 흥미진진하게 들려줬다.

그때 흑의를 입은 객은 홀로 말을 몰며 저 멀리 앞서 가고 있었다.

멀리서 밥 짓는 연기 한 줄기가 피어오르고 있었다. 대나무 울타리가 오랜 우물과 어우러진 초가삼간에는 산꽃이 무성하게 우거져 있고, 시견(柴犬, 시바견)이 문 앞까지 나와 왈왈 짖어댔다.

종수의 집은 산기슭 푸른 대나무 숲 아래 자리하고 있었다.

멀리 개 짖는 소리가 들리자 촌부가 나와 문을 열다가, 손님이 온 것을 보고는 황망히 고개를 숙이고 문 옆으로 피했다.

종수는 며느리에게 어서 손님에게 대접할 음식을 차리라고 일렀다.

소윤삭이 보기에 이 농가의 뜰은 초야의 한가로운 정취가 느껴지면서도 초라하고 볼품없었는데, 어째서 황제는 뜰 안으로 들어서자마자 뭔가에 홀린 듯 사방에서 눈길을 거두지 못하는 것인지 알 길이 없었다. 황제는 우물 도르래 하나, 맷돌 하나, 발구(수레가 다닐 수 없는 산골에서 무거운 것을 실어 나르는 데 사용하는 썰매) 하나도 세세히 들여다보며 부러움과 감탄을 감추지 못했다.

'일대의 개국 군왕이 이런 표정을 짓다니, 조정에서든 전장에서든 그 누구도 부황의 이런 모습을 보지 못했으리라. 누이도 이런 모습을 뵐 기회는 없었을 거야……' 소윤삭은 문득 일찍 세상을 뜬 모후를 떠올렸다. '어마마마는 아바마마의 이런 모습을 뵌 적이 있을까?'

"위한, 위한은 어디 있느냐?" 황제가 뒷짐을 진 채 처마 아래서 위한을 불렀다.

밖에 서 있던 위한이 황제의 부름에 안으로 들었다. "주공, 부르셨습니까?"

"지붕을 좀 고치거라." 황제는 손을 들어 초가지붕을 가리켰다. 지붕을 덮은 띠에 틈이 벌어진 모양이었다.

"주공……" 뜬금없는 하명에 어리둥절해진 위한은 몹시 난처한 기색을 띠었다.

혁혁한 전공을 세우고 고강한 무예를 지닌 당당한 위 대장군이지만, 지붕을 고치는 일은 할 줄 몰랐기 때문이다.

황제가 그를 쏘아보았다. "왜 그러느냐? 짐이 가르쳐줘야 하는가?"

옆에 있던 소윤삭은 터져 나오는 웃음을 참으려 헛기침을 하고는 황제가 스스로 자신의 신분을 드러내는 말실수를 했음을 알려줬다.

그러나 정작 종수는 못 알아들은 모양인지 그런 황제를 말렸다. "괜찮습니다. 괜한 폐를 끼칠 것 없습니다. 저희 아들이 한가해져 돌아오면 그때 고쳐도 됩니다."

위한은 감히 한 마디 항변도 못 한 채 황명을 받들어, 황제를 수행 중인 궁궐의 고수를 모조리 불러와 지붕을 고치게 했다.

종수는 지팡이를 짚고 따라가서 이리해라 저리해라 훈수를 두었다.

황제는 뒷짐을 짚고 서서 미간을 찌푸린 채 멀리서 바라봤다.

소윤삭이 나직하게 물었다. "부황께서는 진정 하실 줄 아십니까?"

"무엇을 말이냐?" 황제는 무슨 말인지 모르는 듯했다.

소윤삭이 지붕을 한 번 바라봤다. 방금 전 위한을 쏘아보며 '짐이 가르쳐줘야 하는가?'라고 한 말이 참인지를 묻는 것이었다.

황제는 순간 얼떨한 표정을 짓더니 으흠 하고 헛기침을 하고는 고개를 돌린 채 아무 말도 하지 않았다.

소윤삭은 웃음을 참느라 입매가 초승달처럼 휘어졌다.

"웃으려거든 웃거라." 황제는 고개도 돌리지 않고 말했다.

소윤삭은 입에 밴 '소자가 잘못했사옵니다'라는 말이 나오기도 전에 자신의 입에서 웃음소리가 터져 나온 것에 깜짝 놀랐다.

한 번 터진 웃음은 그칠 줄을 몰랐다. 그렇게 한참을 웃고 나니 황제의 준엄한 옆얼굴에도 보드라운 웃음이 걸려 있었다.

부황 앞에서 이렇게 큰 소리로 웃어본 게 얼마 만인지……. 어른이 된 이후로, 다시는 모후가 따스한 목소리로 부르던 '철아'였던 적이 없었다. 그저 부황 곁에 선 저군 소윤삭이 되어갔다.

"네가 웃는 모습은 그녀를 가장 많이 닮았다." 황제가 온화한 목소리로 천천히 말했다.

소윤삭이 눈길을 내리며 말했다. "외숙께서 말씀하시길, 생김새는 제가 모후를 닮았으나 성정은 누이가 훨씬 모후와 비슷하다 하셨습니다."

황제가 웃으며 말했다. "당연하지."

누이 윤녕을 입에 올리자 소윤삭의 긴 눈썹이 절로 위로 날아올랐다. "그날 누이가 붉은 옷을 입고 하란씨의 왕자와 말을 타고 경주를 했는데, 하란씨가 속임수를 부리자 화가 난 누이가 채찍을 휘둘러 왕자를 말에서 떨어뜨려버렸습니다. 그 모습을 보신 외숙께서 크게 웃으시며, 모후께서도 어린 시절 자신에게 무례하게 구는 왕가의 자제들을 태후께서 보시는 앞에서 채찍질했다고 하셨습니다."

"잘 때렸다. 오랑캐 하란씨 주제에 망령되이 혼인을 청하다니!" 황제는 차갑게 코웃음 쳤다. "채찍질 몇 번이 뭐 대수라고, 아무 같았으면 그 사나운 성질에……."

말을 끝맺기도 전에 황제의 목소리가 침울해졌다. 그러고는 뒷말을 잇지 않은 채 침묵했다.

부황은 다른 사람 앞에서 모후의 이름을 거론하는 일이 매우 드물었다.

소윤삭은 가슴이 찡해 미소를 지으며 말을 돌렸다. "누이는 아바마마를 그리며 아바마마께 안부를 여쭤달라고 당부하였습니다."

"그 아이가 그리는 것은 드넓은 천하를 유유자적 떠도는 일일 테지, 재미없는 늙은이를 그릴 시간이 있겠느냐." 황제는 정말로 자식에

568

게 토라진 평범한 노인 같은 말투로 말했다. 이에 소윤삭이 빙그레 웃고 있을 때, 황제가 잠시 말을 멈추었다가 아무 일도 없었던 듯 물었다. "강하왕은 잘 지내느냐?"

외숙이 아니라 강하왕에 대해 물었다. 이에 소윤삭은 가슴이 철렁했다.

"강하왕과 곤도여왕 모두 평안합니다. 북방 변경도 평온하고 군심도 흔들림이 없습니다." 소윤삭이 대답했다. "다만 겨울에 들어서면서 강하왕이 약한 풍한이 들었사온데, 북방의 날씨가 몹시 추운지라 견디기 어려운 듯합니다."

"고향으로 돌아갈 뜻이 있더냐?" 황제가 의미심장하게 물었다.

소윤삭은 그의 속내를 헤아리다가 감히 망언을 하지 못하고, 그저 심사숙고 끝에 이렇게 말했다. "그런 말은 외숙께 들은 바 없사옵니다. …… 강남에서 종종 서한과 사자를 보내왔으나 외숙께서는 한 번도 답신을 보내지 않으셨습니다."

황제는 무심히 웃었다.

"외숙은 바깥일은 묻지 않으시고 늘 문을 닫고 손님을 사절하시며, 친지와 벗조차 자주 만나지 않으십니다." 소윤삭은 낱말 하나하나를 신중히 골랐다.

"그는 몹시 영리한 자다. 왕씨 가문에는 늘 지혜로운 자가 넘쳐났지." 황제는 웃는 듯도 하고 탄식하는 듯도 했다. "황제가 세 번이나 바뀌는 동안에도 한결같이 권세를 유지한 데는 그만한 연유가 있는 법이지."

소윤삭은 이 말을 곱씹으며 멀리 있는 위한에게, 그가 찬 검에 눈길을 던졌다.

문득 제사(帝師. 황제의 스승)가 했던 말이 떠올랐다. '황권에서 가장

가까운 곳이 가장 위험한 곳입니다.'

그러한즉 어리석은 자는 아슬아슬하고 용감한 자는 위태로우며 지혜로운 자는 안전했다. 지난 백 년 동안 왕씨는 늘 황권에서 가장 가까운 곳에 거하며 더 가까워지지도, 그렇다고 더 멀어지지도 않았으며 건드리지도, 그렇다고 벗어나지도 않으면서 광범위하게 뿌리를 내리고 곳곳의 여러 가문과 혈연관계를 맺었다.

왕조가 바뀌는 것은 칼끝이 무뎌졌다가 다시 날카로워지고, 날카로워졌다가 다시 무뎌지는 것과 같다. 그 와중에도 칼날은 시종일관 손에 쥐고 있어야 한다. 칼을 쥔 자가 누구든, 결국에는 칼날의 보호를 받아야 했다.

왕씨는 바로 그 칼날이었다.

그러나 젊은 저군의 마음속에는 오랫동안 풀리지 않은 의문이 감춰져 있었다.

왕씨는 그같이 행할 수 있는 능력이 있으면서 어찌 스스로 천하를 쥐려 하지 않았을까?

부황은 처족(妻族)을 꺼려 외숙을 오랫동안 북방 변경에 머물게 했으면서 어찌 대군을 맡겼을까?

저군이 품은 의문을 다 알고 있으면서도 황제는 공허하게 웃을 뿐이었다. "너는 아직 어리다. 후에 짐이 떠나고 네가 용상에 앉으면 그 까닭을 알 수 있을 것이다."

"소자, 황공하옵니다."

"황공할 게 무어 있느냐. 짐도 사람이거늘 어찌 진정 만세를 누릴 수 있을까!" 황제가 코웃음 쳤다. "과인(寡人, 덕이 부족한 사람이라는 뜻)이란 무엇이냐. 짐이 과인이고 너 또한 과인이다. 천하의 주인은 가장 높고, 가장 외롭고, 가장 부족한 자다. 한 번 조정에 들면 다시는 물러날 길이 없으니, 자손만대가 모두 이 외로운 길 위에 놓이게 되는 법이다."

소윤삭은 눈을 들어 멍하니 황제를 바라봤다. 마치 만고의 한기가 저 깊은 곳에서부터 소리 없이 솟구치는 듯 가슴이 쿵쿵 울렸다.

"물러날 곳이 없는 사람만이 지존의 자리에 오를 수 있다." 황제의 얼굴은 물결조차 일지 않는 고요한 물처럼 가라앉았다. "왕씨는 다르다. 그들은 언제나 물러날 곳을 남겨두지. 세가가 세가인 이유는 권세가 높기 때문이 아니라, 총애를 받든 욕을 당하든 흔들리지 않고 여유작작하기 때문이다. 당대의 왕씨 가문에서는 네 모후와 외숙이 가장 총명하지. 지난날 강하왕은 경사를 떠나 북방으로 가서 조정 일에 간섭하지 않겠다고 자청했고, 짐은 그에게 대군을 맡겼다. 이는 짐과 왕씨 사이의 묵계이니라."

눈을 내리깐 채 가만히 경청하는 소윤삭의 마음에 온갖 생각이 들끓었다.

강하왕은 재상의 자리에 오를 만큼 출중한 인물인데도 황제는 그를 북방 변경으로 보냈다. 겉으로는 가장 신임하는 신하인 듯 대군을 맡겼으나, 실제로 황제에 대한 육군의 충심은 어느 누구라도 뒤흔들 수 없었다.

오랜 세월 동안 황제는 한미한 가문 출신을 적극적으로 등용하고 권문세가의 자제는 돌아보지도 않았다. 유일하게 왕씨 가문만은 황후 일족으로서의 존엄이 있는지라 겉으로는 중용하는 척하면서 실제로는 먼 곳으로 보냈으니, 과연 이 밖에는 두 가지를 다 만족시킬 방법이 없었다.

사족과 평민을 가르는 데서 오는 폐해와 문벌의 폐단을 혁파하기 위해서는 뼈를 깎는 고통이 뒤따를 수밖에 없고, 명문세가가 가장 먼저 타격을 입을 터였다.

　왕씨 가문이 조정에 발을 붙이고 있는 한 그 고통에서 예외가 될 수 없었다.

　황후를 마음 깊이 아낀 황제일지라도 이런저런 셈을 하지 않을 수 없었다. 소윤삭은 할 말을 잃었다. 순간 한 소녀의 해맑은 미소가 머릿속을 스치고 지나갔다. 그 앞에서 물방울처럼 반짝반짝 투명하게 빛나는 미소를 짓던 환(桓)씨 가문의 여식⋯⋯.

　만약 그녀를 동궁에 들여 태자비로 삼는다면 그 맑은 웃음을 얼마나 더 볼 수 있을까?

　"이번에 짐을 대신하여 너를 북방으로 순수(巡狩) 보낸 짐의 저의를 네 외숙은 알 것이다."

　황제의 말에 소윤삭은 정신을 차렸다.

　황제는 그를 바라보며 느릿느릿 말문을 열었다. "짐이 살아 있는 동안, 왕씨는 여전히 천하에서 첫째가는 명문가일 것이다. 짐이 네 모후를 저버리지 않았듯, 앞으로 강하왕도 너를 저버리지 않을 것이다."

　소년 저군의 눈꼬리가 살짝 올라가고 눈동자에 맑은 빛이 반짝였다.

　황제의 목소리는 조금 가라앉아 있었고 얇고 날카로운 입가에는 뜻 모를 미소가 떠올랐다. "그보다 먼 훗날의 일은 천지신명만이 알 뿐 사람의 힘으로는 헤아릴 수가 없느니. 황실과 외척의 힘겨루기는 끊임없이 이어져왔다. 짐이 이 자리를 지켜온 수십 년 동안에는 평안했을지 모르나, 네가 황위를 이어받고 후손들이 이 자리에 오르면 왕씨가 아니더라도 다른 가문이 황실과 세를 겨룰 테니, 이 분쟁은 영원히 끝나지 않을 것이다. 황실 홀로 천하를 다스릴 수는 없는 법, 연혼을 통해 함께할 세력을 얻어야만 한다. 태자비 책봉을 계속 미루는 것은 여러 가문이 서로 다투고 꺼리게 만들기 위함이다. 짐이 먼저 그

거만한 문벌세가의 기를 꺾은 연후에 네가 다시 은혜와 위엄으로 그들에게 광영을 내려야만 새 군왕에게 진심으로 복종할 것이다."

자식을 위한 황제의 고심은 이리도 깊었다.

희끗희끗한 황제의 귀밑머리를 빤히 바라보며 소윤삭은 일렁이는 가슴을 애써 진정시키고 입술을 의연하게 다물었다.

두 부자의 이러한 표정은 틀로 찍어낸 듯 꼭 닮았다.

"철아야, 짐이 오늘 한 말을 마음속에 새기거라." 아들을 바라보며 아명을 부르는 황제의 눈에 보기 드문 보드라움이 잠시 깃들었다가 이내 숙연한 눈빛으로 바뀌었다. "왕씨는 세가의 우두머리로 황제의 옆에 서기에 설령 짐이라 할지라도 어느 정도는 꺼리고 양보해야 한다. 그럼에도 짐은 왕씨를 믿고 기용했다. 전장에 선 장수는 적을 만나면 죽이면 된다. 내게 거스르는 자를 죽이는 것은 무인이 취하는 방법이지. 그러나 군왕은 가장 높은 자리에서 천하를 굽어보니 그 누가 넘보지 않을 것이며, 그 누가 꺼리지 않겠느냐? 그러니 아무리 죽여도 다 죽일 수가 없다. 만약 눈앞을 가로막는 것이 약한 짐승이라면 죽이면 그만이나, 사나운 범이라면 길들여야 한다. 제왕술은 사람을 죽이는 것이 아니라 길들이는 방법임을 잊지 말거라."

소윤삭은 굳은 얼굴로 숨을 죽였다. 마치 눈앞에 거대한 운무가 깔린 듯했고 만 리까지 펼쳐진 산하가 황제의 말에 따라 소리 없이 펼쳐졌다 출렁이는 것 같았다.

한참 뒤, 소윤삭은 숙연히 고개를 숙였다. "소자, 명심하겠사옵니다."

수제치평(修齊治平)이 부자의 몇 마디 한담 사이에 모두 담겼다.

저쪽 초가지붕은 새 단장을 마쳤고, 종수의 며느리가 바람에 말린 사슴고기를 삶아 돌상에 술안주로 올렸다.

토굴에서 오랜 세월 묵힌 술단지를 꺼내 와 단지를 봉해둔 진흙을

쳐내자, 뜰 안의 꽃나무들도 온통 취할 듯한 기이한 술 향기가 퍼졌다. 그 향기를 맡고 있자니 기분이 상쾌하고 가뜬했다.

원래 술을 가까이하지 않던 소윤삭도 저도 모르게 산바람 속에서 너울거리는 술 향기를 깊이 들이마실 정도였는데, 마시기도 전에 취하는 듯했다.

황제는 진흙으로 빚은 술잔 하나를 위한에게 건넸다. "오너라. 술은 함께 마셔야지!"

몸을 숙이며 그 술잔을 받아 쥔 위한은 사양하지 않고 다가와 술단지를 들더니 하나하나 술을 따랐다.

"제가 하지요." 소윤삭이 손을 내밀어 술단지를 건네받고는 황제의 잔에 가득 술을 따랐다.

사발 네 개가 들어 올려졌다. 이리저리 튄 술 방울이 저녁놀 아래서 맑고 투명하게 빛났다.

황제는 단숨에 술잔을 비우고는 연신 좋은 술이라고 외쳤다.

그 와중에 종수는 소윤삭을 보고 손뼉을 치면서 찬탄했다. "공자도 이리 술이 셀 줄은 몰랐습니다!"

소윤삭은 한 방울도 남기지 않고 사발을 비웠다. 오래 묵은 술을 연달아 마셨는데도 관옥 같은 얼굴은 변함없이 차분했다.

소윤삭은 그저 웃고 말았으나, 비뚜름하게 자신을 흘깃 쳐다보는 황제의 눈에 담긴 흐뭇함을 느낀 순간 가슴속에서 깊은 흥취가 솟구쳤다.

"촌구석이라 귀한 손님을 대접할 만한 음식은 없으나 이 사슴고기를 한 번 맛보십시오. 제 아들놈이 직접 잡은 것입니다." 종수는 벙글벙글 웃으며 젓가락을 들었다가 사슴고기가 썰리지 않은 것을 보고는 서둘러 며느리를 불러 손님 접대를 허투루 한다며 꾸짖었다.

"괜찮소이다. 노인장, 내가 썰지요." 황제는 껄껄 웃으며 늘 몸에 지니고 있는 단검을 꺼내 들었다. 서늘한 빛을 번뜩이며 몇 차례 칼날이 지나가고 나니 얇은 두께로 균일하게 썰린 사슴고기가 접시에 가득했다.

종수는 두 눈이 휘둥그레졌다.

황제는 손에 든 단검을 흥미롭게 바라보더니 웃으며 탄식했다. "이것으로 고기를 얇게 썰어보기는 이번이 두 번째로군."

그 단검은 원래 황후가 지녔던 것이나 지금은 황제가 가지고 있었다. 소윤삭은 울지도 웃지도 못하고 물었다. "감히 아버님께 여쭈옵건대, 처음 이 칼로 고기를 썰어보신 것은 언제였습니까?"

황제는 눈길조차 들지 않고 답했다. "말할 수 없다!"

종수의 며느리는 한쪽에 멍하니 서 있다가 그제야 정신을 차리고는, 난처함에 붉게 달아오른 얼굴로 시아버지의 손님에게 사죄했다. "방금 부뚜막에서, 달이던 어머님의 약이 끓는 바람에 정신이 없어서 미처……."

황제의 짙은 눈썹이 살짝 위로 솟았다. "노인장, 안댁께서도 집에 계시오?"

종수는 고개를 끄덕이며 한숨을 내뱉었다. "있기는 한데 안질을 앓고 있어 손님을 대접하러 나왔다가는 괜히 귀한 손님께 못 볼 꼴만 보일 것입니다."

황제는 술사발을 내려놓았다. "그게 무슨 말이오? 술과 고기가 있는데 어찌 주인이 자리하지 않을 수 있단 말이오? 어서 안댁을 부르시오."

종수는 조금 머뭇거리다가 며느리에게 말했다. "가서 네 시어머니께 옷을 껴입혀드린 뒤에 모시고 나오너라. 바람이 불기 시작했으니."

그저 평소에 하는 당부의 말에 불과했으나 소윤삭은 그 말을 듣자마자 얼떨해졌고, 눈길이 기울어진 끝에서 말없이 고개를 기울이고 있는 황제를 보았다.

종수의 늙은 아내는 며느리의 부축을 받으며 비틀비틀 걸어 나왔다. 백발이 성성한 노부인은 얼굴에 주름이 자글자글했는데, 눈에 백예(白翳)가 생겨 시력이 약해진 탓에 돌상 언저리를 더듬거리며 자리에 앉았다.

춘부는 예의범절을 모르는지라 그저 숫접게 옆에 앉아 별다른 말을 하지 않았다.

며느리가 고기를 집어 먹여주자 그녀는 고개를 기울이고 천천히 씹었는데 문득 입가에 침이 고였다.

종수가 몸을 기울이더니 부들부들 떨며 소매를 들어 올려 늙은 아내의 입가에 묻은 고기 찌꺼기를 닦아주면서 느긋하게 웃었다. "젊어서 내가 일할 때는 이 사람이 밥을 가져다주었는데, 늙으니 거꾸로 되었습니다."

황제는 술사발을 든 채로 한참 동안 미동조차 하지 않다가 나직이 웃었다. "노인장은 참 복도 많으시오."

소윤삭은 황제의 목소리에 담긴 처연함을 느낄 수 있었다.

"복이랄 게 뭐 있습니까, 젊어서 부부로 산 사람들이 늙어서도 함께할 뿐인 것을." 종수가 고개를 저으며 웃었다.

"안주를 먹고 술을 마시며 그대와 해로하리라. 그대와 내가 거문고와 비파를 함께 타니 이 얼마나 좋은가!" 〈여왈계명(女曰鷄鳴)〉을 중얼거리며 백발의 노부부를 빤히 바라보는 황제는 넋이 나간 듯 몹시도 쓸쓸해 보였다.

술단지를 반도 비우기 전에 종수는 취해버렸다.

황제는 빈 사발을 내려놓고는 위한에게 다시 술을 따르라 명했다.

위한이 잠시 머뭇거리는 사이, 황제는 그의 손에 들린 술단지를 확채 갔다.

"철아야, 네가 짐과 함께 마셔주려무나." 황제는 술을 들고 자리에서 일어나 고개 한 번 돌리지 않고 곧장 밖으로 나가더니, 소매를 떨치며 누구도 따르지 못하게 했다.

산속 오솔길을 따라 한참을 걸어 길이 끊긴 곳에 이르자, 말라비틀어진 부평초가 잔뜩 떠 있는 작은 못이 나왔다.

사방이 인기척 하나 없이 고요한 가운데 놀란 새들만이 푸드덕 날아올랐다.

황제는 커다란 바위에 걸터앉아 말없이 고개를 젖히고 연거푸 술을 들이켜고는 손을 들어 태자에게 술단지를 건넸다.

소윤삭은 건네받은 술단지를 그대로 입에 가져다 대고 꿀껑 술을 넘겼다. 이렇게 술을 마신 것은 태어나서 처음이었고, 새어 나온 술에 옷자락이 축축이 젖어버렸다.

어찌 이 시름을 풀까, 오로지 술뿐이네.

술이 다하니 취기가 도네, 숲에 이는 바람 소리가 하소연을 하는 듯하구나.

"자천 나루의 술은 다시는 마시지 않을 것이다." 황제가 손을 들어 빈 술단지를 못에 내던지자 물보라가 일고 부평초가 사방으로 흩어졌다. "저 늙은이가 몹시도 부럽구나!"

말을 마친 황제는 껄껄 웃었다. 온 산에 메아리치는 그 웃음소리에서는 처연함이 묻어났다.

소윤삭도 웃으며 말했다. "부황께서 술을 드시고 싶으시다면 세상

577

어디에서든 소자가 함께하겠사옵니다."

고개를 모로 기울이고 태자를 바라보는 황제의 눈빛이 순간 아스라해졌다.

"세상 어디에서든이라⋯⋯. 드넓은 동해(東海), 험준한 서촉(西蜀), 수려한 전남(滇南)⋯⋯. 그래, 짐의 곁에는 아직 철아가 있지." 소윤삭이 알아듣지 못할 말을 중얼거리는 그는 웃는 듯도 하고 정신 나간 듯 보이기도 했다. 그렇게 술기운이 거나하게 돈 채로 바위에 올라 하늘을 향해 드러누워 눈을 감았다.

"이곳은 바람이 차고 날도 이미 저물었으니 그만 환궁하시지요."

황제는 손을 내저으며 말했다. "짐은 고단하니 떠들지 말거라."

말을 마치자마자 황제는 정말로 까무룩 잠이 들어버렸고, 잠시 뒤에는 숨소리마저 깊이 가라앉았다.

소윤삭은 아버지의 잠든 얼굴을 바라보며 겉옷을 벗어 살짝 덮어주고는 그 옆에 몸을 뉘었다.

가장 익숙하면서도 가장 먼 숨결, 아버지의 숨결이 자신을 틈 없이 둘러쌌다.

숲 속에 부는 바람도 따스해지고 구름도 제자리에 멈춰 선 지금, 이곳은 세상 어디보다 평온했으며 이 순간은 그 어느 때보다 고요했다.

규칙적이고 긴 숨소리 사이로 가끔 잠꼬대가 들리기에 아버지가 이미 꿈속을 헤매고 있음을 알았다.

소윤삭은 눈을 감았다. 지금 아버지가 어떤 꿈을 꾸고 있을지 몹시 궁금했다.

산중에 내린 어스름한 빛과 그림자가 눈 속에서 서서히 합쳐졌다. 금싸라기처럼 반짝이던 빛이 흐릿해지고 빛무리에 푸른빛이 스몄다.

정신이 가물가물한 와중에 밤바람이 얼굴을 스치자 꼭 노랫소리처럼 들렸다.

누구의 목소리인지, 아주 먼 곳에서부터 들려온 그 소리는 겹겹의 시간을 지나 천지를 폭신하게 만들었다.

소리를 좇아 사방을 둘러봤다. 익숙한 노래를 나직이 읊조리는 그 사람은 오솔길 저 끝 농가에 있는 듯했다.

"아바마마, 들어보세요……."

부황을 흔들어 깨우려던 소윤삭은 눈길을 들었다가 저 앞에서 넓은 소매를 펄럭이며 성큼성큼 걸어가는 우람한 형체를 발견했다. 틀림없는 부황이었다!

소윤삭은 서둘러 부황의 뒤를 좇아, 자물쇠도 채우지 않고 그저 닫아두기만 한 대나무 울타리 안쪽 종수의 집 뜰로 돌아왔다.

부황은 문을 밀고 들어가 뜰 한가운데 서서 미소를 머금고 불렀다.

"아무, 아무!"

그 부름에 답하기라도 하듯 싸리문이 살짝 열리며 새하얀 옷을 입은 모후가 느릿느릿 걸어 나왔다.

보드랍게 웃는 그녀의 얼굴에서는 세월의 흔적이 전혀 느껴지지 않았지만 귀밑머리는 부황처럼 하얗게 새어 있었다.

부황은 앞으로 다가가 모후의 손을 잡았다.

모후는 손을 들어 부황의 어깨 위로 떨어진 낙엽을 털어냈다.

소윤삭의 꿈속에서 두 사람의 모습은 점점 하나로 겹쳐져 부황인지 모후인지 구분할 수가 없었다. 날렵하게 노니는 용 같기도 하고 놀란 기러기 같기도 한 그 모습은 하늘가 산에 낀 안개 사이로 서서히 스며들더니, 마침내 끊임없이 이어진 산천과 하나로 이어졌다.

(끝)

제왕업(하)

2019년 11월 22일 초판 1쇄 발행

지은이 · 메이위저
옮긴이 · 정주은
펴낸이 · 김상현, 최세현 | 경영고문 · 박시형

책임편집 · 김형필, 조아라, 양수인 | 디자인 · 임동렬 | 교정 · 김좌근
마케팅 · 임지윤, 양근모, 권금숙, 양봉호, 최의범, 조히라, 유미정
경영지원 · 김현우, 문경국 | 해외기획 · 우정민, 배혜림 | 디지털콘텐츠 · 김명래

펴낸곳 · ㈜쌤앤파커스 | 출판신고 · 2006년 9월 25일 제406-2006-000210호
주소 · 서울시 마포구 월드컵북로 396 누리꿈스퀘어 비즈니스타워 18층
전화 · 02-6712-9800 | 팩스 · 02-6712-9810 | 이메일 · info@smpk.kr

ⓒ 메이위저 (저작권자와 맺은 특약에 따라 검인을 생략합니다)
ISBN 978-89-6570-935-0 (04820)
ISBN 978-89-6570-933-6 (세트)

쌤앤파커스(Sam&Parkers)는 독자 여러분의 책에 관한 아이디어와 원고 투고를 설레는 마음으로 기다리고 있습
니다. 책으로 엮기를 원하는 아이디어가 있으신 분은 이메일 book@smpk.kr로 간단한 개요와 취지, 연락처 등을
보내주세요. 머뭇거리지 말고 문을 두드리세요. 길이 열립니다.